本书为浙江省哲学社会科学规划课题成果 （课题编号 06CGWX16YBG）

Songyuan Pinghua Wenxian
Kaobian Yu Yanjiu

# 宋元平话文献考辨与研究

罗筱玉 —— 著

浙江大学出版社
ZHEJIANG UNIVERSITY PRESS

# 增订说明

本书曾于 2010 年由中国社会科学出版社出版（原名《宋元讲史话本研究》），数年过去，所存已不多。本人查寻相关售书网站后发现，当当网显示为"售罄"，几家主要售书网站除淘宝网外都已不见有售，可能物以稀为贵，淘宝网竟将原价仅 27 元的旧作最高炒至 104 元，想必拙著对于相关研究者还是有一点参考价值吧。加之拙著初版后的数年，本人对当时匆匆成书过程中的一些未及深究的相关问题续有探究，如《五代史平话》的成书、《三国志平话》与《三分事略》的刊刻先后等话本文本的文献考索方面，发现前辈成文中尚有不少可商榷之处，故而在细读文本并多方参究的基础上陆续撰成相关论文如《〈新编五代史平话〉成书探源》《也谈〈三分事略〉与〈三国志平话〉的刊刻年代及版式异同》等，先后发表于《文学遗产》《文献》《福州大学学报》等刊物，其中《〈新编五代史平话〉成书探源》一文被刘相雨主编的《宋元话本学术档案》全文收录。可能是本人敝帚自珍的缘故吧，当时因刊物版面的关系曾应相关编辑老师的要求将一些辛苦探寻的相当多的例证不得不删落，至今仍记得某一未曾谋面的编审老师对此颇不赞同，说应该将必要的尽可能丰富的例证显示在文中，让读者自身从中判定你所得出的结论，而不是作者自身质证而已，并善意地建议说如果因版面的问题不得不压缩，可以上下篇的形式予以发表，不宜删落作为论据的例证项，然拙文最终还是以单篇删落例证的形式得以发表。思及此，此次趁拙著增订重版的机会，将已发表的相关论文及其相关删落的部分得以补全增订入本书中，想来重版不至于丝毫无补于相关研究吧。

我始终认为，如果连话本文本本身的相关文献问题都未能辨析清楚，那么在此基础之上的相关理论问题的探讨亦将难以真正深入。本书如果还有点价值的话正在相关的文献考索的探究与补正部分，至于与之相关的理论部分的探讨，因本人研究兴趣已经迁移，在此次增订过程中仍然没作太大的修订与深入探讨，大体只在文字、结构的调整层面进行了修改。基于以上原因，此次增订出版将书名由《宋元讲史话本研究》改为现今的《宋元平话文献考辨与研究》可能更符合实情吧。

　　之所以仍未能求得一序，在于本人稍具的自知之明吧，亦在于鄙人虽不才，但所遇诸师无论是已经仙逝的陶敏师，还是风头正盛的陈尚君师、刘跃进师，都称得上当世学界名人，若觍颜求得一序，总觉得有那么丁点附骥之嫌，总想以后做得更好一点后再去求序吧，本书已然如此，故在此仅作一增订说明以代自序。

# 目 录

绪 论 ……………………………………………………………………… (1)

一、宋元讲史的研究现状 ……………………………………………… (1)

二、宋元平话的研究对象及研究意义 ………………………………… (9)

第一章 宋元讲史与讲史类话本的历史与发展 ……………………… (13)

第一节 宋元讲史与讲史类话本的先声 ……………………………… (13)

一、宋元讲史的先声——唐五代的"说话"、俗讲与转变 ……… (13)

二、宋元平话的先声——唐五代演史类变文 ……………………… (19)

第二节 宋元讲史与讲史类话本的发展与繁荣 ……………………… (26)

一、宋元"讲史"缘起 ………………………………………………… (26)

二、宋元讲史的发展 ………………………………………………… (27)

三、元代之讲史与讲史类话本 ……………………………………… (33)

四、宋元讲史的艺术要求 …………………………………………… (35)

第三节 宋元讲史与讲史类话本繁荣的原因

——兼及"说话"家数问题的考辨 ……………………………… (37)

一、宋元时代商业经济与城市经济的快速发展与繁荣 …………… (38)

二、市民阶层的形成与其文艺需求 ………………………………… (39)

三、瓦舍与瓦舍文化促进了讲史艺术的繁荣 ……………………… (40)

四、书会、书会先生对讲史伎艺与讲史类话本的促进意义 ……… (45)

五、有关说话家数问题的考辨 ……………………………………… (48)

第二章 宋元平话成书内容与版本考述 ……………………………… (60)

第一节 唐五代说唱文学向宋元平话的过渡

——《梁公九谏》 ……………………………………………… (60)

一、有关《梁公九谏》基本问题的辨析 …………………………… (60)

二、《梁公九谏》成书过程考述 …………………………………… (64)

三、《梁公九谏》内容考索 ………………………………………… (70)

第二节　元人新编刊印之讲史类话本

　　——《五代史平话》 …………………………………………（74）

　　一、《五代史平话》版本及流布 ………………………………（74）

　　二、《五代史平话》的成书探源 ………………………………（75）

　　三、《五代史平话》的性质 …………………………………（104）

第三节　南宋遗民所编、成书于元代之讲史类话本

　　——《宣和遗事》的版本及内容考索 ………………………（109）

　　一、《宣和遗事》的版本与流传 ……………………………（109）

　　二、《宣和遗事》的成书、刊行年代 ………………………（110）

　　三、《宣和遗事》的内容 ……………………………………（116）

　　四、《宣和遗事》的性质 ……………………………………（120）

第四节　元代编刊之讲史类话本

　　——《元刊全相平话》 ………………………………………（123）

　　一、《武王伐纣书》的版本及内容考索 ……………………（126）

　　二、《乐毅图齐七国春秋后集》的成书及内容考索 ………（129）

　　三、《秦并六国平话》的成书及内容考索 …………………（132）

　　四、《前汉书续集》的成书及内容考索 ……………………（136）

　　五、《三国志平话》《三分事略》的版本及内容 …………（140）

第五节　宋元间讲史类话本

　　——《薛仁贵征辽事略》 ……………………………………（186）

　　一、《薛仁贵征辽事略》的版本与流布 ……………………（186）

　　二、《薛仁贵征辽事略》的内容 ……………………………（187）

第三章　宋元平话的体制 ……………………………………………（191）

　第一节　宋元平话的程式与范型 …………………………………（191）

　　一、分卷与分段标目形式 ……………………………………（191）

　　二、宋元平话开篇的程式与范型 ……………………………（203）

　第二节　正文中所穿插之诗词及韵语 ……………………………（209）

第四章　宋元平话的艺术渊源 ………………………………………（219）

　第一节　宋元平话与民间俗文化 …………………………………（219）

　　一、讲史类话本与阴阳五行中的天命观 ……………………（221）

　　二、讲史类话本与因果报应观念 ……………………………（223）

第二节　宋元平话与史传文学传统 …………………………………（229）
　　一、史传文学对宋元讲史类话本的影响 ………………………（229）
　　二、《资治通鉴》体史书与宋元讲史类话本 ……………………（235）
第三节　小说话本与讲史类话本的相辅相成 ……………………（251）

**第五章　宋元平话的文学成就及其历史地位** …………………（256）
第一节　宋元平话的叙事艺术 ……………………………………（256）
　　一、宋元平话的叙述者 …………………………………………（257）
　　二、宋元平话的叙事视角 ………………………………………（261）
　　三、宋元平话的叙事结构 ………………………………………（265）
第二节　宋元平话的语言艺术 ……………………………………（268）
第三节　宋元讲史及讲史类话本的历史地位及影响 ……………（278）
　　一、宋元讲史对明清讲史的影响 ………………………………（278）
　　二、宋元讲史类话本的地位及影响 ……………………………（280）

**参考文献** ……………………………………………………………（288）

**附录 1　进九谏书表** ………………………………………………（301）
谏暴乱 …………………………………………………………………（301）
省刑罚 …………………………………………………………………（301）

**附录 2　"话本"定义再检讨** ……………………………………（303）

**索　引** ………………………………………………………………（316）

# 绪　论

## 一、宋元讲史的研究现状

讲史是宋元时期勾栏瓦舍中最为盛行的伎艺之一,深受市民大众乃至文人士大夫的喜爱。据灌圃耐得翁《都城纪胜》、吴自牧《梦粱录》、罗烨《醉翁谈录》等笔记小说记载,宋元时期的讲史不仅内容极其广泛,而且艺人讲演技艺高超,因而"听众纷纷"(《梦粱录》语)。随着宋代商业经济的快速发展,加之元代大一统的实现,尤其是宋代雕版印刷技术的进步,造纸业的进一步发展,使得南宋、元刻书业极为繁荣,民间坊刻、私刻(家刻)之风极盛,其结果是书籍的出版和传播变得更为便捷。苏轼在其《李氏山房藏书记》一文中描绘当时的情形是:"近岁市人转相摹刻诸子百家之书,日传万纸,学者之于书,多且易致如此。"苏轼由此推断,对于宋人而言,"其文词学术,当倍蓰于昔人"①。发展到元代,因雕版活字印刷技术的进一步发展,部分书商将讲史艺人所讲说的历史故事刊印成书,标名为"某某平话"予以出版发行,从而使讲史类话本的传播途径除口述方式中以底本传播的途径之外②,又多了文本这一文字传播方式。这类纸质文本由于在历史上一直被文人士大夫视为"小道"而被长期排斥于正统文学之外,任其湮灭散佚,流传至今的已为数不多,以致晚清曹元忠于友人处偶然发现《新编五代史平话》后,访之博古通人竟"亦惊以为罕见秘籍"(《新编五代史平话》之曹元忠跋语)。因此,当流落于日本的五种全相平话于20世纪初被学人重新发现并影印面世后,其意义才显得格外重大而深远。自20世纪20年代起,学界前贤如鲁迅、郑振铎、赵景深、胡士莹、程毅中等都对话本这一俗文学体式产生浓厚的研究兴趣,并随之给予相当广泛而较为细致的研究,但这些研究大都被纳入各种文学史、小说史研究的宏观探讨格局中,尚欠具体而深入的个案研究;20世纪80年代以来,这种研究格局已有所改变,以话本作为整体研究对象的论著已为数不少,研究视域已涉及话本的各个方面,单篇的研究论文与新著不

---

① (宋)苏轼:《苏轼全集》卷一一,上海古籍出版社2000年版,第881页。
② 这种底本包括师徒之间传授的底本,以及识字的徒弟所记下的自己备用的底本,这种本子一般是秘不示人的,但也会逐步流布于外。

时出现。具体到讲史类话本的研究,尽管在论及古代小说尤其是历史演义或章回小说时都会涉及讲史类话本,然纯以讲史类话本为研究对象的论文或专著仍不多见。本书著者爬梳、整理古今中外有关古代小说的研究资料后,将宋元讲史及其话本的研究现状归纳综述如下。

**(一)宋元平话的研究现状**

从宋元平话的研究现状,大体上可以看出,早期的研究对象多集中于文本的文献考索,包括其成书年代、题材来源、文本性质及其影响等方面的研究,对于其艺术渊源、文学成就等方面的关注与研究仍有待重视与探讨。

1. 关于宋元讲史类话本的成书年代

(1)有关《五代史平话》的成书年代

关于《五代史平话》的成书年代,其最早发现者曹元忠与影刻者董康皆视之为宋刻,然学者如胡士莹先生等多认为此书系宋人旧编、元人增益刊行。丁锡根先生《〈五代史平话〉成书考述》一文经过详细勘后推导出的结论为:"《五代史平话》成书于光宗绍熙前后,但今本或由元人改题《新编五代史平话》刊刻,且少有增益。"[1]这无疑为胡士莹先生的结论的有力佐证。另有宁希元先生《〈五代史平话〉为金人所作考》一文提出新见,认为:"《五代史平话》为金人所作,成书于金亡前后。"[2]程毅中先生赞同此论[3]。对于宁文的证据,欧阳健先生在其《历史小说史》一书中已予以辩驳,指出话本中出现的"山东路"与"太原路"亦多次出现于《宋史》中,不足为凭[4],此外,丁先生的结论也还有值得商榷处。

(2)关于《大宋宣和遗事》的成书年代

关于《大宋宣和遗事》(后简称《宣和遗事》)的成书年代,学界对其意见不一,大体有以下三种看法:一为宋人旧刊;二为宋人旧编,元人增益刊行;三为元人编刊。其中持宋刊观点者多为明清人,如:明高儒《百川书志》谓此书"宋人所记";清黄丕烈也认为"当出宋刊",钱曾《也是园书目》列之于"宋人词话"中,修绠山房刻本亦云"悉照宋本重刊"。明清人中持宋刊论仅黄丕烈在其《士礼居丛书》重刊本跋中提供一条证据:"卷中'悖'字避讳作'愇'为证,当出宋刊。"然亦仅为孤证。《也是园书目》"宋人词话"的分类本身就不

① 丁锡根:《〈五代史平话〉成书考述》,《复旦学报》1991年第5期。
② 宁希元:《〈五代史平话〉为金人所作考》,《文献》1989年第1期。
③ 程毅中:《宋元小说研究》,江苏古籍出版社1998年版,第289页。
④ 欧阳健:《历史小说史》,浙江古籍出版社2003年版,第39页。

太严谨,本不足为据,其他人均未举出任何具体证据。综观《宣和遗事》一书,元人痕迹还是比较明显的,故而宋刊之说逐渐被学界所否定。但明清人的宋刊论的影响颇为深远,导致后来的研究者如胡士莹等人明明发现很多属于元人的痕迹,仍以"元人增益"加以解释,认为"《宣和遗事》,大概是出自宋亡以后遗民之手,故胡应麟《少室山房笔丛》卷四一说它是'胜国时间阎俗说'……"①既是出于宋遗民之手,胡士莹先生的"宋人旧编"的结论就显得有点底气不够,因此这一问题仍有进一步考索的必要。

(3)关于《三分事略》的成书年代

此本的刊刻年份,《小说书坊录》《中国通俗小说总目提要》都认为是元世祖至元十四年(1277);《话本叙录》《古代小说总目》等书认为此书应为元世祖至元三十一年甲午(1294)福建书坊所刻,早于日本内阁文库所藏元建安虞氏至治刻《新刊全相三国志平话》(后简称《三国志平话》)30 年。另有学者以为与《三国志平话》相较,《三分事略》多有漏刻,故其扉页"甲午新刻"或为元顺宗至正十四年甲午(1354),晚于《三国志平话》。因《三分事略》一书不仅扉页中间刻有"甲午新刊"字样,且卷上及卷中首行皆题《至元新刊全相三分事略》,卷上与卷中末行却题《照元新刊全相三分事略》,卷下首行亦题《照元新刊全相三分事略》,卷下末行则题《新全相三分事略》。故此刘世德先生认为,元代甲午,一为元世祖至元(前至元)三十一年(1294),一为顺帝至正十四年(1354)。此书明显题为"至元"而非"至正"刊,故此当为前至元三十一年(1294)刊。对于"照元"二字,他以为元世祖忽必烈死于是年正月,次年改元,且此书多别字或同音字,认为"照(肇)元"实即"降元",意思是新起年号②。袁世硕先生表示赞同,并增加一佐证:王沂《伊滨集》两首《虎牢关》诗都涉及"说三分"故事情节,王沂于元延祐年间曾官嵩州同知,前此应该有"说三分"话本刊行③。此外,学者们尚持有两种不同的见解:一是日本学者入矢义高认为此书系重刻本,其"甲午新刻"当为后"甲午",即元顺帝至正十四年甲午(1354),晚于《三国志平话》;二是陈翔华先生《小说史上又一部讲史类话本〈三分事略〉》(《文献》第 12 辑)一文虽也赞同此书为翻刊坊本,但认为由"照元"二字可推想此书是在元明易代之际印刷的。但此书明标"至元"而非"至正",故程毅中先生又提出一种假设:"至元新刊"的《三分事略》确实存在,但现存《三分事略》只是它的翻刻本,先是连"至元"也照刻,

---

① 胡士莹:《话本小说概论》,中华书局 1980 年版,第 718 页。
② 刘世德:《谈三分事略》,《文学遗产》1984 年第 4 期,第 105 页。
③ 袁世硕:《三分事略·前言》,见《古本小说集成》,上海古籍出版社 1990 年版,第 1 页。

后发现才改为"照元"。对于"甲午新刊",程先生提出两种可能:"一是底本上前至元三十一年的纪年,一是翻刻本的纪年。"①这些结论中"照元"之"照"的解释各异,其结论亦各自有所不同,因此对《三国志平话》与《三分事略》的刊刻先后这一问题仍有重加考辨的必要。

2. 关于《五代史平话》《宣和遗事》二书的性质

对于《五代史平话》,前辈学者如鲁迅、胡士莹先生大体上视之为讲史艺人的"底本"。程毅中先生则对之稍加修正,认为它"似乎为具有一定文化修养的书会才人所编,供讲史人据以铺陈的一种底本",但又说"它既经编辑刻印,就成为一种面向大众的通俗读物了"②。周兆新先生则基本上否定这种说法,认为"这样一部作品,为了刻印出版以供案头阅读,已在讲史类话本的基础上作了加工,书面语言大量增加,不再适合于讲史家当场讲述",已是"读本"了③。

关于《宣和遗事》一书,鲁迅先生称之为"宋之拟话本",谓其"与话本不同,近讲史而非口谈,似小说而无捏合"④。严敦易先生赞同这个观点,认为"这书并不能认为是一部说话的话本……虽然其形式有点儿像是讲史的体裁,也有若干诗句,终觉与说话人所用的底本,有些显著的歧异。每一个篇段的结构,纵能各自独立起讫,却又不是小说的风格。所以,《宣和遗事》只是元人杂采宋事编纂成功的笔记式的一部书"⑤。胡士莹先生也认为《宣和遗事》"形式虽类似话本体裁,却并非真正的话本……它的性质实为'小说'与'讲史'杂糅的书"⑥。事实上,大多数学者仍视此书为话本,即使是胡士莹先生这种否认其为话本论者仍在其《话本小说概论》中将其系于"元代刊印的讲史类话本"一节中予以论述。程毅中先生在其《宋元话本》一书中指出,"从它的主要内容看来,却是宋朝人的口气,充满了一种爱国主义的思想感情。它应该是说话人自己用的一个资料辑录,并没有全面加以修饰"⑦。王开富先生也说《宣和遗事》"开头有一千七百字的'入话',讲'历代君王荒淫之失';通篇有说有诗词,具有说话人口气;其讲述层次多为编年体结构,

---

① 程毅中:《宋元小说研究》,江苏古籍出版社 1998 年版,第 284—285 页。
② 程毅中:《新编五代史平话·前言》,参见《宣和遗事等两种》,江苏古籍出版社 1993 年版,第 1 页。
③ 刘世德主编:《中国古代小说百科全书·新编五代史平话》,中国大百科全书出版社 1998 年版,第 617—618 页。
④ 鲁迅:《中国小说史略》,人民文学出版社 1973 年版,第 96 页。
⑤ 严敦易:《水浒传的演变》,作家出版社 1957 年版,第 93—94 页。
⑥ 胡士莹:《话本小说概论》,中华书局 1980 年版,第 714 页。
⑦ 程毅中:《宋元话本》,中华书局 1980 年版,第 43 页。

与《五代史平话》相同。因而此书为讲史类话本,非笔记体小说";且"全书七万六千字,而有子目二百九十三条,每子目下平均只二百六十字。可见此书乃说话人敷衍讲说之底本,而非讲述之记录"①。

由上可知,无论《五代史平话》还是《宣和遗事》,二书是否为讲史类话本,目前学界仍缺少一个让人信服的结论。

3. 关于讲史类话本的题材来源与演史态度

讲史类话本编撰者的演史态度与作品的题材来源是相互关联的,不管是虚多实少还是忠实于史书的讲史类话本,其题材来源多以史书上所记载的历史与历史人物作为构建情节的凭依,因其依傍史书的程度不同,从而形成了讲史类话本各异的面貌特点与不同的演史态度。丁锡根先生《〈五代史平话〉成书考述》一文指出讲史类话本由于编撰者加工虚撰的不同,或偏重正史,或偏重民间传说故事,成书一般存在两种不同方式,其中《五代史平话》的题材是历史,其创作基础的主要方面也是正史,类似的作品,还有如《宣和遗事》《秦并六国平话》等。另一种类型如《武王伐纣平话》《三国志平话》,只借用历史人物的姓名或局部事实,或从与史无征的荒诞情节中隐约着历史事件的微末线索,其故事都采自民间传说,出于编撰者的虚拟,讲史艺人通过想象和虚构成书,其创作的主要基础不是正史,而是经过艺术加工的历史生活。这是平话";并具体地指出其借鉴《资治通鉴》的方式有"一字不易地转录"等四种②。

对于《五代史平话》,郑振铎先生早就指出:"这五书的史迹,大约都是根据着正史的,惟间也采用世间的传说,以增趣味。"③刘世德先生则进一步更具体地指出该书"一大半篇幅,乃是依据《资治通鉴》改写而成,同时也吸收了新、旧《五代史》的某些内容"④。但正如学者所指出的,"平话编撰者也不是原封不动地摘录史书,而是对史书上的材料,做了程度不同的加工。"加工的方法有"把一些文言的句子改成半文言的句子""在复述史实的基础上

① 江苏省社会科学院明清小说研究中心编:《中国通俗小说总目提要·宣和遗事》,中国文联出版公司1990年版,第15—16页。
② 丁锡根:《〈五代史平话〉成书考述》,《复旦学报》1991年第5期,第69—71页。
③ 郑振铎:《宋元明小说的演进》,见《郑振铎古典文学论文集》(上),上海古籍出版社1984年版,第378页。
④ 刘世德主编:《中国古代小说百科全书·新编五代史平话》,中国大百科全书出版社1998年版,第617页。

添枝加叶""插入前代的历史掌故""拟定一些表章和谕旨"等方面①。而鲁迅《中国小说史略》一书对《五代史平话》的演史态度做出了极为精辟的论述:"全书叙述,繁简颇不同,大抵史上大事,即无发挥,一涉细故,便多增饰,状以骈俪,证以诗歌,又杂诨词,以博笑噱。"而对于与之相近的《宣和遗事》一书,鲁迅先生在同书中指出其"案年演述,体裁甚似讲史。惟节录成书,未加融会,故先后文体,致为参差,灼然可见。剿取之书当有十种"②。孙楷第先生也认为它"乃由编撰者掇拾故书,益以小说,补缀联属,勉成一书……文辞又多非己出,不足以云创作也"③。鲁迅、孙楷第两位先生的观点得到了后来大多数学者的认同。

关于《续前汉书平话》,萧相恺先生《宋元小说史》在将该书与《汉书》作了比较后,认为此书"虽十分忠实于《汉书》,却又不像《五代史平话》那样多抄录《五代史》原文,所有采自《汉书》的故事,都经过了编撰者的加工、扩展、改写;从整体看,语言也较《五代史平话》通俗、顺畅"④。郑振铎先生《插图本中国文学史》认为"其皆从史实扩大,不肯妄加无稽的'神谈'",并由此推断它与《秦并六国》的编撰者或系一人⑤。赵景深先生在其《〈前汉书平话续集〉与〈西汉演义〉》中则指出:"这书叙的是汉高祖统一天下后,与吕后屠杀功臣的事。因为只有这一桩事,所以结构紧凑,使读者兴味集中。文字虽然常有质朴、粗野甚至不通的地方,但元气淋漓,却是极难得的。"⑥

至于以史为线索、多虚构想象的讲史类话本如《三国志平话》,郑振铎《〈三国志演义〉的演化》指出它"尚是纯然的民间粗制品,未经学士文人们的润改的"⑦。

以上诸学者对宋元平话的题材来源与演史态度的论述大体是符合事实的,然而也存在论据模糊之处,尚欠深入。

4. 关于宋元平话影响的研究

学界对于宋元诸讲史类话本对后世的影响的研究,大多着眼于其形制对后世作品(主要是明清章回小说)的影响。如胡士莹先生认为《五代史平

① 周兆新:《讲史平话的两大流派》,见程毅中主编《神怪情侠的艺术世界》,中共中央党校出版社1994年版,第119—121页。
② 鲁迅:《中国小说史略》,人民文学出版社2006年版,第117、126页。
③ 孙楷第:《戏曲小说书录解题》,人民文学出版社1990年版,第69页。
④ 萧相恺:《宋元小说史》,浙江古籍出版社1997年版,第65—66页。
⑤ 郑振铎:《插图本中国文学史》,人民文学出版社1963年版,第709页。
⑥ 赵景深:《中国小说丛考》,齐鲁书社1980年版,第110页。
⑦ 郑振铎:《三国志演义的演化》,见《郑振铎文集》(五),人民文学出版社1988年版,第174页。

话》作为迄今发现的最早的一部讲史类话本，"实开创了长篇历史小说的规模，为后来的通俗演义和英雄传奇小说打开了门径"①。周兆新先生则具体地指出《五代史平话》在选材、叙事、体质、语言等方面对后代历史演义、英雄传奇小说的巨大影响。这些讲史类话本虽然艺术上存在粗糙、幼稚等各种缺点，但学者们都一致认识到它们几乎都曾与后世的某一部或某几部作品有着不可分割的联系。如戴不凡先生将《五代史平话》与明熊大木的《南宋志传》进行比勘后得出结论说："（《南宋志传》）许多地方简直是直抄《五代史平话》文字微加修改而成的。""平话中的原文几乎全被《志传》抄进去了。"②

而对于《宣和遗事》一书，研究者多注目于其中的宋江 36 人故事对于后世《水浒传》的影响。胡士莹先生将话本中的梁山泊故事与《水浒传》作了比较后，指出两者不仅叙事有不少相同之处，更主要的是编撰者们的立场基本相同③。而严敦易先生更著有专著《水浒传的演变》，书中通过对水浒故事的发展演变过程的梳理研究，指出"在《宣和遗事》这相当简略的几千字记述中，梁山故事的骨干轮廓，中心结构，都已屹然明朗地矗立着，有了它宏伟的基础"④。而萧相恺先生《宋元小说史》还指出了《宣和遗事》与陈忱《水浒后传》的关系，认为"陈忱的思想明显与《遗事》编撰者相通，《后传》前半段叙金人南犯，二帝北去，蔡京等'六贼'远窜，基调与《遗事》完全一致"⑤。此外，纪德君先生还指出《宣和遗事》与《大宋中兴通俗演义》的前六则之间文字多有相同之处⑥。陈中凡先生《试论〈水浒传〉的著者及其创作时代》一文则更具体指出："《宣和遗事》确定了水浒根据地，提出了'天书'和重要人物'公孙胜'和'林冲'，使整个故事和《水浒传》更加接近。"⑦

对于《全相平话五种》，赵景深先生的《〈武王伐纣平话〉与〈封神演义〉》指出："《封神演义》从开头直到第三十回，除哪吒出世的第十二、十三、十四回外，几乎完全根据《平话》来扩大改编。从第三十一回起，便放开手写去……中间只把《烹费仲》和《伯夷叔齐谏武王》插在里面，这两小节算是《平话》里所有的。编撰者直写到第八十七回孟津会师，方才想到《平话》上还有材料不曾用进去，这才再用《平话》里的材料。加敲骨破孕妇、千里眼与顺风

① 胡士莹：《话本小说概论》（下），中华书局 1980 年版，第 714 页。
② 戴不凡：《〈五代史平话〉的部分阙文》，见《小说见闻录》，浙江人民出版社 1980 年版，第 75 页。
③ 胡士莹：《话本小说概论》，中华书局 1980 年版，第 734—736 页。
④ 严敦易：《水浒传的演变》，作家出版社 1957 年版，第 97 页。
⑤ 萧相恺：《宋元小说史》，浙江古籍出版社 1997 年版，第 93 页。
⑥ 纪德君：《中国历史小说的艺术流变》，中国社会科学出版社 2002 年版，第 49 页。
⑦ 陈中凡：《试论〈水浒传〉的著者及其创作时代》，《南京大学学报》1956 年 1 月号。

耳、火烧邬文化等。"①实际上,《武王伐纣平话》先影响了《春秋列国志传》,《封神演义》则参考了上述两书。赵景深先生《〈前汉书平话续集〉与〈西汉演义〉》一文将两书进行比较后,指出《前汉书平话续集》为甄伟《西汉演义》的蓝本。程毅中先生《宋元小说研究》则进一步指出:"明人黄化宇所校正的《两汉开国中兴传志》,从《楚王独奔乌江自刎》到《三王诛吕立文帝》的十一回,基本上就是承袭《续前汉书平话》而来的。前面汉楚争锋的部分,很可能就是《前汉书平话》正集的内容。后面讲东汉故事的部分,也可能有《后汉书平话》的遗响。"②

这些学者的研究使现在学界逐渐达成某种共识,即一般认为,《前汉书平话续集》先影响了熊大木《全汉志传》和黄化宇校正的《两汉开国中兴志传》,又进一步影响了《西汉演义》。

至于《乐毅图齐七国春秋后集》,程毅中先生指出,其"前集虽然不传,可是它却和后集一起,也保存在《列国志传》里。已经失传的《七国春秋》前集,实际上还存在,它就是现存的《孙庞演义》"③。至于《三国志平话》与《三国志通俗演义》的关系,学界探讨更多。如胡士莹先生《话本小说概论》将两书的重要情节列表对比后,指出"《三国志平话》无论在情节上,或人物的评价上,都已为后来的《三国志通俗演义》画出了基本轮廓,确立了基本的政治倾向"④。

近年来,就讲史类话本的体制与语言特征等方面也间有学者论及,如楼含松《论讲史平话的语言特征》《讲史平话的体制与款式》⑤,更值得注意的是,从语言学的角度对《全相平话五种》进行研究的著作如周文《〈全相平话五种〉语词研究》,高育花《元刊〈全相平话五种〉语法研究》等,从语言学的各个不同层面对讲史类话本进行了较深入的开掘。

总体上看,目前学界对讲史类话本的研究多从某些具体层面的问题入手,对讲史类话本的文本结构、文学内部的深层次研究还有待加强,即便是话本文本本身诸如成书时间、文本内容与文本形态等表层次的问题亦有待纠失与辩证。

---

① 赵景深:《中国小说丛考》,齐鲁书社1980年版,第99页。
② 程毅中:《宋元话本》,中华书局2003年版,第273页。
③ 程毅中:《宋元话本》,中华书局2003年版,第43页。
④ 胡士莹:《话本小说概论》,中华书局1980年版,第741页。
⑤ 楼含松:《论讲史平话的语言特征》,《浙江大学学报》2002年第6期;《讲史平话的体制与款式》,《浙江大学学报》2002年第7期。

### 二、宋元平话的研究对象及研究意义

#### （一）关于研究对象的界定

于 960 年建立的宋王朝，分为北宋、南宋两个阶段，共历 319 年。在宋朝历史上，北宋先是与北方的辽国对峙，末年又与金国并峙且为之所灭。此后南宋自建立起就一直与北方的金国对峙，后又与金国一道为元朝所灭。元代从成吉思汗于 1206 年即大汗位建立"大蒙古国"算起，至 1368 年明太祖占领大都、元顺帝退出中原止，前后共 163 年。其间于 1234 年联宋灭金，灭金后与南宋对峙 45 年，灭宋后单独存在的时间不过 89 年。鉴于元朝本身不过宋代存在时间的一半，且有很长一段时间又与辽、金、南宋并存，兼之文艺样式的发展变化相对比较缓慢，所以本书将宋元时期的讲史类话本作为一个大的框架来进行研究，这个框架中也将包含辽、金的讲史。

本书标题之所以用"平话"而不用"讲史话本"，是因为本书所要研究的内容虽涉及宋元两代的讲史类话本，但现存文献、文本主要还是以元代为主，而"平话"正是目前发现的元人讲史类尤其是长篇讲史类话本的概称，尽管明清时期亦有"评话"之称，然所指不仅包括讲史类话本，小说话本有时也被称为"评话"①，至清代，一些通俗长篇小说也被称作"评话"，可见"平话"与"评话"之间还是有所区别的。目前学界对"平话"一词的确切含义仍存在不同意见。如浦江清先生认为"平话者平说之意……如今日之说大书然"②，显然受元刊长篇讲史类话本多称"平话"（如《三国志平话》《五代史平话》等）有关。程毅中先生则认为"平话"即"评话"，"平话"是与诗话、词话相对而言的，可能指平说的话本，即不加弹唱的讲演③；吴小如先生赞同此说并举出北宋沈括《梦溪笔谈》为证："往岁士人多尚对偶为文，穆修、张景辈始为平文，当时谓之'古文'。"④由此说明宋时称不对偶的散体文为"平文"，此"平"字，正与"平话"的"平"字用法相类，故"'平话'是对话本中'诗话'、'词话'等称谓而言的。盖讲史家（如霍四究、尹常卖、王六大夫之流）说历史故事，只说而不唱（中间偶尔夹有少数诗句、韵语或对称式的形容赞语，也只是朗诵，与'小说人'之说、唱兼施者不同），故称其说话底本为'平话'"。"至于

① 如"这段评话，虽说酒色财气一般有过……"（《警世通言》中的《苏知县罗衫再合》入话）；"听在下说这段评话"（《警世通言·钝秀才一朝交泰》）。
② 浦江清：《浦江清文录·谈〈京本通俗小说〉》，人民文学出版社 1958 年版，第 207 页。
③ 程毅中：《宋元话本》，中华书局 1980 年版，第 35 页。
④ （宋）沈括撰，胡道静校注：《梦溪笔谈校证》卷一四，上海出版公司 1956 年版，第 499 页。

加'言'旁作'评',……并非取其评议、评论之意,不过因为说书的行为是用言语进行的,所以就'平'字擅加'言'旁。"且明代以后的载籍才有写为"评话"的,如都穆《谈纂》云"京师瞽人真六,善说评话"之类①。吴先生对"平话"的解释有一定道理,然"平文"是否能顺势转衍为"平话"仍无确凿证据,因为迄今为止未发现宋时文献有"平话"一称。张政烺先生认为"平"即"评",皆品评之意,并进一步指出:"所谓评者果何所指?如细读之,知以诗为评也。此三种平话(指《五代史平话》《全相平话》《宣和遗事》)中之诗皆在开端结尾及文字紧要处,凡有两种用法:一作论断之根据,二状事务之形容。此两者皆品评之意,故可以平字赅之。"②可知学界对"平话"之"平"义,代表意见有二:一为只说不唱的散体;一为品评之意。其实这两层意思在现存平话文本中都可以用来解释元人所用"平话"之"平"义。

求诸话本这一文本本身,我们可以看到,全相平话五种多有"评议"例,如《五代史平话》卷上:"一日苏氏与小叔刘光远商量:'咱家贫子幼,难以忍饥守志,未免唤取媒人,与他评议,改事他人。'"《武王伐纣平话》卷上:"纣王召费仲,费仲至,评议玉女之事。"卷中:"有西伯侯乃集公臣、百官评议欲往见帝公事。"又:"太任召集群臣文武等,评议姬昌之事。"又:"纣王闻奏大怒,令交击鼓撞钟,聚集文武大臣,评议黄飞虎之事。"卷下:"武王看了文字并诗诵,大喜,遂宣文武至殿评议。"③他不赘举,知上所引文之"评议"即"商议""讨论"之意。

许慎《说文解字》无"评"字,惟"訂"字下云:"平,议也。"段注引《考工记》注:"参订之而平。"④"平"为修饰语,与话本的"评议"构词上有区别。但话本的"评议"是由"平话"进一步发展而来。《宋本玉篇》云:"评,平言也。"⑤意为公平之言。《广雅·释诂》:"訂、评、图、谋、虑,议也。"⑥"评""议"同义,都是"谋"的意思。话本中"评议"的"商量""讨论"义,即是"谋"义的发展。另《三国志·魏书·杜畿传》:"大事当共平议。"此"平议"可释为"商议",义与此同⑦。可见,"平议"之"平"与"评议"之"评"至少元时在"商议"这一意

① 吴小如:《释"平话"》,见《古典小说漫稿》,上海古籍出版社1982年版,第19—21页。
② 张政烺:《讲史与咏史诗》,商务印书馆1949年版。
③ 丁锡根点校:《宋元平话集》,上海古籍出版社1990年版,第170、408、435、436、447、464页。
④ (清)段玉裁:《说文解字注》,上海古籍出版社1981年版,第92页。
⑤ (梁)顾野王:《宋本玉篇》,中国书店1983年版,第170页。
⑥ (魏)张揖撰,(隋)曹宪音:《广雅·释诂》卷四,《丛书集成》初编(第1160册),中华书局1985年版,第44页。
⑦ 蒋绍愚、江蓝生:《近代汉语研究》(二),商务印书馆1999年版,第351—352页。

义上是相通的,这或许就是元明以来"平话"与"评话"内涵有相通、相交之处的语源上的原因。

虽然"平话"之"平"义仍存歧义,本书仍旧沿用学界所习用的"平话"一词来概称宋元时演说历史的话本,讨论所及包括现存《梁公九谏》《五代史平话》《宣和遗事》《薛仁贵征辽事略》《全相平话五种》乃几种讲史类话本,因为在现存几种讲史类话本中,元刊《全相平话五种》仍是最典型、最具影响力的讲史类话本,因此本书仍袭用"宋元平话"来名篇标题,在某种程度上是为了强调讲史类话本与小说话本等体式相比所具有的区别性与独特性;然本书有时又用"讲史类话本"这一概念,目的在于涵盖现存所有以讲史为主要内容的话本,是强调其外延的扩展性。

此外,据孙楷第《中国通俗小说书目》卷一《宋元部·讲史》著录,另有《吴越春秋连像平话》一种,惜未见,仅见于日本毛利家藏书目。可大体推测《吴越春秋连像平话》所敷演故事可能依傍先秦两汉史著如《国语》《史记》等正史,与稗官野史如后汉赵晔《吴越春秋》、袁康《越绝书》之类,亦当为讲史类话本一系。所谓"连像",当与《全相平话五种》相类,图文并茂,因未能得见原书,故不拟列入本书讨论范围。

### (二)研究意义

在中国小说发展史上,讲史类话本是其中的一个重要环节。这不仅是因为它自身具有独特的文学价值和重要的历史地位,有助于研究宋元时期市民的政治文化、思想形态以及市井艺人的讲史艺术;更重要的是它开启了中国长篇白话小说的历史,它们在题材内容与艺术形式上直接孕育了元以后的长篇章回小说。因此有学者认为,没有话本小说就没有元明清的白话通俗小说;而没有宋元之际讲史类话本的长期艺术积累,也就没有明清章回小说的繁荣,也就没有大半部中国小说史。对古典小说研究进行整体把握和研究是必要的,但为了能看清总体,自然必先了解构成它的每个部分,乃至它的重要枝节的发展史。话本研究只能算是白话小说的环节,而讲史类话本仅是话本研究中的一个细节分支,但弄清它的发展情况、探讨它的发展中的规律性的问题正是研究话本、明清章回小说乃至整个古代白话小说的不可或缺的重要一环。这正是本书研究的目的及意义所在。

古典小说研究自20世纪80年代以来再度掀起新的学术热潮,小说美学、小说史、小说理论批评等专著不断涌现,而某些重要编撰者作品的研究有的竟成为专学。近年来随着研究的深入,对于小说及讲唱艺术形式的专题研究已逐步得到重视,出现了《明清神魔小说研究》《诸宫调研究》《明代杂剧研究》等分体分段研究的专著①。这类专题研究有利于在点的基础上深入探究个体的各个方面,避免浮泛;又可以以点带面推进更广泛而深入的整体研究。然而在整个古典小说研究中,尚缺乏一种以讲史类话本为对象的,全面地、系统地论述这种对中国近代小说产生了深远影响的题材的专著。这不仅与整个古典小说研究中重视明清小说,尤其是以四大名著的研究为重心的格局有关,也与话本尤其是讲史类话本本身存在的问题有关,使很多研究者对此都心存困惑。诚如美国学者夏志清所言,"这些确系宋人所作的话本,使我们清楚地了解到职业说书人实际讲述的故事在形式和修辞上有些什么特色;不过,让我以这些形诸书面的话本作为评判说书人独特艺术的标准,我仍然是会迟疑的";并认为"在简略的故事脚本与一位著名的说书人所实际讲述的故事之间,一定还有很大的距离"②。这种距离是可以想见的。因为"孟元老等于宋绍兴丁卯(1147)与亲戚谈曩昔之事,后生尚且'妄生不然';我辈处千年之后,要弄清宋元讲史的全部实情,无疑是更为困难的事。除了时代的悬隔,更受文献不足的先天制约";因而欧阳健先生认为"研究讲史类话本时,至少应考虑以下因素:一是在瓦舍勾栏中表演的'说话',有一部分得到了及时的记录,以为日后讲说或传授弟子的底本(所谓'话本'),另一部分却未得记录,因而永久地失传了;二是所得到记录的讲史类话本,有一部分可能得到了刊行的机会,另一部分却未得刊行,因而永久地失传了;三是得到刊行的讲史类话本,有一部分幸运地保存下来,而另一部分却失传了,遂成了千古绝响"③。

但我们却只能以现存几种已经过后人修订的讲史类话本为研究对象。尽管存在这诸多局限与不利因素,讲史类话本这种对中国近现代小说产生了深远影响的文体仍值得我们去对现存几种讲史类话本细加探究,以期对古代小说研究以及以讲史类话本为语料的语言学研究有所助益。

---

① 胡胜:《明清神魔小说研究》,中国社会科学出版社 2004 年版;龙建国:《诸宫调研究》,江西人民出版社 2003 年版;戚世隽:《明代杂剧研究》,广东高等教育出版社 2001 年版。
② [美]夏志清:《中国古典小说史论·导论》,胡益民等译,陈正发校,江西人民出版社 2001 年版,第 7—8 页。
③ 欧阳健:《历史小说史》,浙江古籍出版社 2003 年版,第 36 页。

# 第一章　宋元讲史与讲史类话本的历史与发展

宋元讲史与讲史类话本都有一个渊源有自的发展过程。在对整个宋元平话予以文献整理与研究之先,有必要对它们的发展历程作一完整的溯源镜流的工作。对此,前辈学者的相关研究已有所论及,然无论是宋元时期的讲史活动还是形诸文字的讲史类话本,迄今为止,仍有不少问题值得我们对之重加考辨与探析。

## 第一节　宋元讲史与讲史类话本的先声

"说话"与话本的重要一支是宋元讲史与讲史类话本,它们可以溯源到唐五代的"说话"、俗讲与转变中涉及历史故事的讲演活动及其用以讲演的底本。唐五代的这类演说及其相关文本,可视为宋元讲史与讲史类话本的先声。

### 一、宋元讲史的先声——唐五代的"说话"、俗讲与转变

关于"说话"之"话",释慧琳《一切经音义》卷七〇云:"话,胡快反。《广雅》:话,调也。谓调戏也。《声类》:话,讹言也。"孙楷第先生据此推论,"凡事之属于传说不尽可信,或寓言譬况以资戏谑者,谓之'话'。取此流传故事敷演说唱之,则谓之'说话'。业此者谓之说话人"①。"说话"的孕育阶段可以远溯至上古时期,那时候"人在劳动时,既用歌吟以自娱,借它忘却劳苦了,则到休息时,亦必要寻一种事情以消遣闲暇。这种事情,就是彼此谈论故事,而这谈论故事,正就是小说的起源"②。这种"彼此谈论故事"的传统可谓源远流长,后世所谓的"柴堆三国"应是此类"谈论"的流风余绪。

至隋代,开始出现"说……话"的情况,明确将故事指称为"话"的记载,如《太平广记》卷二四八引《启颜录》:

---

①　孙楷第:《"说话"考》,见《沧州集》(上),中华书局 2009 年版,第 67 页。

②　鲁迅:《中国小说的历史的变迁》,见《中国小说史略·附录》,人民文学出版社 1973 年版,第 270 页。

白在散官,隶属杨素,爱其能剧谈,每上番日,即令谈戏弄,或从旦至晚始得归。后出省门,即逢素子玄感,乃云:"侯秀才可以(与)玄感说一个好话。"白被留连不获已,乃云:"有一大虫欲向野中觅肉……"①

此"说……话""话"(义指故事)当与后世"说话""话本"有着某种关联。但直至唐代才"说""话"二字连用,较早见于唐郭湜《高力士外传》:

上元元年(760)七月,太上皇(玄宗)移仗西内安置。每日上皇与高公(力士)亲看扫除庭院,艾薙草木,或讲经、论议、转变、说话,虽不近文律,终冀悦圣情。②

至于引文中"讲经、论议、转变、说话"者究为何人,有学者认为是高力士安排艺人进行的,笔者则倾向于认为有可能是高力士等人向艺人学来客串的③。

唐以前"说话"艺术的发展一直比较缓慢,随着唐代城市、商业经济的快速发展,以及城市中由手工业者、商人、小吏、兵士等组成的准市民阶层的产生(这个阶层需要相应的文艺娱乐),"说话"逐渐从初盛唐盛行的转变中脱离开来成为独立伎艺之一;至中唐时,"说话"艺术已达到较高的艺术水平。这从元稹诗"翰墨题名尽,光阴听话移"中所透露的信息可以推知。该诗句下有元氏自注,云:"乐天每与余游从,无不书名屋壁,又尝于新昌斋宅说'一枝花话',自寅至巳,犹未毕词也。"④一般认为,此"一枝花话"即演说长安名倡李娃之事,而据李剑国先生考证,"宋人称李娃名一枝花始于曾慥",此后

---

① (宋)李昉、徐铉等:《太平广记》(第5册),中华书局1961年版,第1920页。
② 王汝涛编校:《全唐小说》(第1册),山东文艺出版社1996年版,第25页。
③ 这段话也见于《说郛》卷一一〇《杨太真外传》卷上,对于太上皇被李辅国逼迫"移仗西内"的过程记述甚详:李辅国"领铁骑数百人,便逼近御马。辅国便持御马,高公惊下争持,曰:'纵有他变,须存礼义。何得惊御?'辅国叱曰:'老翁大不解事,且去。'即斩高公从者一人。高公即椓御马,直至西内安置。自辰及酉,然后老宫婢十数人将随身衣物至,一时号泣。"当时局势的严峻性几及政变,连玄宗的亲妹妹玉真公主都被从玄宗身边隔离出去。在这样紧张的形势下,在政治舞台上长袖善舞却至为谨慎的高力士不太可能安排艺人来"转变、说话"的,倒有可能是其本人与其他侍者客串的,目的是排遣玄宗的落寞与失意。但不管怎么说,"说话"这门伎艺此时想必已经流行较广,以致其人听多了都能客串。据任塘《唐戏弄》,盛唐时连王公贵戚中如宋璟二子已喜客串戏弄,因此侍者之中也可能存在如南宋高宗时的内侍纲一样的擅长民间伎艺者。
④ (唐)元稹:《元氏长庆集》卷一〇《酬翰林白学士代书一百韵》,上海古籍出版社1994年版,第55—56页。

便以讹传讹①。此《一枝花话》无文本流传或文本早已散佚,其具体面貌已无可推测,但它近于宋元时的小说话本则无疑。至于新昌斋里的说话人究为白居易本人还是另有他人,学界亦有争论,笔者则倾向于另有艺人在演说。因为诗句中"翰墨题名尽"的主语是白居易与元稹等人,则"光阴听话移"中"听话"者亦应为白居易及其客人如元稹辈;且《一枝花话》自寅(夜里三时至五时)至巳(上午九时至十一时),一连讲了五六个小时"还未毕词",可见其中很可能有专业说话艺人的添枝加叶,随机生发多敷演之处才会历时如此之长。

说话内容有可能属于历史故事的是唐人段成式《酉阳杂俎》续集四《贬误》中的一段记载:

> 予太和末因弟生日观杂戏,有市人小说,呼扁鹊作褊鹊字,上声。予令任道升字正之。市人言:"二十年前常于上都斋会设此,有一秀才甚赏某呼扁字与褊同声,云世人皆误。"②

胡士莹先生认为以此可以推知,此"市人"即街坊艺人(包括各种伎艺人),其所演说的是历史人物扁鹊的故事,应该与后世的讲史相近了③,此论甚确。虽然唐代的"说话"艺术得到了长足的发展,却无任何文本留传至今,甚至连盛名之下的《一枝花话》也无例外,故而我们无从考证唐代讲史类话本的真正面目。

相较于"说话"与话本,唐代转变及演史类变文与宋元讲史及讲史类话本的关系更为密切。唐代伎艺除"说话"外,还盛行僧讲与俗讲。僧讲以僧人(多为高僧大德)讲解佛教经文为主,接受对象为普通的佛教徒;而俗讲的对象已转化为一般世俗男女,且以讲述故事为主,所讲已不局限于佛经故事。唐时俗讲盛极一时,赵璘《因话录·角部》记载有俗讲僧文溆俗讲时的效果:"愚夫冶妇乐闻其说,听者填咽寺舍,瞻礼崇奉,呼为'和尚',教坊效其声调,以为歌曲。"④甚至皇帝也亲临听讲,如《资治通鉴》卷二四三《唐纪》五十九记载了敬宗李湛亲临兴福寺听文溆俗讲。俗讲者多"类谈空有","又不

---

① 李剑国:《唐五代志怪传奇叙录》(上),南开大学出版社1993年版,第280页。
② (唐)段成式:《酉阳杂俎》续集四《贬误》,《全唐五代笔记》(第2册),三秦出版社2012年版,第1716—1717页。
③ 胡士莹:《话本小说概论》(上),中华书局1980年版,第27页。
④ (唐)赵璘:《因话录·角部》,中华书局1985年版,第25页。

能演空有之义", "徒以悦俗邀布施而已"①。正因为俗讲的这种世俗邀利目的, 为了达到其悦俗目的, 俗讲僧不得不注重所讲演故事的曲折动人, 这使得它和转变、"说话"具有某些共同特点, 它们必定会相互影响并吸收各自之长处。

一般认为俗讲晚于转变, 如有学者认为, "佛家'俗讲'当时吸收了中国本土'转变'伎艺的某些成分, 包括讲唱'押座文'在内无疑"②。在唐五代的文献中, 有关"转变"的记载并不多。在上引郭湜《高力士外传》中的"或讲经、论议、转变、说话, 虽不近文律, 终冀悦圣情"一条记载中, "转变"是与"说话"并列的伎艺之一。此外,《太平广记》卷二六九"宋昱、韦儇"条引用《谭宾录》的一则"转变"材料, 云:

> 杨国忠为剑南, 召募使远赴泸南, 粮少路险, 常无回者。其剑南行人, 每岁令宋昱、韦儇为御史, 迫促郡县征之。人知必死, 郡县无以应命。乃设诡计, 诈令僧设斋, 或于要路转变, 其众中有单贫者, 即缚之……③

以上两段材料都是发生在玄宗天宝(742—756)末年至肃宗至德(756—758)、乾元(758—760)年间的史事, 说明转变至迟在唐玄宗时已较流行。此外唐诗人中具体描写转变的内容与演出情形的有吉师老《看蜀女转昭君变》"……翠眉颦处楚边月, 画卷开时塞外云。说尽绮罗当日恨, 昭君转意向文君", 以及王建《观蛮妓》"欲说昭君敛翠蛾, 清声委屈怨于歌。谁家年少春风里, 抛与金钱唱好多"④, 又李贺《许公子郑姬歌》也有类似描述。以上材料说明转变是以歌唱或说唱故事为主要手段的伎艺, 有时甚至需要与相关的画图配合讲唱, 这些都是与说话、俗讲等伎艺相异的地方。

俗讲、转变与说话相互影响, 但孰先孰后, 学界却观点不一。有学者认为, 说话伎艺由于具有深厚的本土文化传统的滋养, 直接影响了外来的俗讲、转变, 使其具有种种讲唱艺术的特征⑤, 胡士莹《话本小说概论》、萧相恺《宋元小说史》二书所持观点相近。然潘建国《佛教俗讲、转变伎艺与宋元说

① (宋)司马光编著, (元)胡三省音注:《资治通鉴》卷243, 中华书局1956年版, 第7850页。
② 金曲良:《变文的讲唱艺术——转变考略》,《敦煌学辑刊》1989年第2期, 第93页。
③ (宋)李昉、徐铉等:《太平广记》(第6册)卷二六九, 中华书局1961年版, 第2109页。
④ 上引诗分别见曹寅、彭定求等:《全唐诗》, 上海古籍出版社1986年版, 第1915、760页。
⑤ 参见李骞:《唐话本初探》, 路工:《唐代的说话与变文》, 见周绍良、白化文主编《敦煌变文论文录》, 上海古籍出版社1982年版。

话》一文持相反观点,认为"印度的说唱艺术要远比中国成熟得早、发达得多",而"截至唐代中前期,中国本土的说话依然停留在一个较低的发展层面上",按照文化传播的一般规律,接受影响的应该是中方这一较低的文化层面。且在唐代寺院斋会已成为当时各种伎艺会演的场所,在这种近距离的接触交流中,各种伎艺不可避免地会互相影响,进而吸收彼此的长处。说话伎艺在这过程中吸收了俗讲、转变伎艺的更为宏大的篇幅规模,乃至具体的轨仪制度,甚至用语习惯。而说话伎艺中的幽默谐谑、机智生发,更为丰富生动的口语的运用,也会对俗讲、转变产生积极影响。此后随着市民阶层的壮大,说话伎艺因吸收新鲜的养料,更能为市民提供文化娱乐需要,得以迅速发展起来①。在文学活动中,像这样一种文类追慕另一种文类的现象是常见的,然而任何一种文类,都会有冲破文类束缚的内在倾向,呈现"超文类模仿"吸纳的现象,导致高低不同文化层面的倾斜与转化。或许一开始如潘建国先生所言,受印度等外来文化影响的中国唐代早期的说唱伎艺如俗讲、转变本处于较高的文化层面,积极影响了本土处于较低文化层面的说话伎艺;然而随着唐代后期特别是宋元商业经济的发展、市民阶层影响的扩大,吸纳了先进素养的说话伎艺渐趋成熟,逐渐影响原先居于较高文化层面的俗讲、转变等伎艺。因此在这一时期的转变、说话之间的界限有时是模糊的,诚如孙楷第先生所言:"大概转变、说话,细分则各有名称,笼统的说则不加分别。唐朝转变风气盛,故以说话附属于转变,……宋朝说话风气盛,故以转变附属于说话,凡伎艺讲故事的,一律称为说话。"②而入宋以后转变与变文趋于衰落的原因,则跟宋代的相关禁令有关。早在北宋真宗时候就有申禁异教的明令,而在那时僧侣讲唱变文就已连带被禁止了③;此外,宋代转变伎艺的消歇,更与其本身在艺术形制方面存在诸多局限性有关,如说唱结合的演唱方式、携图助唱的形制要求等都有碍于转变艺术的进一步发展,因而逐渐被更能适应市民需要的"说话"艺术所取代。当然,转变并未因此走向真正的消亡:一方面,它的一些艺术形式(如有说有唱、韵散结合等)及题材内容都被此后的宋元"说话"乃至金元诸宫调所吸收,并内化于后来居上的这两种伎艺;另一方面,转变经过宋元时期新兴伎艺——"说话"挤压后所剩存的说唱(以唱为主)特质,逐步发展成为明清的弹词和宝卷(内容多与宗教有关)。

---

① 参见潘建国:《佛教俗讲、转变伎艺与宋元说话》,《上海师范大学学报》1999年第4期,第79—86页。
② 孙楷第:《中国短篇白话小说的发展》,见《沧州集》(上),中华书局2009年版,第55页。
③ 郑振铎:《中国俗文学史》,作家出版社1954年版,第269页。

宋元说话伎艺繁盛的标志之一是出现了所谓的"说话"四家数。至于"说话"四家数之一的"讲史"究竟始于何时，至今仍未能确考。如果"说话"可上溯至上古时期的"彼此谈论故事"，那么根据中国古远的尚史传统，谈论、讲说历史故事的远源也当相当久远。其近源今人大致有两种看法：一是以程毅中先生为代表的学者所持观点，认为唐代讲唱历史故事的"民间伎艺"是宋代讲史的"历史渊源"①；胡士莹先生基本同意这种观点，但强调"不能因此误认为'讲史'渊源于俗讲变文"，因为"'讲史'性质的伎艺活动，在唐代早已有了，'讲史'的渊源，必然是唐代或更早的民间说唱历史故事的伎艺活动"②，这种观点得到了学界较为普遍的认同。另一种观点是以张政烺先生为代表，认为"讲史"渊源于晚唐如胡曾、周昙等人的咏史诗。因为这些用七绝体写就的咏史诗，有的被人逐篇加注加评以为训蒙课本，如《新雕注胡曾咏史诗》为"邵阳叟陈盖注诗，京兆郡米崇吉评注并续序"，内中多援引村书俚语俗说以解释史事，张政烺先生认为其通俗化的评注体制与平话体制"已甚相近"，由此推断胡曾辈咏史诗的用途之一即被艺人"用为讲史类话本"；此外，有的咏史诗被用于宫廷进讲的教材，于每首诗题之下皆注大意，诗后则引史文并以己意加以按断，如周昙《经进咏史诗》，体制也与平话有相似之处③。对此胡士莹先生所著《话本小说概论》对此早已加以驳正。台湾学者李宜涯在其专著《晚唐咏史诗与平话演义之关系》中更有专章就这一问题进行了详尽而精当的辩驳。李书在比较胡曾咏史诗在现存几种讲史类话本中的分布情况与作用后得出结论："胡曾所代表叙事型的这一类咏史诗，与平话的关系仅在'有史为证'的证明关系上。平话不是为咏史诗而制作，但咏史诗却增添了平话讲史的信实度，两者形成特有的诗文共存体，彼此互相添色增光——平话因而丰富其文学意涵，咏史诗因而广传众人之口。"从而否定了陈盖之注为平话的底本，因为平话虽可能参考过陈盖之注（如《五丈原》之注），但平话并未因袭这些注文，陈盖注也未能影响平话的创作④。

综上所述，宋元讲史的远源大体可上溯至上古民间的"彼此谈论（历史）故事"，其近源则至少可上溯至唐五代的演说历史故事类转变、俗讲与说话伎艺。但从敦煌所保存的演史类变文看，大多仅演一人一事，如《伍子胥变

---

① 程毅中：《略谈宋元讲史的渊源》，《光明日报》"文学遗产"，1958 年 6 月 1 日。
② 胡士莹：《话本小说概论》（下），中华书局 1980 年版，第 696 页。
③ 张政烺：《讲史与咏史诗》，商务印书馆 1949 年版，第 642 页。
④ 参见李宜涯：《晚唐咏史诗与平话演义之关系》第五章"胡曾咏史诗与平话小说之关系"，文史哲出版社 2002 年版。

文》(拟题)、《汉将王陵变》(原题)等,与宋元的"讲史"多以断代编年的形式铺叙整个或几个朝代兴衰史事不可同日而语。这可能与宋前尚未出现《资治通鉴》等大型通史系列史书的流播有关,这在下文将专节论及。

## 二、宋元平话的先声——唐五代演史类变文

自 20 世纪初敦煌遗书被发现至今,敦煌学已发展成为一门显学。其中对于敦煌变文的研究,首先就遇到了称名与渊源等缠杂不清的问题。"变文"一词是在 1929 年由郑振铎先生在其《敦煌的俗文学》一文中提出的,他从首尾完备、保存原题的作品如《汉将王陵变》(原题)中拈出"变文"一名,遂将敦煌遗书中那些采取古来相传的一则故事,以时人所闻见的新式文体即诗与散文合组而成的文体加以敷演,使之变得通俗易解的这一类文学作品,统称为"变文"①。自此以后,"变文"一称遂为中外大多数学者所接受,并被长期沿用下来。然而自 1934 年向达先生发表《唐代俗讲考》对"变文"一名提出质疑以后,有关变文定义的讨论迄今尚未有统一意见。如周绍良先生认为敦煌文学的研究是不断发展的,认识也是不断深入的,过去笼统称为"变文"的东西,经过仔细辨识之后,仅就形制、体裁而论,大家已看到它有各种形式之不同,是不能以"变文"一词概括的。"如果把唐代民间文学都视之为'变文',认为只有'变文'一种,那就贬抑了唐代民间文学的价值。②项楚先生在指出变文其实是有"广义""狭义"之别后,又认为其"广义的'变文'概念,其实包含若干种不同的说唱文学样式,其中就有狭义的'变文'在内,在这种认识的基础上,使用广义的'变文'概念,界限是清楚的"③。项氏此论被人讥为"对多年来敦煌变文的正名研究不啻是一种历史的误区"④,然因有关"变文"的争论仍在继续,歧义纷纷犹无定论,笔者只得仍借鉴项楚先生的广义变文的分类法,并借用纪德君"敦煌演史类变文"⑤一称,用以指称包括《伍子胥变文》《前汉刘家太子传》《韩擒虎话本》在内的有多种形式并都与历史故事相关的唐代通俗文学作品,来论述宋元平话的近源问题。

敦煌演史类变文以历史人物和历史事件为依托,但又能突破历史人物

① 郑振铎:《敦煌的俗文学》,《小说月报》1929 年第 20 卷第 3 号。
② 周绍良:《谈唐代民间文学——读〈中国文学史〉中"变文"节书后》,见周绍良、白化文主编《敦煌变文论文录》,上海古籍出版社 1982 年版,第 423 页。
③ 项楚:《敦煌变文选注·前言》,巴蜀书社 1990 年版,第 1 页。
④ 张锡厚:《敦煌文学研究的历史回眸》,《敦煌研究》2000 年第 11 期,第 125 页。
⑤ 参见纪德君:《中国历史小说的艺术流变》第一章"敦煌演史类变文的美学特征及其小说史意义",中国社会科学出版社 2002 年版。

和历史事件的限制,广泛吸收相关野史轶闻和民间传说,进行加工创造而成,现存此类变文仅有《伍子胥变文》(拟题)、《汉将王陵变》(原题)、《李陵变文》(拟题)、《季布骂阵词文》(原题)、《王昭君变文》(拟题)、《前汉刘家太子传》(原题)、《韩擒虎话本》(拟题)、《张义潮变文》(拟题)、《张淮深变文》(拟题)等。郑振铎在《中国俗文学史》中指出,"在'变文'没有发现之前,我们简直不知道'平话'怎么会突然在宋代产生出来……但自从三十年代前史坦因把燉煌宝库打开了而发现了变文的一种文体之后,一切的疑问,我们才渐渐的可以得到解决了。我们才在古代文学与近代文学之间得到了一个连锁。我们才知道宋元话本和六朝小说及唐代传奇之间并没有什么因果关系"①。可以说宋元平话的直接源头应是敦煌演史类变文。敦煌演史类变文可以说直接沾溉了宋元平话,大致可以归纳为以下几点。

首先,从题材来源与演史方式看,宋元平话主要继承了敦煌演史类变文的传统,其题材大多源于历史故事、民间传说、神怪故事,其结撰方式乃至描写方法上都有迹可循。

譬如《伍子胥变文》演述春秋时伍奢为楚相时,因谏楚平王勿纳子媳为妃而遭平王囚禁,不仅如此,楚平王还诈以伍奢名义欲诱招分别在郑国和梁国为官的伍奢二子即子尚与子胥前来救父,意欲一并杀害,却因子胥看出其中之诈迅即逃离,平王因而严令缉捕子胥,变文主体部分即备叙子胥历尽艰险的逃亡之旅,并最终得以复仇的历史故事。关于伍子胥的故事,在《史记》《越绝书》《吴越春秋》等两汉史籍中都有记载,但大都与其他人事纠结在一起。《伍子胥变文》不但将伍子胥的事迹加以拣择并集中统一起来加以结撰,更对原有史料进行了艺术虚构与加工,创造出一些新奇可喜的故事情节,因而"气魄甚为弘伟,大似《季布骂阵词文》,虽充满了粗野,却自有其不可掩没的精光在着"②。对此程毅中先生一方面声称《伍子胥变文》"不妨称之为诗话体的小说",因为"伍子胥话本有说有唱,而以表述为主,穿插以故事人物的诗歌,与唐代传奇有共同点,而更接近于后世的《大唐三藏取经诗话》……诗话体的小说";另一方面却又觉得"它的篇幅漫长,情节曲折,却比后世的诗话更为宏伟,可以算是长篇的讲史类话本,值得我们重视"③。程先生这一看似前后矛盾的论调,正说明了包括《伍子胥变文》在内的变文存在相对于后来的宋元讲史类话本来说还未成熟、定型的特点。

---

① 郑振铎:《中国俗文学史》(上),作家出版社1954年版,第180页。
② 郑振铎:《中国俗文学史》(上)第六章"变文",作家出版社1954年版,第253页。
③ 程毅中:《唐代小说史话》,文化艺术出版社1990年版,第89—90页。

　　尽管如此,敦煌类演史变文仍然对此后发展壮盛的宋元讲史类话本乃至明清历史演义小说都有着相当重要的传承与借鉴意义。譬如上述《伍子胥变文》无论是取材方式抑或是演史态度,都对其后的讲史类话本有着重要的意义。宋元平话中诸如《乐毅图齐七国春秋后集》《武王伐纣书》等都与它有着极为相似的取材方式与演史范型,甚至在某些情节内容方面也为后者直接沿袭。如变文中伍子胥被其二甥追捕逃亡时,子胥被逼卧于芦中作法自护,在这段故事中,子胥几被描写成了一个"术士"形象,其法术及作法情节与《武王伐纣书》中姜尚替武吉禳灾却捕一节几乎如出一辙,这类术士形象与情节在《三国志通俗演义》中"多智近妖"的诸葛亮身上都可见其遗迹,可以概见变文与讲史类话本、明清历史演义之间相互承袭的轨辙。又如《汉将王陵变》中虚构的王陵斫营之事,就被明代熊大木《全汉志传》所承袭,两相对照可知后者仅对前者作了很小的改动。如果真如学者所推测的那样,熊大木的《全汉志传》的前身很可能就是现今已佚失的《前汉书平话正集》与《前汉书平话续集》两种平话,那么我们可由此推知它们之间在内容题材层面明晰的发展传承轨迹,即由《汉将王陵变文》影响了宋元平话《前汉书平话正集》与《前汉书平话续集》,再由平话影响到明清历史演义中的《全汉志传》。

　　在结撰方式层面,敦煌演史类变文对于宋元平话也有着借鉴意义。譬如《韩擒虎话本》的韩擒虎本人在《隋书》与《北史》中都有传曾予记载,然将此史籍记载与《韩擒虎话本》两相对比可发现,此变文于史传之外作了大量的生发和虚构。如其中韩擒虎与使者赌射的情节,本为隋大将贺若弼事(见《隋书·贺若弼传》),而一射双雕则是另一大将长孙晟事(见《隋书·长孙晟传》),变文却都将它们嫁接于韩擒虎一身。这种张冠李戴、移花接木的结撰方式为此后的宋元平话所直接继承,其中最明显的承继者莫过于《乐毅图齐七国春秋后集》,此平话中置本为田单火牛阵之事不顾,悍然嫁接于平话主人公孙膑头上。此外,《韩擒虎话本》开篇有"会昌既临朝之日"字样,会昌(841—846)为唐武宗年号,距离隋大将韩擒虎故事的发生年代已滞后两百多年,这种常识性的错误,固然可能"因周武帝和唐武宗都是反对佛教的,所以说话人对历史年代发生错误"[①],然杨妃毒死皇帝的情节,则又是北周宣帝时的事情,属隋开国之前的时段,这种历时史事前后混乱的舛误的发生,一方面显示了变文编撰者对于历史常识的模糊不清,另一方面也有可能是

---

① 　王重民等编:《敦煌变文集》卷二《韩擒虎话本·校记(二)》,人民文学出版社1957年版,第207页。

话本编撰者出于艺术构思的需要，不惜有意地张冠李戴，从而进行移花接木般的艺术加工。这类有意误解史事的移花接木的虚构结撰方式在宋元平话中更属常见，亦可见其一脉相承之迹。至于在具体战争描写方法上，变文的此类描述方法与技巧直接为后来的讲史类话本所继承。如《韩擒虎话本》中描写韩擒虎与陈将任蛮奴比斗阵法，以“五虎靠山阵”“引龙出水阵”等阵法进行比拼，就被后世讲史类话本尤其是《七国春秋平话后集》《秦并六国平话》等书直接继承并发扬光大。此外，像韩擒虎与蕃使赌箭的描写，《汉将王陵变》中的夤夜偷营劫寨情节，《李陵变文》中的单于火攻之术，在讲史类话本和历史演义中频频出现，几成程式化范型。

至宋代说话已有家数门庭之分，其中“说铁骑儿”是否能为独立之一家，至今仍没有定论。然而早在唐五代的转变伎艺中，不仅有《韩擒虎话本》那样演述前朝隋代历史故事的，也有《张义潮变文》《张淮深变文》这类演述唐时当代史事的变文，而后者很可能即为后世之“说铁骑儿”话本之滥觞。《张义潮变文》与《张淮深变文》真实地记述唐大中十年、十一年前后，张义潮、张淮深叔侄几次击败吐蕃、吐谷浑、回鹘侵掠的故事，热情地讴歌了他们收复、维护河西地区的统治与安定的英雄业绩，令人叹惜的是这两篇变文皆首尾不完。对于宋代的“说铁骑儿”，胡士莹先生认为“它与‘讲史’不同……专门讲说宋代的战争，具有现实性。从南宋及后世存在的有关宋代战争的作品来看，当时‘铁骑儿’的具体内容，很可能是《狄青》《杨家将》《中兴名将传》(张韩刘岳)以及参加抗辽抗金的各种义兵，直至农民起义的队伍”①。这样理解的话更可看出变文对讲史类话本的影响所在。《张义潮变文》与《张淮深变文》不仅于史有征，而且还可补史书之阙略，可谓开创宋元平话乃至明清历史小说中以当时人写当代事的先例。不管“说铁骑儿”是否为宋元“说话”四家中的独立的一家，都不妨碍上述结论的成立。因为不管是唐时的张义潮、张淮深叔侄，还是宋时的张浚、韩世忠、刘锜、岳飞等中兴名将，甚至《梁公九谏》中的唐相狄仁杰，都是世人心中捍卫家国的脊梁式英雄，在当时与后世人民心目中享有崇高的地位与声望，以致民间艺人将其编为说唱文学，广为传播，流传后世。

其次，从结构体制看，宋元平话的入话、结尾、正文的“韵散结合，以散体为主”的讲述体制，也是继承与发展敦煌演史类变文的结果。

例如《韩擒虎话本》，全篇描写隋朝开国大将韩擒虎灭陈御蕃的故事。

---

① 胡士莹：《话本小说概论》，中华书局1980年版，第113页。

但开篇先从法华和尚讲《法华经》引得八大海龙王前来听经，后为报答和尚，龙王送一盒龙膏给和尚，教他为杨坚治头疼，且换脑盖骨，以戴稳平天冠讲起；接着叙说杨妃用药酒毒杀皇帝，册立其父杨坚为帝；随后才说到杨坚命韩擒虎出兵讨陈的主体故事。这占了整个故事全篇近三分之一的叙述部分，与正文故事有距离却又不无关联，极似后世话本的入话与头回，或者说直接启发了后世讲史类话本的结构之一——入话与头回，且基本奠定了其入话、头回故事与正文故事之间的关系：或相对，或相近。在正文的叙述体制上，转变所采用的韵散相间的说唱方式所遗留下来的结构体制，在讲史类话本中则进一步发展为半文半白，并以白话讲述为主，以诗歌、韵语为结尾的文本体制。

至于《韩擒虎话本》篇末"画本既终，并无抄略"语，一般认为是抄手的附言。其中"并无抄略"一语显系妄言，因为该句之上为"皇帝亦（一）见，满目泪流，遂执盖酹酒祭而言曰"，"曰"后却无相应下文，其"抄略"之迹显而易见。至于皇帝的祭文与《叶净能诗》一样是韵文还是其他形式，自然也已不得而知。但不管是哪种形式，都对后世宋元平话篇末都有结尾诗这一结篇特点不无启发意义。综观《韩擒虎话本》，首尾完整，通篇为散文，无诗赞，朴质无华，有一定的史实依据，又做了很好的虚构加工。胡士莹先生称它"是一个历史事实和民间传说相结合的话本"①，也不无道理。

此外，变文在讲唱历史故事时，为便于听众更好地理解讲唱的内容，往往配以生动、直观的图画。这从《汉将王陵变文》中"从此一铺，便是变初"，《王昭君变文》中"上卷立铺毕，此入下卷"的提示语可以看出。其图画主要出现于故事关键之处，即讲与唱的交替之处。这时候讲唱者常用"……处，若为陈说"等套语，提醒听众看图，同时开始用韵文的方式将画面上的情节唱给观众听，使人能充分调动起听觉与视觉的双向效应，也能更好地体味与把握故事核心内容，更深地感受故事内所蕴含的情绪与氛围。这种图文结合的方式直接启发了后来的宋元平话，如《全相平话五种》及明代的一些历史演义小说，正文的每页上方约三分之一处皆有图像，图像左右两边还有小标题，用以概括该页的内容。这样即使是识字有限的读者，也能依据图像与标题大致揣摩出故事情节。变文配图是为了辅助讲唱，而讲史类话本、历史演义小说的配画则是为了帮助阅读，二者虽有口头文学与书面文学之别，但其目的却都是为了平易适俗，我们很容易发现二者之间的先后与发展演变轨迹。

---

① 　胡士莹：《话本小说概论》，中华书局 1980 年版，第 31 页。

　　此外,敦煌演史类变文在情节结构上讲究传奇性,往往只截取英雄人物最具有传奇色彩的人生片段,抓住其主要性格及命运变化,以打动读者、发展故事的结构路径与方法,也直接影响了宋元平话乃至明清的英雄传奇小说。如《韩擒虎话本》中韩擒虎的英雄情节就直接被明清英雄传奇小说中的《说唐全传》所吸取。现存几种宋元平话同样地主要以王翦、张飞、薛仁贵、姜尚、诸葛亮等历史名人作为组织、生发故事情节的焦点式主人公,他们的英雄性格和传奇经历构成了话本叙述的核心,而他人多为陪衬而已。这种结撰方式的相似性可见出二者之间的相承处。

　　最后,在语言的运用方面,敦煌演史类变文也对宋元平话有着良好的启迪意义与滋养价值。

　　敦煌演史类变文所用语言与讲经文和其他变文的骈体、骈散过渡体不同,非常接近民间口语,基本上采用了白话散体文,给后世宋元话本在语言方面提供了有益的借鉴,甚至被直接借用。如《韩擒虎话本》中的语言多有直接为宋元平话所承袭处,其中的某些句式范型也发展成为讲史类话本中的陈辞套语,如"说其中有一僧名法华和尚……""说者酒未饮之时一事无,才到口中脑裂身死""排此阵是甚时甚节? 是寅年、寅月、寅日、寅时"等皆是。敦煌演史类变文中还经常以设问的方式,将设问置于情节悬念之处,以吸引听众的注意力。譬如《韩擒虎话本》中有句云:"贺若弼才请军之次,有一个人不恐,是甚人? 是即大名将是韩熊男";"排此阵是甚时甚节?"这类设问在宋元平话中也是随处可见,譬如《乐毅图齐七国春秋后集》中"七国混战"这一标目下的一段文字内就有"不知胜负如何?""看先生定下甚计来?""且看胜败如何?""胜负如何?"可见宋元平话用这些悬疑句吸引受众的注意力的源头正是演史类变文。

　　此外,敦煌演史类变文比较注重时空概念,善于灵活处理时空的大跨度跳跃与转换,如《伍子胥变文》:"不经旬月之间,即至吴国",其他变文常常使用的"不经旬日中间""不经旬月之间"等类套语,就为讲史类话本所承袭,用以表达时间的跨越以架构情节的大幅度转换①。譬如宋元平话中常见的"唱喏"一词,在《季布骂阵词文》中早已多次出现;又如《汉将王陵变》有句如:"忆昔刘项起义争雄,三尺白刃,拨乱中原。东思禹帝,西定强秦。鞍不离马背,甲不离将身。大陈(即阵,后同)七十二陈,小陈三十三陈,陈陈皆输

――――――――――

① 参见纪德君:《中国历史小说的艺术流变》第一章,中国社会科学出版社 2002 年版。

他西楚霸王。"①其中"鞍不离马背，甲不离将身"直接为《梁公九谏》等讲史类话本频频袭用。而《三国志平话》以及更晚完成的《三国志通俗演义》中刘备最引人注目的外貌特征（预示他的帝王命运的特征之一）就是"手垂过膝"，而《伍子胥变文》中那位被楚王强纳为妃的秦穆公之女的面貌竟然也是"鼻直颜方，耳似穗珠，手垂过膝⋯⋯"可见变文与讲史类话本之间不仅存在思想意识的承袭，而且有着语言之间的相承。

总体上看，敦煌演史类变文与宋元平话在语言方面的相似相承这一点至为重要。宋以后的俗文学，之所以能别焕异彩，为中国俗文学史上创一新纪元者，自然原因甚多，然其中最大的一个原因，应当是它采用一种活的语言作描写的工具。而敦煌文学中的变文有一大部分是用当时日常的语言，正是经过了唐代变文的这种尝试储备工夫，在这阶段所搜集抉择的丰富的日常通用的词汇，才使后来的小说戏曲取用不竭，左右逢源，因此可以说唐代敦煌文学尤其是敦煌变文是包括讲史类话本在内的宋元话本演进中必不可少的一个阶段②。

变文是由说白和唱词两部分组成，其中尤侧重于唱词部分。但变文的主体内容是讲唱故事，对于受众来说，故事尤其是长篇故事，情节越细腻生动新奇，就越有吸引力；由于变文在讲唱体制上存在描写、叙述艺术上的限制，发展到相当时期，便逐渐不能满足听众的需求。为了满足听众的需求，就必须改进自己的结构——将说白部分拉长，增加描写的力量；同时将唱词部分压缩，减少演唱内容中不必要的重复。于是变文不自觉地向着小说话本转化了。而话本的特征，是着重在说白部分，往往在讲到最警醒的地方，或是故事的最关键处，便运用一两首诗词来予以概括或描述，既感觉不出什么重复，还能将听众引入更高的意境，这是话本小说胜过变文的地方，也就是变文不得不向着话本内转的原因③。而宋元话本正是吸纳了变文等多种其他文类的营养，才得以发展繁荣起来，其中就讲史类话本而言，敦煌演史类变文无论是取材、结构还是语言层面都对前者有着不可忽视的影响。

---

①　项楚：《敦煌变文选注》，巴蜀书社 1990 年版，第 106 页。

②　王重民：《敦煌变文研究》，见周绍良、白化文主编：《敦煌变文论录》，上海古籍出版社 1982 年版，第 321 页。

③　王重民：《敦煌变文研究》，见周绍良、白化文主编：《敦煌变文论录》，上海古籍出版社 1982 年版，第 305 页。

## 第二节　宋元讲史与讲史类话本的发展与繁荣

唐代讲史类转变与变文的酝酿与发展,为宋元讲史及讲史类话本进一步发展与繁荣提供了很好的契机与前提,加上宋元商业经济的发展与市民阶层的扩大,宋元讲史与讲史类话本达到了历史上空前繁荣的阶段。

### 一、宋元"讲史"缘起

据记载,北宋县以上的政治隶属城市达 1160 多个,工商业集镇近 2000个,大大超过了唐代①,城市文化也相应得到蓬勃发展。北宋时期,随着商业经济的进一步发展,许多城市如长安、成都、徽州、扬州、广州、泉州、杭州等地较唐代更为繁荣。其中北宋汴京的繁华,宋人张择端在其《清明上河图》中有着翔实而又形象的描绘,而南方杭州的繁华在著名词人柳永词中也有活色生香的图绘:"烟柳画桥,风帘翠幕,参差十万人家。……市列珠玑,户盈罗绮,竞豪奢。"②这种繁华的城市经济,为宋代"说话"的兴盛提供了优越的外部社会条件。

关于"说话"分支的"讲史"的文字记载,可远溯至《周礼·春官》"瞽矇"之"讽诵诗,奠系世"。从《国语·周语》中关于"瞽诵""瞽史教诲"的记载来看,瞽矇是以古史向君王谏劝。这种"以史为鉴"的做法奠定了国人重史的传统,而诸朝历代开国君主尤其重视历史兴亡的警戒作用。自太祖赵匡胤始,宋代诸帝都十分重视历史的镜鉴作用即缘于此。据《续资治通鉴》卷一〇一载,建炎二年,高宗曾谕问大臣:"故事:端午罢讲筵,至中秋开。朕方孜孜讲史,若经筵暂辍,则有疑无质,徒费日力,朕欲勿罢,可乎?"同书同卷载有"诏经筵读《资治通鉴》"③,可推知当时经筵官为高宗所设"讲史"的内容之一即《资治通鉴》。《宋史》卷四十六《度宗纪》,亦记载皇太子赵禥每天的日程中讲官首讲经,次讲史,以致度宗"终日手不释卷",可见宋代诸帝对历史的普遍而持久的重视。流风所及,宋代连经学家解经也流行以史解经之风。

上行下效,处于社会底层的市民阶层也不免受到影响,讲史盛行于南北

---

① 李春棠:《坊墙倒塌以后——宋代城市生活长卷》卷首,湖南出版社 1993 年版。
② (宋)柳永:《望海潮》,见唐圭璋编纂《全宋词》,中华书局 1999 年版,第 50 页。
③ (清)毕沅:《续资治通鉴》卷一〇一,中华书局 1957 年版,第 2666、2662 页。

两宋,自是时势使然。但经筵官的进讲历史与民间"说话"家数之一的"讲史"毕竟不同,民间讲史更多的是口述历史形态之一种,而口述历史的特征正如有的学者所阐释的那样,是"给口述史家一个把历史恢复成为大众历史的机会。这里的大众历史已不仅仅是记载大众的历史,它更应该是大众凭着他们丰富各异的记忆,将他们理解的历史及其对他们生活的影响用他们自己的语言表达出来,历史由此呈现出民主与富有人性的一面"①,故而口述历史不复如正史一般是历史事实的载体,它更多包含着个人记忆和历史记忆,因此也就具有更多的民间情怀和相应的审美特征,宋元"讲史"即源于此。

## 二、宋元讲史的发展

约在宋仁宗中期以后,由于瓦舍勾栏的创设与发展,北宋初原本在民间街头进行的"讲史"逐渐转移到固定场所的瓦舍勾栏中演出。据《西湖老人繁胜录》记载,杭州单是北瓦子即有 13 座勾栏,其中"常是两座勾栏专说书史"。从目前所知的材料可以看出,北宋讲史科目主要有《汉书》《三国志》《五代史》等,下文将分别钩稽其讲述情况如下。

### (一)《汉书》

据《宋朝事实类苑》记载:"党进过市,见缚栏为戏者,驻马问:'汝所诵何言?'优者曰:'说韩信。'进大怒曰:'汝对我说韩信,见韩信即当说我。此两面三头之人。'即令杖之。"②(《五杂俎》卷一六《事部四》文字稍异)党进其人据《宋史·党进传》记载不识字,太祖却"因其朴直,益厚之"③。党进既不识字,自然更无甚历史知识,至于他杖艺人之事,可能发生在太祖令他巡视京师之时,说明至少宋初讲史尚未盛行,因为连党进这样的高级武官都不太熟悉讲史这一活动的娱乐性,才导致这类笑话的发生;另一方面也说明充满传奇色彩的汉初韩信的故事一直为艺人所热衷,《前汉书平话续集》则可能已是此类讲史的集大成之作了。

此类讲史甚至引起了文人的关注,反映在其诗文中。如梅尧臣《吕缙叔云永嘉僧习用隐居能谈史汉书讲说邀余寄之》诗云:

---

① 邹情:《口述历史与历史的重建》,见《学术月刊》2003 年第 6 期,第 81 页。
② (宋)江少虞:《宋朝事实类苑》卷六四引《杨文公谈苑》,上海古籍出版社 1981 年版,第 851 页。
③ (元)脱脱等:《宋史》卷二六〇《党进传》,中华书局 1977 年版,第 9019 页。

> 奈苑谈经者,兰台著作称。
> 吾儒不兼习,尔学在多能。
> 每爱前峰好,闲穿弊屐登。
> 定将修史笔,添传入高僧。①

　　这首诗透露出记载永嘉和尚能业余讲说《汉书》的信息。至于专业艺人说《汉书》的情况,洪迈《夷坚志》有所记载,其书丁集卷三"班固入梦"条云:

> ……四人同出嘉会门外茶肆中坐,见幅纸用绯帖尾云:"今晚讲说《汉书》。"②

　　又南宋诗人刘克庄《田舍即事》诗云:

> 儿女相携看市优,纵谈楚汉割鸿沟。
> 山河不暇为渠惜,听到虞姬直是愁。③

　　由以上材料可推知两宋讲说《汉书》颇盛,说话场所不仅有城市酒楼茶肆,也有广大农村,讲说《汉书》的主要内容为刘邦、项羽逐鹿中原、争夺天下之事,以及韩信,萧何等人的故事,脍炙人口的霸王别姬类故事正是当时艺人大肆敷演之处,也是当时的听众最乐于听演之事,甚至不惜代入故事中,"山河不暇为渠惜,听到虞姬直是愁"。

　　(二)《三国志》

　　三国故事,是宋代讲史的重要节目之一。至北宋的崇宁、大观时,已产生了一位专说《三国》的艺人霍四究(《东京梦华录》卷五)。苏轼《东坡志林》记载:

> 王彭尝云:"涂巷中小儿薄劣,其家所厌苦,辄与钱,令聚坐听古话。至说三国事,闻刘玄德败,颦蹙有出涕者,闻曹操败,即喜唱快。以是知

---

① (宋)梅尧臣:《宛陵先生集》卷五三第九叶,《四部丛刊》初编集部(第 146 册),上海书店出版社 1989 年版。
② (宋)洪迈撰,何卓点校:《夷坚志》丁集卷三"班固入梦"条,中华书局 1981 年版,第 991 页。
③ (宋)刘克庄:《后村先生大全集》卷一〇《田舍即事》十首之九,《四部丛刊》初编集部(第 211 册),上海书店出版社 1989 年版,第十六至十七叶。

君子小人之泽,百世不斩。"……①

可见北宋讲述三国史事之盛,且已有明确的曹刘好恶导向,以致连薄劣小儿都已深受其影响而为之或涕或喜。

不仅"说话"如此,三国题材的故事同样也受到唐代其他俗文艺的青睐。据宋无名氏《百宝珍·影戏》记载,当时说三国之盛已影响到了当时的影戏,当此之际影戏戏目既有《唐书》也有《三国志》。宋代高承《事物纪原》卷九"影戏"条对此所载更详:

> 仁宗时,市人有能谈三国事者,或采其说加缘饰作影人,始为魏蜀吴三分战争之像。②

张耒《明道杂志》云:

> 京师有富家子……甚好看弄影戏,每弄至斩关圣,辄为之泣下,嘱弄者且缓之。③

又洪迈《容斋三笔》卷二"平天冠"条载:

> 范纯礼知开封府,中旨鞠淳泽村民谋逆事,审其故,乃尝入戏场观优,归途见匠者作桶,取而戴于首曰:"与刘先主如何?"④

以上三则材料,除洪迈《容斋三笔》卷二"平天冠"条因仅言及"戏场"未能确定为影戏外,前二则所载皆为有关三国故事的影戏方面的文献,诚如《梦粱录》所言,"其话本与讲史书者颇同",且郑振铎先生《记一九三三年间的古籍发现》一文记其所得影戏话本即所谓"影词"者就有 49 种之多,大多是长篇,每部多则 15 册,少则三四册,所叙大抵皆是家国大事、征战之戏,确

---

① (宋)苏轼:《东坡志林》卷一,中华书局 1981 年版,第 7 页。
② (宋)高承:《事物纪原》卷九,见《博异嬉戏部》"影戏",文渊阁《四库全书》(第 920 册)子部杂家类,上海古籍出版社 2003 年版,第 256 页。下文所引《四库全书》皆为文渊阁本,不再一一标明。
③ (宋)张耒:《明道杂志》,见《说郛》卷四三下,《四库全书》子部杂家类(第 878 册),上海古籍出版社 2003 年版,第 370 页。
④ (宋)洪迈著,穆公校点:《容斋随笔》,上海古籍出版社 2015 年版,第 243 页。

乎与"讲史者颇同"①。

其实三国故事早在隋唐时的傀儡戏《水饰》中就有《曹瞒浴谯水击蛟》《刘备乘马渡檀溪》等等②。民间传说三国故事的也不少,如"死诸葛走生仲达"的故事之类③,兹不赘举。此外,唐代的参军戏中也可能有演三国故事的,如李商隐《骄儿诗》有"或谑张飞胡,或笑邓艾吃"句。而唐末罗隐有咏史诗《题润州妙善寺前石羊》:

> 紫髯桑盖此沉吟,很石犹存事可寻。
> 汉鼎未安聊把手,楚醪虽满肯同心。
> 英雄已往时难问,苔藓何知日渐深。
> 还有市鄽酤酒客,雀喧鸠聚话蹄涔。④

此处"桑盖"即指刘备,很(恨)石事指刘备过江会孙权之事,皆非正史所有,明显系民间传说。嘉靖本《三国志通俗演义》中刘玄德娶孙夫人一回中全引此诗。

由上述材料可知,唐代三国故事已在各种文艺形式中流传了,并且互相吸收并相互影响。从这些记载可推知,北宋各种伎艺中所演说的三国故事,与现存元至治刊《三国志平话》无论在思想感情还是故事情节方面都已相当接近。而《水浒传》第一百一十回中也有李逵和燕青在东京桑家瓦听讲《三国志》的情节。可见三国故事在宋代的流行盛况。对于尚奇喜趣的通俗文艺受众来说,三国人物及其相关史事可以说是再理想不过的艺术素材,无论是各方奔走的英雄智士如曹刘之辈,还是其间的征伐韬略,其惊人视听的传奇因素,真是"英雄虎争,一时豪杰志义之士磊磊落落,皆非后人所能冀"⑤。这些英雄豪杰及其生平事状为各种伎艺想象提供了得天独厚的承载框架和催发因子,之所以如此,诚如鲁迅先生所言:"盖当时多英雄,武勇智术,瑰玮动人,而事状无楚汉之简,又无春秋列国之繁,故尤宜于讲说。"⑥

---

① 郑振铎:《中国文学研究》(下),作家出版社 1957 年版,第 464 页。

② (宋)李昉等:《太平广记》卷二二六《水饰图经》,中华书局 1961 年版,第 1736 页。

③ (唐)大觉:《四分律行事钞批》卷二六,(唐)刘知幾:《史通》卷五《采撰》语有"至如曾参杀人,不疑盗嫂,翟义不死,诸葛犹存,此皆得之于行路,传之于众口"。

④ (唐)罗隐:《题润州妙善寺前石羊》,见曹寅、彭定求等编《全唐诗》卷六六三,上海古籍出版社 1986 年版,第 1668 页。

⑤ (宋)洪迈著,穆公校点:《容斋随笔》续笔卷三,上海古籍出版社 2015 年版,第 134 页。

⑥ 鲁迅:《中国小说史略》,人民文学出版社 1973 年版,第 106 页。

### (三)《五代史》

战乱频仍的五代距离宋代不远,宋代人对这一段历史更加熟悉亲切。在五代那种动乱的时代中,下层人民中的强有力者往往能依靠自己的主观努力和一些客观机遇改变自己固有的卑贱地位,"小说"话本多有截取五代故事中的风云人物加以讲说的。这从后来被改编的拟话本《史弘肇龙虎风云会》(《古今小说》卷一五)与《郑节使立功神臂弓》(《醒世恒言》卷三一)可以看出。二篇中的主人公初始都只是五代时一个普通军士,却在乱世中发迹成为一方节使甚或封王称帝。这类发迹变泰的故事很容易引起市民阶层的兴趣,故而演说《五代史》的情况多有文献记载,如宋孟元老《东京梦华录》卷五《京瓦伎艺》有云:"尹常卖,《五代史》。"说明北宋时已有专说《五代史》的名家了。宋末元初周密的《武林旧事》卷六《诸色伎艺人》载有《演史》一门,其中讲史艺人如乔万卷者多达 23 人,其间当有专说《五代史》者。诗人陆游幼年亦曾听说过《五代史》,称:"俗说唐、五代间事,每及功臣,多云'赐无畏'。"①可见印象深刻。

此外,元杂剧中也透露出当时演说《五代史》的情况,如《乐府新声》中佚名《满庭芳》云:

> 《五代史》般聒聒炒炒,《八阳经》般絮絮叨叨,动不动寻人闹。

《风月紫云庭》之《混江龙》:

> (旦唱)我勾栏里把得四五回铁骑,到家来却有六七场刀兵。我唱的是《三国志》先饶十大曲,俺娘便《五代史》续添《八阳经》。

《对玉梳》第一折:

> 因甚的闹炒炒做不得个存活。每日间《八阳经》便少呵也有三千卷,《五代史》至轻呵也有二百合。又不是风魔。

又《罗李郎》第三折:

---

① (宋)陆游:《老学庵笔记》卷六,中华书局 1979 年版,第 75 页。

人都道你是教师，人都道你是浪子。上长街百十样风流事，到家中一千场《五代史》。①

可以想见，元代艺人演说的《五代史》打斗战争的场面一定特别多，而且被演述得非常精彩而热闹，其讲史活动包括此后形成的《五代史平话》，已成了小说文化不可分割的一部分。因过于熟稔，这类讲说竟对普通百姓日常生活产生了深远的影响，已成为其口谈之资，甚至用于日常口角，以形容其争吵的激烈、频繁。这类讲史艺人的演说与今存《五代史平话》的中规中矩相较，应有很大不同。但是现存《五代史平话》中仍然保留了当时说话人的某些特色，譬如其中对于五代各位开国君主出身与发迹故事的描写，应是吸收、保存了当时讲史艺人的成果，因而这部分文字显得既粗朴稚拙而又生机盎然。

在与南北两宋对峙并存的金元时期，女真贵族对五代史有关的故事颇有兴趣，如金主完颜亮的弟弟完颜充，就曾听讲史艺人刘敏说过《五代史》。据《三朝北盟会编》记载："有说史人刘敏讲演书籍，至五代梁末帝，以诛友珪句，充拍案厉声曰'有如是乎！'"②这里有两种可能：一种情形可能是完颜充在借他人之酒杯，浇自己之块垒；还有一种可能就是刘敏所讲的《五代史》与今存《五代史平话》相较属于另一个不同的版本系统，因为在今存《五代史平话》中此段情节已逸，而且据《资治通鉴》的相关记载，梁末帝朱友珪不仅弑父篡位，后又倒行逆施，其被诛似乎不太值得完颜充如此拍案大怒。

南宋讲史更盛，除北宋、金已流行的《汉书》《三国志》《五代史》外，内容更为丰富多样，讲史艺人的从业人数亦较北宋大为增加。北宋汴京一地的瓦舍勾栏讲史艺人中名姓留存至今者有孙宽、孙十五、曾无党、高恕、李孝祥、霍四究（说三分）、尹常卖（五代史）等人（《东京梦华录》），其时说话艺人留传名姓者共14人，其中小说人5人，而讲史艺人多达7人，占总量的一半，可见北宋讲史已盛。至南宋，据《梦粱录》《西湖老人繁胜录》《武林旧事》及其他笔记小说记载，讲史艺人有（△表诸书重出者）：

乔万卷、许贡士、张解元（以上见《西湖老人繁胜录》）；
戴书生、周进士、张小娘子、宋小娘子、丘机山、徐宣教、王六大夫

---

① 元人选辑：《梨园按试乐府新声》卷中第十三叶，《四部丛刊》三编（第76册），上海书店出版社1986年版。
② （宋）徐梦莘：《三朝北盟会编》卷二四三苗耀《神麓记》，《四库全书》史部（第352册），第433页。

(胡士莹先生系于说铁骑儿项下,但其人讲"诸史皆通",自可谓为讲史艺人)(以上见《梦粱录》);

　　△乔万卷、△许贡士、△张解元、周八官人、檀溪子、陈进士、陈一飞、陈三官人、林宣教、△徐宣教、李郎中、武书生、刘进士、巩八官人、徐继先、穆书生、△戴书生、王贡士、陆进士、△丘几山(陈刻作机山)、△张小娘子、△宋小娘子、陈小娘子(以上见《武林旧事》);

　　李黑子(见《偏安艺流》);

　　王与之(见《白獭髓》);

　　王防御(见《紫桃轩又缀》)。①

　　据胡士莹先生统计,除去重见的 19 人(应该是 20 人),南宋说话艺人共计 109 人,其中小说人 58 人,占比 53.2%,讲史艺人 28 人,占比 25.7%。于此可见相较北宋,南宋"说话"中小说一门的发展更为迅速,讲史一门也得到了大力发展。另据南宋徐孟莘《三朝北盟会编》卷七七统计,当时汴京城中有说话、杂剧、弄影戏、弄傀儡、打筋斗、弹筝、琵琶等艺人有 150 余家,周密《武林旧事》所载南宋各种伎艺从业人员达 540 人之多,伎艺门类多达 55 种。在如此品类繁多的百戏伎艺中,有名有姓流传下来的讲史艺人就有 28 人之众,由此可见讲史在南北两宋尤其是南宋的发展与繁盛。

## 三、元代之讲史与讲史类话本

　　由上可知,说话艺术在宋代,"小说"与"讲史"是双峰并峙的两大主流伎艺,甚至"小说"因其能于"顷刻间提破",导致其他说话人"最畏小说人"(《梦粱录》语)。到了元代,情况与宋代有些不同。"小说"一门已不像南宋那么繁荣,这可能是因为元代统治者入主中原以后,实行民族歧视和民族压迫政策,但又担心汉族人民的反动,而"小说"一支就内容来看,是最能及时反映当下现实生活和下层人民群众情绪的伎艺形式,这自然引起了元代统治者的高度关注与禁约。《元典章》规定:"农民市户良家子弟,若有不务正业,习学散乐般说词话人等,并行禁约。"②此外,《元史·刑法志四》与《通制条格》也有类似的禁令记载。而且小说中另一大内容就是风花雪月的爱恨情仇故

---

① 以上据胡士莹《话本小说概论》第二章"宋代的说话"第三节"宋代的说话人和话本作家",中华书局 1980 年版。
② 陈高华等校点:《元典章》刑部卷十九典章五十七"杂禁"条,中华书局/天津古籍出版社 2011 年版,第 1938 页。

事,它的直接素材来源于社会生活,一方面相对苦闷艰难的元代市民社会生活没有宋人闲淡丰富,另一方面,这类题材在元代有了一个新的更适宜的载体——元杂剧得以承载。这使得"小说"一门中那些与现实密切相关的题材逐渐减少了进入艺人的说话范围的机会,"小说"一门在元代的萎缩自在情理之中了。但它在元代仍然继续存在着,元人夏庭芝《青楼集》中就记载了善说小说的时小童母女的高超技艺:

> 时小童,善调话,即世所谓小说者,如丸走坂,如水建瓴。女童童,亦有舌辨,嫁末泥度丰年,不能尽母之技云。①

元代虽然仍旧存在擅长说话如时小童母女辈,但是仍不能否定有元一代小说伎艺的整体消歇。与"小说"一门的衰歇相较,元代"讲史"一门却得到了较以往更大的发展。这可能是因为讲史关涉的是历史题材,与现实隔有相当距离,使得元代统治者的警惕性得以某种程度的缓松。与之相应,元代士大夫文人对讲史艺人的态度也较为尊重甚至欣赏,如杨维桢《送朱女士桂英演史序》云:

> 至正丙午(1366)春二月,予荡舟娭春过瞿渡,一姝淡妆素服,貌娴雅,呼长年舣耀敛衽而前,称朱氏,名桂英,家在钱唐,世为衣冠旧族,善记稗官小说,演史于三国五季,因延致舟中,为予说道君艮岳及秦太师事,座客倾耳耸(听)……曰忠曰孝,贯穿经史于稠人广座中,亦可以敦厉薄俗,财如吾徒号儒丈夫者,为不如已!古称卢文进女为女学士,予于桂英亦云。②

由上可知,元代讲史艺人不限性别,且学养较为丰厚广博,故能耸动文人之耳目。元代讲史从流传下来的文本可知,一般被称为平话。至于元代讲史的内容,宋末元初罗烨的《醉翁谈录·小说引子》里的一首歌有着较为全面的反映:

> 传自鸿荒判古初,羲农黄帝立规模。

---

① (元)夏庭芝著,孙崇涛、徐宏图笺注:《青楼集笺注》,中国戏剧出版社 1990 年版,第 151 页。
② (元)杨维桢:《东维子文集》卷六,第十二叶,《四部丛刊》初编(第 245 册),上海书店出版社 1989 年版。

> 无为少昊更颛帝，相受高辛唐及虞。
>
> 位禅夏商周列国，权归秦汉楚相诛。
>
> 两京中乱生王莽，三国争雄魏蜀吴。
>
> 西晋洛阳终四世，再兴建邺复其都。
>
> 宋齐梁魏分南北，陈灭周亡隋易孤。
>
> 唐世末年称五代，宋承周禅握乾符。
>
> 子孙神圣膺天命，万载升平复版图。①

所谓"小说引子"，可以理解为"说话四家"之一"小说家"说话的"引子"。这首歌将宋以前的历史都数说了一遍，再从现在留存的《全相平话》，以及《永乐大典》所载平话目录达 26 种之多②，我们可以推测，从神农黄帝至春秋战国、秦汉三国，直到隋唐五代，终至宋代，都可能成为讲史艺人的讲说题材与来源。《醉翁谈录》所说虽是"小说引子"，但因所涉皆为历史故事，故而不如说是讲史引子来得更为准确。可惜现在仅存有《梁公九谏》《五代史平话》《薛仁贵征辽事略》《宣和遗事》《全相平话五种》等少数几种文本。有研究者指出，它们"从一些个别的传说发展成为一个具有完整体系的故事，又发展成为戏剧和英雄史诗，又发展为口头故事和民间戏剧、民歌和格言、谚语。这个道路，显然，所有其余各族讲史也是经历过的。这些故事不是古典的史诗形式，但是，它们与它相近，并且在许多方面与中亚细亚和欧洲各民族的史诗在类型上是相似的"③，不无道理。

## 四、宋元讲史的艺术要求

宋末元初罗烨编辑的《醉翁谈录》近似于说话艺人的参考资料，其甲集卷一《舌耕叙引》关系到宋元说话艺术的诸多问题，是我们研究宋元说话的重要文献。而其甲集卷一《舌耕叙引》中的《小说开辟》可算是对两宋说话人（自然包括讲史艺人）的知识、艺术修养及其高超的技巧进行了详细的叙述：

> 夫小说者，虽为末学，尤务多闻。非庸常浅识之流，有博览该通之理。幼习《太平广记》，长攻历代史书。烟粉奇传，素蕴胸次之间；风月

---

① （宋）罗烨：《醉翁谈录》甲集卷一，《续修四库全书》一二六六子部小说家类，上海古籍出版社 2002 年版，第 407 页。

② 《永乐大典》有平话一门所收至夥，皆优人以前代轶事衍为俗语而口说之。

③ ［俄］李福清：《中国神话故事论集》，中国民间文艺出版社 1988 年版，第 197 页。

须知,只在唇吻之上。《夷坚志》无有不览,《琇莹集》所载皆通。动哨、中哨,莫非《东山笑林》;引倬、底倬,还须《绿窗新话》。论才词,有欧、苏、黄、陈佳句;说古诗,是李、杜、韩、柳扁(当为篇)章。举断模按师表规模;靠敷演令看官清耳。只凭三寸舌,褒贬是非;略咂万余言,讲论古今。说收拾寻常有百万套,谈话头动辄是数千回。说重门不掩底相思,谈闺阁难藏底密恨。辨草木山川之物美,分州军县镇之程途。讲历代年载废兴,记岁月英雄文武。有灵怪、烟粉、传奇、公案,兼朴刀、捍(杆)棒、妖术、神仙。自然使席上风生,不枉教坐间星拱。……说国贼怀奸从(纵)佞,遣愚夫等辈生嗔;说忠臣负屈衔冤,铁心肠也须下泪。说鬼怪令羽士心寒胆战,论闺怨遣佳人绿惨红愁。说人头厮桄(挺),令羽士快心;言两阵对圆,使雄夫壮志。谈吕相青云得路,遣才人着意群书;演霜林白日升天,教隐士如初学道。噇发迹话,使寒门发愤;讲负心底,令奸汉包羞。讲论处不俏搭、不絮烦,敷演处有规模、有收拾。冷淡处提掇得有家数,热闹处敷演得越久长。曰得词,念得诗,说得话,使得砌。言无讹舛,遣高士善口赞扬;事有源流,使才人怡神嗟讶。①

所谓“小说开辟”即“小说引子”之义,其结构、功能近似“小说引子”。此“小说开辟”与上引“小说引子”都并列在“舌耕叙引”这个卷目之下,据此可以推测它们都是“舌耕”(即“说话”)的“叙引”。“叙引”“引子”“开辟”,三者的含义应当相近②。这里的“舌耕”可理解为“说话”,《舌耕叙引》中的一篇题作《小说开辟》,其题下注云:“演史、讲经并可通用。”说明讲史艺人不仅必须具有渊博的知识,还须具备超常的演说水平,不仅能“遣高士善口赞扬”,“使才人怡神嗟讶”,当然更能让广大市民“终日居此,不觉抵暮”,流连忘返。“在口承性(Orality)概念提出的当时,学者坚信在口承性与书面性之间横亘着难以逾越的鸿沟,随着研究的深化,人们越来越认为,在口承性的一端与书面性的另一端之间,存在着大量的中间过渡形态。这种口承性与书面性呈类似‘谱系’关系的现象,在当代民间文化中有多方面的表现。以史诗歌手而论,当今在新疆的蒙古族江格尔传奇中,有相当比例的人是识字的。他们的思维和表述,已经受到书面文化的规范和制约。他们在某种程度上,已

---

① (宋)罗烨:《醉翁谈录》甲集卷二,《续修四库全书》一二六六子部小说家类,上海古籍出版社2002年版,第409页。
② 参见凌郁之:《〈醉翁谈录·舌耕叙引〉发微》,《中国典籍与文化》2006年第4期,第27页。

经是书面文化与口头文化双重影响下的歌手了。"①像这种受到书面文化影响的口承传统的艺人在宋代的说话人中也同样存在。宋代说话人有的叫某秀才、某书生②,讲史艺人尤其是南宋的讲史艺人大多冠以进士、解元、书生等名号,这种现象在很大程度上是由宋元间市井平民滥用官名的风习所致。其中封建社会的官本位思想是其产生的基础,而唐末、五代动乱时期滥赏官爵的政治现实则是其远因,加之宋代市民阶层的勃兴与壮大以及市民鬻技得官或捐钱买官的普遍现实,使得这一风习演成燎原之势,它在某种程度上反映了新兴市民阶层追求发迹变泰以及平视达官贵人的气概。讲史艺人的这些名号,应是别人对他们的尊称,除显示对他们具有一定的文化修养的尊敬之外,还透露了讲史这门伎艺对艺人的特殊要求③。

大体而言,北宋的讲史和讲史类话本是宋元平话繁荣期之前的前提和所蓄之势。在迈向宋元话本的巅峰之路上,其奠基作用不可忽视。在古代小说发展的历史长河中,话本的繁荣期出现在南宋至元代,与之相应,"中国文学史的路线南宋起便转向了,从此以后是小说戏剧的时代"④,处于这样一个文学雅俗转型的重要关捩点上的宋代讲史与讲史类话本,对元代讲史与其话本的编撰都有不可忽视的承启作用。

## 第三节　宋元讲史与讲史类话本繁荣的原因
### ——兼及"说话"家数问题的考辨

从现存讲史类话本和宋元人笔记中的记载可以推知,随着讲史伎艺的繁荣与雕版印刷业的商业化发展,"小道"之一的讲史类话本也曾得到颇具规模的刻印发行,可以说它是讲史繁荣的原因与结果。作为"说话"家数之一的讲史,在宋元时代得以快速发展并逐步趋于繁荣,是在各种因素的合力下形成的。当探究视角置于宋元社会经济文化各个层面时,我们发现,宋元讲史与讲史类话本的繁荣原因主要体现在以下几个方面。

---

① 朝戈金:《口传史诗诗学的几个基本概念》,《民族艺术》2000 年第 4 期,第 76 页。
② 参见(宋)周密:《武林旧事·诸色伎艺人》,中华书局 1991 年版。
③ 参见纪德君:《宋元以来市井间官名滥称风习探赜》,《社会科学》2002 年第 4 期,第 76—80 页。
④ 闻一多:《文学的历史动向》,见《闻一多全集》(第 1 册),生活·读书·新知三联书店 1982 年版,第 203 页。

## 一、宋元时代商业经济与城市经济的快速发展与繁荣

唐代商业经济虽较前代有长足进步,但其都城长安,仍实行坊、市分离制,坊有围墙,开东西南北四门,或东西二门。除特定的人以外,禁止临街筑门。其时市场必须设在固定的区域,空间地点都有官府法令的规定限制。官府直接委派市令、市承等官吏管理坊市,且明令禁止夜间营业,如"开成五年十二月敕:京夜市宜令禁断"①。坊门的启闭和开市罢市,以击鼓为号,入市交易亦有固定时间;黄昏后坊门锁闭,禁人夜行。只有在朝廷特许的情况下,方许夜间开放,如上元节,唐玄宗下诏,每至正月十七、十八、十九三天夜间开放市门,此后才永为定制②。

到唐末五代时,随着中央王朝势力的衰微,藩镇地方势力的混战,导致坊墙遭受严重破坏,长期失修。北宋初期,由于有效地实行了一系列恢复和发展农业与手工业生产的措施,使得其农业、手工业都得到较快发展。在此基础上,北宋的商业较前代有了长足的进步,南北各地的农村,已出现定期的集市——草市、墟市,统称坊场。宋初虽也曾沿袭唐代的坊市制,至宋太宗仍曾下令禁止临街开门,但是随着商品经济的发展,原来的坊市制成了商业经济发展的严重障碍,政府的政令也因难以实际执行慢慢地松弛下来,坊市制就逐渐被废除了,形成了坊市合一型的厢坊制。据日本学者加藤繁考证,宋代汴京城坊制度的正式废止,是在仁宗朝的庆历(1041—1048)、皇祐年间(1049—1054)③。可以说商业经济的发展导致了坊市制的解体,其反过来又促进了宋代商品交易的繁荣。此后,临街开店,大街小巷,甚至桥头路口,都成了商品交易场所。汴京繁华的街道皆店铺林立,热闹非凡。宵禁也不得不废除,汴京城从此"不闻街鼓之声,金吾之职废也"④。于是出现了繁华的夜市。《东京梦华录》卷二"州桥夜市"条描写州桥以南各种饮食店铺开张"直至三更"⑤。北宋中期以后,汴京商业有了更大发展,一些繁华的商业区完全取消了时间限制,"夜市直至三更尽,才五更又复开张。如要闹去处,通晓不绝"⑥,出现了通宵达旦的交易盛况。

① (宋)王溥:《唐会要》(下),中华书局 1955 年版,第 1583 页。
② 唐玄宗:《令正月夜开坊市门诏》,见(清)董诰等编:《全唐文》卷三二,上海古籍出版社 1990 年版,第 153 页。
③ 参见〔日〕加藤繁著,吴杰译:《宋代都市的发展》,《中国经济史考证》卷一,商务印书馆 1959 年版。
④ (宋)宋敏求:《春明退朝录》卷上,中华书局 1980 年版,第 11 页。
⑤ (宋)孟元老等:《东京梦华录》(外四种),上海古典文学出版社 1956 年版,第 14 页。
⑥ (宋)孟元老等:《东京梦华录》(外四种),上海古典文学出版社 1956 年版,第 21 页。

孟元老《东京梦华录·序》中这样描述当时的汴京：

> 正当辇毂之下，太平日久，人物繁阜。垂髫之童，但习鼓舞；班白之老，不识干戈。时节相次，各有观赏。灯宵月夕，雪际花时，乞巧登高，教池游苑。举目则青楼画阁，绣户珠帘。雕车竞驻于天街，宝马争驰于御路。金翠耀目，罗绮飘香。新声巧笑于柳陌花衢，按管调弦于茶坊酒肆。八荒争凑，万国咸通。集四海之珍奇，皆归市易；会寰区之异味，悉在庖厨。花光满路，何限春游；箫鼓喧空，几家夜宴。伎巧则惊人耳目，侈奢则长人精神。①

可见作为北宋都城的汴京，不仅商铺邸店错杂，酒楼茶肆林立，而且出现了繁盛的夜市，市民生活水平因之普遍提高，出现了城市经济的高度繁荣景况。江南经济自东晋以来得到持续发展，随着宋室南迁，"故都及四方商贾辐辏"②。局限于江南的南宋虽然一直处于金人的兵威迫促之下，然因与金人实行和议政策，其腹心地区得以保持长时段的和平局面，且两广、福建、江浙等沿海地区，水陆交通便利，对内对外贸易都十分繁盛，这些使得南宋的政治、经济和文化迅速发展，其中作为南宋都城的临安大街小巷"大小铺席，皆是广大物货"，其繁华的程度竟超过汴京"十倍"③，杭州西湖更有"销金锅儿"之称。至元代，虽然在元初由于遭到蒙古贵族的残酷的军事掠夺与践踏，经济、商业一度被迫暂时倒退或者发展延缓，但是随着元世祖忽必烈采取一系列汉化政策以后，元代经济很快得到恢复与发展；并且由于元代统一全国，疆域远远超过前朝，南北交通、贸易空前畅通，这使得元代商业、经济在宋代的基础上得到进一步发展。

总体上看，宋元城市经济、商业的繁盛是宋元讲史与讲史类话本趋于繁荣的外部物质基础。这是因为商品经济的繁荣，为市民的文化娱乐消遣提供了稳定的经济来源，而文化娱乐的消费又直接促进了商业尤其是第三产业的发展。

## 二、市民阶层的形成与其文艺需求

讲史艺术是一种口述活动，是讲史艺人与听众互动的娱乐行为。商品

---

① （宋）孟元老等：《东京梦华录》（外四种），上海古典文学出版社1956年版，第1页。

② （宋）陆游：《老学庵笔记》卷八，中华书局1979年版，第104页。

③ （宋）灌圃耐得翁：《都城纪胜·序》，见孟元老等《东京梦华录》（外四种），上海古典文学出版社1956年版，第89页。

经济的发展与城市的繁荣,使得城市人口急剧增长,朝廷不得不采取新的管理措施。据马端临《文献通考》记载:"……置京新城外八厢,真宗以都门之外,居民颇多,旧例唯赤县尉主共其事,至是特置厢吏,命京府统之。"①到北宋末年,汴京已有 26 万户居民,计 100 多万人。而南宋都城临安的人口,据《临安三志》记载,至咸淳年间临安城区已达 124000 余户,62 万余人②。无论是北宋的汴京,南宋的临安,还是元代的大都,都是当时政治、经济、文化的中心,商业繁荣,人繁物阜。

这样,城市中逐渐形成了一个以商贾(包括富商、小商贩)、兵士、下级官吏、手工业者为主的市民阶层。这一阶层中即便是市民阶层的生活水平都超过了前朝这一点,是无可置疑的③,且商品经济越发展,社会分工越细,使得市民阶层中一部分人可以依靠自身掌握的某种专门伎艺谋生,这使"说话"得以发展为一个专门行业,也促使一批专职的说话艺人得以产生。说话行业化,是宋代百戏伎艺的一个特点,宋以后更是如此。其行业化的表征之一是宋代产生了专门的游乐场所——瓦舍勾栏,因为繁忙的商品交易若无相应的文化娱乐的精神调剂是不可想象的,而这种文化娱乐活动与商品交易活动几乎是同时发生发展着,进而相辅相成,此时的文化娱乐本身也成为一种商业性行为。因此集演艺、市集于一体的供市民常年冶游的大型游乐场所——以勾栏为中心的瓦舍,正是顺应这种形势而创设的。且市民阶层中的一部分如商贾(包括一部分官员)群体既有经济能力也有余暇成为瓦舍勾栏的比较固定的游客与受众,另一部分包括普通市民、兵士甚至农村庄户在内的这一基数极大的群体也不时参与其中,也是促使宋元说话包括讲史在内的伎艺繁荣的不固定受众,且因这一群体基数特大,其消费能力也不可小觑。《东京梦华录》卷三"大内前州桥东街巷"条载:街西保康门瓦子,"东去沿城皆客店,南方官员商贾兵级,皆于此安泊"④。事实上也正是上述两大群体使得诸看棚"日日爆满",促进讲史伎艺得以持续发展,从而在宋元时期迎来了一个鼎盛的发展阶段。

## 三、瓦舍与瓦舍文化促进了讲史艺术的繁荣

连南宋的灌圃耐得翁和吴自牧都"不知起于何时"的瓦舍,或称"瓦市"

---

① (宋)马端临:《文献通考》职官十七,中华书局 2011 年版,第 1892 页。
② 参见林正秋:《南宋都城临安》,西泠印社 1986 年版。
③ 两宋官员与"约占城区居民的三分之一左右"的豪商巨贾的豪奢生活自不必说。
④ (宋)孟元老:《东京梦华录》(外四种),上海古典文学出版社 1956 年版,第 19 页。

"瓦子""瓦肆",是在北宋时期汴京出现后盛行于宋元明三代的大型综合性文化娱乐场所。据学者廖奔考证,"汴京的瓦舍勾栏兴起于北宋仁宗(1022—1063)中期到神宗(1067—1085)前期的几十年间"①,且"北宋时的勾栏记载似乎只见于汴京,可资考证的史料只有孟元老的《东京梦华录》一种。或许瓦舍勾栏在汴京兴起时还是一种新生事物,没有来得及向其他地域扩散。但从仁宗中期到宋室南迁,也经历了数十年时间,从情理上推,至少在汴京周围地区的城市应该已经有瓦舍勾栏的建造,因为一方面,汴京的经济文化地位,使之成为全国风习效仿之源;另一方面,出土文物提供的资料也证明,北宋晚期至少在东京汴梁到西京洛阳已形成一个杂剧传播区域,在这个区域中的市镇不可能没有瓦舍勾栏的建设"②,这种推测无疑是有一定道理的。对于瓦舍定义的界定与解读,各大词典各有所偏,其中《汉语大词典》的释义相对更为精简:"瓦市:宋、元、明都市中娱乐和买卖杂货的集中场所。"③这一解释更能凸显"瓦舍"的特性与丰富度。

唐时"说话"仅为杂戏(百戏)庞杂伎艺类型之一,多在庆祝或斋会等特定时空举行,有时间、地域拘限。宋代王君玉《杂纂续》"冷淡"条:"斋筵听说话。"这种情况可能从唐代直到宋代中期仍如此④。另一方面,从唐、五代至北宋,"说话"的表演场所也在不停地发生演变,大致趋于这样一种发展轨辙:宫邸府掖—寺院斋会—瓦舍勾栏。尽管这三类"说话"伎艺表演场域有可能相互交织,然总体上呈现出一种渐趋开放与扩张的发展趋势。当说话艺术从唐代宫邸府掖走向广大民间后,得以在寺院斋会中与俗讲、转变并演,从而相互影响并进一步吸纳彼此之精华,使得说话伎艺不仅体制大为扩展,且技巧亦更趋成熟与丰富。

至宋代瓦舍勾栏创设后,说话伎艺渐渐取代曾经盛极一时的转变伎艺,并在此基础上获得了一个更为广阔且更为稳定的发展空间,使之"不以风雨寒暑,诸棚看人,日日如是"(《东京梦华录》卷五《京瓦伎艺》)。瓦舍勾栏这一表演场域因不受外界自然环境的制约与影响,说话伎艺就可以常态演出,遂能在一定程度上保障一批较为恒定的受众,从而促使其分工更为细密,逐渐从唐代的百戏之中分离出来,取得了独立的娱乐文化地位,获得了更为长足的发展。因此瓦舍勾栏对于说话艺人中的讲史艺人的影响尤为深远,讲

---

① 廖奔:《中国古代剧场史》,中州古籍出版社 1997 年版,第 35 页。
② 廖奔:《中国古代剧场史》,中州古籍出版社 1997 年版,第 43 页。
③ 罗竹风主编:《汉语大词典》(第 5 册),汉语大辞典出版社 1990 年版,第 2084 页。
④ 参见潘建国:《佛教俗讲、转变伎艺与宋元说话》,《上海师范大学学报》1999 年第 4 期。

史尤其是后来的南宋金元时代的讲史，一般是鸿篇巨制，讲史伎艺规模宏大与听众众多的特点，决定了它较小说伎艺更为需要这样一种稳定的外部物质基础的保证。讲史伎艺的长时段的时限需求，若无勾栏瓦舍这样一个恒定的表演场所，其发展肯定会受到相当严重的限制。且只有在勾栏瓦舍这样一种大型的综合游乐场所内，包括讲史在内的各种伎艺才能同存并演，相互竞争，不仅使市民阶层能享受到足够丰富的文艺表演，更有利于各种伎艺互相吸收各自的长处与特点，各种伎艺之间的消长代序即缘于此，其中与本文密切相关的讲史类话本与小说话本之间的相融相竞与相辅相成，即为显例。

关于北宋的瓦舍，《东京梦华录》记载较详，名噪一时者有桑家瓦、中瓦、里瓦、新门瓦、朱家桥瓦、州西瓦、保康瓦、州北瓦、宋门外瓦九处。单单其中之州西瓦即"南自汴河岸，北抵梁门大街，亚其里瓦，约一里有余"①，可以想见里瓦占地面积应该更为广阔。又同书卷二"东南楼街巷"条载：

> 街南桑家瓦子，近北则中瓦，次里瓦。其中大小勾栏五十余座。内中瓦子、莲花棚、牡丹棚、里瓦子、夜叉棚、象棚最大，可容数千人。②

由此可见北宋瓦舍数量之多，勾栏规模之大，亦可概见其时百戏伎艺之盛，其时讲史之盛自在情理之中。

宋室南迁后的瓦舍到底创设于何时，迄今似无文献明征。南宋后期的潜说友《咸淳临安志》卷一九载：

> 故老云：绍兴和议后，杨和王为殿前都指挥使，从军士多西北人，故于诸军寨左右，营创瓦舍，招集伎乐，以为暇日娱戏之地。其后修内司又于城中建五瓦以处游艺。③

一般学者据此认为，宋室南渡前的临安（杭州）市肆原来并没有瓦舍勾栏的设置。但实际上这一说法可能与当时实际情况不符。早在北宋哲宗

---

① （宋）孟元老等：《东京梦华录》（外四种）卷三"大内西右掖门外街巷"，上海古典文学出版社 1956 年版，第 18 页。

② （宋）孟元老等：《东京梦华录》（外四种）卷二"东南楼街巷"，上海古典文学出版社 1956 年版，第 14 页。

③ （宋）潜说友：《咸淳临安志》卷一九，《宋元方志丛刊》（第 4 册），中华书局 1990 年版，第 3549 页。

朝,苏轼出任杭州通判,其时"杭州城内,生齿不可胜数,约计四五十万人,里外九县主客户口,共三十余万"①,加上柳永咏叹杭州丰美富庶的《望海潮》词所透露的繁华信息②,我们很难想象这样一个人口众多、相当繁华的城市,其时的杭州城竟无瓦舍勾栏的存在。这似乎不太合乎情理。因为都城汴京早在仁宗朝就已存在勾栏瓦舍,据上行下效的一般规律,东京的娱乐文化不应该历时如此之久还未影响到当时已极繁盛的杭州,杭州城内应当存在一个不容忽视的市民阶层以及与之相适应的市民文艺需求。上引文献所透露的信息,可供我们推测另一种可能,即杭州在北宋末年靖康之难中因曾遭受过相当严重的战争破坏③,至绍兴南渡时,曾有的瓦舍勾栏大多未被保存下来,而"当时驻军及其家属估计有 20 万人以上"④,即便保存有一部分瓦舍也已不能适应急剧增长的人口的娱乐需求了。可知,临安的瓦舍是为随着南渡而来的包含大量的北方籍军士在内的市民娱乐需求而增设的,可能最初临安的瓦舍还只是作为军士们闲暇娱乐的专门场所,以后便发展成为同汴京一样的全民性的、融娱乐市易为一体的大型综合性游艺场所,即所谓"顷者京师甚为士庶放荡不羁之所,亦为子弟流连破坏之门"⑤。

其后南宋临安的瓦舍,在数量上、规模上已远超北宋汴梁,然宋人对此所载不一。据约为南宋宁宗时人的西湖老人所撰《西湖老人繁胜录》"瓦市"条载,临安城内外有 24 处瓦舍,并强调其中"惟北瓦大,有勾栏一十三座,常是两座勾栏专说书史"⑥;稍后宋度宗咸淳时潜说友所撰《咸淳临安志》卷一九"瓦子"条记载临安城内瓦舍仅 17 处,约卒于理宗时、与潜说友同时代的吴自牧所撰《梦粱录》卷一九"瓦舍"条所载与之相同;成书于元至元二十七年(1290)以前的周密所撰《武林旧事》卷六"瓦子勾栏"条记载临安勾栏瓦舍

① (宋)苏轼:《苏轼文集》(第 3 册)卷三十《奏议》之《论叶温叟分擘度牒不公状》,中华书局 1986 年版,第 861 页。
② 据柳永《望海潮》词:"东南形胜,三吴都会,钱塘自古繁华。烟柳画桥,风帘翠幕,参差十万人家。云树绕堤沙。怒涛卷霜雪,天堑无涯。市列珠玑,户盈罗绮,竞豪奢。　重湖叠𪩘清嘉。有三秋桂子,十里荷花。羌管弄晴,菱歌泛夜,嬉嬉钓叟莲娃。千骑拥高牙,乘醉听箫鼓,吟赏烟霞。异日图将好景,归去凤池夸。"杭州不仅为自古形胜之地,且到北宋仁宗时已极为富庶繁华,兼有胜景美俗。
③ 南宋罗大经《鹤林玉露》载:"此词流播,金主亮闻歌,欣然有慕于'三秋桂子,十里荷花',遂起投鞭渡江之志。"此条记载虽然未必属实,但亦应与史实有某种程度的暗合,可以想见,靖康之难中杭州城应难免战争之牵连。
④ 杨宽:《中国古代都城制度史研究》,上海古籍出版社 1993 年版,第 392 页。
⑤ (宋)吴自牧:《梦粱录》卷一九"瓦舍",见孟元老等《东京梦华录》(外四种),上海古典文学出版社 1956 年版,第 298 页。
⑥ (宋)孟元老等:《东京梦华录》(外四种),上海古典文学出版社 1956 年版,第 123 页。

多达 23 处。尽管不同相关文献对临安瓦舍勾栏的数量记载稍有出入,20
所上下的大型瓦舍仍能彰显出南宋临安乃至整个南宋王朝包括讲史伎艺在
内的市民俗文艺的极度繁盛与勃勃生机。

　　元代统一全国后,从文献资料记载以及近年来大量被发现挖掘出来的
戏俑、雕砖以及残存戏台等元代文物来看,"元代瓦舍勾栏的分布地域是极
其广泛的,黄河与长江的中下游地区都有其踪迹,而主要集中地带则是从大
都到江浙的运河沿岸城镇"①。元人夏庭芝《青楼集志》亦云:"内而京师,外
而郡邑,皆有所谓构栏者。辟优萃而隶乐,观者挥金与之。"②这些分布极广
的元代瓦舍勾栏当包含宋金时期遗存下来的原有瓦舍勾栏与元代新增设的
瓦舍勾栏两部分。在这些瓦舍勾栏内除了演出当时盛行的杂剧外,自然也
少不了元人喜爱的讲史活动。从现存元代讲史类话本可以看出,在元代小
说一门被各种外因有意摧折之后,元代的讲史与讲史类话本应在宋金基础
上得到了持续发展与再度繁荣。

　　瓦舍创设后形成了其自身鲜明独特的瓦舍文化特征。其显著特征之一
是它强烈的商业文化属性。在商业的竞争机制中,瓦舍中的百戏共演竞技,
为了吸引并保留更多的各阶层受众,各种伎艺都竭尽其能提高自身的娱乐
玩赏性能,同时又不得不提升其行业技能,以期雅俗共赏;同时也为了保证
其行业自身的优越地位,又会对自己的绝活有所保留,这也可能是非亲临勾
栏现场仅看话本本身体会不到"说话"伎艺的精髓的原因之一吧。正是存在
着这样一种商业竞争性,使得百戏伎艺呈现出一种既开放恣肆又保守自闭
的发展态势,而这也客观上促使说话艺术渐趋门庭家数的细化,从而使得讲
史、小说等各家数之间既能充分发掘自身的内在潜力,又能互相吸收彼此的
长处与特点,使得两宋讲史艺人、小说艺人在百戏竞技的情形下能名家辈
出,伎艺亦日臻完善。同时这种商业文化特性也促使百戏中各种伎艺优胜
劣汰,在元代小说等伎艺消歇的同时,讲史一门却大放异彩更趋繁盛,不过
这也使得讲史类话本无论是其思想意识、文化形态还是叙事形态方面都带
上了商业文化的诸多特点。

　　同时,瓦舍文化又是一种娱乐文化。瓦舍勾栏内演出的都是一种大众
性娱乐项目,多活泼、自由,无清规戒律,其主要功能是为繁苦人生"解尘网,

---

① 廖奔:《中国古代剧场史》,中州古籍出版社 1997 年版,第 45 页。
② (元)夏庭芝:《青楼集志》,见《中国古典戏曲论著集成》(第 2 册)《青楼集提要》,中国戏剧出版
　社 1959 年版,第 7 页。

消世虑"①。与瓦舍文化娱乐性同生共长的是它的功利性,艺人谋生的功利性与观众的消费性娱乐需求在这里公平自由地进行交换。其影响所及,讲史艺人无论是取材还是讲演时,都不得不顾及受众的文化欣赏水平及其阶层心理取向。因"俗皆爱奇,莫顾实理"②,故而讲史艺人大多倾向于选取历史上三国、五代这类动荡不安历史时期的风云人物的故事加以生发虚构,猎奇述异,以奇异故事来增加讲史与讲史类话本的吸引力。无论是讲史艺人还是听众都津津乐道于历代君臣将相的发迹变泰故事,这时"即使一部小说很幼稚,但是当它激励和满足了人们的好奇本能时……即便它组织得很蹩脚,但是当它用一连串的冒险和奇历给我们带来愉悦时,它也能完成某一任务",这样的受众其实在那时已"变成了孩子,而那些没有经历这种时刻的人是不幸的"③。对于讲史及讲史类话本来说,述奇话异不仅能让受众娱心遣兴,从而获得超越日常生活的平庸与苦难,甚至得到短暂的安慰与乐趣,而且从更深一层看,瓦舍勾栏中讲史艺人的这类演绎历史的伎艺活动以及相关的讲史类话本,使得讲史活动以及与之相关的一切变得更为通俗而亲切,更能贴近市民大众的内心情感与现实生活,从而赋予讲史类话本一种迥异于史传文学的魅力与品格。这自然更能激起普通市民阶层对讲史艺术即讲史类话本的热爱,从而促进了讲史与讲史类话本的持续繁荣,以致出现了专说"五代史""三分"的众多著名艺人,也直接滋养、促进了明清评话及历史演义小说的出现与发展。

综上所述,瓦舍的兴起,是北宋以来商品经济发展的必然产物,它反过来又促进了包括汴京、临安、大都在内的都市商品经济的繁荣并成为其鲜明的标志之一。宋金元时代规模宏大、数量众多的瓦舍勾栏的存在,既是商业经济快速发展的结果,也跟讲史伎艺与百戏伎艺互竞互长的刺激与促进有关,因为这类娱乐业越繁盛,越能支撑瓦舍这类场所的壮大与发展,而瓦舍勾栏的普及与发展又进一步促进了商品经济的持续发展,这使得瓦舍创设后形成了其自身鲜明独特的具有商业娱乐性质的瓦舍文化特征。

## 四、书会、书会先生对讲史伎艺与讲史类话本的促进意义

书会产生的确切时间已不可考,学界迄今发现的最早的相关文献记载是南宋初期李光诗题中所明确标出的"书会"二字,李诗题为《戊辰冬,与邻

---

① (元)胡祗遹:《赠宋氏序》,李修生主编:《全元文》(第5册),江苏古籍出版社1998年,第260页。
② (梁)刘勰著,范文澜注:《文心雕龙注》,人民文学出版社1958年版,第287页。
③ [美]万·梅特尔·阿米斯著,傅志强译:《小说美学》,燕山出版社1987年版,第74页。

士纵步至吴由道书会,所课诸生作梅花诗,以先字为韵,戏成一绝句。后三年,由道来昌化,索前作,复次韵三首,并前诗赠之》①。另成书于南宋理宗端平二年(1235)的自署耐得翁所撰的《都城纪胜》"三教外地"条亦见载:

> 都城内外,自有文武两学,宗学、京学、县学之外,其余乡校、家塾、舍馆、书会,每一里巷须一二所,弦诵之声,往往相闻。遇大比之岁,间有登第补中舍选者。②

由文义推测此条所载"书会",很可能是指官学以外士子读书应举的级别较低的习学场所,想必以穷苦书生居多。当宋代蓬勃发展的市民俗文学逐渐与文人及其所属的雅文学相互影响并彼此吸纳后,使得下层潦倒科场的文士逐渐与民间艺人尤其是颇具文学修养的讲史艺人接触往来,甚至参与民间艺人的某些文艺活动,进而发展为帮助他们加工编撰某些说话脚本,最后有可能干脆直接加入民间艺人的行列,书会的性质于是发生了根本性的变化,一变而为替民间说话、杂剧诸伎艺编写脚本甚或集脚本、案头阅读功能于一体的话本、杂剧的场所。据《永乐大典戏文三种·张协状元》戏文与南宋时人所撰《武林旧事》等笔记小说所提供的信息,南宋温州有九山书会、永嘉书会,杭州有古杭书会、武林书会,苏州亦有敬先书会等;此外,元杂剧中透露出的各地书会信息除了时有提及的玉京书会和元贞书会之外,尚有杂剧《桃源景》所提及的保定某书会,《香囊怨》中所提到的汴梁某书会等。由此可以推测书会在宋末元初已相当兴盛,需要更为广博的知识结构的讲史类话本编撰者,自然与书会有着更为紧密的联系。

士人文化与世俗文化的结合在宋代渐趋紧密,宋代士人身份构成上承中唐而又有新的发展。经过晚唐五代的战火和政权的频繁更替,传统的士族已淡出历史舞台,士庶意识从根本上失去了存在的土壤,中唐文士如白居易等人的自我定位也已趋俗化。随着宋代的科举制度大力发展,一方面大量世俗地主出身的文人士子涌入仕途,他们的出身为宋代文化打上了世俗的底色。据今人统计,有唐一代,进士科录取的总人数不过6646名,而两宋

---

① 欧阳光:《宋元诗社研究丛稿》,广东高等教育出版社1996年版,第17页。李光为崇宁(1102—1106)进士,此诗当作于此时或稍后时期。吴戈认为"书会"最早记载见南宋王十朋于乾道元年(1165)所作《悼亡》诗注,见《艺术研究》第9期,浙江省艺术研究所1988年版。

② (宋)孟元老等:《东京梦华录》(外四种),上海古典文学出版社1956年版,第101页。

贡举取士估计在 10 万人以上①，仅太宗太平兴国八年（983）即取士多至
10268 人，而淳化二年（991）一年录取的进士，更多达 17300 人②。"朝为田
舍郎，暮登天子堂"，从市井、村野到庙堂的人才流动，对文化的主流倾向、文
学的雅俗交融与衍化无疑有着重大的影响。另一方面，一生中大部分时间
行走于都市和城镇的文士，耳濡目染之下，市民阶层的生活和情感不仅为他
们的文学创作提供了丰富的素材，也对他们的审美取向发生着潜移默化的
作用，不仅促使文人雅士在题材和表现方法上日趋生活化、日常化、细密
化③，也使得一部分失意甚或绝意于科场的文士不得已趋向市民阶层的俗
文艺，书会才人由此应运而生。

　　因而宋元时期的书会成员多为科举失意但又有一定才学与社会下层生
活阅历的文士。宋代科举取士虽较唐代而言在取录人数、阶层分布上已大
有进步，但与基数众多的读书人总体相比较，终其一生能够榜上有名、志得
意满者仍是极少数幸运者。大多数失意文士中的那些功名无望者为生计
虑，亦不得不厕身于"书会"而成为"书会才人"。至于社会整体地位低下的
元代文士，这类情形更具普泛性。纵观有元一代的科举，虽于元仁宗延祐二
年（1315）恢复了此前已停止 80 多年的科举取士制度，但元朝自灭宋统一后
即将钳制汉人作为其国策重点，且为数不多的几次科举考试中对汉人的不
公平压制措施也从未取消过。至元顺帝至元元年（1335），终因伯颜专擅而
罢科举，八年后虽然一度得以恢复，然对汉族文士而言其科考处境实无根本
改善，故而元代南人中的相当多的读书人在科举之路被堵塞的困境中，或因
生计或出于愤世嫉俗的原因而不得不投身于"书会"。

　　因此，元代书会成员的身份复杂不一，仅文献中留有名姓者：有文武官
员职位较高者如史敬先、李直夫、杨梓、吴仁卿、高明辈；有中下级官员如马
致远、尚仲贤、李文蔚者；有医生如李进取、萧德祥、萧天瑞者等；有商人如施
惠者；有太学生如黄可道者；有学究如柯丹丘者；有卜筮家如邓聚德者；有秀
才如顾五者；甚或有说话人如关四，倡优如赵文殷、张国宾、红字李二、花李
郎者。从书会成员的种种身份来看，除少数称得上"名公"外，大多数为职位
不振、怀才不遇的下层知识分子，或为地位低贱的下层市民，甚或为有才学
的伎艺人员。书会中人一般被称为书会先生，后又有"才人"之称。大体看

---

① 张希清：《论宋代科举取士之多与冗官问题》，《北京大学学报》1987 年第 5 期。
② （宋）曾巩：《元丰类稿》（二）卷四十九《贡举》，《四部丛刊》初编集部（第 144 册），第六叶。
③ 尚永亮等著：《中唐元和诗歌传播接受史的文化学考察》（上卷），武汉大学出版社 2010 年版，第
285 页。

来,元明时期一批有才华却没有出路的文人加入了"书会"后,使得各种作为底本或是案头阅读的读本,其整体的文本质量明显提高,或许正因此将这批书会中人称为"才人",但笼统地把书会的成员称作"才人"显然不妥,"才人"应偏向于指称元明书会中颇具才学的成员更为准确。《张协状元》开场所谓"虽宦裔,总皆通"的主人公其实"是兼编戏演戏两方面而言"①,可见书会先生所编撰的不仅有话本,也有戏文、杂剧等脚本,且早期书会不仅编写脚本还兼演出。

书会与书会先生对讲史伎艺与讲史类话本的意义较其他伎艺更为重大。本来讲史这种伎艺是讲述历史故事,不能全无依傍,而史著尤其是正史在中国向来享有崇高地位,加上数量众多的猎奇尚异的野史笔记,需要讲史艺人具有相当的历史知识。小说艺人具备了说话者所需具备的知识背景,他们不仅阅读《太平广记》《夷坚志》那样的文人文言小说,还需要精熟欧、苏、黄、陈佳句,李、杜、韩、柳篇章,讲史艺人还须"长攻历代书史",熟悉胡曾、周昙等人的通俗咏史诗。随着讲史艺术的发达,听众的接受水平与欣赏要求也随之提高了,要求有更多更高艺术水准的故事与脚本来演出,普通艺人本身的历史素养恐难胜任;另一方面,由于瓦舍中各种伎艺的相互竞争,为了其经济利益,讲史艺人也迫切需要新的脚本来敷演。故书会与书会才人应运而生,对讲史与讲史类话本的发展起了相当重要的促进作用。

根据文化人类学的观点,一种文化类型区别于另一种文化类型,关键在于各自所代表的文化族群独有的行为规则、思想观念、价值取向等。宋元讲史作为一种瓦舍文化,其所独具的平民文化特性,决定了它更多以平民眼光与尺度作为其价值判断的标准,由此带来的是它迥异于文人士大夫主流文化的通俗文化特性,以及附属于这一特点而来的活泼泼的生气。因为从瓦舍文化中成熟起来的宋元讲史和讲史话本,无论从编撰者、艺人,或者从受众来看,其主要构成成分来自市井平民,虽有书会中的一部分文人的参与,他们在整体上显然仍属于与文人士大夫文化族群相异的平民文化族群②。宋元讲史与讲史话本的显著特征与其发生的深远影响都与此相关。

### 五、有关说话家数问题的考辨

随着宋代"说话"伎艺的发展与繁盛,其内部分类也更为细化与专门化,

---

① 钱南扬:《永乐大典戏文三种校注》,中华书局 1979 年版,第 6 页。
② 吴晟:《瓦舍文化与宋元戏剧》,中国社会科学出版社 2001 年版,第 96—104 页。

但现存相关文献对此记载却颇为模糊且有分歧,于是学界对所谓"说话"四家数的分类界定也是各有成说,未有定论,我们有必要对这一问题加以考辨与探究。

**(一)有关"说话"四家数的分法**

"说话"在宋代高度发达,也就产生了分家数的需要,有关宋代"说话四家"的最早记载,见于南宋灌圃耐得翁的《都城纪胜》:

> 说话有四家:一者小说,谓之银字儿,如烟粉、灵怪、传奇、说公案,皆是搏刀赶(当为"杆")棒及发迹变泰之事。说铁骑儿,谓士马金鼓之事。说经,谓演说佛书。说参请,谓宾主参禅悟道等事。讲史书,讲说前代书史文传、兴废争战之事。最畏小说人,盖小说者,能以一朝一代故事,顷刻间提破。合生与起令、随令相似,各占一事。商谜,旧用鼓板吹《贺圣朝》,聚人猜诗谜、字谜、戾谜、社谜,本是隐语。①

稍后,吴自牧在《梦粱录》中说:

> 说话者谓之"舌辩",虽有四家数,各有门庭。且小说名"银字儿",如烟粉、灵怪、传奇、公案朴刀杆(当为"杆")棒发发踪参(或为"发迹变泰"之误)之事……谈经者,谓演说佛书。说参请者,谓宾主参禅悟道等事……讲史书者,谓讲说《通鉴》、汉唐历代书史文传、兴废争战之事……但最畏小说人,盖小说者,能讲一朝一代故事,顷刻间捏合,(无合生二字)与起令随令相似,各占一事也。商谜者,先用鼓儿贺之,然后聚人猜诗谜、字谜、戾谜、社谜,本是隐语。②

这两段文字是研究宋代"说话"的学者都十分熟悉的材料,宋代说话有"四家数"的说法,得到很多学者的肯定,如王国维、鲁迅、陈汝衡、王古鲁、胡士莹等先生,都同意宋人"说话"有分四家之说。但在对上述文献的解读中各家却存在着一些疑难问题,如:灌圃耐得翁讲的"说话有四家"究竟指哪四家;在具体的四家的分法上,小说为何又名"银字儿","合生"与"说铁骑儿"

---

① (宋)灌圃耐得翁:《都城纪胜》,见孟元老等:《东京梦华录》(外四种),上海古典文学出版社1956年版,第98页。
② (宋)吴自牧:《梦粱录》,见孟元老等:《东京梦华录》(外四种),上海古典文学出版社1956年版,第312—313页。

究竟何者能算"四家数"中的一家。以上问题学界至今尚未有确切答案,因而在对说话艺术的研究中,有关"说话"家数的问题,以及由此衍生的相关问题始终都是令人感到十分头疼的问题。迄今为止,对这些问题的分析探讨仍可谓言人人殊,所得结论亦可谓众说纷纭。前辈名家如王国维、鲁迅、胡怀琛、孙楷第、谭正璧、赵景深、陈汝衡、李啸仓、严敦易、胡士莹、程毅中等先生,以及当代后学刘兴汉、张毅先生等,都在他们的有关论著中就"说话"家数问题进行了或深或浅,或专门或旁涉的探讨,其结果是学者们各执一词,导致其研究结论有十几种之多。现将各种结论整理分析与归纳后,大致可整合为以下四种比较具有代表性的划分法。

1. 以鲁迅和孙楷第先生为代表,对"说话"家数的划分

(1)小说(银字儿、说公案、说铁骑儿);

(2)谈经(说经、说参请、说诨经);

(3)讲史书(说史);

(4)合生、商谜。

这一划分法最早是由鲁迅先生在其《中国小说史略》中提出来的,但在(4)合生后未列商谜一项。这种划分法的问题在于,鲁迅先生划分的依据是《梦粱录》,而现存《梦粱录》的各种版本,都没有"合生"二字。而且合生算一家的话,与合生相连的"商谜"应如何理解? 此后孙楷第先生于1930年发表的《宋朝说话人的家数问题》一文中,对此作了详细的考辨与补充,于说经一家补入"弹唱姻缘"一目,于第四家补入"商谜",又以"说诨经"附于第四家后。他认为《梦粱录》的文字本于《都城纪胜》,故"合生"二字其实是应当有的,"后来读书的人不知合生之义,觉得两个合字不妥,索性把合生二字勾销,于是乎《梦粱录》遂无'合生'之文。但究竟是脱去了,不是真没有"①,其实在没有文献确证的情况下仍很难判定。严敦易先生在《〈水浒传〉的演变》中的分法基本相同,只小说一家叙述稍有区别。近年刘兴汉先生在认真梳理分析了此前各家对于说话家数的相关研究后,仍赞同孙楷第先生关于合生、商谜是南宋说话四家数之一的观点,并补正七项论据②,但其立论依据却过多地依赖于《梦粱录》一书,而《梦粱录》虽不尽如胡士莹先生所说的全袭《都城纪胜》,但大体上还是承继后者而成,因而刘兴汉先生的结论自然也还存在可商兑之处。陈汝衡先生在其《说书史话》一书中对此加以总结,认

---

① 孙楷第:《宋朝说话人的家数问题》,《沧州集》(上),作家出版社1956年版,第58页。

② 刘兴汉:《南宋说话四家的再探讨》,《文学遗产》1996年第6期,第77页。

为："小说、说经、讲史书,一般人都把它们放在'说话四家'以内,但合生、商谜也有被列在四家的。多年来通过专家们的研究,商谜已经没人把它编排在四家中了。最使我们迷惑而感觉头痛纠缠不清的,就是'合生'这一伎艺。"①

凡企图为说话划分家数的学者无论赞同还是反对"合生"作为四家之一时,都对之进行过各种不同的解释与探讨,但对"合生"定义的解释仍是众说纷纭。故解决这一问题的关键是如何理解与把握"合生"这一伎艺。今据凌郁之《合生琐考》一文考证,合生是唐宋时期影响较大的一种文艺形式。合生与机警、杂嘲、题目、商谜皆有关联。唐人所谓之"机警",强调艺人指物题诗之机敏,与宋人所说的"指物题咏,应命辄成"的合生,实相一致。合生与杂嘲,主要内容都是指物成诗,且都以"言词捷给"为上,二者并无实质界限,故往往并称。"杂嘲"之得名缘于其内容上的嘲戏性质,"合生"则本于此伎艺活动之"应命题咏"的方式。题目,是人物品题,……其实质仍是杂嘲。此外,以诗为形式的商谜叫诗谜,诗是谜面,物是谜底,据诗猜物,而合生则相反,是指物赋诗,故合生与商谜可相互为用。要之,五者相通,交相为用,皆以冲口辄成、恰如其分者为可贵。要之,文人间的指物赋诗活动,流行于各种雅集场所,是文士风雅的典型体现;而其在民间,则体现为合生、杂嘲、题目、商谜等通俗文艺形式②,如此仍将合生与商谜算作说话四家数之一。

2. 以陈汝衡和李啸仓先生为代表,对四家的划分

(1) 银字儿:烟粉、灵怪、传奇;

(2) 说公案:朴刀杆棒、发迹变泰之事,
　　说铁骑儿:士马金鼓之事; ⎫
　　　　　　　　　　　　　　⎬总称"小说",
(3) 说经:演说佛书, ⎭
　　说参请:参禅悟道等事,
　　说诨经;

(4) 讲史书:讲说前代书史文传,兴废争战之事③。

"说话"四家数的这一划分法最先是由陈汝衡先生在其《说书小史》中将"合生""商谜"这一家去掉,代之以"说公案、说铁骑儿"为一家以补足四家之

---

① 陈汝衡:《说书史话》,人民文学出版社1987年版,第47页。
② 参见凌郁之:《合生琐考》,《苏州科技学院学报》2013年第5期。
③ 陈汝衡:《说书小史》,中华书局1936年版;李啸仓:《合生考·辨合生非说话四家之一》《谈宋人说话的四家》,载《宋元伎艺杂考》,上杂出版社1953年版;陈汝衡:《说书史话》,作家出版社1958年版;陈汝衡:《宋代说书史》,见《陈汝衡曲艺文选》,上海文艺出版社1979年版。

数。李啸仓先生在其《宋元伎艺杂考》中的《合生考·辨合生非说话四家之一》一文与另一篇《谈宋人说话的四家》的两篇论文中,对陈先生的观点做了进一步的补充,将"说公案、说铁骑儿"视为小说这一家数的第二个分支,与"银字儿"合为"小说"这一家。此后陈汝衡《说书史话》与《宋代说书史》都吸取了李啸仓先生的观点,日本学者青木正儿所著《中国文学概说》对此分法持基本赞同态度。但是这种分法的问题是对于将"说公案"与"说铁骑儿"并列的理由未能予以说明,再者《都城纪胜》在"说话有四家"之后紧接有"一者小说",这意味着小说是一家,陈汝衡先生等人的分法中,小说占了两家,于逻辑上不无问题。而且,"铁骑儿"与"银字儿"为何要并称,也未能进一步予以讨论说明。

3. 以王古鲁和胡士莹先生为代表,对四家的划分

(1)银字儿(烟粉、灵怪、传奇、说公案);

(2)说铁骑儿(士马金鼓之事);

(3)说经(演说佛书)、说参请(宾主参禅悟道等事);

(4)讲史书(讲说前代书史文传、兴废争战之事)。

王古鲁先生于1949年发表《南宋说话人的四家的分法》一文,认为"小说"之中"实包含银字儿、铁骑儿两家"。他不赞同陈汝衡将"说公案"与"说铁骑儿"混为一家,其理由是南宋罗烨《醉翁谈录》中"小说开辟"条记载"公案"时,与"灵怪""烟粉""传奇"并列,所以"说公案"仍应隶属于"银字儿"项下。他一直坚持这个观点,到1957年稍经增补,附录于他所编的《二刻拍案惊奇》后,其增补的材料为清人翟灏的《通俗编》,其书卷三一"俳优"条引灌圃耐得翁《古杭梦游录》的记载:"说话有四家……"云云。其实《古杭梦游录》只是《都城纪胜》的节录本,并非如王古鲁先生所认为的是耐得翁所撰的另一部新书。这个节录本为元人陶宗仪节录后收入其《说郛》中。原文为:

> 说话有四家:一者小说,谓之银字儿,如烟粉、灵怪、传奇、说公案,皆是搏拳提刀赶棒及发迹变泰之事;说铁骑儿,谓士马金鼓之事;说经,谓演说佛书,说参,谓参禅;讲史书,谓说前代兴废争战之事。①

程千帆先生认为据此可以澄清说话家数的问题了。胡士莹先生也一变此前在《古代白话短篇小说选》序中曾将合生、商谜列为第四家的看法,说自

---

① (元)陶宗仪等编:《说郛三种》(第1册),上海古籍出版社1988年版,第67页。

己：“基本上同意他（王古鲁）的四家的分法，但也不同意他把银字儿和铁骑儿合起来称为小说。我以为四家的分法应该是这样的：（1）小说（即银字儿）……（2）说铁骑儿……（3）说经（包括说参请、说诨经）……（4）讲史书……”这样的分法，关键在于突出“说铁骑儿”，使其单独成为一个类别①。其后他在《话本小说概论》中仍坚持这一观点，主张“说铁骑儿”是专门讲说宋代的战争，是以民族战争中的英雄为主体，所以它跟小说中的“说公案”不同，因而不同意王古鲁将“银字儿”和“铁骑儿”合称为“小说”一家，应列为与“讲史”“说经”等并列的一家。由于胡先生精心结撰的《话本小说概论》自 1980 年出版后，深受学界的好评与重视，他的这一划分法也得到了学者的普遍认同②。此后赞同主张“说铁骑儿”为“说话”四家数之一家者较多，如程千帆、吴新雷二先生在《关于宋代的话本小说》一文中，即认为历来关于宋代说话四家的划分，以王古鲁和胡士莹的见解是可信的和最为确切的③。然这一划分法的关键是如何理解“说铁骑儿”。“铁骑”一词在元代似为习用常语，如元杂剧《风月紫云庭》有“我勾栏里把得四五回铁骑”等，但在宋代文献中少见，似非有关宋代战事的专有名词，宋代即便有演说当代战事的“说铁骑儿”一类，然其规模与时段是否能与小说、说经、讲史并列说话四家之一，仍存有异议，故而这一划分宋代“说话”家数的分法也并非全无问题。

4. 以新加坡学者皮述民先生为代表的划分法

皮述民先生在其《宋人“说话”分类的商榷》一文中认为：“说话有四家”云云，乃是耐得翁的个人意见，并非定论，宋人“真正说话之分类，实仅三家，即小说、演史、说经”④。支持皮述民先生的这一观点的证据有宋无名氏《应用碎金》之《伎艺》篇第三十七的记载：“说话：小说、演史、说经。”⑤（原书有关说书的只有上面八个字，另有“商谜”“猜字”，不在说话之列。）与之持相近观点的是程毅中先生，他在《宋元话本》中认为，如果“合生”应算作说话的一家的话，那么商谜这一家也未尝不可以列入说话，因商谜在当时比合生更流行，因而他认为：“所谓说话四家的说法，最早见于《都城纪胜》，后来又为《梦

---

① 参见胡士莹：《南宋“说话”四家数》，《杭州大学学报》1963 年第 2 期，第 154 页。
② 赵景深为《话本小说概论》所作序言称：“我同意王古鲁和著者的看法，认为这个问题，现在才是真正完全解决了。”另有吴光正《说话家数考辨补正》亦表赞同。吴文载《海南大学学报》1998 年第 3 期。
③ 参见程毅中、吴新雷：《关于宋代的话本小说》，《社会科学战线》1981 年第 3 期。
④ 参见皮述民：《宋人“说话”分类的商榷》，《北方论丛》1987 年第 1 期。
⑤ 无名氏：《应用碎金》，《伎艺》第三十七，内阁大库藏洪武刊本。今有罗振玉辑《百爵斋丛书》写印本。

梁录》所沿袭，其他记载宋代瓦舍伎艺的文献资料中都没有见到，可能当时并没有固定的区分。我们现在所能见到的话本，主要是小说和讲史两家。对于并无话本可以参证的，只能不加深究，就不必硬凑四家之数了。"①此见不无道理，在没有新的文献参证的情况下，皮、程二位先生对宋代说话四家数的这种看似中庸的划分与界定，虽出于无奈但也不失为明智之举。

而"家数"本用于指称一切技法门类，《墨子·尚同下》即有"天下为家数也甚多"一说②。且"古人学行皆称家数，《汉志》编古籍，以家分流，在六艺外，时六艺有师承，各守家法，短在务攻异己，其长在精思古训，不作无稽之言"③。严羽在其《答吴景仙书》中也说："世之技艺，犹各有家数，市缣帛者，必分道地，然后知优劣。"紧接着又说"况文章乎？"④说明"家数"一词由来已久，且这一概念的外延由普泛性的世俗技艺门类进而延展到文化艺术、文学批评领域。当俗文学领域内有所谓"说话"四家数的出现与分类的同时，"家数"进入雅文学的诗文批评领域的时代，也正在宋代。南宋严羽在其《沧浪诗话·诗法》中指出："辨家数如辨苍白，方可言诗。"此下有注云："荆公评文章，先体制而后文之工拙。"⑤此中"家数"大体指向文章体制之义。此后元明清历代诗文批评都注重"家数"之辨，并进而推衍及词曲、小说批评。如明王德骥《曲律》专设"论家数"一节，而明李贽评《水浒传》称赞编撰者描写人物"妙绝千古，全在同而不同处有辨，如鲁智深、李逵、阮小七、石秀、呼延灼、刘唐等人，都是急性的，渠形容刻画来各有派头，各有光景，各有家数，各有身份，一毫不差，半些不混"⑥，说明家数的划分一直是各个领域成熟后才需要区别辨明的一个值得关注的问题。

某一领域的伎艺或行类出现家数并有待于辨明家数，已暗示了这一领域的繁荣与生机。"家数"问题在宋代始进入文学批评领域，南宋末年的严羽曾颇为自豪地宣称："仆于作诗不敢自负，至识则自谓有一日之长，于古今体制，若辨苍素，甚者望而知之。"⑦说明辨别家数，须待识鉴高明之人。但在两宋，不论是撰述《都城纪胜》的灌圃耐得翁，还是《梦梁录》的编撰者吴自

① 程毅中：《宋元话本》，中华书局1980年版，第12页。
② 墨子著，吴毓江撰，孙启治点校：《墨子校注》(上)，中华书局1993年版，第137页。
③ (清)俞正燮：《癸巳存稿》卷一二，《续修四库全书》(第1160册)子部杂家类，上海古籍出版社2002年版，第148—149页。
④ (宋)严羽：《沧浪诗话校笺》，上海古籍出版社2012年版，第765—766页。
⑤ (宋)严羽：《沧浪诗话校笺》，上海古籍出版社2012年版，第490页。
⑥ 汪涌豪：《范畴论》，复旦大学出版社1999年版，第248—255页。
⑦ (宋)严羽：《沧浪诗话校笺》，上海古籍出版社2012年版，第766页。

牧,都算不上学者通人,且不够熟谙说话伎艺,可能仅为瓦舍勾栏中一流连客人而已,其所撰笔记中所记载的说话四家数,有多少确定性颇值得怀疑。且说话这门伎艺在当时也仅仅是瓦舍中百戏伎艺之一而已,对于文人学士它仅是"小道"之一种,其地位既不高,自无严格区分辨别家数之必要,何况百戏各家之间本就互相借鉴。且既称"家数",自重师承,不管学者对其中之一的"说铁骑儿"的归属有多少分歧,称它为四家数的一家或仅为"小说"一家的一个分支,似乎都不能否认它独立存在时间的短暂性这一特性,如此则很可能无师可承,既无师可承,能否论以固定之一家,即颇可商榷。即或"说铁骑儿"在一段时间内自成一家,其持续时间也可能并不长久,因为它在笔记小说中留下的面目比起讲史、说经、小说来说相对模糊,相关文献仅《都城纪胜》有记载,此后《梦粱录》《武林旧事》《西湖老人繁胜录》等书都再无"说铁骑儿"出现,仅罗烨《醉翁谈录·小说开辟》中有"涉案刀枪与铁骑"语,因而胡士莹先生的那种分法中将"说铁骑儿"特列为"说话"四家数中的一家也不是没有问题。

分析近人研究说话家数问题中的诸多相异结论,其分歧焦点在于大家对"银字儿""说铁骑儿"以及"合生""商谜"等概念的界定与理解。正因如此,这些问题引起了学界这么多著名学者的持续关注与参与探讨的热情。因为对于其后的中国通俗小说与其他说唱伎艺来说,不仅体裁结构曾受宋人说话影响,它们的派别宗风也留有说话人家数的余绪:如明清历史演义中《三国志通俗演义》之于讲史,《水浒传》之于公案,神魔小说《西游记》之于灵怪,明清拟话本"三言""二拍"中的言情小说之于烟粉传奇;至于言征战诸事者出于说铁骑儿一派,弹词宝卷为说经之苗裔等等,亦不待言说。因此,对"说话"家数问题加以正本清源,也就不是没有意义的工作了。

近年来一些学者在全面梳理分析有关说话家数之辨的讨论研究中不得不承认,"在争辩的双方都缺乏解决问题的充足根据和理由的情况下",在有关新材料、新方法都阙如的研究背景下,趋向于"两说或多说并存","不失为一种明智的态度"①,其实也是某种程度的不得已而然。对说话家数问题的众说纷纭,除了文献资料含义的模糊性、指向的不确定性因素外,还有一个原因可能就是论者的划分标准的不尽一致。有的着眼于题材内容,有的考

---

① 张毅:《关于宋人"说话"的几个问题》,《南开学报》(哲学社会科学版)2000 年第 3 期。此外,冯葆善《宋人说话家数考辨》也认为不必太过执着南宋人所谓的"说话有四家"。四家之说,在宋人无非约略言之,而说话家数的存在事实,证明宋人说话家数应当有不下十家之数。冯文载《明清小说研究》2002 年第 4 期。

虑了表演形式,有的又二者混杂一起,且在逻辑上并没有平行并列关系①。尽管对于说话家数正本清源的研究是重要的,但在新的文献资料、新的研究方法被发掘之前,本书也认为强辨"说话"家数的问题不如暂模糊处理,不如就有条件能够加以辨析的某些具体问题尽量给予深入探讨与研究。

### (二)有关"说铁骑儿"与讲史

如上所述,有关"说话"家数问题的讨论中,无论上引哪种分法都不否认讲史属于"说话"家数中独立的一家。但是,对于"说铁骑儿"一项,自王古鲁先生提出"说铁骑儿"不应与"公案"混为一家而应视为独立一家之后,有关"说铁骑儿"的释义与区分领域就成为备受学者关注的问题。首先是王古鲁先生在其《南宋说话人四家的分法》中指出:"且按'银字儿'与'铁骑儿'似系相对的名称,前者似指软性小说(似即目前流行的弹词),后者似指硬性小说。"②似有一定道理,然以"说铁骑儿"纳于硬性小说范围,却无何谓"软性小说""硬性小说"的分析与界定,尚欠说服力。其后严敦易先生在《水浒传的演变》一书中对"说铁骑儿"做出详细的论析:"自北宋灭亡以来,民间艺人们所津津乐道,与广大听众所热切欢迎的,包括了农民暴动和起义以及发展的抗金义兵的一些英雄传奇故事,一些以近时的真人真事作对象的叙述描摹,当即系在这个'说铁骑儿'的项目下,归纳、隶属与传播着(这里面当也包括进了抗金以前的农民起义,和南渡后的内部斗争等事件在内)。铁骑,似为异民族侵入者的军队象征。女真人原是拥有大量骑兵的剽悍的部伍,更有称作'拐子马'的特种马车,践踏蹂躏中原土地的便是他们,所以,'说铁骑儿'便用来代替与金兵有关的传说故事的总名称,而叙说国内阶级矛盾冲突的农民起义传说故事,因为起义队伍的大多数参加了民族斗争,便又借着这个名称的掩蔽而传播着。所谓'士马金鼓之事',正是充分暗示着所有这些故事,是以兵荒马乱,杀伐战争,火与铁,血肉搏斗的场面作为背景的,并也说明了这背景的现实时代;不然'讲历代年载废兴','说征战','言两阵对圆',这些内容,也就是士马金鼓的范围,须为一般说话中恒有的穿插环节,便用不着特别提出,并以一个象征的名词铁骑儿来代表,成为一类别了。"③

虽然严敦易先生在"说话四家"的分法上赞同鲁迅先生的分法,将"说铁骑儿"归于小说门下(即银字儿、说公案、说铁骑儿并列),将讲史划为单独一

① 李晓晖:《20世纪以来宋元"说话"研究回顾》,《明清小说研究》2008年第1期,第224页。

② 王古鲁:《南宋说话人四家的分法》,见凌濛初《二刻拍案惊奇·附录》,古典文学出版社1957年版,第811页。

③ 严敦易:《水浒传的演变》,作家出版社1957年版,第69—70页。

家,但他对于"说铁骑儿"的阐释,无疑为王古鲁先生将"说铁骑儿"划为单独一家的分法增加了一有力证据,以致一些学者如胡士莹先生在其《话本小说概论》中改变立场,赞同将"说铁骑儿"单独列为一家,完全赞同严敦易对于"说铁骑儿"的见解,并对之进行更深入的阐发,认为它"是有它实际的内容的。所以它和'讲史'不同,而与'小说'(银字儿)对称,专门讲说宋代的战争,具有现实性。从南宋及后世存在的有关宋代战争的作品来看,当时'铁骑儿'的具体内容,很可能是《狄青》《杨家将》《中兴名将传》(张、韩、刘、岳)以及参加抗辽抗金的各种义兵,直至农民起义的队伍。如果这论断不误,那么,'铁骑儿'显然是以民族战争中的英雄为主体,而不是以一朝一代的兴废为主体的。正因为如此,在民族矛盾尖锐的南宋,这种说话当然会受到广大人民的欢迎,因而能自成一家数",并认为"说铁骑儿"在当时称为"新话"[1]。也有学者对上述论调持有异议。黄进德先生指出:"南宋'说话有四家数'之说仅见于《都城纪胜》和《梦粱录》。这两部记述南渡后杭州民情风土的书所载说话科目相同者有:小说、说经、说参请、讲史书、合生、商谜等六项,不同处则为,《都城纪胜》于'小说'之下多列出'说铁骑儿'一项,《梦粱录》于讲史之后又提及王六大夫说《复华篇》和中兴名将传。……中兴名将传,也许就是《醉翁谈录》提到的'新话'张俊、韩世忠、刘锜、岳飞抗金的英雄故事。这类'说话'乃是地道的'说铁骑儿'。令人奇怪的是,尽管《梦粱录》全袭《都城纪胜》,却在这里偏偏不用'说铁骑儿'这一科目。如若'说铁骑儿'果真如王、胡等人所说的'自成一家数',那么《梦粱录》所载说话家数岂不四缺一了?"[2]因而他主张按鲁迅先生说的列"合生"为四家之一。李啸仓先生在其《宋元伎艺杂考·释银字儿》中也不同意将其单列为一家,认为宋时"说话","就内容而分,讲文的故事为一类(银字儿),讲武的故事的一类(说公案、说铁骑儿),讲佛经上故事的一类(说经、说参请),而讲历史演义的又为一类"。其解释"说公案"与"说铁骑儿"并为一家的理由为:"'说公案'与'说铁骑儿'通为讲争战之事者,而一为'朴刀杆棒',一则为'士马金鼓'。拿戏剧做比仿,就是'短打'与'扎靠'之不同,'说公案'与'说铁骑儿'正类乎此。我们看戏时,都称它做武戏;所以《梦粱录》漏了'说铁骑儿',也正是因为它与公案是同一性质的东西。所以把这两类归并在一家,是很合理并不舛戾的。"[3]此论实际上是将他人视为"小说"类的公案与"说铁骑儿"合并算作"说话"四

---

① 胡士莹:《话本小说概论》,中华书局 1980 年版,第 112—113 页。

② 参见黄进德:《南宋说话"家数"考辨——铁骑儿"自成一家数"说商兑》,《群众论坛》1981 年第 4 期。

③ 李啸仓:《宋元伎艺杂考·南北戏曲源流考》,中国戏剧出版社 2015 年版,第 92、94 页。

家数之一,只因二者具有某种演武的共通性。按情理推测也可备一说,但是否符合当时人的家数区别之事实,亦无足够文献支撑。

事实上,学界赞同胡士莹先生将"说铁骑儿"单列为"说话"四家之一的学者更多,如程千帆、吴新雷先生在《关于宋代的话本小说》中不仅认为胡先生的见解"是可信和最为确切的",并进一步推断:"《大宋宣和遗事》非常可能是现存宋代'说铁骑儿'的话本……其中有宋江三十六人聚义始末,最后还说到张浚、韩世忠和岳飞的抗金,正包括了'说铁骑儿'讲农民起义和抗金斗争的两方面。"[1]张兵先生在其《南宋的"说铁骑儿"话本和〈宣和遗事〉》一文中对此问题有进一步的分析与推测,难能可贵地将"说话"家数问题放在一动态发展的过程中考察,认为"说铁骑儿"作为南宋说话一家被社会认可的时间并不太长,"大约在南宋后期,随着讲史类话本的逐步兴盛,有可能它渐渐和'讲史'合流而失去了本身的面目。也正因此,南宋时期的'说铁骑儿'话本除《宣和遗事》外,大多已散佚"[2]。程、张二说都有一定的合理性,后者可能已接触到了当时"说话"伎艺发展的实质。

就目前所掌握的文献来看,"说铁骑儿"之目确实仅见于灌圃耐得翁的《都城纪胜》,稍晚的吴自牧《梦粱录》论及"说话"四家数时已削去了此目,至宋末元初罗烨所撰《醉翁谈录》仅于其所编歌中有"涉案枪刀并铁骑"一语,可见它在南宋的"说话"里可能确实没能保持多久便被消融了。"说铁骑儿"很可能即《醉翁谈录》所提及之"新话",可能就是《中兴名将传》,即张俊、韩世忠、刘锜、岳飞等人抗金的英雄故事。《梦粱录》于讲史之后提到王六大夫说《复华篇》和《中兴名将传》。王六大夫又是文献记载的著名讲史艺人,可见南宋人已对"说铁骑儿"与"讲史"分得不是很清楚。"说铁骑儿"之所以不能长久存在,是由它的内容特征决定的。如果某一阶段的历史确有激发人民大众强烈感情的人物或事件发生,这些人物或事件自然就会被说话艺人吸收到说话艺术中。唐五代时就有《张义潮变文》《张淮深变文》,到宋代有《狄青》《中兴名将传》等。历史上此类的人物和事件不是常态,而且时过境迁,那些人事很快就变成了失去了新鲜感的历史,于是"说铁骑儿"自然就与"讲史"合流了。虽然"说铁骑儿"的名目后来不再出现了,但它实际上衍化为明清的时事小说了。像魏忠贤、于谦这样的大奸大忠的人物都成了小说中的主人翁。

---

① 程千帆、吴新雷:《关于宋代的话本小说》,《社会科学战线》1981 年第 3 期,第 288 页。

② 张兵:《南宋的"说铁骑儿"话本和〈宣和遗事〉》,《华东师范大学学报》1999 年第 1 期,第 61 页。

综上所述，上述几位赞同将"说铁骑儿"单列一家的意见中，张兵先生所论可能更符合南宋说话伎艺的动态发展形态，他认为"说铁骑儿"即使曾经在"说话"系统中盛极一时，甚至有短暂列为说话家数一类的辉煌时期，但在其后无论是社会情怀还是讲史兴盛等出现了新的变化的情形下，"说铁骑儿"与讲史同化的可能性相当大，也就是说，"说铁骑儿"应不是代表宋代说话伎艺的标志性门类之一。

# 第二章　宋元平话成书内容与版本考述

古典小说的版本是一个十分复杂、难以说清的问题，一些学者认为"就现在所知的宋元话本来说，哪些属于宋，哪些属于元，已经很难剖明。以前认为是宋代话本的，今天看来基本靠不住。因当时作为判断依据的一是旧籍的记载，一是实物，而其中都有很多问题"①，这一认识自有一定道理。然而诚如陈汝衡先生所言，虽然可以确定为有宋一代的讲史类话本很少，"但仔细探索，还是有资料可寻"的②。从总体上看，话本形态大体存在这样一个发展历程：最初是艺人根据自己的讲说内容，稍作加工，形成文字，作为师徒传授之用；后来则多是先由文人创作出话本，说书艺人再据以演说，此后随着元明印刷术的发展，话本逐渐向案头文本形态过渡，由此兼具底本与读本的双重形态与性能，因此对于现存宋元讲史诸话本的版本与内容的考辨，都应以此为基点。

## 第一节　唐五代说唱文学向宋元平话的过渡

### ——《梁公九谏》

### 一、有关《梁公九谏》基本问题的辨析

《梁公九谏》讲述唐武则天在废黜太子李显于庐陵后，欲传位于其侄武三思，经梁国公狄仁杰的前后九次进谏劝阻，复召庐陵王李显为太子之事。此事于史有征。《旧唐书·狄仁杰传》载："仁杰前后匡复奏对，凡数万言。开元中，北海太守李邕《梁公别传》，备载其辞。"可见《梁公九谏》确有一定的史实依据，但当它转化为民间说唱文学时，已有了很大的虚构与扩展。要了解这种转化，我们有必要先对《梁公九谏》的一些基本问题加以辨析。

据陈桂声《话本叙录》所录："《梁公九谏》，存，一卷，佚名撰。清钱曾《述古堂书目》卷三《疏谏》，《读书敏求记》卷四《总集》著录。此书有明钞本，清

---

① 　章培恒、骆玉明主编：《中国文学史》，复旦大学出版社 1996 年版，第 135 页。
② 　陈汝衡：《宋代说书史》，见《陈汝衡曲艺文选》，上海文艺出版社 1979 年版，第 308 页。

乾嘉间黄丕烈刊入《士礼居丛书》，商务印书馆《丛书集成初编》即据《士礼居丛书》本排印。丁锡根收入《宋元平话集》。《士礼居丛书》本前有宋佚名《序》，云：'世有《梁公九谏词》者，即赵岐所谓外堂（书）也。传述既久，旧本多谬，与本传互有同异，观者不能无憾。今三复参考，订其讹而补其阙，不愆不忘，遂由旧章。倘博古君子，别求明本而正诸，不亦宜乎。'则此书原有旧本，或有唱词。陈汝衡云：'这里的"词"，固然不是宋人的"诗余"，也不是元明词话的"词"，应当是五代、两宋的"词文"。现在敦煌写卷有"季布骂阵词文"，而五代即有"后土夫人变"，到了两宋，就易名为"后土夫人词"，"梁公九谏词"就是这样的词，今本九谏很明显是由原来的韵文改为散文的。''今所见者乃"订讹补阙"之本，于史家或不无裨益，然失却虚构，文学意味顿减，真令"观者不能无憾"也。'鲁迅云：'卷首有范仲淹《唐相梁公碑文》，乃贬守番阳时作，则书当出在明道二年（一零三三）以后矣。'"①

陈氏叙录包含三个层面的问题：一为鲁迅亦认为此书为宋话本，并断定书出在明道二年以后；二是陈氏据黄丕烈《士礼居丛书》认为此书前序为宋人所作；三是陈氏认为此书现存最早版本为明抄本，然无甚佐证。对这三个层面的问题我们都有必要加以考察，才能更好地判断《梁公九谏》的成书及流播状态以及该书的性质。

一是，黄丕烈《士礼居丛书》所收《梁公九谏》很难判定其为明抄本。丁锡根先生将《梁公九谏》收入其点校的《宋元平话集》，并声称它"是唐五代说唱文学向宋元平话过渡的产物，是讲史类话本的早期作品"，认为此书为宋话本，且判定书出当在仁宗宝元元年（1038）以后②。据《宋史·范仲淹传》载，明道二年（1033），范仲淹因谏阻废黜郭后，由右司谏出知睦州，其间被召还，至景祐三年（1036）五月又因讥刺大臣黜知饶州（治所在鄱阳）岁余，至四年（1037）底才徙知润州。据宋人楼钥《范文正公年谱》载："宝元元年（1038）戊寅，年五十岁，春正月十三日，赴润州，道由彭泽，谒狄梁公庙，慨慕名节，为之作记立碑。"③范仲淹《唐相梁公庙碑》文亦明言"仲淹贬守番阳，移丹徒郡，道过彭泽，谒公之祠而述焉"，可见范氏撰碑时间是宝元元年（1038）改徙润州途中，不得相沿而云"贬守番阳时作"。《四部丛刊》本范集所附此书碑文署名为"朝散大夫上驸马都尉知润州事赐紫金鱼袋范仲淹撰"，亦可为证。鲁迅先生言"《梁公九谏》书出当在明道二年（1033）以后"，时间范围太过宽泛。

---

① 陈桂声：《话本叙录》，珠海出版社 2001 年版，第 221—222 页。
② 丁锡根校点：《宋元平话集·梁公九谏·说明》，上海古籍出版社 1990 年版，第 3 页。
③ （宋）楼钥：《范文正公年谱》，见范仲淹《范文正公集》附录，《四部丛刊初编》135 之集部。

丁锡根、鲁迅二先生皆以《梁公九谏》系受范撰碑文影响而成书,以此视之为宋话本,且以为是不证自明之事。此后大多数学者也接受了这一观点,但也有一些学者对此有所怀疑。如章培恒先生在《关于现存的所谓"宋话本"》一文中指出:"鲁迅先生对《梁公九谏》何以为宋话本并未作丝毫论证,而从《士礼居丛书》本的《梁公九谏》也找不出其为宋话本的任何痕迹。……黄丕烈《跋》说:'《梁公九谏》一卷,则赐书楼藏旧钞本。……赐书楼未知谁氏,余所藏《张乖崖集》宋阙钞补者,每叶版心皆刻赐书楼,所钞字迹审是明人书,未知即此家否?'记述简略,易被误解为其所藏《张乖崖集》宋本的版心刻有赐书楼,则赐书楼自为宋代的藏书家和刻书家,《梁公九谏》既为赐书楼旧藏,自也当为宋钞本了。鲁迅先生以《梁公九谏》为宋话本,恐也由此而来。但以前的藏书家有专门用来抄书的稿纸,版心刻有室名,黄丕烈所说'版心皆刻赐书楼',是指《张乖崖集》钞配部分的稿纸的版心,故紧接着又说'所钞字迹审是明人书'。换言之,其底本实是明钞本。"①认为《梁公九谏》现据以影印的底本其实也是明抄本。其实黄丕烈只是言其所藏宋本《张乖崖集》的钞补部分可能是明时一名为"赐书楼"主人所补,则藏《梁公九谏》的赐书楼为明时一藏书楼,但亦不敢肯定。据池秀云所编《历代名人室名别号辞典》所记,以赐书楼为私人藏书楼者仅有清人胡亦常,并著有《赐书楼集》。但胡亦常卒于清嘉庆癸酉(1813),显然不是收藏《梁公九谏》者。另据万历《严州府志》:宣德六年(1431),知府徐孔奇建有赐书楼②。又《江西通志》记载,明景泰间巡抚韩雍亦建有赐书楼,在南昌府学,藏书其上③。但二者都是官建藏书楼,有明文记载藏书其上的只有景泰间韩雍所建赐书楼④。从朱元璋始,明朝历代君王都好赐书给臣下以示褒宠,故明代出现非止一处的赐书楼并不奇怪。但直至嘉靖时,不管是普通市民还是文人才对小说感兴趣,而早在景泰或更早的宣德时,《梁公九谏》能以抄本的形式流传,一是因为它的篇幅不大,其次可能与文人对它的文本性质的认知有关。从钱曾《述古堂书目》将其收入《疏谏》类、《读书敏求记》将其收入《总集》类著录可知《梁公九谏》更多时候未被视为古代意义上的"小说"。这种认识使得《梁公九谏》被辗转传抄的机会就多些,《梁公九谏》作为明抄本流播的可能性不是

①  章培恒:《关于现存的所谓"宋话本"》,《上海大学学报》1996年第1期,第18—19页。

②  (清)嵇曾筠等监修,沈翼机等编纂:《浙江通志》卷二十九学校五·严州府·书院附,《四库全书》史部地理类(第519册),第744页。

③  (清)谢旻等监修:《江西通志》卷十七学校一·赐书楼,《四库全书》史部地理类(第513册),第549页。

④  (明)陈宏绪:《江城名迹》卷三,《四库全书》史部地理类(第588册),第339页。

没有,但就此否定它是宋时流传的抄本也无定据。因为据孙承泽《庚子销夏记》卷六"欧阳询化度寺舍利塔铭"条载,"化度寺字法视醴泉差小,而整秀则同,其石旧在关右南山佛寺。宋庆历间开府王雍过寺见之,诧为至宝。寺僧闻之,误以为石中有宝也。破石求之,勿得,弃之寺后。他日,王公再至,失石所在。问之,僧具以实对。公寻得之,已三断矣。乃以数十缣易得,载归置里第赐书楼下……"则宋时王雍亦有一赐书楼。查宋时藏书家无王雍(有宋名臣王旦之子名王雍者),此赐书楼是否即王雍藏书室,因史料阙如待考。

二是有关佚名序的作者是宋人还是明人。

《梁公九谏》序文开篇即"先是,高宗在位岁久,多苦风疾,不能视朝,百司奏事,皆委则天详决,则天素多计智,兼涉文史,自此内辅国政,威势与帝无异,当时称'二圣'",几乎全袭《旧唐书·则天皇后纪》文,却对宋人欧阳修等人所修撰的《新唐书》的《武后纪》所采甚少。如前所述,范仲淹《唐相梁公庙碑》文作于宋仁宗宝元元年(1038)后,而序文引用沿袭碑文的地方也很明显,如"当时之时,诸武之势,焰如烈火;李唐之族,冷如寒灰。何心不随,何力可回?"与碑文"呜呼!武暴如火,李寒如灰。何心不随,何力可回?"相比,序文不仅直接袭用"何心不随,何力可回"句,其余也只是稍加扩展而已。从序文本身来看,作者所参考的资料一是源于成书于后晋开运二年(945)的《旧唐书》,一为宋时范氏碑文。欧阳修等人所撰《新唐书》直至嘉祐五年(1060)才最后完成,此后开雕、印刷乃至传播更当在此之后。是否可据此推测这位佚名作序者在作序时要么是偏爱《旧唐书》,要么是他作序时《新唐书》流传不甚广,他可能未能见到,才如此不受《新唐书》的影响。是否可由此推测将《梁公九谏词》改编为《梁公九谏》并为之作序的这位改编者很可能是宋嘉祐五年前宋人。

此外,现存话本中《梁公九谏词》所残留的痕迹比较明显。譬如其中的"不经旬日"语,司马光以求真的视角看待这一问题时,认为过于夸张不合事实,但这是敦煌演史类变文如《韩擒虎话本》《伍子胥变文》中习用之语,且所用频率非常高,多用来表示战争或事件的进程。又如第七谏中"鞍不离马背,甲不离将身"语,也是变文中的常用套语。此外,《伍子胥变文》中伍子胥替吴王解梦的一段,与《梁公九谏》中狄仁杰为武后解梦的一段,无论是语言还是叙事方式都有惊人的相似之处,话本中的这些很可能是无名氏未能尽改故而残留着《梁公九谏词》旧文,只是对词文稍加散文化改写而已。而此后的元刊平话如《新编五代史平话》等话本中这种现象已不多见。这是否可作为《梁公九谏》"是唐五代说唱文学向宋元平话过渡的产物,是讲史类话本的早期作品"的一个佐证? 陈汝衡先生认为从其中"文字内容看,颇像敦煌写卷中的《唐太宗入冥记》。因此说《九谏》是南宋时编定,或者说更早一些,也不为过"①,从上所论述可以看出,这一论断大体是符合事实的。

综上,我们大体可以确定《梁公九谏》佚名作序者为宋人,该书是由《梁公九谏词》改编而来的,在北宋时已基本定型。

### 二、《梁公九谏》成书过程考述

在考查《梁公九谏》的成书过程中,我们有必要先弄清《九谏书》的编撰者究竟为谁。据南宋《秘书省续编到四库阙书目》记载:"张仁禀("禀"当作"亶")撰《九谏书》一卷。辉按,《新唐志》集部别集类作郭元振《九谏书》。《宋志》同。"②据陈尚君师《全唐文补编》卷二七据伯三三九九卷引张仁亶《九谏书》,然今唯存《进九谏书表》《谏暴乱》《纳直谏》《省刑罚》三谏,后六谏原卷仅载篇目:四曰用轻典;五曰均赏罚;六曰息人怨;七曰简牧宰;八曰弃贪佞;九曰委贤良。由此可知,唐人张仁亶撰有《九谏书》似可无疑。

但正如叶德辉所指出的,《新唐书·艺文志》与《宋史·艺文志》都记载唐人郭元振亦著有《九谏书》,此外,宋人郑樵《通志》卷七十艺文略第八、王应麟《玉海》卷六十一皆记载郭元振著有《九谏书》一卷。另《山西通志》卷一百七十五经籍亦载:《郭震集》四卷,又《九谏书》一卷(按,郭元振名震,以字行)。另《崇文总目》卷十二载:《九谏书》一卷,阙。未著撰人。由此可见郭元振《九谏书》的著作权应不成问题。从这些较早的宋人书目记载似可推知,张、郭二人各撰有一《九谏书》的可能性比较大。则现存被补入《全唐文补编》中的残篇《九谏书》的作者究为何人? 据《太平广记》记载:"张仁亶幼时贫乏,恒在东都北市寓居。有阎庚者,马牙荀之子也。好善自喜,慕仁亶之德,恒窃父资以给其衣食,亦累年矣。"③知张仁亶仕宦之前一直处于贫困之中。而题名为张仁亶《九谏书》之第二谏《纳直谏》有"臣是岳穴野人,本性愚直。……愿察野人之说"。虽然是谦辞,但很可能为实情。至于郭元振其人,宋黄震《古今纪要》卷十载:"郭元振名震,太学生时,家送钱四十万,遇五世未葬者尽与之。"则可推知郭家当为大族富室,不为孤寒之氏,且郭元振本人亦以志气倜傥著称于当时甚或后世,这一点从《旧唐书·郭元振传》所载

---

① 陈汝衡:《宋代说书史》,见《陈汝衡曲艺文选》,上海文艺出版社 1979 年版,第 314 页。

② 《秘书省续编到四库阙书目》,见许逸民、常振国编:《中国历代书目丛刊》(第一辑),现代出版社 1987 版。

③ (宋)李昉等编:《太平广记》卷三百二十八"鬼十三",中华书局 1961 年版,第 2604 页。

其疏宕凌厉的疏谏之文也可看出，与其人亦符。然现存之《九谏书》中几篇谏文却甚为戆直，与郭元振文风不甚相符，由此可以推测，现存《九谏书》大有可能为张仁亶所作，郭元振的《九谏书》有可能在宋以后已佚失难见，故宋人公私书目已难见其《九谏书》的叙录。

现存《进九谏书表》原题为《幽州都督张仁亶上九谏书表》。《册府元龟》载："张仁愿（本名仁亶，避讳改名仁愿）为侍御史，万岁通天二年，监察御史孙承景监清边军，战还，画战图以奏。每阵必画承景躬当矢石先锋御贼之状，则天叹曰：'御史乃能尽诚如此！'擢拜右肃政台中丞，令仁愿叙录承景下立功人。仁愿未发都，先问承景对阵胜负之状，承景身实不行，问之皆不能对。又虚增功状。仁愿庭奏承景罔上之罪，于是承景左迁崇仁令，擢仁愿为右肃政台中丞，检校幽州都督。"垂拱至万岁通天前后正是周兴、来俊臣等酷吏罗织大臣之狱，人心惊怖之时。万岁通天二年连武则天本人也承认自周、来二人死后，"更无闻反逆者，则以前就戮者不有冤滥邪？"①就现存的几篇文字及存目来看，张仁亶于此时上《九谏书》较合情理，与张本人此时的官职亦符。

张仁亶、郭元振、狄仁杰等人都是有唐一代名臣。唐丞相中才兼文武者，有李靖、郭元振、唐休璟、张仁愿等人②。至若郭元振之镇陇右，狄仁杰之帅河北，裴度之平淮蔡，温造之定兴元，此数人皆有尊主庇民之功，善始令终之德，一时武臣未有出其右者③。此外，狄仁杰、郭元振、张仁愿曾分别担任宁州刺史、朔方军大总管、朔方军总管，三人所历官职相近。从上述材料可以看出，张、郭、狄三人都各有自己的文功武勋，在后世都享有令誉。《九谏书》在他们三人之间被张冠李戴也就比较符合逻辑了。但《九谏书》之所以被艺人移植于狄仁杰，还与唐宋人对狄仁杰的态度有关。我们先看看唐

---

① （宋）王钦若等撰：《册府元龟》卷四百六十"台省部·正直"：姚元崇为夏官侍郎，万岁通天二年，则天谓侍臣曰："近者朝臣多被周兴、来俊臣等推勘相承，咸自承服。国家有法，朕岂能违？中间疑有枉滥，更使近臣就狱根问，皆得手状，承引不虚。朕不以为疑，即可其奏。自周兴、来俊臣死，后更无闻有反逆者。然则已前就戮者不有冤滥邪？"元崇对曰："自垂拱已后，被告身死破家者，皆是枉酷自诬而死。告者特以为功，天下号为'罗织'，甚于汉之'党锢'。陛下令近臣就狱问者，近臣自亦不保，何敢辄有动摇。被问者若翻，又惧遭其毒手。将军张虔勖、李安静等是也。赖上天降灵，圣情发寤，锄诛凶竖，朝廷乂安。今日已后，臣以微躯及一门百口保，见在内外官更无反逆者。乞陛下得告状，但收掌不须推问。若后有征验，反逆有实，臣请受知而不告之罪。"则天大悦曰："前宰相皆顺成其事，陷朕为淫刑之主。闻卿所说，甚合朕心。"中华书局影印本，第 5473 页。
② 参见（明）彭大翼：《山堂肆考》卷四十三，《四库全书》子部类书类（第 974 册），第 707 页。
③ 参见（明）杨士奇等纂：《历代名臣奏议》卷二百三十六，《四库全书》史部（第 439 册），第 710 页。

人心目中的狄仁杰。

最先对狄仁杰有所著述表明自己态度的是他同一时代的名士李邕。据《旧唐书·狄仁杰传》载:"仁杰前后匡复奏对,凡数万言。开元中,北海太守李邕为《梁公别传》,备载其辞。"李邕又为他的生祠撰写了碑文①。此外,李邕尚撰有被宋人赵明诚叹为"高古真一代佳作"的《六公咏》,其中汉阳王张柬之等五王为一章,因五王皆狄梁公所进,狄公之功尤著,因而"狄丞相别为一章"②。可见狄仁杰同时代人已对他返周归唐之功勋赞叹不已。稍晚的中唐诗人张祜有《读狄梁公传》诗,云:

> 失运庐陵厄,乘时武后尊。
> 五丁扶造化,一柱正乾坤。
> 上保储皇位,深然国老勋。
> 圣朝虽百代,长合问王孙。③

同样将扭转乾坤的功绩归于狄仁杰,且尊之为"国老"(这一尊称在《梁公九谏》中屡次出现),可说是代表了中唐人对狄氏的看法。后人对张祜的这首诗引用极多,也就表明唐以后人对张祜的这一观点的认同。

将唐室中兴之功归之于狄仁杰,已成为宋人的普遍观点。如苏辙认为狄仁杰终能成功的原因在于"以缓得之",意谓狄仁杰能静待时机,慢慢开导武后使其终能自悟④。黄庭坚亦有诗赞狄仁杰,称其"鲸波横流砥柱,虎口活国宗臣"⑤,可谓善论仁杰者。史学家司马光持论更为公允:

> 仁杰不畏武后罗织之狱,三族之夷,强犯逆鳞,敢以庐陵王为请者,非特天资忠义,亦以先得武后之心也。且张易之、昌宗,后之嬖臣也,欲归庐陵,事大体重,非二嬖之言,后孰信之? 吉顼能以威言撼二嬖,陈易吊为贺之计,故二嬖敢从容以请,而后意遂定。于是仁杰之谏得行。卒遣徐彦伯迎庐陵王于房州者,由仁杰之言也。⑥

---

① (宋)陈思:《宝刻丛编》卷六:"唐魏州刺史狄仁杰生祠碑,唐李邕撰,张庭珪八分。开元十年十一月。《金石录》。"见《四库全书》史部目录类(第682册),第273页。
② (宋)赵明诚:《金石录》卷二十六,跋尾十六,《四库全书》史部目录类(第681册),第339页。
③ (唐)张祜:《读狄梁公传》,见《张承吉文集》,上海古籍出版社2013年版,第31页。
④ (宋)苏辙:《苏辙集·栾城后集》卷十(第3册),中华书局2017年版,第999页。
⑤ (宋)黄庭坚著,(宋)任渊等注:《山谷诗集注》,上海古籍出版社2003年版,第752页。
⑥ (宋)司马光:《资治通鉴》,中华书局1956年版,第6814页。

认为狄仁杰之所以能成功地劝谏武后,也有他人如张易之、吉顼等人的功绩,只不过狄仁杰的功劳更大而已。宋人盛行以史解经,认为经史岐而为二,尊经太过,反入于虚无之域,无以见经为万世有用之学。如宋人张浚所撰《紫岩易传》卷二释亨象曰:"……陈平用于汉,狄仁杰用于唐,二得中于否曰大人,大人以道为任,而识其大者,不肯规规然自异群阴中,招怨取疑以害吾道也。"① 杨万里《诚斋易传》卷十解易之"坤下离上,九四睽孤",亦引狄仁杰事为证:

> ……举朝皆武氏之臣,而狄仁杰以一身徇唐,非孤立于睽离之世乎?乃下荐洛川司马张柬之,荐一柬之而五柬之合,与仁杰而六,周复为唐,仁杰之志行矣。岂惟无咎,又何厉矣。②

从上引材料可以看出,宋人尤其是南宋人对狄仁杰的认识已渐趋一致,认为狄仁杰"周复为唐"之所以成功的原因有二:一为识大体,且能不自异于群小以招怨,从容柔顺辅导女主以存唐,而卒取功于当世,亦苏辙所谓之"以缓得之"之意;一为杨万里所说的能结交善士,荐能用贤,共建奇勋。而宋人的这种认识又影响了元明甚至清人。如明王世贞就认为:"狄仁杰、宋璟器相似也,仁杰近圆,璟则方。"③

事实上,武则天作为历史上第一位女主,关于其大周继统的问题曾经是困扰多方、波及全国上下的一个极为敏感的问题。对于这个问题,新旧《唐书》和《资治通鉴》等史书的记载相互龃龉,与之相关的众多笔记小说更是纷歧不一。庐陵王李显被废后得以再次继承大唐正统的历史过程十分曲折,在此过程中夹杂着武则天的两个得宠侄子武承嗣、武三思为夺取太子位的斗争。武则天为继统问题,先是与时相商议,因岑长倩谏阻,武则天意存犹豫。天授二年(691)五月,岑长倩为武承嗣进谗罢相,斥令西征吐蕃。六月,格辅元继任为相,"太后又问地官尚书、同平章事格辅元,辅元固称不可"④。此后武氏姑侄为继统问题又与当时大臣李昭德、狄仁杰等进行了长期的反复激烈斗争,所以,扶正大唐之功绝对不仅仅是狄仁杰一人之力能成

---

① (宋)张浚:《紫岩易传》卷二,《四库全书》经部易类(第 10 册),第 43 页。
② (宋)杨万里:《诚斋易传》卷十,《四库全书》经部易类(第 14 册),第 627 页。
③ (明)王世贞:《弇州四部稿》卷一百四十,说部,文渊阁《四库全书》集部别集类(第 1281 册),第300 页。
④ (宋)司马光:《资治通鉴》,中华书局 1956 年版,第 6473—6475 页。

就的。狄仁杰仅仅是当时一批忠于大唐皇室的大臣的典型而已①。

古人在评价一个人的时候往往从两个大的方面入手,即忠与孝。狄仁杰既以忠显著于唐宋间,在孝的方面也同样为人所称道。范仲淹碑文与新、旧《唐书》的《狄仁杰传》都记载了他的孝行,其中《新唐书》记载:

> (狄仁杰)亲在河阳,仁杰登太行山,反顾,见白云孤飞,谓左右曰:"吾亲舍其下。"瞻怅久之,云移乃得去。②

他的这一声叹息后来竟也成为孝行的典故。如明人宋讷《飞云轩记》记载,明代松江孝子建有飞云轩,宋讷为之记,云:

> ……昔人以云纪官,以云辨谮者有矣,以云思亲,则自狄仁杰始也。夫以仁杰一言为百世孝思之则者,何哉?盖言出于心,非妄诞欺人以要思亲之誉尔。③

另据雍正《畿辅通志》记载,宋代建有三贤祠在旧府城文庙东,专祀唐魏徵、狄仁杰,宋韩琦。又有四贤祠在府城内,祀唐狄仁杰和宋韩琦、寇准、刘安世,明万历间增建一祠,东祠祀狄、韩、寇三公并文潞公为四贤祠,西祠专祀刘忠定公④。从宋以来历代立祠情况亦可见出唐代狄仁杰在宋以来人们心中所享有的崇高地位,非同时代郭元振、张仁亶等人可比拟,所以郭、张二人的《九谏书》最终为"说话"艺人张冠李戴,嫁接至狄仁杰头上且被后世广泛接受认同,就不足为奇了。

《九谏书》似更有可能在郭元振与狄仁杰之间被张冠李戴,因为他们之间存在更多方面的相似性。首先,郭元振在文武功勋方面与狄仁杰有相似性。其次在孝行方面两人也有共通性。宋人程公许《寿史丞相》中有"君不见唐朝郭元振,退朝愉色奉温清"句⑤,可知郭元振与狄仁杰在孝行方面具有一致性。再次,在作品方面,查诸书目及史志,郭元振有《郭元振集》二十卷,狄仁杰有《狄仁杰集》十卷。而李邕既为郭元振撰《行状》,又为狄仁杰撰

---

① 参见罗筱玉:《武则天立嗣考论》,《世纪桥》2007 年第 6 期。
② (宋)欧阳修、宋祁撰:《新唐书》卷一一五《狄仁杰传》,中华书局 2013 年版,第 4207 页。
③ (明)宋讷:《西隐集》卷五《飞云轩记》,《四库全书》集部 1225 册,第 861 页。
④ 唐执玉、田易等:雍正《畿辅通志》卷五十《祠祀》,《四库全书》史部地理类(第 505 册),第 143 页。
⑤ (宋)程公许:《沧洲尘缶编》卷七《寿史丞相》,《四库全书》集部(第 1176 册),第 969 页。

《梁公别传》；郭元振据宋人记载撰有《九谏书》一卷，而狄仁杰多次谏诤武后的事迹也因李邕《梁公别传》得以流传。这样因李邕的文名甚盛，两者都有可能广传于世，也就有可能随着年岁日久而导致二者相混淆，而且民间文学的一个很省事的技巧就是将一些有意义或有趣味的形迹与故事嫁接到他们所尊崇的说唱对象身上。

此外，唐宋的说书人之所以将曾是谏诤之言的《九谏书》改编成为词文或话本，还有一个原因可能是当时的唐宋的多种笔记小说中都记载有春秋杜伯被谗，左儒九谏之事。如北齐颜之推《冤魂志》，唐释道世所撰《法苑珠林》卷一百十《赏罚篇》、第九十一《述意部》，宋时被说话人几奉为参考教材的《太平广记》卷一百十九《报应》十八也引了左儒九谏之事，所注出处为《还冤记》，但上述相关记载都只有故事梗概，也无左儒与宣王之间的具体对答语言。但到了明代杨慎所撰《丹铅续录》卷一中却多了左儒谏诤的具体对话。今摘引如下：

> 《国语》杜伯射王于鄗：注引《周春秋》，其文不悉。按颜之推《冤魂志》，亦引《周春秋》。颇详，文又奇玮，今补载之。周杜国之伯，名为恒，为周大夫。宣王之妾曰女鸠，欲通之，杜伯不可。女鸠诉之宣王曰："恒窃与妾交。"宣王信之，囚杜伯于焦。其友左儒争之，王不许。曰："汝别君而异友也。"儒曰："君道友逆则顺君以诛友，友道君逆则师友以违君。"王怒曰："易而言则生，不易而言则死。"儒曰："士不枉义以从死，不易言以求生。臣能明君之过以正杜伯之无罪。"九谏而王不听。王使薛甫与司工锜杀杜伯。左儒死之。[①]

经过查证，左儒与宣王的这段对话不见于四库本或四部丛刊本《国语》注中，而左儒的这段话明显与《梁公九谏》中狄仁杰与武后之间的对答之语有相似之处。《梁公九谏》第七谏武后因恼狄仁杰屡谏，对其威胁道："为子逆父，为臣逆君。只缘策立之事，卿每偏执，苦谏于朕，朕甚耻之。卿若不改见前解，只这殿前是卿死处。若改见前解，取此赏物。"而狄仁杰答道："……臣惟受直而死，不可邪佞而生。"这段君臣之间的对答方式及其中所蕴含的思维方式都与杨慎《丹铅续录》所记左儒与宣王之间的对话颇有相似处。

正如四库馆臣所言："（杨）慎以博学冠一时，……至于论说、考证，往往

---

① （明）杨慎：《丹铅续录》卷一，中华书局 1985 年版，第 37 页。

恃其强识，不及检核原书，致多疏舛。又负气求胜，每说有窒碍，辄造古书以实之。"在杨慎之前或之后的书中引及该左儒谏宣王故事时，都不见有左儒的这段对话，其属杨氏增饰之语大概没有太大问题。而同为明人的王世贞早有论断，认为杨慎"详于稗史而忽于正史，详于诗事而略于诗旨，求之宇宙之外而失之耳目之内"，四库馆臣认为王氏此论"亦确论也"①。明嘉靖时期，由于普通群众和文人对小说的兴趣越来越浓厚，出版商编辑出版了好几部小说如《三国志通俗演义》等。是否可以这样推测，杨慎自嘉靖三年坐议大礼被杖谪荒远之地后，遍观群书，尤"详于稗史"，而小说在明代被文人视之为"史补"，即同于稗史。这从《梁公九谏》一书被清人钱曾收入《述古堂书目》卷三《疏谏》、宋敏求《读书敏求记》卷四《总集》，可知一直到清代，《梁公九谏》因不被人视为小说而受到文人的不少关注。由此可推测，杨慎很可能见过《梁公九谏》的抄本，并对其中狄仁杰谏对武后之语印象颇深，或许因为这段对话中的君臣观引起了他的异代共鸣，以致他在记载左儒故事时增饰这样一段对话，很可能是借他人之酒杯，浇自己之块垒。

综上所述，或许这个故事的框架对唐宋间说书人或话本编撰者不无启发，他们将它移植到自己所敬仰的名相狄仁杰身上，由谏净之文的《九谏书》一变而为说唱性质的《梁公九谏词》，再变而为话本性质的《梁公九谏》就顺理成章了。大凡故事或事件的演变，每每越到后来，内容越丰满。《九谏书》原本为单纯的忠臣谏言，经后来的说唱艺人逐渐改造、渲染，就变得复杂丰满起来，距离曾经的历史真相，愈说愈远，愈远愈虚，几乎等同于小说的虚构创作了。

### 三、《梁公九谏》内容考索

据《旧唐书·狄仁杰传》载："仁杰前后匡复奏对，凡数万言。开元中，北海太守李邕为《梁公别传》，备载其辞。"②又司马光《资治通鉴考异》(以后简称《通鉴考异》)卷十一云："世有《狄梁公传》，云李邕撰，其辞鄙诞，殆非邕所为。其言曰：'后纳诸武之议，将移宗社，拟立武三思为储副，迁庐陵王于房陵。'……"③但现存的《李北海集》与《全唐文》都未收《梁公别传》或《狄梁公

---

① (清)永瑢等撰：《四库总目提要》卷一二九子部杂家类三《丹铅续录提要》，中华书局 1965 年版，第 1026 页。

② (后晋)刘昫：《旧唐书·狄仁杰传》列传第三十九，中华书局 1975 年版，第 2895 页。

③ (宋)司马光：《资治通鉴考异》卷十一，《四部丛刊》初编史部(第 31 册)，上海书店出版社 1989 年版，第九叶。

传》,陈尚君师《全唐文补编》亦无,故无法得知二传面貌,也不能判定二者为两篇各自不同的传记抑或为同文异名①。李邕文集在明代已散佚,即使是宋代亦无较为通行的版本流传,因而上述情况的出现亦在情理之中。与狄仁杰相关的文集著录,现存的宋人四大书目中,除晁公武《昭德郡斋读书志》无记载外,其余三家都有记载,仅稍有不同。北宋王尧臣、欧阳修等编的残存的《崇文总目》中传记类载:"《狄仁杰传》三卷,李邕撰。绎按《宋志》作《狄梁公家传》。"②绎即清人钱绎,字东垣。查《宋史·艺文志》史部传记类确有"李邕《狄梁公家传》一卷"③。尤袤《遂初堂书目》杂传类亦载有《狄梁公家传》,惟不言卷数。陈振孙《直斋书录解题》卷七传记类载:"《狄梁公家传》,三卷,唐海州刺史江都李邕太和撰。"④以上可知,北宋所修《宋史·艺文志》与南宋诸书目都载有李邕所撰《狄梁公家传》一书,唯北宋所修《崇文总目》不同。只是不知司马光在修《资治通鉴》时在博采群书兼及小说的情况下,为何仅仅提及《梁公别传》,而不及署名为李邕的《狄梁公家传》?是司马光没能见到《狄梁公家传》,还是《狄梁公传》即为《狄梁公家传》的异名同书?今已无法确知。但有一点可以推知,那就是有关狄仁杰谏立庐陵王的相关著述在北宋仍属常见。早于司马光的范仲淹所撰《唐相梁公庙碑》,其中有关狄仁杰一生的出处大节,大都采自正史,但在狄仁杰请复庐陵王为太子的情节上,与正史不同,却与《通鉴考异》中所引的被司马光视为鄙诞的《狄梁公传》的情节颇有一致处。

范仲淹《唐相梁公庙碑》一文,作于宝元元年(1038),而此前的《旧唐书·狄仁杰传》中的相关狄仁杰谏立庐陵王的文字太略,范《碑》不大可能取法,将范《碑》文与司马光《考异》中所附《狄梁公传》文细加比勘后发现,范碑中有关狄仁杰劝谏武则天召还庐陵王立为太子一事,无论文字还是细节多有相似处。如《狄梁公传》与范《碑》之文皆有描绘武则天的动作、神情之语,《狄梁公传》中狄仁杰指出人心未忘唐德,庐陵王当复太子储位时,"天后震怒,命左右扶而去之";范《碑》沿袭此种文字,仅稍加改变:"则天怒,命策出。"在狄仁杰给武则天解第一梦后,《狄梁公传》文有"(武则天)复命扶出,竟不纳"语;范《碑》相应文字为"复命策出"。这些文字在话本《梁公九谏》中

---

① 《四库全书》中所收《李北海集》仅六卷,而李邕文集本有七十卷,《宋志》已无著录。今本大抵皆采摭《文苑英华》诸书裒而成帙,已非原本,今本"盖已十不存一"。

② (宋)王尧臣等编次,(清)钱东垣等辑释:《崇文总目》,中华书局1985年版,第108页。

③ (元)脱脱等:《宋史·艺文志二》,中华书局1977年版,第5112页。

④ (宋)陈振孙:《直斋书录解题》卷七,上海古籍出版社2006年版,第197页。

都不见,唯君臣之间的对语,仍留存有从词文向话本转变中的过渡的痕迹与特点。

《狄梁公传》今已佚失,赖《通鉴考异》得以有所保存,然已非全文。《通鉴考异》在上引两段文字中插入了唐张鷟所撰《朝野佥载》中所记载的武则天的第二梦,即梦中鹦鹉折双翅之事。范《碑》与话本《梁公九谏》俱有此梦,可推知二文皆取鉴过《朝野佥载》。就话本的整体结构看来,这第二梦在话本中居于第七谏的位置,为其主要内容。至于《梁公九谏》中的第一梦——武氏梦见双陆不胜的解梦故事,宋洪迈曾对此有所考辨,其《容斋四笔》卷八"双陆不胜"条载:

> 《新唐书·狄仁杰传》武后召问:"梦双陆不胜,何也?"仁杰与王方庆俱在,二人同辞对曰:"双陆不胜,无子也。天其意者以儆陛下乎?"于是召还庐陵王。旧史不载。《资治通鉴》但书鹦鹉折翼一事。而《考异》云:"双陆之说,世传《狄梁公传》有之,以为李邕所作。而其词多鄙诞,疑非本书,故黜不取。"《艺文志》有李繁《大唐说纂》四卷,今罕得其书。予家有之,凡所纪事,率不过数十字,极为简要。《新史》大抵采用之。其《忠节》一门曰:"武后问石泉公王方庆曰:'朕夜梦双陆不胜,何也?'曰:'盖谓宫中无子,意者恐有神灵儆夫陛下。'因陈人心在唐之意,后大悟,召庐陵王复其储位,俾石泉公为宫相以辅翊之。"然则《新史》兼采二李之说,而为狄为王,莫能辨也。《通鉴》去之,似为可惜。①

虽然解梦者不能确指为王方庆还是狄仁杰,然二人都曾就扶立庐陵王竭尽全力不避斧钺,即便真是王方庆,话本编撰者也可能嫁接于狄仁杰身上。且中国古典小说中所涉及的梦文化可谓源远流长,最早的有殷高宗"梦帝予良弼",今《尚书》里存有《说命》三篇,为此类故事的滥觞。在后来的笔记小说中,有关梦的故事得到了进一步的衍化。如《史记·齐太公世家》仅说周文王出猎前卜了一卦,至晋太康时汲冢所出之《周志》,遂有了文王梦熊的典故②。至于唐五代演史类变文中与梦相关的故事及情节更多,且直接为此后的宋元平话所承袭。最显著者莫如《伍子胥变文》中有关梦与解梦的情节:

---

① (宋)洪迈著,穆公校点:《容斋随笔》卷八,十七则"双陆不胜"条,上海古籍出版社2015年版,第400页。

② (晋)卢无忌:《齐太公吕望表》,见王昶编:《金石萃编》卷二十五,中国书店1985年版。

尔时吴王梦夜殿上有神光，二梦见城头郁郁苍苍①，三梦见城门交兵斗战，四梦见血流东南。吴王即遣宰彼解梦，宰彼曰："梦见殿上神光者福禄盛；城头郁郁枪枪（苍苍）者露如霜；南壁下匣北壁匡王寿长；城门交兵者王手（守）备缠绵；血流东南行者越军亡。"吴王即遣子胥解梦，其子胥上知天文，下知地理，中知人情，文经武律（纬），一切鬼神，悉皆通变。吴王即遣解梦。子胥曰："臣解此梦，是大不祥。王若用宰彼此言，吴国定知除丧。"王曰："何为？"子胥直词解梦："王梦见殿上神光者有大人至；城头郁郁苍苍者荆棘备（被）；南壁下有匣、北壁下有匡者王失位；城门交兵战者越军至；血流东南者尸遍地。王军国灭，都缘宰彼之言。"吴王闻子胥此语，振晴努目，拍陞大嗔："老臣监监，光（先）咒我国。"子胥解梦了，见吴王嗔之，遂从殿上褰衣而下。吴王问子胥曰："卿何褰衣而下？"子胥曰："王殿上荆棘生，刺臣脚，是以褰衣而下殿。"王赐子胥烛玉之剑，令遣自死。子胥得王之剑，报诸百官等："我死之后，割取我头，悬安城东门上，我当看越军来伐吴国者哉！"②

不论是构建梦的故事情节，甚至具体的人物的神情与动作细节都很容易让人想到《伍子胥变文》与《梁公九谏》之间的联系。一个"褰衣"动作，在变文中成功地塑造了伍子胥的先见之明与忠谏不阿的形象；而同样的一个"褰衣"动作，表现了狄仁杰忠谏不避死的直臣性格③。由此可见俗文学中关于梦的故事的承袭、演化轨迹。

此外，《分门古今类事》卷十五祥兆门"武后万年"条载：

唐天后既立国号周，又欲立三思为后。狄仁杰切谏。后曰："奈何有'武氏临朝万万年'之谣？"公对曰："陛下改万岁登封元年，又改万岁通天元年，又改大足元年，则万万之数足矣。"武后大悟，始有归中宗之意。此固狄公忠正之对，亦足以见天运已定，后虽残虐，不可改也。（《纪异录》）④

---

① 此下疑有脱文，项楚以为脱文应是"梦见南壁下有匣，北壁下有匡"。原文"三梦""四梦"亦应依次改为"四梦""五梦"。参见项楚《敦煌变文选注》，巴蜀书社1990年版，第90页。

② 项楚：《敦煌变文选注·伍子胥变文》，巴蜀书社1990年版，第90页。

③ 佚名：《梁公九谏》之《第八谏》：（狄相）复前奏曰："臣既不得策立太子，即以死报先帝。复愿陛下以老臣之言熟思之，以为万世无疆之计。"言讫，褰衣大步欲跳入油锅。《古本小说集成》本，上海古籍出版社1992年版，第31页。

④ （宋）佚名撰：《新编分门古今类事》卷十五，中华书局1985年版，第185页。

话本《梁公九谏》的第三谏中武后有言："惟复是朕登万万年？惟复是武家子孙登万万年？"然后是狄仁杰历数武后年号,以证万万年之数已足,并非"武家子孙登万万年"之兆。至于《分门古今类事》一书共二十卷,不著撰人姓名。《宋史·艺文志》亦未著录,卷首题有"蜀本"二字。盖宋时四川书肆刊行之本。此书第八卷内载"有先大夫《龙泉梦记》一篇",末署"政和七年三月,宋如璋记"。记中自称"崇宁乙酉拔漕解,次年叨第"。则宋如璋本蜀士,尝举进士入官,则《分门古今类事》很可能作于北宋徽宗政和以后,其所引《纪异录》今已不存,公私书目亦无著录,应是宋或宋以前的笔记小说。《纪异录》中此段故事,很可能也被说话人或话本的改编者所参考。

综上所述,《梁公九谏》的内容与整体架构系话本编撰者多方参鉴而成,诸如唐人郭元振《九谏书》的框架模式、唐时笔记小说《狄梁公传》,以及唐代演史类变文《伍子胥变文》的解梦情节与构思路径。可见即便简单如《梁公九谏》这样一种过渡性形态的话本的成书过程与题材来源都是各种素材杂糅在一起,从而显得颇为复杂的一种状态。

# 第二节　元人新编刊印之讲史类话本
## ——《五代史平话》

《新编五代史平话》(后简称《五代史平话》)一书的版本与流播情况相对比较清晰。学界对此平话的成书过程及其文本性质等问题虽已有多方探讨,然结论非一,对此,我们仍应给予足够的关注与深入探讨的热情。

## 一、《五代史平话》版本及流布

《五代史平话》,佚名撰。书分《五代梁史平话》《五代唐史平话》《五代晋史平话》《五代汉史平话》《五代周史平话》五种,每种二卷,共十卷,然今传本《五代梁史平话》目录及下卷、《五代汉史平话》下卷俱缺失。《五代唐史平话》《五代周史平话》正文亦有缺页。

从有关宋元人的笔记可以推测,宋元间讲史艺人对于《五代史》的演说一直盛行不衰,且面貌各异,其版本亦当非一种。现存《五代史平话》可能系众多版本或抄本中幸存之一种。其被发现的过程亦颇为偶然,系清光绪二十七年(1901)曹元忠游杭州时于常熟人张敦伯家得之,原书现藏台湾。清宣统三年(1911),董康诵芬室借以影刻出版,编入其《诵芬室丛刊》二编,称《影宋残本五代史平话》,后有曹元忠跋。现今流行的各种《五代史平话》版

本,均以董康影刻本为底本。1990 年上海古籍出版社《古本小说集成》之
《五代史平话》即据董康诵芬室影印本影印。另有 1925 年商务印书馆排印
标点本,1954 年、1957 年中国古典文学出版社排印本,1958 年中华书局排
印本。丁锡根收入其《宋元平话集》。此书除孙楷第《中国通俗小说书目》有
所记载外,未见前人著录。

## 二、《五代史平话》的成书探源

《五代史平话》(因本节考辨过程中频引此平话,故后文简称《平话》)的
发现,被视为话本中之惊人秘籍,对后世古典小说研究具有重要意义,然迄
今为止,有关研究多拘于话本乃至古典小说整体研究的格局。至于该平话
之成书过程、时代、编刊者等问题仅有丁锡根《〈五代史平话〉成书考述》、宁
希元《〈五代史平话〉为金人所作考》等论文曾予探讨,然丁文认为《平话》为
宋编元刊①,而宁文则以为系金人所为,成书于金亡前后②。可见即使是《平
话》成书过程中的一些基本问题至今仍结论非一,更遑论对《平话》文本层面
作进一步的探讨了。故本节在前人研究的基础上对该平话的题材来源、编
刊年代等问题重加考辨后,笔者认为该平话的编撰与刊印都可能在元代,为
元代下层文人即书会才人新编、刊印,而非宋人旧编、元人增益刊行;其书素
材主要取资于《资治通鉴纲目》(后简称《纲目》)③而非一般人所认为的的《资
治通鉴》(本章后文简称《通鉴》)④;编刊时间不会早于宁宗嘉定十二年
(1219),可能在元至大三年(1310)至元至治(1321—1323)间。在此基础上,
本文力图将《平话》置于宋元雅俗文学、文化变迁的整体格局中来逆探其成
因,推测其之所以形成这样一种面目,一是可能受到元代文人学术上渐宗程
朱理学的影响,二是受元代史学上更重《纲目》研究的影响,三是受元代文坛
大力提倡"宗唐得古"之诗文风尚的影响,当然其最终成因自然是这三个层
面的综合影响而成的合力。下文将就这几个层面的问题逐一分析,重加
探讨。

---

① 参见丁锡根:《〈五代史平话〉成书考述》,《复旦学报》1991 年第 5 期。
② 参见宁希元:《〈五代史平话〉为金人所作考》,《文献》1989 年第 1 期。
③ 本文所指《纲目》,系用元建安詹光祖至元丁亥(1287)月崖书堂本,藏北京图书馆,简称元建本,
　　因页码模糊仅指出引文所在之卷与"纲"。
④ 本书所指胡注本《通鉴》,系中华书局 1956 年版胡三省注《资治通鉴》,下文所指之"十二行本"
　　"乙十一行本"系章钰所校之宋刊《通鉴》九种中的两种(后简称章校)。

### (一)《五代史平话》的题材来源

对于《五代史平话》①的题材来源，以往学者或笼统地称其"大抵都是根据正史"②；或以为《平话》"按理应有完整的有机结构"，今本"却分成《梁史平话》《唐史平话》《晋史平话》《汉史平话》《周史平话》五大块，依次讲述梁、唐、晋、汉、周五代史事"，从而推导出《平话》所据史书为《旧五代史》③。上引丁锡根、宁希元二文尤其是宁文将《平话》与胡注《通鉴》五代部分对勘后，发现《平话》虽与元刊胡注本《通鉴》多有出入，但这些出入又多暗合于宋刊《通鉴》，故而认为《平话》大体依据宋刊《通鉴》改编成文，其所据版本可能为刊于绍兴二年浙东茶盐公使库的余姚本（即"十二行本"）或涵芬楼所据以影印的宋本（即"乙十一行本"，宁宗后刊本）。此外，宁文更审慎地指出，由于《平话》有一部分与此二种宋刊《通鉴》有关文字亦有出入，怀疑《平话》有可能改编自今已失传之某一宋刊《通鉴》。

因此，弄清《五代史平话》的题材来源，不仅是考辨其编刊年代的重要依据之一，也是我们对其深入研究的基础。

首先，我们认为《平话》不大可能取资于《旧五代史》。尽管《旧五代史》分五大块分朝叙事，这可能给《平话》编者以某种启发。然笔者仔细点勘，几乎找不到《平话》取鉴《旧五代史》的痕迹。诚然，《旧五代史》分五大块分朝叙事，这可能给《平话》编者以某种启发。然《通鉴》与《纲目》虽按年叙事，大体格局上也分为《后梁纪》《后唐纪》《后晋纪》《后汉纪》《后周纪》，且各纪之间史事贯通又前后牵连。这个特点也体现在《平话》中，因分五大块按年铺叙，导致"一件战事，一件变故，往往在两三书中反复的叙了又叙"④，以至《汉史平话》虽缺下卷，似乎不太影响与《周史平话》上卷的衔接。另外，只要比勘一下《平话》与现存《旧五代史》就很容易感觉到，纪传体的叙事方式使得历史大事散见于各纪传中，因过于散落而不易牵聚成文，改编起来很费力。笔者对此深有感受。

其次，《五代史平话》大体依据《通鉴》改编而成，笔者亦曾以为是经得起推敲的观点，但经过仔细比勘后，发现《平话》称五代之君为"主"，譬如"梁

---

① 下文所引《五代史平话》中文皆用《古本小说集成》，上海古籍出版社 1990 年版。
② 胡士莹：《话本小说概论》（下），中华书局 1980 年版，第 713 页。
③ 欧阳健：《历史小说史》，浙江古籍出版社 2003 年版，第 40 页。
④ 郑振铎：《宋元明小说的演进》，见《郑振铎古典文学论文集》，上海古籍出版社 1984 年版，第 378 页。

主""唐主"等①，且《唐史平话》于唐亡后沿用唐昭宗"天祐"年号一直到后唐庄宗同光元年。对于五代诸君，无论《通鉴》、新旧《五代史》诸书，概称五代诸帝之庙号抑或谥号，如"梁太祖""唐庄宗"之类；唯南宋朱熹之《纲目》，因其不满于《通鉴》之"无统"，于五代十二君一概贬之为"主"，且于唐亡后至庄宗同光元年（923）一直用唐"天祐"年号以示其统绪所在，此后仅以甲子纪年而以小字分注五代各国年号，以寓其春秋大义。据此，笔者将《平话》与宋刊《通鉴》五代部分重新比勘后发现，《平话》虽然大体上确系直接或间接依据史书加工而成，然其所据史书并非《通鉴》、新旧《五代史》等书，而是《纲目》《五代史详节》《新唐书》《后汉书》诸书，另有特征显示编者很可能曾参鉴过元人陈栎《历代通略》等史评类论著，今详析如下。

1.《五代史平话》系取资于《纲目》

(1)《五代史平话》之讹误可反证其所据者为《纲目》而非胡注《通鉴》

诚如丁锡根先生所言，《平话》找不到胡注的痕迹②。而《平话》之讹误亦可反证其不据胡注本《通鉴》而是改编自《纲目》。如：

> 嗣源曰："吾年十三事献祖，视吾犹子，又事先帝垂五十年，经营攻战……"　　　　　　　　　　　　　　　　（《唐史平话》卷下，第 106 页）
>
> 监国曰："吾年十三事献祖，……视吾犹子。又事武皇垂三十年，先帝垂二十年，经纶天下……"　　　　　（《通鉴》卷二七五，第 8982 页）
>
> 监国曰："吾年十三事献祖，……视吾犹子，又事武皇先帝垂五十年，经纶攻战……"　　　　　　　（《纲目》卷五五"唐主嗣源立"）

---

① 仅《周史平话》于郭威或书"周太祖"，郭荣或称"世宗"，系取资于《五代史详节》的缘故，然亦时称"周主"。

② 丁锡根《〈五代史平话〉成书考述》："平话也有少数类似注言的文字，说话人用以对内容作解释性说明，但都不是来自胡注。《唐史平话》卷上叙述李继发为张承业舞，承业赠其'缠头'时，说话人解释说：'缠头与今人说利市一般。''利市'为宋人通俗语，较早见于《东京梦华录》，意谓'喜钱'。而胡注'缠头'作如下语：'唐人凡为人舞，人则以钱彩宝货谢人，谓之缠头。'又《周史平话》卷下叙述周世宗取南唐时有云：'周师拔唐静海军'，于'静海军'后作注说：'即通州。'胡注'静海军'，详细说明了它的沿革，这些在平话中都没有得到反映。"笔者按，"利市"不仅为宋人通俗语，也是元人习用语，多见于元杂剧，如《金安寿》一〔八声甘州〕白："一个先生来化斋求利市。不知先生从那里来？"（参《元语言词典》）至于释"静海军"，由于平话受众关系，编者不必像胡注那样详注其沿革。"通州"为宋、元时地名。因胡注《通鉴》的刊行是在元末，故不能像丁文那样断定《平话》："不可能成书于元代，因为平话的编者如果是元人，他不可能不受《通鉴》胡注的影响。"第 68 页。

对比上引三段文字,可知《纲目》将《通鉴》中"又事武皇垂三十年,先帝垂二十年"合并为"又事武皇先帝垂五十年",《平话》编者因漏失了"武皇"二字,故有"又事先帝垂五十年"之年数舛误。然此误可以反证《平话》改编自《纲目》,否则不致有此讹误。

又,《唐史平话》:"张彦将诏书裂碎,掷地上,手把那戟南向诟骂朝廷。"(卷上第71页)此段《通鉴》原文为:

> 彦裂诏书抵于地,戟手南向诟朝廷,《左传》:公戟其手。杜预《注》曰:抵徒屈肘如□形。……郑玄曰:人挟弓矢,□其肘。孔颖达《正义》曰:谓射者左手彄弓而右手弯之,则□其手。
>
> (《通鉴》卷二六九,第8788页)

若据胡注本《通鉴》,当不致误"戟手"为"手把那戟"了,因《纲目》卷五四此段无胡三省注,故可推测《平话》改编自《纲目》。又如:

> 时赵玄朗即宋宣祖,太祖之父也。时为马军副都指挥使,引兵夜至,传呼开门,赵太祖曰:"父子虽是至亲,……决难奉命。"明旦乃许入。
>
> (《周史平话》卷下,第276页)
>
> 后数日,宣祖皇帝为马军副都指挥使,宣祖讳弘殷。引兵夜半至滁州城下,传呼开门。太祖皇帝曰:"父子虽至亲,……不敢奉命。"[章校:十二行本"命"下有"明旦乃得入"五字;十一行本同。]
>
> (《通鉴》卷二九二,第9538页)
>
> 时宣祖为马军副都指挥使,引兵夜至,传呼开门,太祖曰:"父子虽至亲,……不敢奉命。"明旦乃得入。
>
> (《纲目》卷五九"二月,周主命我太祖将兵袭唐滁州,克之……")

经比勘后可以看出,《平话》编者没见到胡注本,因《纲目》并未像胡注本明确注明"宣祖讳弘殷",以致误宋太祖之父"赵弘殷"为"赵玄朗"。另明刊马致远《西华山陈抟高卧》一剧中竟将开创宋代基业之赵匡胤不知是有意还是无意地亦误称之为"赵玄朗"①。而"赵玄朗"系宋真宗为掩饰自己与西夏

---

① (明)臧晋叔编《元曲选》(第2册),中华书局1961年版,第720页。徐沁君校《新校元刊杂剧三十种》中《新刊的本泰华山陈抟高卧》第一折无自称其为"赵玄朗"之科白语,故不知是元人本有刊时省略,还是明人所增?

求和之耻,为自己凭空杜撰了这么一位先祖,并要求对其名予以避讳。宋人避讳甚严,《平话》编者若为宋人,当不至于犯如此低劣的错误,只能说明其人距宋真宗时已远。因为从整体上看,此人并非学识全无之辈,而是具有相当文才学识的读书人。这可为《平话》取资于《纲目》之又一证。

(2)《纲目》与《通鉴》叙述有差异时,《平话》与《纲目》合

《纲目》目下所叙史事虽多同《通鉴》原文,然亦偶有差异。就五代部分而言,《纲目》与《通鉴》原文有差别处,《平话》却与之全同。如《唐史平话》:

> 却说那刘皇后生自寒族,其父以医卜为业,……父闻其贵,诣魏州上谒,后深耻之,……命笞之官门外。后性狡悍淫妒,专务蓄财,……及为后,四方贡献皆分为二:一以献天子,一以献中宫,……惟以写佛经布施尼僧而已。

> (卷下第 100—101 页)

有关刘后之事《通鉴》分属《后梁纪》(卷二七〇,第 8821 页)与《后唐纪》(卷二七三,第 8916 页),袁枢《通鉴纪事本末》中此事见于卷四一上之《邺都之变》中,然仅有刘氏贵后专务蓄财事,无笞其父于宫门外之事。但在《纲目》卷五五中却捏合在一块叙述,《唐史平话》之叙述与《纲目》完全一致。《五代史详节》[1]虽也合在一块叙述,但语言明显与《平话》不合。

(3)《平话》与宋刊《通鉴》之"十二行本""乙十一行本"相合处,与《纲目》亦全合

宁希元先生曾将《平话》与胡注本《通鉴》进行比对,发现二者之出入多达 27 处,而这些出入多暗合于宋刊《通鉴》之"十二行本"与"乙十一行本"[2]。经笔者重为比勘后发现,这些出入全合于元建本《纲目》五代部分的相关文字(《平话》编者稍加改写处除外)。例如:

> 即日归太原,邑邑成疾。　　　　　(《唐史平话》卷上,第 81 页)
> 即归晋王[章校:十二行本"王"作"阳";乙十一行本同。]邑[章校:十二行本重"邑"字;乙十一行本同。],成疾,不复起。

> (《通鉴》卷二七一,第 8863 页)

---

[1]　《四库全书存目丛书》,史部(第 131 册),齐鲁书社 1996 年版,第 135 页。
[2]　宁希元:《〈五代史平话〉为金人所作考》,第 23—24 页。

即归晋阳，邑邑成疾，不复起。　　　（《纲目》卷五五"晋得传国宝"）

又如《通鉴·后周纪》（卷二九一第 9485 页）："民有诉讼，……乃听讼于台省。"章校为："十二行本'讼'作'诣'，无'于'字；乙十一本同。"《周史平话》（卷上第 247 页）、《纲目》（卷五九"周立诉讼法"）正为"乃听诣台省"，与"十二行本""乙十一行本"合。似此尚多，不赘述。

更值得注意的是，当《平话》与"十二行本""乙十一行本"微有差异时，与《纲目》却合若符契。如《唐史平话》："上帅后妃百官皆拜之，惟郭崇韬不拜。"（卷下第 102 页）据章校，"十二行本"与"乙十一行本"中"拜之"后皆有"独郭崇韬不拜"，胡注本无此六字；而《纲目》卷五五皆为"惟郭崇韬不拜"，与《平话》一字不差。又如《晋史平话》卷下："议以杜威为都招讨使。"《纲目》卷五七正为"都招讨使"；而《通鉴》为"以威为北面行营都指挥使"（卷二八五第 9312 页）；据章校，"十二行本"与"乙十一行本"皆作"招讨使"，与《平话》《纲目》相比少一"都"字。此外《平话》中有独见于《通鉴》之"乙十一行本"的相关文字，亦与元建本《纲目》相关文字全合。国家图书馆所藏南宋国子监本（简称宋本）《纲目》与元建本《纲目》五代部分差别不大，然亦有数处不同。如《通鉴》卷二九三《后周纪》四："终不负永陵一培土。"胡三省注："欧史作'一抔土'。"《周史平话》卷下与"乙十一行本"均作"一抔土"；元建本《纲目》作"一杯土"（卷五九"唐遣孙晟奉表于周"），"杯"当为"抔"之形误，可视同《平话》；而宋本《纲目》作"一培土"。又如《唐史平话》："天复二年八月，朱全忠弑昭宗，立太子祝为帝。"（卷上第 66 页）元建本亦作"祝"（卷五三"秋八月全忠弑帝于椒殿，太子祝即位"）；而宋本同胡注本《通鉴》皆为"柷"。再如《周史平话》："不如纵之，使敌人怀德，则兵易解也。"（卷下第 283 页）元建本《纲目》卷五九与之全合，正为此十四字；而据章校，"十二行本"与"乙十一行本"中"深"下有"不如纵之以德于敌，则兵易解"十三字（《通鉴》卷二九三第 9558—9559 页），宋本《纲目》与之同，亦为此十三字。可见，相较宋本《纲目》而言，《平话》更接近于元建本《纲目》。

因此，与其说《平话》源于《通鉴》之"十二行本"或"乙十一行本"抑或其他失传宋本，毋宁说它更有可能源于元建本《纲目》。相较《通鉴》，《纲目》更便于《平话》编者按年月节取五代史事编纂成书，因为《通鉴》"都是连长记去，一事只一处说，别无互见，又散在编年。虽是大事，其初却小，后来渐渐

做得大。故人初看时,不曾著精神,只管看向后去,却记不得"①,而《纲目》
一书纲与目结合,眉目清晰,故能领其要而及其详,更便于平话编撰者改编。
综观通览《平话》全篇可以发现,它基本上都像《纲目》一样于"纲"的年月下,
紧接着叙述"目"下史事,编者只需按纲索目对其加以剪裁与通俗化改写即
可。因此,《平话》于五代年月记载特详且明,甚少讹误,未尝不是其改编自
《纲目》之故。

2.《平话》曾依傍《五代史详节》《新唐书》诸书

《平话》取资于《五代史详节》(后简称《详节》)处如《周史平话》卷上:

> 周太祖自河中入,阳立旻孩儿刘赟为汉嗣。旻喜曰:"吾儿为帝
> 矣!"乃罢兵,遣判官郑珙奉使至京师。周太祖见郑珙,具道所以立赟之
> 意,且自指其颈以示郑珙曰:"郭雀儿待做天子时,做已多时。传示刘节
> 使,自古怎有雕青花项天子耶! 幸公无疑。"……刘旻……乃即位于晋
> 阳,号曰"东汉"。

(《周史平话》卷上,第238—239页)

> 周太祖之自魏入,阳立长子赟为汉嗣。旻喜曰:"吾儿为帝矣!"乃
> 罢兵,遣人至京师。周太祖少贱,……世谓之"郭雀儿"。太祖见旻使
> 者,具道所以立赟之意,因自指其颈以示使者曰:"自古岂有雕青天子?
> 幸公无疑。"

(《详节》史131册,第182页)

> 周太祖之自魏入也,未敢即立,乃白汉太后立旻子赟为汉嗣。……
> 旻独喜曰:"吾儿为帝矣,何患!"乃罢兵,遣人至京师。周太祖少贱,
> ……世谓之"郭雀儿"。太祖见旻使者,具道所以立赟之意,因自指其颈
> 以示使者曰:"自古岂有雕青天子? 幸公无以我为疑。"

(《新五代史》卷七十《东汉世家》,第864页)

《通鉴》《纲目》俱称太原刘旻政权为"北汉",《新五代史》《详节》皆称其
为"东汉"。将上引三段文字相比较,《新五代史》与《详节》大体相同,仅有
"立""幸公无以我为疑"与"阳立""幸公无疑"之区别,后二者皆为《平话》所
袭取,可见《平话》更近于《详节》。至于"花项"一词为《平话》编者参采《史纂
通要》而成,其卷十七《后周》有:"威指谓之曰:'自古岂有花项天子耶?'"《辽

---

① (宋)黎靖德编:《朱子语类》卷一一七,上海古籍出版社/安徽教育出版社2010年版,第3684页。

史》虽亦称其为"东汉",但《平话》无多参考《辽史》痕迹。又如：

> 就那三垂冈置酒,伶人奏百年歌,至于衰老之际,悲歌凄切,坐上有垂泣者。李存勖方五岁,在克用侍侧,乃抚髀道:"大丈夫当从少年立功名,何为悲凄于晚景邪?"克用慨然道:"此奇儿也!后二十年,必能代我战于此地也。"

(《唐史平话》卷上,第 57 页)

> 初,克用……置酒三垂岗。伶人奏百年歌,至于衰老之际。声甚悲。坐上皆凄怆,时存勖在侧,方五岁,克用慨然曰:"此奇儿也,后二十年其能代我战于此乎!"

(《详节》史 131 册,第 129 页)

> 初,克用……置酒三垂岗。伶人奏百年歌,至于衰老之际。声辞甚悲。坐上皆凄怆,时存勖在侧,方五岁,克用慨然捋须,指而笑曰:"吾行老矣,此奇儿也,后二十年其能代我战于此乎!"

(《新五代史》卷五,第 41 页)

此三垂岗置酒悲歌情节,《旧五代史》与《通鉴》《纲目》俱无,至于五岁存勖之抚髀慨叹语,应为平话编者所增之小说语。《平话》编者若据《新五代史》,不应漏略克用"捋须""指而笑"这两个生动细节。因《详节》省略,故《平话》亦无,显然《平话》更近于《详节》。其他例证不一一赘述。

此外,《平话》编者亦曾偶一采用《新唐书》《后汉书》等书。这种情况大多出现在平话编者所加之"间隙",即叙述史事间所增加之小故事中。《平话》编者或欲显示其博识,或欲改变其依傍史书所带来的板滞感,以增加其兴味,当所叙史事与历史上某一史事相似或相关联时常加此类"间隙"。如:

> 话说里说那汉光武南驰,……及至滹沱河,有候吏还报:"河水渐流,无船怎生得渡?"官属忧恐。光武遣那王霸驰至河探听,霸……托言冰坚可渡。……有数骑过未了而冰解。王霸谢道:"明公至德,获神灵之佑,虽武王白鱼之瑞,何以加此?"

(《唐史平话》卷上,第 78 页)

> 光武即南驰……及至滹沱河……候吏还白河水流渐,无船不可济。官属大惧,光武令霸往视之。霸……还即诡曰:"冰坚可度。"……乃令霸护度,未毕数骑而冰解。光武谓霸曰:"安吾众得济免者,卿之力也。"

霸谢曰："此明公至德,神灵之佑,虽武王白鱼之应,无以加此。"

(《后汉书·王霸传》第 735 页)

比对《通鉴》卷三九、《纲目》卷九上与《后汉书》相关文字,可知《通鉴》《纲目》源自《后汉书》,然二书俱无王霸语瑞之事,唯《后汉书》有,可视为《平话》编者曾取材于《后汉书》之一证。又如:

那权万纪在太宗时分,奏宣、尧(饶)部中可凿山冶银,岁取数百万。太宗责万纪道:"天子所少者,嘉谋善政,有益于百姓者。公不能进贤推善,乃以利规我,欲比方我做汉之灵帝、威帝耶?"斥使还第。

(《周史平话》卷上,第 249 页)

数年复召万纪为侍书御史,即奏言宣、饶部中可凿山冶银,岁取数百万。帝让曰:"天子所乏嘉谋善政、有益于下者,公不推贤进善,乃以利规我,欲方我汉桓、灵邪?"斥使还第。

(《新唐书·权万纪传》第 3939 页)

考《通鉴》卷一九四、《纲目》卷三九下有相关内容,但明显与《平话》有出入,对比上引两段文字,可见《平话》编撰者曾偶一取材于《新唐书》。而《梁史平话》卷上言朱温张夫人系宋州刺史张蕤之女,不见于新旧《五代史》及《通鉴》与《纲目》,孙光宪《北梦琐言》卷十七言及此事,《平话》编者似曾参考过此书。至于《旧五代史》是否参用,尚无明证。南宋吕祖谦所编纂的《十七史详节》,"盖其读史删节备检之本,而建阳书坊为刻而传之者"①,在宋、元时代皆广泛流传,然《平话》所涉《后汉书》《新唐书》等书中内容因《后汉书详节》《唐书详节》等书相关内容过简或无,故《平话》除《五代史详节》外无多取资于《十七史详节》之痕迹。

3.《五代史平话》很可能参鉴过元人陈栎之《历代通略》

《平话》编者每欲对所叙历史发表感慨时,其史断诗评亦曾取鉴元人如陈栎《历代通略》等史评类著作。如《梁史平话》:

……伏羲画八卦而文籍生,黄帝垂衣裳而天下治。……这黄帝做着个厮杀的头脑,教天下后世习用干戈。……秦王名世民的,……正

---

① (清)永瑢等撰:《四库全书总目提要》卷六五"史部·史钞类存目",中华书局 1965 年版,第 579 页。

（贞）观年间，米斗三钱，外户不闭，马牛孳畜，遍满原野。行旅出数千里之外，不要赍带粮草。蛮夷君长，各各带刀宿卫，系颈阙庭。一年之间，天下死刑只有二十九人。

（《梁史平话》卷上，第 1—4 页）

元人陈栎《历代通略》①卷一三：

伏羲法而象之，始画八卦以通神明之德，……繇是文籍生焉。……轩辕黄帝治五兵以征之，……兵争乃始于此矣。又始制轩冕垂衣裳，……而天下大治……

（《历代通略》卷一三，第 3—4 页）

太宗……首听仇臣魏徵之言以行仁义，……定府兵，置府六百三十……，则似乡遂之师；定口分世业之田，则似井田之画；并省冗员，限官任才，则欲如六卿之率属；谨三覆五覆之奏，定律令格式，鉴铜人明堂，炙经而不笞背，则欲如五刑之禁暴。是以贞观之治，号称太平，斗米三钱，外户不闭，突厥之渠系头阙庭，北海之滨悉为郡县，蛮夷君长带刀宿卫，天下死罪岁仅二十九人，……一时君臣同心同德，房玄龄之善谋，杜如晦之善断，李靖之兼资文武，……魏徵之谏诤为心，王珪之激浊扬清，……

（《历代通略》卷二，第 45 页）

不仅《梁史平话》，《晋史平话》亦曾有取于此段，如：

契丹夷狄之国，……向无太宗……用房、杜之贤臣，任李靖之将才，信魏证（徵）之忠谋，听王珪之善谏。建府立卫，如周官乡遂之师；口分世业，似周官井田之制；限官任才，如六卿之承属；定律令格式，除肉刑、笞背，如五刑之禁暴。故能致正（贞）观太平之治，使突厥之渠系颈阙庭，蛮夷君长带刀宿卫。……

（《晋史平话》卷上，第 124 页）

比勘一下《平话》与元人陈栎之《历代通略》，可据以推测《梁史平话》卷

---

① （元）陈栎：《历代通略》，文渊阁《四库全书》史部（第 688 册）。

上与《晋史平话》卷上都可能参考节取过陈书。诚如四库馆臣所言："《历代通略》虽撮叙大纲,不免简略,而持论醇正。"①《平话》节取陈书与编改《纲目》之目下文字方式如出一辙,即节取几个重要句段或字段,其余则取其意而加以通俗化或骈偶化改写。又如:

> 话说李存勖……麾下诸将皆是白首行阵之人,晋王结以恩信,断以英武,故能服真定,并山东,囊括渔阳,包举魏博。策马渡河,而朱温殄灭;偏师入蜀,而王衍就擒。如此所为,不负当年三矢告先王庙的素愿。使听张承业苦口之谏,却僧传真之佞说,迟迟岁月,俟梁寇削平,复唐社稷。不然,灭梁之后,进承唐统,庶有以自别于一时僭窃之徒盗于大位的。可惜着志小气骄,夸功自大,用宦官做监军,用伶人做刺史,酷好伶人倡优之戏,狎侮亵慢,无君人之度。
>
> (《唐史平话》卷下,第 83 页)

> 诸将皆白首行阵,与武皇克用并辔齐驱。存勖乃能以恩信结其心,英果折其气,……继是服真定,并山东,取渔阳,兼魏博,败契丹,无不如意。策马渡河,朱梁陨灭,三矢告庙,志愿毕酬。……王衍恃险倨慢,偏师西指而剑阁不守。……惜其器小志近,骄心易生,灭梁之后,矜功自喜,御众无法。便嬖进用,惟妇刘后之言是听,惟俳优畋猎之事是好,……庄宗果继父志,尽忠于唐,剿除朱梁,复唐社稷,立其后嗣,上也;苟不能然,俟其灭梁,正其罪以告天下,然后称尊以绍唐统,次也;乃弃张承业之忠谋,不待灭梁已即大位,卒无以异于一时之僭取者,……
>
> (《历代通略》卷二,第 56—57 页)

对比上所引两段文字可知,《平话》编撰者很可能参考了元人陈栎《历代通略》卷二,而陈书又多有所取于元人胡一桂《史纂通要》卷十七,胡、陈之论虽皆本于司马光《稽古录》卷十五所论,亦各有增益,《平话》编者也曾对胡书微加采择。如《梁史平话》卷上:"马牛孳畜,遍满原野。行旅出数千里之外,不要赍带粮草。……庶有以自别于一时僭窃之徒盗于大位的。可惜着志小气骄……无君人之度。"似源于《史纂通要》卷十五:"米斗三钱,外户不闭,马牛被野,人行数千里不赍粮。突厥之渠系颈阙庭,北海之滨悉为郡县。蛮夷

---

① (清)永瑢等撰:《四库总目提要》卷八八史部史评类《历代通略提要》,中华书局 1965 年版,第757 页。

君长带刀宿卫。……天下断死罪仅二十四人。"卷十七:"……志小气骄,矜功自喜,……李天下之呼,至遭批颊而不耻,此乃小人下流之态,已不足以辱南面之位。……虽曰不正,亦庶几有以自别于一时纷纷盗贼之徒矣……"①该编者当有相当不错的文才,既参采《历代通略》与《史纂通要》,又借鉴贾谊《过秦论》的语言气势与结构布局,杂采成文,故颇具文采声情。从其所代撰的诗赞等亦可看出,该编者确如郑振铎先生所言,是"一位很高明的文人学士"②。

综上所述,《五代史平话》大体依据《纲目》成文,当《纲目》相关史事过简时,《平话》间亦采用《五代史详节》。日本学者氏冈真士《平话所据之史料》一文亦有相关论述,正可互为补充证明。然周兆新先生重为核对后发现,《平话》有极少数句子不大可能来自二书,例如《唐史平话》卷下云:"长兴三年二月,初令国子监刻九经板印卖。"(第 112 页)《详节》无,而《纲目》卷五五为:"二月,唐初刻九经版印卖之。"《通鉴》为:"二月……初令国子监校定九经,雕印卖之。"因而疑惑《唐史平话》中的这句话是直接抄自《通鉴》还是另有所本③。至今仍认为《平话》主要来源于《通鉴》与《新五代史》等书的学者不在少数。然而笔者觉得上段文字还是源于《纲目》,因《纲目》卷五九"六月,周九经板成"下有:"初,唐明宗之世令国子监校正九经,刻板印卖,至是板成献之。"可能《平话》编者将《纲目》卷五五与卷五九中两段话合而为一了,这种稍事整合改编的情况在全书中并不少见。

此外,在《平话》编者所加之"间隙"中,曾依傍过《后汉书》《新唐书》《北梦琐言》诸书。至于是否参考过《史记》《汉书》,因《通鉴》与《纲目》所叙相关史事如汉高杀韩信,王陵母伏剑故事④,与《史记》《汉书》所记皆极为相近而难以分辨,就常理而言,《平话》编者取资于《纲目》更方便。另《周史平话》目录"世宗殂"下尚有"皇子宗训即位""命赵太祖统兵北伐""苗训知天文""日下有一日黑光相荡""军次陈桥驿""军士推戴赵太祖""赵太祖受恭帝禅""赵太祖改国号为宋"。这已佚的七段情节,依次存在于李焘《续资治通鉴长编》

---

① (元)胡一桂《史纂通要》(文渊阁四库本)一书自三皇以迄五代,裒集史事虽本《通鉴》,然颇出入于《纲目》,断以己论。胡书成于大德壬寅(1302),陈栎《历代通略》撰成于元至大三年(1310),对胡书有所取亦有所弃。
② 郑振铎:《郑振铎古典文学论文集》,上海古籍出版社 1984 年版,第 378 页。
③ 周兆新:《对〈新编五代史平话〉的几点认识》,《元代文化研究》(第一辑),北京师范大学出版社 2001 年版,第 443—444 页。
④ 程毅中:《宋元小说研究》(江苏古籍出版社 1999 年版,第 307 页)认为这段故事"大概就引自已经失传的《前汉书平话》正集",其实它与《通鉴》《纲目》、史汉相关文字更接近。

中,可见《平话》编者亦曾取资于李书,元人陈栎《历代通略》中亦有简略叙述。其史论部分则主要参据元人陈栎《历代通略》、间亦采鉴胡一桂《史纂通要》而成。

### (二)《五代史平话》的成书年代

对于《五代史平话》(本节后文亦简称《平话》),曹元忠跋直称之为"宋巾箱本","或出南渡小说家所为,而书贾刻之"①。翻刻者董康亦认定其为宋椠无疑。这一观点影响了此后很多学者。鲁迅《中国小说史略》径将其列于宋代作品中②;胡士莹《话本小说概论》则认为此平话"基本可断为宋人旧编,但经过元人修订才刊印出来的"。胡先生这一"宋编元刊"的观点得到学界普遍的认同。如周兆新先生亦认为"它更可能是宋人编写,元人增益刊印的"③;丁锡根《〈五代史平话〉成书考述》则进一步指出《平话》"成书于光宗绍熙前后,但今本或由元人改题《新编五代史平话》刊刻,且少有增益"④。以上除丁文外均未详加考论,笔者经过详细考辨,认为《平话》编刊都应在元代。

大体上看,学界对《平话》成书年代的探讨,有"宋本""宋编元刊""金编金刊"三种主要观点,尤其是"宋编元刊"之说影响深远。本文在上文详析《平话》引书的基础上,重为考辨,认为今传本《平话》为元人所编撰并刊印行世者,今论析如下。

### 1. 断定《平话》为宋时旧本证据不足

曹元忠之"宋本"说直接影响到后人对此书成书年代的评判,但书中明显属于宋以后才有的叙述,胡士莹先生《话本小说概论》为之弥缝从而修订其观点为"宋人所编、元人增益刊行"说,此论一出即受到学界普遍认同。胡士莹先生检举出《平话》为宋人旧编的主要证据为:一是就思想倾向来看,"编撰者对宋代开国之君是带着颂扬的口气的"。如《唐史平话》中后唐明宗之夜祷明主出世情节;《周史平话》卷上开场诗有"谁知天意归真主,夹马营中王气新"之句,卷下目录如"军士推戴赵太祖""赵太祖受恭帝禅"等,似对赵匡胤陈桥兵变夺取后周政权有所回护。这些都暗示只有宋人才会产生此等思想意识。二是从"话本"的艺术风格看,书中所叙各国君主发迹故事,民

---

① 《五代史平话》附曹元忠跋,第297页。
② 鲁迅:《中国小说史略》第十二篇,人民文学出版社1973年版。
③ 程毅中:《神怪情侠的艺术世界——中国古代小说流派漫话》,中共中央党校出版社1994年版,第116页。
④ 丁锡根:《〈五代史平话〉成书考述》,《复旦学报》1991年第5期,第67—68页。

间故事色彩极浓,当是"宋代说话人的口头实录"①。而上所引丁文当是认为《平话》既由《通鉴》之宋刊"十二行本"或"乙十一行本"改编而成,则其为宋人编写可不言而喻,故未多加考证,但事实并非如此。

宋代讲史艺人的五代讲说中流行郭威、刘知远这类发迹变泰故事,至元代,因关合现实的小说一门遭到统治者的压制而使讲史尤盛,这类五代故事的讲说、编撰较宋时亦当更盛。如结合《平话》用语来看,相较宋代,它更可能是吸取了元代讲史艺人的说书成果。且《平话》系改编自《纲目》,南宋时《通鉴》《纲目》研究并重,而"元明学风,治《纲目》者多,治《通鉴》者少"②。当元代北方统治者似乎更倾向于主张元继金统、金继辽统时,汉族文人《纲目》类的研究者则极力主张元继宋统③。因此,尊宋正统,回护宋王朝的意识就不限于宋人,如元末陈桱《通鉴续编》之"重夏轻夷"倾向甚至比宋人朱熹《纲目》还更明显而强烈。至于《周史平话》目录如"赵太祖受恭帝禅"等,或因《平话》沿袭李焘《续资治通鉴长编》或《宋史全文资治通鉴》标题。至于《平话》中时称赵匡胤为"赵太祖"或"宋太祖",元人史评类著作如《历代通略》《史纂通要》及元人杂剧《太华山陈抟高卧》中皆称其为"宋太祖",且《平话》不时直称其名"赵匡胤",都说明"宋人所编"之证据不足。

2.《平话》为金人编刊之证据亦不足

不同意"宋编元刊"观点的有宁希元《〈五代史平话〉为金人所作考》一文。宁文认为《平话》"为金人所作,成书于金亡前后"。其看似有力的证据一是从其题材来源来判断,认为《平话》大都由宋刊《通鉴》而出,间采《新五代史》而不用《旧五代史》,因《旧五代史》于金章宗泰和七年曾禁止不用,故中原人不得而见。但当时的南宋地区仍是新旧两史并用,有沈括、洪迈诸人的著述可证,故认为《平话》不可能出自南宋人而是金人之手笔。其实据张元济先生考证,南宋一朝在金泰和七年之前先已摈弃《薛史》,且宋、金两朝都实际上并未禁绝《薛史》,只在学令内予以限用而已④,故不能据此确定该平话为金人所作。

二是从《平话》所引地名来据以判断。《周史平话》中叙郭威乃"山东路邢州唐山县地名尧山人氏"。宁文以为"山东路"为金初天会年间所改,原为宋时"京东路";邢州于"晚唐五代,皆属昭义节度;北宋时升为'信德府',属

① 胡士莹:《话本小说概论》(下),第712—713页。
② 陈垣:《通鉴胡注表微》,辽宁教育出版社1997年版,第40页。
③ 参傅骏:《金元通鉴学之研究》,复旦大学博士学位论文,2007年,第15—16页。
④ 陈尚君:《旧五代史新辑会证·前言》,复旦大学出版社2005年版,第23—24页。

河北东路。入金后复为'邢州',始属山东西路"。又因《汉史平话》中的"太原路"为元太祖十三年(1218)始立,而此年为金宣宗兴定二年,下距蒙古灭金还有 16 年之久,从而断定《平话》就产生于金亡前后。然当笔者检括《大清一统志》卷二〇时发现,虽然金"山东路"的前身确为北宋的"京东路",但与"邢州"了无关涉。邢州自金天会七年降为州一直到元初皆属河北西路,从宋至元邢州从未属山东西路,至元二年(1265)后则为顺德路了。因而《平话》之"山东路邢州"令人费解,或系"河北路"之误,抑或据唐以来"山东"指太行山以东的习惯用法①。如此则邢州确在山东,《平话》或据此称"山东路邢州"? 至于唐山县,宋时为尧山县,"金改曰唐山,仍属邢州。元至元二年并入内丘县,后复置,属顺德路"(《大清一统志》卷二〇),则"邢州唐山县"是金天会七年(1129)至元至元二年(1265)间的名称。至于《汉史平话》之"太原路",唐、宋、金时皆称太原府,属河东北路。元太祖十一年立太原路总管府,大德九年以地震改冀宁路(《元史》卷五八《地理》一)。则"太原路"的称呼为元太祖十一年(1216)至元成宗大德九年(1305)之间的事。《汉史平话》卷上既称太原路,又称太原府,说明地名习用久了往往会被时人沿袭一段时间,民间不会随行政变更而马上变换其称呼,据此难以断定《平话》之确切编刊年代。则此《周史平话》中的郭威故事、《汉史平话》的刘知远故事可能是杂取金元之际的讲史而成。

三是据《平话》采用《通鉴》的版本以及不用元胡三省注本的判断,宁先生得出其为金人作于金亡前后的结论。据本文上节所论,《平话》并非依据《通鉴》而是凭依《纲目》改编成文,因而我们不能因为《平话》与《通鉴》之"十二行本"(绍兴刊本)、"乙十一行本"(宁宗后刊本)多合来断定其为宋或金时旧本。在所有《通鉴》各本中,迄今流传最广、影响最大的虽是胡三省注本,但胡注本的刊行已是在元末了,且胡注于元时并不知名,直到明中叶以后,才慢慢得到史学界的重视和好评。清考据之学兴,因顾祖禹等知名学者的大力推崇,胡注才进一步扩大其影响②。故而我们也不能以《平话》不用胡注本等来断定其为宋或金时话本。

围绕《纲目》展开的《通鉴》研究虽从金代末期起即十分兴盛,到元代更成为一门显学。然金代的《通鉴》研究无论是广度还是深度都无法和宋、元相比,金代甚至没有单独重印过完整的《通鉴》。而且由于宋、金时期南北对

---

① 如杜甫《兵车行》:"君不闻汉家山东二百州,千村万落生荆杞。"《全唐诗》卷二一六,中华书局1960 年版,第 2254 页。

② 参见傅骏:《金元通鉴学之研究》,复旦大学博士学位论文,2007 年,第 26—27 页。

抗,文化交流几乎隔绝,北方普通文人很难获取南方《通鉴》类研究的最新成果。如《纲目》《详节》《续资治通鉴长编》等《平话》所参据之书籍,在元代之前大多仅在南宋的辖区内得刊刻和流传,故而《平话》编者不太可能为金人。如编者为宋末人,则在全书改编过程中不应全用北人甚或元人口吻,且参据元人著作。何况在金末、宋末那种战乱频仍时代,蒙古统治者在灭亡金、南宋等华北、江南割据势力的时候,不仅严重破坏了广大汉族人民的经济结构和生活方式,大量儒家文化典籍和文物亦遭到洗劫和毁坏,儒生和其他阶层的汉人一样,或被迫为奴或横遭杀害。下层文士救死不暇之际,哪能从容不迫地采鉴如此众多的史、子著作从而编成此书? 而宋元以来建阳书坊所刊刻的图书中有大量史部图书,其中通鉴类著作尤其是受朱熹《纲目》影响而编撰的纲目体最多,时有"天下书籍备于建阳之书坊"之称①。若没有书坊提供的资料来源是很难想象的。此外,《唐史平话》卷上释"缠头与今人说利市一般",《周史平话》卷下于"静海军"下注云"即通州"。"利市""通州"为宋、元人皆用语,今编者不太可能为宋人,则所谓"今人"当为元人。元代的汉族学者身处异族统治之下,从《纲目》中找到了抒发其"崇正统而抑僭伪,贵中国而贱夷狄"的理论依据,极力凸显《纲目》在道德褒贬和正统论方面的意义。而这可视为汉族文人在现实失败的背景下,于意识思想领域内的一种政治诉求②。正因为《纲目》在元代影响巨大,《平话》为元人改编自《纲目》并刊行,是符合元代《通鉴》学研究的特点的。

总体上看,金源一代的《通鉴》研究无论从广度和深度而言都无法和宋、元两朝相比,加上宋、金南北对抗时期,文化交流几乎隔绝,北方普通文人很难及时获取南方如《纲目》《详节》等为《平话》所参鉴过的最新研究成果。这些著作在元代以前大多仅在南宋辖区内得刊刻和流传,故而《平话》编者不太可能为金人。南宋讲说五代史虽盛,其底本当亦不少,然不大可能为今传本《五代史平话》,因为如果今本《平话》编者为宋末人,则在全书改编过程中不应全用北人甚或元人口吻(这也可排除元人增益的可能),更谈不上参据元人著作。何况在金末、宋末那种战乱频仍时代,大量儒家文化典籍和文物遭到洗劫和毁坏;下层文士如何能从容不迫地采鉴如此众多的史、子著作从而编改成书? 若没有承平时期福建书坊大力提供的资料来源是很难想象的。鉴于《纲目》在元代之巨大影响,本文推测《平话》为元人改编自《纲目》

① 参见方彦寿:《建阳刻书史》,中国社会出版社 2003 年版,第 222—223 页。
② 参见傅骏:《金元通鉴学之研究》,复旦大学博士学位论文,2007 年,第 15—16 页。

并由建安书坊刊行的结论,大体还是成立的。

3.《平话》很可能为元人所编刊

《平话》可能为元人所编刊的证据有:

(1)《平话》存在颇多"元人痕迹"

如不囿于宋人旧编的观点,则胡士莹先生所列的"元人痕迹"其实就是《平话》为元人编刊的确凿证据,且较"宋编元刊"更顺情合理。如《周史平话》卷上之"忆昔澶州推戴时,欺人寡妇与痴儿。周朝才得九年后,寡妇孤儿又被欺"一诗,确是宋人所不敢讲,当为元人语气;书中有避宋讳如讳"匡""胤"等,且讳"玄"(连上引宋刊《纲目》都不讳"玄",或因《平话》编者误认为赵玄朗即赵匡胤之父所致)。至于讳称"魏徵"及"贞观"为"魏证""正观",或为元时坊刻习惯,因为全书凡"李茂贞"之类"贞"字无一避讳。曹元忠认为"每于宋讳不能尽避"是"刊自坊肆"的缘故。胡先生因为断定《平话》为宋人旧编,故认为那些"未避讳的部分是经过后人窜改的"。但如果转换一下视角,若《平话》编刊于元人,则可认为元代避讳不如宋人严格,著书基本不讳,但又因依据《纲目》《详节》等书改编,且距宋亡亦未太远,故《平话》或讳或不讳(如刊于元至治间的《秦并六国平话》亦讳"构",元建本《纲目》卷五亦有同一句上讳"玄"下又不讳"玄"的情况)。加之"平话"一词不见于宋人作品,当始于元人,且董氏影刻本的版式、字体刀法(圆劲的颜体)皆极类元椠①。我们可据以上众多"元人痕迹"推断,《平话》很可能为元人编纂并予以刻板刊行者。

(2)《五代史平话》中多为元人用语

《平话》中袭用讲史人用口语演述的故事,反映的正是当时的时代面貌与人情习俗。《平话》中叙及黄巢、朱温等几位乱世枭雄的出身应源于当时盛行的说话故事,故总体上反映的是当时的用语系统。为全面反映《平话》的用语情况,我们将其出现于《宋语言词典》②与《元语言词典》③的语词统计列表 2-1 如下。

---

① 参见胡士莹:《话本小说概论》(下),第 712—713 页。
② 袁宾编著:《宋语言词典》,上海教育出版社 1997 年版。
③ 李崇兴、黄树先等编著:《元语言词典》,上海教育出版社 1998 年版。

表 2-1 《宋语言词典》《元语言词典》所收《平话》语词统计

| 《宋语言词典》有其他宋代例证者 | 《元语言词典》 | | 《宋语言词典》《元语言词典》二词典皆收者 |
| --- | --- | --- | --- |
| 茶饭,何限,将带,看承,顾觅,门,内中,从夹,疏放,索性,文字,行止,须是,言语,镇日价,做生活 | 除《平话》例尚有其他元代文献例证者:按酒,懊恼,把,伴当,僝僽,承应,吃,处,分晓,根,官家,何意,胡乱,回护,会事,家,坚意,将,将次,交割,解库,经纪,可煞,老成,离不得,娄罗,门下,门子,奈,您,怕,偏房,平,评议,泼,凄惶,欺负,起去,气力,前程,驱口,觑面皮,杀,甚的,神道,生理,时下,事头,适来,书院,讨,忒煞,剔,天道,头口,头踏,晚夕,问,翁,龌龊,下情,下梢,贤,贤丈,乡故,向,向后,歇泊,歇子,行踏,须索,一向,意下,应当,用度,有肚皮,又,在意,则甚,长者,着,庄客,作怪,厮赶(仅《张协状元》例) | 仅《平话》孤例者:白手,酒望儿,酒保,末梢头,结束,津发,辣浪,娘娘(母亲),排办,目生,妻房,起居,且,日夕,闪避,依直,员全,丈,捉 | 白干,地分,甫能,敢,看觑,可怜见,果足,聒噪,后生,价,快活,弓手,裹足,浑家,价,每,郎君,利市,廉纤,怎地,日分,盘缠,生受,田地,物事,丈丈,僦采(僦保、秋采),勾当,局段,撩丁(辽丁、寮丁),日头,音耗,住坐,面皮 |

在此需要说明的是,《张协状元》被视为元初作品①,而《五代史平话》被《元语言词典》编撰者直视为元代作品。则表 2-1 仅为宋代用语者并不多,只 16 项,占总体的 10%;在《元语言词典》中有其他元代文献可证为元代用语者 84 项,约占总体的 54%;为宋、元人皆习用的语词有 34 项,占总体的 23.75%。如此,则《平话》中的可确定元人用语者占全部用语的 78%。《元语言词典》仅有《平话》孤例无元代其他文献者 19 项,占总体的 12%。若视《平话》为元人作品,则元人用语比例高达 90%,可为《平话》系元人所编刊之又一佐证。

此外,《平话》中频频出现"每",且多为复词"咱每""您每",如:"黄巢思量咱每今番下了第,是咱的学问短浅。""秀才您每下第不归故乡……"(《梁史平话》第 9 页)据吕叔湘《汉语语法论文集·说们》一文考证,宋元时代北方系方言用"每",南方系方言用"们";当元代北方系官话成为标准语,"每"字通行起来,但南方官话始终说"们"。故元代文献大多数用"每"字,少数用"们"字②。且"每"用在"咱""您"之后,"根"用为介词"跟"的情况元以前少见,而在元刊《三国志平话》等书中多次出现,如:"如医可者,少壮男子根我

① 参见刘怀堂:《〈永乐大典〉之〈张协状元〉应是元初作品》,《中央戏剧学院学报》(戏剧)2008 年第 4 期。
② 江蓝生:《近代汉语探源》,商务印书馆 2000 年版,第 143 页。

为徒弟。""若我有日为君,您每大者封王……"①"咱每是先锋景曜……"
(《秦并六国平话》卷上)

另《慧因寺志》卷七《碑记》中收录了一件元代圣旨碑文,现转引并加标
点如下:

> ……皇帝圣旨:管军人官人每根底,……藏经的勾当,在意整治,
> ……慧因寺管的下院普门法兴寺、本宗崇先寺里的和尚每依着他的言
> 语里行者。岑山地土园林物业不拣是谁休倚气力侵占者。……②

这是一篇用硬译公牍文体写成的元朝皇帝诏书,其"语汇采自元代汉语
口语,而语法却是蒙古式的"③。其中的"每""勾当""在意""言语""气力"等
词频频出现于《平话》中,如:"为天下君不是易事,您可在意着。"(《周史平
话》卷上,第253页)"一日根明宗出郊打围。……咱的女孩儿述律见在朔
方,有气力。"(《晋史平话》卷上,第127页)这些语词亦多见于元刊《全相平
话五种》。又如"田地"一词虽为宋、元时人皆用之语词,然宋时多为"境界"
意,而《平话》中多用为地名+"田地",如"兵逼近晋阳田地"(《梁史平话》卷
上)等,元至治刊《秦并六国平话》所用亦同,如卷上"统率章邯兵攻新安田
地"等;这种用法亦常见于元代诏奏中。另如《汉史平话》:"日夕为您做驱
口。"(卷上第202页)"驱口"为元时奴婢的总称。"男曰奴,女曰婢,总曰驱
口。"(元陶宗仪《辍耕录》卷十七奴婢)又如"头口"一词,马致远《任风子》第
二折任屠云:"我只推杀那先生,其实赶头口去。你家去磨下刀,烧下汤,我
便赶将头口来也。"至今山西"南区牲口仍多叫头口"④。由于"驱口""头口"
"生受""平话""在意""气力""平章""使命(即使者)"等大量元代特有的语
汇,与"咱"(多达192次)、您(多不表尊称,共计151次)、"每"(北方方言)、
"辽丁"(即辽代制钱,始通行于五代后晋时的北方)、"黡"(北人俗称黡,南人
谓痣)等北方习用语出现在《平话》编纂的全过程中,并非只出现于《平话》开
篇源于说话系统的几段故事中,说明《平话》不是在宋代话本的基础上增饰
而成,而是元人新编才有的现象。严重的流民问题,几乎与有元一代相终
始。在大蒙古国时期,流民常达全体居民的三分之一以上。元朝统一南北

---

① 《古本小说集成·三国志平话》,上海古籍出版社1990年版,第10页。
② 转引自陈高华:《杭州慧因寺的元代白话碑》,《浙江社会科学》2007年第1期,第169—170页。
③ 参见亦邻真:《元代硬译公牍文体》,《元史论丛》第1辑,中华书局1982年版。
④ 温端政、侯精一主编:《山西方言调查报告》,山西高校联合出版社1993年版,第86页。

以后,人口流移更出现了一种新的动向,那就是北方百姓或避赋役或由于灾荒饥馑,大量向江南流迁,仅至元二十年(1283)"内地百姓流移江南避赋役者,已十五万户"①,占当时北方全部户数的十分之一左右。这其中当包括大量士人,亦有从官江南秩满不愿北还者②。由于《平话》中大量出现的"恁地""您"(不是敬称)、"咱"皆属冀鲁官话或中原官话③,可推知改编者为北人或熟悉北方风土人情的北方南迁文人。

此外,《平话》所增撰故事中的人名为元人习用名。如《晋史平话》:

> 娄忒没道:咱却不知得您元会武艺,……娄忒没见说,便唤他孩儿阿速鲁出来,将两匹马、二张弓与两个试那武艺。……那娄忒没的浑家兀歹儿道……(卷上第126页)

此段文字可能源于元时说话人所演说的五代石敬瑭故事之一,其中的人名像"娄忒没""阿速鲁""兀歹儿"不似汉人名字,当为元人名字,因为元人中名为兀××的很常见,据《元史词典·词目索引》中名如兀兀、兀里卜者等多达几十人。而名如阿术鲁者,《元史》有传者二,一为蒙古将领,曾从太祖亲征有功,后征服西夏、金;一为拔都之子,为元代驸马④。说明《汉史平话》中的石敬瑭出身故事系编者吸收元代说书人的有关故事增饰而成。

(3)《平话》所反映的社会风习颇具元代特征

平话孕育于市井勾栏流行的"说话"及其话本,在叙事内涵与方式上必然表现出其固有的市井文化色彩和审美情趣,因此平话作为一种易受地缘风俗与社会生活影响的文体,反过来也可凭其所反映的社会风习来辨认其所处时代。四库馆臣称元人杨维桢所撰之《史义拾遗》中"有作补辞如子思《荐苟变书》《齐威王宝言》是也;有作拟辞如《孙膑祭庞涓文》《梁惠王送卫鞅文》是也;有作设辞如毛遂《上平原君书》《唐太宗责长孙无忌》是也。大都借题游戏,无关事实,考同时王祎集中亦多此体,盖一时习尚如斯……"⑤考《平话》一书亦多有补辞者如《唐史平话》卷上之《册刘后》文,晋王克沧州擒刘仁恭父子之《露布》文;拟辞如《梁史平话》卷上之郑畋檄文(虽《旧唐书·

---

① (明)宋濂:《元史》卷一七三《崔彧传》,中华书局1976年版,第4040页。
② 陈高华:《元代的流民问题》,见《元史研究新论》,第120页。
③ 参见许宝华、宫田一郎主编:《汉语方言大词典》(第四卷),中华书局1999年版,第5577页。
④ 邱树森主编:《元史辞典》,山东教育出版社2002年版,第542页。
⑤ (清)永瑢等撰:《四库全书总目》(上)卷八九,史评类存目一《史义拾遗》,中华书局1965年版,第759页。

郑畋传》有郑畋檄,但《平话》编撰者未加采用,而是代拟其檄,所拟者虽不无文采,然充溢其中的是民间讲史的情趣,反映的是下层文人希望乘时而起、立功封侯的愿望,与郑畋原文的大义凛然、慷慨激昂有所不同);设辞如《汉史平话》卷上之刘知远之母刘阿苏《乞改嫁状辞》者,《梁史平话》卷上之朱温诱降尚让书等。综观《平话》,此类补拟之册表书奏触目皆是,可知元人确实是"一时习尚如斯",反映的是有元一代读书人求取功名无望,所学无处可售的社会现实,故《平话》编撰者于改编过程中亦不时技痒。此亦可为《平话》编撰者为元时文人之另一旁证。

在称呼方面,元代汉族妇女在结婚以后,通常在自己的姓以前加一"阿"字,称为"阿刘""阿马"等,有时还把丈夫的姓加在前面,如张阿刘、杨阿马等,《汉史平话》正是称刘知远之母为"刘阿苏"。这种称呼究竟起于何时,还有待进一步研究。洪金富先生指出这种称呼至少可上溯到宋代①,他以宋文献《清明集》为例,但此集中并无"×阿×"之称呼。故这种"×阿×"的称呼究竟起于何时,仍不清楚,但可以肯定的是,这种形式在元代南北都很普遍,是有文献可征的。此外,《梁史平话》卷上王璠部下称尚让为"尚先生"、朱温称尚让为"尚二哥哥"、称葛从周为"葛先生";《汉史平话》卷上称教授刘知远的书生为"先生";《周史平话》郭威称算命者亦为"先生"。反映的正是元代风习。因为元时"先生"这一称呼,所涉极广,凡有文化者、打卦者、算命者以及道士辈皆被时人称为"先生",对同辈男子则常以"哥哥"相称。

在风俗方面,《梁史平话》卷上虚撰的黄巢与朱温兄弟结义故事,较以元刊《三国志平话》中著名的桃园结义故事,以及元杂剧中大量的这类结义故事,反映的正是元代流行异姓结义的风习。它是民间普遍存在的结义故事的反映,反过来又促进了结义行为的发展。此外,元代盛行养异姓子"以为义男"的现象,以至《元典章》要明令"禁乞养异姓子"②。赘婿婚与再婚虽然宋时亦多见,然元代似乎更盛,再婚、赘婿婚在南方、北方都普遍存在,这从《元典章》多次就这方面制订律令就可看出③。这些在《平话》中都有所体现,如《平话》叙及五代开国君王出身故事中,除大家熟知的刘知远、郭威入赘故事外,连朱温也安排了一个入赘姊夫家的经历(后者可能受金、元盛行的收继婚不避亲嫌的影响);《汉史平话》中刘知远之母刘阿苏再嫁慕容三

① 洪金富:《数目字人名说》,《史语所集刊》第五十八本,第 372 页。
② 陈高华等校点:《元典章》卷一八《户部三·承继·禁乞养异姓子》,中华书局/天津古籍出版社 2011 年版,第 602 页。
③ 陈高华、史卫民:《中国风俗通史》(元代卷),上海文艺出版社 2001 年版,第 493—502 页。

郎,其小叔不仅没阻难,且帮她出主意,执状由县令批准其因家贫于服内即改嫁,可见朝野上下对再婚的宽容;而慕容三郎亦以刘知远为"义男",且请人教其读书。从《平话》所反映的社会风习看,具有较明显的元代社会特征,这些从某种意义上可成为其为元人编刊的旁证。

综上所述,《五代史平话》为熟悉北方风土人情的不第文人,以《纲目》为主要依据,间亦袭取了《详节》《新唐书》《历代通略》等书的一些内容与宋、元民间的五代故事。唯编刊自元人,故目录及每卷首尾辄大书"新编五代某史平话"而非如《三国志平话》等书明标为"新刊"。因《平话》所据为《纲目》,而《纲目》由真德秀于宋宁宗嘉定己卯(1219)初刊于泉州,此初刊本即陈振孙所称之"温陵本",所传不应太广,是年真德秀易帅江右,临行请求将书板移送国子监,所刊即王国维所称之南宋国子监刊本,宋亡后书板完好入于元时西湖书院,因有此板故元代官方未将《纲目》重新刻板。而书坊为谋利,屡有刻印者,如元建本、元安福州东李氏留耕堂本(刊于 1295 年后)等,因时有宋板掺入,故时避宋讳①。《平话》编者既为元代北方不第文人,因而不太可能据"温陵本"或南宋国子监本改编,而民间坊刻本更易得而据以凭依。上文所校结果显示,《平话》近于元建本《纲目》,元建本刊于至元丁亥(1287),而《平话》所另参据之书有陈栎《历代通略》,该书撰成于元至大三年(1310),其后当有建阳坊刻本②。黄永年先生称此《平话》为元刻,并猜测其或为元建阳坊刻本,因建阳书坊刻本在南宋时已一律用颜体字,到元代所用颜体更为圆劲③,《平话》符合元建本的这一特征,且建阳书坊元代以来本有大量刊刻平话的传统。其实董康跋亦谓其似宋元间麻沙坊刻,却因其笔力朴茂,不愿否定其为宋椠。或可据此推断,《平话》可能编成于元至大三年(1310)后,不早于《纲目》所初刊之嘉定十二年(1219)。

另元至治年间所刊行的《秦并六国平话》与《梁史平话》不仅字体、版式相似,用语(包括习用语、诗词韵语)、口吻亦相近④,尤其是开篇极为相似,皆以大致相近的"鸿蒙肇判,风气始开"与"粤自鸿荒既判,风气始开"二语接叙历代兴亡;编纂方法上亦属同一机杼:二书在史事方面主要遵从《纲目》或

① 参见严文儒:《〈通鉴纲目〉宋元版本考》,《华东师范大学学报(哲社版)》1993 年第 3 期。
② (宋)汪炎昶:《定宇先生行状》:"闽坊购得其本,皆刊行于世",其中当包括《历代通略》,见陈栎《定宇集》卷十七,《四库全书》集部别集类(第 1205 册),第 444 页。
③ 黄永年:《记元刻〈新编红白蜘蛛小说〉残页》注[5]与[3],《中华文史论丛》1982 年 1 辑,第 110 页。
④ 譬如"三纲沦,九法斁""龙争虎战"等语词同词,所杜撰书表中用语亦极相似,如:《晋史平话》卷下石敬瑭上废帝表有"彼时悔之亦噬脐矣";《秦并六国平话》卷上秦王致六国书亦有"彼时噬脐,悔之何及?"

《史记》等史书，一有战事宜于铺排敷演，即在叙述战事进程中加塞敷演之文如临阵装扮、彼此斗勇等情节文字。所不同的是，《五代史平话》一遇史事有相似历史往事可鉴即将其嵌入叙述进程，而《秦并六国平话》卷上及卷中对战事的敷演比《五代史平话》更频繁，力度更大，而卷下则直抄史书的部分不少。据此可推知《秦并六国平话》与《五代史平话》之间衣钵相承的关系，前者很可能"原来是一部独立的讲史类话本，其与体裁风格不同的《武王伐纣书》等并列，当自建安虞氏刊印这套平话丛书始"①。如此，则《秦并六国平话》初编刊之年代当早于建安书坊"新刊全相平话"之至治年间。故笔者推测《五代史平话》编刊时间可能与《秦并六国平话》相近，约在元至大三年（1310）至元至治（1321—1323）间，可以肯定的是其编刊时间不会早于嘉定十二年（1219）。

近来以《平话》为对象的词汇学方面的研究颇多，这一推论能为这类相关研究提供一个重新认识与思考的前提与基础。如有学人认为，"关于《新编五代史平话》，学术界公认是金朝灭亡之前就成书的，金亡于公元1234年，因而，这一例（指《汉史平话》"教咱弟兄好不羞了面皮"）的出现，就把肯定式'好不'的出现时间提前到十三世纪初年"②，这类语言学方面的研究结论因此仍有重加考论的必要。

### （三）《五代史平话》文本成因探源

编创者、编创方式及其演变对于通俗文体的最终成型及其所体现的艺术成就具有重要影响。总体上看，现存下来的元代平话所呈现的整体艺术成就难与元杂剧艺术相提并论。元曲这一长期被上层文化精英歧视的戏曲艺术，之所以能成为代表有元一代文学成就的新葩，其中最重要的一个原因，当是大量元代汉族文人传统地位失落而投身于杂剧创作。当这些虽职位不振却为精英文人辈如关汉卿、王实甫等都被杂剧所吸引投身其中时，话本创作就相应地落到民间艺人与下层普通文人的头上。因此，与成熟的元曲艺术相比，元代话本整体上显得朴拙而生机盎然。如借鉴元杂剧中的本色与文采二派，《五代史平话》《秦并六国平话》等平话与《三国志平话》《武王伐纣书》等平话亦可分为文人雅正与艺人俚俗二派。俚俗一派如《三国志平话》"尚是纯然的民间粗制品，未经学士文人们的润改的"，较前代话本显得气魄不凡，结构宏伟，朴野而富有生气；然文笔的粗率、情节的疏漏亦十分严

---

① 胡士莹：《话本小说概论》，第723—724页。
② 曹小云：《〈五代史平话〉中已有肯定式"好不"用例出现》，《中国语文》1996年第2期，第150页。

重。就元代留存下来的平话来看,这一类是主流。而《五代史平话》等则多傍史、子诸书,参据民间讲史,故"大抵史上大事,即无发挥,一涉细故,便多增饰"①,二者未加融会,且为"历史"所拘,其描写便不能如前者逞心逞意地自由敷演,以致有"殆同史抄"、半文不白之讥。这一类平话以《五代史平话》为代表,显为文人所编撰。

现存《五代史平话》既云"新编",则其旧编当近似于《东京梦华录》所言之"尹常卖《五代史》",此类旧本虽已不存,仍可从元杂剧中得其一二。《对玉梳》第一折称"《五代史》至轻呵也有二百合",《乐府新声》中佚名《满庭芳》云"《五代史》般聒聒炒炒"。证以现存关汉卿《刘夫人庆赏五侯宴》等剧本可知,有关五代历史的讲史与杂剧的兴趣点大概存在于两个方面:一是挖掘、虚构李存孝、王彦章等历史人物的勇武善战及其悲剧命运;一是五代诸帝、将相发迹变泰情事。这些大体被其后的《残唐五代史演义传》所吸收、保留。这类《五代史平话》旧本留存下来的话当与《三国志平话》极为相似,而现存《新编五代史平话》却呈现出完全不同的面貌:欲去謦传诙谐之气,一依史书规蓦,摒弃了北宋以来讲史、杂剧中既有的"闹吵吵"热闹情节。其意或如冯梦龙在其《新列国志》"凡例"中所言:因"旧《志》事多疏漏,全不贯串,兼以率意杜撰,不顾是非,……兹编以《左》《国》《史记》为主,参以《孔子家语》……《新书》等书,凡列国大故,一一备载,令始终成败,头绪井如,联络成章,观者无憾;……小说诗词,虽不求工,亦嫌过俚。兹编尽出新裁,旧《志》胡说,一笔抹尽"。由此可见《新编五代史平话》的编创方式在后世文人中的嗣响。

本章所关注的是,为什么会在元代出现这么一种另类的、主要依傍《纲目》等史书编纂而成的《平话》? 它真的"殆同史抄"没有多大价值吗? 笔者欲从元代文学、学术思潮变迁与史学观念变化等多个层面对这些问题予以探讨。

### 1. 元代文学、学术思潮与《平话》成书

一个时期的文学总要受到当时学术的影响,元代文风的衍变几乎与其学术的流变同步。在元初,北方学术大致承金而来,而金代的学术是兼取北宋诸家而不主一家,然以苏学为主。自 1235 年蒙古攻占宋德安(今湖北安陆),俘获宋儒赵复北上,程朱理学才逐渐成为北方的主流学术。而在南宋,朱熹理学只是南宋各派中影响较大的一派,并没有形成朱学独尊的局面。盛行于北方的"苏学"包括哲学和文学两个方面。在文学上,金代以宗苏为

---

① 鲁迅:《中国小说史略》,人民文学出版社 1973 年版,第 91 页。

主流。至金末，经赵秉文等人倡导宗唐与复古，文风发生变化，诗歌领域亦由宗苏与宗黄的矛盾衍化为学李白、白居易和学中唐卢仝、李贺的矛盾。至元初，北方代表诗文编撰者中郝经、刘因、姚燧为一派，他们承金末奇崛重气之脉，诗学李贺，文学韩愈；卢挚、王恽为一派，他们接金末平易淡泊一脉，诗学唐代元、白，由元、白更上追魏晋，文宗宋代欧、苏。其中刘因对于唐诗人尤推崇李贺，于时人"呼我刘昌谷"而颇为自得，然唐诗人中元人引用频率最高的诗人还是杜甫。元初宗唐风气虽已形成，但对创作的影响还较有限，至元中期的大德、延祐、天历时期，朝野皆以"宗唐""雅正"相倡，提倡"宗唐得古"，至仁宗延祐年间，遂形成了那种雍容和缓、平易正大的"盛世之文"。随着学术与诗文各派进一步相互吸收，理学观念向文学全面渗透。在渗透和交融中，形成了以理学为精神底蕴的文风，与此相应的是文人普遍濡染经学，服膺理学，然不务空谈，提倡务实有用之学屡见于元人著述。这使得元代的学术与诗文具有了不同于其他任何时代的鲜明特色①。

其影响所及甚至改变了元人对讲史以及话本等通俗文学的期待。元人直接论述讲史的不多见。元末杨维桢《送朱女士桂英演史序》云：

> 至正丙午(1366)春二月，……一姝淡妆素服，貌娴雅，……称朱氏，名桂英，……善记稗官小说，演史于三国五季，因延致舟中，为予说道君艮岳及秦太师事，座客倾耳耸(听)；知其腹笥有文史，……曰忠曰孝，贯穿经史于稠人广座中，亦可以敦厉薄俗，才如吾徒号儒丈夫者，为不如矣！……②

要让杨氏这样的士人"倾耳耸(听)"，讲史人不仅要"腹笥有文史"，还要能"贯穿经史""敦厉薄俗"，有益教化。这一方面表明平话作为一种具有浓重商品化色彩的特殊文体，其形成和发展深受读者接受和商业传播的影响，另一方面亦表明元代理学已向通俗文学领域渗透，杨氏虽为元末人，亦可大致代表元代中后期士人之崇实尚雅、注重教化的平话观念。这样的艺人与讲史相信对普通市民而言亦具有强烈的吸引力。可见，经过两宋讲史长期的涵养，至元代，接受者的水平已有所提高，加之时代文学思潮中"平易正大"文风对编创者的濡染，平话已有雅俗分流的趋势，这从现存平话也可看出。

---

① 查洪德：《理学背景下的元代文论与诗文》，中华书局 2005 年版，第 60—64 页。

② (元)杨维桢《东维子文集》卷六，第十二叶，《四部丛刊》初编(第 245 册)，上海书店出版社 1989 年版。

宋末元初罗烨之《醉翁谈录》可代表宋至元初的说话及话本概况,其"论才词,有欧、苏、黄、陈佳句;说古诗,是李、杜、韩、柳篇章",看来是唐宋并重,此后受时风影响已有所改变。作为元代"宗唐得古"思潮下的文人中的一员,《平话》编者自不能不受此思潮影响。故其所撰或所参用之诗词,全不似《三国志平话》等袭用胡曾、周昙等人的开口见喉的咏史诗,而是采鉴唐代杜甫、白居易、李贺、郑谷以及宋代邵雍等人的诗歌,为便于分析,现将《平话》引诗情况列表 2-2 如下。

表 2-2 《平话》引诗情况统计

| 《平话》引诗处 | 所引诗朝代 | 所引诗编撰者 | 所引诗或诗句 | 所引诗数量 |
|---|---|---|---|---|
| 《晋史平话》卷上第 125 | 唐 | 杜甫 | 《孤雁》 | 1 首 |
| 《汉史平话》第 195 | | | 《李监宅》:"屏开金孔雀,褥隐绣芙蓉。……门阑多喜色,女婿近乘龙。" | 4 句 |
| 《汉史平话》第 192 | | 白居易 | 《疑梦》二首其二 | 1 首 |
| 《汉史平话》第 190 | | | 《长恨歌》:"玉容寂寞泪阑干,梨花一枝春带雨。" | 2 句 |
| 《唐史平话》卷上第 58 | | 王维 | 《送元二使安西》:"劝君且[更]尽一杯酒,西出阳关无故人。" | 2 句 |
| 《梁史平话》第 15 | | 李贺 | 《将进酒》 | 1 首 |
| 《梁史平话》第 14 | | 郑谷 | 《渚宫乱后作》(编者稍加改化,以之为尚让所吟诗) | 1 首 |
| 《汉史平话》第 200 | | 吕洞宾 | 《大云寺茶诗》(据学者考证为伪诗) | 1 首 |
| 《晋史平话》卷下第 182 | 宋 | 邵雍 | 《观十六国吟》:"衣到弊时生虮虱,肉从腐后长[瓜当烂后足]虫蛆。" | 2 句 |
| 《梁史平话》第 3 | | | 《隋朝吟》:"蝼蚁人民贪土地,沙泥金帛悦姬妾。" | 2 句 |

此外,疑似化用元人郝经诗处:"近来有咏史一诗,道是:底事疑心恼石郎,甘臣胡虏灭天常。潞王未返怀州驾,无奈天心属晋阳。"(《晋史平话》卷上第 149—150 页)又《晋史平话》:"诗曰:'细阅青编论是非,石郎举事不知几。一朝反噬无遗孽,堪笑妖狐假虎威。'"(卷下第 151 页)疑似化自郝经《白沟》诗意:"……石郎作帝从珂败,便割燕云十六州。……晋家日月岂能

长,当时历数从头短。……只向河东作留守,奉诏移官亦何疚? 称臣呼父古所无,万古君臣有遗臭。"《平话》编者所谓"近来"咏史者疑即"郝经"。此外如《梁史平话》:"但见:'石惹闲云,山连溪水。堤边垂柳,弄风袅袅拂溪桥;路畔闲花,映日丛丛遮野渡。'"(卷上第 13—14 页)疑即化用唐人段成式《题谷隐兰若三首》其一"风惹闲云半谷阴",李中《途中柳》"落日拂溪桥",元人郝经《巧蟠梅行》"乱落潮沟遮野渡"(分别见《全唐诗》卷五八四,同书卷七四九,郝经《陵川集》卷十二)。再如《梁史平话》:"(黄巢)吟一诗道:'落叶潇潇庭树红,晓杨枝畔带金风。……他时端拱麒麟殿,暂借扶桑挂旧弓。'"(卷上第 17 页)"暂借扶桑挂旧弓"句,疑即化自宋人刘挚《忠肃集》中《欲登祝融峰阻雨呈少卿》中"暂借扶桑白日升"句。

从表 2-2 可以看出:编者受时风即提倡"宗唐",追求"雅正"思潮影响,其所引用或略加点化者多为唐人诗歌,尤其是杜甫、白居易、李贺等人,占总量的大多数;宋人邵雍是作为理学大师而受到关注;而郝经作为对元初人影响极巨的北方思想家与文人,化用其诗亦在情理之中。可见,这位编者是一位熟悉唐宋诗词文传且颇染江西诗风的北方文人,善于借鉴化用他人诗词。

平话在形成和发展演变过程中一直受到雅俗两种文化、文学的培育、浸染和制约,当它形成、定型于文人之手时,必然会渗透进文人的价值判断、审美精神。仁宗延祐元年(1314)首开科举,《平话》编者借黄巢之口说出其时士人的兴奋感:"这是男儿立功名之时。真是:'降下一封天子诏,惹起四海状元心。'"(《梁史平话》卷上)尽管有杨载、欧阳玄等一批诗文名家登第,然而这种对汉人极不公平、所录人数极少的科举境遇,使得天下绝大部分的读书人再次陷入了悲愤与绝望中。编者借黄巢落第抒发时人之悲怨:"平生感慨有谁知,何事谋身与愿违。上国献书还不达,故园经乱又空归。……世境飒然如梦断,岂能和泪拜亲闻。"(《梁史平话》卷上)对黄巢落第后的细腻、生动的心理、景物描写,真如编者所言:"不是路途人,怎知这滋味?"弥漫于《平话》中的是编撰者所感受到的人生、历史的乱离感、沧桑感,以及由无能为力所产生的虚渺感。特殊的社会现实促使元人从自己对生命意义的体认出发,重新审视历史、古人,当编者"好将道眼为旁观"时,那种强烈的色空观念、消解意识使他对历史本身的意义产生怀疑,把历史的本质视为虚幻。故编撰者一再感叹:"兴废风灯明灭里","世境飒然如梦断"。像元散曲一样,《平话》编者有意以旁观者自居,以故作清醒的彻悟的姿态,冷静、嘲谑的口吻调侃历史人物、历史事件①。《梁史平话》卷上编者调侃轩辕黄帝:"这黄帝做着个厮杀的头脑,教天下后世习用干戈。"《周史平话》卷上:"汉祚相传仅四春,区区篡位谩劳神。浮荣易若草头露,大位归之花项人。……"这些又直接影响到此后的《秦并六国平话》《三国志通俗演义》等文人所撰之平话或历史小说。

2.元代史学研究特点与《平话》成书

南宋盛行的义理化史学强调把理学中的天理作为历史学的本体,视天理为决定社会历史盛衰兴亡的根本、为规范人类社会的最高原则。朱熹的《纲目》就是这一史学观念的产物与代表。《纲目》体在南宋受到史家青睐,然其影响在于以纲目体撰修当代史,如南宋史家陈均《皇朝编年纲目备要》、佚名撰《中兴两朝编年纲目》等,似未及于通俗文学领域。

元代理学是通过赵复北传和"北许南吴"的推动而发展起来的,程朱理学虽"定为官学",然元代学术文化的特点,是对各家的吸收和融会。在特定时代的理学影响下,元代史学的思想境界和思辨能力皆有所提高。元代思想家、史学家不再空谈性理,大多能论史而求理,注意透过纷繁杂呈的史事,探求历史兴衰治乱之理,尽管其结论终归于"天命"。如北方学者许衡认为:"尝谓天下古今一治一乱,治无常治,乱无常乱,乱之中有治焉,治之中有乱焉。……"②认识到社会历史过程具有规律性和必然性,存在着"数"与"变"。这个"数"就是他所说的决定事物发展"所以然"和"所当然"之"理"③。《平话》编者作为元时北方文人,深受时代历史观的影响,亦力图在尊重五代历史真实的叙述基础上探讨历史表象后的规律,尽管最终归结于"数"④,这个"数"其实就是其前贤所说之"理"或曰"天命"。

元灭金、灭宋以后,汉族士人经历了一段生活和精神都极其痛苦的时期。随着理学的传播,也由于朱熹《纲目》的思想适应了元代儒士的民族抵触情绪,元代士人对《纲目》表现出极大的兴趣,认为此书实有"大经大效",不可"徒以史学视之",以至于"世之言《纲目》者,亦无虑数十家"⑤,并希望

---

① 参见刘明今:《辽金元文学史案》,上海古籍出版社2004年版,第194页。
② (元)许衡:《鲁斋遗书》卷九《与窦先生》,文渊阁《四库全书》本。
③ 周少川:《元代史学思想研究》第一章"元代理学影响下的史学思潮",社会科学文献出版社2001年版,第8页。
④ 《梁史平话》卷上第4页:"袁天纲道:'天地万物,莫能逃乎数。天地有时倾陷,日月有时晦蚀。国祚之所以长短,盗贼之所以生发,皆有一个定的数在其间,终是躲避不过。'"
⑤ (元)揭傒斯:《揭文安公文粹》卷一《通鉴纲目书法序》,文渊阁《四库全书》本。

四方学者"相讲习",使"朱子继《春秋》之笔,焕然以明"①,这就使朱熹《纲目》的影响深入元代各个阶层的文人。在这种史学氛围下,《平话》编者作为此中文人,以《纲目》为主要依据,将《纲目》中的"春秋笔法"引入通俗文学领域,成为有明一代"按鉴演义"一派之源头,正是情理之中的事。

当我们将《平话》置于雅俗文学、文化之整体系统中加以考察时,才能揭橥《平话》发生、流变的具体文化、文学语境以及《平话》内部特征与外在具体文化、文学语境的种种直接或间接联系,才能探求《平话》所蕴含之雅俗文化、文学价值观念和意义。在雅俗文化视角下,从旧编《五代史平话》到《新编五代史平话》的演进过程实质上就是平话文人化的过程②。这使得《新编五代史平话》成为中国古代史学社会化、文学化过程中承前启后的重要一环,因为它上承并发展唐代的单篇演史变文,予以弘大规模,下启明清文人的长篇历史演义。其语言虽文白夹杂,未能融合典洽,其改编之史事与民间之说话亦尚未达到浑融一体,然而《平话》在元代"大俗小雅"的文学整体格局的影响下,试图改造历史的纯文言叙事,力图将两派语言交杂糅合,故而从整体上看,《平话》的语言已不再是单纯的一种历史话语,因为它不再如《秦并六国平话》卷下盲目重复史家话语,而是民间话语和精英话语的"多音齐鸣"(heteroglossia),并力图使之成为一个"艺术地组织起来的系统","目的在于使不同的语言相互接触",这正表明了一个新时代的开端,它不仅是平民历史著述的开端,同时也是长篇小说的开端③。然《平话》编者囿于才力,加上缺乏与之相关的深厚的文学积淀,其所能依傍的只有历史叙事经验,其未能解决的主要问题亦在于"据旧史即难于抒写"(鲁迅《中国小说史略》),以致太实而近腐。今人钱基博评姚燧之文云:"以塞涩支离之笔,抒广末孟贲之调,而无大力控抟,无豪气运贯,欲为'盛大'而未见'春容'。"④似亦适合评价《平话》及其编者。尽管如此,《平话》的这种早期实践与探索对元末《三国志通俗演义》而言,具有多个层面的借鉴与规避意义,言其"实开创了长篇历史小说的规模,为后来的通俗演义和英雄传奇小说打开了门径"⑤,并非虚誉,其效果与影响绝不是"殆同史抄"一语所能涵括的。

---

① （元）倪士毅:《通鉴纲目凡例序》,（明）黄宗羲等撰,全祖望补:《宋元学案》卷七〇,世界书局出版社 2009 年版,第 1334—1335 页。

② 参见谭帆、王庆华:《中国古代小说文体流变研究论略》,见吴承学、何诗海编《中国文体学与文体史研究》,凤凰出版社 2011 年版,第 54—55 页。

③ 参见李作霖:《〈新编五代史平话〉的话语形式及其含蕴》,《中国文学研究》2011 年第 2 期。

④ 钱基博:《中国文学史》,中华书局 1993 年版,第 765 页。

⑤ 胡士莹:《话本小说概论》（下）,第 714 页。

综上所述,当我们力图将《五代史平话》置于雅俗文学、文化的整体系统中予以考察探析时,我们发现该平话主要取资于《资治通鉴纲目》而非《资治通鉴》,为元代下层文人新编刊印而非宋人旧编元人增印刊行,编撰时间不会早于宁宗嘉定十二年(1219),可能在元至大三年(1310)至元至治(1321—1323)间。之所以在元代出现这么一种面目的平话,是因为元代文人受当时学术上渐宗程朱理学,文学上提倡"宗唐得古",追求"平易正大"的雅正诗文风尚,史学上重《纲目》研究、好求历史兴衰之理的历史观等几个方面的影响,并在这几大合力的作用下最终形成。

### 三、《五代史平话》的性质

袁世硕先生曾指出,《五代史平话》"叙及史事虽较少发挥,但人物姓名、职官名称、地名的讹误与俗写,反较元刊全相平话为少,似应值得探讨"①。袁先生提出的这个问题确实值得我们探讨,这可能关系到讲史类话本上的一种值得重视的现象,即像《五代史平话》这一类的平话究竟为何人所编撰,其编撰的目的何在,亦即其受众究为何人。纪德君认为,宋元平话的主要编撰者或可视为讲史艺人,据《梦粱录》《武林旧事》等书记载,说书艺人有刘进士、张解元、许贡生、武书生、乔万卷等,皆是些"不上不下"之才,并推断:"最早的讲史,或者就是由他们翻阅正史、野史、杂记摘出一些故事作为底本,加以敷衍、生发而成;而宋元平话读本也很可能就是他们在其讲史走俏的情况下,应书贾之请,将其所据的史料和口头演说的成果,删繁就简,略加缀辑,交付书贾刊行的。"②其实,在讲史艺人与刊刻者之间,还有一类极贫书生或书会先生。以元明多刊通俗小说的书坊为例,书坊主人为了多售刊本、营利赚钱,千方百计地搜集市民消遣所需要的民间艺人的"说话"材料,经过有学识的书坊主人或专为书肆主人撰写小说、提供出版书源的文人的编辑加工,刊版成书,客观上使得这些口头传播的民间文学成为"话本",得以保存并广泛地流传。《新编五代史平话》和《大宋宣和遗事》中有的部分出现某些相对比较细致的描写,正是书商或文人加工的结果,成为一种兼顾阅读的读物。

周兆新先生在将此平话与其他史书比对以后,得出结论:"《新编五代史平话》约四分之三的篇幅,系直接依据史书加工而成。其体裁、语言和细节

① 袁世硕:《古本小说集成·五代史平话》前言,上海古籍出版社1990年版。
② 纪德君:《中国历史小说的艺术流变》,中国社会科学出版社2002年版,第52页。

描写,均受到民间讲史很大的影响。但其思想倾向、情节和人物,仍与史书大体上一致。偶尔有一些背离史书的地方,乃是出于对史书的误解。因此,这部平话在很大程度上带有通俗历史读物的性质。也就是说,它还不能算作纯粹的文学作品,而是处在由历史著作向文学作品过渡的中间状态。"①如果说像《三国志平话》或者《武王伐纣平话》一类话本主要出于讲史艺人之手,似更符合实际情况。至于现存《五代史平话》之类的话本更有可能出于书会才人之手。从改编《资治通鉴》的句段来看,该平话编撰者文笔相当不错。如《资治通鉴·后梁纪·均王贞明三年》:

> 契丹围幽州且二百日,城中危困。李嗣源、阎宝、李存审步骑七万会于易州。存审曰:"虏众吾寡,虏多骑,吾多步,若平原相遇,虏以万骑蹂吾阵,吾无遗类矣。"嗣源曰:"虏无辎重,吾行必载粮食自随,若平原相遇,虏抄吾粮,吾不战自溃矣。不若自山中潜行趣幽州,与城中合势,若中道遇虏,则据险拒之。"

平话编撰者的改写虽半文半白,然通俗中仍不乏简洁精练,颇显功力:

> 那时幽州被围已三百余日,城中危困已甚。李嗣源率马步军七万人会于易州。李存审道:"彼众我寡,契丹多马军,我多步军,若平原旷野相遇,契丹将万骑犯吾阵,则步军溃败矣。"李嗣源道:"契丹无辎重,我军必载取粮食自随;若平原旷野相遇,契丹抄掠我军粮,则我军不战而溃。不若取路从山中潜进,取幽州路而去。设或中路与契丹军相遇,则据险要以拒之。"

故而郑振铎先生认为该编撰者是"一位很高明的文人学士"②,从其所代撰的诗赞等亦可看出。

我们先看《五代梁史平话》卷上黄巢下第那一段,正如书中所说的"不是路途人,怎知这滋味",平话中所叙落第举子的种种情状与心态,都远非一般说话艺人所能道出。又同卷叙黄巢与尚让率领五百军马回到故乡,因看到故乡被战争弄得残破不堪,乡民家破人亡时,两人连连赋诗,如编撰

---

① 周兆新:《讲史类话本的两大流派》,见程毅中主编:《神怪情侠的艺术世界》,中共中央党校出版社 1994 年版,第 121 页。
② 郑振铎:《郑振铎古典文学论文集》,上海古籍出版社 1984 年版,第 378 页。

者替尚让赋诗云：

> 平生感慨有谁知，何事谋身与愿违。
> 上国献书还不达，故园经乱又空归。
> 孤城日暮人烟少，秋月初寒垄上稀。
> 世境飒然如梦断，岂能和泪拜亲闱。

  曹元忠据此诗推测该平话"或出南渡小说家所为，而书贾刻之"。但此诗中流露出那种功名不就又遭逢乱世的感慨，非身经战乱沦亡的士人无此痛切感受，故可认为该平话或出南渡后的士人之手。宋代由于印刷业的推广和发达，文化较前大为普及。太宗淳化三年(992)，"诸道贡举人万七千三百"①，已是唐代所望尘莫及了。而土地只存原面积的 3/5 的南宋，到宋孝宗淳熙二年(1175)，"太学补试进士，多至万六千人，场屋殆不能容"②。至宋嘉泰二年(1202)又增至"三万九千余人"③。龙昌期咏福州诗云"是处人家爱读书"④，但榜上有名的幸运者终究是极少数。在宋代城市的坊郭户中，有一类是"极贫书生"(《朱文公别集》卷一〇)。这些"极贫书生"中，有如北宋开封"相国寺东录事巷"冯贯道者，因"举进士不偶"，只好"以训童子为业，二十余年如一日"，"月得钱不过数千，曾何足以宽衣食计"⑤。这与《梁史平话》中的那位"在乡里开设学馆，将五经教导百十个徒弟"的朱温之父朱五经何其相似。从这些消息中似可推测，这位"小说家"很可能是一位老于场屋而又不忘功名的读书人，修养较高，且有《纲目》作为凭依，故书中"人物姓名、职官名称、地名的讹误与俗写，反较元刊全相平话为少"。由于身经世乱，又因其久处草莱，对流传于人民口头的故事也比较熟悉，因而在描写五代各国开国君主出身时，往往比较生动。

  《资治通鉴·后唐纪·庄宗同光元年》：

> 王彦章引兵逾汶水，将攻郓州，李嗣源遣李从珂将骑兵逆战，败其前锋于递坊镇，获将士三百人，斩首二百级，彦章退保中都。

---

① (宋)李焘：《续资治通鉴长编》卷三十三正月辛丑，上海古籍出版社 1986 年版，第 281 页。
② (清)徐松辑：《宋会要辑稿》崇儒一之四一，中华书局 1957 年版，第 2183 页。
③ (清)徐松辑：《宋会要辑稿》选举五之二六，中华书局 1957 年版，第 4325 页。
④ (宋)梁克家撰：《淳熙三山志》卷四〇土俗类二·入学，《四库全书》史部地理类(第 484 册)，第 581 页。
⑤ (宋)邹浩：《道乡集》卷四〇《冯贯道传》，《四库全书》集部别集类(第 1121 册)，第 530 页。

平话编撰者加了不少"间隙"：

> 是时，王彦章将兵来攻郓州，李嗣源遣李从珂索战。王彦章出阵打话道："咱是梁将王彦章，今统大军要取郓州而后朝食，阵前将军有通身是胆的，请出问话。"李从珂绰马而出，答道："咱是大唐皇帝的皇亲，国家利害，死生之之，愿借城下与将军一次胜负，将军莫待走休。"话讫，二将马交，如二龙夺宝波心，似两虎争餐岩畔。斗经几合，彦章部下一员将刘全被从珂一箭射死，彦章军败，俘斩近万余人，彦章退守中都。

虽然编撰者有点熟悉书场艺人的规模情习，但终究脱不了读书人固有的文雅，故虽经改加书场之"间隙"，但离实际说话所有的通俗活泼还有相当距离。另编撰者在文中穿插了诸如王陵不肯降楚、刘秀渡滹沱河、战国时廉颇蔺相如等故事，以及唐魏徵及权万纪，汉冯异，秦扶苏，汉萧何、韩信、刘邦等人之行迹，可见编撰者确实是一位"长攻史书"、学识渊博之人。文人主笔的话本，过多受历史真人真事的限制，缺乏展开，没有扑朔迷离的情节和引人入胜的事件，以致让人怀疑其话本性质。

然而此书之编撰目的何在？ 如为讲史艺人的说话底本，显然不适合说话人现场发挥。元杂剧中多次提及演说《五代史》的热闹情景，而今本《五代史平话》"主要内容皆取材《通鉴》（玉按，更可能是《通鉴纲目》），其结构脉络亦多依傍《通鉴》（玉按，更可能是《通鉴纲目》）的体例"[1]，虽间也采用民间传说故事，已少了当时讲史艺人的演说中那种热闹的打斗场面与鲜活的生命力。流行于宋金元瓦舍勾栏中的《五代史》，很可能另有其底本，它可能以口头流传的故事为主，如《三国志平话》及《全像平话五种》那样粗朴而富于生气，且规模宏大。而今存《新编五代史平话》可能是下层文人在原有更具话本气息的艺人话本的基础上改编增饰而成的读本；或为书会先生所作的介于说话资料与艺人底本之间的一种过渡性质的文本形式，犹如《资治通鉴》定稿前的长编性质。《通鉴》的编修分三个步骤：先作丛目，次作长编，最后定稿。其中"长编"，即初稿，它的编写原则是："宁失于繁，毋失于略"，即编出一个十分详细的编年史。司马光修史团体所编撰的长编既非史料，亦非史著，而是介乎史料与史著之间的过渡文本，是史料向史著过渡的重要一环。着手编写长编时，对所有史料重新检阅一遍，经过认真筛选，决定取舍，

---

[1]　丁锡根：《〈五代史平话〉成书考述》，《复旦学报》1991 年第 5 期。

重新予以组织并在文字上初步加工修饰。长编正文,一律用大字书写。余者注于其下,以说明其所以取此而舍彼之意也。最后删削润色,考订异同,决定取舍,字斟句酌,修饰文字写成定稿。譬如一部六百多卷的唐纪长编,经过删削,最后只剩下八十一卷。这样一套编史的完整程序,对后世史家治史影响深远。南宋李焘的《续资治通鉴长编》,便是完全按照《通鉴》的编修义例和方法来编写的。明清两代几部编年体史书,无一不是仿效《通鉴》的编修方法①。这种编史方法除了对史学家有很好的借鉴作用外,文人试图去为艺人编写话本未尝不受其影响,因为说话艺人将浩繁的史书用为讲史材料之前,由有着更高史学修养的文人先在史籍、笔记中检寻编辑一番,虽不能全合乎说话程式,但毕竟为艺人最后的取舍转化打下了较便利的基础,《五代史平话》与《宣和遗事》这类不太像话本的话本在这一层面上更像完整意义上的话本的"长编"。

罗烨《醉翁谈录·小说引子》评价当日讲史艺人的演说是:"得其兴废,谨按史书;夸此功名,总依故事。"《五代史平话》正是这样一部话本。

《五代史平话》中还可找出一些内证支持这个观点,如《唐史平话》卷上叙及晋王以梁将王彦章家人为质招降王彦章时,引了一段汉将王陵的故事:

> 且说那王陵乃汉高祖时沛人,聚党居南阳,以众归汉。楚王捉却王陵的娘东向坐,欲招王陵回心向楚。王陵的娘向使者道:"我闻汉王长者,终得天下。为我语陵,休为我故持二心。"遂伏剑而死。

对比一下《史记》中的这一段与变文《汉将王陵变》中的此段文字,可知编撰者所用的仍是全书一贯的改编方法,即吸取《史记》中文字稍加口语化而已,却没有吸收属于民间系统的王陵故事情节,说明其编撰者是一个更熟悉《通鉴》、历代书史文传"的文人。程毅中先生认为这段话"大概就引自已经失传的《前汉书平话》正集"②,实际上这段话与《前汉书平话续集》的风格很不一致,更有可能是编撰者改编《史记》而成。因为"讲史书的说话人多少要依傍史书,至少要有些根据,听众当中也不乏读书人,因此,在前开的南宋说话人名单里,就少不了一些自称贡士、解元、进士一类的艺人。他们希望获得知识分子的垂青,受到诗人文士的捧场,他们自己就需要'幼习《太平广

---

① 参见俞文冉、陈乃宣:《两司马治史之比较研究》,《武汉大学学报》2001 年第 6 期。
② 程毅中:《宋元小说研究》,江苏古籍出版社 1999 年版,第 307 页。

记》，长攻历代史书'"①。文人主笔的话本，过多受历史真人真事的限制，缺乏展开，没有扑朔迷离的情节和引人入胜的事件，以致难免让人怀疑其话本性质。

## 第三节　南宋遗民所编、成书于元代之讲史类话本

### ——《宣和遗事》的版本及内容考索

### 一、《宣和遗事》的版本与流传

《宣和遗事》又名《大宋宣和遗事》，佚名撰。前人书目如明杨士奇《文渊阁书目》卷六《史杂》、明晁瑮《晁氏宝文堂书目》卷中《子杂》、高儒《百川书志》卷五《史·传记》及清钱曾《也是园书目》卷十《戏曲小说·宋人词话》皆著录，均题为《宣和遗事》，其中《文渊阁书目》云："宣和遗事。一部一册。阙。"②《百川书志》有注云："二卷，载徽钦二帝北狩二百七十余事，虽宋人所记，辞近蹩史，颇伤不文。"③《也是园书目》注云："四卷。"④近人孙楷第《中国通俗小说书目》卷一《宋元部·讲史》亦著录，云：

> ……中国科学院图书馆藏明本，二卷。九行，行二十字。卷首有图，题"旌德郭卓然刻"。乃璜川吴氏旧藏本。日本长泽规矩也云：叶敬池本《醒世恒言》记刊工有郭卓然之名，则此明季刊本也。⑤

可见《宣和遗事》一书在明清两代都有流传。现存《宣和遗事》的版本可分为两个系统：

一种是两卷本，有：璜川吴氏所藏旧本；明刊《古本宣和遗事》；清嘉道间黄丕烈《士礼居丛书》重刊本⑥。1914 年上海扫叶山房影《士礼居丛书》本，

---

① 陈汝衡：《宋代说书史》，见《陈汝衡曲艺文选》，上海文艺出版社 1979 年版，第 386 页。
② （明）杨士奇：《文渊阁书目》卷六《史杂》，《丛书集成初编》，中华书局 1985 年版，第 76 页。
③ （明）高儒：《百川书志》，上海古籍出版社 2005 年版，第 67 页。
④ （清）钱曾：《也是园书目》卷十《戏曲小说·宋人词话》，见《虞山钱遵王藏书目录汇编》，上海古籍出版社 2005 年版，第 229 页。
⑤ 孙楷第：《中国通俗小说书目》卷一《宋元部·讲史》，人民文学出版社 1982 年版，第 1 页。
⑥ （清）黄丕烈：《士礼居丛书》本现藏台湾，明刊《古本宣和遗事》现藏南京图书馆，另中国科学院图书馆藏明本，二卷，九行，行二十字。卷首有图，题"旌德郭卓然刻"，为明季刊本，乃璜川吴氏旧藏本。

上海古籍出版社 1990 年《古本小说集成》之《宣和遗事》亦据《士礼居丛书》本影印而成;1935 年商务印书馆《丛书集成》初编排印本,1920—1936 年陆续编辑排印的中华书局《四部备要》本及 1954 年中国古典文学出版社排印本,亦皆从士礼居本出。

另一种是四卷本,有:金陵王氏洛川校正重刊本,题《新刊大宋宣和遗事》,分元、亨、利、贞四集,1915 商务印书馆涵芬楼排印本所据即此金陵王氏洛川校正重刊本;清吴郡修绠山房刻本,卷四末有"新镌平话宣和遗事终"尾题一行。清钱曾《也是园书目》宋人词话类著录《宣和遗事》亦四卷,亦当属此系统,然不知所据为何。

以上两种版本系统中,二卷本每卷开篇都有入话诗,四卷本仅卷一、卷三有入话诗,卷二、卷四无,且四卷本金陵王氏重刊本将宋江三十六人的故事分成了两截,甚不合理,这一切似可说明二卷本为原刊本,而四卷本为后出刊本,这从四卷本所题"新刊""新镌"字眼大体可以推测出来。

## 二、《宣和遗事》的成书、刊行年代

关于《宣和遗事》的成书、刊印年代,学界大体存在三种观点。

其一,认为《宣和遗事》为宋人旧刊。明高儒《百川书志》注中直言其为"宋人所记";清黄丕烈在其《士礼居丛书》重刊本跋语中根据书中"惇"字避讳缺笔这一点,也认为《宣和遗事》"当出宋刊";钱曾《也是园书目》(卷十戏曲小说部)将它列于"宋人词话"类中;修绠山房刻本亦称其"悉照宋本重刊"。今人则有将此书定为南宋本的,认为"撰成约在宋亡或宋亡不远的时期。其编撰者为南宋的下层文人,目睹南宋王朝的覆亡后痛心疾首而作"①。

其二,认为《宣和遗事》为宋人旧编、元人增益之本。最早提出此论的是鲁迅先生,他在《中国小说史略》中指出:"《大宋宣和遗事》,世多以为宋人作,而文中有吕省元宣和讲篇及南儒咏史诗,省元南儒皆元代语,则其书或出于元人,抑宋人旧本,而元时又有增益,皆不可知,口吻有大类宋人者,则以钞撮旧籍而然,非著者之本语也。"②由此可见鲁迅先生否认《宣和遗事》为宋人作,其书或为元人作或为宋人旧本元人增益而成的依据是书中的"省元""南儒"二语为元人语。明胡应麟早就指出,"世所传《宣和遗事》极鄙俚,

---

① 张兵:《南宋的"说铁骑儿"话本和〈宣和遗事〉》,《华东师范大学学报》1999 年第 1 期。
② 鲁迅:《中国小说史略》,人民文学出版社 1973 年版,第 99—100 页。

然亦是胜国时间阎俗说,中有南儒及省元等字面"①,也认为此书成于宋亡后元人所作。明惠康野叟《识余》卷一《文考》亦提及,也认为"省元"乃元人语。

　　欧阳健先生在详细考证了"省元""南儒"之义后,指出"省元"非元代语,"南儒"亦不过东南之儒、江南之儒的省称,却又认为"现存《宣和遗事》版本虽不可径称宋本,但其主体部分仍应视作宋代讲史"②,实际上还是与鲁迅先生的宋人旧本、元人增益的结论有相合之处。至于"省元"非元人语,余嘉锡先生在《宋江三十六人考实》中即有过论辩,认为"省元"乃宋时进士第一人之称。因宋制试进士于礼部,谓之省试,其奏名第一者,谓之省元。《文献通考》卷三十选举考云:"开宝八年,覆试礼部贡院合格举人王式等于讲武殿内,以王嗣宗为首。盖自是年始有殿试、省试之分,省元、状元之别云。"并进一步说明,因明无尚书省,故称举人之试于礼部为会试,中式之第一名为会元。而胡应麟因不解省元之称,误以"省元"之"省"为"行中书省"之"省",遂以之为元人语。此外,余嘉锡先生在对此进一步考察后发现,"《通考》卷三十三所载有宋一代省元姓名,并无姓吕之人,颇为疑窦"。考吕中为淳祐七年进士,迁国子监丞,兼崇政殿说书。著有《演易十图》《皇朝大事记》等,《宣和讲篇》即《皇朝大事记》中的一篇。但淳祐七年省元实为马廷鸾,余先生推测其称吕省元的原因为"盖流俗好诮,称人每逾其分,故于登进士第者率称为省元,不必真第一人也"③。余嘉锡先生的考证是有据有力的,加之宋元间市井平民滥用官名的风习所致,连讲史艺人尤其是南宋的讲史艺人都大多冠以进士、解元、书生等名号。此外,"省元"也多见于宋人笔记中。如王铚《默记》卷中载:"王君辰榜,是时欧公为省元。"司马光《涑水记闻》等都有关于省元的记载。这里需要辨明的是,虽然"省元"在宋代已出现,但是元人仍在沿用"省元"一称,且出现频率比宋人更为常见,如《元诗选》三集卷十四《题曾省元藏温日观葡萄后用温师韵》④。因此,严敦易先生认为,"虽然'省元'也许并不是元人的称谓,但大体上说来,《宣和遗事》应视为出于元人之手笔"⑤。

　　至于"南儒",余嘉锡先生认为元有汉人、南人之分,意谓"南儒"为元人

①　胡应麟:《少室山房笔丛·庄岳委谈下》,上海书店出版社 2001 年版,第 437 页。
②　欧阳健:《历史小说史》,浙江古籍出版社 2003 年版,第 41—43 页。
③　余嘉锡:《宋江三十六人考实》,见《余嘉锡文史论集》,岳麓书社 1997 年版,第 317—318 页。
④　另《元诗选》二集卷十七有潘伯修的简介:"潘省元伯修,伯修字省中,黄岩人,至正间尝三中省试……"《四库全书》集部总集类(第 1470 册),第 554 页。
⑤　严敦易:《水浒传的演变》,作家出版社 1957 年版,第 93 页。

语,即南人中的儒家知识分子①。余先生的这一推测应该说是比较合乎情理的。《元史》志第三十六《百官》二云：

> 察院,秩正七品,监察御史三十二员,司耳目之寄,任刺举之事。至元五年,始置御史十一员,悉以汉人为之。八年,增置六员。十九年,增置一十六员,始参用蒙古人为之。至元二十二年,参用南儒二人。书吏三十二人。②

此中汉人、蒙古人、南儒并列,恐怕"南儒"并非如欧阳健先生所指出的"不过东南之儒、江南之儒的省称耳"③。

鲁迅先生对于《宣和遗事》一书究为元人所作抑或宋人旧本元人增益而成,不敢遽下定论。至胡士莹先生《话本小说概论》已明确断定《宣和遗事》"当为宋人旧编元人刊印之本"④,而胡先生的这一结论影响很大,其后周兆新、王利器二先生皆持此论⑤。其实这一结论尚有待于进一步考察与论证。

其三,认为《宣和遗事》为元人编写。严敦易先生在其《水浒传的演变》中仅断言"《宣和遗事》应视为出于元人之手笔",却并未对此加以阐述论析,亦未提供任何有力证据⑥。石昌渝先生《中国小说源流论》一书赞同此论,其理由是："说到宋徽宗,口气便不是南宋人",且书中"所记宋江三十六人的故事已经没有了民族矛盾的影子";尤其是书中出现很多元人的痕迹,如书中叙及陈抟预言宋朝"卜都之地,一汴、二杭、三闽、四广"只能是元朝人才可写出⑦。程毅中先生亦据此条断定"此书至少经过元人修订,不可能出于宋刊"⑧。萧欣桥等《话本小说史》与萧相恺《宋元小说史》二书亦持此论,然未增加新的佐证材料。

综合上引三种观点来看,持宋刊论者多为明清人,其中仅黄丕烈提出了

---

① 余嘉锡：《余嘉锡文史论集》,岳麓书社 1997 年版,第 317 页。
② (明)宋濂等：《元史》卷八十六,中华书局 1976 年版,第 2178—2179 页。
③ 欧阳健：《历史小说史》,浙江古籍出版社 2003 年版,第 43 页。
④ 胡士莹：《话本小说概论》(下),中华书局 1980 年版,第 714 页。
⑤ 周兆新：《讲史类话本的两大流派》,见程毅中主编《神怪情侠的艺术世界》,中共中央党校出版社 1994 版,第 123 页。王利器《〈宣和遗事〉解题》也认为："《宣和遗事》是宋金两代书会编次的新事小说;但今传本却非原封不动,而是经过元代书会重新编定的。"王文见《文学评论家》1991 年第 2 期。
⑥ 严敦易：《水浒传的演变》,作家出版社 1957 年版,第 93—97 页。
⑦ 石昌渝：《中国小说源流论》,生活·读书·新知三联书店 1994 年版,第 325 页。
⑧ 程毅中：《宋元小说研究》,江苏古籍出版社 1998 年版,第 298 页。

一点实证,即"卷中'惇'字避讳作'惇'为证,当出宋刊",系孤证不立。且书中确实存在许多元人痕迹,因而宋刊之说逐渐被学界所否定。但明清人视此书为宋刊的意见影响仍然存在,导致后来的研究者如胡士莹等先生明明发现很多属于元人的痕迹,仍以"元人增益"一说为之解释。那么《宣和遗事》一书中的元人痕迹究竟为宋人旧本上的"元人增益",还是元人新刊留下的痕迹呢? 这一问题是解决《宣和遗事》一书成书、刊行年代的关键。为便于考察,我们先将胡著《话本小说概论》中归纳的所谓元人痕迹条列并辨析如下。

(一)胡氏认为《宣和遗事》一书中称高俅为平章,"平章"的官衔,早在唐代已经存在,宋朝除贾似道外殊少见。书中于孙荣见高俅时说道:"平章担惊,不干小人每事。"似是元人口气。

《宣和遗事》有关原文为:"二人觑时,认得是平章高俅,急忙跪在地上,唬得两腿不摇而自动,上告平章:'相国担惊,不干小人每事……'"①"平章"确为唐代已有之职官,然唐代多称为"平章事",为"同中书门下平章事"的简称。宋元祐元年(1086),为尊崇元老重臣,始置平章军国重事。位居宰相之上,六日一朝,非朝日不赴都堂议事。开禧元年(1205),太师韩侂胄当权,改称平章军国事,以扩大其职权。咸淳三年(1267),太师贾似道平章军国重事,独揽朝政,世人才用"平章"这样的省称直接指代贾似道"平章事"一职②。时代相仿的金国末年也有称为"平章"的,如《宋史纪事本末》卷二十四载:理宗宝庆五年春正月,金主闻蒙古兵趋汴,召群臣议。尚书令史杨居仁请乘其远至击之。平章巴萨不从,而遣玛尔沁楚等部民丁壮万人开短堤、决河水以卫京城③。至元代,"平章"一语更为普遍。可见,此话本的编撰者有可能是南宋末期人,更有可能为元人。

(二)四卷本《宣和遗事》之元集宋太宗问陈抟:"朕立国以来,将来运祚如何?"陈抟奏道:"宋朝以仁得天下,以义结人心,不患不久长;但卜都之地一汴、二杭、三闽、四广。"胡氏认为,以上明是亲见宋亡之人所说的话。

无论是《宣和遗事》中的道士形象的陈抟还是宋初真实存在过的道士陈抟,都带有某种预言能力的神秘性,究其实不大可能如此精确地预言数百年后的天水一朝国运。他的那段在宋初对宋朝国运的预言中所谓的"四广"是

① 丁锡根:《宋元平话集·宣和遗事》,上海古籍出版社1990年版,第312页。
② 徐连达编著:《中国官制大辞典》"平章事""平章军国重事"条,上海大学出版社2010年版,第178—179页。
③ (宋)袁枢:《宋史纪事本末》卷九十,中华书局2015年版,第1012页。

指南宋亡于广东崖山之事，显非宋人口吻，或是元人借素有神秘面纱的陈抟之口加以夸饰，为小说家之故伎。

（三）胡氏认为，《宣和遗事》一书引录有刘子翚《汴京纪事诗》中的"秋雨梧桐皇子宅，春风杨柳相公桥"二句，这首诗在南宋后期被指为谤讪，为"江湖诗祸"的引子，而书中采入此等诗句，这种无所避忌的引诗态度，不似宋人，当为元人增益痕迹。又终卷引刘克庄诗，刘氏为宋末人，也是"江湖诗祸"的直接引发者与承受者，再次佐证以上所述为元人增益处。

至于刘子翚诗，《宣和遗事》中略加改动为："夜月池台王傅宅，春风杨柳太师桥。"而早在南宋高宗绍兴年间，就曾对"有干国体"的"野史"多次加以禁严，其中最著的当数发生在绍兴十九年（1149）十二月的"李光私史案"。李光父子曾因"妄著私史"且"对人扬说"，不仅父子受罚还株连牵累了胡寅等一大批官员（《续资治通鉴》卷一二八）。在这场"绍兴党禁"中，不仅李光九死一生，受尽折磨，其子更是被牵连迫害致死。宋宁宗时又禁《中兴小记》等笔记小说；理宗"宝绍间，《江湖集》出，刘潜夫诗云：'不是朱三能跋扈，却缘郑五欠经纶。'又云：'东风谬掌花权柄，却忌孤高不主张。'敖器之诗云：'梧桐秋雨何王府，杨柳春风彼相桥。'曾景建诗云：'九十日春景晴少，一千年事乱时多。'当国者见而恶之，并行贬斥"。（《齐东野语》亦载此事，略有不同）时皇子赵竑封济国公，后封济王，与史弥远不合。这些诗都被指为"哀济邸而诮弥远"的，萧相恺先生由此推测"南宋的文网还是颇为严密的"[1]。在南宋有一位叫张本的百姓，于绍兴二年，"坐念诗讥讽及谈说本朝国事为戏"，被"杖脊送千里外州军编管"[2]。在中国历史上，文字狱始盛于北宋，是北宋文人党争的产物。仁宗庆历间有针对新政官员范仲淹的"进奏院案"；熙丰间有针对苏轼的"乌台诗案"；此后更有所谓"车盖亭诗案"、元祐党禁中的一系列"文禁"。至南宋，高宗建炎间有"曲端诗案"，孝宗乾道间有"刻朱熹《感兴》诗案"，宁宗庆元间有"太学生上书案"，理宗宝庆间有"江湖诗案""《脱靴返棹二图赞》案"，理宗景定间有"陈文定诗案"。在这样的专制文化政策下，可以说南北两宋的文网都是比较严密的。对文坛的直接影响一是谄谀之风盛行，二是文人普遍产生了一种畏祸心理[3]。

当时的两宋尤其是南宋文坛因"文禁"所引发的畏祸心理，应该包括话

① 参见萧相恺：《宋元小说史》，浙江古籍出版社1997年版，第86页。
② （宋）李心传：《建炎以来系年要录》卷六十一，中华书局1988年版，第1046页。
③ 参见沈松勤：《南宋文人与党争》第九章"高压政治与谄谀之风：文学命运的走向之一"、第十章"畏祸心理与以理遣情：文学命运的走向之二"，人民出版社2005年版。

本编撰者在内的下层文人。布衣张本所戏谈国事的具体内容今不可考,但于此中透露出的信息让人联想《宣和遗事》中的徽宗狎李师师等故事,布衣戏谈国事都有可能获罪,《宣和遗事》若这般明目张胆地引用刘子翚、刘克庄这两位身处诗祸中心者的诗,在南宋文网确实比较严密的情况下是不大可能发生的。这似乎更进一步证明敢于在话本中引用刘子翚、刘克庄诗的更可能是元人。另杨维桢《东维子文集》卷六《送朱女士桂英演史序》言及女艺人"说道君艮岳及秦太师事",说明元代讲史的施与受双方都对宋代史事有着相当浓厚的兴趣,而南宋末人即便是艺人应也不忍在话本中如此消遣本朝的荒淫而残酷的往事,这也从侧面证明这些引诗确有可能为元人留下的痕迹。

　　至于终卷所引刘克庄诗,也有学者认为刘氏为宋末人,即使引宋末刘克庄诗入于《宣和遗事》,也"难以否定其为宋人所作",因为刘克庄卒之年为南宋度宗咸淳五年(1269),"其时距临安陷落还有七年",其诗有可能为南宋末的书会才人引入文中,故"《宣和遗事》一书的撰成约在宋亡或距宋亡不远的时期。其编撰者为南宋的下层文人,目睹南宋王朝的覆亡后痛心疾首而作"①。平心而论,在兵连祸结的南宋末年,刘克庄诗是否会快速地为话本编撰者所熟知,仍值得怀疑。但也不可否认的是,刘克庄是南宋后期成就与影响最大的诗人,其门人洪天锡为其所作《墓志铭》称"时《南岳稿》《油幕谏奏》初出,家有其书"②,但是即便刘诗能在很短的时间内传入话本编撰者之耳,也只能证明《宣和遗事》的宋时旧本的撰成时间可能在宋亡或距宋亡不远的时期。然而现存《宣和遗事》显然已非宋时旧本的原貌,否则无法解释今本中不时可见的元代气息与印象。

　　(四)胡氏认为,《宣和遗事》一书中不仅直称宋代皇帝为"某宗",甚至直呼赵匡胤、赵洪恩之名讳,又称南宋高宗为皇子构,皆不避其庙讳。又痛骂徽宗为"无道君王""荒淫无度""把那祖宗的混沌世界坏了",甚至把徽宗比做陈后主、孟昶一类亡国昏君,记二帝幽辱事亦往往太过。以上当非宋人所敢出③。

　　对于这第四条,即便是宋末人也不应如此肆无忌惮地直呼本朝帝王名讳,至于其中出现的帝王庙讳,确实"当非宋人所敢出",亦非宋人所宜出。

---

①　张兵:《南宋的"说铁骑儿"话本和〈宣和遗事〉》,《华东师范大学学报》1999 年第 1 期。
②　(宋)洪天锡为刘克庄所撰《墓志铭》,见刘克庄《后村先生大全集》(六)卷 195,第一叶,《四部丛刊》初编集部,上海书店出版社 1989 年版。
③　胡士莹:《话本小说概论》,中华书局 1980 年版,第 718 页。

其实,对于《宣和遗事》一书中的所谓元人痕迹,还可增加一条,即二卷本《宣和遗事》后集中有叙及高宗之母韦妃被掳,且为元人盖天大王的夫人之事,不说北宋,即便是南宋人也似不大可能直书当朝高宗之母韦太后此等隐晦秘事。而《宣和遗事》后集详叙盖天大王与徽、钦二帝相见时情景:"良久,屏后呼一人出,帝视之,乃韦妃也。太上俯首,韦妃亦俯首,不敢相视。良久,盖天大王呼左右赐酒与二帝、太后,曰:'我看此个夫人面。'盖韦妃为彼妻之。"其后,韦妃遣婢密告二帝:"闻知九哥已即位。"监守者问钦宗"九哥是谁","帝曰'九哥乃康王,吾之弟也。今韦夫人是九哥母,来相报也'"。康王即宋高宗,韦妃后回南宋,即韦太后。故有学者认为,此段明言高宗之母已为金人之妻,这对于宋高宗、韦太后都是极大的耻辱,南宋时人谁敢刊印这样的书?但此书对金人也一再称"虏"、称"番",当亦不能见容于金,自以定为元刊为是①,不无道理。但同时我们也应看到,《宣和遗事》有关徽、钦二帝被金兵俘虏北去前后的故事情节及叙述态度中,包含着有宋一代强烈要求抗金的爱国思想及鲜明的汉民族感情,这应是宋人旧本遗存的痕迹,综合以上两方意见,可以说现存《宣和遗事》基本上属于宋人旧编、元人增益刊行之本。

综上所述,《宣和遗事》的编撰者很可能大体上如张兵先生所总结的是"南宋的下层文人,目睹南宋王朝的覆亡后痛心疾首而作"的旧本,出于南宋遗民中的下层文人之手笔,但现存《宣和遗事》的成书、刊印应该还是在元代。

### 三、《宣和遗事》的内容

《宣和遗事》的内容大致可分为十节:(一)叙历代帝王的荒淫事迹;(二)叙王安石变法;(三)叙蔡京等当权;(四)叙梁山泊诸英雄聚义;(五)叙宋徽宗与妓女李师师故事;(六)叙林灵素道士的进用;(七)叙京师的繁华;(八)叙汴京的失陷;(九)叙徽钦二帝被掳;(十)叙宋高宗建都临安②。《宣和遗事》在讲史的框架内,"抄撮"辑录了不少与北宋末年史事相关的史论、笔记小说等材料,更有宋元之际的相关说话内容。譬如前七节多用白话写成。而卷首历叙历代帝王的好色亡国故事,近似于话本的"入话"。其中叙王安石变法之事,主要从《续宋编年资治通鉴》辑录而成,与后世《京本通俗

---

① 章培恒:《关于现存的所谓"宋话本"》,《上海大学学报》1996年第1期,第18—19页。
② 以上据胡士莹《话本小说概论》的分法。

小说》中的《拗相公》颇有相近之处,后者可能借鉴过宋时与王安石有关的说话。至于其中的梁山泊聚义故事,在《宣和遗事》中已粗有后世水浒故事的规模与气象,可算是目前发现的最早的水浒故事的资料,也是《宣和遗事》中无论情节抑或叙事都是最为精彩的部分,这种情形的出现,可能与编撰者所依据的是南宋以来盛行的生动活泼的水浒类说话故事有关。

至于《宣和遗事》中有关徽、钦二帝的故事,因历史上实有其人确有其事,这类涉及末代帝王的野史异闻正是当时或以后的笔记小说的猎奇对象。故《宣和遗事》一书中所涉徽、钦二帝故事,编撰者采用了一个简捷而有效的方法,即直接节取、抄撮宋以来笔记小说如《南烬纪闻》《窃愤录》《窃愤续录》中有关故事①,因以成书,如其中泥马渡康王一段采自《南渡录》(《南烬纪闻》的别本),中间还插增了毛麾、李若水的诗歌,实多有于史不合处。至于《南烬纪闻》一书,周密《齐东野语》卷十八《开运靖康之祸》有所论及:

> 靖康之祸,大率与开运之事同。一时记载杂书极多,而最无忌惮者,莫若所谓《南烬纪闻》。……《南烬》言二帝初迁安肃军,又迁云州,又迁西江州,又迁五国城,去燕凡三千八百余里,去黄龙府二千一百里,其地乃李陵战败之所。后又迁西均从州,乃契丹之移州。今以当时他书考之,其地里远近,皆大谬不经,其妄亦可知。且谓此书乃阿计替手录所申金国之文,后得之金国贵人者。又云:阿计替本河北棣州民,陷虏。自东都失守,金人即使之随二帝入燕,又使同至五国城,故首尾备知其详。……意者,为此书之人,必宣政间不得志小人,造为凌辱猥媟之事而甘心焉。此禽兽之所不忍为,尚忍言之哉!余惧夫好奇之士,不求端本而轻信其言,故书以祛后世之惑云。

周密所看出的漏洞自然值得进一步研究,但他因此说此书编撰者纯系造谣则未必属实。至于"及考其所载,则无非二帝胸臆不可言之事,不知阿计替何从得之"之类,则求之司马迁《史记》亦未可言全无古人"胸臆不可言之事"。金人入宋后的种种暴行,尤其是对赵宋皇室的凌辱,《靖康稗史》等书也多有记载,求之《资治通鉴》,每当外族入侵后,这种情况也屡有相类似

---

① 三书都不知作者。《窃愤录》本无作者姓名,明人吴君平伪托辛弃疾撰,见冯舒《诗纪匡谬》,郎瑛《七修类稿》卷四十六谓《窃愤录》抄《宣和遗事》,似不可信。《南烬纪闻》,《笔记小说大观》本有阜昌(伪齐年号)丁巳(1137)黄冀之序,似亦伪托,邓邦述《群碧楼鬻存书目》著录钞本题宋周辉撰,存疑。

记载,可推知《南烬纪闻》并非全属谣言。只是南宋人看到这类不为尊者讳的过于肆意的文字难免感到情何以堪,也难怪周密认为《南烬纪闻》"必宣政间不得志小人"所为。

《宣和遗事》一书中其他故事亦各有所本:如林灵素以梦感徽宗等情节,见耿延禧《林灵素传》(载《宾退录》卷一);又如蔡京受诏入内苑赐宴一事,见王明清《挥麈余话》卷一《蔡元长作太清楼侍宴记》;徽宗宴蔡京父子于保和殿一节,见于王明清《挥麈余话》之《蔡元长保和殿曲燕记延福宫曲燕记》。《宣和遗事》中的一些细节都可以找到出处或旁证,如:预赏元宵一节引《贺圣朝》曲词,见于俞文豹《清野录》;元宵节一妇人偷藏御杯,作《鹧鸪天》词以求赐之事,亦见《岁时广记》卷十引《皇朝岁时广记》及卷十一引《复雅歌词》,仅文字稍有不同,《宣和遗事》仅对之稍加敷演与增饰。书中其他内容系采录《皇朝大事记讲义》《宾退录》等书而成。

《宣和遗事》中最重要的一段是叙述宋江梁山泊聚义之事,虽仅数千字,但已略具其后历史演义小说《水浒传》的雏形,对后世小说意义殊深。在《宣和遗事》中,这段故事基本用当时的白话口语叙述,惜文字十分简略,主要讲述宋江等 36 人于梁山泊会合始末,可能仅留下了当时说梁山故事的梗概,所以有学者认为,"这'梁山泺聚义本末',是从当时的水浒传话本来缩写的概要",并认为那时的水浒传话本已有了相当的具体的定型①。据该书《士礼居丛书》本的目录,有"杨志等押花石纲违限配卫州""孙立等夺杨志往太行山落草""宋江因杀阎婆惜往寻晁盖""宋江得天书三十六将名""宋江三十六将共反""张叔夜招宋江三十六将降"等六节之纲目。水浒故事,在南宋就已"见于街谈巷语",至宋末元初,龚圣与作有《宋江三十六人赞》②,记录了宋江等 36 人的姓名与绰号,但无相关事迹记载,且其所记姓名与《宣和遗事》所载稍异:如少了公孙胜、林冲、杜千,多了解珍、解宝;把宋江算在 36 人之内;有些人名绰号与现存《水浒传》更为接近。而这 36 人基本上就是今本《水浒传》里的 36 天罡星,仅只些少姓名或绰号不同而已,当然《水浒传》中36 人次序已有变化。此外,《宣和遗事》中的一些故事已基本接近《水浒传》的某些情节,如《宣和遗事》中的"杨志卖刀""智取生辰纲",分别接近于《水浒》第十二回、第十四回至十六回中的情节③。"则水浒故事当宋金之际实盛传于南北。南有宋之水浒故事,北有金之水浒故事。其伎艺人之所敷演,

---

① 严敦易:《水浒传的演变》,作家出版社 1957 年版,第 99 页。
② 周密:《癸辛杂识》续集上,中华书局 2012 年版,第 80 页。
③ 胡士莹:《话本小说概论》(下),中华书局 1980 年版,第 734 页所列表。

虽不必尽同,亦不至全异其趣",以梁山泊故事本发生于北方,南人所说与北同源,故"水浒故事源于北宋,演于南宋金源,而集大成于元"①。

至于水浒故事中最重要的主人公宋江,史有其人,其事见之于正史、野史、笔记、丛谈者共计 20 余处,其中见之于《宋史》者为:

> 宣和三年(1121)二月,淮南盗宋江等犯淮阳军,遣将讨捕;又犯京东、江北,入楚、海州界,命知州张叔夜招降之。
>
> ——《宋史·徽宗本纪》

> 宋江起自河朔,转略十郡,官兵莫敢撄其锋。身言将至,叔夜使间者觇所向。贼径趋海濒,劫巨舟十余,载卤获。于是,募死士得千人,设伏近城,而出轻兵距海诱之战,先匿壮士海旁,伺兵合,举火焚其舟,贼闻之,皆无斗志。伏兵乘之,擒其副贼,江乃降。
>
> ——《宋史·张叔夜传》

> 刘豫惩前忿,遂蓄反谋,杀其将关胜,率百姓降金。
>
> ——《宋史·刘豫传》

《宋史》所载宋江等人之事都极为简略。正史之外的其他史籍如《东都事略·侯蒙传》《宋史纪事本末》《三朝北盟会编》《十朝纲要》《续资治通鉴长编纪事本末》《建炎以来系年要录》等书都对宋江等人造反之事有所涉及。而新近出土的《宋武功大夫河东第二将折公(可存)墓志铭》提供了更直接的史事来源,志云:"……班师过国门,奉御笔:'捕草寇宋江。'不逾月,继获,迁武功大夫。"②宋江等人造反在历史上确有其事。据《东都事略·侯蒙传》载:"宋江寇东京,侯蒙上书言:'江以三十六人横行齐魏,官兵数万无敢抗者,其才必过人。今清溪盗起,不若赦江,使讨方腊以自赎。'"这在徐梦莘《三朝北盟会编》、李埴《十朝纲要》等资料中也有记载。

可见宋江等人造反,后被招降及讨方腊之事,史有其事,然皆记载简略,故民间讲史所流行的宋江等人故事是在这样一种极粗略的历史记载上的极大拓展与丰满,充溢着民间想象与魄力。

《宣和遗事》第五段所讲徽宗与李师师的故事,是书中难得一见的语言流畅、文笔活泼有生气的段落,主要叙写宋徽宗微服私行,到市井勾栏与名

---

① 孙楷第:《水浒传旧本考》,见《沧州集》(上),中华书局 2009 年版,第 90—91 页。
② 参见宋彦士:《宋武功大夫河东第二将折公(可存)墓志铭》,《北京大学学报(哲社版)》1978 年第 2 期,第 97 页。

妓李师师流连荒淫的故事。李师师其人不见于正史,但诸多笔记如《贵耳集》《浩然斋杂谈》《汴都平康记》《墨庄漫录》《瓮天脞语》及无名氏的《李师师外传》都载有一代名妓李师师的故事。由文人创作的《李师师外传》将李师师描写成《桃花扇》中李香君一般的人物,当张邦昌要将她送给金人时,她竟以金簪刺喉而死。反观《宣和遗事》中的这段徽宗与李师师故事更接近市井细民的口吻与趣味,言金人攻破汴京后,师师流落湖湘,后嫁作商人妇,有可能受到白居易《琵琶行》中"老大嫁作商人妇"的琵琶女形象的启发与影响,也有可能接近靖康之乱中师师的生活实况。

综上所述,《宣和遗事》的内容涉及历史事实、当代政治和社会生活等各方面,粗看似由抄撮野史笔记以及当日所流行的话本而成,且仅仅"节录成书,未加融会",编撰者似乎并没有进行有效的加工虚饰,全书体例不一,语言也同《五代史平话》一样,既有典雅的文言,又不乏通俗流畅的白话,但从总体上看,它仍属话本系列。对此留待下文详加论析。与《五代史平话》相近,《宣和遗事》大体上也是按编年体制结撰的,这从书中特有的阴文现象可以看出。与其他讲史类话本相比,《宣和遗事》中的阴文有其自身特点:凡年号处皆用阴文醒目标出,下系以该年所发生之事。尤其是前卷的内容中每一节故事前都用阴文且低两格的醒目方式标出各个年号,如阴文崇宁二年下便是有关此年的事情,有详讲故事,也有简单事件的记述,极类司马光《资治通鉴》、朱熹《通鉴纲目》以及李心传《建炎以来系年要录》①等编年体裁。二书在按年纪事形制方面似对《宣和遗事》有影响,故美国学者夏志清直称此书为"编年史",原因即在此。鲁迅所谓"近讲史而非口谈,似小说而无捏合"②,这实际是对下层文人编撰的《五代史平话》与《宣和遗事》一类话本的精当概括及共同疑惑。

## 四、《宣和遗事》的性质

实际上,上引胡士莹先生《话本小说概论》中所列举的元人的痕迹不是增益的痕迹,更可能是话本整体构思、行文所留下的痕迹。原书虽然确如学者们所公认的那样系抄撮宋时艺人的话本与旧籍增饰而成,亦如鲁迅所说的"节录成书,未加融会",但谁也不能规定当时话本的编撰者水平必须是一流的。事实上,现存元刊《全相平话五种》整体面目与编撰水平都不一致,有

---

① 李心传:《建炎以来系年要录》成书以后,曾于宋宁宗嘉定时进上。理宗宝祐初曾刻之于扬州,但南宋末年贾似道时已不传(据贾似道跋)。
② 鲁迅:《中国小说史略》,人民文学出版社 1973 年版,第 96 页。

些显得相当生疏与稚拙。

从整体上看,此书仍是作为一个完整的话本作品在构架。尤其是前集,以一首七律开篇:

> 暂时罢鼓膝间琴,闲把遗编阅古今。
> 常叹贤君务勤俭,深悲庸主事荒淫。
> 致平端自亲贤哲,稔乱无非近佞臣。
> 说破兴亡多少事,高山流水有知音。①

这样一首七言律诗实际上将《宣和遗事》全篇的中心思想与主要内容都很精当地概括出来了,高屋建瓴,再加上"入话"所讲述的历代君王荒淫故事,再导入正文故事,相当于话本的开场诗。综观整个《宣和遗事》前集中的正文故事,它都由一根红线贯穿,那就是庸主徽宗的荒淫事迹所构成的故事情节:任用奸佞如蔡京、林灵素等;疏远忠贤,贪酒荒色,不恤民力。后集虽然与前集风格迥异,但仍与前集内容有着内在的联系,也是前集故事的延续。因为有前集中徽宗的荒淫失政,才导致了靖康失国后父子所受的困辱。而且后集开篇的同样也是一首七律,诗云:

> 泰道亨时戒复隍,宣和往事可嗟伤。
> 正邪分上有强弱,罔克念中分圣狂。
> 天已儆君君不悟,外无敌国国常亡。
> 道君骄佚奢淫极,讵料金人来运粮。②

从诗中可以看出这首诗的主要内涵是对前集中"宣和往事"的总结与慨叹,最后以"金人来运粮"一语开启后集故事,全诗承上启下,将前后集连贯为一个整体。

此外,从《宣和遗事》的构思立意上看,也可证明上述观点是立得住脚的。在前集中,编者曾赞吕中《宣和讲篇》"说得宣和过失最是的当",并在前集卷末引用《宣和讲篇》之论:

---

① 丁锡根:《宋元平话集》(上),上海古籍出版社 1990 年版,第 269 页。
② 丁锡根:《宋元平话集》,上海古籍出版社 1990 年版,第 339 页。

……自古未有内无小人而外蒙夷狄之祸者。小人与夷狄皆阴类，在内有小人之阴，足以召夷狄之阴。霜降而丰钟鸣，雨至而柱础润；以类召类，此理之所必至也。宣和之间使无女真之祸，必有小人篡弑、盗贼负乘之祸矣。①

在全书之末编撰者也是摘取吕中《皇朝大事纪讲义》中的一段话作结：

世之儒者，谓高宗失恢复中原之机会者有二焉：建炎之初失其机者，潜善、伯彦偷安于目前误之也；绍兴之后，失其机者，秦桧为虏用间误之也。失此二机，而中原之境土未复，君父之大仇未报，国家之大耻不能雪。此忠臣义士之所以扼腕，恨不食贼臣之肉而寝其皮也欤！②

再联系全书开头一段"入话"中关于小人、夷狄的议论，简直就是《宣和讲篇》中上引一段话的通俗化阐释。而在讲了前朝几个无道君王作为先例之后，编撰者声称："今日说话的也说一个无道的君王，信用小人，荒淫无度，把那祖宗混沌的世界坏了，父子将身投北去也。全不思量祖宗创造基业时直不容易也。"③

这些观点与文字虽然都是转抄他人成书，很明显编撰者是接受或者受到了吕中诸书的影响，从而形成了全书自身的建构全篇的主旨与脉络，贯穿于全书看似杂乱无章的各篇故事情节中。

至于书中有"全燕之地，我太祖、太宗百战而不能取"等"口吻有大类宋人者"，鲁迅先生认为这种现象缘于此书系"钞撮旧籍而然，非著者之本语也"（《中国小说史略》语），此说不无道理，但即使是抄撮旧籍，也能代表与体现编撰者的思想倾向。何况这些部分是《宣和遗事》的有机组成部分，不能因"抄撮"而否定其为话本的形制。陈汝衡先生认为，《大宋宣和遗事》虽属元人作品，但其中叙述梁山泊事迹"倒是南宋说话人遗留下来的珍贵遗产"，龚圣与所作《宋江三十六人赞》之序有云"宋江事见于街谈巷语，不足采著"，此"街谈巷语"，"实际上和民间艺人的说唱分不开的。由于艺人不断地讲说这些《水浒》人物故事，他们的口讲指画昭昭在人耳目，因此就奠定了'街谈

---

① 丁锡根：《宋元平话集》，第 334—335 页。
② 丁锡根：《宋元平话集》，第 393 页。
③ 丁锡根：《宋元平话集》，第 269 页。

巷语'的基础"①。此外,《宣和遗事》前集的故事情节,基本上采用话本体,系摘抄宋时话本而成,故文中仍保留了不少宋元时的方言俗语,如"行首""婆惜"等;更重要的是,贯穿全篇的是一种强烈的遗民意识,既痛恨徽宗的荒淫误国,又对入侵者的暴行表示强烈的愤慨与谴责,并试图对这段历史进行反思。故有学者认为此书"虽掺合评话语气,实书肆杂凑之书,非纯粹通俗小说也"②,此论有一定道理,但如上所述,《宣和遗事》虽"非纯粹通俗小说",亦非"书肆杂凑之书",它实有话本的整体构思与形制在,而不仅仅是"掺合评话语气"。

鲁迅先生将《大宋宣和遗事》与《青琐高议》《大唐三藏法师取经记》等定为拟话本,其据在于三书"皆首尾与诗相始终,中间以诗词为点缀,词句多俚,顾与话本又不同,近史而非口谈,似小说而无捏合"③。严敦易先生也赞同"这书并不能认为是一部说话的话本,他显然是钞撮旧籍而成,夹杂有语体和文言,参差不一。虽然其形式有点儿像是讲史类话本的体裁,也有若干诗句,终觉与说话人所用的底本,有些显著的歧异。每一个篇段的结构,纵能各自独立起讫,却又不是小说的风格。所以,《宣和遗事》只是元人杂采宋事编纂成功的笔记式的一部书,相当通俗。他的体制,试以元至治本《三国志平话》和所谓《宋人词话》中存见的几篇'小说'来相对比,便可见将他当做纯粹的话本来对待,恐怕是免不了错误的"④。《青琐高议》一般被认为是文言小说,《大唐三藏取经记》现在一般被认定为取经话本,已无多少异议,但将《大宋宣和遗事》也归为拟话本这一系,是有待商榷的一个问题。

综上,笔者认为《宣和遗事》一书仍属讲史类话本系列,只是与元至治间所刊全相平话面目不同而已,为宋元讲史类话本的过渡形态,更接近于《五代史平话》。

## 第四节　元代编刊之讲史类话本

### ——《元刊全相平话》

全相平话五种,是元朝建安虞氏于至治(1321—1323)年间刊刻的五种

---

① 陈汝衡:《宋代说书史》,见《陈汝衡曲艺文选》,上海文艺出版社 1979 年版,第 309 页。
② 孙楷第:《中国通俗小说书目》,人民文学出版社 1982 年版,第 1—2 页。
③ 当代学者虽借用鲁迅"拟话本"这一概念,却将拟话本定义为文人作家模仿话本题材创作的白话短篇小说,相当于鲁迅所称的"拟市人小说"。
④ 参见严敦易:《水浒传的演变》,作家出版社 1957 年版,第 93—94 页。

讲史类话本,是现存最早的讲史类话本,原书藏日本内阁文库。日人盐谷温于大正朝丙寅(1926)三月据内阁文库所藏原本影印《三国志平话》,全相平话始公之于世①;另外四种皆由日人仓石武四郎在 20 世纪 30 年代影印得以面世。1928 年 10 月,张元济先生乘以学艺社名誉社员的身份去日本访书的机会影印了一大批日本公私珍稀藏本,其中就有向内阁文库借来影印的元刊全相平话。其后,商务印书馆先后以《元至治本全相平话三国志》和《全相平话四种》之名分别影印发行。其中,前者还由姜殿扬做过校字记,并于1929 年就已出版。同年,海宁慎初堂陈氏将《三国志平话》收入《古佚小说丛刊初集》校印刊行。1955 年上海古典文学出版社排印本据此重印,题为《全相平话五种》,全相平话才开始得到较为广泛的流传。此外尚有 1956 年文学古籍刊行社《全相平话五种》影印本,1958 年、1959 年中华书局排印本,上海古籍出版社《古本小说集成》本。以上五种讲史类话本俱被丁锡根先生收入其于上海古籍出版社 1990 年出版的点校本《宋元平话集》。此外,全相平话五种的校注整理本还有钟兆华先生《元刊全相平话五种校注》,巴蜀书社于 1990 年出版;陈翔华先生编校的线装本《元刻讲史平话集》,北京图书馆出版社于 1999 年出版。

所谓全相平话,是就其形式与内容两个方面综合而成的概称。原刊本为蝴蝶装,每种扉页横额题"建安虞氏新刊"。半叶十二行,行二十字(其中仅《乐毅图齐》为半叶十九行,行十九字),全书每页上面三分之一的篇幅为图像,下面三分之二为文字。图的右上角有小号字体对所画内容加以提炼概括,即画旁标目,本书简称"画题"。画题与图画下方或前方的文字内容大体相一致,这种自始至终以图像和文字并出为形制特点的讲史类话本,元以来习惯称之为全相平话。

全相平话的雕版,可能出自少数几位刻工之手,所以版式和图文笔画都相当地一致和精美。例如《武王伐纣平话》和《乐毅图齐七国春秋平话》卷上首页图像之右下角有"樵川吴俊甫刻"字样;《秦并六国平话》卷上首页图像之下之右下有"黄叔安刊"字样。樵川,在今福建之邵武。主要偏重讲史类话本刊刻的是建安虞氏。元代建安路,下辖建安与瓯宁、浦城、建阳、崇安、松溪、政和六县,属今福建省闽北地区,在宋元时代造纸业和印刷业都相当发达。建安虞氏的建安,有可能是指今建安县,而胡士莹先生认为建安即今

---

① 孙楷第:《中国通俗小说书目》第一卷,人民文学出版社 1982 年版,慎初堂《古佚小说丛刊》初集总目《三国志平话》解题。

福建建阳,所据为嘉靖《建阳县志》有云:"书籍出麻沙、崇化两坊,昔号图书之府。"麻沙、崇化皆属今建阳,建阳确为宋元明相沿已久的刻书中心之一。然建安虞氏,有务本堂者,为刻书世家,终元之世,历百余年不衰,其主人可考者有虞平斋,胡士莹先生推测,上述五种平话,大概就是务本堂刊印的①。观宋、元时书坊多集中于建安,入明后渐衰,邻近的建阳书业却继之以大盛,且建安、建阳两县所属区域在宋元两朝时有分合,这两处皆为古籍中建本的产地,在尚缺乏有力证据的情况下,"建安虞氏"之"建安"的归属,今建安、建阳两说似乎都有一定道理。

现在所见到的全相平话为下列五种:

《武王伐纣书平话》,或称《吕望兴周》;

《乐毅图齐七国春秋后集》;

《秦并六国平话》,或称《秦始皇传》;

《前汉书平话续集》,或称《吕后斩韩信》;

《三国志平话》(另有一种署名为《三分事略》)。

以上五种平话每一种都分上、中、下三卷,共十五卷。据现存五种平话的标题,《乐毅图齐七国春秋》只有后集,《前汉书》只有续集。故有学者推测,前者应当有"前集",后者应当有"正集";或许还有《后汉书平话》三卷。如果这种推测没错的话,整部全相平话应该是八种二十四卷。这样,从春秋战国到秦汉三国,有一个完整的讲史类话本,这才应当是全相平话的全貌②。

建阳、建安地区是宋代以来福建地区教育最发达的地区,而福建又是全国教育发达的地区之一。其中,建阳的刻书家很多本身都有着良好的教育背景和较高的文化修养,宋以来不少书坊主都能亲自编书,他们基本上都是幼读诗书、参加科举考试未能成功而重操父辈祖业的文人③。之所以在元代出现这种大型的成系列的讲史类话本,一方面与元代南北统一,疆域广阔,从而能够打通南北学术,开阔学术视域有关。这不仅表现在身为上层学术知识分子的史学家身上,影响所及势必也会不自觉地渗透至中下层知识

① 胡士莹:《话本小说概论》(下),中华书局1980年版,第728页。
② 钟兆华:《元刊全相平话五种校注》前言,巴蜀书社1990年版,第1页。
③ 涂秀虹:《明代建阳刊本小说的题材类型》,第四届中国古代小说国际研讨会《论文汇编》2009年,第222页。

阶层,如元代兴文署新刊《资治通鉴》,王磐序称"是书一出,其为天下福泽利益,可胜道哉"①,可见对元代读书人的影响之大。另一方面也与建安等地的刻书业的发展繁荣有关。建阳书坊元代以来大量刊刻讲史类话本的传统,亦与建阳书坊刊刻史部图书的背景相关。在现存闽刻善本图书中,史部类(包括纪传类、纪事本末类、杂史类、诏令奏议类、传记类、史抄类等)至少有二百种之多。这些图书为讲史小说的编撰提供了丰富的素材。元代出现这种内容衔接相贯、板式整齐划一的讲史系列,不为无因。此外,建阳书坊刊刻的史部图书中诸多通鉴类著作,尤其是受朱熹《通鉴纲目》影响而编撰的纲目体,如《通鉴纲目》的续编、前编、后编和全编等门类繁多。这类图书不仅影响到讲史类话本的编撰与刊行,更直接影响了明以后演史小说的体式,即直接衍生了后来所谓的"按鉴"体历史演义小说。

在对《全相平话五种》进行整体研究之前,有必要对其版本、成书年代等基本文献问题加以考索。

## 一、《武王伐纣书》的版本及内容考索

《武王伐纣书》全称《新刊全相平话武王伐纣书》,其牌记署《全相武王伐纣平话》,又题《吕望兴周》,佚名撰。全书分上、中、下三卷。与现存其他元刊本平话相同,书扉页分上下两栏,上图下文。全书共有图四十二幅,每图有标题如"汤王祝网""纣王梦玉女授玉带"等共计四十二目,其中上中卷各十五目,下卷十二目。第一幅图署名"樵川吴俊甫刊",字体与正文一致,当为本书刻工。署名吴俊甫刊的全相平话,存世尚有《乐毅图齐七国春秋》《前汉书平话》《三国志平话》,署名"樵川"或作"古樵"。此书与下文要论及的《乐毅图齐七国春秋》《秦并六国平话》《前汉书续集》四种俱为元至治间刊本,元刊原本现藏日本内阁文库,为蝴蝶装。后有日人仓石武四郎影印本,上海古籍出版社即据此影印本影印收入《古本小说集成》。另有 1955 年上海古典文学出版社排印本,1956 年文学古籍刊行社据仓石武四郎本影印本(为《全相平话五种》之一),1958 年中华书局排印本。1990 年丁锡根先生收入其《宋元平话集》。

《武王伐纣平话》叙事从商汤兴起,一直讲到周武王灭纣兴周,其主体为商纣王的荒淫残民故事以及武王伐纣战争的具体战事的描述。卷上记妲己入宫,太子殷交反纣故事;卷中记纣囚姬昌羑里,比干因忠谏反遭剖心酷刑,

---

结果引起黄飞虎反纣,而姜尚遇文王等故事;卷下叙武王伐纣,终斩纣王于太白旗下,太公斩妲己及封神事。至于武王伐纣史事,先秦两汉古籍如《尚书》中的《牧誓》《武成》篇,《史记》中的《殷本纪》《周本纪》《齐太公世家》等都有记载,它如稗官野史《逸周书》里,也有相关记述。如《史记·殷本纪》称纣王"好酒淫乐,嬖于妇人。爱妲己,妲己之言是从","……大聚乐戏于沙丘,以酒为池,悬肉为林,使男女裸相逐其间,为长夜之饮"①,然后又载其制炮烙之刑,囚西伯于羑里,剖比干等无道事迹。《武王伐纣平话》即以这些历史著述中一点历史框架与史事为缘由采掇诸书,将相关情节捏合敷演,所增饰的神怪内容,则为民间讲史艺人的创造。

民间早有封神故事传说,梁章钜《归田琐记》卷七《封神传》载:

> 吾乡林樾亭先生言"昔有士人罄家所有嫁其长女者,次女有怨色,士人慰之曰:'无忧贫也。'乃因《尚书·武成篇》'惟尔有神,尚相克予'语演为《封神传》,以稿授女。后其婿梓行之,竟大获利"云云。按《史记·封禅书》云:"八神将,太公以来作之。"《旧唐书·礼仪志》一引《六韬》云:"武王伐纣,雪深丈余,有五车二马,行无辙迹,诣营求谒,武王怪而问焉。太公曰:'此必天方之神来受事耳。'遂以其名召入,各以其职命焉。"《太平御览》十二引《阴谋》所载,与此略同,而以祝融、元冥、勾芒、蓐收为四海神名,冯修为河伯神名,使谒者各以其名召之,五神皆惊云云。则知太公封神,古有此说,今人于门户每书"姜太公在此,百无禁忌",亦非无所本矣。②

由上可知,太公封神的传说由来已久。与之相关,《武王伐纣平话》卷上叙纣王令天下贡献美女,妲己为九尾狐所化,入宫迷惑纣王,导致纣王失政;卷下讲纣王封薛延沱为白虎神,封尉迟桓为青龙神,封要来攻为来往神,封申屠豹为豹尾神,封戍庚为太岁神;姜子牙杀了崇侯虎后,也封他为夜灵神。平话中不仅姜太公可以封神,封了更多神的是纣王,似与民间太公封神传统颇有出入,但很明显,平话中的封神故事直接影响到了明清神魔小说中《封神演义》的故事构架路径。

整体上看,《武王伐纣平话》虽以历史事件、历史人物为基本框架,但又

---

① (宋)司马迁:《史记》(第1册)卷三,中华书局2014年版,第135页。
② (清)梁章钜:《归田琐记》,中华书局1981年版,第132页。

不局限于历史,更多的是平话编撰者的增饰与衍展,充分展示了平话编撰者的想象力与创造力。平话的这些部分实已粗具此后神魔的某些小说特点,很可能是依据讲史艺人说话的底本略加修改刊刻而成,其生气非据史书敷演者所能有。故全书读来"诚为俚拙之至。上、中二卷中之故事多信手拈来,似毫无选择思索之余裕。又书中人物其身份来历,亦未分明,平人与异人,精怪与神道,几无区别。此等幼稚之处,亦直至《封神传》而始为补充增定。然因此本吾人始得知《封神传》之最初形式,其重要实与《三国志平话》相埒。且所演虽粗,而有时亦至活泼,富有民间传说之倜诡趣味。知此等故事,或亦先有所承,不自元始。自元而后,递增递演,乃成今之《封神演义》"①。该平话与余邵鱼《列国志传》、许仲琳《封神演义》都有着明显的承继关系,其承袭轨迹为:平话中的相关故事情节,首先由《列国志传》加以吸收,《封神演义》再据《列国志传》相关故事加以改编创作。故《封神演义》的前三十回情节,除了哪吒等神话人物外,基本可视为平话尤其是其下卷的扩展与改造。

源于民间艺人讲史的痕迹尚有《武王伐纣平话》卷中开篇处的"话说冷淡处持过",叙述故事中的"话分两段"等,明显透露着说话人口气。又如《武王伐纣平话》卷上玉女面对纣王的调戏,斥道:"曾闻古人有云:'仙人无妇,玉女无夫。'"此句亦见于敦煌遗书《孔子项托相问书》和吐鲁番出土阿斯塔134号墓文书《唐写本孔子与子羽对语杂抄》②。又如卷中黄飞虎妻耿氏严词斥责纣王道:"大王虽贵,臣妾虽贱,臣无恋贵之心,妾有抱贞之意。南山有鸟,北山张罗,百鸟高飞,罗网奈何?"又说:"狐狸不乐龙王,鱼鳖不乐凤凰。妾是庶人,岂乐大王乎?"此语近似《搜神记》卷十六吴王小女紫玉所作歌:"南山有鸟,北山张罗。鸟既高飞,罗将奈何?"又敦煌遗书《韩朋赋》所载贞夫给韩朋信中也有:"南山有鸟,北山张罗。鸟自高飞,罗当奈何?"可以看出其中沿袭的脉络。而《韩朋赋》中贞夫对宋王的话亦有:"鱼鳖有水,不乐高堂;燕雀处群,不乐凤凰。妾是庶人之妻,不乐宋王之妇。"③和平话中耿氏对纣王的话非常接近。可见平话编撰者对前代民间说唱文艺如敦煌类变文非常熟悉,往往顺手拈来,稍加润饰即为我所用。

与其借鉴民间讲史伎艺有关,《武王伐纣平话》中反暴君的思想倾向非常显著。在书中,编撰者一再声讨无道君王,不厌其烦地总结罗列出纣王十

① 孙楷第:《日本东京所见小说书目》卷一《宋元部》,人民文学出版社1958年版,第3页。
② 唐长孺主编:《吐鲁番出土文书》(第5册),文物出版社1983年版,第97页。
③ 王重民等编:《敦煌变文集》,人民文学出版社1957年版,第137—141页。

大罪状，极力揭露声讨纣王的种种荒淫无道，以显示周武王伐纣灭商是应天顺人的正义战争；尤其是将平话与后世文人改编创作的《封神演义》对比研究后，就可以看出民间艺人与文人创作的思想差异所在。平话中文王临终前对武王的遗嘱中，透露出文王强烈的灭纣、为子复仇愿望："只不得忘了无道之君，与百邑考报仇。"（《武王伐纣平话》卷上）其中最无法让文人士大夫接受的是纣王之子殷交的行为，他不仅投到了武王的阵营，最终竟亲手杀了妲己和自己的父亲纣王，以报其杀母之仇，且泄天下百姓之恨。这在封建社会里实属大逆不道之举，而且在封建伦理上杀父以报母仇，也有悖常理。平话中这类写法完全继承了民间文学如《伍子胥变文》中那种快意恩仇的思维方式，故"作为艺术形象的殷纣王，比史书上的记载还要坏得多"，而"作为艺术形象的周文王，比史书上的记载还要好得多"，"殷交的形象，在史书上无可稽考，完全出自平话编撰者的创造"①。而到了文人许仲琳《封神演义》中，文王临终前却一再叮嘱武王："纵天子不德，亦不得造次妄为，以成臣弑君之名。"②完全是文人士大夫那种忠臣孝子的思想伦理模式。后者对殷交形象也予以改编，写殷交经过激烈的思想斗争，最终还是违背师命，做了商纣的忠臣孝子，终于不得不以身殉国与父。《武王伐纣平话》与《封神演义》中隐含着不同时代的编撰者与受众的情理模式与心灵轨迹，从中能映射出深刻而又普泛的社会心理、时代情绪和价值观。

综观《武王伐纣平话》一书，正如郑振铎先生所言："说书家是惟恐其故事之不离奇、不激昂的，若一落入平庸，便不会耸动顾客的听闻。所以他们最喜欢取用奇异不测的故事，惊骇可喜的传说，且更故以危辞峻语来增高描述的趣味。武王伐纣的一则史实，遂成为他们的绝好的演说资料之一。这故事什么时候才成了说话人的'话本'，我们不能知道。但《武王伐纣书》之非第一次的最初的'话本'，则为我们所很明白的事。"③

## 二、《乐毅图齐七国春秋后集》的成书及内容考索

《乐毅图齐七国春秋后集》，全称《新刊全相平话乐毅图齐七国春秋后集》，又名《七国春秋》《乐毅图齐》《后七国春秋》。上图下文，计图共四十二幅，每幅右侧有标目。《乐毅图齐七国春秋后集》一书分上、中、下三卷，每卷

---

① 周兆新：《讲史类话本的两大流派》，见程毅中主编《神怪情侠的艺术世界》，中共中央党校出版社1994年版，第127页。
② （明）许仲琳：《封神演义》第二十九回，人民文学出版社1973年版，第272页。
③ 郑振铎：《插图本中国文学史》，人民文学出版社1963年版，第701页。

各有十四标目,正文中另有阴文如"孟子至齐""燕王传位于丞相"一类小标题,共有六十题,与图画标目有合亦有不合处,这些应是最初期的小说回目形式的滥觞。书中较多地保留了说话人的用语,如文中常有"话说""却说""且说"等说话人的惯用语,以及"救者为谁""看胜负如何""燕王性命如何"等悬疑句,类似于后世章回小说分回的标志与提示,故而此话本一向被认为是说话人的底本,但是全书图文并茂,显然是为案头阅读而设,由此可见《乐毅图齐七国春秋后集》是说话底本向案头文学过渡的标志。

《乐毅图齐七国春秋后集》从书名看故事主角应是乐毅,但其实真正主角却是孙膑。至于七国争雄的史事,先秦两汉史著如《左传》《国语》《战国策》《史记》等多有记载,《乐毅图齐七国春秋后集》即吸取诸书史料,加以敷演改编而成。前两卷主要利用《史记·燕召公世家》《乐毅列传》《田单列传》中的相关简略记载加以铺演增饰。话本前半部叙燕王哙欲传位于丞相子之,大臣孙操因谏被囚,齐国孙膑因而起兵伐燕救父,杀了丞相子之与燕王哙。燕王哙之子燕昭王在国败后筑黄金台招贤纳士,招纳、任用乐毅为帅,终于伐齐雪耻。在此之后孙膑助齐再次打败燕国,却因齐泯王无道而退隐。孙膑引退后,乐毅为燕昭王伐齐,下齐七十余城,杀了齐王。孙膑闻知国变后出山,先用离间计成功地游说燕王召还乐毅,又授书示田单用火牛计大破燕兵。在此之后,孙膑、乐毅乃至二人之师父鬼谷子、黄伯杨之间进行了极为激烈的酣畅淋漓的对阵比法,话本最后以阴书重出,孙膑一方大破迷魂阵,终获大胜,诸国尊齐为结。

从整体上看,话本所叙情事、框架大体与史实脉络相符,但卷中言孙膑先用反间计,后让田单用火牛计复齐事,与史书颇有不符。在《史记·燕召公世家》中,齐国伐燕获胜的是章子,后来复齐的是田单,而话本却一律将这些大功嫁接于孙膑一身,以凸显孙膑能征善战、高大善谋的形象。这些本无可厚非,因为"历史小说的骨架经络应当是史实,血肉自然由虚构来填充丰满"①。

话本前半大约相当于三十回处即渐入不经,先述燕国再次起用乐毅兴兵伐齐,然后是黄伯杨摆迷魂阵与鬼谷子斗法,鬼谷子大破迷魂阵,最后鬼谷子、齐襄王对众将一一封神。这部分故事大概多取材于民间传说、讲史,颇入神仙怪异之途,较《武王伐纣书》,其神怪色彩尤为浓厚,这种源于战国以来的阴阳术的半人半仙的斗法、封神模式,仙凡之间几无区别的情况,

---

① 凌力:《星星草·后记》,北京出版社 1981 年版,第 695 页。

与《武王伐纣书》一样,颇显艺人讲史本色,应该都对后来的《封神演义》有所影响。

　　由此可见:《乐毅图齐七国春秋后集》一方面接受民间口传文学尤其是宋元讲史的滋养,虚构比例比较大;另一方面又大体遵循"谨按史书"的改编模式,话本中一些段落几乎是照抄《孟子》与《战国策·燕策》《史记·燕召公世家》等史书片段。如《孟子至齐》一节系直抄《孟子·梁惠王上》,《孙子回朝》一节也是抄撮自《孟子·梁惠王下》;《燕王筑黄金台招贤》一节则基本上系杂抄节录《战国策·燕策》与《史记·燕召公世家》而成。这使得《乐毅图齐七国春秋后集》一书在体例、语言方面都存在不协调的遗憾,但这是宋元讲史类话本中依傍、改编史书成书的讲史类话本的普遍缺憾。此外,尽管《乐毅图齐七国春秋后集》没有《武王伐纣书》所呈现的明显的政治倾向,但是该话本通过燕王哙与丞相子之,齐泯王与燕昭王、齐襄王之间的对比叙述,不难看出话本编撰者企图通过这一叙事手法来暗寓其有道则兴、无道则亡的治国思想,强调招贤纳士的重要性。毕竟为宋元讲史编撰话本的书会才人大多为下层文人,当其编撰话本时,即使是抄录史书成文也不可能不受书史文传中的正统思想的影响。

　　《乐毅图齐七国春秋后集》书名既标明为后集,则当有前集。孙楷第先生即推测其前集故事主角"……谓孙子父孙操,将袁达,与后来明本《孙庞斗智》正同,且书即承孙庞事言之,则《七国前集》,必为《孙庞斗智》也"[①]。且《乐毅图齐七国春秋后集》的开篇文字为:

　　　　夫《后七国春秋》者,说着魏国遣庞涓为帅,将兵伐韩赵二国,韩赵二国不能当敌,即遣孙子、田忌为帅,领兵救韩赵二国,遂合韩赵兵战魏,败其将庞涓于马陵山下。

　　《乐毅图齐七国春秋后集》中开篇即历数孙、庞事,应是前集孙、庞斗智故事的梗概,然后才转入正文的痕迹,这应是前、后集之间的过渡性存在,可由此推知《七国春秋前集》以叙孙膑、庞涓斗智故事为主。宋末元初罗烨的《醉翁谈录·小说开辟》中有"论机谋有孙庞斗智"句,可据以推测其时尚存此类话本。至明代,现存明崇祯刊本吴门啸客之章回说部《孙庞斗智演义》,四卷二十回,又题《新镌全象孙庞斗智演义》,又名《前七国孙庞演义》,与话

---

①　孙楷第:《日本东京所见小说书目》,人民文学出版社1958年版,第4页。

本《乐毅图齐七国春秋后集》对比,两书的故事正相衔接,且无论情节、风格都很相近,或即撷取元代讲史类话本《七国春秋前集》敷演而成。至清初则有烟水散人续《孙庞斗志演义》编撰而成的《后七国乐田演义》,四卷二十回,敷演乐毅、田单故事,书亦题《乐毅图齐七国春秋演义》。清人啸花轩将二书合刻题名为《前后七国志》予以刊行。可以推测,《孙庞斗智演义》《后七国乐田演义》二书系分别依据元代讲史类话本《七国春秋》前、后集演绎而成。此外,后世专门演义乐毅、田单故事的小说,除《后七国乐田演义》外,尚有无名氏所编撰的《走马春秋》四卷十六回。

### 三、《秦并六国平话》的成书及内容考索

《秦并六国平话》,全名《新刊全相秦并六国平话》,又名《秦始皇传》,为元英宗至治间建安虞氏刻本。书叶分上下两栏,上图下文,计有图五十一幅,每图有标题,第一幅图记有"黄叔安刊"字样。全书分上、中、下三卷,开篇自唐虞三代说至春秋战国,直至秦之兴亡的入话后,始入正传。正传自秦王嬴政出身叙起,接下便详叙秦王政如何先后灭掉韩、赵、魏、楚、燕、齐等其他诸侯国,其后便专叙秦王嬴政称帝后,如何求不死药,筑长城,修阿房宫,横征暴敛,焚书坑儒等一系列暴政与荒淫故事,以及秦始皇崩后因宰相赵高弄权,导致陈胜、吴广起义,陈吴失败后刘邦、项羽终于推翻暴秦统治后入关,随之有刘、项天下之争,终以刘邦称帝结束全篇。在秦灭六国统一天下,直至刘邦、项羽最终灭秦的叙事进程中,话本编撰者颇为忠实于历史史实,然亦时有与历史不合处,如谓秦灭齐楚时孟尝君、春申君尚在,即失于考实。但是话本的整体仍可看出明显受到史传体的影响与痕迹,故文字大体上显得较为典雅而平正,然而有时又受到民间讲史的影响导致相应部分的文字朴拙无华,这便使得《秦并六国平话》全书文白颇显怪异地杂糅在一起。

关于秦并六国,统一天下的史事,史籍如《战国策》《史记》等多有记载。话本以《史记》中的《秦始皇本纪》为骨架,丰之以相关的楚、赵、魏、韩等世家部分,王翦、吕不韦、刺客等列传部分,以及项羽、高祖等本纪部分中的故事。《秦并六国平话》话本即在诸书史料的基础上敷演成书,其中节抄《史记》部分的文字改编力度不大,这可能是因为被誉为"无韵之离骚"的《史记》本身已具有较强的故事性与较高的文学性,话本编撰者面对《史记》束手束脚,不忍也不敢过多增饰。所以,话本中这部分来自正史的叙事虽然精彩,颇不似讲史艺人之口吻,因之缺少口语的鲜活色彩,反不如《七国春秋平话》那样,

没有多少史实依据，因依民间传说和说话人的敷演生发而来得生动，但这也正是该书最大的特点。郑振铎先生看重这一特点并对它予以了较高评价，称："这是一部'人'的书，而不是鬼怪的书，只是一部写人与人之间的争斗，却不是写仙与仙之间的玄妙的布阵斗法的。这是一部纯粹的历史小说，不参入一点神怪的分子在内的。"①

这样一部写"人"的独特平话，其特点之一是其统合编年体与纪传体的整体框架。虽然《秦并六国平话》自称"闲将《史记》细铺陈"，平话正文中也确实大段照抄《史记》之文，如其中有关吕不韦的故事片段，荆轲刺秦王一段，几乎全抄撮自《史记·刺客列传》，李斯《谏逐客书》一文更是全篇照抄。表面上看，《秦并六国平话》是以"人"为话本叙事的主体，但从上文所论可以看出，平话在整体上仍是按通鉴类编年体的系年纪事的方法来叙述六国之间的"兴废争战之事"的，而非仅仅借鉴《史记》的纪传体叙事。这种忠于史实，以政治兴废、军事争战等历史重大事件为题材，注重情节的发展、人物的一定程度上的塑造，是这部讲史类话本的独特特点之一。这种创作模式在明代得到进一步的继承与发展，为明清时期罗贯中、余邵鱼、熊大木等历史小说家发扬光大，明清演义小说家大都声称其作品为"按鉴××演义"，流风所及，以致一些本来没有史书依傍的小说如《开辟演义》《盘古至唐虞传》等，也都题上"按鉴"二字，以标榜其忠于史实、按年叙事的倾向，可见该平话影响之深远。

其次，《秦并六国平话》的另一特点是在形制上明标有"头回"故事。平话开篇有一个从唐虞禅让、三代征伐，到春秋五霸之争，战国七雄混战，直至秦国一统天下，很快又被刘项相灭的长长的"头回"故事，并明确标出"头回"二字："这头回且说个大略，详细根原，后回便见。"这是全相平话五种中唯一标有"头回"的一种，显示的完全是说话人的口吻。且这头回故事与《五代史平话》中的《梁史平话》的开篇极为相似，因而胡士莹先生认为"此书原来是一部独立的讲史类话本，其与体裁风格不同的《武王伐纣书》等并列，当自建安虞氏刊印这套平话丛书始"。又说："这种开场叙述历代兴亡，结尾评论的形式，正是宋代讲史说话人的流风余韵，可以说是直接继承《五代史平话》的衣钵的"②，胡先生所论颇有道理。

但是，《秦并六国平话》与《五代史平话》相比，有所发展、不同之处在于，

---

① 郑振铎：《插图本中国文学史》，人民文学出版社 1963 年版，第 705 页。
② 胡士莹：《话本小说概论》，第 723—724 页。

它还大量引用古人著述,如下文所引唐人杜牧的《阿房宫赋》与汉人贾谊的《过秦论》之外,在《全相平话五种》中,《秦并六国平话》所引用的晚唐胡曾、周昙等人的《咏史诗》也是最多的,说明该话本编撰者的历史知识、文化水平并不低。当然书中也有一些编撰者因对史籍理解有误而产生的舛误之处,如说高渐离入秦后改名"佣保",显然是误解了《史记·刺客列传》中"变姓名为人佣保"的原意,也有可能是其所见刊本阙了"为人佣保"之"人"所致。此外话本中的人物往往也是相互不能照应,如书中描写项梁为楚大将,兵败后"往东齐借兵",卷下叙及项羽起兵时,却照抄《史记》中语"外有项梁者,楚将项燕子也。尝杀人,与兄子籍避仇吴中",根本忘了自己在前面已大肆渲染甚至虚构过项梁这个人物,与前文显然有所脱节,表明该平话在编纂、架构整个故事时仍显粗疏。

然而相较于《五代史平话》,《秦并六国平话》仍有自己的特点与优长之处,那就是在描写双方厮杀争战的铺叙过程中,不仅描写更为繁复细致,且故事情节更为曲折丰富。譬如《秦并六国平话》不像《五代史平话》那样,仅仅按照《资治通鉴》的编年顺序稍加改编概括一下史书中的战争,而是借鉴更多《史记》《战国策》中的片段文字,进行虚构生发。其虚构生发方式之一就是加大对战争场面以及双方将领的斗智斗勇过程的描写,如楚合六国伐秦时楚将与秦将王翦、王贲的那次战役:先叙写项梁布下五虎离山阵,项梁先诈败,欲引秦将王贲上钩,结果因王贲"不敢赶上"未能奏效;接着写项梁再施一计,文中仅用"恁地恁地"模糊交代一笔带过,然后通过后面的正面战场的描写补叙,才知道原来还是项梁诈败,但多了一个假冒的楚王,结果王翦自恃为老将,轻敌直追过去,结果中伏而大败。如果从单个战争故事的角度来看,这场战争的叙述描写给人的感觉是丰富曲折、酣畅淋漓,但是因为该平话中所涉及的战役太多,编撰者往往难以次次出奇出新,所以纵观全书,便觉叙述战争的模式给人以雷同者多的印象,尤其是内中多数的战斗场面、争斗技巧的摹写便显得大同小异。这种情况同样出现在写景状物以及场面描写方面。如卷上讲秦将王翦与韩将冯亭交战,有诗云:

> 二将骤征鞍,盘桓两阵前。
>
> 征云笼日月,杀气罩山川。
>
> 斧险分毫着,刀争半米偏。
>
> 些儿心意失,目下掩黄泉。

卷中讲秦将……与燕将石凯交战时,又用了这同一首诗,仅将第三联改为"几见燕王没,多缘太子愆",其他地方稍微变动几个字而已。下文秦将蒙恬与楚将秦斌交战时,还是用这同一首诗,与上引诗歌也仅有几个字的不同而已。这种情况在宋元平话中实属常见,因为讲史艺人几乎都有一个积累、运用这类"赋赞"的经历,且不避、不惧反复使用这类韵语所造成的俗滥,不过在《秦并六国平话》中这类情形显得更为典型而已,也说明话本编撰者的描写功力不及其叙事方面的才华,毕竟叙事多源于颇具文学性的《史记》等正史类史籍。

再次,《秦并六国平话》比起其他四种平话具有较强的正统思想倾向,如卷上开场诗云:

世代茫茫几聚尘,闲将《史记》细铺陈。便教五伯多权变,怎似三王尚义仁。六国纵横易冰炭,孤秦兴仆等云轮。秦吞六代不能鉴,且使来今复鉴秦。

又引用杜牧《阿房宫赋》中对六国与秦代兴亡的思考:

灭六国者,六国也,非秦也。族秦者,秦也,非天下也。

卷下又引用贾谊《过秦论》:

夫以始皇,以诈力取天下……谁料闾左之戍卒,一呼而七庙隳,身死人手,为天下笑。中原失鹿,诸将逐之。神器有归,竟输于宽仁爱人之沛公。则知秦尚诈力,三世而亡。三代仁义,享国长久。后之有天下者,尚鉴于兹。①

以上三段引文定下了《秦并六国平话》一书的基调:应以六国与秦的兴亡为镜鉴,强调儒家的仁政与民本思想。这虽然是统治阶级的儒家正统思想,但在客观上是对百姓有利的,平话编撰者也借此表达了下层人民对统治阶级实行仁政统治的向往与期盼。

---

① 以上引文分别见《宋元平话集·秦并六国平话》,第 589、569、571、663 页。

## 四、《前汉书续集》的成书及内容考索

《前汉书续集》,全名《新刊全相平话前汉书续集》,牌记署《全相续前汉书平话》,中间题《吕后斩韩信》。全书亦上图下文,有图三十七幅,每幅有标题。与其他全相平话不同的是,该书无阴文小标题。正文第一幅图署"樵川吴俊甫刊",与《乐毅图齐七国春秋》《三国志平话》同为元至治间建安虞氏刊本。本书既题"续集",当另有正集,郑振铎先生推测正集部分"……叙事当止于:项羽被围于九里山前,四面楚歌,虞姬自杀;羽奋勇突围而出。走至乌江,终于自刎而亡。所以这部《续集》单刀直入的便从'时大汉五年十一月八日,项王自刎而死,年二(当为三)十一岁'续起",其至推测正集书名可能为《楚汉春秋前汉书正集》①。从话本编撰者在开篇之后又引司马迁《史记·项羽本纪》的论赞,并对之加以辨析,认为项羽有八德,总体上看,"功以多矣,过以寡矣",认为其最终战败的确是"非战之罪也",看来对项羽的态度是同情居多。

《前汉书续集》的故事素材源于《汉书》中《高帝纪》《高后纪》,以及相关的韩信、英布、彭越、陈平、张良、萧何、周勃等众多列传中的人物史事铺演而成,总体上比较尊重史实。但平话也有其自身不同于正史的观点与态度,对项羽、韩信、英布等人,比起史学家而言,话本编撰者对待失败者相对宽容、同情得多,显示出民间讲史对历史及历史人物的独特认识与理解。平话又题《吕后斩韩信》,而正文中吕后斩韩信确实是话本的核心情节与内容,因为由斩韩信才引出此后彭越、英布为韩信复仇而被杀,三人的被害皆为吕后之阴谋。此后刘邦死后,吕后专权,又杀害戚夫人与赵王如意,平话最终以诸吕失败,文帝登位作结。表面上吕后似乎成了杀害忠臣的元凶,但平话卷上的一段话暗示汉王刘邦才是真正的幕后元凶:

> ……汉王停骖视之,久看信营(因信营壁垒雄壮)。当日汉王心中疑虑,而密问子房曰:"项氏已灭,韩信尚执天下兵权,其信之略,威震四海,天下无敌,吾实畏之。"子房愕然惊恐,谓曰:"方今天下初定,大王不宜有此疑心,恐有泄漏。信若有变,非羽之敌也。信之威畏,王自思之。"

---

① 郑振铎:《插图本中国文学史》,人民文学出版社 1963 年版,第 709 页。

这段话说明刘邦畏忌功臣的念头在刚一消灭劲敌项羽时就已萌生，只不过由于谋臣张良谏阻才作罢。说明平话编撰者的政治感觉是敏锐的，因而对刘邦功成诛杀功臣的行为持谴责态度，对韩信等被谋害之功臣则寄予深厚的同情。如平话中写道：

> 大汉十年九月十一日，韩信归世。其时天昏地暗，日月无光。长安无有一个不下泪。哀哉，哀哉，四方人民嗟叹不息：可惜枉坏了元帅！①

在此嗟叹之后是平话编撰者超越史实虚构出的"蒯通为韩信申冤"情节，先抑后扬，表面上控诉韩信有十大罪过，实则颂扬其有十大功劳。假说韩信有五反，实表明其虽有五反之机会而对大汉不反的忠诚。这和元人杂剧《随何赚风魔蒯通》中的情节大致相同，但在《史记》《汉书》中却找不到依据，仅有《史记·栾布列传》里栾布替彭越辩解的话与之相仿佛。

总体上看，《前汉书续集》不同于上文所述之《五代史平话》，后者大体属《资治通鉴》编年体式，而前者从别题《吕后斩韩信》也可以推测，是属于以人纪事的《史记》纪传体式，时间框架为汉高祖五年（公元前 202 年）至吕后八年（公元前 180 年）的历史。但它又冲破了史书的框架，首先在思想倾向上，即使是《史记》编撰者司马迁，虽对项羽寄予无限同情，但也能客观地指出其性格上的诸多缺陷，导致了其在楚汉相争中的失败结果。但平话编撰者却对项羽、韩信等人表达了没有多少理性的同情与崇拜，在对史实的改编加工上，明显属于"以心运史"，招致后世读者有"近史而悠谬"的批评。据史实，韩信后期确有谋反之心，刘邦带领大军出击叛将陈豨时，韩信不仅不随军出征，反而在暗地里与陈豨往来，甚至准备"与家臣夜诈诏赦诸官徒奴，欲发以袭吕后、太子"②，后因其舍人告密，吕后才与萧何设计赚韩信入宫，捕杀之。但《前汉书续集》卷上因对韩信等人充满同情，对史实进行了大量改编。当人建议韩信造反时，韩信却说："汉王不负我，我岂能负汉乎？"当被剥夺了军权时，陈豨替他不平："想楚王有十大灭楚功过，坐家致仕。"这时韩信仍无反心，阻止道："陈豨休说。"而平话中"吕后送高皇回来，常思斩韩信之计，中无方便，若高皇征陈豨回来，必见某过也。吕后终日不悦"③。可见，吕后斩韩信之心是无论其反与不反都要实施的既定计划。

---

① 《宋元平话集·前汉书续集》，第 689 页。
② （汉）司马迁：《史记》卷九二（第 8 册），中华书局 2014 年版，第 3168 页。
③ 《宋元平话集·前汉书续集》，第 687 页。

此外,《前汉书续集》在史实之外,增饰了大量的虚构性神怪内容。如卷中梁王彭越被斩后,"西京人民尽皆言高祖无道,怒气冲天。忽降血雨三日,田禾皆死"。及英布在江中放船,得知所食之羹为梁王肉时,"急将手指于口内中探出食物,吐之江中,尽化为螃蟹"①。平话编撰者为了表示对吕后的不满,又虚构出韩信部下夏广、孙安等六将起兵为韩信报仇,六箭射吕后不中,遂归因于天命而自刎的情节。最后话本还创造出张良因见汉王诛杀三功臣,遂辞官归山的情节,张良所留诗称:"老臣若不归山去,怕似韩彭剑下灾。"(此诗又见《清平山堂话本·张子房慕道记》,略有不同)这些都是人民对枉杀忠臣所表示的不平。其实这种感情在文人士大夫中也很普遍。如平话中所引的俗谚"成也萧何,败也萧何",在宋代就已流行。洪迈《容斋续笔》卷八《萧何绐韩信》:"俚语有'成也萧何,败也萧何'之语。"同书又有"彭越无罪"条②。张耒《题淮阴侯庙》讥讽萧何"平生萧相真知己,何事还同妇人谋?"③讲史艺人与平话编撰者之所以能突破历史框架,其根本原因在于《史记》《汉书》《通鉴》等书对这些历史人物的评价不合他们的道德伦理标准。其中司马光的观点在文人中是有代表性的,对于韩信,他认为"高祖用诈谋擒信于陈,言负则有之;虽然,信亦有以取之也"。并认为韩信之品德亦有可议之处:"以市井之志利其身,而以士君子之心望于人,不亦难哉!"④但普通百姓却认为,韩信为汉高祖先定三秦,后攻克魏、代、赵、齐,于楚汉相争中逼杀项羽于垓下,故高祖之得天下,主要是依靠韩信之功;然而高祖既得天下,先夺去韩信齐王之印,改封楚王,又以韩信私藏钟离末为借口,削其兵权,降为侯爵,最后还杀了对汉天下有大功的韩信、彭越、英布等功臣,实乃忘恩负义之行。这对于快意恩仇的下层百姓而言,是难以容忍与不可原谅的,故平话对汉高祖在道德层面上大张挞伐,对韩信、英布等功臣倾注了无限同情,以致在平话中不惜虚构改造历史事实。因为对市民来说,他们有其自身特有的趣味,不像一般文人那样谙熟历史,下层百姓心目中的历史人物与事件都是假定的、想当然的多,甚至也不过分讲究生活逻辑、历史逻辑,但就是这种不合逻辑的描写与叙事暗合了他们的情感道德与思维逻辑。

但从整体上看,诚如郑振铎先生在其《插图本中国文学史》中所指出的那样,"其皆从史实扩大,不肯妄加无稽的'神谈'",并由此推断它与《秦并六

---

① 《宋元平话集·前汉书续集》,第700、701—702页。

② (宋)洪迈著,穆公校点:《容斋续笔》卷八《萧何绐韩信》,上海古籍出版社2015年版,第171页。

③ (宋)张耒:《张耒集》,中华书局1990年版,第498页。

④ (宋)司马光:《资治通鉴》卷十二(第1册),中华书局1956年版,第391页。

国平话》的编撰者或系一人①。确实，《前汉书续集》与《秦并六国平话》中这类神怪内容或虚构性情节比起《武王伐纣平话》的"神谈"更为少见，也不那么"无稽"。

在宋元的讲史活动中，说《汉书》一直是一个传统节目，对此《宋朝事实类苑》《夷坚志》与《醉翁谈录》都有记载。平话《前汉书续集》从汉初时事叙起，止于文帝即位，其主体故事大多取材于正史《史记》《汉书》的高祖、吕后纪及韩信、彭越、樊哙、卢绾以及《外戚传》等列传。同时，平话有可能也参考了宋元讲史艺人的讲史，甚至吸收了民间传说及一些通俗讲唱文学中的有关韩信等人的故事。故《前汉书续集》虽本史实，但并含异闻，着力塑造了两个鲜明的人物形象吕后与樊亢。对于吕后，平话除了极力渲染她帮助汉高祖诛除功臣外，还描述了她妒杀戚夫人及残害其子赵王如意故事，以及刘邦死后专权用事的诸多情节，诸如饿杀刘友之类。平话极力敷演的是一个既妒且酷的权后形象。至于平话着力塑造的另一形象吕媭之子樊亢（史书作伉），《史记·樊哙列传》记载吕后死后，陈平、周勃诛杀诸吕时，他与他母亲及其宗属一块被杀了。而平话编撰者将他描写成一个类似于《武王伐纣书》中殷交一般的人物，他不仅助刘氏反诸吕，最后竟然还不顾伦理亲手杀死了自己的母亲吕媭和吕氏一门三千余口，是一个大义灭亲的不可思议的平话形象。他应该是出于民间说话人的创造，带有一种民间说话特有的快意恩仇的嗜血意味。

元代有关汉初吕后斩韩信等情事的杂剧很多，如钟嗣成《汉高祖诈游云梦》、马致远《吕太后人彘戚夫人》、李寿卿《吕太后定计斩韩信》《吕太后祭浐水》、王仲文《吕太后摋韩信》、石君宝《吕太后醢彭越》、高文秀《病樊哙打吕媭》、于伯源《吕太后饿刘友》等。可惜这些剧本大多失传，留存至今的只有《张子房圯桥进履》《萧何月下追韩信》《汉高祖濯足气英布》《随何赚风魔蒯通》。与历史著述不同，它们不对历史事实的细节负责，都是按自己的意念和情绪对其进行重新诠释，以期揭示此一事件内蕴的实质，对此王骥德认为："古戏不论事实，不论理之有无可否，于古人事多损益缘饰为之，然尚存梗概。后稍就实，多本古史传杂说略施丹垩，不欲脱空杜撰。"②从今存之四部元代汉初戏可以看出，它们被深深打上元代历史的烙印，流露出元代知识分子渴望张扬才能，却往往怀才不遇的悲慨，以致他们不惜改造、虚构出历

① 郑振铎：《插图本中国文学史》，人民文学出版社 1963 年版，第 709 页。
② （明）王骥德：《曲律》卷三"杂论上"，见《中国古典戏曲论著集成》（四），中国戏剧出版社 1959 年版，第 147 页。

史人物尤其是知识分子如张良、蒯通等人的美好结局。从情节与人物塑造的角度来观照，元代这几部汉初戏，在整个汉初历史故事的演化中，并没有太大裨益。

此平话所记皆为汉初事，却题《前汉书续集》，颇嫌不类。然后世所编撰的有关汉史的演义，莫不以汉初事为主体，至文帝后便草草了事，如明万历熊钟谷所编的《全汉志传》，其中西汉事六卷，文帝前事即占据四卷之多。而明人黄化宇所校正之万历刊《两汉开国中兴传志》，从《楚王独奔乌江自刎》到《三王诛吕立文帝》共十一回，基本上承袭《前汉书平话正集》的内容。此外，万历大业堂刊甄伟所编《西汉演义》，亦仅写到吕后退位即止。由此可见《前汉书续集》对后世历史演义小说的影响。

## 五、《三国志平话》《三分事略》的版本及内容

全相平话五种之一的《三国志平话》与《三分事略》之间的关系，大同小异，甚至可以说是同书异名，然二者牵涉到孰先孰后的刊印年代的问题，以及该平话的成书问题。这都值得我们在前辈学者的研究基础上重加考辨，深入探析。

### (一)《三国志平话》的版本及内容

全相平话五种，系元建安虞氏于至治年间（1321—1323）刊刻的讲史类话本，国内久已不传。现存《全相平话五种》系日人盐谷温博士于大正朝丙寅（1926）三月于内阁文库发现，他影印了其中的《三国志平话》，全相平话自此公之于世。另外四种后由日人仓石武四郎影印面世。1928 年 10 月，张元济先生以学艺社名誉社员身份去日本访书，从日本各公、私图书馆影印各类古籍多种，其中就包括向内阁文库借来影印的元刊全相平话五种①。如此全相平话五种才得以真正为国内学界所认识与研究。对于全相平话的这一发现与影印传世，当时学界的反应是极为兴奋，郑振铎先生即认为"这部'虞氏新刊'的《三国志平话》的发现，在中国小说史上确是一个极大的消息。并不是说，我们发见了一部久已沦没的伟大的名作。这部书实在够不上说是名作，然其关系，则较一部大名作的发见更为重要"②。其实这种评断是可以涵盖全相平话五种的。

---

① 孙楷第：《中国通俗小说书目》第一卷，人民文学出版社 1982 年版，及慎初堂《古佚小说丛刊》初集总目《三国志平话》解题。

② 郑振铎：《三国志演义的演化》，见《郑振铎文集》（五），人民文学出版社 1988 年版，第 160 页。

与之相关,又有别署《三分事略》者,此书未见前人著录,国内亦无藏本,今仅日本天理图书馆有藏,1908 年日本东京八木书店将此本影印,收入《天理图书馆善本丛书·汉籍之部》第十卷,此书才得以重新面世。

《三国志平话》,全名《新刊全相平话三国志》,全书分为上、中、下三卷,间有缺叶,各卷首尾题名均有"至治新刊"四字。此书扉页下半左右双行竖题"新全相三国志平话",夹缝中刻"至治新刊"。有刻工署名曰:"古樵吴俊甫刊。"全书上图下文,有图七十幅,图右有标目,有如回目,凡六十九题。《三国志平话》与《乐毅图齐七国春秋后集》二种,正文中又有阴文小题目,标明本段所叙情节内容①。

总体上看,《三国志平话》有日人盐谷温影印本、民国商务印书馆据盐谷温影印本翻印本、民国《古佚小说丛刊》本、1955 年上海古典文学出版社排印本、1956 年文学古籍刊行社据涵芬楼本影印本(为《全相平话五种》之一)、1959 年中华书局排印本。1990 年上海古籍出版社《古本小说集成》收入。丁锡根先生入其《宋元平话集》。

三国故事,晋陈寿《三国志》及历代野史、笔记、杂著多有记载。北宋就有瓦舍艺人讲说三国故事,据《醉翁谈录》著录,当时似存有佚名撰《三国志》话本,或即瓦舍艺人所用之底本,今已不存。《五代梁史平话》所云《三国志》,或即今现存之《三国志平话》。

《三国志平话》略本《三国志》《资治通鉴》等史书,历史与历史人物仅为话本结撰的一点因由,传说成分颇多。如平话入话与头回为"司马仲相断阴狱",结末以刘渊灭晋兴汉为尾声。前者属怪诞之想象,后者为随意捏合史实所致。这个"头回"故事也见于《五代史平话》中的《梁史平话》卷上,仅稍有不同,却有可能同出一源。明冯梦龙《古今小说》中的《闹阴司司马貌断狱》,仍沿袭并扩展了这个故事。

《三国志平话》正文偏重写刘蜀方面,现出宋元人之偏爱心理。卷上记刘备、关羽、张飞乘时而出,止于斩吕布;卷中记刘备受封豫州牧,止于赤壁之战;卷下记刘备取西川,止于一统于晋。平话自"桃园结义"始,至诸葛亮病卒五丈原终,已粗具《三国演义》的主要情节,是研究《三国演义》成书和演变的重要资料。其所叙故事不受史实约束,多取里巷传闻,加以说话人的想象和虚构,描写诙谐风趣,文辞简率朴质,有些情节新奇生动,具有浓厚的民间传说色彩。其中有许多情节,如张飞殴打常侍段珪让,鞭死督邮,刘备三

---

① 袁世硕:《古本小说集成》之《三国志平话》前言,上海古籍出版社 1990 年版,第 1 页。

人去太行山落草,已离史实太远;另如话本的若干细节、称名,如张飞自称无姓大王,所改年号为快活年之类,当他持剑欲杀庞统时,杀的却是一条狗等,流露出浓厚的民间文学的情趣,保留着宋元时期讲史艺人说三国故事的稚拙本色。

关于刘、关、张故事,在民间另有各种传说,如梁章钜《归田琐记》卷七《三国演义》载:

> 《关西故事》载蒲州解梁关公本不姓关,少时力最猛,不可检束,父母怒而闭之后园空室。一夕,启窗越出,闻墙东有女子啼哭甚悲,有老人相向而哭,怪而排墙询之。老者诉云:"我女已受聘,而本县舅爷闻女有色,欲娶为妾。我诉之尹,反受叱骂,以此相泣。"公闻大怒,仗剑径往县署,杀尹并其舅而逃。至潼关,闻关门图形,捕之甚急。伏于水旁,掬水洗面,自照其形,颜已变苍赤,不复认识。挺身至关,关主诘问,随口指关为姓,后遂不易。东行至涿州,张翼德在州卖肉,其卖止于午,午后即将所存肉下悬井中,举五百斤大石掩其上,曰:"能举此石者,与之肉。"公适至,举石轻如弹丸,携肉而行。张追及,与之角,力相敌,莫能解。而刘玄德卖草履亦至,从而御止,三人共谈,意气相投,遂结桃园之盟云云。语多荒诞不经,殆演义所由出欤?……按今《演义》所载周仓事,隐据《鲁肃传》,貂蝉事,隐据《吕布传》,虽其名不见正史,而其事未必全虚。余近作《三国志旁证》,皆附著之。①

这种民间传说的刘、关、张结义故事,与《三国志平话》有异曲同工之处,即二者相对于后世的《三国演义》更为朴拙而具生气。

《三国志平话》较其他话本有一个明显的特点就是它不仅行文粗率,又多错讹字,所用人名、地名、官职也多非本字,如李催作李壳,杨修作杨宿,新野作辛冶、辛治,讨虏作托虏等。商务印书馆涵芬楼影印本附姜殿扬的校勘记,总结统计出音通、形讹、俗写、省文等三百零六处(实际还不止此数)。并推测其原因为:"编撰者师承白话,未见史传正文,每以同音习见之字,通用之省俗形近传录,讹伪又复杂出其间,坊贾据以入梓,难可校订,盖出自江湖小说人师徒相传之脚本。开卷则市井能谐,入耳则妇竖咸晓,乃后世通俗小

---

① (清)梁章钜:《归田琐记》卷七,中华书局1981年版,第133页。

说之嚆矢,当日士夫所不屑寓目者也。"①故"立意与《五代史平话》无异,惟文笔则远不逮,词不达意,粗具梗概而已"②,此论颇为精确。

**(二)《三国志平话》的成书考述**

现存《三国志平话》与《三分事略》除少数异文外,情节基本相同,大体可断定是来自同一种源刊本的异本关系。然《三分事略》在整体上相较《三国志平话》远为粗恶,且阙叶达八叶之多,加上叶内存在不少缺损漶漫之处,故本文选择以《三国志平话》为例来讨论其成书过程。

现存元至治年间刊刻的《三国志平话》,始以入话"司马仲相断阴狱",内寓三分天下的民间道德伦理因由。正文偏重刘蜀一方:卷上为刘关张"桃园结义"后大破黄巾,止于曹刘斩吕布;卷中叙刘备三请诸葛出山,止于孙刘赤壁破曹;卷下述刘备取西川与魏吴三分天下,终以虚构的刘渊灭晋兴汉故事。加上首尾呼应的开场诗与散场诗,可见该《三国志平话》本是一首尾完备供时人阅读之建安坊本。从题材来源上看,《三国志平话》在编撰具体人物故事时选择依傍的是纪传体的《三国志》等书,这显然与其英雄传奇体式有关;在整体结构的建构上则借鉴了编年体的《通鉴》及《纲目》的时空格局以及以蜀汉年号纪年的正统观念③。这一由东晋习凿齿《汉晋春秋》所倡导的尊刘贬曹倾向在宋元时代一直被讲史家与杂剧所承袭并可能被进一步强化,如南宋文人叶适曾称"(曹)操险薄,著于词章无可录"④,连其文学都予以根本否定。本书欲先对其略本史传处详加比勘,推断其所本具体为哪些史书,再对其成书年代加以推勘,以期能还原并发现现存《三国志平话》的成书过程及其特点。

1.《三国志平话》的题材来源

首先,在具体的文字细节方面如《三国志平话》末所虚构的刘渊灭晋兴汉故事,编者显然参考了《通鉴》或《通鉴纪事本末》相关叙事,仅在此基础上

---

① 参见姜殿扬:《三国志平话》跋语,商务印书馆涵芬楼影印本1929年版。

② 鲁迅:《中国小说史略》,人民文学出版社1973年版,第104页。

③ 《三国志平话》纪年大体为:始于汉灵帝即位,灵帝崩即时立起汉献帝,献帝中平五年密诏除董卓,中平七年王允谋杀卓,中平十三年春刘备三顾茅庐,建安四年秋加封刘备豫州牧,刘禅立改建兴元年,建兴二年四月宴亮于醉风楼,建兴二年六月大雪降,魏明帝崩立弟曹芳改年号正始元年,吴主孙亮立改建兴元年,蜀汉延熙十七年少宣诸葛亮,刘渊即汉主位改元元熙,元熙三年正月徙都平阳府即皇帝位。分别见《古本小说集成》本《三国志平话》第7、26、30、35、64、88、123、124、127、128、133、134、139、139页,上海古籍出版社1990年版。虽极不规整,且时有中平七年、十三年之类舛误,仍能看出编者以汉年号为主的倾向。本文中《三国志平话》《三分事略》引文皆出自此《古本小说集成》本。

④ (宋)叶适:《习学记言》(下),中华书局2009年版,第394页。

加以综括虚构而已。现将相关部分引述并比较如下：

> 刘渊幼而隽异，尊儒重道，博习经史，兼学武事。及长，猿臂善射，气力过人，豪杰多士归之。其子刘聪骁勇绝人，博涉经史，善属文，弯弓三百斤，京师名士与之交结。聚英豪数十万众，都于左国城，天下归之者众。刘渊谓众曰："汉有天下久长，恩结于民。吾乃汉之外甥，舅氏被晋所虏，吾何不与报仇。"遂认舅氏之姓曰刘，建国曰汉。遂作汉祖故事，称汉王，改元元熙。追尊刘禅为孝怀皇帝，作汉三祖五宗神主而祭之。立其妻呼延氏为后，刘宣为相，崔淤为御史，王宏为太尉，危隆为大鸿胪卿，朱怨为太常卿，陈达为门侍，其侄刘曜为建武将军。三年正月，徙都平阳府，即皇帝位。……遂朝汉高祖庙，又汉文帝庙、汉光武庙、汉昭烈皇帝庙、汉怀帝刘禅庙而祭之，大赦天下。
>
> （《三国志平话》卷下，第 138—139 页）
>
> 晋武帝泰始六年　初……自谓其先汉氏外孙，因改姓刘氏。咸宁五年　初，……豹子渊幼而隽异，师事上党崔游，博习经史，尝谓同门生上党朱纪、雁门范隆曰："吾常耻随、陆无武，绛、灌无文。随、陆遇高帝而不能建封侯之业，绛、灌遇文帝而不能兴庠序之教，岂不惜哉。"于是兼学武事。及长，猿臂善射，膂力过人，姿貌魁伟。永兴元年　初，……渊子聪，骁勇绝人，博涉经史，善属文，弯弓三百斤；弱冠游京师，名士莫不与交。颖以聪为积弩将军。……刘渊迁都左国城。胡、晋归之者愈众。渊谓群臣曰："昔汉有天下久长，恩结于民。吾，汉氏之甥，约为兄弟；兄亡弟绍，不亦可乎！"乃建国号曰汉。刘宣等请上尊号，渊曰："今四方未定，且可依高祖称汉王。"于是即汉王位。大赦，改元曰元熙。追尊安乐公禅为孝怀皇帝，作汉三祖、五宗神主而祭之[①]。立其妻呼延氏为王后。以右贤王宣为丞相，崔游为御史大夫，左于陆王宏为太尉，范隆为大鸿胪，朱纪为太常，上党崔懿之、后部人陈元达皆为黄门郎，族子曜为建武将军；……[②]
>
> （《通鉴纪事本末》卷一三，第 1048 页）

---

① 《通鉴》卷八五此句下有注："渊以汉高祖、世祖、昭烈为三祖，太宗、世宗、中宗、显宗、肃宗为五宗。"第 2784 页。

② 此处所引文字分别见于《通鉴》卷七九第 2560 页，卷八〇第 2600 页，卷八五第 2744 页，卷八五第 2784 页，中华书局 1956 年版。

除了上引二书,涉及此事的他书如《纲目》在叙述刘渊所封众官无及左于陆王宏、范隆、朱纪及崔懿之职官,亦无刘渊作汉三祖、五宗神主而祭之之事①;《晋书》虽详叙刘渊父子出身,然在叙及刘渊即汉王位后,云:"……置百官,以刘宣为丞相,崔游为御史大夫,刘宏为太尉,其余拜授各有差。"②不似《三国志平话》详叙刘渊即位后封拜众官一事,且《晋书》中明标"刘宏为太尉",而《三国志平话》中却误为"王宏为太尉",显然是不明白"左于陆王"这一封号所致,可见《三国志平话》此段应未曾参考《晋书》。然日本学者大塚秀高认为《晋书·刘元海载记》中刘渊的胡须及其爱读《春秋左氏传》的因素从关羽形象中袭出,而关羽的龙神因素则从刘渊形象中获得,认为《三国志平话》在关羽形象的塑造上参考过《晋书》③,可备一说。

本于《通鉴》的《通鉴纪事本末》见便于《三国志平话》编者之处,在于其将散见于《通鉴》各处的刘渊之事集于"刘渊据平阳"条下。《三国志平话》中"刘渊幼而隽异,……豪杰多士归之"等语,正是对《通鉴纪事本末》"咸宁五年"条的概括与改写。又《三国志平话》卷下在叙及诸葛亮逝于五丈原后勾辑众多简略史事而匆匆完篇,因而"文省于纪传,事豁于编年"④的《通鉴纪事本末》对于《三国志平话》编纂者显然更为省事。然《三国志平话》中所列汉高祖等名,可能系参鉴《通鉴》胡注而来。在《三国志平话》的刊刻地建安,上述二书一般读书人都不难见到⑤。

另外,《三国志平话》"曹操斩陈宫"叶与《通鉴》《通鉴纪事本末》亦有相近处,试对比如下:

> 再令推过吕布至当面,曹操言:"视虎者不言危。"吕布觑帐上曹操与玄德同坐,吕布言曰:"丞相倘免吕布命,杀身可报。令(今)闻丞相能使步军,厶能使马军,倘若马步军相逐,今天下易如番手。"曹操不语,目视玄德。先主曰:"岂不闻丁建阳、董卓乎!"[白门斩吕布]曹操言:"斩!斩!"吕布骂:"大耳贼,逼吾速矣!"曹操斩了吕布。

(《三国志平话》卷上,第 46 页)

---

① 《资治通鉴纲目》卷十七,《朱子全书》,上海古籍出版社/安徽教育出版社 2002 年版,第 1089 页。
② 参见《晋书》卷一百一载记第一《刘元海》,第 1766—1770 页,卷一百二《刘聪》,第 1775 页。
③ [日]大塚秀高著,闫家仁、董皓译:《关羽和刘渊——关羽形象的形成过程》,《保定师专学报》2001 年第 1 期,第 24 页。
④ (清)章学诚:《文史通义·书教下》卷一内篇一,上海书店出版社 1988 年版,第 16 页。
⑤ 如现藏北京图书馆的元建安詹光祖至元丁亥(1287)月崖书堂本《通鉴》等,便为《三国志平话》的刊刻地建安较常见的史籍。

布见操曰："今日已往，天下定矣。"操曰："何以言之?"布曰："明公之所患不过于布，今已服矣。若令布将骑，明公将步，天下不足定也。"顾谓刘备曰："玄德，卿为坐上客，我为降虏，绳缚我急，独不可一言邪?"操笑曰："缚虎不得不急。"乃命缓布缚。刘备曰："不可。明公不见吕布事丁建阳、董太师乎!"操颔之。布目备曰："大耳儿，最叵信!"

（《通鉴》卷六二，第 2006—2007 页，《通鉴纪事本末》卷九"曹操篡汉"，第 179 页）

关涉此事的《东汉书详节》卷二二《吕布传》与《纲目》相关部分皆无吕布责刘备语①，《三国志》中《魏书·吕布张邈臧洪传》相关文字与《三国志平话》差异较大②。《后汉书·吕布传》中相关文字几乎与《通鉴》《通鉴纪事本末》二书全同，仅在"若令布将骑"句少一"若"字而已③。故未能究知《三国志平话》取资于上述三书中的哪一种。又《三国志平话》云："……魏文帝即位，封汉献帝为山阳郡公，今时怀州修武县西北有迹。"④《通鉴》卷七二载："（魏明帝青龙二年）八月，壬申，葬汉孝献皇帝于禅陵。贤曰：在今怀州修武县北二十五里。"⑤而《通鉴》此注源于《后汉书》卷九《汉献帝纪》第九"八月壬申，以汉天子礼仪葬于禅陵"下李贤注，《三国志平话》此段似从《通鉴》或《后汉书》中李贤注而来。综合对比分析一下《三国志平话》所涉诸书，其在文字层面最有可能参鉴的是《通鉴》胡注本、《通鉴纪事本末》二书。

其次，《三国志平话》近于后世英雄传奇体式，故塑造书中的重要人物的素材往往取资于纪传体的《三国志》，其中《蜀书》尤多。如《三国志平话》卷上的刘备出场显然来自《三国志》。如：

说起一人，姓刘名备字玄德，涿州范阳县人氏，乃汉景帝十七代贤孙、中山靖王刘胜之后，生得龙准凤目，禹背汤肩。身长七尺五寸，垂手过膝，语言喜怒不形于色。好结英豪。少孤，与母织席编履为生。舍东南角篱上有一桑树，生高五丈余，进望见重重如小车盖，往来者皆怪此树非凡，必出贵人。玄德少时，与家中诸小儿戏于树下："吾为天子，此

① 《纲目》卷十三，第 839 页。
② 参见《三国志》卷七，中华书局 1982 年版，第 227 页。
③ （南朝宋）范晔：《后汉书》卷七五《刘焉袁术吕布列传》，中华书局 1973 年版，第 2451 页。
④ 《宋元平话集·三国志平话》卷下，第 121 页。
⑤ 《通鉴》卷七二魏纪四，第 2339 页。

长朝殿也。"其叔父刘德然见玄德发此语,曰:"汝勿语戏吾门。"德然父元起,起妻曰:"他自一家,赶离门户。"元起曰:"吾家中有此儿,非常人也。汝勿发此语。"年十五,母使行学,事故九江太守卢植处学业。德公不甚乐读书,好大马、美衣服,爱音乐。

(《三国志平话》卷上,第 13 页)

先主姓刘,讳备,字玄德,涿郡涿县人,……先主少孤,与母贩履织席为业。舍东南角篱上有桑树生高五丈余,遥望见童童如小车盖,往来者皆怪此树非凡,或谓当出贵人。先主少时,与宗中诸小儿于树下戏,言:"吾必当乘此羽葆盖车。"叔父子敬谓曰:"汝勿妄语,灭吾门也!"年十五,母使行学,与同宗刘德然……事故九江太守同郡卢植。德然父元起常资给先主,与德然等。元起妻曰:"各自一家,何能常尔邪!"元起曰:"吾宗中有此儿,非常人也。"……先主不甚乐读书,喜狗马、音乐、美衣服。身长七尺五寸,垂手下膝,……少语言,善下人,喜怒不形于色。好交结豪侠,年少争附之。

(《三国志·蜀书·先主传》,第 871—872 页)

虽引用时错将刘备叔父刘子敬误为其同辈刘德然,仍可看出《三国志平话》此段是在对《三国志》相关部分稍加口语化改写的基础上编撰而成的。而《三国志详节》中的《先主传》[①]虽大体与《三国志·蜀书·先主传》同,与《三国志平话》相比,却少了其叔父刘子敬斥玄德幼时戏语及刘元起资助刘备入学事。《通鉴》《纲目》等书所叙刘备少时事皆不及《三国志》详备[②]。

《三国志平话》与《三国志》相近处还包括关羽刮骨疗毒一节:

关公天阴觉臂痛,对众官说前者吴贼韩甫射吾一箭,其箭有毒。交请华佗。华佗者,曹贼手中人,见曹不仁,来荆州见关公。请至,说其臂金疮有毒。华佗曰:"立一柱,上钉一环,穿其臂,可愈此痛。"关公大笑曰:"吾为大丈夫,岂怕此事。"令左右捧一金盘,关公袒其一臂,使华佗刮骨疗病,去尽毒物,关公面不改容,敷贴疮毕。

(《三国志平话》卷下,第 112 页)

医曰:"矢镞有毒,毒入于骨,当破臂作创,刮骨去毒,然后此患乃除

---

① (宋)吕祖谦编纂,黄灵庚主编:《十七史详节》,上海古籍出版社 2008 年版,第 2060 页。
② 参见《通鉴》卷六〇,第 1927 页;《通鉴纪事本末》卷九,第 194 页;《纲目》卷十二,第 806 页。

耳。"羽便伸臂令劈之。时羽适请诸将饮食相对，臂血流离，盈于盘器，而羽割炙引酒，言笑自若。

（《三国志·蜀书》卷三六《关张马黄赵传》，第 940—941 页）

其他相关史书皆无此华佗替关羽刮骨疗毒情节，其中《三国志·蜀书》亦仅言"医"，未如《三国志平话》指实为弃曹操投奔关羽之华佗；且疗毒时羽与诸将正宴饮，与《三国志平话》刮骨时羽与人弈棋的细节也不同。虽然如此，与其他史书相比，我们仍能看出《三国志平话》大体上源出于《三国志·蜀书·关羽传》，其增饰部分有可能是吸取了当时元代众多关公戏中的相关细节而成。又《三国志平话》中所引的张飞、关羽等庙赞，似源于宋季崇安人陈元靓所编之日用百科式类书《事林广记》。据日本学者森田宪司考证，此书内有终于中统、至元的记述，故而推测此书原刊本为前至元中刊本[1]。

再次，《三国志平话》中大量拙朴俚俗处应与宋元说话、戏曲颇有渊源。早在北宋崇宁、大观时已出现专说三国故事的艺人霍四究（《东京梦华录》卷五）；南宋讲史艺人较北宋由 7 人上升至 28 人，则南宋"说三分"似较北宋更盛；直到金、元时三国类讲说及戏剧仍不稍衰。然而宋、金、元有关三国的说话、戏剧资料留传下来的并不多，幸赖《元刊杂剧三十种》（以下简称《三十种》）等元代戏曲材料的发现，使我们得以探求元刊《三国志平话》与元刊杂剧之间的关系。《三国志平话》卷上"张飞三出小沛"叶（此叶为《三分事略》所阙）中有刘备与袁术大将纪灵两军将要相攻之际，吕布以射中戟上金钱眼为条件要求两家罢攻之事。《三国志》《通鉴》及《后汉书》等书中虽皆叙及此事[2]，然吕布射中的都是戟上小支而非金钱眼，细节与《三国志平话》稍异。而在《三十种》中《薛仁贵衣锦还乡》《醉扶归》曲云："薛仁贵箭发无偏曲，……薛仁贵那箭把金钱眼里吉丁的牢关住"，或可由此推测，元代平话、戏剧中流行用射中远处金钱眼以渲染某人箭术高明的叙述套语。另《东窗事犯》有"枕盔腮印月，卧甲地生鳞"语，《三国志平话》卷上亦有"枕弓沙印月，卧甲地生鳞"语；《关张双赴西蜀梦》之《点绛唇》云："织履编席能勾做皇帝非容易……"[3]《三国志平话》中刘备母子也是以"织履编席"为生，与《三国志·蜀书·先主传》中的"贩履织席"稍异，虽仅一字之差，对先主刘备早

---

①　参见［日］森田宪司：《关于在日本的〈事林广记〉诸本》，载《国际宋史研讨会论文选集》，河北大学出版社 1992 年版。

②　参见《三国志》卷七，《通鉴》卷六二，《后汉书》卷七五。

③　徐沁君点校：《新校元刊杂剧三十种》，中华书局 1980 年版，第 387、554、3 页。

年的潦倒贫困生活的渲染效果却完全不一样。此外,《三国志平话》与杂剧都多次出现"孤穷刘备"这一称呼,而曹操对关羽的笼络都是使用"上马金,下马银"以及"三日一小宴,五日一大宴"等手段,体现了市民阶层对官僚阶层的艳羡心理及其拙朴之气,暗示元代小说与戏曲之间的紧密联系。

《三国志平话》与元杂剧之间的紧密联系更显示在二者相同或相近的内容上。元杂剧中所演之三国故事,见于《三国志平话》者,有刘关张桃园三结义、虎牢关三战吕布、张飞三出小沛、刘备赴襄阳会、关羽千里独行、诸葛亮借东风等等。可以说,"三国戏"包含了《三国志平话》中的大部分主要情节,且《三国志平话》中诸多语焉不详的情节、来去飘忽的人物亦往往可从当时的"三国戏"中得以补足与完善①。然宋、金、元时期"说三分"的讲史家甚夥,其所敷演之内容已自不能全同,而元杂剧所演之三分故事又自成体系。在材料阙略之今日要对当日这种复杂的情况加以条分缕析,探讨二者究为何种关系实非易事,然《三国志平话》曾吸取了当时戏曲的某些因素是可以肯定的,反之亦然。

基于上文所论,可以推测《通鉴纪事本末》《通鉴》胡注本、《三国志》乃至《晋书》《事林广记》诸书,都有可能是《三国志平话》编者曾经参鉴、杂抄过的题材来源,且对宋、金、元时期的"说三分"与戏曲因子也是兼容并包,而这正是层累而成的通俗文学的成书常态。

2.《三国志平话》的成书年代

学界以往关注较多的是《三国志平话》与《三分事略》二书的刊刻先后问题,对于《三国志平话》或《三分事略》本身的成书时间的考证,仅宁希元先生《〈三国志平话〉成书于金代考》一文曾予探讨。宁先生认为《三国志平话》成书于金代,主要依据便是该平话中存在不少据称为金代新起的地理与名物制度,然笔者认为对此仍有重加考索的必要。如《三国志平话》卷下两次出现的"荆山县"(16—17行/103页),宁文认为"都出于编撰者之附会",且称"考之史志,历代均未设县"②。然查考《大清一统志》卷一二五"怀远县"条明明对此有所记载:"……宋宝祐五年置怀远军及荆山县,属淮南西路。元至元二十八年省荆山,废怀远军为县,属濠州。"③可见自南宋理宗宝祐五年(1257)至元至元二十八年(1291)一直存在"荆山县"这一名称。以下宁先生

---

① 参见黄毅:《〈三国志平话〉与元杂剧"三国戏"——〈三国演义〉形成史研究之一》,《明清小说研究》2007年第4期,第85页。

② 宁希元:《〈三国志平话〉成书于金代考》,《文献》1991年第2期,第32页。

③ (宋)穆彰阿:《(嘉庆)大清一统志》卷一百二十五,《四部丛刊》续编景旧钞本,第2183页。

据以为平话成书于金代的几个方面的证据,也都有可商榷之处。

一是"姓氏(关)名羽字云长,乃平阳甫(蒲)州解良人"(1行/12页)。

据《大清一统志》卷一三八"晋州"条载:"……天宝初复曰平阳郡,乾元初仍为晋州,属河东道。……宋仍曰晋州平阳郡,建雄军节度。政和六年升为平阳府,属河东路。金仍为平阳府,天会六年升总管府,为河东南路治所。……元初曰平阳路,大德九年(1305)改晋宁路,属中书省。"①可知宋金时期的平阳府虽与河东挂钩,却都是指晋州,与蒲州即河中府无关。又《元史》卷五八"河中府"条云:"唐蒲州,……宋为护国军。金复为河中府。……元宪宗在潜,置河、解万户府,领河、解二州,……至元三年省虞乡入临晋,……而河中府仍领解州,八年割解州直隶平阳府。"②可见只有元至元八年(1271)后才能满足平阳与解州二地名的隶属关系。至于唐时蒲州,金天会六年降河中府为蒲州,天德元年复升为河中府,仍护国军节度。又因金初曾置解梁郡,后废为刺郡,严格说来能够满足蒲州与解良(梁)关系的可能只有金天会六年(1128)至皇统八年(1148)间,说明《三国志平话》吸收了金初"说三分"的内容。然解梁本为春秋时古地名,在元刊《三十种》中《关大王单刀会》之《十二月》曲中也有"关某在解良(梁)"③语。如果凭这些地名便断定《三国志平话》编撰于金代,似嫌理由不足。从"平阳甫(蒲)州解良"这三地名连用看,《三国志平话》杂糅有金元说话的痕迹,显示话本有元至元八年(1271年)后、大德九年(1305)前的相关内容的增饰痕迹,因为大德九年因地震已改平阳路为晋宁路。

二是"封汉献帝为山阳郡公,今时怀州修武县有迹"(8行/121页)。

宋时怀州属河北西路,金天会六年(1128)至天德三年(1151)称南怀州。至宣宗兴定四年(1220)以修武县重泉村为山阳县,隶辉州④,已不能称"山阳"为"今时怀州修武县"了。元初复称怀州,宪宗七年(1257)改怀孟路总管府,延祐六年(1319)后已改称怀庆路,修武县隶焉⑤。则《三国志平话》中的"今时"或为金天会六年(1128)前,或为元初,似不能据此遽定为金地名。

三是"于南阳邓州卧龙冈上建庵居住"(11行/64页)。

据《元史》卷五九"南阳府"条云:"唐初为宛州,而县名南阳,后州废以县

---

① 《(嘉庆)大清一统志》,第2467页。
② 参见(明)宋濂等:《元史》,中华书局1976年版,第1380页。
③ 徐沁君校点:《新校元刊杂剧三十种》,第73页。
④ 参见(元)脱脱等:《金史》卷二六怀州,中华书局1975年版,第640页。
⑤ 《元史》,第1362页。

属邓州。历五代至宋皆为县。金升为申州。元至元八年升为南阳府,以唐、邓、裕、嵩、汝五州隶焉。二十五年改属汴梁路,后直隶行省。"①可知南阳县在宋时属邓州,至金升为申州,属南京开封府,于文不合。只有元至元八年(1271)至至元二十五年(1288),才符合《三国志平话》中"南阳邓州"连用的条件。

总体上看,《三国志平话》中一些地名如蒲州、定州等确如宁文所言属于金代长期所用之地名。然其文中称定州于"金末卫绍王大安元年(1209)复升为中山府,入元因之"之语不知是否有他据,因笔者遍查史籍也无其确切升府年月②,故其文中"平话称'中山府'为'定州',自为大安前金人之语"的结论也就不够信实。又如《三国志平话》中多次出现的"燕京",仅在北宋宣和五年改名"燕山府",旋又为金人所据仍名"燕京",直到海陵王贞元元年(1153)改此地为中都,故"燕京"为宋辽、宋金长期对峙时期的通称,元明小说、戏曲中并不少见,故难以成为《三国志平话》成书于金代的证据。《三国志平话》中出现的地名除"解良(梁)"确为金代短期内新置地名外,他如临洮府、冀州、滕州等地名或是宋、金时通称,或是金、元时通称,都难以定为金代地名从而据以推断《三国志平话》纂成于金代。

另《三国志平话》"孔明百箭射张郃"叶内有"使步队将邓文引军三千夺木牛流马十数只"(卷下,第133页,《三分事略》阙);"三战吕布"叶有"认得是徐州太守陶谦手中步队将曹豹"(卷上,32页),《三分事略》该处为"认得是徐州太守陶谦手中步一剑曹豹"(卷上,32页)。据拙文《也谈〈三分事略〉与〈三国志平话〉的刊刻年代及版式异同》的推论,《三国志平话》早于《三分事略》近30年,且《三分事略》是在原刊基础上覆刻刊补而成的③,这从《三分事略》中"步队将"一词的陌生化因而误为"步一剑"也可得到佐证。因为步队将作为宋代武职之一,多见于宋人文献。如李纲《梁溪集》:"有统制、统领、将领、步队将等,日肄习之。"④徐梦莘《三朝北盟会编》:"先引第一行知州、通判、铃辖、都监、部队将、鼎澧步队将兵作一行。"⑤待到元末修补刊刻《三分事略》时,此一宋时武职官名已为元代书会才人所不甚晓,故有以上行

① 《元史》,第1404页。

② 如(清)施国祁:《金史详校》卷三上亦称:"又《志》文中山府亦称定州,而复府无年可考。"清广雅书局丛书本,第81页。

③ 参见罗筱玉:《也谈〈三分事略〉与〈三国志平话〉的刊刻年代及版式异同》,《文献》2016年第3期。

④ (宋)李纲:《梁溪集》卷一七一,《四库全书》集部别集类(第1126册),上海古籍出版社2003年版,第779页。

⑤ (宋)徐梦莘:《三朝北盟会编》卷六一,《四库全书》史部纪事本末类(第357册),第486页。

文的差异。由此可见现存《三国志平话》中还遗存有宋时"说三分"的痕迹。

而《三国志平话》中所出现的一些职官、礼制则更多显示出金、元杂糅的属性，非如宁文所言为金代所独有。如《三国志平话》中董成所乘之"四马银铎车，金浮图茶褐伞"（卷上，第22页），其中"金浮图"确实多出于金代文献，如《金史·仪卫下》皇太子仪卫中即有"伞用梅红罗，坐麒麟金浮图"；"银铎车"亦见于《金史》："……诏以乌古论谊居第赐执中，仪鸾局给供张，妻王（氏）赐紫结银铎车。"①至于"茶褐伞"，据《续通典》记载，元至元二十一年御史台因当时陕西东道城郭内"值丧之家往往尽皆使用祗候人等掌打茶褐伞盖仪仗等物送殡"②，曾明文加以禁止；又关汉卿《裴度还带》之［庆东原］曲亦有"……白玉带，紫朝服，茶褐伞，黄金印"③。可见元代流行"茶褐伞"，《三国志平话》中的"四马银铎车，金浮图茶褐伞"乃杂合金、元仪制所成。另如《三国志平话》中刘备见献帝后，"帝惊，宣宗正府宰相，检祖宗部"（卷中，第48页）。金元文献尤其是元时文献如《金史》《元文类》《元名臣事略》等或称"大宗正府"或简称"宗正府"，并非如宁文所称"宗正府"一名在元代不显于世。虽然元文献中"大宗正府也可札鲁忽赤"确实常常连用④，且元至元十七年前的"也可札鲁忽赤"一直是当时的最高司法行政长官，"尝以相臣任之"；于此年后所设之大宗正府，以诸王主持府事，设札鲁忽赤若干人⑤。则"札鲁忽赤"仅是一种元代亲决庶事的断事官的职官名，非如宁文所称元文献中多以"札鲁忽赤"或"也可札鲁忽赤"代指元代的"大宗正府"⑥。且元初的也可札鲁忽赤确"尝以相臣任之"，而金代文献中宗正府与丞相牵连的情况并不多见，故《三国志平话》中"宗正府宰相"很可能是元至元十七年（1280）设立大宗正府后官制的反映。加之《三国志平话》中出现的"参详""当便""拘刷""气歇""生受""省会""斋时""照明""争气"等元代独有俗语词⑦，以及"尔去在意者"（卷上，第17页）之"者"等元代文献常出现的语气词，应可视为由于元代书会才人的增补才有的语言现象。

---

① 《金史》卷一三二，第2837页。
② （清）嵇璜撰：《续通典》卷七十八礼三十四，浙江古籍出版社1988年版，第1607页。
③ （元）关汉卿：《裴度还带》，明脉望馆钞校本，第21页。
④ （元）黄溍《金华黄先生文集》卷二十四《续稿》二十五《碑》之《敕赐康里氏先茔碑》云："……与海都战，数有功，入为大宗正府也可札鲁忽赤。"元钞本，第389页；元明善《清河集》卷二有："上大悦，授光禄大夫假左丞相行大宗正府也可札鲁忽赤于北军……"清光绪刻藕香零拾本，第9页。
⑤ 邱树森主编《元史辞典》，山东教育出版社2002年版，第187页。
⑥ 宁希元：《〈三国志平话〉成书于金代考》，第36页。
⑦ 参看刘坚、江蓝生等编：《元语言词典》，上海教育出版社1999年版，第36、69、148、239、285、361、413、418、424页。所谓独有是指上述语词不见于《唐五代语言词典》《宋语言词典》。

再看《三国志平话》在叙述刘、关、张大破黄巾后乘势追击,"取胜州路,过海州,并涟水,……西至扬州"(卷上,第 20 页),"胜州"当为"滕州"之误。据《大金国志》卷三十八"十六军并改作州"条云:"上等三处:泰安州、滕州(按原书作胜州,考《元史·地理志》云:'东胜州,唐胜州,即前下等刺史之东胜州也,不应复出,盖'胜'字当作'滕'。……今改正)、宁海州。"①从四库本小注可知四库馆臣所见《大金国志》原本同有此误。此一线索似乎暗示了《三国志平话》与《大金国志》之间存在某种联系。再细究则发现《三国志平话》与《大金国志》之间的确存在多个层面的相似性。譬如二书都存在文字风格乃至体例非一的情形,如二书都乐于记载情节荒诞的故事,又都存在叙述不清,却时有本于史传的雅驯晓畅之处;编撰方式上都是杂抄群书且都"杂用纪传、编年之体","事迹首尾略备"②。据崔文印先生《〈大金国志〉新证》一文考证,《大金国志》之《章宗纪》所本之《南迁录》后有"大德丙午"元玠跋,其中有"后因《金国志》刊行与此书较之,事语颇同"等语,从而推断此书的续作部分当成于元成宗大德十年丙午(1306)之前③。虽然崔文中将《大金国志》后一部分视为续作之论已为刘浦江先生所驳正④,然其《大金国志》撰成于元大德十年(1306)前的结论仍是得到学界认同的,这对与之具有相近编纂方式的《三国志平话》的成书年代的判断颇有参考价值。正如《五代史平话》不太可能撰成于金代,而是约在元至大三年(1310)至元至治(1321—1323)间编纂而成一样⑤,《三国志平话》一书也不大可能完全定型于金代,而是很有可能纂成于元大德九年(1305)前不久。由此似可推测,元代大德年间的俗文学盛行上文所述的那种编纂方式,这一时期的雅俗文学之间冲突交汇的情况值得我们重加关注与进一步探析。

综上所论,与其说《三国志平话》可能是以不同的本子(有些是情节详细的"繁本",有的是简略的提纲)拼凑而成⑥,不如说它是由元代书会才人杂抄《三国志》《通鉴》类史书乃至《事林广记》这样的类书而成。《三国志平话》中少量略显雅驯处来自史书,最主要的两种史源为《通鉴纪事本末》与《三国

---

① 旧题(宋)宇文懋昭:《钦定重订大金国志》,《四库全书》史部别史类(第 383 册),第 1046 页。
② 崔文印:《大金国志校注》附录五席世臣,扫叶山房本《大金国志》题识,中华书局 2011 年版,第 632 页。
③ 崔文印:《〈大金国志〉新证》,《史学史研究》1984 年第 3 期。
④ 参见刘浦江:《再论〈大金国志〉的真伪兼评〈大金国志校证〉》,《文献》1990 年第 3 期。
⑤ 参见拙文《〈新编五代史平话〉成书探源》,《文学遗产》2012 年第 6 期。
⑥ 黄毅:《〈三国志平话〉与元杂剧"三国戏"——〈三国演义〉形成史研究之一》,《明清小说研究》2007 年第 4 期。

志》。在著者对文本中的地理、名物加以探究后发现,该平话的另一部分是由元代的书会才人层累吸纳了宋、金、元各个时期的"说三分"甚至三国类戏剧的某些因子而成。平话就是在对上述两部分不同来源的素材加以连缀勾辑以及必要的改写撰述的基础上编撰而成的,且其最终成书时间很可能是元大德年间,而非金代。

**(三)《三分事略》与《三国志平话》的异同**

《三分事略》与《三国志平话》二书看似基本相同,实则存在着细微的差别。又因为二书对后世的重要历史演义小说《三国志通俗演义》影响极大,故有必要对其成书、版式等文献问题加以考辨。

1.《三分事略》与《三国志平话》的版式异同与刊刻年代

元至治刊《三国志平话》之外,另有署名《三分事略》者,系残本,佚名撰,未见前人书目著录,国内亦无藏本,仅日本天理图书馆有藏本,1908 年日本东京八木书店将此本影印,收入《天理图书馆善本丛书·汉籍之部》第十卷,此书才得以重新面世。书有"好古堂图书记""仁寿山书院记""白川书院""英王堂藏书"等印,其中好古堂为清康熙、乾隆间学者姚际恒之室名,则此书于清初尚存国内,不知何时流入东瀛。书皮有手写楷书一行"三分事略·元刻本·全",背面写有"史类七笈",笔迹出于一手,不知为何人所写。从"史类七笈"四字来看,此书当为藏书家作为史部类而不是小说来收藏的①。

"三分"一语,始出于诸葛亮《出师表》:"今天下三分,益州疲弊,此诚危急存亡之秋也。"②此语原意仅指天下一分为三,到后来才逐渐衍化为三国的代称。如唐杜甫《八阵图》:"功盖三分国,名成八阵图。"③如前文所述,唐代各种伎艺中都有演述三国故事的,至北宋汴京瓦舍中还出现过专擅"说三分"的说书艺人霍四究(《东京梦华录》卷五)。元代三国故事更盛,屡见于元人的诗文词曲。

现存《三国志平话》(下文简称《平话》)与《三分事略》(下文简称《事略》)④二书都分上、中、下三卷,上图下文,图中题目有似回目,扉页上栏皆

① 陈翔华:《小说史上又一部讲史类话本〈三分事略〉》,《文献》第十二辑,书目文献出版社 1982 年版,第 23 页。
② 诸葛亮:《出师表》,《诸葛亮集》,中华书局 2012 年版,第 5 页。
③ 杜甫:《八阵图》,(清)仇兆鳌注:《杜诗详注》(第 3 册),中华书局 1979 年版,第 1278 页。
④ 本文所涉《平话》引文依据国家图书馆所藏[日]泷本弘之编《全相平话五种》之《至治新刊全相平话三国志(3 卷,内阁文库本)》,东京游子馆,2009 年;《事略》引文则复据复旦大学古籍所藏《天理图书馆善本丛书·汉籍之部》第十卷之《三分事略》,东京八木书店影印本,1908 年。

为刘、关、张三谒茅庐图。然《平话》扉页图上横刻"建安虞氏新刊",而《事略》图上横刻"建安书堂"。《平话》扉页图下之栏所题书名为《新全相三国志平话》,《事略》同处则为《新全相三国志故□》("故"字缺下部,下一字残,或为"事"),皆为左右各四大字竖刻;扉页中间竖刻四字:《平话》为"至治新刊",《事略》则为"甲午新刊"。《平话》各卷首尾所题皆为整齐划一的《至治新刊全相平话三国志》,而《事略》卷上及卷中首行皆题《至元新刊全相三分事略》,卷上与卷中末行则题《照元新刊全相三分事略》,卷下首行仍题《照元新刊全相三分事略》,卷下末行则简缩为《新全相三分事略》。相较《平话》,《事略》缺八叶①。

《三分事略》除了与《三国志平话》中相同的错别字以外,另有自身不同的错讹情况,如阿斗作阿计,樊稠作楚酬,雍闿作雄凯,街亭作皆庭,郿坞作梅阳,贞烈作真列,行李作行礼等,大体可分四种情况。

1. 大量使用通假字。如:以一代益,又代懿,如司马一,一州成都府等(《三国志平话》仅以益代懿);余代瑜,如周余(且以俞、榆、偷代瑜,如周俞、周榆、周偷);十代拾,如十其道;廿代念,如口廿短歌等。

2. 根据形声字的构造特点,省略形旁,保留声旁。如:客作各,如蜀各;蓝作监,如监缕;蒋作将,如将干[《三国志平话》亦有将(蒋)雄]等;丕作不,如曹不;你作尔;喊作咸,如发咸;知作矢,如得矢等。

3. 保留形声字的声旁,改换其形旁。例如:庵作俺,如道童出俺;恨作根,如根在怀中;帐作张,如张前,又作胀,如胀外;住作柱,如拦柱等。既有形旁的简化,也有形旁的误写。

4. 使用草书以及部分形体草书化的简笔字。如身边的边,朝门的门,骑马的马等字,与今简化字无差别,另有部分简化字如付与作寸与,易如作易女等,已造成今天阅读上的障碍了②。

其实这只是大致分类,就具体行文来看,情形更复杂,譬如周瑜一名,有时不误,有时又或简或误为周余、周俞、周榆、周偷等。此书就文字上看,较《全相平话五种》中的任何一种都显得更粗糙与幼稚,似不应出于《三国志平话》之后。郑振铎先生在其《三国志演义的演化》一文中指出此平话"尚是纯然的民间粗制品,未经学士文人们的润改的",其演史特点有:"第一,叙事略本史传,以荒诞无稽者居多。""第二,人名、地名触处皆谬,往往以同音字与

---

① 本书用"叶"字指原版插图上所标叶数。
② 陈翔华:《小说史又一部讲史类话本〈三分事略〉》,载《文献》第十二辑,书目文献出版社1982年版,第39—42页。

同形字来代替了原名。""第三,在文辞上,编撰者也颇现着左支右绌,狼狈不堪之态。""第四,这部《三国志平话》……文辞虽甚粗鄙不通,然其结构却是很弘伟的。""第五,这部小说……写得最有生气,最可爱的人物却是张飞。"①至于文辞的左支右绌,除了平话编撰者的功力有限的原因之外,恐怕还与此刊本很可能直接源于当时"说三分"艺人所用底本有关(如《三分事略》第九页版画标题《孙学究得天书》中"书"近于手写行草体,可能此刻本的蓝本即一手抄底本),而这底本又很可能为艺人尽可能力图忠实地记录当时说话实况却未能如愿从而显得左支右绌、狼狈不堪的情形的反映。

《事略》与《平话》一出于建安李氏书堂,一出于建安虞氏务本堂②,标题也不同,然而无论从版式关目还是文辞情节上看,都大同小异,当为来自同一源头的同一系统的异本关系。如果我们将二书作一更细致的比勘就可以发现,《事略》《平话》二书,同误或同不误之处多达20项。卷上:

1.刘备索取关张之人(勇)③,却元谋略之大(人)[7/三左]{7/三左}④

按,元,当为"无",同误。

2.交谁人为其头日[15/五右]{15/五右}

按,日,当为"目",同误。

3.谁为头日……可为头目[17—19/七右]{17—19/七右}

按,前"目"字同误为"日";后"目"字同不误。

4.今有汉天子差元师[11/八左]{11/八左}

按,师,当为"帅",同误。

5.玄德问曰:这里离杏村庄远近? ……谁可将诏赦往杏村庄招安? ……飞独往将诏赦去杏林庄招安[10—13/九右]{10—13/九右}

按,前二"林"字同误为"村";第三个"林"字同不误。

6.于帐上坐定筵宴……正延宴间……[13—14/八左]{13—14/八左}

按,前同用"筵"字,后同用"延"字。

---

① 参见郑振铎:《三国志演义的演化》,《郑振铎文集》(五),人民文学出版社1988年版,第174—177页。

② "李氏建安书堂"及"建安虞氏务本堂"之名,见于毛春翔《古书版本常谈》(上海人民出版社1977年版)第45页所列举的元代书坊表。此表系据叶德辉《书林清话》录入,间亦有毛氏所补充者。并参刘世德《谈〈三分事略〉:它和〈三国志平话〉的异同和先后》,《文学遗产》1984年第4期,第101页注①。

③ 引文据《事略》,括号内标注《平话》异文。下同。

④ 《平话》异文用( )注出,《事略》的出处放在[行 / 叶]中,《平话》的出处放在{行 / 叶}中,《事略》引文出处所谓"三左""三右",即第三叶之左面、右面,为原影印本所标,《平话》引文同叶亦相应地以"左""右"加以区别。下同。

7.献宗觑这汉可敌二十个董卓[2/十四左]{2/十四左}

按,宗,当为"帝",同误。

8.曹操因催粮就催青州表谭[1/十五左]{1/十五左}

按,表,当为"袁",同误。

9.尅目斩贼臣董卓、吕布[4/十六右]{4/十六右}

按,目,当为"日",同误。以上为卷上。

10."关公诛文丑"[5—6/五右]{5—6/五右}

按,"关公诛文丑"为标题,应为阴文,两本都作阳文,同误。

11.此军若有军……[8/十一左]{8/十一左}

按,前"处"字同误为"军",后"军"字同不误。

12.今无直命而佐[19/十七右]{19/十七右}

按,直,当为"真",同误。

13.军师令写"风"字如何[2/十八右]{2/十八右}

按,令,当为"今",同误。

14.北处再有诸葛使人拦住……[19/十八左]{19/十八左}

按,北,当为"此",同误。以上为卷中。

15.照元(至治)新栞[1/一右]{1/一右}

按,刊,二书同用"栞"字形。

16.孙庞骂鲁肃[11/一左]{11/一左}

按,庞,当为"权",同误。

17.曹公觑了天惊[14/四左]{14/四左}

按,天,当为"大",同误。

18.军师□百姓:"庞统尸首在何处?"[18/八左]{18/八左}

按,□,同缺"问"字。

19.岂料其此[10/126 十九左]{10/二十二左}

按,此,当为"死",同误。

20.高贵公卿[2—3/二十右]{2—3/二十三右}

按,公卿,当为"乡公",同误。以上为卷下。

这是二书同源的又一有力证据。然取二书相对照不难发现二者不仅字体、插图有精粗之别,即便是文字在大致相同的情况下也有不少异文,对此下文有图表予以详细梳理。据以上分布于二书各卷的 20 例同误或同不误的例证,大体可以作这种推断:二者不仅是源自同一种源刊本的异本关系,而且是彼此直接翻印的先后关系。或是《事略》翻刻自《平话》,或是《平话》

翻刻自《事略》。对于二书刊刻先后与版式之异同,已有不少学者曾予探讨,却结论纷歧,因此有对之重加探究并分析其原因的必要。

(1)《事略》之刊刻年代旧说

对于《事略》的刊刻年代,学者们大致持三种不同意见:一是日本学者入矢义高教授较早地提出此书系翻刻本,认为扉页之"甲午新刊"不致舛讹,而书内之"至元新刊"值得怀疑,在未注意到书内另有"照元新刊"字样、未作详细考定的情况下,径将其刊刻时间定为后"甲午",即元顺帝至正十四年(1354),认为该书晚于《平话》近三十年①。

二是陈翔华先生所提出的刊印于"元明易代之际"说。陈先生已注意到《事略》卷上、卷中的末叶末行与卷下的首页首行都标有"照元新刊"字样,认为"一连用了三个'照'字,不仅再次证明这是一个翻刻本,而且明显地流露出不是元人的口气,或非元朝统治区域出版物",因为"建安终元之世,为元朝统治区,奉元朝正朔,印书当不用'照元'字样"。陈先生将"照元"大体理解为"依照元朝刊本"之意,因而推想此书刊刻于元明易代之际②。

三是以刘世德先生为代表的前至元甲午(1294)说,此观点得到学界较广泛的认同。刘先生认为以上二家观点皆不可信:首先《事略》作为元刊本的特征十分显著,且从未见"照元新刊""照宋新刊"类元明版本存世;其次,《事略》扉页明标"甲午新刊",书内另标"至元新刊",而元代既是至元又是甲午的只有前至元三十一年(1294)。对于"照元"二字,刘先生以为元世祖忽必烈死于是年正月,从四月直至十二月元成宗虽已即位,仍沿用至元年号不改,次年才改元,又根据此书多别字或同音假借字,认为"'照'是同音字'肇'的假借,'照元'实即'肇元'。所谓'肇'和'元'都是新的开始的意思"。刘先生称已在天理图书馆见过《事略》原书,封面上的"甲午新刊"四字与全书浑然一体,可信为原物,卷上和卷中首叶首行的"至元新刊"四字,绝无挖改、贴改等等可疑的痕迹,故而只有至元三十一年(1294)才能同时满足"至元""甲午""照(肇)元"三个条件③。据此,《事略》的刊行应早于《平话》近30年。

袁世硕先生又从旁增加一项佐证。据王沂《伊滨集》卷五《虎牢关》云:"君不见三分书里说虎牢,曾使战骨如山高。"卷七《虎牢关》又云:"回首三分书里事,区区缚虎笑刘郎。"认为两诗皆咏刘、关、张大战吕布于虎牢关之事,

---

① 《天理图书馆善本丛书·汉籍之部》第十卷《三分事略》影印本卷后所附的《解题》。
② 陈翔华:《小说史又一部讲史类话本〈三分事略〉》,《文献》第十二辑,第26页。
③ 刘世德:《谈〈三分事略〉:它和〈三国志平话〉的异同和先后》,《文学遗产》1984年第4期,第104—105页。

而此事并不见于《三国志》及裴松之注，故而王沂诗中所说的"三分书"，自非史书，当为讲史类话本，因而推测在此之前已有"说三分"的话本刊行了①。然"三分"只是宋元以来的习语，并不专指《三分事略》类书。且王沂诗中所谓"缚虎"一事，现存《事略》与《平话》卷上末叶"曹操斩陈宫"中仅一句话："视虎者不言危。"实源于《三国志·吕布传》中"（曹操、刘备）遂生缚布，布曰：'缚太急，小缓之。'太祖曰：'缚虎不得不急也。'"②也并非虎牢关一役所发生之事。史载王沂生平履历并不很清晰，我们仅知王沂曾于元延祐四年（1317）官嵩州同知，而几年后至治（1321—1323）刊《平话》就已存世，我们并不能知道他在嵩州任职几年，仅知其于文宗至顺（1330—1333）间任翰林编修③。即便两首《虎牢关》诗作于他在嵩州任职期间，也难以视为现存《事略》早于《平话》的旁证。

（2）《事略》中"照元新刊"及所缺八叶新解

要廓清《事略》的刊刻年代及版式诸问题，势必要回答"甲午新刊""至元新刊""照元新刊"何以并存于《事略》一书。其中最让人迷惘的是"照元新刊"，但各家对于"照元"一词的解释不一。上引陈文似将"照元"二字理解为"依照元朝刊本"之意，刘文已予以驳正。然刘先生对于"照元"一词的解释毕竟仍属臆测。笔者在检索了电子版《四库全书》后发现"肇""元"连用以表"新的开始"义项的例子几乎没有。顾炎武《日知录》卷三二曰："元者，本也。本官曰元官……本来曰元来。唐、宋人多此语，后人以'原'字代之，不知何解？或以为洪武中臣下有称元任官者，嫌于元朝之官，故改此字。"④则"元"在唐宋元时即今"原"之义。如唐希迁《参同契》中有"执事元是迷，契理亦非悟"⑤。宋《梦粱录·百戏伎艺》有"更有弄影戏者，元汴京初以素纸雕簇"⑥。元至治刊《平话》中例证亦不少："元来此法便是医学究疾病名方"｛卷上/14/四右｝；"元名诸葛亮……元是庄农"｛卷中/2—10/十六右｝。至于"照元"组合，屡见于元明以来的文献中。如元刊《元典章》户部卷五《典章》十九"典田执契归着"条："咨请就令合属归对追照元立文约，委的是实，别无诈伪，依例

---

① 袁世硕：《古本小说集成·三分事略》前言，上海古籍出版社1990年版，第1—2页。

② 陈寿：《三国志》卷七，中华书局1982年版，第227页。

③ 王沂生平履历见《四库全书总目》卷一六七《伊滨集》提要，《［嘉靖］真定府志》卷五、二七，曾廉《元书》卷八九。

④ （清）顾炎武著，黄汝成集释，栾保群、吕宗力校点：《日知录集释》，上海古籍出版社2006年版，第1827页。

⑤ 《景德传灯录》卷三十《参同契》，《四部丛刊》三编子部（第58册），上海书店出版社影印本1985年版，第8页。

⑥ （宋）吴自牧：《梦粱录》，上海古典文学出版社1956年版，第178页。

归着……"①元《[至大]金陵新志》载："至来年,禾麦未熟艰难之际,只照元籴价出粜。"②清《士礼居藏书题跋记》有"斯言良然,安得好古者悉照元本精摹付梓,嘉惠艺林"③。以上自元至清文献中的"照元"二字均暗含"依照原"＋动词或名词的结构与意义模式。据此,《事略》中的"照元新刊全相三分事略"或可理解为"依照原至元刊《三分事略》新刊而成的甲午刊全相《三分事略》"。

若此,程毅中先生对《事略》中的"照元"二字所做的推测或许已接近事实:"至元新刊"的《事略》确实存在过,不过现存的却是它的翻刻本。至于《事略》扉页的"甲午新刊",则有两种可能:一是底本所存纪年即前至元三十一年(元代前甲午,1294),一是翻刻本的纪年(元代后甲午 1354 或明代甲午1414)④。在此程先生实已隐含"照元新刊"即"依照原刊本",也即"(前)至元新刊"的《事略》翻刻的意思,与上文所论元明以来"照元"组合的内涵大体一致。然而现存《事略》《平话》是否真的是像程先生所推测的都是前至元《事略》的翻刻本呢?

笔者在仔细比勘《事略》各卷文字的基础上,发现《事略》全书字体非一:一些页面字形呈瘦长斜体趋势,且模糊漶漫颇难辨认,或为旧板固有;另一些页面字形则呈长方规整趋势,大体为新补所致;有时同一页内竟杂有这两种字形特点。或可据此推测,现存《事略》是在旧板的基础上补刻而成。大体上看,《事略》卷上以第十一叶为上卷分界线,前一部分字形潦草,后一部分相对清晰;至第十八叶、第十九叶(其中第十八叶左面的后 4、5 行已复潦草)又回复此前的模糊潦草,应为旧板所存;此后实缺三叶,即原刊第二十、二十一、二十二页。卷上第十九叶左面,二十叶右面则显示出旧板杂有新补痕迹,如第十九叶左面有意跳过缺叶,紧承前图内"十八"而改标为"十九",显系新补;最末叶即第二十叶右面末行题名下端的阴文"二十"字样⑤,以及该页插图中"先主"及末行题名中"照元"字样都看得出来是新补所致。

《事略》卷中第二叶左面大体可视为该卷分界线,前部字体欹斜而粗疏,后部字形疏朗工致。其中第十六叶左面、第十七叶系旧板间杂新补所致;第二十叶左面大部分系新补,如此页插图所标阳文"二十"字样,同《平话》。此

① 陈高华、张帆等校注:《元典章》,中华书局/天津古籍出版社 2011 年版,第 697 页。
② (元)张铉:《(至大)金陵新志》卷十三上之中,文渊阁《四库全书》史部(第 492 册),第 532 页。
③ (清)黄丕烈:《士礼居藏书题跋记》卷二,清光绪十年滂喜斋刻本。
④ 程毅中:《宋元小说研究》,江苏古籍出版社 1998 年版,第 284—285 页。
⑤ 《平话》同叶末端所刻阴文为"二十三终"。

后缺二叶，即原刊廿一、廿二叶。卷中最末叶也是旧板间有新补痕迹，如第二十一叶右面插图内标题不仅笔势粗拙且有所磨漫，应系旧板所存；第二十一叶左面插图的车轮右下侧标有阴文"廿三"字样①。这里的叶数本应改正为"廿一"以承接前叶插图所标之"二十"，或因刻工粗心未改，故最末叶仍标"廿三"，应系旧板所有。

卷下除第一叶右面为旧板外，其余大多为新刻，故而相较前二卷，该卷较为清晰而工整。其中第十八叶右面除插图中、正文内阴文标题系旧板外，多为新补。此后缺三叶，即原刊第十九、二十、廿一叶。第十九叶左面大体为新刻，因图中所标阴文"十九"②字样为新补缘故，故能紧承前插图内所标之"十八"而无舛误。卷下最末叶再次显示新旧交杂特征，其中第二十叶左面末行阴文标题"新全相三分事略下"显系旧板所有，插图内的阳文"廿三"字样，可能系新补刻工未加注意而不及改正为"二十"。

正如程毅中先生所推测的那样，"至元新刊"的《事略》确实存在过。现存《事略》显系翻刻本，虽然最初连"至元"两字也照刻不误，后来发现了问题才改为"照元"的。仔细比对可发现，文中三处"照元"皆系新补刻而成，因而这几处"照元"更有可能是新刻工觉得既然是在旧板基础上刊补而成的刊本，用"照元（原）新刊"自然更为稳洽。另《事略》相较《平话》所阙的这八叶（卷上第二十、二十一、二十二叶，卷中第二十一、二十二叶，卷下第十九、二十、二十一叶），也并非像一般所认为的是书商或刻工有意漏刻，很可能是因为原来的旧板已缺或磨灭太甚，后来的刻工无意补刻所致。然而《事略》中这些脱叶都处于每卷倒数第二至第四叶之间，在整叶需要大量新补的情况下，新刻工会注意脱叶情况从而使新补叶的数目能前后一致，如《事略》卷下第十九叶左面图中新补阴文"十九"③字样，即能紧承前叶插图内所标之"十八"而无误；而每遇旧板所存叶大体可用，新刻工则往往未及改回旧板插图叶数，从而导致前后数字不一致，如卷下第二十叶左面末行阴文标题"新全相三分事略下"与插图内的阳文"廿三"字样，显系旧板所有，新补刻工本应补刻为"二十"却未及改正。考虑到该书整体上刊刻并不精严，在修板改刻之际有种种疏漏亦属情理中事，当然这也与元末建安作为刻书中心的整体衰落不无关系。

---

① 《平话》相应叶插图所标为阳文"廿三"。
② 而《平话》此叶插图内所标为阴文"廿二"。
③ 《平话》此叶插图内所标为阴文"廿二"。

(3)从《事略》《平话》之异同看《事略》的刊刻年代

从现存《事略》本身实难辨别其刊刻年代,然笔者发现它与同样仅藏于日本后辗转传入的《元刊杂剧三十种》(下文简称《三十种》)之间实存在诸多相似之处。那么有关《三十种》刊刻时地的研究成果,对于我们探讨《事略》的刊刻年代就不无助益。

在对《三十种》刊刻时间所做的探讨方面,日本学者小松谦、金文京的研究值得关注。他们注意到《陈抟高卧》第一折[醉中天]中有曲句:"我等您呵似投吴文整,寻你呵似觅吕先生。"认为"吴文整"为"吴文正"之误,即谥为文正的元末大儒吴澄。既然称其谥号,则这一补述是在吴澄死后无疑。吴氏卒于元统元年(1333),则《三十种》中至少《陈抟高卧》的修补刊行时间已在元统以后。又据《铁拐李》中的"厛"及省略号"《》"是明刊本才有的现象,从而判断《三十种》中《铁拐李》类剧本或刊行于入明以后①。目前学界也已大多倾向于视《三十种》为元末或元末明初刊本。至于《三十种》刊刻地方面的研究,建本说得到了学界更多的认同。台湾汪诗珮博士在王国维、贾二强、黄永年诸先生所指出线索的基础上,以元代诸多建本尤其是将其与建安虞氏在元至治(1321—1323)年间刊刻的"全相平话五种"详作比较后,认为二者诸多方面都极为相似或相同,从而得出《三十种》就是元代建阳书坊刻本的结论。其理由为:①二者内文字体势"极像";②《全相平话五种》文内故事分段标题与元刊杂剧曲牌皆用阴文,"刻法如出一辙";③二者文内重复的字词大多以"＝""《"符号替代;④《全相平话五种》有些地方于另起一段话头的"话说"两字之前,标"○"符号以分隔,《严子陵垂钓七里滩》也有三处于曲文唱完的说白话头处标"○"符号;⑤两者文内的简体字与俗体字均极多②。

对此杜海军《〈元刊杂剧三十种〉的刻本性质及戏曲史意义》一文不予赞同,认为汪文中的五项理由多难成立③。如果将比较对象定为《全相平话五种》与《三十种》,确实如此,然若将《三十种》(尤其是其中的《严子陵垂钓七里滩》《陈抟高卧》二种)与《事略》去做比较的话,则杜文认为不相似处大多变成了相似处。第一,杜文认为《全相平话五种》规模虽大,字体风格却极其

---

① [日]小松谦、金文京撰,黄仕忠译:《试论〈元刊杂剧三十种〉的版本性质》,《文化遗产》2008 年第2 期,第3—4 页。

② 汪诗珮:《从元刊本重探元杂剧——以版本、体制、剧场三个方面为范畴》,台北新竹"清华大学"中国文学研究所 2006 年博士学位论文,第16—25 页。

③ 杜海军:《〈元刊杂剧三十种〉的刻本性质及戏曲史意义》,《艺术百家》2010 年第 1 期,第 112—113 页。

一致，整体品相也非常好，《三十种》这种字体、版式不一很难说有整体风格的邋遢本与其根本无可比之处；再则从整体上看元刊杂剧字间距特密，往往不能以传统的版本方法描述，甚至细心地注意到《陈抟高卧》(其实还包括《严子陵垂钓七里滩》)字字皆呈斜势。对于这两点如果变换一下比较对象，则会发现《陈抟高卧》等剧本的斜体字势、粗拙版式与《事略》惊人地相似。第二，杜文认为《三十种》行文省略太多，加上错字太多，属于那种"随意不讲究规则的刻本，读者既难看懂文本，又不可能产生购买欲望的图书"，福建坊刻最主要的是售卖盈利，这是"否定《元刊杂剧三十种》非建本的一个重要性指标"。这两点却惊人地适用于《事略》，其随意不规整甚而粗恶处甚至远超《三十种》，但《事略》应该是一用于售卖的建安坊本无疑。因为此类明显趋于案头阅读化的话本不可能也不适宜仅用于说话艺人私相传授，如果不是存在大众阅读的潜在商机，唯利是图的建安书坊是不可能一再大量刊行此类话本的。据入矢义高教授所提供的线索，陆心源《皕宋楼藏书志》所著录之《皇元风雅》系后至元二年(1336)刊本，为"李氏建安书堂"所刻，则同为建安书堂所刊的《事略》(《皇元风雅》与《事略》在"元"的写刻上非常相近)很有可能同样刊于后至元年间。第三，话头或段间表间隔的"○"在《严子陵垂钓七里滩》中位置与数目都很随意，无规律可循，二者偶有几处相同，难以为凭。然《事略》卷中"○太守复回半治(当为'辛冶')"[卷中/6/九左]，而《平话》相应处{卷中/6/九左}无此符号，但有一空格。虽难以据此判定《事略》与《三十种》相同，却也多了一分相近处。又次，诚如杜文所指出的，《三十种》中表重复字形符号"＝""〱"非建本所独有，又指出《三十种》中以长长曲线或一短线"－"表省略的方式则为《三十种》所独有。而《事略》卷下"有诗为证"后却用"－"表间隔，接着才是诗正文"夜梦庞统献策方……"([17—18/九右]，《平话》{卷下/17—18/九右}相应处为空格)；又"说寿亭侯刮骨……"([15/十右]，《平话》{卷下/15/十右}相应处为空格)，"说"前同样用"－"表间隔。至于简俗字方面，杜文认为《全相平话五种》并不似《三十种》那般大量运用简俗字。的确如此，然《事略》中的简俗规律、草书楷写化趋势却都与《三十种》有着令人惊奇的一致性，见下文详论。然则《事略》既为建安坊本无疑，这反过来也为《三十种》(至少《陈抟高卧》类)作为建本提供了一条佐证。鉴于《三十种》版式不一、水平高低不同等特点，方彦寿先生提出《三十种》是由剧院委托建阳刻书作坊，经过书坊书工、刻工、印工手工生产流水线操作出来的一种特殊的"私家刻本"①。据上可知,《三十种》中各剧本可能并不是在一段比较集中的时间内刊刻而成,这点方文似尚未加以考虑。

在简俗字尤其符号替代方面,《事略》呈现出与《平话》不同而趋同于《三十种》的情形。《事略》与《三十种》在其俗字构件中都常用一些共同的符号来替换汉字结构中那些全封闭或半封闭的构件中的平行、重叠笔画,如常以"丨""〈""丿"来代替且、自、月、長、髟、龍等字中的平行或重叠笔画;用"マ""フ"代替"□""日""田"等构件;用"て"代替"置""要"之类的"罒""西";以"□"代替"艸";以"刂"替换"臣""皀";以"丩"代替"爿";等等。在版式、简俗字方面,《事略》与《陈抟高卧》《严子陵垂钓七里滩》二篇尤有共通之处:不仅字体多呈斜势,且都为左右单边版式②,尤其是俗字更呈现出多且同的趋势。如《陈抟高卧》不仅俗字多且字形精简,同《事略》一样书者习惯把□写为"阝",如"妁""夨";把"心字底"草写,如"想""忘";而"ㄎ"这一符号替代方式也在二书中都贯彻得相当彻底。且《陈抟高卧》中独特的"迠(这)"亦见于《事略》[卷下/5/十七右]。《事略》同《严子陵垂钓七里滩》一样,草书楷写的俗字既多且呈现出规律性,如得(得)、书(ㄊ)、事(ㄋ)等等。此外,《事略》还存在独见于《楚昭王疏者下船》中的简俗字"靣(面)",以及《诈妮子调风月》中"孔""ㅌ"这类系省略偏旁所造之字③。可见,《三十种》中所习见的简化规律在《事略》中均有呈现。从这方面论,《事略》刊于元初即前至元三十一年(1294)的可能性不大。因为以《烈女传》《取经诗话》为代表的宋代俗文学中的简俗字所体现出来的替换符号的系统性,仅比敦煌简化俗字有所发展而已,远不如《三十种》《事略》突出。若现存《事略》在元初即已刊印,其简俗字不应如此丰富且具系统性。

再仔细比对《事略》新旧板文字,可发现旧刻比新刊补刻文字总体上简省得更为彻底,如"ㅌ""夆"等。而新补刻文字整体上看,无论从字体还是选字用语更接近于《平话》相应部分。如《事略》第十八右、十八左"赤壁鏖兵"叶,一反旧板习用之"朱葛""曹公"而几乎全用"诸葛"(除十八右之13、18、19行用"朱")、"曹操""曹相",另外该页同误同省处也与《平话》该页惊人地

---

① 方彦寿:《〈元刊杂剧三十种〉的刻本性质与刊刻地点另议》,《艺术百家》2011年第3期,第156页。
② 《三十种》多为左右双边,《平话》也多为左右双边。然《事略》同《陈抟高卧》一样是左右单边,仅下卷第102—103页、第108—109页为双边,而这几页与《平话》相应页文字非常相近,如"曹操"不尽改为"曹公","诸"不尽改为"朱",似为后来刻工参照《平话》刊补而成,连双边也照刻。
③ 主要参考范晓林:《〈元刊杂剧三十种〉俗字俗词俗语与版式研究》第一章第一节《〈元刊杂剧三十种〉各本的俗字》、第二节《〈元刊杂剧三十种〉俗字的特点》,山西师范大学2013年博士论文。

相合。因此种情形并非仅见于该叶,似可推测《事略》新刊补文字是参照《平话》所补而成。在二书版式、文字大体相近的情况下,综观全部插图,《事略》插图亦较《平话》远为粗拙,且不时有意无意地省略画中草、树等修饰性成分,或错标、简省人物旁的阴文人名,故而大体可以推断,《事略》对《平话》插图属于亦步亦趋的因袭关系。因为如果是《平话》参照《事略》那粗拙的插画而要加以丰满,还要与《事略》原画若合符契显然很不容易,但要《事略》参照《平话》那精致繁复的插画,不时加以省略,大体上仍与《平话》原画相合,显然容易得多。再联系上文所述《事略》较《平话》所缺达八叶之多,加上《事略》各卷中随处可见的大量缺损漶漫处,则《平话》模刻自《事略》的可能性更要大打折扣。此外,《平话》中"飞独杀弓手(二字竖行并列,凑成二十字一行)/二十余人"{卷上/17—18/十二右},到了《事略》中则变为"飞独杀弓/手廿余人"[卷上/17—18/十二右],"手"字下移至18行首,"二十"用"廿"代替,凑成二十字一行;与此相似,《平话》"皇叔困於(二字并列)夏□"{卷上/9/十四左},到《事略》中变成"皇叔於夏□"[卷中/9/十四左],省了一"困"字凑成二十字一行,此二页似系新补时有意而为。以上这些在某种程度上都可视为《事略》后出于《平话》的佐证。

（4）从《元刊杂剧三十种》看《事略》之刊刻年代

若仔细比勘《事略》与《平话》,其文字出入还是不少的,现分类列表 2-3、表 2-4、表 2-5、表 2-6 如下。

表 2-3　《事略》《平话》异文表

| 卷数 | 《平话》异文用（ ）注出,《事略》的出处放在［行／叶］中,《平话》的出处放在｛行／叶｝中 |
|---|---|
| 卷上 | 1.至元(至治)新刊全相三分事略(平话三国志卷之)上［1／一右］｛1／一右｝ |
| | 2.连饮二(三)钵［16／一右］｛16／一右｝ |
| | 3.请我王出(下)轿子［17／一左］｛17／一左｝ |
| | 4.天公又(即)差……［20／三右］｛20／三右｝ |
| | 5.有文字到日(时),火速前来……［12／五右］｛12／五右｝ |
| | 6.话分两处(说)［19／五左］｛19／五左｝ |
| | 7.身长九尺三(二)寸［2／六右］｛2／六右｝ |
| | 8.……故来此处逃(避)难［12／六右］｛12／六右｝ |
| | 9.关公遂将(进)酒於得公［11／六左］｛11／六右｝ |

续表

| 卷数 | 《平话》异文用（）注出，《事略》的出处放在［行／叶］中，《平话》的出处放在｛行／叶｝中 |
|---|---|
| 卷上 | 10. 谁人敢去探它军（贼兵）多少［8／七左］｛8／七左｝ |
| | 11. 在（往）任城县东门［9／八右］｛9／八右｝ |
| | 12. 绕城大骂，无一人印（并无人应）［19／九右］｛19／九右｝ |
| | 13. 三停占了三（二）停［8／九左］｛8／九左｝ |
| | 14. 随后大军离（拔）寨都赴扬州［14／十右］｛14／十右｝ |
| | 15. 回顾看（头觑）定刘备……去（上）桑材（村）乞食贼牛（饿夫）［20／十左］｛20／十左｝ |
| | 16. 与（对）诸军将说知……有那（十）常侍官将宣诏［4—5／十一左］｛4—5／十一左｝ |
| | 17. 在前抱（抛）下粮草［8／十一左］｛8／十一左｝ |
| | 18. 刘备到衙见关张众将，皆（邀）至前厅置坐［2／十二右］｛2／十二右｝ |
| | 19. 至天晚二更前（向）后［10／十二右］｛10／十二右｝ |
| | 20. 飞独杀弓／手廿（弓手（二字竖行并列）／二十）余人［17—18／十二右］｛17—18／十二右｝ |
| | 21. 玄德相（作）平原县丞［1／十三右］｛1／十三右｝ |
| | 22. 随众诸侯至（到）虎牢关［4／十五右］｛4／十五右｝ |
| | 23. 言吕布只待捉十八位（镇）诸侯［19／十六右］｛19／十六右｝ |
| | 24. 交马不到（都无）三合［2—3／十六左］｛2—3／十六左｝ |
| | 25. 太平（中平）七年春［13／十七左］｛13／十七左｝ |
| | 26. 外有李肃提刀（剑）来寻吕布［7／十八右］｛7／十八右｝ |
| | 27. 虎牢关下自（深）结有冤［4／十八左］｛4／十八左｝ |
| | 28. 玄德公将军座（麾）下［9／十八左］｛9／十八左｝ |
| | 29. 若吕布心变夺城（其）徐州［18—19／十八左］｛19／十八左｝ |
| | 30. 曹公（操）言："斩，斩！"……曹公（操）斩了吕布［11—12／二十右］｛11—12／二十三右｝（此后《事略》多为"曹公"，而《平话》多为"曹操""曹贼"） |
| | 31. 双目能观二四胎（耳轮）……他家本是十（中）山后［16—17／二十右］｛16—17／二十三右｝ |
| | 32. 照元（至治）新刊全相三分事略上二十（平话三国志卷上二十三终）［18／二十右］｛18／二十三右｝ |

续表

| 卷数 | 《平话》异文用（ ）注出，《事略》的出处放在[行／叶]中，《平话》的出处放在{行／叶}中 |
|---|---|
| 卷中 | 1.至元（至治）新刊全相三分事略（平话三国志卷之）中[1／一右]{1／一右} |
| | 2.文丑败，打（拨）马走[4／五右]{4／五右} |
| | 3.见二嫂灵前烧香奠酒大（啼）哭[12—13／五左]{12—13／五左} |
| | 4.冀王赐（劝）酒，关公不饮[18／六右]{18／六右} |
| | 5.赵云故将金（锣）鼓喧天[2／七右]{2／七右} |
| | 6.使丈八长（钢）矛，却取赵云[7／七右]{7／七右} |
| | 7.急忙架隔遮过（截）……关公不厮杀，立（搦）马曰……[3／七左]{3／七左} |
| | 8.又见尘头闭（映）日，似雨遮天[7／七左]{7／七左} |
| | 9.又令人急忙（摇旗）噪鼓[13／七左]{13／七左} |
| | 10.见为荆王者（若）见荆王但得一郡之地[5／八右]{5／八右} |
| | 11.坛溪两岸长青草（蒲）[12／八左]{12／八左} |
| | 12.□□（先主）记（跳）潭溪[1／九右]{1／九右} |
| | 13.多因公（应）仙子会瀛洲[5／九左]{5／九左} |
| | 14.曹公（操）军后杀者百姓。分军二（三）队而起。[10／十二左]{10／十二左} |
| | 15.张飞摆旗（拒桥）退卒[1／十四右]{1／十四右} |
| | 16.托膚令右左（今委差）一官人[19／十五左]{19／十五左} |
| | 17.朱葛身长九尺五（二）寸，年始三旬[6—7／十六右]{6—7／十六右} |
| | 18.周瑜、鲁肃、诸葛三人共话闻（间）有人报言[4—5／十七右]{5／十七右} |
| | 19.众官与皇叔筵会了（罢）[1／十九左]{1／十九左} |
| | 20.照元（至治）新刊全相三分事略（平话三国志卷之）中[18／二十一左]{19／二十三左} |
| 卷下 | 1.照元（至治）新栞全相三分事略（平话三国志卷）下[1／一右]{1／一右} |
| | 2.军师使魏延相杀，二百（日）不分胜败[14—15／三右]{15／三右} |
| | 3.无二（三）日，大将与黄忠斗中不见成败（输赢）[19—20／三右]{19／三右} |
| | 4.马超出马持枪大（搦）战[14—15／四左]{14／四左} |
| | 5.曹公（操）大喜，师公（父）言者当[17／五右]{17／五右} |
| | 6.建兴十五年三（二）月半[17—18／十七左]{17—18／十七左} |
| | 7.映阶青（碧）草自春色[20／十九右]{20／二十二右} |
| | 8.张飞叫把旗人王强当面打五十杖（棒）[11／十五右]{11／十五右} |
| | 9.帐内捉你蛮王波，这（不信）朱（诸）葛[5／十七右]{5／十七右} |

**续表**

| 卷数 | 《平话》异文用（ ）注出，《事略》的出处放在［行／叶］中，《平话》的出处放在｛行／叶｝中 |
|---|---|
| 卷下 | 10. 蛮王言："本事（诸葛）强，放我儿番何意？"［6／十七右］｛6／十七右｝ |
| | 11. 军师北（却）上剑关［19／十八右］｛19／十八右｝ |
| | 12. 死朱（诸）葛能有（走）活仲达［9／十九左］｛9／二十二左｝ |
| | 13. 新全相三分事略下（平话三国志卷终）［20／二十左］｛20／二十三左｝ |
| | 合计：卷上异文 32 项，卷中 20 项，卷下 13 项，共计 65 项 |

表 2-4　《事略》《平话》互补表

| 卷数 | 一、《平话》补《事略》，《平话》异文用（ ）注出，《事略》的出处放在［行／叶］中，《平话》的出处放在｛行／叶｝中 |
|---|---|
| 卷上 | 1. □□□□□（天差仲相作阴君）［1／二右］｛1／二右｝ |
| | 2. □□（桃园）结□（义）［1／七右］｛1／七右｝ |
| | 3. □（破）黄巾［1／九右］｛1／九右｝ |
| | 4. □□□（张飞杀）太守［1／十一右］｛1／十一右｝ |
| | 5. □□□□（张飞鞭督邮）□□□（厅拖三）［1／十二右］｛1／十二右｝ |
| | 6. 玄德□（平）原德政及民［1／十四右］｛1／十四右｝ |
| | 7. □□□（董卓弄权）［1／十五右］｛1／十五右｝ |
| | 8. 三战□□（吕布）［1／十六右］｛1／十六右｝ |
| | 9. □□□□（张飞捽袁）襄［1／十九右］｛1／十九右｝ |
| 卷中 | 1. □□□□□□□（汉献帝宣玄德关张）［1／一右］｛1／一右｝ |
| | 2. □□□□□（关公袭车胄）［1／二左］｛1／二左｝ |
| | 3. □□（赵云）见玄德［1／三右］｛1／三右｝ |
| | 4. □（关）公斩蔡阳［1／七右］｛1／七右｝ |
| | 5. □□□（先主跳）檀溪［1／九右］｛1／九右｝ |
| | 6. □□□□（赵云抱太子）［1／十三右］｛1／十三右｝ |
| | 7. 皇叔□（困）于夏□［9／十四左］｛9／十四左｝ |
| | 8. □□□□□□（玄德黄鹤楼私遁）［1／十九右］｛1／十九右｝ |
| | 9. □□□□（曹璋射周渝）［1／二十右］｛1／二十右｝ |
| | 10. □□□□□（吴夫人回面）［1／二十一右］｛1／二十三右｝ |

| 卷数 | 一、《平话》补《事略》,《平话》异文用( )注出,《事略》的出处放在[行／叶]中,《平话》的出处放在{行／叶}中 |
|---|---|
| 卷下 | 1.□(张)飞刺蒋雄[1／二右]{1／二右} |
| | 2.□□(孔明)引众现玄德[20／三左]{20／三左} |
| | 3.□□(马超)败曹公[1／五右]{1／五右} |
| | 4.□(落)城庞统中箭[1／七右]{1／七右} |
| | 5.□□□□(关公单刀会)[1／十右]{1／十右} |
| | 6.□□□□□(黄忠斩夏侯渊)[1／十一右]{1／十一右} |
| | 7.□□□□(张飞捉于昶)[1／十二右]{1／十二右} |
| | 8.□□(孔明七)纵七擒[1／十七右]{1／十七右} |
| | 9.□□□(孔明木牛)流马[1／十八右]{1／十八右} |
| | 10.□□□(将星坠)孔明营[1／二十右]{1／二十三右} |
| 总计 | 《平话》补《事略》空白处卷上 9 项,卷中 10 项,卷下 10 项,共计 29 项。可补之文多为《事略》标题漶漫不清处 |
| 卷数 | 二、《事略》补《平话》,《事略》异文用( )注出,《平话》的出处放在{行／叶}中,《事略》的出处放在[行／叶]中 |
| 卷上 | 1.当日,驾因闲游,□(至)御园{5—6／一右}[5—6／一右] |
| | 2.近臣奏曰:"非干王莽事,□(皆)是逼迫黎民移买栽接……"□□□(帝得知),急令:"来日是三月三日清明节假,□□(出其)黄榜……"{7—9／一右}[7—9／一右] |
| | 3.二弟提四袍服,在面前解开,……都色带□(起)黄巾。张觉省谕着众人:"今日汉朝天下合休也,我□(后)兴也。若我有日为君,……小□(者)封刺史。"省会罢,……手持禾□(又)棍棒。为首者张觉等三人□(将)引五十万壮士,……{16—20／五右}[16—20／五右] |
| | 4.好结英豪,小□(少孤),□(与)母织席编履为生{1／六左}[1／六左] |
| | 5.□□□(群枪一)齐向前来刺张飞{1／八左}[1／八左] |
| 卷中 | 1.司马仲达曾道:来不可□(袭),□(坐)不可守{8／十右}[8／十右] |
| | 2.有□□(王字)关{20／十九右}[20／十九右] |
| 卷下 | 1.软痛大醉,□(一)言:"张飞今日醉……"{14—15／十五右}[14—15／十五右] |
| | 2.军中□(一)发哭起来{2／二十二左}[2／十九左] |
| | 3.都于左国□(城){20／二十三右}[20／二十右] |
| 总计 | 《事略》补《平话》空白处仅 10 项,所补处或为新刻工根据他本补刻。 |

表 2-5　《事略》《平话》正误表

| 卷数 | 《事略》正,《平话》误,《平话》误文用( )注出,《事略》的出处放在[行／叶]中,《平话》的出处放在{行／叶}中 | 原因 |
|---|---|---|
| 卷上 | 1.乃是孙太(大)公庄,太(大)公生二子[12／四右]{12／四右} | |
| | 2.刘备见道,荒出寨(宫)门迎接至中军帐坐定[14／十左]{14／十左} | |
| | 3.哥哥错矣,從(徙)长安至定州[5—6／十二右]{6／十二右} | |
| | 4.此(比)马非凡马也[18／十三左]{18／十三左} | |
| | 5.克日(目)斩贼臣董卓、吕布[4／十六右]{4／十六右} | |
| 卷中 | 1.梅氏抱阿计仰面(而)大恸[1／三右]{1／三右} | 大多形近所致 |
| | 2.若不实说便杀了(着)你[2／六左]{2／六左} | |
| | 3.兄弟道二哥顺了(子)曹操[16—17／七左]{16—17／七左} | |
| | 4.每(母)日设宴[3／八右]{3／八右} | |
| | 5.道童报曰(田)[2／十右]{2／十右} | |
| | 6.曹公(操)拜夏侯惇为大(天)元师("师"当为"帅")[1／十一右]{1／十一右} | |
| | 7.元帅(师)令人赴高阜处望[3／十一左]{3／十一左} | |
| | 8.其军无万(方)[4／十一左]{4／十一左} | |
| | 9.去觑士(土)卒无三百(先三日)[7／十一左]{7／十一左} | |
| | 10.张飞上马阑住(往)[14／十一左]{14／十一左} | |
| | 11.夏侯惇言:村夫(天)慢我[9／十一右]{9／十一右} | |
| | 12.曹公引一百万大(去)军[8—9／十二右]{9／十二右} | |
| | 13.当夜文字,天(大)明复回[11／十二右]{11／十二右} | |
| | 14.使不动兵江北(比)岸[2／十七右]{2／十七右} | |
| | 15.使人不(小)着玄德,众问(间)为何[5／十九右]{5／十九右} | |
| 卷下 | 1.皆被张飞所收(牧)[15—16／一右]{15—16／一右} | |
| | 2.庞统使魏延当住(往)张邦瑞[19／七右]{19／七右} | |
| | 3.令夏侯渊(惇)出马,刘封交战[9—10／十一右]{9／十一右} | |
| | 4.后有军师(帅)三千军来袭[8／十二左]{8／十二左} | |
| | 5.吕蒙将百员将十(千)万军至荆东南[17／十三左]{17／十三左} | |
| | 6.数日(目)不下[8—9／十六左]{8／十六左} | |
| 总计 | 《事略》正《平话》错处:卷上 5 项,卷中 15 项,卷下 6 项,共计 26 项。《平话》所误处大多为形近所致 | |

表 2-6　《平话》《事略》正误表

| 卷数 | 《事略》误，《平话》正，《平话》正确文字用（ ）注出，《事略》的出处放在[行／叶]中，《平话》的出处放在{行／叶}中 | 原因 |
|---|---|---|
| 卷上 | 1.江东吴王（土）蜀地川，官（曹）操英勇占中原[1／一右]{1／一右} | 形近致误 |
| | 2.皆（背）着琴剑[12／一右]{12／一右} | |
| | 3.两朵桃花上险（脸）来[17／一右]{17／一右} | |
| | 4.诛子（了）子婴[19／一左]{19／一左} | |
| | 5.在未央宫，铇（钝）剑而死[8／二左]{8／二左} | |
| | 6.孙权占得地利，下（十）山九水……刘备索取关张之人（勇），却元谋略之大（人）[6—7／三左]{6—7／三左} | |
| | 7.不主吉凶，只至（主）山摧[3／四右]{3／四右} | |
| | 8.天下合休北（也）[8／四左]{8／四左} | |
| | 9.关公见飞问，官（观）飞貌亦非凡[10／六右]{10／六右} | |
| | 10.念厶何末（河东）解州人氏[11／六右]{11／六右} | |
| | 11.乃身边元（无）钱[15／六右]{15／六右} | |
| | 12.飞邀怨（德）公同坐[13／六左]{13／六左} | |
| | 13.园内有一小高（亭）[16／六左]{16／六左} | |
| | 14.以此夫（大）者为兄[18／六左]{19／六左} | |
| | 15.叹曰："女（大）丈夫生于世当如此乎？"[1／七右]{1／七右} | |
| | 16.元帅聚（降）令先锋军兵并帅府下诸将头目[13／八左]{13／八左} | |
| | 17.张宝令（合）兵一处[15／八左]{15／八左} | |
| | 18.正（止）将本部下杂虎军去足矣[18／八左]{18／八左} | |
| | 19.前离兖州千（十）余里下寨[20／八左]{20／八左} | |
| | 20.当日天时皆（昏）暗[11／九左]{11／九左} | |
| | 21.得胜班节（师）[1／十右]{1／十右} | |
| | 22.前有一夫（大）林[1／十右]{1／十右} | |
| | 23.元帅降令安执（抚）百姓，秋毫九（无）犯[6／十左]{6／十左} | |
| | 24.我令（今）现帝奏破黄巾一事[10／十左]{10／十左} | |
| | 25.打下牙两个满只（口）流血[3／十一右]{3／十一右} | |
| | 26.来日大（天）晓[4／十一右]{4／十一右} | |
| | 27.至本寨荆（刘）备心闷[8／十一右]{8／十一右} | |
| | 28.言（告）大人宽恕[17／十一左]{17／十一左} | |
| | 29.手提失（尖）刀[10／十二右]{10／十二右} | |

续表

| 卷数 | 《事略》误,《平话》正,《平话》正确文字用( )注出,《事略》的出处放在[行／叶]中,《平话》的出处放在{行／叶}中 | 原因 |
|---|---|---|
| 卷上 | 30.朝廷得知干(十)常侍[20／十二右]{20／十二右} | 形近致误 |
| | 31.不敢使(便)来见[5／十二左]{5／十二左} | |
| | 32.关张大怒名(各)带刀走上厅来[14／十二左]{14／十二左} | |
| | 33.有战将个(千)员[19／十三右]{19／十三右} | |
| | 34.使交(丈)二方天戟[5／十四右]{5／十四右} | |
| | 35.太师叫牛信将十万军住(往)西凉府[14／十四右]{14／十四右} | |
| | 36.帝问诸(谁)人可去[18／十四右]{18／十四右} | |
| | 37.竜(帝)问:"卿姓名?"[1／十四左]{1／十四左} | |
| | 38.桥道乎(平)正[6／十四左]{6／十四左} | |
| | 39.今有汉天使在衙门对(外)[13／十四左]{13／十四左} | |
| | 40.刘备曰:"小宫(官)武艺不会……"[2／十五右]{2／十五右} | |
| | 41.自从桃园结又(义)[3／十五右]{3／十五右} | |
| | 42.何处归正(止)[10／十五右]{10／十五右} | |
| | 43.使方天战(戟),无人可当[12／十五左]{12／十五左} | |
| | 44.耳过并(垂)肩,反(双)手过膝[15／十五左]{15／十五左} | |
| | 45.天(大)桑林(村)人也[20／十五左]{20／十五左} | |
| | 46.绿抱(袍)槐简[1／十六右]{1／十六右} | |
| | 47.先主不忍,使双投(股)剑[20／十六左]{20／十六左} | |
| | 48.信步到后花园内小庭同(闷)坐,独言献帝懦乃(弱)[10／十七右]{10／十七右} | |
| | 49.即使(便)请吕布赴会[5／十七左]{5／十七左} | |
| | 50.吕布新(刺)董卓[1／十八右]{1／十八右} | |
| | 51.今董卓善(弄)权[10／十八右]{10／十八右} | |
| | 52.尔言来(杀)吕布,天下骂名,不当余(类尔)之上祖[11／十八右]{11／十八右} | |
| | 53.你骂织席编履村山(夫)[17／十九右]{17／十九右} | |
| | 54.顷刻曹豹献子(了)西门[12／十九左]{12／十九左} | |
| | 55.为事纠谁(舛讹)[1／二十右]{1／二十三右} | |
| | 56."大耳城(贼),逼吾速矣。"[11／二十右]{11／二十三右} | |

| 卷数 | 《事略》误，《平话》正，《平话》正确文字用（ ）注出，《事略》的出处放在[行／叶]中，《平话》的出处放在{行／叶}中 | 原因 |
|---|---|---|
| | 1.令（今）汉天下有关（倒）悬之急[11／一左]{11／一左} | |
| | 2.如车（奉）暗诏，当以决断拈（扫）除奸雄，遍告天上（下）[12—13／一左]{12／一左} | |
| | 3.玄得升（并）关张二将[14／一左]{14／一左} | |
| | 4.日公（由"曹公"讹为"日公"）戡（勘）吉平[1／二右]{1／二右} | |
| | 5.无引（计）可料[12／二右]{12／二右} | |
| | 6.皇叔坠其筋将（筋骨）[13／二右]{13／二右} | |
| | 7.离徐州二（三）十里二（至）帖□店[16／二右]{16／二右} | |
| | 8.引三平（千）军劫曹操[11／二左]{11／二左} | |
| | 9.兄嫂活则问（同）活交（死）则同死[2—3／三右]{2—3／三右} | |
| | 10.本官是袁谁（谭）[8／三左]{8／三左} | |
| | 11.近闻西大（太）山有贼将[10／四右]{10／四右} | |
| | 12.借（痛）折天（太）半[2／四左]{1—2／四左} | |
| | 13.囚（呵）耐刘备[8／五右]{8／五右} | |
| 卷中 | 14.先主小（上）马出寨[15／五右]{15／五右} | 形近致误 |
| | 15.上车出长安日（西）北进发[1／六右]{1／六右} | |
| | 16.令许褚未（奉）献，又不下马[12／六右]{12／六右} | |
| | 17.陌问（闻）锣鼓[7／六左]{7／六左} | |
| | 18.使一条枪丈八神矣（牟）[19／六左]{19／六左} | |
| | 19.万（离）古城相近[2／七右]{2／七右} | |
| | 20.尔言：下（不）求国（同）日生，只头（愿）同日死[17／七右]{17／七右} | |
| | 21.今有汉将蔡王（阳），尔今引未（来）故意征伐[9／七左]{8—9／七左} | |
| | 22.令（今）引家小来寻兄长[12／七左]{12／七左} | |
| | 23.先上（主）披头跣足[19／八左]{19—20／八左} | |
| | 24.与徐庶逃（送）路[6／九右]{6／九右} | |
| | 25.何刘（所）念哉[8／九右]{8／九右} | |
| | 26.人（见）在南王（阳）卧龙岗[11／九右]{11／九右} | |
| | 27.动止有神鬼不介（解）之机，可力（为）军师，先主所（听）毕大喜[12—13／九右]{12—13／九右} | |
| | 28.唇似望（涂）朱[19／九右]{19／九右} | |

续表

| 卷数 | 《事略》误，《平话》正，《平话》正确文字用（ ）注出，《事略》的出处放在［行／叶］中，《平话》的出处放在｛行／叶｝中 | 原因 |
|---|---|---|
| 卷中 | 29.汉皇叔列(刘)备［1／九左］｛1／九左｝ | 形近致误 |
| | 30.使令人应(磨)得墨稠就(浓于)西墙上写诗一首［3—4／九左］｛3—4／九左｝ | |
| | 31.太守复回半治(辛冶)［6／九左］｛6／九左｝ | |
| | 32.谒见又空妇(归)［14／九左］｛14／九左｝ | |
| | 33.三颜(顾)孔明［1／十右］｛1／十右｝ | |
| | 34.先生日月当(日常)思［2／十右］｛2／十右｝ | |
| | 35.念刘备是汉朝十七我(代)玄孙［16—17／十右］｛16—17／十右｝ | |
| | 36.今四季彐性(三住)(按，当为三往)［19／十右］｛19／十右｝ | |
| | 37.便(使)贤人走于山野［4／十左］｛4／十左｝ | |
| | 38.曹操引百万军天(无)三日至城下［17／十二右］｛17—18／十二右｝ | |
| | 39.倘若在早(旱)滩上赢了周瑜［13／十六左］｛13／十六左｝ | |
| | 40.众官皆敢(散)［16／十七右］｛16／十七右｝ | |
| | 41.若遣报(肯投)曹，将(蒋)拜(干)言曰：……［1／十七左］｛1／十七左｝ | |
| | 42.周瑜言曰："大喜(事)已成也。"［13／十七左］｛13／十七左｝ | |
| | 43.吾使一计众令(合)情，将至笔砚手心里写……众意个(不)同当以参详……放(于)手心写毕［15—17／十七左］｛15—17／十七左｝ | |
| | 44.大(天)知鼎足三分后［1／十八左］｛1／十八左｝ | |
| | 45.本都(部)军无一万［11／十八左］｛11／十八左｝ | |
| | 46.是定(走)了曹贼［4／十九右］｛4／十九右｝ | |
| | 47.吾牙(弟)性匪石［7／十九］｛7／十九右｝ | |
| | 48.诸葛赤(当为"亦")人(去)，万无一失［8／十九右］｛8／十九右｝ | |
| | 49.周公瑝(瑾)别来无恙［4／二十左］｛4／二十左｝ | |
| | 50.前后旱(半)年，……有太夫人令曾(鲁)肃来馆驿史女小(中安下)［9—10／二十一左］｛9—10／二十三左｝ | |
| 卷下 | 1.至大(天)明，元帅西行［13／一右］｛13／一右｝ | 形近致误 |
| | 2.军月(师)拦住……吾如(知)周瑜死［7—8／一左］｛7—8／一左｝ | |
| | 3.皆披(被)庞统所说［15／二右］｛15／二右｝ | |
| | 4.至晚赵范带酒，留数千(十)个妇人［18／二右］｛18／二右｝ | |
| | 5.当与子童(竜)为妻［20／二右］｛20／二右｝ | |

| 卷数 | 《事略》误,《平话》正,《平话》正确文字用( )注出,《事略》的出处放在[行／叶]中,《平话》的出处放在{行／叶}中 | 原因 |
|---|---|---|
| 卷下 | 6.吾只只(识)云长,岂识张飞[16／三右]{16／三右} | 形近致误 |
| | 7.杀子(了)曹公(贼)家族[10／五右]{10／三右} | |
| | 8.又拜一先生为师(帅),自言庞统[16／六右]{16／六右} | |
| | 9.有刘巴……十(上)大夫秦福与皇叔相里(争)[1／七右]{1／七右} | |
| | 10.其(共)行奔嘉明关[18／八右]{18／八右} | |
| | 11.倘此(比)吾难[6／十右]{6／十右} | |
| | 12.立一柱上钩(钉)一环[9／十右]{9／十右} | |
| | 13.其笛声不响二(三)次[2／十左]{2／十左} | |
| | 14.兵(军)帅(师)认得是马超[8／十一右]{8／十一右} | |
| | 15.关公水洽(渰)于禁军[1／十四右]{1／十四右} | |
| | 16.帝说(认)的是爱弟张飞……吾弟老矣,来日也(出)军……[5—6／十五右]{5—6／十五右} | |
| | 17.把张飞师(帅)字旗杆刮折[10／十五右]{10／十五右} | |
| | 18.扯太子摔武侯洇(泪)下[5／十五左]{5／十五左} | |
| | 19.武侯告曰:"臣每(亮)有何得(德)行……"[11／十五左]{11／十五左} | |
| | 20.八百万城(垓)星官皆在八堆(垓)百(右)上[19／十五左]{19／十五左} | |
| | 21.军师令军送(速)过,言不闻蛮景……巴蛇巧(乃)蛮他(地)毒物[17—18／十六左]{17—18／十六左} | |
| | 22.孟获言:"先帝刘备借了十万军却不得你(俺)反?"[1／十七右]{1／十七右} | |
| | 23.又使今朱(金珠)赎子(了)[12／十七右]{12／十七右} | |
| | 24.乃后了(子)刘封以断讫[3／十八右]{3／十八右} | |
| | 25.使人问侧近庄农之字(家)秦川把军官姓甚名谁[16／十八右]{16／十八右} | |
| | 26.朱(诸)处勾木匠造成木牛流马[19／十八右]{19／十八右} | |
| | 27.荒速令人打操(摞)了[11／十八左]{11／十八左} | |
| | 28.□(又)问:"今岁好夫(大)雨?"[2／十九右]{2／二十二右} | |
| | 29.百姓闻之如丧者(考)妣[12／十九左]{12／二十二左} | |
| 总计 | 《事略》因形近所致讹误处卷上56项,卷中50项,卷下29项,共计135项 | |

续表

| 卷数 | 《事略》误，《平话》正，《平话》正确文字用（）注出，《事略》的出处放在[行／叶]中，《平话》的出处放在〈行／叶〉中 | 原因 |
|---|---|---|
| 卷上 | 1.往西川益州建都为皇帝，约五十余交（年），交仲相……[10／三左]〈10／三左〉 | |
| | 2.姓氏（关）名羽字云长[1／六右]〈1／六右〉 | |
| | 3.帝亦带酒归后宫，董王允（卓见）四妃之（以）言相戏，有宰相王允[7—8／十七右]〈8／十七右〉 | |
| | 4.徐州何不分付与我，袁（却）让与刘备[4—5／十九左]〈4—5／十九左〉 | |
| 卷中 | 1.小人上（去）下邳[19／二左]〈19／二左〉 | |
| | 2.冀王军（无）语，又言皇叔起军[11／四右]〈11／四右〉 | |
| | 3.吴折麒麒（原为折笔表省略）（麟）[18／四左]〈18／四左〉 | |
| | 4.向南宜北（视）伏龙冈[16／九右]〈16／九右〉 | |
| | 5.快越言曰："荆王死，刘备（琪）造城（叛）……"[16／十二右]〈16／十二右〉 | |
| | 6.此事曹相事（争）知[4／十七左]〈4／十七左〉 | |
| | 7.手内风（觑）皆为"火"字[18／十七左]〈18／十七左〉 | |
| | 8.众人操（撮）曹公上马[10／十八左]〈10／十八左〉 | 记忆联想牵连致误 |
| 卷下 | 1.三队军无十万十（实）八万[10—11／七左]〈11／七左〉 | |
| | 2.报事人曰：国舅引千军来点觑嘉明关公（紫）乌城[8—9／八左]〈8—9／八左〉 | |
| | 3.正撞着夏（马）超相杀（按，后文有"夏侯渊"，因牵连而误）[14／十一右]〈14／十一右〉 | |
| | 4.封汉中（献）帝为中（山）阳郡公[7—8／十四左]〈7—8／十四左〉 | |
| | 5.无二日与军出战与韩斌（斩江吴）贼（按，后文出现"韩斌"）[4／十五右]〈4／十五右〉 | |
| | 6.军师兄（不）闻周公旦抱成王之说[9／十五左]〈9／十五左〉 | |
| | 7.用（月）余到云南……军月（师）招安了百姓[19—20／十六右]〈19—20／十六右〉 | |
| | 8.军师之（使）计提（捉）了姜维[6／十八左]〈6／十八左〉 | |
| | 9.神人人（大）昌（喝）[18／十九左]〈18／二十二左〉 | |
| | 10.又领大将王濬王孙皓（浑伐）吴，吴败，吴主孙皓降晋[13／二十右]〈13／二十三右〉 | |
| 总计 | 《事略》因记忆有误或因联想牵连致误处卷上4项，卷中8项，卷下10项，共计22项 | |

续表

| 卷数 | 《事略》误,《平话》正,《平话》正确文字用( )注出,《事略》的出处放在[行／叶]中,《平话》的出处放在{行／叶}中 | 原因 |
|---|---|---|
| 卷上 | 1.三国并收,绪山(独霸)天下[11／三左]{11／三左} | |
| | 2.见(杀)张表大败[20／九左]{20／九左} | |
| | 3.我乃是十常侍中姚官(一人)段珪让,道体(俺)众人商议众(来)[15—16／十左]{15—16／十左} | |
| | 4.操保众(荐)玄德公[20／十四左]{20／十四左} | |
| | 5.认得是徐州太守陶谦手中步一剑(队将)曹豹[15／十六右]{15／十六右} | |
| | 6.张飞大怒也与子(出马手)持文(丈)八神牟[2／十七右]{2／十七右} | |
| | 7.别(来)日天晓忧(先)主[20／十八左]{20／十八左} | |
| 卷中 | 1.无三日三帝(现帝)[1—2／一右]{1—2／一右} | 致误原因不明 |
| | 2.岂知玄德是汉宗室,无利升何(无计奈何)[13／一右]{13／一右} | |
| | 3.古了(吉平)疗之[20／一左]{20／一左} | |
| | 4.又曰:"美髯公随后操(押)粮草去"[5／四左]{20／四左} | |
| | 5.好(云)长关羽不强[15—16／四左]{15—16／四左} | |
| | 6.寸(付)与十个美人,想(又)令人[20／五左]{20／五左} | |
| | 7.托虏房汉之失(忠)臣也[9／十五右]{9／十五右} | |
| | 8.次日天明,众(孙)权再言此事如何……你(孙)权拔剑断众军(其案)曰:……[12—13／十五左]{12—13／十五左} | |
| | 9.兔死,日(打)六十大捧(棒)[15—16／十七右]{15—16／十七右} | |
| 卷下 | 1.宣四(近)臣言治天下事[14—15／四右]{14—15／四右} | |
| | 2.尔不如握剑分明犹哉(道我)当为君尔当死[19／十四右]{19／十四右} | |
| | 3.西川起马(四)十万军[17—18／十四左]{17—18／十四左} | |
| | 4.汉室衰弱槽分(曹操)夺了天下[10／十四左]{10／十四左} | |
| | 5.朱葛问(奏)曰:"今岁征吴……"[15—16／十四左]{15—16／十四左} | |
| | 6.至白帝城充(下)五坐连珠寨[1—2／十五右]{1—2／十五右} | |
| | 7.非太公孙武子系(管)仲张良不能化也[20／十五左]{20／十五左} | |
| | 8.反将杜旗要之(战)[8／十六左]{8／十六左} | |
| | 9.孟达自缢陷(而)死[9—10／十八右]{9—10／十八右} | |
| 总计 | 《事略》不明缘由致误处卷上7项,卷中9项,卷下9项,共计25项 | |
| 合计 | 《事略》各卷因形近致误处135项,因联想牵连致误处22项,误得难究原因者达25项,合计182项 | |

　　表 2-3 显示《事略》《平话》二书中的异文共 65 项,其中大部分是因《事略》口语化所导致的异文,也有因字形相近的异文如"三""二"之类,亦有部分例证致异原因尚不能明。表 2-4 显示《平话》可补《事略》的空白处多达 29 项,而《事略》可补《平话》的空白处仅 10 项。若《平话》依据《事略》刊刻,则《事略》如此多的空白处《平话》从何补足? 更何况《事略》中大量存在的缺损漶漫处何由得补? 表 2-5 显示《事略》正《平话》错处共计 26 项,《平话》所误处大多为形近所致。表 2-6 显示《事略》各卷因形近致误处 135 项,因联想牵连致误处 22 项,难究原因者达 25 项,合计 182 项。可见《事略》主要致误原因在于刻手之粗心,因其不严谨所造成的鲁鱼之误约占整体的 74%。《事略》全书文字一省到底的简俗风格,诸如朱葛(诸葛)、得(德)、议(議)、龙(龍)之类,且不分场合地几乎一律以尊称"曹公"代替《平话》中的"曹操"或"曹贼",这有可能是因为《事略》刊刻的元末社会对于蜀汉正统地位不再如宋元易代之际那般强调与维护,因而对曹操的恶感减少,也有可能出于刻工因"曹公"笔画少力求省事所致,这些与其插图的粗拙风格是一致的。

　　特别值得关注的是《事略》中的一项武职名称错误与一则异文。一为《平话》中两次出现的"步队将"一称,一出现于"孔明百箭射张合(郃)"叶内:"使步队将邓文引军三千夺木牛流马十数只。"{卷下/7/二十左}《事略》阙此叶。一出现于"三战吕布"叶:"认得是徐州太守陶谦手中步队将曹豹。"{卷上/15/十六右}《事略》该处为"认得是徐州太守陶谦手中步一剑曹豹"[卷上/15/十六右]。步队将作为宋代武职之一,见于宋人文献如李纲《传信录》:"又团结马步军四万人,为前后左右中军,军八千人,有统制、统领、将领、步队将等,日肄习之。"① 徐梦莘《三朝北盟会编》:"其中寨粘罕坐银交椅,皆令怀州官立其前,先引第一行知州、通判、钤辖、都监、部队将、鼎澧路将、鼎澧步队将兵作一行,次州官一行。"② 据《历代职官表》记载,宋代诸路部将、队将相当于清代正四品正五品的都司、守备③。《事略》中"步一剑"可能是因为到元末修补刊刻《事略》时,元人已不甚知晓这种宋时武职官名,故有以上因对该武职的陌生化而导致的行文错误。再看《事略》中的异文,《平话》卷下:"军师曰:'无数日,我就帐内捉你。'蛮王不信。诸葛多使酒食款待孟获去了。"{5/十七右}而《事略》卷下已变为:"军师曰:'无数日,我就帐内

---

① (宋)李纲著,王瑞明点校:《李纲全集》卷一七一《传信录上》,岳麓书社 2004 年版,第 1579 页。
② (宋)徐梦莘《三朝北盟会编》卷六一,上海古籍出版社 2008 年版,第 459 页。
③ 黄本骥编:《历代职官表》卷五,上海古籍出版社 2005 年版,第 293、291 页。

捉你蛮王波．'这朱葛多使酒食款待孟获去了。"[5 / 十七右]表 2-3 已显示
《事略》较《平话》多有口语化所导致的异文,此处所改的"波"正是元代常见
于元杂剧的口语词①,显示出元人修改的痕迹。这些或许都能成为《事略》
晚于《平话》的佐证。

　　总体上看,《事略》中的旧板文字显示很可能的确存在过一种至元(前至
元或后至元)时刊刻的《事略》。既然现存《事略》中的简俗字以及字体版式
多同于元末刊刻的《陈抟高卧》,再加上其他诸多旁证,则旧板《事略》刊于后
至元的可能性更大。结合《事略》《平话》中都出现的"参详""当便""拘刷"
"气歇""软痛""生受""省会""斋时""照明""争气"等元代独有的俗语词②,
以及《事略》全书明显存在的元刊本特征来看,《事略》扉页之"甲午",为元顺
帝至正甲午(1354)的可能性更大③。

　　综上所述,要廓清现存《事略》的刊刻年代及版式诸问题,势必要解决
"甲午新刊""至元新刊""照元新刊"何以并存于现存《事略》这一问题。为此
笔者对"照元"一词重加辨析与索解,认为"照元新刊"即依照原刊本新刊而
非"仿照元代刊本"或"照元即肇元"之意。虽然从《事略》本身难以辨析其刊
刻年代,然笔者发现它与基本可确定为元末或元末明初的《元刊杂剧三十
种》之间存在简俗字、草书楷化等诸多方面的相似之处。此外,笔者在对《事
略》与《平话》的同误、同不误处,以及二书之异文、正误及插图等方面异同详
加列表分析后发现,《事略》本身存在新旧交杂的痕迹,其覆刻刊补成分源自
《平话》,而所存留的旧板文字源于原至元刊《事略》,故而《事略》中的"照元
新刊全相三分事略"可理解为依照原至元刊《三分事略》重新刊板而成的《全
相三分事略》。因此,现存《事略》很可能正如日本学者入矢义高教授推测的
那样,是由元末建安书堂于至正甲午年(1354)在原《事略》(很可能刊刻于后
至元年间)旧板基础上覆刻刊补而成,供人阅读却甚为粗恶的一个翻刻坊
本。如此,现存《事略》刊刻时间很可能晚于至治刊《平话》近 30 年。这种粗
恶刻本的出现与建安这一刻书中心在元末的整体衰落以及话本在民间仍有
大量需求的情形不无关系。

---

① 参见李崇兴、祖胜利、丁勇著:《元代汉语语法研究》,上海教育出版社 2009 年版,第 16 页。
② 参看刘坚、江蓝生等编:《元语言词典》,上海教育出版社 1999 年版,第 36、69、148、239、265、
　　285、361、413、418、424 页。所谓"独有"是指同时检索了《唐五代语言词典》与《宋语言词典》,上
　　述语词皆无。
③ 旧板既然残破,扉页当也不够清晰,作为一新刊读物,扉页新刻表新的纪年的可能性更大。

### (四)《三分事略》《三国志平话》与元三国戏

《三分事略》一书叙汉末魏、蜀、吴三国纷争之事,自汉光武帝建国,传至汉灵帝、汉献帝,有黄巾叛,天下大乱。其间刘、关、张桃园结义,共图大事。后刘备三顾茅庐请孔明出山,经赤壁鏖兵,刘备招亲,直至三国鼎立,以诸葛亮死于五丈原为结。此书所叙与元至治建安虞氏刊《三国志平话》无论情节、文字、版式、图像,几乎全同,仅漏刻八叶,其中卷上漏刻三叶,即张飞三出小沛、张飞见曹操、水浸下邳擒吕布。卷中漏刻二叶,即孔明班师入荆州、吴夫人欲杀玄德。卷下漏刻三叶,即孔明斩马谡、孔明百箭射张郃、孔明出师。图像较《三国志平话》更为朴拙,文字亦有少量不同。两者应是同一部书的两家刻本。这些漏叶在《三国志平话》中亦完好无缺,疑书商有意漏刻,以罔读者。此外,赵景深先生指出有所谓民间戏谈的三国故事,即:

> 《柴堆三国》者,乃乡人农隙之时,三五成群,身倚柴堆所谈之《三国》也。如……周仓不服关公,自谓己之武艺胜于关公,关公乃指地上之蚁,令周仓拳击之,蚁仍未死。关公用指一点,蚁即糜烂。又令周仓持稻数根,掷往对岸,讵周仓用力一掷,不过数武即行落下。关公持柴一束,直掷至对岸,方落于地。周仓方始心服,遂肯投降关公,此《柴堆三国》中语也。①

可以看出所谓《柴堆三国》中的三国故事充满着一种独特的农民式的诙谐与智慧。

《三国志平话》有七八万字,在《全相平话五种》里算是规模最大的一种,仔细推勘,它仍然是个简本。当时在瓦舍勾栏中专"说三分"的霍四究说的肯定比他详细。其中最显著的是关羽刮骨疗毒一节,平话仅寥寥二三百字,但是到《三国志通俗演义》(嘉靖本)卷十五中却演成了一篇有声有色的精彩文字;他如"三顾茅庐"一节,也是如此。这些情节从笔记、小说的记载中可以得知正是当日民间讲史乐于大肆渲染的"热闹处"。如《水浒传》第九十回(全传本第一百十回)李逵在东京桑家瓦听说《三国志》,其效果是听得李逵极为兴奋,大声叫好,以致引得其他听众侧目以示不满,可见在当时现场版的三国故事讲说中这类故事决不会如此简略。关于平话过简这一点,还有许多例证可以证明,譬如《三国志平话》中许多故事,往往一句话带过,导致

---

① 赵景深:《中国小说论丛》之《小说琐话》,齐鲁书社 1980 年版。

其语言、情节都不甚完整与连贯。如卷中曹操勘吉平后有这么一句："无数日，曹相请玄德筵会，名曰'论英会'，唬得皇叔坠其筋骨（"筋"应该是"筯"字之讹，可能下衍一"骨"字）。"①在《三国志通俗演义》里这一句却采用《三国志》裴松之注敷演成《青梅煮酒论英雄》一节精彩文字，交代了"论英会"为何会唬得刘备"坠其筋骨"的原委：刘备假装闻雷震惊予以掩饰："一震之威，乃可至于此也！"②这故事是有史实依据的，陈寿《三国志·蜀书·先主传》："是时曹公从容谓先主曰：'今天下英雄，惟使君与操耳。本初之徒不足数也。'先主方食，失匕箸。"③元明时杂剧《莽张飞大闹石榴园》就是演述这个故事，也比平话丰富得多。

此外，《三国志平话》中的一些人物，往往突兀而来，又不知所终。如诸葛亮南征中冒出了"关索诈败"一句，然后全书再找不到任何有关关索的信息。而这位关索在民间传说中却并非籍籍无名之辈，而是一位非常武勇的知名人物。近年来发现的《明成化说唱词话》中，就有专讲关索故事的《花关索传》，且不止一种的明刻《三国志传》也有关索的故事④，而宋元时代的说唱故事中更有许多以关索为绰号的人物，如病关索杨雄等。可见关索故事在民间一直非常流行，《三国志平话》只是将他的事迹删节，却留下了一句"关索诈败"这样的删节证明与痕迹。诸如此类的例证尚多，皆可证明现存的元刊《三国志平话》只是一个删节得很厉害的简本。尤其是它的下卷，从"庞统谒玄德"到"秋风五丈原"诸葛亮归天，到最后的晋王一统三国、刘渊兴汉称王为止，如此头绪众多的历史故事与情节，在平话中仅占全书的三分之一，或许也是平话删削过甚以致草草收场的证据。

同时三国故事对于元杂剧来说也是一绝好题材，据《录鬼簿》《录鬼簿续篇》，《元曲选》《元曲选外编》《孤本元明杂剧》《新校元刊杂剧三十种》，孙楷第《也是园古今杂剧考》，谭正璧《话本与古剧》及傅惜华《元代杂剧全目》等资料大略统计，元时有关三国题材的杂剧相当多，在700多种元剧目中，三国题材的就有50多种。同《三国志平话》一样，其基本思想倾向为拥刘反曹，因而以诸葛亮、关羽、张飞、刘备等人为题材的有30余部，占全部三国戏的一大半，以董卓、曹操、吕布等枭雄人物为题材的也不少，但都处理为反面

① 《宋元平话集·三国志平话》卷中，第793页。
② （明）罗贯中：《三国志通俗演义》，上海古籍出版社1980年版，第207页。
③ （晋）陈寿：《三国志》卷三十二，中华书局1982年版，第875页。
④ 周绍良：《关索考》，《学林漫录》第二集。而早在唐代就有关三郎的神祠，见《云溪友议》卷上"玉泉祠"条。

形象来加以批判与谴责。

元三国戏与平话相较互有启发也互有补充，有些甚至达到惊人的相似的地步。元三国戏总体上包括了《三国志平话》的主要内容，但也有一些是平话中所无，譬如《寿亭侯怒斩关平》《关大王月下斩貂蝉》《王粲登楼》《糜竺收资》《管宁割席》《张翼德力扶雷安天》等剧，显示出元杂剧对三国题材所作出的丰富与拓展，所以罗贯中《三国志通俗演义》创作时"据正史，采小说"，有些超越《三国志平话》处，说明其所采"小说"部分应也包含元三国戏在内。今将元三国戏与元刊《三国志平话》之间的关系列表予以呈现，见表 2-7。

表 2-7　元三国戏与元刊《三国志平话》之间的关系 ①

| 元三国戏 | 《三国志平话》② |
| --- | --- |
| 《刘关张桃园三结义》 | 《桃园结义》(11—13) |
| 《张翼德大破杏林庄》 | 《张飞见黄巾》 |
| 《破黄巾》 | 《破黄巾》 |
| 《虎牢关三战吕布》 | 《三战吕布》 |
| 《锦云堂美女连环计》 | 《王允献董卓貂蝉》 |
| 《董卓戏貂蝉》 | |
| 《刺董卓》 | 《吕布刺董卓》 |
| 《老陶谦三让徐州》 | "有老将陶谦，临死三让徐州与玄德" |
| 《张翼德三出小沛》 | 《张飞三出小沛》 |
| 《白门斩吕布》 | 《曹操斩陈宫》<br>（文内有小标题《白门斩吕布》，以上为上卷标目） |
| 《相府院曹公勘吉平》 | 《曹公勘吉平》 |
| 《莽张飞大闹石榴园》 | "论英会"(50) |
| 《关云长义勇辞金》 | 《曹公赐云长袍》"关云长付印封金"(57) |
| 《寿亭侯五关斩将》 | 《曹公赐云长袍》 |
| 《关云长千里独行》 | 《云长千里独行》(59) |
| 《刘玄德独赴襄阳会》 | 刘表设宴，蒯越、蔡瑁欲图先主(62—63) |
| 《卧龙岗》 | 《三顾孔明》(64—66) |
| 《诸葛亮博望烧屯》 | 《孔明下山》 |
| 《诸葛亮赤壁鏖兵》 | |
| 《七星坛诸葛祭风》 | 《赤壁鏖兵》(81—85) |

① 参见叶胥、冒炘：《元杂剧中的三国戏与〈三国演义〉》，《文学遗产》1983 年第 4 期，第 100—103 页。

② 此下标题为《古本小说集成·三国志平话》画旁小标题，数字为平话相关内容所在页码。

| 元三国戏 | 《三国志平话》 |
|---|---|
| 《诸葛亮火烧战船》 | |
| 《刘玄德醉走黄鹤楼》 | 《玄德黄鹤楼私遁》(87—89) |
| 《两军师隔江斗智》 | 周瑜设计嫁权妹（93—96）<br>（以上为中卷标目） |
| 《走凤雏庞掠四郡》 | 庞统讽四郡皆反(99—102) |
| 《马孟起奋起大报仇》 | 《马超败曹公》(104—105) |
| 《关大王单刀会》 | 《关公单刀会》(116—117) |
| 《范疆帐下斩张飞》 | "王强……帐下杀张飞"(127) |
| 《诸葛亮石伏陆逊》 | 诸葛亮八堆石伏陆逊(128) |
| 《诸葛亮屯兵五丈原》 | 《秋风五丈原》(141—142) |
| 《司马昭复夺受禅台》 | 少帝禅位于司马(143)<br>（以上为下卷标目） |

当然表 2-7 中有些仅存剧目而无剧本流传,但可根据剧目推测出内容与平话大体相同。即便是相同题材,杂剧与平话也存在以下两种情况:一是题目与内容都大同小异,如有关刘、关、张桃园结义故事;二是题目与情节内容都不大相同,如元杂剧《刘玄德醉走黄鹤楼》与平话中《玄德黄鹤楼私遁》,无论情节还是人物都有较大不同处。另有一种情况显示《三国志平话》仍然只是讲史时的较详细的底本,不能完全显示出当时说话人的精彩,如《莽张飞大闹石榴园》一剧情节曲折,张飞形象被渲染得有声有色;但在平话中仅简单提及:"无数日,曹相请玄德筵会,名曰'论英会'。唬得皇叔坠其筋骨。会散。"相较杂剧,如此平淡无奇的平话叙事,很可能为当时说话的删节性快速记录,仅能粗记梗概,大量的细节被遗落了。通过元杂剧,我们得以从另一角度略窥当时"说三分"伎艺的真实盛况。

至于虎牢关一役,元人杂剧就有武汉臣、郑德辉的同名剧《虎牢关三战吕布》(《孤本元明杂剧》第六册),其拥刘贬孙的倾向都非常明显,譬如郑德辉《虎牢关三战吕布》中,孙坚一方面轻视刘、关、张三人,对其大加揶揄:"关前诛董卓,不用绿衣郎",让三人在辕门前"手捏鞋鼻,打躬施礼";另一方面一听说吕布索战就装肚里痛,以致张飞讥骂他是个着软不着硬的镶枪头,说他"……干请了皇家俸,你可是羞也那是不羞"。对孙坚形象极力丑化,背离历史真相甚远。另有《张翼德单战吕布》(《孤本元明杂剧》第十六册),主要写当十八路诸侯战吕布而不能胜,后被曹操所举荐的刘、关、张三人一举战败,当十八路诸侯都对三人大加赞扬时,孙坚仍表不服,与张飞再赌印牌,直到张飞一人一骑取胜吕布,孙坚才彻底服输,此剧同样是为揄扬刘、关、张三人而设。而《三国志平话》中却无对孙坚形象的丑诋类情节,可见,与平话相比,元三国戏离历史真相愈远,虚构更多。

对三国故事的发展演变中,受《三国志平话》影响的《三国志通俗演义》对此后的明清历史演义小说的影响更为广远。《新列国志》可观道人序称:

> 自罗贯中氏《三国志》一书以国史演为通俗,汪洋百余回,为世所尚。嗣是效颦日众,因而有《夏书》《商书》《列国》《两汉》《残唐》《南北宋》诸刻,其浩瀚几与正史分签并架,然悉出于诸村学究杜撰①。

可见《三国志通俗演义》是我国历史小说繁荣的起点,也是一个高峰。《三国志平话》的篇幅虽然仅是《三国志通俗演义》的十分之一,但它对后者仍然有着重要的作用。其中《三国志平话》的许多重要情节,都为后者所吸收,或被后者加以丰富提高。二者的相互关系从表2-8看可谓一目了然②。

表 2-8 《三国志平话》与《三国志通俗演义》(嘉靖本)回目对比

| 《三国志平话》(目依插图) | | 《三国志通俗演义》(嘉靖本) | |
|---|---|---|---|
| 桃园结义 | （卷上） | 祭天地桃园结义 | （卷一） |
| 张飞鞭督邮 | （卷上） | 安喜张飞鞭督邮 | （卷一） |
| 三战吕布 | （卷上） | 虎牢关三战吕布 | （卷一） |
| 王允献董卓貂蝉 | （卷上） | 司徒王允说貂蝉 | （卷二） |
| 曹操勘吉平 | （卷中） | 曹孟德三勘吉平 | （卷五） |
| 关公刺颜良 | （卷中） | 云长策马刺颜良 | （卷五） |
| 云长千里独行 | （卷中） | 关云长千里独行 | （卷六） |
| 关公斩蔡阳 | （卷中） | 云长擂鼓斩蔡阳 | （卷六） |
| 古城聚义 | （卷中） | 刘玄德古城聚义 | （卷六） |
| 先主跳檀溪 | （卷中） | 玄德跳马过檀溪 | （卷七） |
| 三顾孔明 | （卷中） | 刘玄德三顾茅庐 | （卷八） |
| 赵云抱太子 | （卷中） | 长坂坡赵云救主 | （卷九） |
| 张飞据桥退卒 | （卷中） | 张翼德据水断桥 | （卷九） |
| 赤壁鏖兵 | （卷中） | 周公瑾赤壁鏖兵 | （卷十） |
| 落城庞统中箭 | （卷下） | 落凤坡箭射庞统 | （卷十三） |
| 关公单刀会 | （卷下） | 关云长单刀赴会 | （卷十四） |
| 孔明七纵七擒 | （卷下） | 诸葛亮七擒孟获 | （卷十八） |
| 孔明斩马谡 | （卷下） | 孔明挥泪斩马谡 | （卷二十） |
| 秋风五丈原 | （卷下） | 孔明秋风五丈原 | （卷廿一） |

---

① （明）可观道人:《新列国志叙》,见丁锡根编:《中国历代小说序跋集》(中),人民文学出版社1996年版,第864页。
② 胡士莹:《话本小说概论》,第738页。

从表 2-8 中可以看出《三国志通俗演义》的重要情节,在《三国志平话》中大都已经出现。不仅在故事情节方面如此,就是两书的基本思想倾向也都一脉相承。早在北宋时期说话人中的三国故事已能使小儿"闻刘玄德败,颦蹙有出涕者;闻曹操败,即喜唱快"(《东坡志林》)。说明拥刘反曹倾向已深入人心。到了南宋时期,由于金、元的先后入侵,南宋至元代的文人学者往往将汉室视为汉族的代称,而将金元入侵者比喻为曹操。司马光的《资治通鉴》因尊重历史事实,以曹魏为正统,而南宋朱熹却认为司马光在正统问题上有乖正论,特纂辑《资治通鉴纲目》,尊蜀汉为正统。这种尊刘抑曹倾向在《三国志平话》中也很明显,如平话编撰者一方面极力渲染曹操的奸诈,另一方面又极力描写玄德的仁德,甚至在文末还虚构出汉帝的外孙刘渊兴汉灭晋终为汉室复仇的这样一个有悖历史真相的结局。《三国志平话》的这种倾向同样为《三国志通俗演义》所沿袭,并且由于该演义小说的长时间的盛行,这种拥刘反曹的倾向与观点一直影响至今,以致郭沫若等学者不得不为曹操翻案。

当然,罗贯中的《三国志通俗演义》虽以《三国志平话》为蓝本,但对它却是有扬有弃。《三国志平话》中的很多情节都不见于《三国志通俗演义》,《三国志平话》中所列 69 目中就有 10 目不见于《三国志通俗演义》,这 10 目分别为:汉帝赏春、天着司马仲相作阴君仲相断阴间公事、孙学究得天书、张飞杀太守、玄德平原德政及民、张飞捽袁襄、玄德哭荆王墓、孔明杀曹使、玄德黄鹤楼私遁、张飞捉于昶等。罗贯中把它们删落了。另如庞统阴助黄忠斩张任、曹操劝汉献帝让位于其子曹丕、刘渊建立后汉等情节因系民间历史故事,在对史实的改编上,明显具有"以心运史"倾向,以致"近史而悠谬",因离史实太远,亦为罗贯中剔除。总体上看,罗贯中的兴趣与关注点在于叙述他所了解的历史事实以及如何摒弃"说三分"与元三国戏中明显的虚构部分,而且罗贯中《三国志通俗演义》中既有宏大的历史叙事,在结构方面也更精致圆融,可以说在本质上提高了这部小说的审美层次。譬如著名的赤壁之战,罗贯中把一场有着数十万人参战的战役写得那般瑰丽动人,众多人物穿插错落而又浑然和谐。但这场战役在平话中却写得平淡而粗拙。相较而言,元代众多叙事细致,情节更具体生动的三国戏或许对罗贯中发生了平话所不及的叙事、塑型影响,为其情节的丰富与提炼提供了进一步发展的基础。

步武罗贯中的那些历史小说的编撰者,他们同样不满于说书人企图纠正历史上的种种不公正的简单做法,而倾向于史官的儒家观点,把历史看作是一治一乱的周期性更替,看作是一部人们不断与变乱、恶俗等时常猖獗的恶势力做斗争的实录。一方面,他们比说书人更尊重历史事实,另一方面也就缺乏说书人叙事时活灵活现的本领,未能像说书人那样不为严格的历史道德与伦理所缚,缺少表现现实生活的复杂性①。

## 第五节　宋元间讲史类话本

### ——《薛仁贵征辽事略》

《薛仁贵征辽事略》一书的面目较上述《全相平话五种》更为模糊,明代视之为杂史类,当今学界已视为讲史类话本,从其题名看似与《三分事略》有某种联系。

### 一、《薛仁贵征辽事略》的版本与流布

现存《薛仁贵征辽事略》,明《文渊阁书目》卷六杂史类有著录,注云:"一部一册,阙。"原书单刻本今已不存,幸赖《永乐大典》卷五千二百四十四(十三萧)之"辽"字韵全文收入,赵万里据英国牛津大学图书馆藏大典本摄影移录校注,由古典文学出版社 1957 年排印出版。1993 年上海古籍出版社《古本小说集成》之《薛仁贵征辽事略》即据大典本影印。

赵万里先生从英国牛津图书馆所藏大典中所辑出的《薛仁贵征辽事略》附录其所作后记,云:"此书文辞古朴简率之处,和至治新刊平话五种相似,当是宋元间说话人手笔。"其中涉及芙蓉城故事,赵氏据以推断:"可见此书写作时代,当在王子高故事流传正盛时。据此推断,知非南宋时或元初不可矣。"此论之据在于:

> 秦怀玉领兵出阵,便似挂孝关平也。案关平与父关羽同时被杀,明见于史,此事本无问题,但在至治新刊《三国志平话》卷下"刘禅即位""诸葛七擒孟护""诸葛造木牛流马"三节中,均有关平出场。可知说话人心目中关羽被杀时,关平并未同死;与此书称"挂孝关平"若合符节。据此推断,此书写作时代当与《三国志平话》写作时代相距不远。②

---

① 〔美〕夏志清著,胡益民等译,陈正发校:《中国古典小说史论》,江西人民出版社 2001 年版,第 10 页。
② 赵万里编:《薛仁贵征辽事略》附录赵万里后记,中华书局 1958 年版,第 75—76 页。

胡士莹先生《话本小说概论》也指出：

> 话本中所用典故，亦多为宋元话本和戏曲中所习见者。如叙述尉迟敬德请求从唐太宗征高丽，唐太宗说他老了，而敬德并不伏老，并臂举殿下千余斤的石狮子，转殿行走如飞。元人有《敬德不服老》杂剧，其内容或去此不远。又话本中描述薛仁贵引兵至安地岭，在一官观中遇一妇人，有如"芙蓉城下，子高适会琼姬；洛水堤边，郑子初逢龙女"。宋代大曲及宋元南戏中都表演过这两个故事。①

认为《薛仁贵征辽事略》应是宋元间讲史类话本，在没有确凿证据的情况下，胡士莹、赵万里两位前辈学者的这一稍显宽泛的判断似更为科学，本书对此话本也采用这一模糊处理的办法。

陈汝衡先生则将之径断为"南宋时代产物"②，恐怕有点过于肯定，因为《薛仁贵征辽事略》本身的体制、语气风格均与元至治间刊"全相平话"十分接近。其开场诗云："三皇五帝夏商周，秦汉三分吴魏刘，晋宋齐梁南北史，隋唐五代宋金收。"与《武王伐纣书》开场诗全同，这首诗历叙各朝至金止，显然是元人口吻。故而本书倾向于认为，现存《薛仁贵征辽事略》在吸收了南宋、元初讲史成果的基础上，于元初编撰成书并刊刻印行。

## 二、《薛仁贵征辽事略》的内容

《薛仁贵征辽事略》以唐太宗发动的辽东战争为背景，以薛仁贵为中心，讲述薛仁贵在征辽战争中屡立大功，但屡次都被主将张士贵和副将刘君昂冒功受赏，二人甚至还企图谋害薛仁贵，中间变故迭起，直至最后真相大白，薛仁贵终于受到太宗的赏识，得以功成名就，而张士贵、刘君昂也分别受到了应有的惩罚，是一种典型的中国俗文学中的大团圆以及好人好报、恶人恶报的叙事模式。作为故事主角的薛仁贵，史上实有其人，《新唐书》《旧唐书》中均有其传，记载其于贞观末随唐太宗征辽东，战功彪炳。其中《旧唐书》卷八十三《薛仁贵传》记载较详，云：

> 薛仁贵，绛州龙门人。贞观末，太宗亲征辽东，仁贵谒将军张士贵

---

① 胡士莹：《话本小说概论》，中华书局 1980 年版，第 730—731 页。
② 陈汝衡：《宋代说书史》，《陈汝衡曲艺文选》，上海文艺出版社 1979 年版，第 312 页。

应募,请从行。至安地,有郎将刘君昂为贼所围甚急,仁贵往救之,跃马径前,手斩贼将,悬其头于马鞍,贼皆慑服,仁贵遂知名。及大军攻安地城,高丽莫离支遣将高延寿、高惠真率兵二十五万来拒战,依山结营,太宗分命诸将四面击之。仁贵自恃骁勇,欲立奇功,乃异其服色,着白衣,握戟,腰革建张弓,大呼先入,所向无前,贼尽披靡却走。大军乘之,贼乃大溃。太宗遥望见之,遣驰问先锋白衣者为谁,特引见,赐马两匹、绢四十匹,擢授游击将军、云泉府果毅,仍令北门长上,并赐生口十人。及军还,太宗谓曰:"……朕不喜得辽东,喜得卿也。"寻迁右领军郎将,依旧北门长上。

据传,薛仁贵就是在征辽战役中以奇功博得唐太宗常识,成为征辽名将,是后世薛仁贵故事系列据以生发的叙事母题。而薛仁贵故事生发的更重要的深层原因在于薛仁贵的平民身份对于底层百姓具有一种独具的亲和力和诱惑力,而他后来的发迹变泰激发了普通百姓的潜在期望与价值寄托。话本《薛仁贵征辽事略》就是以上引史实为基础,进行大量虚构与捏合,从而使得故事波澜起伏,悬念时起。究太宗、高宗两朝征辽主帅为李勣、苏定方,在这一历史场域中薛仁贵不过是一名建立过一定功绩的战将而已,且历史上的薛仁贵并没有像话本所叙一样与高丽名将盖苏文交手过,且在唐太宗征辽这一历史事件中,盖苏文始终没有被唐军打败过。另如话本大肆描写的张士贵、刘君昂(《旧唐书》作刘君昂,《新唐书》作刘君印)冒功之事纯属为衬托薛仁贵神勇所塑造的虚构情节,史书记载张士贵最后"以军功累迁左领军大将,封虢国公",迥异于话本中被丑化的小人形象;又话本中薛仁贵"三箭定天山"故事本为薛仁贵破突厥时事,在话本中亦被杂糅入征辽系列故事中,则为讲史家惯用之移花接木手法。

话本《薛仁贵征辽事略》最值得注意的是,它在情节结构方面刻意制造悬念,从而使得它与其他几种平话相比,独具特色。该话本纯以薛仁贵为主角,他人皆为陪衬,从而塑造了一个令人印象深刻的备受阻抑而最终功成名就、发迹变泰的名将形象。其他如《三国志平话》因为有丰富的历史史实作依据,往往按书的编年顺序一路写去,不免显得平铺直叙,故事亦无甚波澜,即便也塑造了关羽、张飞这样的名将形象,却多少被三国这样的宏大历史叙事掩去了光彩。其他几种大抵如是。而《薛仁贵征辽事略》因为于史可征的故事原型不多,故话本编撰者不得不主要着眼于个人传奇,只能依靠人物的传奇经历与故事情节的曲折起伏来吸引受众,为后来的《水浒传》等英雄传奇类章回小说导夫先路。诸如薛仁贵杀入重围救出了任城王李道宗，当任城王正要向唐太宗举荐薛仁贵时，却突然口中吐血，倒地身亡，使得张士贵得以乘机冒功，又如薛仁贵救出了段志贤，而当段志贤脱险后要为其上报战功时，同样也不幸伤重身亡，为小说中常见而俗滥的"无巧不成书"模式。《薛仁贵征辽事略》在太宗征辽这个大背景下设计了多次以薛仁贵为中心人物的战役，在虚构这些战役时，编撰者不重史实，纯以塑造薛仁贵的英勇而虚构出许多戏剧性的冲突，利用小说中常用的巧合手法，刻意制造矛盾冲突，且情节设计略显重复，没太多新奇变化，然较其他几种平话已足以显示出它巧于结撰虚构故事、塑造人物形象的特色了，也可以看出讲史平话向小说、戏剧艺术技巧借鉴的倾向与成效。相较于其他几种平话，《薛仁贵征辽事略》在艺术构思、布局的高明之处也正在此等处，因为文学创作不同于历史著述，它可以不对历史事实的细节负责，只求挖掘出历史事实内蕴的真相和情感。

此外，《薛仁贵征辽事略》①中另外一些新颖之处是它的场面描写。譬如该话本在正文叙事过程中营造了一个薛仁贵弹剑作歌的场面，颇有意境。当大将尉迟敬德怀疑张士贵冒功受赏，夜入张士贵军营打探，碰巧听到薛仁贵在弹剑悲歌，歌辞如下：

> 未逢时运且蹉跎。茅舍两三间，数株凋残柳，红叶落林间，闷对樽前酒。书剑两无功，使我懒开口。又不得横戟阵前（后文作"既不得横剑跃马往阵中"），笑斩辽东元帅首，又不得长驱大众疾如雷，扫荡妖尘清宇宙。英雄智力不能施，空将愤气冲牛斗。

而当尉迟敬德再次潜入张营时，又听到了薛仁贵在唱这首歌，终于找到了这位屡立战功的英雄。于是当这首颇有文采的歌辞在受众耳内心中多次回旋响起时，颇令人联想起《三国志通俗演义》中赤壁之战前曹操横槊赋诗的场面与意境，不知二者之间是否有着某种联系。同时这首歌词中充溢着陆游式的"书剑两无成"的报国无门的愤慨与悲凉，很像是一个颇有抱负却科举功业两不就的失意文人的心声，与《五代史平话》中借黄巢之口所赋下的诗中那种书剑两飘零的意态与情绪十分接近，说明这两种话本很可能都出自书会才人之手笔。只不过在《五代史平话》中这类诗在怀才不遇的悲愤

---

① 赵万里编：《薛仁贵征辽事略》，中华书局 1958 年版，第 23 页。

之外,更有一种国破家亡的悲怆感,这在某种程度上证明了《薛仁贵征辽事略》有可能出于宋亡后元代初期的书会才人之手。同样是怀才不遇、困顿潦倒的文人,在宋话本中他们还能相信自己的才能,虽屡遭挫折,仍不坠青云之志,这是宋代科举多偏于寒士的取士制度带给他们的信心与期许。而在元杂剧中则由于时代氛围给予文士精神情感的沉重打压,使得他们中的大多数怀疑自己的人生与价值,因而往往起夜中难寐、前路渺茫的悲凉之音。在谴责世风浇薄的同时,既愤激于社会的不公,又悲叹于自身生计的穷困。这种现象是由于接受行为中对稳定性因素的增益或变异而引发的,其所提供的信息能烛照出时代嬗变中的精神和心理蕴涵①。即便是历史人物、历史题材,经过文人编撰者的过滤,也会打上文人特有的烙印,往往借他人之酒杯,浇自己之块垒,抒一己之衷肠,绘一己之宏图;在构思情节时,有时也将文人自己的行为强加在历史人物身上。所以话本编撰者才会反复描绘薛仁贵弹剑作歌的场面与意境。

《薛仁贵征辽事略》既称"事略",又语言较为简略,当与《三分事略》一样,很可能是一个节略本,且时代相近。与话本《薛仁贵征辽事略》相关的通俗文学有元无名氏的杂剧《摩利支飞刀对箭》与《薛仁贵衣锦还乡》,演述薛仁贵征辽故事;明清二代写薛仁贵的通俗文学作品更多,明代传奇《薛仁贵跨海征东白袍记》《薛平辽金貂记》,均以薛仁贵征辽故事为题材。受话本影响最大的是明成化七年(1471)北京永顺堂刊刻的词话《新刊全相唐薛仁贵跨海征辽故事》,内容与话本极为相近,仅在结尾增添了一段薛仁贵告御状的情节。此外,明末清初中都逸叟所著小说《说唐薛家府传》,又名《说唐后传》(后以《薛仁贵征东全传》流行于世),也是在话本的基础上大事敷演,当然较之话本离史实也更远了。

---

① 徐大军:《元杂剧与小说关系研究》,河南人民出版社 2006 年版,第 40 页。

# 第三章　宋元平话的体制

宋元平话发展到一定的成熟的阶段,就会呈现出较为明显而稳态的结构类型与特征,这是讲史艺人与讲史类话本编撰者共同发展并逐渐完善而成的,为此后的明清历史演义小说所承继,得到了进一步发展与完善,形成了明清大盛的章回体小说体制。

## 第一节　宋元平话的程式与范型

### 一、分卷与分段标目形式

讲史一门多"讲说《通鉴》,汉唐历代书史文传,兴废争战之事"(《梦粱录》语),牵涉到一个或几个朝代的历史故事,因而内容丰富复杂,篇制往往比"小说"一门的话本宏大得多。现存小说话本中篇幅较长的也仅七八千字,而现存讲史类话本,一般都长达四五万言,最长的《五代史平话》甚至长达十余万言。讲史类话本因为篇幅长,故事头绪纷繁,无论是为了讲述还是阅读,都有必要进行单位划分,于是就有了分卷与分目标志的回目、标目的出现。

从宋末元初罗烨《醉翁谈录》中"说收拾寻常有百万套,谈话头动辄是数千回"的记载来看,讲史艺人是分段分回讲述的,而且说话艺术本身特有的商业文化特质使得分回讲说也是势在必行的,因为那些瓦舍中的讲史艺人靠此伎艺谋生,为了自己的经济收益,就必须套住一批比较稳固的听众,而为了吸引听众,最好的办法还是在故事发展的紧要关头突然打住,对听众宣称"预知后事如何,且听下回分解",使得听众欲罢不能,回回追着故事听下去。这样自然就形成了讲史及话本中的"回"。"回"可能是宋元口语的单位量词,如话本中经常出现的所谓"得胜头回""且听下回分解""变做十数回蹊跷作怪的小说"等,说明这"回"是一个演说或阅读单位。说话作为一门听觉艺术,不仅说话艺人在讲说过程中容易产生疲累感觉,精力不济,需稍事休息;对"看官"(受众)方面而言,过长时间的听讲也会让人产生厌倦情绪,而且对于大部分市民来说,到瓦舍勾栏听艺人说话只是利用余闲去消遣一下,

时间过长势必影响其正业。所以分场分回讲述故事缘于施、受双方的客观
实际需要。在说话艺术上附带衍生的话本,自然沿袭了这一分回形式,从而
形成了话本的回目。"然书标回数,固是后来刻书人所为,而自昔说唱,中间
即有休歇(间歇处,伎艺人谓之务头)。讲史固非多次莫办,小说亦不能限于
一场,如宋明旧本虽只是一篇,施之说唱,则非一时所能尽也。"①对照元稹
诗自注云其时在白居易私宅中进行的《一枝花话》的演述"从寅至巳"长达六
七个小时还未完毕,说明多数小说也是分段分回讲述的。故此章回小说"书
标回数"的源头应追溯至讲史艺术的分场分回讲说,虽说这不是它的唯一源
头,也应该是其重要的源头之一。

　　《醉翁谈录》既称"编成风月三千卷",又说"谈话头动辄有数千回",可见
有"卷"与"回"不同的分段标准。但现存讲史类话本大都是分卷(或集)
的②,如:《五代史平话》的《梁史平话》《唐史平话》《晋史平话》《汉史平话》
《周史平话》,都分别析为上下两卷;《全相平话五种》的《武王伐纣平话》《七
国春秋平话后集》《秦并六国平话》《续前汉书平话》《三国志平话》分别析为
上、中、下三卷;《宣和遗事》现存两种版本系统,一为二卷本,另一种分为元、
亨、利、贞四集。形诸书面的讲史类话本舍弃了口语中的"回",而用"卷",这
可能是因为现存几种讲史类话本都是书会先生或书商编刊的,从图文结合
的版式看,应是从说话底本向案头阅读文本过渡的状态。文本形态的话本
自然倾向于用书面形式的"卷",因为我国经史子集中很早就使用"卷""集"
作为其划分单位,早在扬雄《法言》中就有"一卷之书,不胜异说"之语,而至
迟在唐代就出现了"子集""别集"等用法。

　　书分卷或分段标目,其实是古代简策书籍盛行时代的流风余韵。因为
一根竹木简容纳不了多少字,所以一部书往往需要很多根简才能写完,这样
就需要把书划分成若干单元,一个单元写完就编成策,这种单元古人就叫作
篇或编。一部书可能要写若干竹木简,为查找方便,古人在编简时特意在正
文前添加一根叫作赘简的空简,在赘简背面上端写上篇名,下端写上该篇所
属的书名。因为编简从尾向前卷起后,刚好那根写篇名、书名的赘简露在外
面,使人一目了然,查检方便。这些直接影响到唐及唐以前的手写纸书。宋
代刻书,虽然不是直接以竹木简书为蓝本,却以唐及唐以前的书为依据,故

---

① 孙楷第:《中国通俗小说书目·分类说明》,人民文学出版社 1982 年版。
② 其中《梁公九谏》属于从词话向讲史类话本过渡的作品,已经分为九部分,《薛仁贵征辽事略》现
　 仅存《永乐大典》本,其书原貌已不可见,故不论及。

宋代刻书仍是小题在上，大题在下。这些又影响了中国上千年的刻书风格①。由此我们可以推测，每单元的小题汇集在一起就可能形成后世的目录了。现存讲史类话本中《五代史平话》和《宣和遗事》无图画，但在每卷前都有目录。而《全相平话五种》无卷前目录，却都是上图下文，且图旁有标目，其中《三国志平话》《秦并六国平话》二书中还有用阴文（指话本中黑底白字的部分）间隔出的段落标题，这种图画标目与阴文标题并不完全吻合。这样看来，《五代史平话》和《宣和遗事》二书仍留存有较浓厚的宋版痕迹，至元刻平话，为了更好地适应市民大众的阅读能力与需求，《五代史平话》等书中卷前标题就被吸收分解到图旁，甚至消解为书中的阴文标题。

从讲史类话本分卷的情况来看，主要是刊刻者为了篇幅的均等而分的。最明显的例子莫如《乐毅图齐七国春秋后集》之中卷的卷末描写齐将袁达与燕将石丙相斗，云：

> 当时，二人弃马步斗，约斗八十余合。一人败走，走者是谁人？却被袁达斧迎破石丙捶，石丙败归燕阵。

下卷开篇，编撰者紧接着写道：

> 石丙回寨，见乐毅，具说前事。毅曰："你敢再出战么？"石丙曰："暂气歇！"言未毕，外有袁达高叫："离乱不睹明朝，太平只在今日。交败将石丙出战！"毅见石丙不胜袁达，使一小计……

中卷卷末文字与下卷开篇文字如此紧密衔接，可见此处的分卷完全是刊印者为了篇幅的均等，并非有意识地从内容来考虑。该话本之卷中最末页有一阴文标题"袁达战石丙"，而下卷首页上栏又有"袁达战石丙"的插图，亦可证见其分卷是刻工为平衡各部分所为，与后世章回小说有意识地以内容作为回依据仍有相当距离。

如果图画及画旁标目系刊印时所加，那么文中阴文标题是否也系刊印时由书商或书会先生所加呢？

近来新发现的元刊《新编红白蜘蛛小说》残页中存两处阴文，一处为：

---

① 李致忠：《宋版书叙录·序》，北京图书馆出版社 1994 年版，第 2 页。

郑信将着孩儿一路地哭,回头看时,杳无踪迹。

**但见:**青云藏宝殿,薄雾隐回廊。审听不闻箫鼓之音,遍视已失峰峦之势。日霞宫想归海上,神仙女料返蓬莱。

另一处为话本结尾处:

**正是:**
萧萧班竹映回廊,霭霭祥云笼广宇。

——《古本小说集成·新编红白蜘蛛小说》

阴文后面一接韵文,一接诗歌,似是为了强调或提醒艺人讲演或读者对韵语诗词的特别重视。又《永乐大典》卷一三一三就送字韵梦字条所载元《西游记》中的"梦斩泾河龙"条,有两处痕迹类似于《三国志平话》中的阴文标题,一处为:

守成曰:"你若要不死,除是见得唐王与魏徵丞相行说,劝救时节,或可免灾。"老龙感谢,拜辞先生回也。**玉帝差魏徵斩龙**。天色已晚,唐皇宫中睡思半酣⋯⋯

另一处为:

魏徵曰:"陛下不问,臣不敢言。泾河龙违天获罪,奉玉帝圣旨,令臣斩之。臣若不从,臣罪与龙无异矣。臣适来合眼一霎,斩了此龙。"正唤作**魏徵梦斩泾河龙**。唐皇曰:"本欲救之,岂期有此。"遂罢棋。

——《古本小说集成·梦斩泾河龙》

至于讲史类话本,《乐毅图齐七国春秋后集》与《三国志平话》中不仅图有标目,而且文中还有阴文标题,一般来说,图画及画旁标目大致与该页主要内容相符,但是图画标目与阴文标题的情况要复杂些。为便于分析,现将《乐毅图齐七国春秋后集》中的图画标目与阴文标题列表如下(见表3-1)。

表 3-1　《乐毅图齐七国春秋后集》中的图画标目与阴文标题

| 上图标目 | 正文阴文小题目 |
|---|---|
| 孟子见齐宣王（卷上） | 孟子至齐 |
| 燕王传位与丞相子之为王 | 燕王传位与丞相、齐兵伐燕 |
| 齐人伐燕 | 齐兵伐燕得胜 |
| 燕人立昭王 | 邹忌劫孙子寨、孙子回朝、燕国立昭王 |
| 邹坚弑齐宣王 | |
| 齐王贬二公子 | 邹忌弑齐王、邹坚立齐泯王 |
| 四国合兵困齐 | 孙子诈死 |
| 苏代请孙子救齐 | 四国困齐 |
| 孙子书请四国回兵 | 苏代请孙子救齐 |
| 孙子遇乐毅 | 苏代见孙子、四国回兵 |
| 燕王筑黄金台招贤 | 乐毅下山、燕国筑黄金台招贤 |
| 燕王拜乐毅伐齐 | 邹衍剧辛至燕 |
| 乐毅兴兵伐齐 | 燕王拜乐毅为帅伐齐 |
| 燕齐大战 | |
| 乐毅破齐（卷中） | 燕国伐齐 |
| 燕王入齐报仇 | 乐毅破齐、齐王出走 |
| 齐王出走 | 燕王入齐报仇 |
| 乐毅会淖齿擒齐王 | |
| 固存太子哭齐王 | 楚遣淖齿救齐、乐毅会淖齿破齐、淖齿捉齐王、乐毅令石丙杀齐王 |
| 孙子反间燕王召回乐毅 | 齐臣王烛自经死、固存太子哭齐王 |
| 燕王诏回乐毅 | 孙子下山、孙子反间燕王召回乐毅 |
| 王孙贾射杀淖齿 | 燕王诏乐毅回兵、立齐襄王 |
| 田单火牛阵破燕兵 | 王孙贾杀淖齿 |
| 齐襄王归临淄城 | 田单火牛阵破燕兵 |
| 乐毅再图齐 | 齐襄王归临淄城、燕王再请乐毅图齐 |
| 孙子说乐毅 | |
| 石丙追孙子 | 孙子归齐国、乐毅再图齐、孙子说乐毅 |
| 孙乐斗阵 | |
| 袁达战石丙（卷下） | |

**续表**

| 上图标目 | 正文阴文小题目 |
|---|---|
| 孙子困乐毅 | 孙子与乐毅斗阵 |
| 乐毅请黄伯杨图齐 | 袁达战石丙 |
| 迷魂阵困孙子四人 | |
| 齐国宣鬼谷救孙子 | 孙子拿乐毅 |
| 鬼谷下山 | 孙子放乐毅、黄伯杨下山 |
| 独孤角入迷魂阵 | 迷魂阵困孙子四人 |
| 鬼谷说伯杨 | 齐国宣鬼谷救孙子 |
| 鬼谷擒毕昌 | 鬼谷下山 |
| 渔叟送阴书与鬼谷 | 鬼谷入齐寨、鬼谷说伯杨 |
| 破迷魂阵 | 鬼谷战魏兵 |
| 孙子出迷魂阵大战 | 鬼谷战楚兵 |
| 伯杨乐毅投降鬼谷 | 鬼谷索张晃阴书 |
| 四国顺齐 | 鬼谷得阴书、秦白起助燕、破迷魂阵 |
| | 七国混战 |
| | 七国混战、四国进奉 |
| | 众仙归山 |

从表 3-1 可以看出,《乐毅图齐七国春秋后集》的图画标目与下文引文标题有符和不符之处。话本插图共 42 幅,其中:图画标题与下文引文标题完全相同的有 16 项,占 38%;基本相同的有 11 幅,占 26%;完全不同的情况很少,因为正文中有的一页内出现多个阴文标题,最多的有四个,这种情形下,图画一般选择最具故事性的一个题目进行配画标目,如第 49 页(据《古本小说集成》本,下同)有"孙子归齐国""乐毅再图齐""孙子说乐毅"三个阴文标题,但图画编撰者只选取了"乐毅再图齐",因为这是最为重要的故事情节。另一种图画与阴文标题不符的情况是一页中的后一个标题的主要内容在后一页内,于是下一副图画即以这后一标题为内容与标目。如第 55 页图画标目为"石丙追孙子",而这一页的阴文标题"孙子与乐毅斗阵"处于该页倒数第八行内,主要在第 56 页内展开此标题情节,故第 56 页图画标目是"孙乐斗阵",而第 55 页的主要情节确实为"石丙追孙子",所以从整体看来,图画是紧密配合该页内容而设计的。又因此话本内的阴文标题能比较准确地概括该页内容,故此话本内的图画主要是依据阴文标题来创作的,(这个

结论从表 3-2 中可以得到更明显的证据）因而图画标目与下文阴文标题之间的差异相对较少。插图与图文标目，从表 3-1 可以看出，应是元代刊印时有书商或书商聘请的书会先生所加。由于《乐毅图齐七国春秋后集》中的阴文小标题较有规律，基本上每页都有一至三个阴文小标题，而图画标目也大多与之对应。

《三国志平话》的图画标目与阴文标题出现的情况较《乐毅图齐七国春秋后集》要复杂得多。见表 3-2。

表 3-2　《三国志平话》的图画标目与阴文标题

| 上图标目 | 下文阴文标题 |
| --- | --- |
| 汉帝赏春（卷上） | |
| 天差仲相作阴君 | |
| 仲相断阴间公事 | |
| 孙学究得天书 | |
| 黄巾叛 | |
| 桃园结义（一） | |
| 桃园结义（二） | |
| 张飞见黄巾 | |
| 破黄巾 | |
| 得胜班师 | |
| 张飞杀太守 | |
| 张飞鞭都邮 | |
| 玄德作平原县丞 | |
| 玄德平原德政及民 | |
| 董卓弄权 | |
| 三战吕布 | 三战吕布 |
| 王允献董卓貂蝉 | 张飞独战吕布 |
| 吕布刺董卓 | 吕布投玄德 |
| 张飞捽袁襄 | 张飞捽袁襄，曹豹献徐州 |
| 张飞三出小沛 | 张飞三出小沛 |
| 张飞见曹操 | |
| 水浸下邳擒吕布 | 侯成盗马、张飞捉吕布 |
| 曹操斩陈宫 | 曹操斩陈宫、白门斩吕布 |

**续表**

| 上图标目 | 下文阴文标题 |
|---|---|
| 汉献帝宣玄德关张（卷中） | |
| 曹操勘吉平 | 曹操勘吉平、关公袭车胄 |
| 赵云见玄德 | |
| 关公刺颜良 | 关公刺颜良 |
| 曹公赠云长袍 | |
| 云长千里独行 | 曹公赠袍、关公千里独行 |
| 关公斩蔡阳 | 关公斩蔡阳 |
| 古城聚义 | 古城聚义 |
| 先主跳檀溪 | |
| 三顾孔明 | 三谒孔明、诸葛出庵 |
| 孔明下山 | |
| 玄德哭荆王墓 | |
| 赵云抱太子 | 赵云抱太子、张飞据水断桥 |
| 张飞据桥退卒 | |
| 孔明杀曹使 | |
| 鲁肃引孔明说周瑜 | 曹操拜蒋干为师 |
| 黄盖诈降蒋干 | |
| 赤壁鏖兵 | 赤壁鏖兵 |
| 玄德黄鹤楼私遁 | |
| 曹璋射周瑜 | |
| 孔明班师入荆州 | |
| 吴夫人欲杀玄德 | 吴夫人回面 |
| 吴夫人回面 | |
| 庞统谒玄德（卷下） | |
| 张飞刺蒋雄 | |
| 孔明引众觐玄德 | |
| 曹操杀马腾 | |
| 马超败曹公 | |
| 玄德符江会刘璋 | |

续表

| 上图标目 | 下文阴文标题 |
|---|---|
| 落城庞统中箭 | 落城射庞统 |
| 孔明说降张益 | 张飞义摄严颜 |
| 封五虎将 | 庞统助计、黄忠斩马守忠、皇叔封五虎将 |
| 关公单刀会 | |
| 黄忠斩夏侯渊 | |
| 张飞捉于昶 | 黄忠斩夏侯渊 |
| 关公斩庞德佐 | 张飞捉于昶、诸葛亮使计退曹操、曹操斩太子、关公斩庞德佐、关公水淹于禁军 |
| 关公水淹于禁军 | |
| 先主托孔明佐太子 | |
| 刘禅即位 | |
| 孔明七纵七擒 | |
| 孔明木牛流马 | 诸葛七擒孟获 |
| 孔明斩马谡 | 诸葛木牛流马 |
| 孔明百箭射张部 | |
| 孔明出师 | 诸葛斩马谡、百箭射杀张部 |
| 秋风五丈原 | |
| 将星坠孔明营 | 西上秋风五丈原 |

　　《三国志平话》中共有插图 69 幅，图画标目与下文引文标题不同的有 42 幅，约占 61％。尤其是卷上"三战吕布"前，仅有图画标目却无阴文标题。而在其他三种全相平话中仅有插图标目却无阴文标题。有人认为这类阴文标题可能是书贾刊印时根据文意粗略地加上去的。因为文中的阴文标题多非事件起讫的自然段落之处，往往上下文相互联属，却被一标题间开，弄得不伦不类。如《乐毅图齐七国春秋后集》卷下中的这两处：

　　　　众将才要出阵，**赵兵助齐**　有大将廉颇领兵一十万至近。

　　　　言未尽，**秦白起助燕**　又报秦大将白起起兵二十万来助燕国。

像这类标题本应处在表示故事段落的悬疑句后，以领起下文故事。可实际上讲史类话本中这类阴文标题的位置十分随意，有研究者由此推测这些标题很可能是刊印时被书贾根据文意粗略地加上去的①。根据现代阅读习惯，这种看法大体是符合实情的，因为这些阴文标目明显阻碍了阅读的流畅性与思维的连贯性。可仔细阅读讲史类话本原文后，发现这些标目是讲史类话本构成的常态，如上所引两例，紧接阴文标题后正是其具体内容的展开，这种随意性正表明了这类标题的话本底本最初就是这样的，因为随意加上的不会呈现出这种常态。如果这类标题都是很正确地放置在故事段落起讫之处，倒很有可能表明是刊印时加上的。这类阴文标题很可能仅是放在那儿提醒艺人此时该宣讲此段情节了，说话人说到这儿的时候只要瞟一眼就可以知道下面该讲的故事了。讲史艺人将这类标题穿插在句子之中，似乎断了文气，但因为这是说话，语句之间可以稍加停顿，或随意添加其他话语，阴文标题放在句子中间，根本不影响说话进程，他们可以很流畅地继续讲下去，应该不是书商等人随意加上去的。《乐毅图齐七国春秋后集》与《三国志平话》都署刻工吴俊甫之名，系出一人之手。而且这两种讲史类话本是保持说话色彩最浓的两种，因而最能反映宋元讲史艺术的原貌与特征。

《乐毅图齐七国春秋后集》与《三国志平话》中除了有阴文小标题，凡是下面引诗、书表之类的文字前，一律印有黑底白字的"诗曰""又诗曰""表曰""书曰"等阴文。现存的宋元讲史类话本中有七种存在阴文的情况，即《五代史平话》《宣和遗事》《全相平话五种》。而在以后的明刻话本小说和章回小说中，阴文已经消失。因此可以说阴文是宋元刊话本特别是讲史类话本中的特有现象。这些阴文在宋元平话中的分布情况基本可分为两类：

一类以"诗曰"等为代表，在此类阴文后接诗、表、书、诏之类，其具体情况为：

1.《五代史平话》：只有每种平话的开场诗以及《唐史平话》卷上的诏书分别用"诗曰""诏曰"阴文标示。

2.《新编大宋宣和遗事》：前集中凡四句以上诗皆用阴文"诗曰"标出，且另起一行。两句的诗对不用"诗曰"提示，亦无阴文。后集中完全不用"诗曰"，亦无阴文。但前后集中凡出现年号处皆用阴文标示。

3.《武王伐纣平话》中凡引诗处皆用阴文标出"诗曰"或"又诗曰"。

4.《续前汉书平话》仅三处用阴文标出：卷上第5页"又诗"，为七绝；第

---

① 纪德君：《中国历史小说的艺术流变》，中国社会科学出版社 2002 年版，第 63 页。

14 页"诗曰"后引诗二句,为五言;卷下第 57 页"有诗为证",为七绝。其他引诗处皆另起一行,同今天引诗格式。

5.《秦并六国平话》凡引用诗、书、表文之处皆用"诗曰""书""表"这样的阴文标示。此外,卷上对七国"秦韩魏楚燕齐赵"或六国名称皆用阴文标示,甚至还对"楚将"之"楚"之类都用阴文标示。如《秦并六国平话》卷上:

> 那七国者,**秦韩魏楚燕齐赵**也。秦姓嬴氏,周武王时封秦,至武公、惠公时分,始僭称王,此秦国也。①

另一类话本如《乐毅图齐七国春秋后集》与《三国志平话》,除了引诗全用"诗曰"等阴文标示外,还存在着许多表述故事内容的阴文小标题。这些阴文标题大都插在叙述句中,与前后句之间无语法上的联系。

这些阴文中以"诗曰"为代表的系列,其功能如王旭川先生所说,主要也是起提示作用。虽然讲史艺人"说收拾寻常有百万套,谈话头动辄是数千回"(《醉翁谈录》语),这是指故事情节方面,至于话本中所引用的大量诗歌、书、表之类,由于大多数引自他人,不能即兴发挥,讲史家为了显示自己"博通书史",为了"字真不俗",必须将这类诗词韵语背诵下来。每到阴文"诗曰"处,对施受双方都是一种提醒:以下是以高雅简洁的诗格语言来对此前内容情节进行或概括或渲染之处了。同样,话本中的其他阴文小标题也是起着提示作用,其目的同样在于提醒说话人应该发挥的关键处到了,往往该处会用几个字予以概括此前讲说或所叙内容情节,以期迅速唤起说话人或读者的记忆。这两类阴文很可能是说话人用以师徒相授或自己揣摩的底本中固有的,属说话人自己在底本标出以备记忆警醒之用的。我们常说"台上一分钟,台下十年功",从柳敬亭说书的史料记载也可看出,说话人"靠敷演令看官清耳",要讲得"自然使席上风生,不枉教坐间星拱",必须反复练习揣摩。又因为讲史内容一般篇幅较长、内容丰富,设置或保留言简意赅的阴文小标题,既能醒目,又能让说书人在练习过程中一瞥之后即能回忆起该段内容,不致前后颠倒错舛。

话本中阴文小标题的设置,与章回小说的标题富有规律性颇不相同,其原因也可能在此,只有说书人觉得有必要在这段内容标示,才以阴文标目。当然从本节上文列表来看,《三国志平话》中往往大段内容并无阴文,这有两

---

① 《古本小说集成·秦并六国平话》,上海古籍出版社 1990 年版,第 3 页。

种可能,要么是说书人设置得很少,要么被刻印书商刊落了。这似可证明说话人曾经确实有底本,尤其对讲史类话本而言,这底本自然不是用来照本宣科的,而是用来揣摩练习或者师徒授受的。除《三国志平话》外,其他几种讲史类话本仅有"诗曰"之类的阴文,阴文标题则已不见,这可能与刊印时所据底本为书会先生所编,本身已无有关;也有可能是书商觉得费工省略不刻,这种漏刻的事在古代是常事。

至于《五代史平话》《宣和遗事》的分卷及卷目以及《全相平话五种》的图画标目很有可能是书会之人编创的,除了受到讲史艺人的启发影响之外,也可能借鉴取法史传与戏剧的编撰方式。因为书会才人所熟悉的经史子集大都是分卷的,并且也有不少设有标目。如《资治通鉴》不仅分卷,而且还有一部《通鉴目录》与之配套,读者可以按目录检寻通鉴内容,到了朱熹,他认为《资治通鉴》的缺陷在于"凡事之首尾详略,一用平文书写,虽有《目录》,亦难检寻"①。于是他进一步将《通鉴目录》与《资治通鉴》正文合二为一,先立"纲",以概括史事之大要,并用大字醒目地标出,再以"节目疏之于下",且用小字低一格来书写(话本阴文可能受此启发而形成),对史事进行具体的记述,便形成一种简易明了的"纲目"体。讲史类话本主要讲述"《通鉴》汉唐历代书史文传",它们除了从内容上取材于《资治通鉴》等史传,在结构体式上也会模仿取法。如《新编五代史平话》基本上是节录改编《资治通鉴》而成,不仅其整个结构体式采取的是《资治通鉴》的编年式,即如正文前的卷目如"敬瑭割使柳州赂契丹""立永宁公主为皇后""契丹立石重贵留守"等,更是直接取法于《通鉴目录》。当然它们也可能受到宋元南戏、金诸宫调、元杂剧中的"折"和"题目正名"的影响,如《三国志平话》图画标目有"桃园结义"之类便是。

至于正文中的阴文标题的来源,孟昭连、宁宗一的《中国小说艺术史》提出新解,认为源于讲史艺人用来招徕听众的"招子",然后由话本整理者记下"招子"上每天的题目,便成了话本的回目。因为是临时写下来的,所以字数多寡不一,也不押韵。甚至认为连话本中的图像也可能是招徕的内容,因为用形象的图像具有更好的招徕效果②。这个结论可备一说,但证据似嫌不足。因为无论是《水浒传》第五十回称"今日秀英招牌上明写着这场话本,是

---

① (宋)朱熹:《辞免江东提刑奏状三》,见:《朱文公文集》卷二二,《四部丛刊》初编集部(第177册),上海书店出版社1989年版,第二十七叶。

② 孟昭连、宁宗一:《中国小说艺术史》,浙江古籍出版社2003年版,第208—209页。

一段风流蕴藉的格范,唤做《豫章城双渐赶苏卿》》①,还是《夷坚志》中"……
今晚讲说《汉书》》"②,都只是标出总题目,不见标出每场内容标题的记载。
阴文标题很可能是艺人在不断的讲史实践中切磋总结概括而成,因为有了
这样的一系列引文标题能够快速地提醒讲述者该讲的内容,而话本中这类
标题也能起到警醒读者快速地回顾总结所读内容的作用。

## 二、宋元平话开篇的程式与范型

说话在长期的实践中形成了一套职业讲述程式,即"初开场有诗歌,是
教人精神收敛收敛,好听讲"。正文散韵相间、夹叙夹议,既通俗易懂,又可
调剂、满足听众不同的感官要求,讲罢还有诗歌,这是"怕听讲人临走心乱,
使他们在走之前精神镇静镇静。这一时的镇静,可能对方才讲过的想一下,
如吃美食,觉得有回味"③。在说话艺术上形成的话本也是由开场诗、缀合
部分(包括入话与头回)、正话、散场诗组成的。话本尤其是讲史类话本的这
一体制格局,不仅为明清拟话本所沿袭,也基本奠定了明清章回体小说的结
构框架。大体上看,章回小说每回开篇有"诗赞",相当于话本的"开场诗";
回末有"诗证"或"诗对",相当于话本的"散场诗";章回小说的整体结构一般
分为楔子、正文、结尾三部分,其中"楔子"又称"引首",大都以"诗曰"或"词
曰"开篇,然后对下引诗词加以解说,并引出正文故事,在形式上与话本的
"入话或头回"相近。

### (一)"开场诗"与"散场诗"

在现存的几种讲史类话本中,每部开端一般都有一至两首七绝或七律
诗开篇,称之为"开场诗"或"开呵诗"④。小说话本,通常都以一首诗(或词)
或一诗一词为开头。这些诗词,有时也称为"言语",如"这篇言语,是结交
行,言结交最难"(《古今小说·范巨卿鸡黍死生交》),"这八句言语,乃徐神
翁所作"(《清平山堂话本·李元吴江救朱蛇》)。但到了讲史类话本中,开场
诗已不见了词,而是基本固定地选取一首或两首的七绝或七律诗开场。在
讲史类话本的篇末,又都有一首七绝或七律的"散场诗",用以总结全书内
容,或予以评论、总结历史经验教训。讲史类话本的开场诗与散场诗一般都

---

① (明)施耐庵:《水浒传》第五十一回,上海古籍出版社2004年版,第443页。
② (宋)洪迈撰,何卓点校:《夷坚志》支丁卷三,中华书局1981年版,第991页。
③ 孙楷第:《俗讲、说话与白话小说》,作家出版社1956年版,第9页。
④ 参见(明)徐渭著,熊澄宇、李复波注《南词叙录》注释:"宋人凡勾栏未出,一老者先出,专说大意
　以求赏,谓之'开呵'。"中国戏剧出版社1989年版。

具有高度的概括性,将历史与历史事件的总结与评论,浓缩于短短七言绝句或七言律诗之中,抒发其历史感叹。全相平话五种仅《前汉书平话》例外,可能跟它有前、后集的因素有关。如《五代史平话》的开场诗云:

> 龙争虎战几春秋,五代梁唐晋汉周。
> 兴废风灯明灭里,易君变国若传邮。①

开场诗的前二句是对五代历史的简略概括,末二句是抒发话本编撰者对五代历史兴亡乱象的深沉感喟,表达了编撰者对历史的某种认识。又如《三国志平话》的开场诗云:

> 江东吴土蜀地川,曹操英勇占中原。
> 不是三人分天下,来报高祖斩首冤。②

与《五代史平话》不同的是,《三国志平话》开场诗的末二句是对三分天下的历史结局的一种解释,也就是对入话内容的概括。

讲史类话本的散场诗一般以总结正文所叙历史故事为主,也有一些是以总结历史教训、抒发历史感慨为主,如《五代史平话》中的《晋史平话》篇末:

> 衣到敝时生虮虱,肉从腐后长虫蛆。
> 向非叛将为驱役,安得强胡敢觊觎。
> 桀犬吠尧甘负主,失身事虏作戎奴。
> 君看彦泽赵延寿,国破家亡族亦诛。③

这类篇尾诗点题或对正文予以理论概括,正是话本作为表演伎艺遗留下来的特征与痕迹。

### (二) 入话与头回

关于入话,胡士莹先生定义为:"在篇首的诗(或词)或连用几首诗词之

---

① 《古本小说集成·五代史平话》,上海古籍出版社 1990 年版,第 1 页。
② 《古本小说集成·三国志平话》,上海古籍出版社 1990 年版,第 2 页。
③ 《古本小说集成·五代史平话》,上海古籍出版社 1990 年版,第 182 页。

后,加以解释,然后引入正话的,叫作入话。"①"入话"一词,首见于《清平山堂话本》,但现存《清平山堂话本》中的作品虽然题目后都标有"入话"二字,但大多数篇章后面却是有诗无"入话"的实际内容,仅于篇首诗后标以"入话"二字而已。对于这种情形,胡士莹先生推测:"大概编集者(或刊印者)主观上认为入话只适合'说话'伎艺表现方式而不太适合于阅读,或者认为繁冗累赘,为节省工料起见,只在篇首标'入话'二字,把入话原文,都刊落了。"②这种推测应该是比较接近当时的实际情形的。与此相似,钱希言先生也曾指出早期的词话本《水浒传》每回皆有"得胜利市头回":

> 话词每本头上有"请客"一段,权做过(个)"德(得)胜利市头回"。此正是宋朝人借彼形此、无中生有妙处。游情泛韵,脍炙千古,非深于词家者,不足与道也。微独杂说为然,即《水浒传》一部,逐回有之。③

不独词话本《水浒传》每回有头回,明万历年间天都外臣(汪道昆)称故老传闻此词话:

> 共一百回,各以妖异之语,引于其首,以为之艳。嘉靖时,郭武定重刻其书,削其致语,独存本传。余犹及见《灯花婆婆》数种,极其蒜酪。余皆散佚,既已可恨。④

既然头回有这种被刊落的命运,入话想亦逃不脱这一商业刊刻模式下的刊落命运。入话主要应是将篇首诗与头回及正话连接为一个整体,起着承上启下的作用。在说话伎艺中,入话是整条链上不可缺少的一节,起着肃静观众、启发听众和聚集等候听众的作用。在那些接近说话底本的话本中,这种入话故事被保留了下来,篇幅长短不一,有较大的灵活性。其特点是它不能独立存在,仅是凭借和小说正话的某种联系,导入正话本事,起着穿针引线的作用,因而小说话本大多有入话,在讲史类话本中情况就有点复杂了。

---

① 胡士莹:《话本小说概论》(上),第 136 页。
② 胡士莹:《话本小说概论》(上),第 138 页。
③ 钱希言:《戏瑕》卷一"水浒传"条,见《中华野史》(明朝卷),泰山出版社 2000 年版,第 3230 页。
④ (明)天都外臣:《水浒传序》,见丁锡根编:《中国历代小说序跋集》,人民文学出版社 1996 年版,第 1462 页。

　　至于头回,通常又称之为"得胜头回""笑耍头回"。如"故事把衔环之事,做个'得胜头回'"(《醒世恒言·小水湾天狐诒书》)。"权做个'笑耍头回'"(《清平山堂话本·刎颈鸳鸯会》)。在不少小说话本的篇首,在入话后,往往插入一段与正话相类或相反的故事,这段故事,它本身可以独立存在,因处于正话的前头,所以就叫"头回"。通常小说话本中的头回故事对职业说书人来说,大都是在正话开始前拖延时间、等待听众时所讲的一个小故事。它不必同正文故事有多少联系,也不必像入话那样必须依赖正文,具有相对独立性。在现存的被大多数研究者视为宋元时的话本中,与正话内容、情感一致的头回故事占了大多数,如《十五贯戏言成巧祸》中,头回讲述一个青年进士因"一句戏言,撒漫了一个美官",同正文中刘官人因同小妾开了一个玩笑,"断送了堂堂七尺之躯,连累二三个人,枉屈害了性命"有类似之处。两个故事联结在一处,印证了话本编撰者所引用的古语"颦笑之间,最宜谨慎"的确当性。头回故事与正话内容与情感相反的也占了一定比例。像《宋四公大闹禁魂张》《张孝基陈留认舅》等都属此类。如《张孝基陈留认舅》头回讲一尚书让五个儿子分习士、农、工、商、贾五业,以免虚担了读书人的名声,不致浮薄荡没了家产的故事;正话则讲一个不肖子倾家荡产,最后被姐夫教育后浪子回头的故事,头回与正话从一正一反的角度讲述了一个如何教育子女后代的道理。头回中简略的小故事,有的被独立发展成完整的话本,如《三国志平话》的有关司马仲相断阴狱的头回故事,后来就发展成为《古今小说》中的《闹阴司司马貌断狱》;《警世通言》卷一一的头回,发展为《警世奇观》中的《秋江梦李宏招四女》;《初刻拍案惊奇》卷一的头回,发展为《警世奇观》中的《前生定金公空贮物》,同书中卷二七的头回,发展为《石点头》的《王孺人离合团鱼梦》①。

　　总体上看,小说话本的"入话"或"头回","或取(与本事)相类,或取不同,而多为时事";"取不同者由反入正,取相类者较有浅深,忽而相牵,转入本事,故叙述方始,而文意已明";且"此种引首(当指入话或头回),与讲史之先叙天地开辟者略异"②。这是因为小说话本与讲史类话本之间在体制上本有差别。讲史类话本在讲本事之前"开场诗"之后所演述的那段与讲史本事紧相衔接的前代或历代史事,与入话或头回皆异,胡士莹先生只好称之为"缀合"部分③,因为它在讲史类话本中似乎兼备入话与头回故事的功能,

---

① 　此二篇均见孙楷第《日本东京小说书目》"警世奇观"条。
② 　鲁迅:《中国小说史略》,人民文学出版社 1967 年版,第 94 页。
③ 　胡士莹:《话本小说概论》,中华书局 1980 年版,第 710 页。

或者说淡化了入话与头回各自的功能。它往往与本事紧紧绾合在一起，与所讲史事呈一线性发展态势，全都被纳入历史的动态循环圈中，呈现出与小说话本不同的另一番面目，我们可以视之为入话与头回的退隐状态与变形，为叙述方便起见，这里称之为潜隐的入话与头回。在现存九种讲史类话本中，《梁公九谏》尚处于一种由词话向讲史类话本过渡的阶段，可存而不论。《全相平话五种》之中，《前汉书平话续集》因续上文，叙事非常突兀，乃紧接上集，直接以"时大汉五年十一月某日，项王自刎而死……"开篇，故无入话与头回，与其他几种全相平话皆异，但其正文结构却较其他四种平话更为紧凑。其他几种现存的讲史类话本都有这类潜隐的入话与头回故事。

小说话本中那些篇首诗系引用他人作品时，话本的叙事者觉得有必要对所引诗词加以说明，如《清平山堂话本》中《花灯轿莲女成佛记》的篇首诗后有说书人出面解释它的来源与意旨的入话："却才白过这八句诗，是大宋第四帝仁宗皇帝做的，单做着赞一部大乘妙法莲花经，极有功德。"甚至还将篇首诗与正文的关系点破："为何说它？自家今日说个女子因诵莲经得成正果。"而那些属于编撰者自撰的篇首诗因往往同故事有着直接的联系，概括了故事的主题，因而无须入话的穿针引线的联结，径以"话说××年间……"开始故事。讲史类话本中也有相类情形出现，如《武王伐纣平话》与《薛仁贵征辽事略》，二书的开场诗是同一首七绝："三皇五帝夏商周，秦汉三分吴魏刘。晋宋齐梁南北史，隋唐五代宋金收。"这可能是当时讲史艺人的套语，后文二书都以"话说……"直接进入所讲史事的溯源部分，而不是从开天辟地的历史谈起，如《武王伐纣平话》直接从商纣王之祖商汤谈起，而《薛仁贵征辽事略》也是从本朝唐太宗说起，可视为节略了相关的入话与头回。

到了"三言"与"二拍"时期，话本的叙事者常常在入话中抒发关乎道德伦常、人生经验的议论，后来的拟话本中更发展成为长篇大论，以致几乎挤占了正文故事的篇幅与空间，入话的那种穿针引线的功能反而变得若有若无了。如《任孝子烈性为神》中关于"色欲乃忘身之本，为人不可苟且"的议论，使得入话的作用发生了明显的改变，变成了编撰者宣扬其道德惩劝的媒介。这种情形在讲史类话本中有着另一种不同的面貌。如《宣和遗事》篇首诗，编撰者"常叹贤君务勤俭，深悲庸主事荒淫。致平端自亲贤哲，稔乱无非近佞臣"，实际上已表达了作品的主题，接着编撰者也就是叙事者继续发挥其对"茫茫往古，继继来今"中有关小人、夷狄以及阴阳的道理，并最后总结为"这个阴阳，都关系着皇帝一人心术之邪正是也"，相当于入话部分。然后又从唐尧、虞舜说起，一直说到唐玄宗时，列举"历代君王荒淫之失"故事，可算是几个简略的头回故事。此后才以"今日话说得,也说一个无道的君王",将潜隐的入话与头回故事与正文本事连贯起来,且揭示了二者的某种联系。《五代史平话》虽分为《梁史平话》《唐史平话》等五书,但实际上编撰者仍将它作为一个整体在经营,这从《梁史平话》卷上的开场诗与其入话与头回故事概括了《五代史平话》全书的内容可知。《五代史平话》的入话与头回由于情节过于简略,几成概述历史的史传语言,连三分汉家天下的民间故事在这里也被简括成几句话:"刘季杀了项羽,立着国号曰汉。只因疑忌功臣,如韩王信、彭越、陈豨之徒,皆不免族灭诛夷。这三个功臣,抱屈衔冤,诉于天帝。天帝可怜见三功臣无辜被戮,令他每三个托生做三个豪杰出来:韩信去曹家托生,做着个曹操;彭越去孙家托生,做着个孙权;陈豨去那宗室家托生,做着个刘备。这三个分了他的天下:曹操篡夺献帝的,立国号曰'魏';刘先主图兴复汉室,立国号曰'蜀';孙权自兴兵荆州,立国号曰'吴'。"①这种过于简洁的史家叙事方式使得其入话与头回的面目十分模糊,以致胡士莹先生将它否定,另称之为话本的"缀合"部分,倒不无道理。而在《秦并六国平话》中,有"这头回且说个大略,详细根原,后回便见"。此话本中不仅明确提出有"头回",且确实将从上古唐虞三代到刘邦灭秦建汉的征伐争战的漫长历史说了个大略,与上述诸讲史类话本属于同一类型,只是过滤掉了历史的神异性,近史般的质直。

至于《三国志平话》,较其他几种平话不同之处在于它具有一个完整意义上的"头回"故事。全书在一首七绝开场诗后,即"司马仲相断阴狱"故事,近似于后来章回小说的"楔子"。这个"头回"故事简略叙述东汉光武帝时一秀才司马仲相游御园,因毁谤天公,被命令在阴间做阎君,断刘邦、吕雉屈杀忠臣韩信、彭越、英布一案,结果三臣被命分别投生为曹操、刘备、孙权三人,三分刘邦汉家天下以报宿怨。这段果报公案,也见于《五代史平话》中的《梁史平话》卷上,但以英布为陈豨,可见三分故事这类民间故事在那时还未定型。但实际上,这个头回故事兼具入话的功能,因为它同时又包容了叙事者对于开场诗的一种诠释:"不是三人分天下,来报高祖斩首冤。"这种故事不但反映了百姓对历史和历史人物按自己的意念和情绪进行重新诠释的现象,而且与正文的三国故事融合无间,已是三国故事的一个不可分割的部分,与小说话本的头回故事在某种程度上游离于正文故事之外颇为不同。

---

① 丁锡根点校:《宋元平话集》(上),上海古籍出版社 1990 年版,第 24 页。

## 第二节　正文中所穿插之诗词及韵语

在中国古代美学氛围和各种发达的正统抒情艺术面前,正如鲁迅所言,作为叙事艺术的"小说和戏剧,中国向来是看作邪宗的",并且在所难免地受到了传统美学和强大抒情艺术深深的影响,从而形成了迥异于其他民族的独特的诗化风格①。

话本正文在语言结构上往往韵散结合,奇行散句中多夹杂骈辞俪句,包含诗词、骈语、歌谣、俗谚等。这种现象源于宋元说话人继承了变文俗讲"白不离歌,歌不离白"的传统,他们在演说故事中,或讲说或演唱。反映到话本中,讲说部分即散文,演唱部分即韵文。随着说话艺术尤其是讲史艺术的发展,讲说部分日益加强,演唱部分越来越削弱,以致最后成了单一的讲说,歌便成了诵。讲史进程中讲中有诵,诵后再讲,能够调节说话现场的气氛,增加听众的兴味,加强艺术效果。留存在宋元话本中,其描写景物、刻画人物常用"正是""诗曰""有诗为证"等话头所引出诗词的韵文,即为当初说话艺人讲唱结合的遗迹。但是初期话本小说中的韵文应跟民间说唱形式有关,但不应把说书中的"有诗为证"全部归因于此②。

诗歌这种文学样式,在我国文学史上最为源远流长且得到了颇为长足的发展,诚如闻一多先生所说:"从西周到宋,我们这大半部文学史,实质上只是一部诗史。"③即使后来唐传奇、宋话本、元杂剧以至明清小说兴起,也没有真正改变诗歌两千年的正宗地位。且叙事诗与抒情诗的比例和成就相形之下实在太过悬殊。这种异常强大的"诗骚"传统不能不影响其他文学形式的发展。任何一种文学形式,只要想挤入文学结构的中心,就不能不借鉴"诗骚"的抒情特征,否则难以得到读者的承认和赞赏。文人创作不用说了,即使民间说书也不例外。

讲史类话本中除了必定出现的"开场诗"与"散场诗"外,在正文的叙事间还经常穿插诗词、书表、信柬甚至庙赞等韵语。韵散相间,唱念结合是说话艺术的叙事形式。说书艺人须具备"论才学有欧苏黄陈佳句,谈古诗是李杜韩柳篇章"(《醉翁谈录·小说开辟》语),说书人夸耀其"吐谈万卷曲和诗"

---

① 　王晓昀:《中国的传统美学与古代小说》,《南开学报》1988 年第 5 期,第 20 页。
② 　参见郑振铎:《中国古典文学中的小说传统》,见《郑振铎古典文学论文集》,上海古籍出版社1984 年版。
③ 　闻一多:《文学的历史动向》,见《闻一多全集》一卷,上海开明书店 1948 年版。

（《醉翁谈录·舌耕叙引》语），不单是显示博学，更重要的是借此赢得受众的赏识并提高其信实度。在说话过程中有意识地插入诗词歌赋，使得讲演有说有唱，既能调节叙事节奏和声情，增添书场的热闹气氛，以招徕和吸引听众；又具有醒目悦耳，对相关情节予以强调的功用。至于文本中间插入诗词等能使叙述者中断叙事时间及顺序，可以调节叙述节奏以引发受众思考与回味；话本中还不时使用格言箴语以宣讲世俗哲理，后为明清章回小说所继承。章回小说中每回前有诗赞，后有诗证或诗对，中间也插有诗词、骈韵之语，或写景状物，或描摹人物。胡适对中国小说缺乏风景描写技术的解释为："一到了写景的地方，骈文诗词里的许多成语自然涌上来，挤上来，摆脱也摆脱不开，赶也赶不去。"①但是如此趋易避难，依赖现成词组现成思路，不愿对景物"个性"予以把握，在形成景物描写程式化的同时也就放弃了艺术独创性的追求。然而由于章回小说中文人的参与，使得小说中插入之诗词韵语更为简约化和精致化，并把叙事注意力由热闹的表面渲染不同程度地转向深刻的内在发掘之上②。

但讲史类话本与小说话本中韵散兼用的情况还是有所区别的：一是在其相对较长的篇幅中，讲史类话本中韵文部分相对较少；二是除了像小说话本多用自拟的或习用的诗词韵文外，讲史类话本较小说话本更为近实，多采用有名有姓的韵文作品，尤其是喜引胡曾等下层文人的咏史诗；三是讲史类话本中的韵语很少用于描写景物；四是除引用诗词韵语外，讲史类话本中还多引用书信、表、疏、奏文之类，但多为编撰者借鉴虚增而成。

诗在讲史类话本中扮演着重要角色，其主要功能可概括为：一、作组织骨干；二、抒情摹态；三、作头尾起结；四、作段落赞词③。其中咏史诗在讲史类话本中具有特别重要的意义，也是讲史类话本的特有现象。这些咏史诗多为七言，七言句在唐五代变文的唱词中已大量运用，大约占全部唱词的65％，是唱词的重要组成部分，用来重复并强调佛经里的要点与精义。但为什么从唐五代的唱词起就多采用七言诗，值得我们研究和探讨。

七言诗和五言诗都是从古代民间歌谣发展而成的。魏晋时五言诗被认可为诗的正体时，七言诗仍仅在民间流行，文人学士们偶尔作两首，往往会遭到轻视与嘲笑，如晋傅玄《拟张衡〈四愁诗〉》的序言说"体小而俗，七言类

---

① 胡适：《老残游记·序》，上海东亚图书馆1925年版。
② 杨义：《文人与话本叙事典范化》，《天津社会科学》1993年第3期，第57页。
③ 张敬：《诗词在中国古典小说戏曲中的应用》，《中外文学》第3卷第11期，1975年。

也"。刘宋汤惠休作了首七言诗,颜延之讥其为"委巷中歌谣耳"①。因此,文人们只有在嘲笑或发牢骚的时候偶一为之,如东方朔的射覆,张衡的《四愁诗》都是此类。可是下层人民却仍爱使用七言来赞美自己的工作和所崇拜的人物。如汉代"尚方"作镜的工人们,不仅将民间传说和历史故事画在镜面上,又用七言写出这些故事的意义,作为镜铭。兹选录一首如下:"尚方作竟(镜)真大好。上有仙人不知老。渴饮玉泉饥食枣。浮流天下敖四海,非回(徘徊)名山采之(芝)草,寿如金石为国保。"到了六朝末年,旧的五言诗走下坡路,新的五言诗正在变化的时候,王梵志、寒山、拾得等人又从民间去汲取新的源泉。如寒山所作的六百多首诗中,他自称就有七十九首是七言的。这时七言诗方始为文人学士所重视。到了初唐,初唐四杰也从民间口头创作汲取营养,用七言白话写起诗来。总之,从六朝末年到开元、天宝间,由于文人学士开始重视七言诗,写作七言,并把七言入乐来歌唱,这也使得流行在人民大众中间的七言更普及,和音乐结合得更紧密了②。

到了晚唐,七绝成了咏史诗的主流体式。自中唐起论史之风逐渐兴盛,托古咏怀之旧调衰歇,因论史之诗通常只是针对一点立论,并不是全面性的批评,而中国诗歌的抒情本质也不适合全面论史,若采用五古,每失之烦冗;经过中晚唐诗人的尝试,发觉七绝最适合在精简的篇幅中一针见血。至于其他各体:律诗严格的格律和对仗较不利于议论;五绝篇幅短小,难以伸展;七古则以叙事灵动为特色,与议论更不相干。由此可见七绝的句式、篇幅、结构等特性,都最能满足以诗论史的需要③。

《全相平话五种》中,共计使用 217 首韵语(包括曲、歌、对句、格言、谚语、庙赞),话本编撰者可以自由地运用多种体式,有四言、五言、七言的绝句和律诗,有时一页之中出现好几首诗,有时一首诗可以横跨好几页。在引用诗之前最常用的套语是"有诗为证""怎见得""诗曰",多出现在七言绝句前④。其中计有七绝 166 首,以套语"有诗为证"引起的有 47 首,比例高达28%。为了增加故事的真实性,编撰者还点出诗人名姓,这类句式有"后有胡曾咏史诗为证""南儒章碣有咏史诗道""有邵康节做八句诗道""宋朝王荆公有诗道"等。其中胡曾、周昙等作为晚唐咏史诗人(尤其是胡曾,其咏史诗

---

① 关于七言诗的转变和长时期不被重视,可参看余冠英的论文《七言诗起源问题的讨论》,载《汉魏六朝诗论丛》,上海古典文学出版社 1956 年版,第 127—173 页。
② 王重民:《敦煌变文研究》,见周绍良、王化文编《敦煌变文论文录》,上海古籍出版社 1982 年版,第 293—298 页。
③ 廖振富:《唐代咏史诗之发展与特质》,台湾师范大学"中研所"硕士论文,1989 年,第 159 页。
④ 参见李宜涯:《晚唐咏史诗与平话演义之关系》,台湾文史哲出版社 2002 年版,第 152 页。

的特点为"一览便尽,开口见喉"),在诗史上影响不大,却经常出现在讲史类话本与历史演义中,与王安石、邵雍这样的文化名人一样被署名标出,可见其在讲史艺人心中的分量。元辛文房《唐才子传》卷八《胡曾传》称,"作咏史诗,皆题古君臣争战废兴尘迹,经览形胜,关山亭障,江海深阻,一一可赏。人事虽非,风景犹昨,每感辄赋,俱能使人奋飞。至今庸夫孺子,亦知传诵。后有拟效者,不逮矣"。胡曾诗从唐到元能使"庸夫孺子,亦知传诵"的很大原因除了可作童蒙教材,另一主要原因可能正是宋元讲史类话本的引用与传播。胡曾咏史诗具有文辞浅显易懂与思想简洁明了的特点,故能平易近人,让市井细民很快接受。胡曾诗中鄙俗的特质与讲史类话本媚俗的特性正相吻合,且其诗中还提供时间、地点、人物、历史事件,更有利于增加讲史的信实度,这正是讲史类话本选中胡曾并大量采用其诗的原因。

胡曾咏史诗在讲史类话本中被指名道姓标出来,始于《全相平话五种》。《宣和遗事》中仅录其诗不署姓名。在全书开篇叙述历代帝王的荒淫失政故事时,编撰者除了开场诗外,在第二、三、四、五首诗中全部引用胡曾的咏史诗,只是不署姓名而已。这几首诗原题分别为《褒城》《章华台》《陈宫》《汴水》。历史上荒淫误国的君主很多,话本编撰者却只选择了这几位,显然是受到胡曾咏史诗的影响与启发,甚至是为了配合胡曾咏史诗中的情景与人物而选编了这四位无道君王的荒淫事迹。因为有胡曾咏史诗为证,不仅使这四人的事迹具有足够的代表性,而且能顺理成章地引出徽宗这位君王的各种荒淫无道事迹及国破人亡的结局,诗与文互相呼应。胡曾咏史诗在此话本中实际上发挥了连缀与定场的作用,即以诗叙史,以诗证史。此外尚引用南宋刘克庄、"南儒"章碣、刘屏山、邓肃等人的诗。如白居易《长恨歌》中的"后宫佳丽三千人,三千宠爱在一身。金屋妆成娇侍夜,玉楼宴罢醉和春","渔阳鼙鼓动地来,惊破霓裳羽衣曲",既可以用来证明唐玄宗的无道行径,又足可证明艺人确实能"谈吐万卷曲和诗"。编撰者也用了邵雍(康节)诗:"自古御戎无上策,唯凭仁义是中原。王师问罪固能道,天子蒙尘争忍言。两晋乱亡成茂草,二君屈辱落陈编。公问延广何人也?始信兴邦亦一言。"①视此诗为宣和、靖康年间乱亡的谶言。

在《全相平话五种》中,咏史诗多达 121 首,占各类诗歌总数(217 首)的56%。如果不计其中的对句、庙赞、谚语等,则咏史诗在比较纯粹的 166 首诗歌中所占比例更高达 73%。其中明标胡曾咏史诗的达 24 首,另有一首七

---

① 丁锡根校点:《宋元平话集》(上),第 272 页。

律,前四句完全引用胡曾《长安》一诗,共计 25 首胡曾咏史诗出现在五种讲史类话本中。胡曾咏史诗在五种平话中的分布情况为:

《武王伐纣平话》共引用胡曾咏史诗两首,一首标明了"有胡曾咏史诗为证",一首未标明仅用"后有诗为证"。这两首诗在胡曾目前存留的 150 首诗中前者题名为《钜桥》,后者为《首阳山》。《钜桥》在《武王伐纣平话》中出现的情景如下:

> 每日纣王共妲己在摘星楼上取乐无休。万民皆怨不仁无道之君,宠信妲己之言,不听忠臣之谏,损害人民之命。纣王今天下变震黎民,广聚粮草,在朝歌广有三十年粮,尽底成尘。有胡曾咏史诗为证。
> 诗曰:
> 积粟成尘竟不开,谁知拒谏剖贤才。
> 武王起兵无人敌,遂作商郊一聚灰。
> 又诗曰:
> 历代君臣壮帝基,何如纣王越天期。
> 渭公注杀谋天手,血浸朝歌悔后迟。①

胡曾咏史诗常在此种情景下被引用,诗与文不仅是一种证明与被证明的关系,且能较为准确恰当地概括话本相关内容,起着加深强化受众印象的作用。这是讲史类话本引用咏史诗的第一种类型。这一类型在《秦并六国平话》中表现得最为彻底。胡曾咏史诗在此话本中出现 15 次,居五种讲史类话本之首,其次序如下:

卷上:
1.《轵道》:"汉祖西来秉白旄,子婴宗庙起波涛。谁怜君有翻身术,解向秦宫杀赵高。"
2.《无题》(此诗不见于《全唐诗》等各种胡曾《咏史诗》传本,盖伪托之作):"诸国兵来要伐秦,反遭亏将损人兵。思量无计回军路,秦勇刚强甚怕人。"
卷中:
3.《易水》:"一旦秦皇马角生,燕丹归北送荆卿。行人欲识无穷恨,

---

① 《古本小说集成·武王伐纣平话》,上海古籍出版社 1990 年版,33—34 页。

听取东流易水声。"

卷下：

4.《云亭》："一上高亭日正晡，青山重叠片云无。万年松树不知数，若个虬枝是大夫。"

5.《东海》："东巡玉辇委泉台，徐福楼船尚未回。自是祖龙先下世，不关无路到蓬莱。"

6.《博浪沙》："嬴政鲸吞六合秋，削平天下虏诸侯。山东不是无公子，何事张良独报仇。"

7.《长城》："祖舜宗尧自太平，秦皇何事苦苍生。不知祸起萧墙内，虚筑防胡万里城。"

8.《沙丘》："年年游览不曾停，天下山川欲遍经。堪笑沙丘才过处，銮舆风起鲍鱼腥。"

9.《杀子谷》："举国贤良尽泪垂，扶苏屈死树边时。至今谷口泉呜咽，犹似秦人恨李斯。"

10.《大泽》："白蛇初断路难通，汉祖龙泉血刃红。不是咸阳将瓦解，素灵那哭月明中。"（"难"字误，原作为"人"）

11.《上蔡》："上蔡东门狡兔肥，李斯何事望南归。功成不解谋身退，直待云阳血染衣。"

12.《高阳》："路入高阳感郦生，逢时长揖便论兵。最怜伏轼东游日，下尽齐王七十城。"

13.《咸阳》："一朝阁乐统群凶，二世朝廷扫地空。唯有渭川流不尽，至今犹绕望夷宫。"

14.《轵道》："汉祖西来秉白旄，子婴宗庙起波涛。谁怜君有翻身术，解向秦宫杀赵高。"

15.《郴县》："义帝南迁路入郴，国亡身死乱山深。不知埋恨穷泉后，几度西陵片月沉。"


《秦并六国平话》依风格、形制可分为二段。以第三十回回目为界，前三十回架构大体依照《史记·秦始皇本纪》外，编撰者颇能发挥其想象力与创造力，多于史实外增添趣味性情节，并不惜反复用形容词句描述，以求生动活泼；史实仅为支撑故事发展之"线"，用以贯穿无数脱出历史轨道之点。而三十回回目后的内容则不出《史记》范围，鲜少编撰者想象与创作技巧，可谓为《秦始皇本纪》《高祖本纪》《项羽本纪》《李斯列传》等篇的融合，仅少部分改写或抄袭错误外，基本是照抄原文或节录。而第三十回回目之后的内容中引用胡曾咏史诗多达 12 首，从侧面证明了此论不虚，因为这些内容几乎全是依傍《史记》成书，所以胡曾咏史诗在这种情况下发挥了"佐证"的最大功效。几乎每隔一段历史叙述，编撰者都用"有胡曾咏史诗为证"来加以证明。

　　胡曾咏史诗与宋元明时期的讲史类话本、历史演义小说有着不解之缘，不仅被引用的数量多、频率高，而且时代越往后，被运用得越成熟。讲史与演义编撰者何以在咏史名家辈出的唐代独独选中胡诗，除了其诗适合教育儿童之外，也与讲史类话本与演义对象多为市民阶层与俗化的文人阶层有关。且讲史艺人与演义编撰者多为有一定文化修养者，而胡曾咏史诗又是童蒙读本所惯用，因而当他们遇到故事的关节处引诗为证时，摇笔而来，脱口而出的便是胡曾咏史诗，另一重要原因即如莫砺锋先生所指出的："胡曾咏史诗的通俗程度很高，故而成为沟通作为雅文学的士大夫之诗与作为俗文学的演义小说之桥梁。"①

　　如《首阳山》在《武王伐纣平话》中出现的上下文情形为：

　　　　前到洛阳，伯夷、叔齐谏武王："臣不可伐君，子不可伐父。启陛下，父死不葬，焉能孝乎？臣弑君者，岂为忠乎？陛下望尘遮道，今日谏大王休兵罢战。纣君无道，天地自伐，愿我王纳小臣之言，可以回兵，只在岐州为君。大王有德，纣王自败也。"伯夷、叔齐如此之谏，故意先交前面风尘遮日，只见昏暗，只图武王听之，回兵不战。武王不纳伯夷、叔齐之谏，言曰："纣王囚吾父，醢吾兄；损害生灵，剥戮忠良，剖剔孕妇，断胫看髓，酒池蛋盆，肉林炮烙之刑……若不伐之，朕躬有罪。卿等且退。"二人又谏曰："大王休兵罢战，不合伐纣，恐大王逆也。"武王大怒，遂贬二人去首阳山下，不食周粟，采蕨薇草而食之，饿于首阳山之下，化作石人。后有诗为证，诗曰：
　　　　让匪巢由义亦乖，不知天命匹夫灾。
　　　　将图暴虐诚能阻，何是崎岖助纣来。
　　　　又诗曰：
　　　　孤竹夷齐耻战争，望尘遮道请休兵。

---

①　莫砺锋：《论晚唐的咏史组诗》，《社会科学战线》2000 年第 4 期，第 95 页。

首阳山倒为平地,应是无人说姓名。①

　　这第一首为周昙咏史诗《夷齐》,第二首为胡曾咏史诗《首阳山》。周昙咏史诗在讲史类话本中不被经常引用,他的这首《夷齐》在其三卷本《咏史诗》中的原文为:

　　　　让国由哀义亦乖,不知天命匹夫才。
　　　　将除暴虐诚能阻,何异崎岖助纣来。②

　　周昙原诗较话本所引更通顺。话本将"才"误为"灾","将除"为"将图","何异"为"何是";在今传周昙《咏史诗》诸多版本中,唯有宋本保存着周昙自注自评,其中"哀"字《古今图书集成》《全唐诗》本作"衰",非。周昙注文认为(夷齐)"而为让者,非沽名欤?"由于话本编撰者不能理解"哀"即"哀怜"之意,干脆将首联改为"让匪巢由义亦乖,不知天命匹夫灾"③。从话本"武王大怒,遂赐二人去首阳山下,不食周粟,采蕨薇草而食之,饿于首阳山之下,化作石人"看来,编撰者可能并没认真对照过周昙宋刊原文,只因耳闻颇熟遂信手拈来作为讲史佐证。第二首胡曾咏史诗《首阳山》中的前两句"孤竹夷齐耻战争,望尘遮道请休兵",正关合前面的故事情节,编撰者甚至用更通俗的语言来解说、组织"望尘遮道"的情节,仍属于咏史诗的第一种类型。而周昙这首诗不同于胡曾叙事类的咏史诗,评论意味颇浓,纯系以诗论史,意在批评伯夷、叔齐企图劝阻武王伐纣之举,这实际上是间接地助纣为虐的行为,实属"匹夫才"。话本编撰者将这首诗放在第一位,实在是用这首诗来概括、代表编撰者本人的历史观,这首诗在这里起着一种情感、观念的显示与概括作用,这可以算是讲史类话本引用咏史诗的第二种类型。

　　在《乐毅图齐七国春秋后集》中,全书引用诗、词、庙赞、表、诏文之类甚多,其中引用胡曾、周昙咏史诗各两首。在开篇的两首"开场诗"后,接着便用胡曾与周昙两首咏史诗证明孙膑设计战败庞涓,并斩了庞涓以报刖足之仇:

---

① 《古本小说集成·武王伐纣书》,上海古籍出版社1990年版,第73页。
② (唐)周昙:《咏史诗》,见曹寅、彭定求等纂:《全唐诗》(下册),上海古籍出版社1986年版,第1826页。
③ 赵望秦:《宋本周昙〈咏史诗〉研究》,中国社会科学出版社2005年版,第79—80页。

有胡曾咏史诗为证。诗曰：

坠叶萧萧九月天，驱羸独过马陵前。

路傍古木虫书处，记得将军破敌年。

其夜孙子用计，捉了庞涓，就魏国会六国君王，斩了庞涓，报了刖足之仇。怎见得？有周昙咏史诗为证。诗曰：

曾嫌胜己害贤人，钻火明知速自焚。

断足尔能行不足，逢君谁肯不酬君。

在《唐诗》稿本中，胡曾原诗第二句是"驱兵独过马陵前"，而在陈盖《新雕注胡曾咏史诗》中，此句为"駈赢独过马陵前"。"駈"为"驱"的俗体字，赢、赢字形相近，话本编撰者应参考过此书的。这实际上反映了讲史类话本采用咏史诗的第三种类型：按故事情节的需要改换原始面貌。

这一点在《乐毅图齐七国春秋后集》卷中所引胡曾、周昙咏史诗中体现得更明显。故事情节发展至田单用孙子之计，即以火牛阵大败燕军时，编撰者写道：

杀得燕兵尸横满野，血浸成河。正传云：杀燕军片甲不回，复齐七十余城。怎见得？有胡曾诗为证。诗曰：

即墨门开纵火牛，燕师营里血波流。

固存不得田单术，齐国寻成一土丘。

又诗曰：

即墨烧牛发战机，夜奔惊火走燕师。

是知公子田单辈，克复齐城在一时。

前一首胡曾诗题为《即墨》，是专咏田单复齐大功的，与话本中将复齐大功系于孙子之身显然不合，但话本编撰者可能因找不到能关合这段情节的更合适的诗歌了，竟抄沿不改，以致诗文互相矛盾。后一首周昙诗原题《鲁仲连》，原诗为：

昔迸烧牛发战机，夜奔惊火走燕师。

今来跃马怀骄堕,十万如无一撮时。①

很显然是咏鲁仲连帮助田单收复聊城一事的,运用对比手法,先咏田单昔日因能死战从而在即墨打败燕军,后联分咏田单今日因骄取败,正如其题下注:"因致胜,骄无功。"据《史记·鲁仲连列传》载这事发生在田单火牛阵破燕之后。而编撰者因找不到合适的咏史诗,因见此诗有"夜奔惊火走燕师"一句符合火牛阵夜破燕师之事,干脆对后两句进行改编,使其能与话本中田单用火牛奇计大败燕军从而克复齐国的内容契合。这第三种类型在讲史类话本尤其是某些历史演义中表现得甚为普遍。

此外,当所叙史事无相关现成的咏史诗可以借用时,因为胡曾咏史诗广为流传于市民俗众中,干脆伪撰托名胡曾咏史诗。如《前汉书续集》卷上:"后有胡曾诗二首为证:可惜淮阴侯……"其实是将伪撰的一首胡曾诗分为二首,因在《三国志平话》卷上有"文通奏曰:'有诗为证。'诗曰:'可惜淮阴侯……'"正与此二首同,可知为伪托之作。有时亦仅伪续后半部分,如《前汉书平话续集》卷中:"有诗为证:关东新破项王归……"其七言八句,前四句为胡曾《长安》诗,后四句因与话本所叙故事不合,故伪续以与情节相合。

总体看来,包括讲史类话本在内的中国古代小说中的这种主观情感成分得以产生,同中国美学和中国艺术"抒情言志"和"传神写意"传统有着内在的联系。同时,在讲述历史时穿插诗词韵语与文本状态中的作用是不同的,当话本编撰者们未能把诗的意境融入小说,而是硬性把诗词直接嵌入小说,即每到描写环境和人物肖像或抒发感情和发表评论时,这些大段的"有诗为证"或"诗曰"的韵文往往游离于故事之外,中断了情节的发展。使得欣赏时常常发生这样的情况:当我们为故事情节所吸引而要追溯下去时,我们便跳过这些大段的"为证""诗曰";而当我们对这些诗词韵语有兴趣时,我们便又不得不暂时撇开发展着的情节而进行孤立的欣赏②。这也说明韵散结合还处于一个较为生涩的阶段。即便是处于这样一个还不算成熟的阶段,它也对此后的明清小说产生了很好的借鉴意义。

---

① (唐)周昙:《咏史诗》,见曹寅、彭定求等纂:《全唐诗》(下册),上海古籍出版社 1986 年版,第 1828 页。

② 王晓昀:《中国的传统美学与古代小说》,《南开学报》1988 年第 5 期,第 22 页。

# 第四章　宋元平话的艺术渊源

宋元平话的艺术渊源之一是民间俗文化。其中兴起于汉代的谶纬学说,如学者所指出的,不仅对汉魏六朝的政治思想、文学艺术有着极为重要的影响,其中阴阳五行、灾异祥瑞与天人感应诸理论对汉魏六朝的志怪小说而言,无论是其题材内容还是艺术表现上都存在搜奇"志怪"所带来的深刻的影响;而且一直影响了此后的明清小说如《金瓶梅》《红楼梦》中的叙事艺术,如其中的"天命"论思想直接影响了明清小说家所描写的人物如吴月娘、金陵十二钗等人物的命定结局。① 其实在汉魏小说到明清小说之间还有一个中介环节,即宋元话本尤其是讲史类话本,同样深受谶纬学说中的"天人感应""君权神授"等思想的影响。宋元平话的另一主要艺术渊源来自于古代中国源远流长的史传传统。这两个层面的文化传统滋养、影响了宋元平话的走向和思想与故事的架构模式。

## 第一节　宋元平话与民间俗文化

美国人类学家 A. L. 克罗伯与 C. 克鲁柯亨说过:"文化基本的核心由两部分组成,一是传统(即从历史上得到并选择)的思想,一是与他们有关的价值。"②从文化的角度来观照宋元平话时,更可看出它与民间俗文化之间的紧密联系。而民间信仰是我国民间俗文化的重要内容之一。它所涉及的范围相当广泛,也相当驳杂,本书主要检析其中与宗教有关的一些信仰,主要包括建立在普泛的天命思想基础上的阴阳五行说和因果报应说等对讲史与讲史类话本都产生过重要影响的信仰。这些思想大都呈现出儒、佛、道三家思想杂糅在一起的复杂纷繁状态,但不可否认的是,它们大都对讲史类话本的思想内容、人物塑造等方面有着不小的影响。

譬如宋代虽说崇儒,实兼崇释与道,但其信仰本根,夙在巫鬼,对于民间下层百姓来说尤其如此。宋代是佛教进一步中国化、世俗化的时期。在宋

---

① 参见孙蓉蓉著:《谶纬与文学研究》,中华书局 2018 年版,第 195、271 页。

② 庄锡昌等主编:《多维视野中的文化理论》,浙江人民出版社 1987 年版,第 118 页。

代,佛教十分兴盛,除了佛教徒的极力鼓吹外,与宋代诸帝(宋徽宗是例外,更尊崇道教)的大力倡导也有很大关系,以致上自帝王将相,下至市井百姓,信佛之风甚盛。北宋僧人文莹《湘山野录》卷上载太宗第七女申国大长公主出家崇真寺,随之出家的贵戚嫔御达三十余人。而在北宋文武大臣中,名臣王旦"性好释氏,临终遗命剃发着僧衣……"①名将韩世忠亦"晚喜释老,自号清凉居士"②。至于布衣百姓,信佛之风更炽,其原因正如庆历四谏官之一余靖所指出的那样,"切缘市井之人,有知者少,既见内廷崇奉,则遞相扇动,倾箱竭橐,为害滋深"③。此外,宋代道教势力亦极大,导致宋儒将儒衰而佛老大盛的现状视为奇耻大辱,认为:

> 佛老之徒,横乎中国。彼以死生祸福、虚无报应为事,千万其端,惑我生民,绝灭仁义,以塞天下之耳;屏弃礼乐,以涂天下之目。天下之人,愚众贤寡,惧其死生祸福报应。人之若彼也,莫不争举而竞趋之。观其相与为群,纷纷扰扰,周乎天下,于是其教与儒齐驱并驾,峙而为三。……其为辱也,大哉!④

这段话代表了一批宋儒对于佛老在宋世的兴盛以及由此对社会民生产生的弊端的清醒认识与深深的忧叹。

而道教作为我国本土宗教,是以我国古代社会的鬼神信仰为基础,以神仙存在、神仙可求以及诱使人们用方术修持以追求长生不死、登仙享乐为主题内容和特征,又文饰以道家、阴阳五行、儒家谶纬学说中的神秘主义成分为神学理论,带有浓厚的万物有灵论和泛神论性质的宗教。由于它是我国土生土长的宗教,因此具有更广泛的民间性⑤。其中阴阳五行说创始于燕齐方士邹衍,《史记·孟子荀卿列传》云:"(邹衍)称引天地剖判以来,五德转移,治各有宜,而符应若兹。"⑥又《文选·魏都赋》注引《七略》云:"邹子有终始五德,从所不胜;土德后木德继之,金德次之,火德次之,水德次之。"⑦此

---

① (宋)司马光:《涑水记闻》卷七,中华书局 1989 年版,第 143 页。

② (元)脱脱等:《宋史》卷 364《韩世忠传》,中华书局 1977 年版,第 11368 页。

③ (宋)余靖:《余襄公奏议》卷下《乞罢迎开宝寺塔舍利奏》,《四部丛刊》续编史部(第 45 册),第 933 页。

④ (宋)孙复:《孙明复小集》卷 3,曾枣庄、刘琳主编:《全宋文》卷 401,巴蜀书社 1988 年版。

⑤ 参见李养正:《道教概论》,中华书局 1989 年版,第 3 页。

⑥ (汉)司马迁:《史记·孟子荀卿列传》(第 7 册)卷七四,中华书局 2014 年版,第 2834 页。

⑦ 《文选·魏都赋》注引《七略》,见刘跃进著、徐华校:《文选旧注辑存》(第 3 册),凤凰出版社 2017 年版,第 1349—1350 页。

说后经西汉董仲舒、刘向等人进一步改造,其基本主张可概括为:其一为"五德转移,治各有宜"或曰"五德转移,天命无常"论,用以解释一种尊重正统而又循环不已的历史发展状态;其二为"符应若兹"论,认为天子在易代换姓的发展过程中,天总会借助自然现象有所警示与预兆,既以灾异之象警戒旧姓天子,同时又以祥瑞之兆预示新姓天子的即将产生①。

与讲史类话本关系尤为密切的是阴阳五行说的天命观与因果报应观念,而这些观念由于儒佛道三教的融合,往往是杂糅在一起的。到元明两代,儒佛道三教合一已得到朝廷和一般人的认同,所以没有一种通俗文学不凭借三教而娱乐或教诲大众,讲史类话本自不例外。

## 一、讲史类话本与阴阳五行中的天命观

在讲史类话本,尤其是书会先生所编撰的讲史类话本中,这种天命观虽没能得到深入系统的理论阐述,但它在很大程度上却奠定了多种宋元讲史类话本的故事基调,甚至是组织故事的情节结构的重要线索。在讲史类话本的开篇及结尾的议论中,编撰者企图对所叙历史或历史人物做出评判或表达其对历史的理解与认识时,往往就会不自觉地受到天命观的影响,尤其是对"符应若兹"的种种天象的影响。因为正是这些天象,能使人直观体悟到天命历史观的存在。如《五代梁史平话》卷上:

> 王仙芝倡乱之后,远近从乱的都来相附为盗,剽掠州县。盖是世之盛衰有时,天之兴废有数,若是太平时节,天生几个好人出来扶持世界;若要祸乱时节,天生几个歹人出来搅乱乾坤。②

这段话代表了讲史艺人乃至普通民众对"五德转移,天命无常"的天命观的最浅显又最直截的理解与认识。另如《宣和遗事》,在开场诗后,编撰者即用浅切的语言阐述了自己对"天命无常"及"符应若兹"的认识:

> 茫茫往古,继继来今,上下三千余年,兴废百千万事。大概光风霁月之时少,阴雨晦冥之时多。衣冠文物之时少,干戈征战之时多。看破

---

① 参见顾颉刚:《古史辨》(第5册),上海古籍出版社1982年版,第465页。
② 丁锡根点校:《宋元平话集·五代梁史平话》,上海古籍出版社1990年版,第27页。因为本节引用该书相关文字较多,故以下所引丁氏《宋元平话集》之文只在正文所引相关文字后以括号注明页码。

> 治乱两途，不出阴阳一理。中国也，君子也，天理也，皆是阳类；夷狄也，小人也，人欲也，皆是阴类。阳明用事的时节，中国奠安，君子在位；在天便有甘露庆云之瑞，在地便有醴泉芝草之祥；天下百姓享太平之治。阴浊用事的时节，夷狄陆梁，小人得志。在天便有彗孛日蚀之灾；在地便有蝗虫饥馑之变；天下百姓有流离之厄。这个阴阳都关系着皇帝一人心术之邪正是也。（第 269 页）

在这里，话本编撰者显然将天命的体现者与执行者——皇帝的作用提高到了的不够理智的高度，且相信阴阳、天象与朝政安危之间确实若合符契。

除了直接在插入语中阐述自己对天命观的理解之外，讲史类话本中许多虚构故事情节的内在逻辑动因之一也是天命观。如《五代史平话》虽多本史传，其中关于诸帝出身的叙事则多属虚构，话本叙及他们出生时往往热衷于描绘各种异象尤其是祥瑞之象，这类人幼年遭遇也往往伴有各种异于常人的经历，且大多生有异相。譬如《五代周史平话》中周太祖郭威即是如此，郭父母本不过一普通庄农，一日其母常氏为夫送饭时，"中路忽被大风将常氏吹过隔岸龙归村，为一巨蛇将常氏缠住"，"便觉有娠。怀孕一十二个月，生下一个男孩，诞时满屋祥光灿烂，香气氤氲"，那孩儿"左边颈上生一个肉珠，大如钱样。珠上有禾穗纹，十分明朗"（第 189 页）。可见作为后周开国之君的郭威不仅其母妊娠时异于常人、诞生他时异象奇特，而且连郭威身体上的缺陷（钱样肉珠）都成了他后来发迹变泰的兆祥标志。又如后汉开国之主刘知远，早年流浪到富户李敬儒庄门边打瞌睡时，庄主李敬儒"梦见他门楼上有一条赤蛇，缠绕作一团，被敬儒将棒一驱，那赤蛇奋起头角，变成一条青龙，在雾中露出两爪，吓得李长者大叫一声，魂梦忽觉"。刘知远因此被收留。后李庄主又见"知远在地下睡卧，有一条黄蛇，从知远鼻孔内自出自入；旁有一人身着紫袍，撑着一柄黄凉伞，将知远盖却"（第 173—174 页）。而且所谓的真命天子不仅与生带来种种祥瑞，只要上天还不打算遗弃他，在其危急关头，总能受到上天诸多庇护。譬如《前汉书平话续集》中，当汉高祖亲征英布时，夜晚被英布将耿弇劫寨，高祖单马落荒而逃时，"耿后赶，持枪刺之，再三不得，见高祖头上紫气腾腾，不能杀之"。而"英布阵自乱"，反而莫名其妙地丢了性命（第 702 页）。甚至皇帝的龙命庇护功能还能泽及其亲近之人，当吕后斩了韩信，韩信部将孙安等六人起兵为韩信报仇时，"孙安望着吕后射之，六箭不中，六将大惊，乃天助也"。这是因为"吕后终托着皇帝福荫，忽见一金龙护身。于是六将拔剑自刎而死"(第 698 页)。虽然平话编撰者遗憾地发现,道德正义一方即便明明有机会,却不得不以失败告终;而邪恶如吕后一方,却总能在关键时刻蒙天眷顾。面对这一切,平话编撰者无法找到一个合情合理的历史解释,于是就只好将一切都归之于神秘的"命"和"数",认命地发现,在"天命"面前,"人"显得如此的渺小、无助。

至于天帝为何会垂青于某一个人而秉承五德之运,这似乎是讲史艺人不能理解也不愿深究的一个问题。或许这一切都是天命,"天意从来高难问",讲史艺人抑或话本编撰者又怎能深究而得以明白? 以至于再高明的术士也只能发现有天命者身上的征兆,仅能预言得中而已。因此,只有那些天命所相中之人的主观努力才会有积极结果,如天命已去,纵使才能之士亦只能如项羽一样悲叹"天亡我也",落得一个悲剧收场。讲史类话本中后梁大将王彦章之败,韩信旧将复仇不得后的自杀,皆是此类。讲史艺人在虚构、创造这类可惊可喜的故事情节时,其中一个理所当然的内在逻辑便是他们深信不疑的天命观,也是他们懒于深究历史兴亡成败背后深层原因的借口,也是他们所用以建构历史故事、塑造历史人物时一条便利、简捷的路径。此后以"天命""天数""劫数"来阐释历史成了明清历史演义乃至白话小说中普遍存在的现象。

## 二、讲史类话本与因果报应观念

与"五德转移,天命无常"的阴阳五行观念相互补充、杂糅而行的还有因果报应观念。这种果报观念,在中国人的思想体系中具有悠久的历史,且为儒道佛三家所共有。儒家经典如《尚书·汤诰》称"天道福善祸淫";《周易·坤·文言》亦云:"积善之家有余庆,积不善之家必有余殃。"同样,道教经典《太平经》亦劝诫世人"善自命长,恶自命短";当现实中多有与之相悖的情形发生时,道教在此基础上又补之以"承负"说以自圆其说,即所谓"力行善反得恶者,是承负先人之过……其行恶反得善者,是先人深有积蓄大功,来流及此人也。能行大功万万信之,先人虽有余殃,不能及此人也"[①]。总之,"天道福善祸淫"在整体上是不会造成错乱后果的。

佛教比道教的因果报应说予以更为系统的理论探讨。在佛教思想体系中,因果报应即业报轮回,它是佛教解释世界一切关系,并用以支撑其整个体系的基本理论之一。"业"即行动或作为,众生有意业、口业、身业,这三业

---

① 卿希泰、唐大湘著:《道教史》,中国社会科学院出版社 1994 年版,第 412 页。

皆由无明即无知决定,因为众生是无我、无常的,但众生却要求有我,永恒不变,这就是无知的表现,也是痛苦的总根源。众生的行为和支配行为的意志,从本质上来说就是"业力",这种"业力"千差万别,但其所感召的结果无非是"有漏(生死轮回)""无漏(超脱生死轮回)"两种。有漏果是有漏因所致,有漏业分善恶两类:善有善报,可在六道轮回中得天、人果报;恶有恶报,只能有畜生、地狱果报。无漏果是无漏业所致,得成就阿罗汉、菩萨与佛。这种学说经过六朝高僧慧远的阐释得以进一步普泛化与通俗化,其所撰《三报论》《明报应论》谓"现报者,善恶始于此身,即此身受。生报者,来生便受。后报者,或经二生三生,百生千生,然后乃受"①。如此,则现实中一时的善恶与果报不符的现象就有了生死轮回、三报不爽这一种更有力的理论来支撑,对民间信仰的影响尤为深远。明清时期奉慧远为宗的净土宗的盛行,更助长了其时通俗小说中的因果报应说的渗透。这种果报观念以佛教的因果报应、生死轮回之说为主,加上儒道二家的善恶报应说,兼与民间鬼神崇拜传统相结合,变得更加具象化,也更为通俗化。

其中果报观念直接体现在讲史类话本所引诗歌中,在《武王伐纣平话》的结尾诗中编撰者感叹:"休将方寸昧神祇,祸福还同似影随。善恶到头终有报,只争来迟与来速。"(第481页)在佛家看来,大至时代兴亡,小至人物遭际,无不与作业有关。前世善恶今世报,今生作业系来生。讲史类话本编撰者可以非常方便地用这种业报轮回理论来解释历史人物的命运、历史事件的因果,在此基础上虚构出许多历史故事及其情节,实际上反映了普通百姓尤其是市民阶层对历史的理解与认识。譬如《三国志平话》中开场诗即云:"江东吴土蜀地川,曹操英勇占中原。不是三人分天下,来报高祖斩首冤。"(第747页)在入话与头回中,更是编撰了一个天帝让书生司马仲相入阴间断汉高祖与韩信、彭越、英布之间的冤案的情节,结果司马仲相让被汉高祖冤杀的三功臣分别投生为曹操、刘备、孙权,三分了汉家天下,而司马仲相因断狱甚公,奉天命转世为司马仲达(与史上司马懿字仲达者合),合并魏、蜀、吴三国一统天下。在这里,因果报应与天命紧密结合在一起,是奉天命而行的结果,是天命意志的表现。正因为这样,《三国志平话》中虽无立锥之地但身荷天命的刘备,通过各种主观努力与客观机遇,最终能成为与曹操、孙权鼎足而立的一方霸主。平话的入话以后的故事情节和人物命运只是这种因果报应情节模式的具体拓展而已。这个果报故事显然在民间传说

---

① 石峻等编:《中国佛教思想资料选编》(第1册),中华书局1981年版,第87页。

甚广,在《五代史平话》的开篇,编撰者也引用了这个故事,仅人物稍有差别而已。

　　因为佛教的因果律具有普遍性,作用于过去、现在、未来三时,无生起之时,亦无终止之日,而且作用于宇宙中的人类社会、天界和地狱,所以芸芸众生的生死轮回也就永无终期,无处可逃。在《宣和遗事》中,这种果报理论得到充分运用与敷演,它渗透于整个框架之中与故事情节交织在一起。在这部话本中,编撰者认为天下之治乱都只"关系着皇帝一人心术之邪正",皇帝一己的心性对他所辖的天下子民而言有着极为重要的直接干系,但即便贵为人间天子的帝王也逃不出佛教的因果律的樊笼,所以话本编撰者虽然也客观描写了徽宗的荒淫误国行径,并对其表示十分痛恶,但又将靖康之难、北宋灭亡这一历史重大变故,置于因果报应的轮回之中,将北宋灭亡的总体原因系于其开国君主赵太祖在天上弈棋输于金太祖这一虚构故事体系内,而且因为赵太祖是南方火德真君霹雳大仙,金太祖是北方水德真君,根据五德轮回,则靖康之难仅属果报而已,宋徽宗、钦宗被掳北迁只是承受其先祖赵太祖果报中的"后报"而已。书中又称徽宗"前身自是玉堂天子,因不听玉皇说法,故谪降。今在人间,又灭佛法,是以有北归之祸",因而徽宗又是受自己前生、此生的恶报而已。至于其全家皆受此祸,是因为徽宗曾亲书三章奏帝,首章为国家万民祈福,上帝览章,天颜甚喜;次章欲祈百嗣,天颜微怒其欲心太广;末章空纸一幅,上帝大怒,遂判云:"赵某有慢上之罪,全家徒流三千里。"(第291页)对于南宋高宗之所以能够南渡继位,以及其不愿收复北土的历史现实,话本编撰者也将之纳于因果报应之循环圈中。南宋高宗赵构之所以得登大位后不愿收复北土,是因为他是吴越王钱镠转世,只愿向赵宋王朝讨回自己的吴越江山这南方半壁江山即可,如此也就解释了高宗赵构不愿亦不能收复旧疆的心绪与宿命。这样这一切历史事实与历史人物的命运因这一因果循环系统都有了合理的解释。其实《宣和遗事》中这个果报情节实有一定的有趣的真实历史内在因果联系,体现在以下两个方面:一是高宗与钱镠都是定都于杭州;二是吴越钱武肃王钱镠,享年81岁,南宋高宗赵构亦寿81。实际上这只是历史上的一些偶合而已。而当人们发现了这种巧合却无法理解时,只得归之于果报循环。

　　这类巧合模式是构建话本尤其是小说话本中最普遍同时也是最内在的根源,对整个话本结构具有不同寻常的重要作用。如《十五贯戏言成巧祸》,崔宁仅仅因为碰巧也拥有他人戏言中相符的十五贯卖丝的钱,竟成了被杀身亡的罪证。另如《苏知县罗衫再合》,纯由几个偶然性环节促成了苏云一家的悲欢离合。"巧合"的运用使得话本情节显得摇曳多姿、高潮迭起。而当巧合缺乏现实必然性时,话本编撰者往往借助于果报思想,而能够无限解释这种巧合的最好理论就是果报。此外,像讲史类话本中《宣和遗事》中王安石、章惇之后人因其先人的变法误国所受到的报应,则显示出这种巧合果报观念中所蕴含的伦理道德批判。

《宣和遗事》中因果报应的故事情节与书中更多直露的现实揭露描写结合在一起,显示出某种不协调。这或许是和此书系"抄撮"诸笔记小说与借鉴吸取民间说话这两方面的内容有关,也反映了人民既对现实有所揭露痛恨,但在对历史试图进行解释时却不由自主地坠入深刻渗入他们思想中的因果报应观念之中。虽说这种佛老思想对宋元讲史类话本的影响仍多数只属于表层的,并未能在理论上有所深入,却又是全面而广泛的。这种果报思想对话本的思想价值有所削弱,但在实际生活中,它在一定程度上又对人们乃至上层统治者具有某种劝诫和约束作用。

此外,中国神话发展过程不同于西方之处在于它经历了一个史化与宗教化的过程,因而它本身就携带着民间信仰和神祇崇拜的因素,后来更与宗教思想混合在一起。神话的史化运动到司马迁的《史记》更被系统化了,其神话人物被逐渐纳入帝王家谱与宗教神谱中了。神话被宗教化的过程中,则出现了一种由神话过渡到"仙话"的现象①。在早期的道教中,方术与符箓通常出现在道教的法事中,《太平经》里就多次提到用神符来治病或责罚鬼神。东晋著名道教学者葛洪《抱朴子·内篇》中用了很多篇幅进行论述,并整理收录了多种神符。至唐宋时,道士多挟此伎活跃于社会各阶层,《太平广记》《夷坚志》等笔记小说中有大量这类的故事。如洪迈《夷坚甲志》卷十二"宣和宫人"条载:

> 宣和中,有宫人得病,谵语,持刃纵横,不可制。诏宝箓法师治之,不效。尽访京城道术者,皆莫能措手,于是闭之空室,不给食,如是数年。有程道士者,从龙虎山来,或以其名闻,命召之。上曰:"切未可启户,彼挟刃将伤人。"道士请以禁卫数百,执兵仗围其室三匝,隔门与之语,且投符使服。宫人笑曰:"吾服符多矣,其如予何!"遂吞之。已而稍定,曰:"此符也得。"道士遂启门。宫人哓哓不已,然既为符所制,不能出。道士以刀画地为狱,四角书"火"字,叱之曰:"汝为何鬼所凭,尽以

---

① 杨义:《中国古典小说史论》,见《杨义文存》第六卷,人民出版社 1998 年版,第 12—15 页。

告我,不然举轮火焚汝矣。"不肯言。取火就四角延烧,始大叫曰:"幸少宽,我将吐实。"道士为灭去两角火。乃言曰:"吾亦龙虎山道士,死而为鬼。凡丹咒法箓,皆素所习,故能解之。不意仙师有真符,今不敢留,愿假数日而去。"道士怒曰:"宫禁中岂宜久,此必速去。"即入奏曰:"此鬼若不诛殛,必贻祸他处,非臣不可治。"遂缚草为人,书牒奏天迄,斩之。宫人即苏。

从《夷坚志》中这段记载可以看出道教徒假术而行,受到上自宫廷下至民间的各方崇信。民间道流的这类活动与传说自然更加盛行,至金元时期全真道教确立后曾大力排斥此类方术符箓活动,但在民间此风从未真正消歇过。来自于民间的讲史类话本自然也会沾染此习,故而在宋元讲史类话本中有不少演述神鬼、相术、符咒、道术、卜筮、算卦、避邪等的内容与情节。从《伍子胥变文》至《武王伐纣平话》《乐毅图齐七国春秋后集》等讲史类变文,其所塑造的道徒术士或高人异士几乎都是上通天文地理,下富武韬文略,中挟法术符箓之全能型形象,当然不同话本各有其偏重。譬如《宣和遗事》中有关林灵素的故事,完全是道士以法术邀得皇帝宠幸的故事类型,虽然其中多吸收了唐时叶法善与唐玄宗的故事成分,但反映的主要内容却是北宋末年徽宗宠信道教徒的社会情状,也在某种程度上暗示了其后靖康之难的原因。靖康南渡尤其是元人铁骑的入侵导致的宋元易代,对于宋代士人来说,无异于天崩地析。易代的惨烈与失国的耻辱现实震荡了每一位遗民,痛定思痛,相当多的文人企图对这段历史予以反思。不过,就现存讲史类话本来看,其编撰者的历史反思与劝惩教化还停留在善恶报应的层次,与庶民意识较为接近。时代精神不是直接支配编撰者创作的,而是通过某些中介环节间接地决定创作过程的,潜在读者(即隐含读者)当是最重要的中介之一①,讲史类话本的编撰者所感受到并传递到话本中的这种反思与劝惩很明显是这种重要的"中介环节",能影响相当多的潜在读者,这从后世《三国志通俗演义》对曹操的黑化一直影响到今天的广大读者对曹操的评价可窥见一斑。

宋元时期道教尤为盛行,导致宋元讲史类话本中鬼魂显灵、神仙道化情节不仅多见,而且混淆不分,这在《乐毅图齐七国春秋后集》中表现得尤为明显,且直接影响了以后的神魔小说《封神演义》。以往学界对这一现象,多从

---

① 朱立元:《接受美学导论》,安徽教育出版社 2005 年版,第 281 页。

编撰者思想、当时道教盛行等角度做出解释,这固然是问题的一方面;另一方面,也是由宋元讲史的俗文化特质所决定的。既然广大听众与读者大都信仰鬼神、崇尚道教,并且相信万物有灵、鬼神有知,勾栏演史必然要投合他们这种心理,更何况编撰者本人或许就是这种信仰者之一,所以有些内容与情节及观点正是演史者所要表达的,就不可避免地要以自己的情感和价值熔铸"古人事"及其相关历史。

总体上看,天命、果报观念与平话重要因素之一的情节之间有一种极为重要的关联。从本质上看,情节是由人物行为及人物关系构成的,是和人物紧密联系在一起的。讲史类话本中,编撰者关注的中心是人物的命运遭际、荣辱升降,注重塑造命运型艺术形象,借以总结历史、人生的经验教训,寄寓编撰者、读者、听众的理想愿望。这类平话,已不是靠故事情节的叙事本身来实现其编撰意图,而是情节本就负载着人物命运的变化,编撰者的创作意图也是通过人物的命运遭际得以呈现。因此,我们称这类小说的情节形态为命运型故事。这类作品中的人物形象,有时也会显示出比较鲜明的个性特征,但从整体上说,情节不是为表现人物的内在性格设计的,而是围绕着外在命运展开的,因此情节和性格常常游离,但与命运的表现却不会脱节。这类故事作品中,人物表现的对象已不再是情节的工具、载体,对人物的表现只着重外在的命运遭际,而不着重内在的个性、神韵,它虽然比单纯故事前进了一步,但还没有真正走向成熟。在讲史类话本中,由于受史实限制,不可能使全部情节都围绕着人物性格展开;但也已有一些情节,编撰者自觉地在史实的基础上加以理想化生发,或者虚构、改制,而使情节的发展和人物性格的表现融为一体。即所谓"以文生事"(金圣叹《读第五才子书》),其形式多表现为"宿命因",所谓"宿命因"即导致某种情节结局的原因是人物命中注定的,或是由某种超现实神秘力量安排的[①]。当编撰者对历史人物命运的千差万别、倏忽升沉难以理解时,天命观与因果报应等宿命思想成了最方便、当时也是最为人认同的叙述手段。

---

① 张稔穰:《论中国古代小说情节艺术的演进轨迹》,原载《济宁师专学报》1991 年第 2 期,人大复印资料《中国古代、近代文学研究》第 10 期,第 56—60 页。

## 第二节　宋元平话与史传文学传统

### 一、史传文学对宋元讲史类话本的影响

中国古代强大的史学传统导致了中国古代小说的"史化"。伴随着小说史化而来的是汗牛充栋的讲史小说的出现和小说审美本质的伦理趋向,在创作和欣赏中,这便形成了一种重故事事实而轻艺术形式的审美心理定式,以致"编撰者与读者对小说里的事实都比小说本身更感兴趣。最简略的故事,只要里面的事实吸引人,读者也愿接受";而"职业性的说话人一直崇奉视小说为事实的传统为金科玉律";对于编撰者与读者来说,"讲史的小说当然是当作通俗的历史写,通俗的历史读,甚至荒唐不稽附会上一点史实的故事也很可能被教育程度低下的读者当作事实而不当作小说看。⋯⋯他们信任虚构的故事,表示他们相信小说不能仅当作艺术品而存在:不论怎样伪装上寓言的外衣,它们只可当作真情实事,才有存在的价值。它们得负起像史书一样化民成俗的责任"①。所以中国古代小说与史学著作的关系,一直是古代小说研究者关注的热点。

史书在中国古代具有崇高的地位,"经史子集"不仅仅是一种类型区分与排列次序,同时也暗含了一种价值判断。中国古代文化有极为严格的文类级别,史、诗、小说、戏曲等在整个文化结构中的等级地位是不能混同的。史、诗处于这种文类级别的顶端,是两种高级的、正统的文学形式,在当时的文化结构中享有几乎绝对的权威,处于被尊重的地位,同时也为正统文人所尊崇,因此这两大文类对其他的文学样式必然会产生不同程度的压迫感和召唤力,使得等级地位较低的文学样式自觉不自觉地借鉴文类级别更高的史、诗的一些表情达意手法和特征,不如此就难以取得存在的资格,得不到读者的赞赏与承认②。无论是以小说比附史书,还是引"史传"入小说,都有借此提高小说地位的意图在。因而史传作品对于古代小说尤其是宋元讲史类话本来说,无论是题材来源、结构方法,还是史传作品的纪传体与编年体编纂体式,以及其典雅简洁的语言艺术方面的成就,都为宋元讲史类话本提供了可以直接借鉴的范型,讲史类话本的发展与繁荣具有直接而深远的影响。

---

① 王晓昀:《中国的传统美学与古代小说》,《南开学报》1988 年第 5 期,第 21 页。

② 徐大军:《元杂剧与小说关系研究》,河南人民出版社 2006 年版,第 30—31 页。

　　史学在我国有着无可置疑的重要地位,使得"言皆琐碎,事必丛残"的"偏记小录之书"的"小说"只能居于"小道"地位①,一直受到正统文学的排斥与轻视,小说家只能勉强为自己争辩,认为其内容虽非正面阐述经史大义,却似"玉屑满箧,良有旨哉",可为史之补,与史一样也有益于社会,努力将小说往史书一系攀附。晋干宝就将其《搜神记》与《左传》《史记》并列,明熊大木也说自己的《英烈传》"实记正史之未备",宋元平话喜引"史传"入小说的做法,都是力图以小说比附史书,以提高小说的地位。再加上历代文人罕有不熟读经史的,作小说借鉴"史传"笔法,读小说借用"史传"目光,似乎也是顺理成章②。而且因为古代小说在漫长的古代文学历史的进程中,一直未取得自己的独立地位,因而往往与史学尤其是杂史等类纠缠难分,兼之我国古代很多史学著述兼具文学与史学价值,正如温彻斯特所指出的,"史之成为文学者,正是其激动感情之力为耳。而《左传》《史记》之为文学,乃古今所公认,其故是《左传》《史记》叙述结构,多诉诸感情耳。本来,文学的表达与历史的记载,亦有其区别,前者目的在于求美,词章愈优美,旋律愈起伏越佳;后者的目的在于求真,故事愈近事实,愈近历史真相愈佳。易言之,前者为抒情动感,后者为传知表信。就其语言而论,前者为负荷情意的江流,后者为装载概念的舟车。然这二者并非绝对冲突的,譬如《左传》《史记》即将二者兼容并蓄"③。其实不仅这两部史学名著,他如《汉书》《后汉书》及《资治通鉴》等无不如此。这种状况使得小说家尤其是讲史类话本编撰者以及明清历史演义小说家自觉不自觉地从史传文学中吸取素材,而且仿其规模,习其体制。因此,《左传》《史记》《汉书》《资治通鉴》等史著自然成为小说家揣摸、借鉴的对象。诚如董乃斌先生所说:"中国的古史著作是后世小说最初也是最根本的寄生地,小说的原始胚基,就附着在古史著作身上。"④而这也应了巴尔扎克所言,小说尤其是演史类小说也就成了"庄严的谎话"⑤。

　　从文体发生学的角度看,中国古典小说存在"多祖现象"⑥。这"多祖"即子书、神话、史书。其中史传文学对于讲史类话本的重要影响可归纳如下。

　　首先,史传文学在题材内容方面深刻影响了宋元讲史类话本。

---

① (清)浦起龙:《史通通释》卷十《杂述》,上海古籍出版社 1978 年版,第 277 页。
② 陈平原:《中国小说叙事模式的转变》,北京大学出版社 2003 年版,第 210—211 页。
③ 转引自游信利:《史记方法论·绪论》,台湾文史哲出版社 1988 年版,第 1 页。
④ 董乃斌:《中国古典小说的文体独立》,中国社会科学出版社 1994 年版,第 101 页。
⑤ [法]巴尔扎克:《人间喜剧·前言》,见《西方文论选》(下),第 173 页。
⑥ 杨义:《中国古典小说史论》,中国社会科学出版社 1995 年版,第 20 页。

宋元讲史伎艺的主要题材内容就是演述"《资治通鉴》、汉唐历代书史文传"(《梦粱录》语)。从现存的几部宋元讲史类话本来看,尽管演史态度不一,取法史书的方式亦有不同,但都不同程度地与史书有着不可分割的联系。如《五代史平话》,一般认为其内容大部取材于《资治通鉴》,间或参考过新、旧《五代史》,然笔者在第二章节经过更详尽地考索得出了不尽相同的结论,《五代史平话》大体依据《资治通鉴纲目》成文,当《资治通鉴纲目》相关史事过简时,《五代史平话》间亦采用《五代史详节》。此外,在《五代史平话》编者所加之"间隙"中,曾依傍过《后汉书》《新唐书》《北梦琐言》诸书;史论部分间亦采鉴宋人李焘《续资治通鉴长编》、元人陈栎《历代通略》、胡一桂《史纂通要》之文而成。可见平话编撰者在成书过程中曾广泛接触并就便择取各类史著之文。又如《宣和遗事》中徽、钦二帝被掳北迁之事,多截取《南烬纪闻》《窃愤录》《窃愤续录》等笔记小说;梁山泊之事取鉴于《东都事略·侯蒙传》《宋史纪事本末》《三朝北盟会编》《十朝纲要》《续资治通鉴长编纪事本末》《建炎以来系年要录》等各类史传著述。至于《全相平话五种》,其中《武王伐纣平话》取材于先秦两汉古籍如《尚书》及正史《史记》以及稗官野史《逸周书》等;《乐毅图齐七国春秋后集》多撷取先秦两汉史著如《左传》《国语》《战国策》《史记》等记载,加以敷演而成;《秦并六国平话》多本《史记》《战国策》甚至《孟子》等史子类著述;《前汉书平话正集》则多取材于《史记》《汉书》的高祖、吕后纪及韩信、彭越、樊哙、卢绾等传。《三国志平话》则以陈寿《三国志》《资治通鉴》三国部分,以及历代野史笔记为基础加以生发敷演而成。综上可见,"仅次于说书人,历史家们为中国小说的创造提供了最重要的文学背景。小说家在写小说的艺术尚未十分圆熟之前,就依靠各代的历史所提供的取用不竭的人物与故事"①,这个结论对于平话编撰者以及明清历史演义小说家尤其适用。

其次,史家笔法对宋元讲史类话本具有启发借鉴意义。

中国古代由于抒情诗的过度发达,没能留下篇幅巨大叙事曲折的史诗,以致在很长时间内,叙事技巧几乎成了史书的专利。从《左传》到司马迁创立纪传体,历史散文写人叙事的艺术手法不断地得到发展,为小说描写提供了可资直接借鉴的典范。从整体上看,史家的历史叙事、编撰体制等对包括讲史类话本在内的中国古代小说具有深远影响。在中国的叙事传统中,历史叙事长期占据统治地位。早在先秦两汉时期,中国就产生了像《左传》《战

---

① [美]夏志清著,胡益民等译,陈正发校:《中国古典小说史论》,江西人民出版社 2001 年版,第 10 页。

国策》与《史记》这样成熟的叙事史著。尽管学者对小说起源尚存在多种意见,但都不否认历史及历史叙事及其对中国小说的重要影响。中国古代史传作品中历史叙事的异常发达,使得史学成为一切叙事文体的总源头。章学诚就说过:"古文必推叙事,叙事实出史学。"(《章氏遗书·上朱大司马论文》)。它一方面使小说具有浓厚的"尚补史"之倾向,另一方面导致人们将历史叙事往文学叙事的领域靠拢。这样造成了历史与文学尤其是小说的混同。譬如司马迁的《史记》本是一部居于二十四正史之首的历史著作,但历代以来,《史记》被当作叙事的最高典范、小说叙事的楷模与坐标,以致毛宗岗《读三国志法》称:"《三国》叙事之佳,直与《史记》仿佛。"而张竹坡在《批评第一才子书〈金瓶梅〉读法》中也说:"《金瓶梅》是一部《史记》。"学者李长之甚至认为司马迁"不惟影响了后来的小说,他本人就也是一个小说家"①。施章也认为《史记》"把历史中人物特起的个性太显露的具体地描写出来,于是历史变成文学了。他的全书中有许多都可以当作小说看,如《项羽本纪》《高祖本纪》等,都可视为最有价值之历史小说。因为科学是说明的叙述的,而小说是描写的表现的,所以我说《史记》最精彩的部分是文学不是历史。而且他的《史记》中,每篇之中有时又可分为几个短篇小说"②。这些虽然都是就古代小说整体而言,对于与历史关系更为密切的讲史类话本而言,自然更是如此。

具体来说,编年体史书《春秋》虽对春秋这一段时期的历史事件有着简明扼要的记叙,但因文辞过简,各事件之间缺乏必然的联系,被梁启超讥为"流水账簿"。《左传》从笺证《春秋》的角度,在编年体的基本框架之下,通过体例上的改造,进一步丰富了记史的内容,又运用了一系列文学叙事的方法,在突破事件隔越和叙事过简之弊端的同时,也努力使记人的这个叙事翅膀强健起来,于记事之中撰人,并通过人物的行为、言论及对话,使叙事变得细腻丰满起来。同时又利用时间线索展现人物在政治生活中起起伏伏的全过程,不仅使分散于《春秋》编年条目下各诸侯国的史实相对地集中起来,比较清晰、完整地再现出事件本末原委和人物的行事、性格及其相互关系,而且也为编年体史书未来的叙事发展预示了基本方向。但它相对于其后的编年体史书来说,还是偏重于记事而轻于记人,并且主要都是通过对话来刻画人物的形象,反映人物的性格特点的,很少涉及人物活动细节和状貌的描

---

① 李长之:《司马迁之人格与风格》,生活·读书·新知三联书店 1984 年版,第 305 页。
② 施章:《史记新论》,北新书局 1931 年版,第 14 页。

写①。相较于编年体《春秋》,袁宏《后汉纪》则恰恰相反,它吸收了传记体之长,运用了"言异言行,趣舍各以类书"②的方法把与所记事件相关、时间相近,或把一人发生在不同时间,但又可以表明该人基本面貌的事迹、言行集中到一起加以叙述,把记事和传人结合起来,改变了编年体长于记事而短于传人的情况③。史传文学中的这两类叙事艺术手法与成就,对于宋元讲史类话本具有直接的借鉴意义,使得讲史类话本在一段历史的框架里,综合二者之长,既注重描写人物,又注重历史事件的铺叙。此外,司马迁在狱中怨艾颇深,使得他在撰史时不仅有兴致冷眼旁观史上成败屡易的英雄,也从性格、心灵、生命价值的角度观看、叙写历史人物。《史记》对很多传主的描写在某种程度上已深入人的生命价值的探寻,如《刺客列传》中的豫让:"智伯国士遇我,我故国士报之。"此中豫让以"国士"为其生命追求的终极目标。而司马迁的此种叙事由此建立了其整个纪传体史著的品格与品位。而这类叙事追求对于早期的讲史类话本来说,还过于精细深刻。因为早期的讲史类话本仅停留在一个粗糙的敷演史事的阶段,其中的历史人物形象的深入描写与精心塑造尚未提上其叙事日程。因此,上述史传中的成功的叙事经验,反而使得讲史类话本或是束缚于史传文学,较少加工地抄撮;或是干脆撇开历史乃至史传大胆按照自己的粗野路子写去,入于诞怪一路。直至明清历史演义小说如《三国志通俗演义》之类才逐渐由专注讲述历史故事转向注意人物的形象、性格的塑造。

从编撰体制言,集先秦史学之大成的《史记》,不仅奠定了我国纪传体通史的体制,也对我国的传记文学及古典小说尤其是宋元平话产生了深远而巨大的影响。据上所述,其内容包括历史人物、历史事件成为讲史类话本及以后的明清历史演义小说的重要素材,其通史体制以及纪传的结构模式,更是直接为讲史类话本所借鉴效仿。《史记》的纪传形式决定了它的纪事以人物为中心,能够比较充分地描写展示历史人物的个人品格、思想感情,这使得它的许多成功之作,本身就具备浓厚的文学意义。由于《史记》中某些文学描写十分成功,讲史类话本编撰者干脆直抄《史记》中的某些段落,如《秦并六国平话》中"荆轲刺秦王"一段,全引自《史记·刺客列传》中相关段落。而司马迁创立的纪传体通史与班固《汉书》创设的纪传体断代史,其结构体

---

① 参见汪受宽:《〈左传〉在历史文学上的二大特色》,《史学史研究》1996 年第 1 期。
② (东晋)袁宏:《后汉纪·序》,中华书局 2002 年版。
③ 参见宋馥香:《〈资治通鉴〉:编年体史书历史叙事发展的高峰》,《陕西师范大学学报》2004 年第 2 期。

制也直接为讲史类话本所模仿、借鉴。如《五代史平话》，其结构即借鉴班固的断代为史的方法，以某一朝代的兴废为线索，以若干人物为主角，人物事迹、历史事件皆沿着这一线索发展变化，直至新的朝代、新的主角出现再展开另一段历史的描写。在《五代史平话》中，《梁史平话》主要以梁王朝的崛起为线索，主要描写黄巢、朱温的事迹；至《唐史平话》则以唐王朝的兴灭为线索，李克用、李存勖、李嗣源等依次成为故事的主角，他们的历史活动成为全书主要内容；其他三部结构亦无大的变化。而依序分别叙述梁、唐、晋、汉、周的五部平话，从总体上反映了市民阶层眼中的五代历史及其发展轨迹。

再次，史传语体对宋元讲史类话本亦具有深远意义。

宋元讲史类话本在语言上都继承了史传著述的散文体语言，虽也间用诗词韵语，但散文部分是主要的，承担着重要的主体叙事功能。这种语体结构有助于讲史类话本记叙复杂的历史事件，更好地塑造众多历史人物。但中国可以说是一个诗歌的国度，"从西周到宋，我们这大半部文学史，实质上只是一部诗史"①，诗体文学一直是中国文学的名门正宗。无论是唐传奇、宋话本、元杂剧乃至明清小说的兴起与繁荣，都未能动摇其长久以来的尊崇地位，陈平原先生称它对中国文学的影响为"诗骚"传统，认为：

> 这种异常强大的"诗骚"传统不能不影响其他文学形式的发展，任何一种文学形式，只要想挤入文学结构的中心，就不能不借鉴"诗骚"的抒情特征，否则难以得到读者的承认和赞赏。文人创作不用说了，即使民间艺人的说书也不例外。我也承认初期话本小说中的韵文跟民间说唱有关，但不主张把说书中的"有诗为证"全部归因于此。"论才词有欧、苏、黄、陈佳句；说古诗是李、杜、韩、柳篇章"，说书人夸耀其"吐谈万卷曲和诗"，不单是显示博学，更重要的是借文取士的国度里，小说家没有不能诗善赋的。②

正是上述"史传"与"诗骚"传统的合力作用在某种程度上规定了中国小说的发展方向。总体上看，讲史类话本，受史传文学的纪传体、编年体的深重影响，在时空观念上，非常重视人物历时经历的完整性和故事的连贯性。

---

① 闻一多：《文学的历史动向》，《闻一多文集》，海南国际新闻出版中心1997年版，第309页。
② 陈平原：《中国叙事传统的转变》，北京大学出版社2003年版，第211页。

大多数情节围绕一条贯穿全篇的矛盾主线纵向推进、展开,对矛盾冲突的各方虽也采取"花开两朵,各表一枝"的补救分叙方法,但大致不会离开那条纵贯全篇的矛盾主线太远。这种单线纵贯的结构方式,使讲史类话本不能很好地反映广阔纵深的复杂历史生活内容,却也条贯分明,易于让人把握历史的发展脉络。此外,史传文学对讲史类话本的影响可分两方面看待:一方面,史传文学对讲史类话本具有深远的积极的意义;另一方面,史传文学过分强调"实录"的真实性原则,限制了讲史类话本作为文学的不可或缺的特性——想象虚构与细腻描写,使之过分依赖史传作品,阻碍了讲史类话本的进一步成熟与发展。

## 二、《资治通鉴》体史书与宋元讲史类话本

南宋灌圃耐得翁的《都城纪胜》在记叙宋代讲史时还只是泛指:"讲史书,讲说前代书史文传、兴废争战之事。"到了稍后的吴自牧《梦粱录》中就变成了:"讲史书者,谓讲说《资治通鉴》、汉唐历代书史文传、兴废争战之事。"吴自牧在书中第一次揭示出《资治通鉴》与讲史的关系,特别地在众多的正史野史中点出了《资治通鉴》之名,应该不是无意的,因为吴书的大部分内容虽然大体沿袭《都城纪胜》一书,但书中有部分内容随着时空的推移变迁,当其风俗、世态有所变更时,吴书也作了不无意义的补正。可以推测,随着讲史伎艺的发展与繁荣,《资治通鉴》对于讲史艺人逐渐凸显出其他史书所不具备的便利性与重要性。这是因为《资治通鉴》恰好为讲史艺人提供了"一个史实因果的逻辑框架,方便演义讲史据此而'想'象发挥,逞其对'当然'之创造灵感"①。这种现象的出现,与《资治通鉴》本身的成就以及南北两宋文人都十分推崇、乐于研习《资治通鉴》的风习有很大关系,也与《资治通鉴》在社会的流通盛行有关。

司马光自英宗治平三年(1066)始编《资治通鉴》,至神宗元丰七年(1084)完成,历时 19 年。《资治通鉴》的巨大成就与司马光的长久努力及其所确定的科学而严谨的编撰程序、体例都有很大关系。这种编撰程序是首先编长编,对此司马光在熙宁四年《答范梦得》一书里对其修史团队提出过具体而科学的规范,要求"其修长编时,请据事目下所有该新旧纪、志、传及杂史、小说、文集,尽检出一阅,其中事同文异者,则请择一明白详备者录之;

---

① 胡小伟:《"说三分"与关羽崇拜:以苏轼为例》,卢晓衡主编:《关羽、关公和关圣》,社会科学文献出版社 2002 年版,第 358 页。

彼此互有详略,则请左右采获错综诠次自用文辞修正之,一如《左传》叙事之
体也",“大抵长编宁失于繁,无失于略",因为“其实录、正史未必皆可据,杂
史、小说未必皆无凭。在高鉴择之"①。进行到修史的第二阶段,是由助手
写出广本,此广本即第一次删长编之后“粗成编"的半成品。写成广本之后,
再由司马光本人最后删成定稿。这后面的两个阶段当然更需要“左右采获、
错综诠次"的润饰工作与“高鉴择之"的史识了②。《资治通鉴》问世不久,神
宗即面赐御制之序并亲自将之命名为《资治通鉴》,嘉叹其不仅“资于往事,
有资于治道",且“博而得其要,简而周于事"③。《资治通鉴》在编修过程中
每删一纪所定之稿,即上呈皇帝并进读,在熙宁三年九月司马光离开汴京以
前,一直是由司马光本人向神宗皇帝进读的,而早在治平四年(1067)司马光
就为神宗进读过“三家为诸侯论"(《资治通鉴》卷一),而“上顾禹玉(王珪)等
称美久之"④,并声称“朕闻卿进读,终日忘倦"⑤。一直到南宋高宗、孝宗,经
筵讲席仍有《资治通鉴》一项⑥,可见《资治通鉴》还在编纂的过程中就受到
了自神宗以来的两宋诸帝的尊崇与喜爱。

金人对《资治通鉴》及其编撰者司马光亦相当尊崇。金世宗于大定二十
年(1180)曾对其大臣感叹:“近览《资治通鉴》,编次累代废兴,甚有鉴戒,司
马光用心如此,古之良史无以加也。"⑦世宗孙完颜王寿竟“读《通鉴》至三十
余过,是非成败,道之如目前"⑧。皇统九年(1149),左丞相完颜亮生日,金
熙宗“以宋司马光画像、玉吐鹘、厩马赐之"⑨,以示褒宠。到了元代,《资治
通鉴》盛行不衰,侍讲大臣甚至用通俗的语言来讲解《资治通鉴》,可见《资治
通鉴》一书在宋、金、元之际在上层统治阶层的流行与所受到的重视,是其他
史籍所不能比拟的。而《资治通鉴》作为一部史书能使帝王听之“终日忘
倦",与其本身的文学性当有相当大的关系。

---

① (宋)司马光:《传家集》,《四库全书》集部别集类(第1094册),第582页。
② 参见曹家琪:《〈资治通鉴〉编修考》,《文史》第五辑,中华书局出版社1978年版。
③ (宋)司马光:《资治通鉴·序》,中华书局1956年版,第29页。
④ (宋)朱熹:《三朝名臣言行录》卷七之一引司马光《日记》(按,“记"原讹作“录",今正)云:“甲寅
(初九日),余初赴经筵,上自制自书《资治通鉴序》以授光。光受读,降,再拜。读三家为诸侯
论,上顾禹玉(王珪)等称美久之。"《四部丛刊》初编史部(第49册),第十六叶。《通鉴》所附宋
神宗赵顼《资治通鉴序》后附记亦有近似记载。
⑤ (宋)朱熹:《三朝名臣言行录》卷七引司马光《日记》(按,“记"原讹作“录",今正)《四部丛刊》初
编史部(第49册),第二十六叶。
⑥ 参见(宋)张端义:《贵耳集》卷上与王应麟《玉海》卷二十六,两书均采用四库全书本。
⑦ (元)脱脱等:《金史》卷7《世宗纪》中,中华书局1975年版,第175页。
⑧ (金)元好问:《中州集》卷五,中华书局1959年版,第273页。
⑨ 解生祥、孙丽萍:《〈资治通鉴〉在金朝的历史地位》,《北方文物》1997年第2期,第72页。

《资治通鉴》不仅受到统治者的重视，也受到士人阶层的推重。自北宋起，金元以来研究《资治通鉴》的文人不在少数。其间著名的续修者有南宋李焘《续资治通鉴长编》，胡三省为之注，评论改编者亦在在多有，其中尤须注意的是朱熹"鉴于其(《资治通鉴》)间周末诸侯僭称王号而不正其名，汉丞相亮出师讨贼而反书入寇，此类非一，殊不可解"①，于是设"纲"立"目"，撰《资治通鉴纲目》(以下简称《纲目》)以阐扬儒家正统思想。朱熹"是书之作，其大经大法，如尊君父，讨乱贼，崇正统而抑僭伪，褒名节而黜邪妄，贵中国而贱夷狄，莫不系于三纲五常之大"②，影响极为深远。此后南宋袁枢择取《资治通鉴》各系年之下的人事本末贯通而成《通鉴纪事本末》。以上这些与《资治通鉴》有着各种因缘关系的史著我们统称之为《通鉴》体史书。以朱熹的《纲目》为代表，这类《通鉴》体史书对宋元讲史类话本及明清历史演义起着直接而深远的影响。《资治通鉴》的初刻本为北宋元祐间的杭州刻本，印数极少，流传不广，今已不可见。元祐七年(1092)，北宋在杭州雕印的《资治通鉴》版的下落，《宋史》未载，《金史》中却可寻出一点蛛丝马迹。天会八年(1130)十二月，金完颜宗弼(兀朮)带兵攻占杭州，继续南下追击南宋高宗赵构，翌年二月在南宋军民联合抗击下撤离杭州时，兀朮麾下将领赤盏晖"载《资治通鉴》版以归"③。但此后金人是否刊印过《资治通鉴》，今已不太容易弄清楚。然宋代雕刻《资治通鉴》多次，单就保存下来的宋椠《资治通鉴》并经傅沅叔影印的刊本就达七种之多④。《资治通鉴》流传最广、影响最大的是胡三省注本，但胡注本的刊行已在元代。今据《中国古籍善本书目·史部·编年类》进行粗略统计，发现现存的宋元刻本《资治通鉴》和《纲目》约有50余种(考虑到个别版本之再版或刊刻时间尚不易确定，故只能示之以约数。下同)；明初至万历以前的《通鉴》类史书有20余种、《纲目》类史书则有140余种，其中90余种为坊刻本，这90余种中仅福建建阳书坊就刊刻了60余种。这些刊本不仅数量繁多，而且呈现出将《资治通鉴》简约化、通俗化，《纲目》《纲鉴》类史书更为盛行的趋势。特别是坊本《纲目》类史书，不仅简明扼要，文中还多附句读、注音、释义、圈点、考异、批评等，其通俗、普及之意昭然，能满足一般民众了解历史知识的需求，使民众受到一定的历史教育。

① (宋)朱熹：《辞免江东提刑奏状三》，《晦庵先生朱文公文集》(二)卷二二，《四部丛刊》初编集部(第177册)第二十七叶。
② (元)尹起莘：《资治通鉴纲目发明·序》，明刻本。
③ (元)脱脱等：《金史》卷80《赤盏晖传》，中华书局1975年版，第1806页。
④ (宋)司马光：《资治通鉴·胡刻通鉴正文校宋记述略》，中华书局1956年版，第7页。

在这种趋势下,明代的一大批"按鉴"类通俗历史演义作品就应运而生了①。但是,将《资治通鉴》等史书通俗化的活动,并非始于历史演义而是始于宋元"讲史"及讲史类话本。

以上通过对宋元时期《资治通鉴》《纲目》的刊刻、流通情况的考察,我们可以看到,下层文人颇有取法《资治通鉴》《纲目》的可能与便利。《资治通鉴》在宋、元、明、清的巨大影响以及它本身的叙事文学成就,使得《通鉴》类史著对于宋元讲史及讲史类话本来说具有其他史书所不具备的历史意义,这主要表现在以下几个方面。

### (一)《通鉴》体史书博通结构及气质对宋元讲史类话本的影响

《资治通鉴》多达 294 卷,上起周威烈王二十三年(前 403),下至五代周世宗显德六年(959),为一部长达 1362 年的编年通史,在这之前虽也有《春秋》《史记》这样的通史,但与《资治通鉴》的宏伟结构与磅礴气势相较就逊色多了。对此,清初三大家之一的王夫之在其《读通鉴论》中曾云:"其曰通者,何也?君道在焉,国是在焉,民情在焉,边防在焉,臣谊在焉,臣节在焉,士之行己以无辱者在焉,学之守正而不陂者在焉。虽扼穷独处,而可以自淑,可以诲人,可以知道而乐,故曰通也。"②为之作注的胡三省也有相近的见解:"温公作《通鉴》,不特纪治乱之迹而已。至于礼乐、历数、天文、地理,尤致其详。读《通鉴》者,如饮河之鼠,各充其量而已。"③可以说,《资治通鉴》一书已从单纯的史料考辨和整理,上升为"综合贯通""系统论述"的"一家"之学④。可见古今学人都已认识到《通鉴》的这种博通品格与气质,且都极表钦仰。随着元代胡注本以及《通鉴》体系列史著的通行与广泛传播,元代出现《全相平话五种》等成系统的宏伟讲史类话本系列就容易理解了。由此可见,《资治通鉴》对于讲史类话本具有其他史书即便是《史记》也不具备的重要意义。

此前唐人的演史类变文如《伍子胥变文》等虽也以历史人物与历史故事为题材,但大都是以一人一时的故事为基础,旁撷史事加以生发而成。虽也能从某一方面表现某一历史时期的面貌,终究缺乏贯通的格局,其本质仍近于史家之以人为结构中心的纪传体式。到了宋元讲史及讲史类话本,情形已发生了很大变化。不再局限于一人一事的讲述,多以一事或几事为纲,年

---

① 参见纪德君:《明代"通鉴"类史书之普及与通俗历史教育之风行》,《中国文化研究》2004 年春之卷。

② (清)王夫之:《读通鉴论》,中华书局 1998 年版,第 956 页。

③ (宋)司马光:《资治通鉴》卷 212 开元十二年下之胡三省注,中华书局 1956 年版,第 6768 页。

④ 王水照:《陈寅恪先生的宋代观》,《中国文化》第十八期,2001 年 12 月 31 日,第 287 页。

经事纬,将历史上众多的人物和事件之间的复杂的矛盾冲突重新熔铸,艺术地展现复杂的历史关系与宏伟的历史场面。

正如唐代史学理论家刘知幾所指出的那样,《史记》"纪以包举大端,传以委曲细事,表以谱列年爵,志以总括遗漏"是其所长,但将浩繁的史事"分以纪传,散在书表",则势必"每记家国一政,而胡、越相悬;叙君臣一时,而参商是隔","若乃同为一事,分在数篇,断续相离,前后屡出。于《高纪》,则云'语在《项传》';于《项传》,则云'事具《高纪》'。又编次同类,不求年月,后生而擢居首帙,先辈而抑归末章",又是其所短①。可见唐人已意识到新的历史编纂形式应当扬长避短才能有所突破,所以才有唐代杜佑所编撰的通史形制的一代政典《通典》的出现。发展至宋代司马光,认为纪传体"文字繁多,自布衣之士,读之不遍,况于人主,日有万机,何暇周览"②。于是《资治通鉴》对此进行改革,其特点,不仅在于它是通史,更贵在以编年的形式,打破了纪、传、书、表各体分离的束缚,纠正了纪传体"不特传文互涉,抑且表志载记,无不牵连"的弊病③。它以时序为经,将纵横时穿的历史事件、人物活动进行编织,务使历史还原为一个有机的整体。故"一千三百六十年间,贤君、令主、忠臣、义士、志士、仁人,兴邦之远略,善俗之良规,匡君之格言,立朝之大节,叩函发帙,靡不备焉"④,"其所载明君、良臣,切摩治道,议论之精语,德刑之善制,天人相与之际,休咎庶证之原,威福盛衰之本,规模利害之效,良将之方略,循吏之条教,断之以邪正,要之于治忽,辞令渊厚之体,箴谏深切之义,良谓备焉"⑤。要之,《资治通鉴》在体例上的根本改革,有助于人们从时空两个方面整体地把握历史事件的内在联系和历史人物的相互关系,从复杂纷繁的历史现象中总结出经验和教训⑥。

宋代的历史编纂形式取得突破性成果的同时,宋元讲史艺术及其讲史类话本在结构方面显示出重大突破,尤其是元代讲史艺人那种博采史料,在宏观的格局下重新组织牵合历史的能力,与《资治通鉴》《通鉴纪事本末》《通鉴纲目》等《通鉴》系列的出现有着不可忽视的联系。如《三国志平话》《五代史平话》等话本,显然已摆脱以单个人为中心,而是以事为纲,将三国、五代

① (唐)刘知幾:《史通·六家篇》,上海古籍出版社2015年版,第19、25—26页。
② (宋)司马光:《资治通鉴》(第20册)卷294《进书表》,中华书局1956年版,第9607页。
③ (清)章学诚:《史篇别录例议》,《章学诚遗书》卷7,文物出版社1985年版,第65页。
④ (元)王磐:《资治通鉴·兴文署新刊资治通鉴序》,中华书局1956年版,第31页。
⑤ 《资治通鉴序》,中华书局1956年版,第33页。
⑥ 万治光:《中国古典小说结构与历史编纂形式的平行纵向观》,《四川师院学报》1985年第2期,第62—64页。

众多的历史人物与纷繁的历史事实纵横交织并旁互贯通。这一时期的平话编撰者所表现出的加工组织能力,表明宋元人在史学与文学两个领域中驾驭材料的能力得到了近于同步的发展与提高。尽管"在小说艺术未臻完美之前,长篇著作是很难着手的,只有跟了历史的自然演进的事实写去,才可以得到了长篇",但只有历经宋元讲史类话本的改编加工实践后,元明间产生的《三国演义》《水浒传》等长篇小说的叙述描写才能"由历史的拘束解放出来而入于自由抒笔挥写的程度",因为在这些长篇小说的原始本子里,亦即讲史类话本阶段,"已种下了一种浩雄奔荡的气势了"①。在长篇著作的初期很难着手只得经由模仿史著入手的情况下,宋元讲史类话本虽然仍只能算是粗胚,然其"浩雄奔荡的气势"与《资治通鉴》的博通气质以及《通鉴》体史著的流行不无关联。我们可以这样联想:因为出现了《资治通鉴》这样气势宏阔且文笔于简洁中寓风神,于精练叙事中兼擅写人的长篇通史,北宋讲史及讲史类话本的规模才豁然开朗,境界、视野顿为广远,具有一种前代所没有的气概。它们虽然线条仍是粗犷,也许还有点幼稚,然而它们那不事雕琢的朴拙中却寓有一种囊括全部历史的演述兴趣与志向,显示出一种前无古人的磅礴气势,不能不令人惊叹。

南宋末年成书的《梦粱录》称"讲史书者,谓讲说《通鉴》、汉唐历代书史文传、兴废争战之事",如《五代史平话》,就是在宋金时代讲史艺人讲说五代故事的基础上,主要依照朱熹随《资治通鉴》改编而成的《通鉴纲目》的编年顺序予以编撰加工,依次叙述五代梁、唐、晋、汉、周的兴废争战和盛衰始末。且因《资治通鉴》《通鉴纲目》中对于五代史事的出色叙述及其正统史学思想的影响过于深刻,使得由下层文人把笔的《五代史平话》无从自由地虚构润饰,绝大部分内容仅仅稍微加以口语化的改造而已。而在元代胡三省所注《资治通鉴》广为流传的同时,元代仅福建建安书商就编刊了一大型成系列的讲史类话本,虽现存仅《元刊平话五种》,但其中《乐毅图齐七国春秋》只有后集,《前汉书》只有续集。据书名推测前者应当有"前集",后者应当有"正集";或许还有《后汉书平话》三卷。如果这种推测成立的话,整部全相平话应该是八种二十四卷。这样,从春秋战国到秦汉三国,有一个完整的讲史类话本,这才应当是全相平话的全貌②。

此外,上文所引宋末元初的罗烨《醉翁谈录》之《小说开辟》亦载:

---

① 郑振铎:《郑振铎古典文学论文集》,上海古籍出版社 1984 年版,第 342 页。
② 钟兆华:《元刊全相平话五种校注》前言,巴蜀书社 1990 年版。

也说黄巢拨乱天下,也说赵正激恼京师。说争战有刘、项争雄,论机谋有孙、庞斗智。新话说张、韩、刘、岳,史书讲晋、宋、齐、梁。《三国志》诸葛亮雄材,收西夏说狄青大略。说国贼怀奸从佞,遣愚夫等辈生嗔。说忠臣负屈衔冤,铁心肠也须下泪。

据《醉翁谈录》所述似可推测,从西汉甚至更早直至艺人所处宋元时代的历史都有讲史艺人在演述。就现存几种讲史类话本来看,这些讲史类话本不一定在内容上像《五代史平话》那样依赖《通鉴》体史书,但结构篇幅上较唐代演史类变文已有大幅度的扩展,平话编撰者把握较宏阔的历史故事及历史场面的能力较之唐五代演史类变文明显增强。如基本上取材借鉴《通鉴纲目》而成的《五代史平话》以五书分述五代迭兴的历史故事,在总体上又将五书故事牵合为一个整体,借以反映编撰者对五代这段历史的认识:"兴废风灯明灭里,易君变国若传邮。"故《五代史平话》如学者所言,"实开创了长篇历史小说的规模,为后来的通俗演义和英雄传奇小说打开了门径"①。不仅如此,"南宋之'通俗演义'正是依傍《资治通鉴》编年叙事之宏观架构,兴亡是非之历史逻辑,加之佛谈因果,道因福祸,敷演冷淡,提掇繁华,渐成长篇,牵蔓章回的"②。可见《资治通鉴》类史书对于讲史类话本在规模、气度上乃至历史情感、情节结构方面都产生了极为深远的影响。

**(二)《通鉴》体史书的思想倾向对于讲史类话本的影响**

司马光有一重要的史学观点,即"史者,儒之一端;文者,儒之余事"。这个观点是他在《资治通鉴》卷一百二十三记述南朝宋文帝元嘉十五年(438),立玄学、史学、文学、儒学四学时所作史论中提出的:

> 《易》曰:"君子多识前言往行以蓄其德。"孔子曰:"辞达而已矣。"然则史者,儒之一端;文者,儒之余事;至于老庄虚无,固非所以为教也。夫学者所以求道,天下无二道,安有四学哉!③

自《春秋》成为儒家经典以后,史学一直都是儒学的一个分支。高度繁盛的北宋史学的一个特点就是史学的进一步儒学化,其中最重要的代表人

---

① 胡士莹:《话本小说概论》(下),中华书局 1980 年版,第 714 页。
② 胡小伟:《"说三分"与关羽崇拜:以苏轼为例》,卢晓衡主编《关羽、关公和关圣》,社会科学文献出版社 2002 年版,第 374 页。
③ (宋)司马光:《资治通鉴》(第 8 册)卷 123,中华书局 1956 年版,第 3868—3669 页。

物就是司马光。"史者,儒之一端"正是其史学观的核心与特征,表现在其《资治通鉴》中,则是将"史"与"道"完整地结合在一起①。治平、熙宁间司马光因与王安石政见不同且反对其新法被"分司西京,不豫国论,专以书局为事。其忠愤感慨不能自已于言者,则智伯才德之论,樊英名实之说,唐太宗君臣之议乐,李德裕、牛僧孺争维州事之类是也。……此其微意,后人不能尽知也"②。据此可知,司马光一生最重要的史学、文学思想与学术观点都或显或隐于其付出毕生精力所修的《资治通鉴》中,体现在《资治通鉴》编撰目的与目标中。

首先,《资治通鉴》以垂鉴与资治为其编撰目的。司马光在《进书表》中,曾明白地表达自己的撰史目的:"专取关国家盛衰,系生民休戚,善可为法,恶可为戒者,为编年一书",然后使世人尤其是君臣将相能"监前世之兴衰,考当今之得失,嘉善矜恶,取是舍非"③。可见,资治与垂鉴是司马光编撰《资治通鉴》的最终目标。举凡一朝一代的政治事变、君臣言行、军事征战、社会动乱等有关治乱兴衰的事迹,《资治通鉴》都予以全面而详略得当的记载论议。对于这一点神宗有过精当的概括:"《资治通鉴》所载明君、良臣,切摹治道,议论之精语,德刑之善制,天人相一之际,休咎庶政之原,威福盛衰之本,规模利害之效,良将之方略,循吏之条教,断之以邪正,要之于治忽,辞令渊厚之本,箴谏深切之义,良谓备焉。"④故《资治通鉴》被誉为"天地间必不可无之书,亦学者必不可不读之书也"⑤,良有以也。

其次,司马光编撰的《资治通鉴》在论列历代君臣之际,常以儒教伦理纲常为坐标与考量标准。司马光认为,帝王为治之道,关键在于崇礼、正名、定分。他说:"臣闻天子之职莫大于礼,礼莫大于分,分莫大于名。何谓礼?纪纲是也。何谓分?君、臣是也。何谓名?公、侯、卿、大夫是也。"只有当君臣之际名正分定后,才能真正做到"贵以临贱,贱以承贵。上之使下,犹心腹之运手足,根本之制支叶;下之事上,犹手足之卫心腹,支叶之庇本根。然后能上下相保而国家治安"⑥。所以《资治通鉴》在总结历代盛衰经验的同时,对于君君、臣臣、父父、子子的伦理纲常尤为注意阐发,力图从历代君臣之际的

---

① 参见孙立尧:《"史者儒之一端"试解——兼论司马光、范祖禹的史论》,《南京大学学报》2003年第2期。
② (南宋)胡三省:《新注资治通鉴序》,《资治通鉴》,中华书局1956年版,第24页。
③ (宋)司马光:《资治通鉴》卷294《进书表》,中华书局1956年版,第9608页。
④ (宋)司马光:《资治通鉴·御制资治通鉴序》,中华书局1956年版,第29页。
⑤ (清)王鸣盛:《十七史商榷》卷100《资治通鉴上续左传》,上海古籍出版社2016年版,第1507页。
⑥ 司马光:《资治通鉴·周纪一》卷1威烈王二十三年,中华书局1956年版,第2页。

是非得失之中探讨出一种理想的君臣关系模式,以供当世之人及后世之人借鉴,是以"为人君者而不知《通鉴》,则欲治而不知自治之源,恶乱而不知防乱之术;为人臣而不知《通鉴》,则上无以事君,下无以治民;为人子而不知《通鉴》,则谋身必至于辱先,作事不足以垂后"①。

《资治通鉴》在政治上可以供人取鉴资治,在伦理上暗寓褒贬惩劝的两大目标的实现,对于取资于史学的宋元讲史与讲史类话本都有着其他史书无可替代的重要意义。宋元讲史艺人与讲史类话本的历史实际上已是一个被另塑的历史世界。当话本的编撰者在向《资治通鉴》取资借鉴之际,《资治通鉴》尤其是《通鉴纲目》在政治层面的"资治"与"垂鉴"作用被淡化了,因为那主要是史官与正史的职责与权力。但《资治通鉴》另一重要目标即伦理上暗寓褒贬惩劝的功能与目标被讲史类话本承继下来了,尤其是后来的《通鉴纲目》中强烈的"嘉善矜恶"的伦常教化倾向以及正统观念,不同程度地影响到话本的思想倾向与主题表达。具体说来,文人参与程度深浅不一的讲史与讲史类话本受这种影响的深浅也各有不同。一般说来,下层文人编撰或润饰的讲史类话本如《五代史平话》类可明显感受到这两者在思想层面的更深厚的联系,如《五代周史平话》卷下开场诗为"五代都来十二君,世宗英特更仁明",此诗对后周世宗的评断即受到司马光《资治通鉴》史论的影响。《通鉴·后周纪五》世宗显德六年臣光曰:

> ……盖庄宗善战者也,故能以弱晋胜强梁,既得之,曾不数年,外内离叛,置身无所。诚由知用兵之术,不知为天下之道故也。世宗以信令御群臣,以正义责诸国,王环以不降受赏,刘仁瞻以坚守蒙褒,严续以尽忠获存,蜀兵以反覆就诛,冯道以失节被弃,张美以私恩见疏;江南未服,则亲犯矢石,期于必克,既服,则爱之如子,推诚尽言,为之远虑。其宏规大度,岂得与庄宗同日而语哉!②

司马光对后周世宗可谓叹赏有加。再对比一下包含了他的主要学术及政治观点的《上神宗论人君修心治国之要三》一文,其主要观点为:

> 修心之要有三:一曰仁,二曰明,三曰武。仁者,非姁姁姑息之谓

---

① （宋）胡三省:《新注资治通鉴序》,见司马光撰:《资治通鉴》,中华书局1956年版,第24页。
② 《资治通鉴·后周纪五》卷二九四,第9600页。

也，修政治，兴教化，育万物，养百姓，此人君之仁也。明者，非烦苛伺察之谓也，知道义，识安危，别贤愚，辨是非，此人君之明也。武者，非强亢暴戾之谓也，惟道所在，断之不疑，奸不能惑，佞不能移，此人君之武也。……治国之要亦有三：一曰官人，二曰信赏，三曰必罚。……臣平生力学，所得至精至要，尽在于是。①

可知，后周世宗的诸多品德已十分接近于司马光对人君品格与才能的期待：既仁、明、武，又能善用人、有功必赏、有罪必罚，可见后周世宗是司马光在《资治通鉴》中颇为赞赏的一代帝王。《五代周史平话》的编撰者显然深受《资治通鉴》的影响，平话中"英特""仁明"之褒或即自司马光史论中简括而得。故平话开场诗云"皇天倘假数年寿，坐使中原见太平"，几乎就是从《资治通鉴》的记述中所得出的合乎逻辑的推测。

再看《全相平话五种》，整个话本系列都存在着一种基本思想倾向：即反对背信弃义以及荒淫无道的暴君，认为天下应归于有德者。又如《三国志平话》中极力赞扬刘备，以刘备蜀汉政权为正统，一方面是受到唐以来的尊刘抑曹倾向尤其是朱熹《纲目》的正统论的深刻影响所致，另一方面也是因为刘备长久以来被人视为"仁德之人"。另如《武王伐纣书》则"全书表现了拥护明君贤臣的观点。对荒淫暴虐的纣王，数他十大罪状，加以声讨，肯定武王伐纣的正义性……"②在反对暴君的同时，讲史类话本对仁德之君是大力赞扬的。如《秦并六国平话》里不仅揭露了秦始皇与二世的残暴不仁，同时在书中又赞扬推翻秦政权的刘邦"宽仁爱人"的品德，并在书的结尾引用贾谊的《过秦论》中的一段："则知秦尚诈力，三世而亡。三代仁义，享国长久。"再次强调天下应归于有德者的思想倾向。联系到司马光一再强调的才德论，讲史类话本对于"仁"的特别关注，即可看出二者之间的密切关系。

《资治通鉴》中的另一重要观点是对于人才的重要作用的认识与强调。这一点在话本《乐毅图齐七国春秋后集》中得到文学上的阐释。此话本"在思想上的积极意义，最突出的是表达了清明政治的理想，严厉地谴责了国君的昏暴行为"，而要实现清明政治，编撰者认识到并多次强调"得贤者昌，失贤者亡"的历史规律，从而"歌颂了贤才，强调了人才的作用"③。同样可以看出《资治通鉴》对于讲史类话本的影响所在。

---

① （宋）赵汝愚：《宋朝诸臣奏议》，上海古籍出版社 1999 年版，第 8 页。
② 胡士莹：《话本小说概论》，中华书局 1980 年版，第 721 页。
③ 朱世滋主编：《中国古代长篇小说百部赏析·乐毅图齐七国春秋后集》，华夏出版社 1990 年版。

　　凡文人染指的作品不论是讲史类话本还是小说话本,尤其是后来明清出于文人之手的拟话本,虽"……多采闾巷新事,为宫闱承应谈资,语多俚近,意存劝讽"①,大都存在一种强烈的道德责任感与说教兴趣。对于此后的历史演义小说的影响更为直接而显著。著名通俗小说编撰者及出版家余邵鱼说"自《纲目》作而后人心正。要之,皆以维持世道,激扬民俗也"②,指出了《通鉴纲目》对于讲史类话本及演义类小说的重要影响。此时的历史演义小说大都称为"按鉴××史演义",明确揭示了他们的创作宗旨在于推演《资治通鉴》与《纲目》的"义理"。《西汉通俗演义》的编撰者甄伟在其序中直言不讳:"义不必演,则是书不必作矣。"③而熊大木《大宋中兴通俗演义序》亦称其作品"以王本传行状之实迹,按《通鉴纲目》而取义"④。其书中明标"按史鉴"者 17 处,照引《通鉴纲目》"论断"之处约 18 处。就连那些采录不少野史杂传的《东汉通俗演义》之类也在文中每每标以"按《资治通鉴》云云"。不仅演义编撰者受其影响,就是演义小说的改编者、批判者如毛宗岗、陈继儒等人也都自觉地以《资治通鉴》与《通鉴纲目》的正统思想为其批评的主要准则⑤。

### (三)《通鉴》体史书的编撰体制对宋元讲史类话本的影响

　　"中国史学莫盛于宋"⑥,各种形式与题材的史著在学术文化高度发达的宋代都取得了很高的成就。尤其是历史编纂形式有了新的突破。其突出的代表与最高成就应推司马光的《资治通鉴》。《资治通鉴》摒弃《史记》以来的"后之述者不能易"(《御制资治通鉴序》语)的纪传体模式,取法《春秋》以后颇为不显的编年体,但能兼取二者之长,力避二者之短,采正史 19 种,杂史小说 300 多种,将 1362 年的史事融于一编之中,既打破了纪传体的纪、传、书、表各体分离的状态,以时序为经,事为纬,将时空纵横交织的历史事件、人物活动重新组织安排,还历史一个自然推进的整体面貌。这样《资治通鉴》既吸收了纪传体擅长纪人纪事的长处,又克服了纪传体一事重复互见

①　(明)凌濛初:《初刻拍案惊奇序》,见丁锡根编著:《中国历代小说序跋集》(中),人民文学出版社 1996 年版,第 785 页。
②　(明)余邵鱼:《题全像列国传引》,见丁锡根编著:《中国历代小说序跋集》(中),人民文学出版社 1996 年版,第 861 页。
③　(明)甄伟:《西汉通俗演义序》,见丁锡根编著:《中国历代小说序跋集》(中),人民文学出版社 1996 年版,第 878 页。
④　(明)熊大木:《大宋中兴通俗演义序》,见丁锡根编著:《中国历代小说序跋集》(中),人民文学出版社 1996 年版,第 981 页。
⑤　纪德君:《中国历史小说的历史流变》,中国社会科学出版社 2002 年版,第 98 页。
⑥　陈寅恪:《金明馆丛稿二编》,上海古籍出版社 1980 年版,第 240 页。

和系年不够清晰严密,不能很好地展示历史发展进程的缺点;同时发扬了编年体"中国外夷,同年共世,莫不备载其事,形于目前,理尽一言,语无重出"等优点,又避免了《春秋》等编年体"论其细也,则纤芥无遗,语其粗也,则丘山是弃"①的不足。对于五胡十六国那样复杂的史事,也能"叙之井井,不漏不烦",使我们于编年体史书之中,不仅能够清晰地看到史事发生、发展的过程,也能够看到反映社会各方面情状的丰富内容,并在人与事的相互联系中看到历史发展的进程,发现治乱嬗递的规律和原因。从而开创既有编年体之长,又力避纪传体之短的"通鉴体"。它进一步打破了纪传、编年二体相互隔越的局面,推动了不同体裁之间相互补充、不断发展完善的进程,是史法的一大进步。其后,编年体史书的兴盛,实际上与《资治通鉴》对编年体史书叙事的推动、发展和进一步完善有着很大的关系。如果说编年体在汉代对记事、载人的范围有扩展的话,那么,就可以说,经过史学巨匠司马光的进一步发挥,已使此种体裁达到了空前完善的程度②。

司马光《资治通鉴》以及《通鉴》体史书的编年体制(包括纲目体、纪事本末体)对于宋元间的讲史类话本编撰者改编历史无疑具有极大的便利性,对其意义重大。从整体意义上说,《资治通鉴》的编年体通史体制与纪传体相比,给讲史类话本的编撰者按图索骥地改编史著提供了更大的便利,现存《三国志平话》即是明证,且就现存九种宋元讲史类话本来说,都是年经事纬的编年体俱可为证。对于宋元时期的文人尤其如此。相对讲来,市井艺人讲史时因为对史著的距离较远,反而可以放开手脚进行大胆地虚构与想象,尽管不乏幼稚粗鄙,却虎虎有生气,故其成书近于后来以人物为中心的英雄传奇小说。《宣和遗事》被认为"只是杂抄野史笔记和旧话本而成"③,但该话本中的阴文除了"诗曰"之类,就是年号,如崇宁二年之类,年号之下便是这一年的史事的叙述,明显受到《通鉴》体史书的编年体制的影响。其他几种取材甚或抄撮《史记》《汉书》等纪传体史书的话本,如《秦并六国平话》,从秦国吞并六国讲起直至项羽、刘邦推翻秦朝政权,虽然该书的叙事旨趣更多在于对王翦父子的武勇智略的铺张渲染上,但整体上仍是按时间的线性结构来叙述这一段历史的,受《通鉴》体编年体制的影响还是很明显的。

客观地说,《资治通鉴》兼采纪传体与编年体之长的叙事,对于敷演相关

---

① (唐)刘知幾:《史通》卷二,上海古籍出版社 2015 年版,第 25 页。
② 参见宋馥香:《〈资治通鉴〉:编年体史书历史叙事发展的高峰》,《陕西师范大学学报》2004 年第 2 期。
③ 胡士莹:《话本小说概论》(下),中华书局 1980 年版,第 714 页。

历史时段的文人所编的话本,有利于他们借鉴,但对他们又不无消极影响。如《五代史平话》一书,因是文人把笔,文人既熟悉史著如《资治通鉴》之类,又不屑民间艺人所说五代历史故事的粗鄙,故而往往拘执于史著而显得板滞,创造力未能得以充分发挥。当话本编撰者面对《资治通鉴》中对历史事件与历史人物的清晰而条贯的叙述,详略得当的剪裁,以及那成熟而不乏精彩的文笔时,欲舍不能,只能对之进行稍微口语化的改编而已,故而有学者认为该话本"一大半篇幅,乃是依据《资治通鉴》改写而成"①,应该说大体按《纲目》改写而成。当然话本编撰者也不是原封不动地照录《纲目》相关部分,而是对它进行了多种方式的改造加工。但从总体上看来,尤其是话本撷自《纲目》的部分,"其叙述始终为'历史'所拘束,往往还带些文言文的调子。因此,其描写也便不能逞心逞意的自由放大"②。与其说其为"历史"所拘束,毋宁说为《通鉴》体史书所拘束。有学者在排列了《三国志平话》的主要历史年表后,发现其事件与年代的排比,与史书编年惊人的一致,"其不同于《资治通鉴》之编年叙事者,主要在于它的时间跳跃性比较大,并且有意强化了事件之间的逻辑联系,追求一种故事性",从而得出结论,"通鉴"类史书是"讲史小说的前源或母体"③。从以上所论述也可看出,这个论断对于宋元时文人编撰的讲史类话本而言,大体上还是准确的。

**(四)《通鉴》体史书的叙事成就对宋元讲史类话本的影响**

《资治通鉴》一书的叙事成就一向为其巨大的史学成就所遮掩,事实上,该书"叙事则提要钩元,行文则删繁就简,疏而不露,简而扼要。言必有据,没有空话,事皆可征,没有臆说;文字精练,没有费辞"④,尤其是在度的把握上,既不失史的信实,亦不失文之情韵。在叙事艺术上,《资治通鉴》继承了《左传》因事及人和《后汉纪》"言异言行,趣舍各以类书"的叙事方法,并对它们进行了合理的熔铸与改进,使传人与记事有机地结合了起来,审时而度势,沿革以创新。这不仅使人因事而熠熠生辉,而且由于在历史事件的发生、发展过程中,融入了大量的重要人物的"传记",也使事件本身变得更加曲折复杂,使得编年体通史在纵向的历史延伸中,也拥有了更广阔的视野和

---

① 刘世德主编:《中国古代小说百科全书·新编五代史平话》,中国大百科全书出版社 1983 年版,第 612 页。

② 郑振铎:《宋元明小说的演进》,见《郑振铎古典文学论文集》(上),上海古籍出版社 1984 年版,第 378 页。

③ 纪德君:《"通鉴"类史书:中国讲史小说之前源》,《上海社会科学》2003 年第 8 期,第 113 页。

④ 翦伯赞:《学习司马光编写〈通鉴〉的精神——跋〈宋司马光通鉴〉》,载《人民日报》1961 年 6 月 18 日(5)。

更大的横向吞吐量,在借鉴纪传体之长以济编年体之短方面又向前迈出了一大步。《资治通鉴》善以近于小说的繁复细腻却又精炼简洁的文笔来描绘历史人物,在吸收《左传》记事成就的基础上,形成了自己的特点:一是善于运用丰盈细腻的文字,通过刻画人物的心理活动以揭示时代主题;二是运用记言形式来丰富记事,语言精炼传神又能反映人物性格、精神特质。其记言形式多种多样,民谣民谚就是其中一种特殊的记言形式,因为它能准确反映事实的本质、揭示时政特征。如《资治通鉴》言武则天时期选官之滥:"时人为之语曰:'补阙连车载,拾遗平斗量;欋推侍御史,碗脱校书郎。'有举人沈全交续之曰:'糊心存抚使,眯目圣神皇。'"①不惜连用民谣以抨击其时官员的低能和选官之滥,以及武则天对选官制度弊坏而闭目塞听的情形,语言精练而形象,不仅一语道破了当时选官问题上的严重弊病,也对武则天当政时的政治予以绝妙的讽刺。此处,《资治通鉴》的叙事比较注意史家叙述、非即时性的载言形式与人物对话三者之间的相互转换,运用主体叙述的形式阐释事态的发展过程和趋势,用非即时性的载言形式总结事态的特征,而通过对话深入事件和个体人物的内部,反映其细部的情况。这种载言与记事交替互补的叙事局面的形成,既保持了事件发展过程的整体性,同时也细化了事件的局部,使历史叙事变得详略有致,同时也发挥了其点缀醒目的功能。在其历史叙事中含有一种召唤性空间,留有空白给读者,这是它与小说文本的共通处,也是它吸引讲史类话本编撰者不自禁地模仿与靠近它的原因所在。

《资治通鉴》总的叙事原则显然是在以时间为本位的前提下,亦注意到事件的本末和人物的事迹,以"中和"的原则适当地记载典型人物,用细腻的文学叙事手法来处理历史事件,反映时局的变化,无论是记事还是载人,都是行于所当行,止于所不可不止,于平实中见奇伟。也使载人和记事同时成为带动编年体叙事发展的两翼,进一步推动了编年体叙事的发展。司马光在《答范梦得书》中要求助手范祖禹不仅要"左右采获,错综诠次",更需"自用文辞修正之,一如《左传》叙事之体也",又大胆地吸收和借鉴了《后汉纪》"连类同书"的方法,把记事与传人有机地结合起来,将上下一千余年的史事和古今无数人物环环相扣、连贯而丰富地记载下来的编年体历史巨著,在完善编年体史书体例、扩展其记史容量、丰富编年体史书记事、载人之体例和

---

① 司马光:《资治通鉴·唐纪二十一》则天后长寿元年,中华书局 1956 年版,第 6477—6478 页。

叙事技巧方面都超过了其他的编年体史书①。如果说散见于正史、杂传、小说、文集中的材料犹如颗颗珍珠，司马光的《资治通鉴》通过各种手段将之串联系统化，成为"综合贯通"的"一家"之言。对于讲史类话本来说，其集纳、编创史料使之系统化的艺术与成就具有直接而巨大的影响。现存各种讲史类话本都是从多种史传中撷取材料加以选择编织，学习、借鉴《资治通鉴》将记事与载人有机结合的成功经验，虽然还未能得心应手，对于以后的历史演义来说，毕竟迈出了重要的一步。

同是宋人修史，欧阳修《新五代史》仍注重春秋笔法，至于过程则不太注重。司马光不同于欧阳修，他在修史时试图全真实像般地表达历史，对于政治、军事事件的描述极力追求真实，这样他其实就把历史通俗化了，几乎就是在一本正经地讲故事，对于历史不像欧阳修那样负有沉重的道德责任感，其《资治通鉴》一书很少有《新五代史》那种笔伐姿态。这种全真实像追索历史的努力与成就，与元代涌现的一大批全相平话之间的联系，就不仅仅是启示而已，平话编撰者可以说将司马光的内在叙事倾向外化为具体的努力与目标的实现。此外，《资治通鉴》与《通鉴纲目》那种"原始察终""见盛观衰"的历史叙事视角，以及"述而不作""秉笔直书"的"实录"精神与第三人称的客观叙述方式，使得叙事者即史官在史书叙事中充当了一个全能的上帝式的角色：他对于历史的全过程了如指掌，而且为了追求真实性，他似乎只是客观地在记述历史及历史人物的活动所造成的假象。这对于讲史类话本的叙事有着直接的影响。《资治通鉴》对讲史类话本深远而巨大的影响可从此类话本自身特点看出：如取材于历史，讲说前代兴废之事，着重于政治军事斗争，并作不同程度的虚构；在整体上如史书般线条粗略，风格雄浑，长于铺叙议论；语言基本上采用正史的书面语言，同时也增饰一些当代口语，形成半文半白的文体；篇幅漫长，节目繁多，采取分回形式；讲史的基本倾向，在宋代是反对暴政、反对封建统治阶级混战害民，希望全国统一与和平，在一定程度上反映了当时人民改良政治的愿望，与铁骑儿合流以后，则大量增加了反抗民族压迫的内容；在艺术上以"记问渊源甚广，讲得字真不俗"②为胜。

就其语言来说，《资治通鉴》的语言文字已趋于规范化和通俗化，不故作深奥，不使用生涩难懂的偏僻怪字，在行文方面不堆砌材料，不拖泥带水，从

---

① 参见宋馥香：《〈资治通鉴〉：编年体史书历史叙事发展的高峰》，《陕西师范大学学报》2004 年第 2 期。
② 胡士莹：《话本小说概论》，第 699—700 页。

而形成其洗练简洁、明快畅达的文风。这种语言风格对于讲史艺术和讲史类话本有着一种自然的亲和力与一致性,这在那些文人痕迹较浓的讲史类话本如《五代史平话》中承继关系尤为明显,而《三国志平话》这类民间说话朴野气息较浓的话本,也跳不出《资治通鉴》的磁场。如平话结尾汉帝外甥刘渊复汉部分,两相对比就可看出二者的关系。《三国志平话》中相关文字为:

> 刘渊幼而隽异,尊儒重道,博习经史,兼学武事。及长,猿臂善射,气力过人,豪杰多士归之。其子刘聪,骁勇绝人,博涉经史,善属文,弯弓三百斤,京师名士与之交结,聚英豪数十万众。都于左国城,天下归之者众。刘渊谓众曰:"汉有天下久长,恩结于民。吾乃汉之外甥,舅氏被晋所掳,吾何不与报仇。"遂认舅氏之姓曰刘,建国曰汉。遂作汉祖故事,称汉王。改元元熙,追尊刘禅为孝怀皇帝,作汉三祖五宗神主而祭之。立其妻呼延氏为后,刘宣为相,崔淤为御史,王宏为太尉,危隆为大鸿胪卿,朱怨为太常卿,陈达为门侍,其侄刘曜为建武将军。三年正月,徙都平阳府,即皇帝位。①

《三国志平话》的结尾有关的部分,在《资治通鉴》中亦有记载,二者对比自然能看得更为清晰。《资治通鉴》相关文字为:

> 初,太弟颖表匈奴左贤王刘渊为冠军将军,监五部军事,使将兵在邺。渊子聪,骁勇绝人,博涉经史,善属文,弯弓三百斤;弱冠游京师,名士莫不与交。颖以聪为积弩将军。
>
> ……刘渊迁都左国城。胡、晋归之者愈众。渊谓群臣曰:"昔汉有天下久长,恩结于民。吾,汉氏之甥,约为兄弟,兄亡弟绍,不亦可乎!"乃建国号曰汉。刘宣等请上尊号。渊曰:"今四方未定,且可依高祖称汉王。"于是即汉王位,大赦,改元曰元熙。追尊安乐公禅为孝怀皇帝,作汉三祖五宗神主而祭之。立其妻呼延氏为王后,以右贤王宣为丞相,崔游为御史大夫,左于陆王宏为太尉,范隆为大鸿胪,朱纪为太常,上党

---

① 丁锡根点校:《宋元平话集·三国志平话》,第879页。

崔懿之、后部人陈元达皆为黄门郎，族子曜为建武将军……①

　　《资治通鉴》与《魏书》《晋书》一样，也有"汉氏之甥"一词，追尊刘禅为孝怀皇帝，作汉朝三祖五宗的神主而进行祭祀的记载，所以《三国志平话》的编者参照的文献，不能特定为《晋书》。话本中的相关文字只不过是稍加改饰。比这更重要的，《三国志平话》中有而《魏书》中无（《晋书》中有一部分）的，刘渊立其妻呼延氏为王后云云的记载，《资治通鉴》中却有。况且《三国志平话》出现错漏的原因，只有依据《资治通鉴》才有可能加以说明。无疑，崔游的游、范隆的纪、朱纪的纪，《三国志平话》的编者或者刻工，由于字形类似而误作淤、危、怨，王宏是由于不知道左于陆王宏的左于陆王是与右贤王同样的封号所以出错，陈达是由于单纯的元字的遗漏。这样一来，《三国志平话》的"编者"所参考的文献，很可能不是《晋书》，而是《资治通鉴》。如若"编者"参考《晋书》，就不可能把刘宏误为王宏（《晋书》此处明确书为"刘宏为尉"）。司马光的《资治通鉴》二九四卷有多种宋刊本存在。"南宋建阳书坊刻本"也刊行过，不仅限于此，还刊行了将其改编成纪事本末体的《通鉴纪事本末》之类书籍。话本"编者"要用此书做参考想必是非常方便的②。总体上看，《三国志平话》乃元代书会才人杂抄《三国志》《资治通鉴》类史书如《通鉴纪事本末》乃至《事林广记》这样的类书而成。

　　综上所述，《资治通鉴》类史书对于话本编者真是十分实用，无论是题材内容、编撰体制还是思想情感、叙事艺术诸方面，它们都对宋元讲史以及讲史类话本产生了他史所不可比拟的影响与意义。

## 第三节　小说话本与讲史类话本的相辅相成

　　在宋元瓦舍说话伎艺里，"小说"与"讲史"二家是分庭抗礼的两支大军。其他说话艺人"最畏小说人"的原因，不仅在于"小说"篇幅短小，"小说人"技艺高超，"能讲一朝一代故事，顷刻间捏合"（《梦粱录》语），不似讲史"谈话头动辄是数千回"（《醉翁谈录·小说开辟》语）；更重要的还在于小说所涉及的内容的丰富性远远超过说话艺术的其他家数，它不仅讲述烟花粉黛、神仙精

---

① （宋）司马光：《资治通鉴》（第 6 册）卷第八五，中华书局 1956 年版，第 2698、2702 页。
② ［日］大王冢秀高著，闫家仁、董皓译：《关羽和刘渊——关羽形象的形成过程》，《保定师专学报》2001 年第 1 期，第 27—28 页。

怪、断狱勘案等各种市民感兴趣的现实题材,甚至涉足于讲史的专业领域——历代书史文传兴废争战的历史故事。宋元以降的短篇讲史如《史弘肇龙虎风云会》《老冯唐直谏汉武帝》《汉李广世号飞将军》《夔关姚卞吊诸葛》《雪川萧琛贬霸王》者,多达 50 余篇,事实上应该远不止此。

对于宋元话本的判定,除了能明确断为宋代或明代的作品外,郑振铎先生倾向于将不能明确定为宋或明代的作品笼统地称为元明之间的作品,因为"元代的作品颇不分别得出。这一个时代乃是上承宋人(讲说平话之风当犹存在),下开明代(文人拟摹之作似亦已有之),其作品并无特殊的时代色彩,有时既可上列于宋,有时也可下跻于明"①。胡士莹先生在其《话本小说概论》中提出八条推勘方法,在国内学界具有广泛影响。今参据众说,属于宋元旧编的短篇讲史小说仅有《喻世明言》中的《史弘肇龙虎风云会》和《汪信之一死救全家》。至于《醒世恒言》中的《金海陵纵欲亡身》,胡士莹先生将其列入元代但又称"以俟后考",郑振铎先生认为"那末极形尽态的秽亵的描状,又似乎非明嘉隆以后的编撰者不办",以为将其列入明代拟话本似更合理②;"三言"中的《齐晏子二桃杀三士》,郑振铎先生视为宋元间作品,胡先生没做区分,韩南先生归入话本类;至于《清平山堂话本》中的《羊角哀鬼战荆轲》《范张鸡黍死生交》《老冯唐直谏汉文帝》《汉李广世号飞将军》《夔关姚卞吊诸葛》《雪川萧琛贬霸王》,胡、郑两位先生都没将它们作为话本加以具体区分,韩南先生将它们划为文言小说类。这些篇目难以分类的现象,正是小说话本与讲史类话本融合趋势的体现。

此外,罗烨《醉翁谈录》之"小说开辟"明明在论小说的问题,又特别注明"演史讲经并可通用",说明小说与讲史之间题材具有某种共通性。其中"黄巢拨乱天下"等事,都是有关历代兴亡战争故事,可能与"赵正激恼京师"③一样,是当时的小说话本之一,但到了《五代史平话》中,却变成讲史艺人的题材,被融合进整个五代纷争故事中,成为讲史类话本中的有机部分了。故《五代史平话》中每涉及历代君王出身故事时,就明显带有说话人口吻。《醉翁谈录》的"小说开辟"条开列的篇目名称中有:

---

① 郑振铎:《明清两代的平话集》,见郑振铎:《中国文学研究》(上),作家出版社 1957 年版,第 356 页。

② 郑振铎:《明清两代的平话集》,见郑振铎:《中国文学研究》(上),作家出版 1957 年版,第 345 页。

③ 话本《赵正》,佚名撰。元末钟嗣成《录鬼簿》卷上著录有陆显之《好儿赵正话》一种,云:"汴梁人,有《好儿赵正话》。"明晁瑮《晁氏宝文堂书目》卷中《子杂》著录有《赵正侯兴》,当即陆显之《好儿赵正话》,亦即宋人话本《赵正》之记录本或写定本。

论这大虎头、李从吉、杨令公、十条龙、青面兽、季铁铃、陶铁（当为饕餮）僧、赖五郎、圣人虎、王沙马海、燕四马八,此乃朴刀局段;

言这花和尚、武行者、飞龙记、梅大郎、斗刀楼、拦路虎、高拔钉、徐京落章(草)、五郎为僧、王温上边、狄昭认父,此为杆棒之序头。①

小说朴刀类话本有《青面兽》,杆棒类有《花和尚》《武行者》,都是"自成起讫的,各别成为一个完整的故事的形式"。这些话本"在文学风格上,是接近和类似《水浒传》的标准的"。他们很可能被《宣和遗事》之类的讲史类话本所借鉴吸纳,然后又被《水浒传》所吸取、镕炼,使之成为其有机部分②。这种由"小说"话本发展到一定时期被转变到讲史阶段,然后又被历史演义小说所借鉴吸收的发展情形,应该具有一定的代表性。

另《梦粱录》记讲史家数下,有这样一条记载:

又有王六大夫,元系御前供话,为幕士请给讲,诸史俱通,于咸淳年间敷演《复华篇》及《中兴名将传》。听者纷纷,盖讲得字真不俗,记问渊源甚广耳。

《中兴名将传》是否显然便是《醉翁谈录》"小说开辟"条所言及的"新话说张、韩、刘、岳",仍缺乏有力证据。撇开说话家数问题不论,说话众家之间虽各有其门庭,但也不应是隔绝得各不相关,有时一个艺人多才多艺如上引王六大夫者,就可以兼具两种甚或两种以上说话伎艺。且"小说近于文,公案铁骑儿近乎武,说史则文武兼而有之"③。讲史这种伎艺本身就具有一种开放性、兼容性,有其融其他伎艺于一炉的特点。这是因为它的内容本身涉及丰富多彩的历史生活与历史人物,既要求有宏大的历史叙事,又需要精细的人物刻画与情节张力。同时,小说话本具有为市井细民写"心"的思想倾向,编撰者很喜欢讲述那些崛起于市井间巷的帝王将相故事,以求迎合市井平民渴望发迹变泰的心理,而且为了拉近帝王将相与市井平民的心理距离,还有意用市井平民的眼光来打量帝王将相,描述他们未发迹前混迹市井、放浪不羁的无赖行径④。宋元的短篇讲史,有可能直接源自于市井"说话"。

① 罗烨:《醉翁谈录·小说开辟》,古典文学出版社 1957 年版,第 4 页。
② 严敦易:《水浒传的演变》,作家出版社 1957 年版,第 71—74 页。
③ 陈汝衡:《说书小史》第二章,作家出版社 1958 年版,第 14 页。
④ 纪德君:《中国历史小说的艺术流变》,中国社会科学出版社 2002 年版,第 74 页。

　　最明显的例子是《古今小说》中的《史弘肇龙虎风云会》,编撰者与受众关注的都是"这未发迹的好汉却姓甚名谁? 怎的发迹变泰?"此外明代拟话本《临安里钱婆留发迹》,明确标出"发迹"二字。这史弘肇、钱婆留(钱镠)都是五代历史中的人物,因此有学者推测,"小说"中的发迹变泰子目,可能是由讲史中摘出来衍为"小说"的①。这是因为这一子目的性质符合"小说"意念,而且它也适合小说艺人"顷刻间提破"的情节结构的需要,且历史上很多开国之君与将相大臣的发迹故事中,由于他们未发迹时几乎等同市井之民,这样一个平视帝王将相的视角使市民听众更有兴趣。因而小说艺人从讲史中摘出这类故事予以演说。这样一来,还真难分清这一类话本究竟源于小说抑或讲史。但是毋庸置疑的是,这类发迹变泰的"小说",与"讲史"进一步融会贯通后,注重宏大的历史叙事的同时注重人物的细节描写的方法又为历史演义所借鉴了。

　　综上所述,"讲史"与"小说"为说话四家中最显著的两家。一般来说,"讲史"搬演长篇历史,"小说"讲说短篇时事,各擅胜场,都很受市民的喜爱。但"讲史"与"小说"在内容上并未能泾渭分明,"小说"话本中包含着某些讲史的成分,而"讲史"话本也注意吸收"小说"的题材与技巧,"小说"中的"烟粉""灵怪"题材与效果,也被敷演历史的"讲史"所吸收,而"讲史"中的历史人物的发迹变泰经历也颇受"小说"人的青睐。这样,"小说"与"讲史"在某些方面趋于合流,至明清时代,这合流的趋势进一步发展,就出现了明清的长篇章回小说,兼具讲史的宏大历史叙事与小说的情节与细节。

　　不仅如此,它还导致了中国古代小说尤其是明清小说中明显的混类现象的发生。譬如神怪小说、历史小说与人情小说之间,时分时合,既各自独立发展又互相影响。这三大类型的小说的发生、发展过程中的这种混类现象,是十分普遍的。尤其是历史小说与神怪小说之间,更是纠缠不清,其远源可溯至中国历史的神话源头,自司马迁以远古神话作为历史的开端后,历史小说与神话之间有了分不开的情缘;其近源就是宋以来的讲史,如《开辟演义》《有夏志传》之类究属讲史还是神话,就令人困惑。而且中国的历史小说,包括宋元人的讲史,如《五代史平话》《秦并六国平话》以及后来的《三国演义》之类,基本上算是依史演义,虽历史与虚构的比例不一,但都在一定程度上依据一定的历史事实,敷演历史人物与历史事件。至如《乐毅图齐七国

---

① 与其说此类题材是由讲史中摘出衍为"小说"的,不如说"小说"艺人的取材视域延伸到了历史这一领域。

春秋平话》《武王伐纣平话》及后来的《封神演义》等，已不是纯粹"讲史"，其中历史人物与历史背景仅为衣帽架，敷演的只是时人对历史的想象，故书中便充斥着大量神怪内容，而且这些神怪故事在这类小说中起着重要的作用：如宣扬天意以解释朝代兴衰或人物成败的原因；或用以结构情节，如某些与历史不符需要编撰者加以弥缝的地方，编撰者便借神怪内容予以塞责；当然有时也是为了更好地推动情节的发展以吸引受众的注意。总之，讲史与小说话本两大门类，其交相融合、相互作用的发展历程是导致明清小说混类现象发生的一个重要原因。

# 第五章　宋元平话的文学成就及其历史地位

宋元平话在我国古典小说发展史上，是魏晋志怪小说、唐人传奇与明清章回体小说之间的重要一环，它在白话小说发展史上以及小说叙事艺术探索、发展进程中都具有承上启下的重要地位与深远影响，尤其是对此后的明清历史演义小说，无论是题材体制还是叙事模式都起着其他小说形式所不可比拟的借鉴意义。惜现存宋元平话文本过少，我们不能对之进行更全面更深入的探讨。

## 第一节　宋元平话的叙事艺术

从中国古代小说发展史来看，古典小说编撰者出于对史传叙事艺术的追慕和感到压力后的变通，使得中国古典小说走出一条较为特殊的道路，形成了它独特的叙事体制，无论是文言还是白话，往往借史传叙述体例作为自己的外壳。由于中国古代的历史叙事异常发达，历史叙事与文学叙事尤其是小说叙事往往纠缠在一起，在某种程度上影响了小说叙事的独立发展，因而在以往人们的观念里二者也往往混同。但历史叙事与小说叙事毕竟是有差别的。虽然历史叙事也可以是"描写的表现的"，但其基本的叙事目的却在于求实，这就和作为"叙事虚构作品"的小说（包括讲史类话本在内）大相径庭。从美学角度看，历史与文学的根本区别不在于二者的虚实比例，其最本质的不同之处在于历史叙事从根本上说是属于一个从故事中绵延至故事之外的时空结构，这是一个由叙述者、故事文本与叙述的接受者所共享的语境。譬如三国故事，在陈寿的《三国志》以及司马光的《资治通鉴》中，已经具有相当生动的文学性的故事描写，尤其是袁枢《通鉴纪事本末》中，三国故事大体始于第八卷的《宦官亡汉》，终于第十一卷的《魏灭蜀》《晋灭吴》，已基本具有《三国志平话》乃至后来的《三国志通俗演义》的情节轮廓。然《三国志平话》与史传在这里存在一个显著的区别，即史传中的历史叙事内的故事本身无论写得如何精彩，它都是隶属于整个历史过程的，它的目的仍然是力图还原历史接近真实的面貌。平话编撰者的叙事虽然仍是稚拙的，但是它的一个最大的特点在于编撰者将三国史事从历史流程中抽离出来作为一个完整的故事单元去经营,有所虚构想象与扩张生发,而且整个话本中所演述的三国故事不是此前历史的纵向延伸,而是一个荒诞不经的轮回故事的开始与展开。视其开场诗:"江东吴土蜀地川,曹操英勇占中原。不是三人分天下,来报高祖斩首冤。"与篇尾诗"汉君懦弱曹吴霸,昭烈英雄蜀帝都。司马仲达平三国,刘渊兴汉巩皇图"遥相呼应,且以司马仲相断阴狱为故事楔子,以虚撰的刘氏外孙刘聪灭晋兴汉为结,整个故事处于一个独立的完整的时空结构——一种属于小说的独特时空结构中。从这种意义上说,历史叙事与现实世界的关系是一种在时空关系上相互关联、一脉相承的"转喻"关系。文学叙事则是在故事中构造了一个独立的时空结构。无论文学叙事的内容多么"真实",与历史或现实中所发生的事实如何相似,文学叙事从根本上说不是从历史事实中延续出来的"转喻",而是与历史和现实世界平行的、对现实世界的"隐喻"。文学故事中独立于现实之外的时空结构决定了故事作为阅读接收对象的孤立性,故事成了只有通过叙述和阅读活动才存在或显现的世界。文学中的叙事活动因此成为审美的活动,这是它迥异于历史叙事活动的特点①。

　　讲史类话本作为中国章回小说的先驱,显然属于不同于历史叙事的文学叙事,具有叙事文学的共同特性,但它的叙事仍然具有自身的特点——以史为源头,以史为重心。本书在注意其特性的同时借助于现代西方叙事学的理论对它进行探讨。叙事学是一门相对年轻的学科,最早提出"叙事学"(narratology)一词的是法国著名文艺理论家茨维坦·托多罗夫。叙事又称叙述(narrative),在西方的叙事理论体系中,倾向于将叙事文本视为一独立自足的封闭体系,在这一体系内探究它的叙事者、所叙故事和叙事方式等问题。虽然西方理论家马丁也指出,"叙事技巧本身毕竟不是目的,而是实现某些效果的手段"②,但它仍具有方法学上的意义与价值。以下将从叙事视角、叙述者、叙述结构方面对讲史类话本进行探讨。虽然西方的叙事理论与中国古代小说的发展实相之间存在着一种看似凿枘难容的困境与尴尬,但适当借助西方叙事理论也能更好地观照平话叙事这个层面的细致肌理,不失为一种新的探究方式。

## 一、宋元平话的叙述者

　　关于小说的叙事主体,学界有以下三种看法:一是认为叙事作品是一个

① 高小康:《市民、士人与故事:中国近古社会文化中的叙事》,人民出版社 2001 年版,第 7—8 页。
② [美]华莱士·马丁著,唐小兵译:《当代叙事学》,北京大学出版社 1990 年版,第 238 页。

人(就该词的实足的心理意义而言,即作者)表达出来的。在作者身上有个定期写故事的清晰可辨的人,他的"个性"和艺术不停地相互交流,因此叙事作品(主要是小说)仅仅是作品以外的"我"的表达;二是把叙述者当作一种完整的意识,似乎是无个性的,能从超高的角度,从上帝的角度讲故事。因此叙述者既在人物之内(既然人物心中所想的一切他全知道),又在人物之外(既然他从不认同任何一个人物);三是较新的看法(如亨利·詹姆斯),规定叙述者必须将其叙述限制在人物所能观察到的或了解到的范围之内,因此叙事作品的表达者似乎是轮流由每个人物担当。

综上,在这些叙事理论中叙事主体有作者、叙述者、作品人物三种说法。然而"叙述者和人物主要是'纸头上的生命'。一部叙事作品的(实际的)作者在任何方面都不能同这部作品的叙述者混为一谈",且"(在叙事作品中)说话的人也不是(在生活中)写作的人,写作的人也不是存在的人"①。因此笔者倾向于叙述者是指叙事作品中的"陈述行为主体"②,这一概念与视角一起构成了叙述行为本身以及叙述的基本方式和角度,都是叙事学的核心概念。

中国古代小说发展到宋元时,就进入说书体阶段,其刊印行世的读本形式的话本中的叙述者中包含了一个虚拟的说书人叙述者,这也是中国古代小说特有的现象。之所以会出现话本中的这个说书人叙述者,是因为书会先生参与话本活动,他们既有较高的文化修养,又熟悉艺人的演出情况,所以他们在总结艺人演出经验的基础上,摸索到通俗文学表达形式的基本规律,逐渐形成了话本叙事的程式化,在这种程式化中总是若有若无或明显或潜隐地存在一个说书人的影子。韩南教授将古典中国白话小说对说话形态无休止的拟仿称之为"虚拟情境"(simulated context),意谓"假称一部作品于现场传颂的情境"。这种说话情境借着"外在化"和"空间化"(externalizing and spatializing)的方式,造成读者的临场感和意义不假外求的丰满感(sense of immediacy and plentitude),由是建立起真实客观的幻影③。从另一角度来看,"说书的情境是一种隐喻,是对过去相互交流的一种方式的模仿,是编撰者与读者双方为了使交流成功而提供的相互默认为

---

① 参见[法]罗兰·巴特著,张裕禾译:《叙事作品结构分析导论》,《外国文学报道》1984 年第 1 期,第 26—27 页。
② 参见张寅德:《叙述学研究》,中国社会科学出版社 1989 年版。
③ 参见王德威:《想像中国的方法:历史·小说·叙事》,生活·读书·新知三联书店 2003 年版,第 83 页。

假设的情境。从它在中国小说中非凡的持久性来看,它作为一种模式或隐喻是非常成功的"①。其中最典型的应是话本包括讲史类话本的体制套数,话本编撰者模拟书场中的说书人对读者讲故事,从而形成了一整套的叙述程式,如首有开场诗、正文中模拟说书人的介入、结尾有散场诗这样基本固定的体制,从而建立了一种"说书人"叙述者传统,于是话本编撰者似乎退隐幕后,让"说书人"为受众连贯讲述以情节为中心的故事。而这种说话人与其说是具体化的个人,毋宁说他实际代表着一种集体的社会意识。他是被编撰者设计好用来激发如史登(J. P. Stern)所说的"适中的距离"(middle distance)之用:不让我们太接近所要描述的对象,也不能太远离它;促使我们以认知日常生活的方式去看待它。在话本阅读过程中,我们理所当然地假设说话人是我们之中的一分子,在"我们的"道德和社会所容许的尺度下发言。从某种角度来看,说话人达到了热奈特所说的"人为的似真"(vraisemblance)效果。这种所谓的"真实"的第一个层面即为说话人而非故事本身,更何况说话人在意识形态及心理层面上都足以成为一个令人信服的存在。当读者参与和说话人沟通的模拟情况时,好像他不止接受语言临场传达状况的有效性,并且也分享说话人所感觉到的"真实"视景。因此无论就美学或文化层次而言,说话情境均可视为驱动似真感的主力②。因为历史取材本就与听众有着荒远的距离,讲史类话本中的说话人在对历史予以评判或抒发其感慨时,对其所面对的拟想的听众尤其需要这种"似真"感,以增加其讲说或叙事的真实性与权威性,中国古代小说中自觉地将写作对象拟定为真正的"读者"而非"看官"是直至晚清才开始的。说书人叙述者在讲史类话本中有其独特的区别性特征,具体表现在以下三个层面。

　　首先,在文本形态中的说书人已不是台上那个实在的人,它已被程式化为抽象的叙述者。在讲史类话本中,这个抽象的说书人在拟书场中似乎站在历史的遥远的彼岸,跨越时空不断地与此岸的读者交流,不仅以"话说""却说""话分两说"等说书人套语表明自己的存在;同时还用悬疑句式,如《武王伐纣平话》中的"救了太子的为谁?"(卷上)《乐毅图齐七国春秋后集》中的"看先生定下甚计来?"(卷下)至于《秦并六国平话》中这类悬疑句就更多了。这是讲史类话本中抽象的模拟说书人与想象中的听众在进行穿

---

① 〔美〕P. 韩南:《中国短篇小说——年代、作家、作法研究》,曹虹、王青平译,《明清小说研究》1986年第1期,第377页。
② 参见王德威:《想像中国的方法:历史·小说·叙事》,生活·读书·新知三联书店 2003 年版,第84—85页。

越时空距离的交流与互动。

其次,专就讲史类话本来说,这个说书人是整个讲史类话本中历史故事的组织者。它像说书场上的实在的说书人一样,充当着故事的最权威的调控者、组织者与施行者。它不仅是正文历史故事的隐性叙述者,还在开场诗、入话与散场诗中公开表示自己的存在,在正文中也通过很多的套语如"二人姓名如何?"之类的悬疑句,与受众进行交流。

再次,讲史类话本因与历史与生俱来的亲缘关系,沿袭了史传文学那种史官式叙述方式,即力图讲求客观的旁观者叙述方式,在这种叙事方式中叙述者尽量将自己的主观感情潜隐于看似客观公正的历史叙事之中,因而这类叙事大多采用更超然的第三人称叙述,同时也因为第三人称叙事有利于作品中历史兴亡感的抒发,也有利于连贯地揭示历史发展进程。讲史类话本尤其是那些文人较多依傍史书编撰而成的讲史类话本,在取资其内容的同时,也将这种叙事方式承袭下来了。讲史类话本中那种叙述者置身于历史之外的冷眼旁观历史兴衰的历史感叹,以及由此所产生的非浅层次的审美感受也正得益于叙述者的第三人称的选择。这在话本编撰者所自撰的篇首诗或篇尾诗中有集中而典型的表现。如《五代史平话》中的"兴废风灯明灭里,易君变国若传邮",其中透露的就是这种冷眼看历史所得出的历史认识与深沉感慨。又譬如《宣和遗事》的开场诗:

> 暂时罢鼓膝间琴,闲把遗编阅古今。
> 常叹贤君务勤俭,深悲庸主事荒淫。
> 致平端自亲贤哲,稔乱无非近佞臣。
> 说破兴亡多少事,高山流水有知音。

以及"入话"中的:

> 看破治乱两途,不出阴阳一理。中国也,君子也,天理也,皆是阳类;夷狄也,小人也,人欲也,皆是阴类。①

叙述者在这里无论是"说破"还是"看破",都毫不掩饰他那种冷眼旁观的叙事情感与态度。在话本尤其是小说话本中往往教诲色彩特别浓厚,叙

---

① 丁锡根点校:《宋元平话集·宣和遗事》,上海古籍出版社 1990 年版,第 269 页。

述者往往爱发议论,然其所发议论很少自出机杼,常是社会通行的伦理准则或道德格言。就实际上不介入故事和全知视角而言,"说书人"可以说是第三人称全知叙述者;但是"说书人"在话本中的大量的自我指称,对于这一点,赵毅衡认为"说话的""在下"等自指不同于"我",因为前者属于"说—听"格局,后者属于"写—读"格局。但是也有人认为他们作为叙述者的返身自指的功能却是一致的。并认为"说书人"既非主人公,也非见证人,他仅是一个异故事的叙述者。他用上帝般的全知视角说话,却完全不必交代其信息来源。这种"说书人"传统在以后的章回小说中通过一系列的叙述程式还存在着,而且面貌更加复杂,呈现出一种第三人称与第一人称相混合的两栖叙述者状态①。

　　总体上看,中国古代小说尤其是宋元讲史类话本小说缺乏一种由第一人称"我"来讲述我自身的故事的传统,受其史传本源的旁观者叙事体系的影响,多采用第三人称叙事,且致力于与读者在一虚拟的讲说情境中交流与互动,却因此缺少了第一人称叙事所蕴含的深入细腻的人物内心深处的挖掘与塑造,而这正是第一人称叙事的关键与魅力所在。

## 二、宋元平话的叙事视角

　　讲史及讲史话本中这种说书情境不仅影响了叙述者和受众之间的关系,它同样决定了话本的叙事角度、叙事结构等方面具有不同的特点。讲史作为一种诉诸听觉的艺术,说话人为了吸引听众,使其保持继续听下去的兴趣,想方设法和听众多发生直接的心理层面的交流,因而在讲说中,不仅常常超拔于情节之上,向听众招呼、设问、提示、重复,而且不时和听众站在一道,作为一个旁观者来评判故事。这使得讲史类话本编撰者在编创过程中,不时超离和凌驾于客体审美对象之上,目光流动着俯视四方,上下几千年,纵横数万里,不受任何限制,然后依照生活的逻辑和时空变化的顺序,自由地组织情节,安排人物,并抱着对作品中一切人物事件全然知晓的态度来叙述、描写、说明、诠释。这种叙事角度的优势在于它表现上的自由性。编撰者可以纵横捭阖地处理大范围的社会生活,以新异细密的手法不断改变事物万象的焦点,从而给读者以复杂的人类生活广泛而周详的观察。这样一种全知的叙事角度,恰好为其主观说教开了绿灯。话本编撰者总是置身局

---

① 参见申洁玲、刘兰平:《"说书人"叙述者的个性化——中国传统小说与现代小说的一条线索》,《广东社会科学》2003 年第 2 期。

外,以自我塑造的"第二重人格""出现在他的作品的旁边,就像一个讲演者伴随着幻灯片或纪录片进行讲解一样"①,以"看官听说"的口吻对一切加以评论和说明。这样"虽然可与读者打成一片,但却牺牲了作品的意境与尊严"②。

对于叙事角度这一问题,帕西·拉帕克认为它在小说技巧中是最复杂的方法问题。热奈特也认为叙事角度"是十九世纪末以来有关叙述技巧的探讨中最热门的话题,并且已取得不可否认的研究成果"。而克利安斯·布鲁克斯和罗伯特·潘·沃伦则称之为"叙述焦点",兹韦坦·托多罗夫称为"叙事体态",热奈特称为"焦点调节",帕西·拉伯克称为"视角"③。表面看来称名各异,然所指大体相同。本书为叙述方便采用拉伯克的"视角"概念加以论述。所谓叙事视角,指的是故事事件叙述者的角度,同样一件事在不同的叙事视角的观照下,就会呈现出各自相异的面貌与特性。因此,视角的选择本身就包含着叙事者的一种价值判断,一种或显或隐的叙事情感倾向。

叙事视角又分为全知视角与限知视角。全知视角是指叙述者以全知的旁观者的角度进行叙事的视角类型。中国古代的史传叙事在总体上是采取全知视角的,这是因为史传要求以实录为原则,但"史家追叙真人实事,每须遥体人情,悬想事势,投身局中,潜心腔内,忖之度之,以揣以摩,庶几入情入理",故而史传的叙述者充当了拟言者,所拟代的是一个无所不知、无处不在的全知的上帝式角色。这种全知视角,使编撰者拥有了一个理想的观察点,通过它,叙述者可以对故事进行生动而全面的描述,这样容易给叙述接受者造成一种错觉,即叙述者是整个事件的目击者的虚幻的真实可信感,这便使得叙述者所叙述的故事具有了某种权威性④。这对或多或少崇奉"尚补史"的讲史类话本来说,意义尤为重大。

而所谓限知视角是指从限知的事件在场者的角度进行叙事的视角类型。讲史艺术诉诸听觉的特点使讲史类话本常常采用全知视角的叙述角度,话本编撰者往往像全能的上帝一样,此处的说话人"总"以一种堂吉诃德式的精神企图综合不同种类的故事,对作品中的历史人物、历史事件的全过程了然于胸,因此编撰者往往"遥体人情,悬想事势,设身局中,潜心腔内,忖

① [美]韦勒克、沃伦著,刘象愚等译:《文学理论》,生活·读书·新知三联书店1984年版,第251页。
② [英]福斯特:《小说面面观》,冯涛译,花城出版社1985年版,第72页。
③ 以上有关引文俱转引自陈平原《中国小说叙事模式的转变》,北京大学出版社2003年版,第62页。
④ 宋若云:《如何讲述——试论拟话本的叙事特点》,《明清小说》2002年第1期,第31页。

之度之，以揣以摩"①，既可以写出人物的行动语言，也可以揭示人物内心最隐秘的心理活动，既了然历史事件的前因后果，也了解人物的过去、现在与未来，全知视角在时空转换方面如此自由的灵活性，是说书人所必需的。如蒲安迪所言："在许多作品中，说话人的姿态致生的美学影响在于将个人事件赋于社会共同关切的角度，引领读者的注意力远离叙事细节中的直线时序(linear sequentiality)和模拟的特性，进入一些范围较广的天地中去，与历史写作(historical writing)中常见的主题相呼应。"同时，说话的情境的贡献在于以连续的现场感(continuous present)来控制叙事时所延续的时间，浓缩并定位时间的流动，不论故事有多长，至少在表面上必须让读者有种在一定时间内戛然而止的完整感②。这一点对于讲史类话本编撰者来说尤为意义深远，虽然他们也利用分段分回来控制叙事时间和内容。同时由于讲史类话本特殊的题材来源，史家特有的全能叙事功能的影响，尤其是当编撰者追求话本的历史价值即"补史阙"这一目标时，更会有意识地借用全知视角来容纳尽可能大的社会画面，更加强了讲史类话本采取全知叙事的必然性，这一点又与讲史类话本这样一种通俗文学中的天命观、果报观有着不可分割的联系。

限制视角叙事只能由视角人物行使其限定的全知权力，编撰者是无权超越视角人物的视野的。但在话本尤其是讲史类话本中，编撰者经常遇到全知视角这一单纯视角无法完美地完成叙述任务的情况，这时也可能选择不止一个视点从不同方面来推进事件的发展，因而全知视角与限知视角往往是杂糅在一起的。杨义先生称之为流动的视角，并指出，我国叙事文学往往以局部的限知，合成全局的全知③。这在小说话本中是大致不错的，但讲史类话本却自有其特色，说话人出于一种历史感，讲史类话本大都从开天辟地的历史兴亡谈起，使全书内容、情调从一开始都笼罩在一种宿命的历史轮回中，而且结局也大都由篇首诗予以概括揭示，再由结尾诗予以强调与总结。如《三国志平话》的开场诗："江东吴土蜀地川，曹操英勇占中原。不是三人分天下，来报高祖斩首冤。"全书的故事情节与曹孙刘等人的命运从一开始就处于由叙事者所操纵的全知视角的视域之中，以后便是三分天下的

---

① 钱锺书：《管锥编》(第1册)卷一《左传正义一·杜预序》，生活·读书·新知三联书店2001年版，第166页。

② 参见王德威：《想像中国的方法：历史·小说·叙事》，生活·读书·新知三联书店2003年版，第88—89页。

③ 杨义：《中国叙事学》，见《杨义文存》第1卷，人民出版社1998年版，第221页。

历史故事的具体展开而已,总体上处于一全知视角中。进入正话之后,当编撰者演述具体的人物故事时,他必须潜入角色之中,模拟其声容,而且进入其感觉与遭遇,下意识地与角色的视角重合,这时他采取的是局部的限知视角。又如《三国志平话》中入话的一段:

> 至次日,百姓都在御园内赏花,各占亭馆。忽有一书生,白襕角带纱帽乌靴,左手携酒一壶、右手将着瓦钵一副,背着琴剑书箱,来御园中游赏。来得晚了些个,都占了亭馆,无处坐地。秀才往前行数十步,见株屏风柏,向那绿茸茸莎茵之上,放下酒壶、瓦钵,解下琴剑书箱。秀才坐定,将酒倾在瓦钵内,一饮而竭,连饮三钵,拈指却早酒带半酣:
> 一杯竹叶穿心过,两朵桃花上脸来。
> 这秀才姓甚名谁?复姓司马,字仲相。坐间因闷,抚琴一操毕……①

在这段文字里,首先是叙事者的全能视角下的百姓赏花的情景,以及游园一书生的打扮行头;然后是叙事者与故事人物(书生)共同视角下的情景:"无处坐地"的拥挤状态。这种来源于史传叙事的冷静而客观的描写,可破解全知叙事造成的虚假的感觉。然后话本又换为故事人物的视角:见株屏风柏。后面接的全是叙事者的全知视角下书生的行动,叙述者又不时地站在全知视角的观察点插入其叙述,如"这秀才姓甚名谁?复姓司马,字仲相"。全书的主要人物往往是流动的,角色变了,他的视角也随之而变,这种流动视角仿佛让人身临其境,使受众能随着叙事者的操控领略到多样而丰富的故事与感受。这样就构成了一个灵动的全方位的流动视角。而这种流动视角流动的方式与频率全都掌控在上帝般俯视的全知视角的叙事者身上。

这种流动视角使得讲史类话本的编撰者叙述时不受时空的限制,能够自由灵活地掌握叙述的节奏与视域。固定视角固然可以增强讲史类话本的真实感,但视域的被限制也给话本编撰者的自由叙述带来困难。因为这种全知视角的运行的保证是采用第三人称,只有第三人称才有利于自由拓展叙述者所创造的艺术世界的时间跨度与空间广度,才能预知事件的前因后果,但这种第三人称有个无法避免的弊端在于,叙述者不能有效地处理人物

---

① 丁锡根点校:《宋元平话集·三国志平话》,上海古籍出版社 1990 年版,第 747 页。

的深度的隐秘心理和冲突的内在原因,因而叙述者只得代为模拟,安插各种书表、诗词,且往往透露出编撰者捉刀的痕迹,有时不惜打断叙述进程,直接出面进行解释或抒情议论。一般将话本(包括讲史类话本)中这种特殊的叙述者称为"说书人"叙述者。这种编撰者从旁介入的方式在某种程度上损害了编撰者努力营造的真实的幻觉,而且破坏了艺术形式的统一。这在以后的章回小说中仍没能很好地得到解决,但在一定程度上解决了固定视角与扩大视域的矛盾。这种全知视角与讲史类话本的封闭式结构往往相辅相成,而讲史类话本采用这种封闭式结构的根源在于中国古代特有的哲学思辨模式:"无穷交替与循环往复是《易经》、道家、哲学、阴阳五行、中国化的佛教和宋明理学所共有的现象流观念,也就是说,是整个中国文化的逻辑基础。"①而限知视角的偶尔采用是讲史类话本作为小说叙事为了叙事的深入细腻、丰富多变而不得不加以运用的结果。

## 三、宋元平话的叙事结构

讲史类话本的编撰目的之一就是让人"一编在手,万虑都忘",故说书型的讲史、小说类都是以情节为中心的结构意识形态。因为正如福斯特所说的"虽然美感的产生有赖于小说中的任何事物——如人物、场景、语言等提供养料,但是它的主要滋养物还是来自情节"——这个论断对于讲史类话本尤其贴切——当讲史类话本的编撰者像讲史艺人一样忙于讲述一个个情节曲折、能惊人视听的故事时,读者也就被故事吸引住了,无暇亦无意停下来关注情节之外的"笔墨情趣"。编撰者与受众关注的中心都是人物的命运遭际,故而编撰者塑造了大量的外在命运型的艺术形象,但往往缺少人物的心理描写,其目的在于借以总结某些人生特别是历史的经验教训,寄寓着编撰者、受众的理想与愿望。总体上看,这些话本都不是以故事情节本身体现创作意图,情节只是人物命运的载体,编撰者的意图也不是靠故事情节本身来实现的。因此这类话本小说的情节形态被人称之为命运故事形态。在这类话本中,虽然有时也会出现人物比较鲜明的个性特征,但话本整体上所显示的特点是,情节一般都会紧扣人物外在命运而随之展开,故情节与人物性格常常处于一种游离状态,情节基本上不是为表现人物的内在性格设计的。如《史弘肇龙虎君臣会》中,史弘肇发迹前的流氓无赖性格通过话本中一系列的情节得到很好的揭示。但从全篇看,编撰者与受众所关心的都仅是

---

① 转引自赵毅衡:《当说者被说的时候:比较叙述学导论》,中国人民大学出版社1998年版,第202页。

史弘肇从一个无赖到四镇令公的发迹变泰的历史过程及其命运变化节奏，人物性格的展示只是偶然的、附带的，至多也是为增强故事情节的生动性的一种手段。讲史类话本甚至因为对命运情结的过度爱好，以致往往违背其初衷。如《秦并六国平话》，本来很可能是想强调仁能兴国，背仁弃义之君往往覆国败家的历史经验，但事实上话本在具体的叙述过程中几乎变成了王翦父子的英雄传奇了，编撰者热衷于描写父子俩攻无不胜战败诸国的武勇智慧，热衷于战阵的描写与夸饰。《三国志平话》亦是如此，"与其说是历史小说，不如说是以历史为因由的英雄神怪传说"，"至于文笔的粗率，情节的疏漏，更表明了它只是说书艺人记录下来的梗概，可以想见在临场演述时肯定还要丰腴繁复得多"①。也就是说，无论是话本的编撰者还是其受众，对于故事情节的兴趣与关注超过了诸如意义等其他任何方面。但亦有例外。《五代史平话》每当叙述黄巢、朱温、刘知远、郭威等发迹经过时，善用俚言俗语渲染烘托，人物形象也因有这些烘托有了一点"个性"；尤其是编撰者代撰的诗词，颇有点"独白"的意味。这无疑是对以情节为中心的话本叙事结构的有力的冲击。但"当这些英雄一发迹，叙事则依傍《资治通鉴》，平话中的英雄形象便也为史迹所掩没"②。不仅如此，其情节也因过度依傍史书也淡化了，显示的更多属于一种史体叙事结构，整部话本也因此显得枯淡而板滞。

　　话本小说情节结构的这种特点直到它演进为历史演义时才有所发展，如《三国演义》之类，其中许多情节都是编撰者自觉在史实的基础上加以生发虚构而成，而且是围绕人物性格的表现来进展的，故刘、关、张等人的形象至今仍深烙在人们的头脑中。高尔基《论文学·和青年编撰者谈话》中称情节"即人物之间的关系——某种性格、典型的成长和构成的历史"。虽然就全部情节来说，历史演义小说也还谈不上都是根据塑造形象的需要所设计出来的"某种性格、典型的成长和构成的历史"，但它毕竟比讲史类话本在情节构设形态上前进了一步。

　　讲史类话本实际上包括整个话本体系的这一叙事结构特点在很大程度上缘于它与说话艺术的密切关系。说话艺术的商业性及其悦俗性，决定其必须考虑到受众的实际欣赏水平与欣赏旨趣，如过多地关注于人物丰富的内心及性格的发展显然是不太适合的，叙述者与受众都没有这份耐心与兴

---

① 何满子：《何满子学术论文集》上卷，福建人民出版社 2002 年版，第 151 页。
② 萧相恺：《宋元小说史》，浙江古籍出版社 1997 年版，第 59 页。

趣。由说话人叙述故事的传统所积淀成的欣赏习惯又反馈到话本甚至以后的小说编撰者,从而使中国古代小说也有此烙印。话本包括讲史类话本中颂扬最多的儒家德行是忠孝节义。理想地说,这些德行的培养,应当是一件双方互惠的事,诸如臣忠是因为君主贤明,妇贞是因为丈夫忠诚体贴。但在这些故事里,那些有德行的人物偏偏在无人欣赏时表现他的毅力:为臣的对昏君鞠躬尽瘁,并常以身谏,望他悔悟;做妻子的,即使丈夫是虐待狂,也始终不渝,并在他死后为他守寡,以便抚孤传宗接代。这种行为,今天虽常被当作盲从"封建主义"去惋惜,它实际上说明,荒唐的英雄乃是一位为某种理想可以奋不顾身以维持其个人尊严的人。从另一角度看,这正是现代小说的特质之一。儒家经典如"四书"中,讨论内省功夫就比谈血气之勇的篇幅多得多,要是内省这一类型的英雄获得了应有的注意,中国小说恐怕早就达到了心理现实主义的境界了。但是中国说书人和小说家由于忽视儒教对某些心理方面的注意,没有抱负去探求内在意识的世界,那么他们笔下那些行为超乎常情、显得有些荒唐的儒家英雄,则又暗示出与现代小说的另一种共同之处:荒唐的英雄乃是一位为某种理想可以奋不顾身以维持其个人尊严的人①。在小说的初级阶段如唐传奇时期,编撰者的创作意图主要靠情节本身得以实现,自然促使编撰者追求情节的惊心动魄,奇奇怪怪。到了话本小说阶段,更追求一种"庸常之奇",即发生于现实或历史生活中的并非偶然、巧合或人物的经历或行为所显示的奇。对于讲史类话本来说,也未能洗尽怪异色彩,时时出现一些缺乏生活真实感的神异情节。

　　总之,以情节为结构中心,可以说是中国古典小说的基本创作模式,直至五四时期的编撰者受西方现代小说的影响才逐步突破,得以转化为以性格为重心来结构作品。中国古典白话小说的主要特征之一便是其不断运用说话人的虚拟修辞策略(simulated rhetoric of the storyteller)。不仅宋元话本如此,在"话本"式微之后,说话的修辞策略即为文人所模仿,以致这种由说话人引生的"现场情境"(situational context)几乎仍是所有白话小说在结构和风格上的常规。而这种运用虚拟情境的叙事模式在中国古典白话小说中竟沿用长达六七百年之久,至晚清仍被普遍用为基本模式之一,即使是在近现代编撰者老舍作品中,这种说话人的声音②仍可曲隐地听到。而这却并不意味着中国古典小说所构成的集合(corpus)仅慵懒疲惫地重复一种

---

① ［美］夏志清著,胡益民等译,陈正发校:《中国古典小说史论》,江西人民出版社 2001 年版,第 20 页。
② 即热奈特所定义的三个叙事文体话语中相互关联的修辞元素之一:"声音"(voice),指的是有关"叙事文体及其真实或隐藏的立场"。

叙述模式,而是各个时代有才气的编撰者都曾不同程度地对这一传统模式予以修正与调适①。

## 第二节　宋元平话的语言艺术

中国古代小说长期处于"言文分离"的状态。这种状况是由中国特殊文化环境形成的。一方面,以表意为主的汉字,始终没有摆脱它对自然形体和意义的描摹而成为记录语音的简单符号,反而愈趋混杂、繁难,从而成为社会上层文化人士的专利,而与下层民众越发疏离。由此形成具有深刻阶级内容的书面语体与口头语体的分离以至对立;另一方面,在广阔地域的多民族的逐步融合的过程中,方言的语音隔阂严重阻碍着文化交流。于是"书同文"就成为"大一统"的社会存在和发展的必然要求。胡适在其《白话文学史》中指出:"方言不同而当时文字上的交通甚繁甚密,可见文字与语言已不能不分开了","当时的政府只能用文言来做全国交通的媒介"②。而文言在其发展过程中,也接受和吸收了部分口语的词汇、句式和修辞手段,调整和缩短了它同不断变化的口语的距离,使它既能大体近似地记录口语,又能超越口头语音多变而造成的时空障碍,具有与结构长期稳定的中国古代社会相适应的可供普遍使用的功能,因而成为中国古代文明的主要传播工具和汉民族文化教育的基本手段。而文言小说,作为汉文化散文叙事文学的语体结晶,始终只能被限制在狭小的文人士大夫的社会圈子里,故当经济发展到出现了新的社会阶层和新的文化需求的时候,小说叙事语体的变革亦被提上历史日程了。通俗语体小说就是随着城市俗文化代表的市民阶层的兴起而出现、发展起来的新型叙事文学。变文正是这小说语体变革的开端。而小说语体变革的完成则直至宋元话本时代,其中尤其是小说话本,因为其所讲为"一朝一代故事",讲究"顷刻间捏合"(《梦粱录》),最能体现小说作为叙事文学的虚构想象特色,也易使小说回归到它的原生讲述状态,从而要求其讲说语言、描写语言和实际口头语言接近或一致,提炼出一种直接从口语脱化而来的通俗、明朗、富有表现力的文学语言。因而小说话本成为我国白话语体小说的近源。讲史类话本的语体与之稍有不同。由于题材所限,它

---

① 参见王德威:《想像中国的方法:历史·小说·叙事》,生活·读书·新知三联书店 2003 年版,第 80—81 页。

② 胡适:《白话文学史》第一章,东方出版社 2012 年版,第 9、11 页。

必须依傍精雅简洁的史书叙事，而且讲史艺人为了表现自己的多才博学，也为了造成历史的时空感，往往有意（或者说为其所诱引）吸收与运用文言词语和句式，或引用、诠释史书原文，其结果是形成一种文白夹杂或半文半白的特殊语体，带有雅俗文化交融、消长时期的特点①。

文言与白话的关系包含着深厚的文化内涵。文人对其所使用的书面语，还显示出独特的规范要求和美学期待：那就是对庄重、文雅、深长而优美的语言风格的肯定。从战国至两汉，中国古代文学形成了一套体系化的文人文学语言及行文规范和修辞美化方式，这一体系不仅在人们日常说话之外，甚至与一般的书面表达也不完全等趣。自此，"文言"遂成为千百年来文人书面创作相沿不替的语言系统。虽说"文由语也，或浅露分别，或深迂优雅"②，但是对于崇奉并谙熟经典的汉代士人来说，这些典重古雅的古老文献，无疑给了他们的文字追求以深刻的影响。在时人看来，"案经艺之文，贤圣之言，鸿重优雅，难卒晓睹。世读之者，训古乃下。盖贤圣之材鸿，故其文语与俗不通"③。尤需注意的是，有关"文语"的共识在读书人中是如此牢固，以致王充不得不为自己"形露易观"的那种背离了当时文章主流的风格再三辩护。由于言文不一和教育的社会化程度有限，导致并加剧了汉代的俗语与雅言，也就是民众所操的日常口语与士人和官府使用的书面语言之间的差异。这种差异是如此之大，难以沟通，"鸿丽深懿之言，关于大而不通于小"，"以雅言而说丘野，不得所晓"，"俗晓形露之言，勉以深鸿之文"④，则未为有益。

为俗众写作或者探究流俗间问题的动机，虽然并不曾遭到社会的断然反对，但是雅言与俗语的高下不同以及士林中据雅言以否定俗语的倾向，显然就使王充一类的文人所可能做的努力受阻。因此，应劭不得不再三自辩曰："言通于流俗之过谬，而事该之于义理也"，"今俗语虽云浮浅，然贤愚所共咨论，有似犬马，其不难矣"⑤。应氏之作虽然洽闻，却卒不免因其文"不典"而见轻于士林。大众与文人之间，不仅所用的语言存在着深浅文白雅俗之间的区别，而且在关心的内容及其反映的趣味上，也都相去甚远。王充认为，俗多非常可怪之论，"文雅之人"，不以为正⑥。所谓"俗说"，在语言的通

---

① 参见刘上生：《中国古代小说艺术史》，湖南师范大学出版社 1993 年版，第 52—62 页。
② （汉）王充著，张宗祥校注，郑绍昌标点：《论衡·自纪》，上海古籍出版社 2014 年版，第 579 页。
③ （汉）王充：《论衡·自纪》，上海古籍出版社 2014 年版，第 578 页。
④ （汉）王充：《论衡·自纪》，上海古籍出版社 2014 年版，第 577 页。
⑤ （汉）应劭：《风俗通义》序，中华书局 1985 年版，第 2、4 页。
⑥ （汉）王充：《论衡·谈天》，上海古籍出版社 2014 年版，第 216 页。

俗易懂之外,往往具有离奇的故事、附会的情节,以及怪异、荒诞的趣味性。其实在士人看来不免细碎、鄙浅的这些世俗传说,不仅流传于下,也为社会上层所热衷。一般而言,既富且贵者在文化趣味、审美情调上与其说接近于士阶层,不如说更趋近于听任本能、尊重直观的百姓大众。小说家固多出于汉武,而"小说九百,本自虞初"(张衡《西京赋》),宫廷秘书中一直收藏甚富。据《后汉书·马援传》载,马援"善述前世行事,每言及三辅长者,下至闾里少年,皆可观听。自皇太子、诸王侍,闻者莫不属耳忘倦"①。想来,那些奇怪可异的故事、传说,在民众中就更有市场了吧。

因此,"雅"既然为文人特有的价值术语,代表着一个时代文人的人生和审美理想,则所谓"雅化",就不但承认了有一个文人群体及其特有价值、标准的存在,而且实际上承认了主流文化的文人化。这不仅是说文人是文学当然的、主要的创作者,同时还意味着文人标准的受尊重②。因此,在那类由下层文人参与的讲史类话本中,出于对典雅精深的史传语言的恋慕,甚至稍加改造时仍不愿完全俚俗化的文白杂糅的文风,似可从这里找出原因。

讲史类话本与小说话本尽管在题材内容、艺术技巧等层面具有不同的特点,但是它们毕竟同源于说话艺术,仍具有某些相通性,表现在语言艺术上至少有以下两个方面。

一是鲜活而俚俗的语言。话本起初是以口头创作的方式出现的,要求有鲜明的通俗性和故事性,以适应俗众市民的文化水平和审美情趣。至于讲史类话本的语言,受史传影响特深,而"史之文,理微义奥","其于众人观之,亦尝病焉,故往往舍而不之顾者,由其不通乎众人"③,因此讲史类话本的编撰者企图"以俗近语,檃括成编",虽未能完全达到明以后的通俗小说那样"入耳而通其事,因事而悟其义……是是非非,了然于心目之下,裨益风教,广且大焉"④,但这一努力已使它具有比正史更强的感染力和渗透力,这使得文学语言产生了一个空前的变化。只有在口头创作转为书面文学之际,说书人和书会才人才会开始自觉地以朴素、新鲜、富有生活气息、为广大人民所使用所理解的白话来进行讲说与写作,以代替在其以前所使用的或

① (南朝宋)范晔撰,(唐)李贤等注:《后汉书·马援传》,中华书局 1965 年版,第 837 页。
② 于迎春:《"雅""俗"观念自先秦至汉末衍变及其文学意义》,《文学评论》1996 年第 5 期,第 125—127 页。
③ (明)庸愚子:《三国志通俗演义序》,见丁锡根:《中国历代小说序跋集》,人民文学出版社 1996 年版,第 887 页。
④ (明)修髯子:《三国志通俗演义引》,见丁锡根:《中国历代小说序跋集》,人民文学出版社 1996 年版,第 888 页。

多或少地脱离了口语的文言。这一变化,不仅使文学语言本身得到了丰富,而且艺术手段也因此更加多样化了。唐代民间固然出现过白话作品,但那只能算是萌芽。到了宋代,这种文学语言才真正发展、丰富起来①。以上主要是以宋话本中的小说话本为主来谈论整个话本的语言艺术的,就宋元讲史类话本来说,虽然也有其自身语言特色,但在这些基本层面上仍具有共通性。就整体而言,讲史艺人虽不像小说艺人那样刻意追求"说话"的悦俗性,以致大量汲取运用市井之间流行的鲜活的俚俗之语,不仅采用当时的口头白话语言进行敷演,乃至"或述引车卖浆之言语,声气风貌,神情毕肖,千载而下,犹可仿佛"②;有时也运用插科打诨与俚语俗谚来增加故事的趣味性。但在那些借鉴民间口说故事的片段中,讲史类话本的叙事语言因吸取了口头创作浓郁的生活气息,也显得俚俗活泼,谐谑有趣。尤其是市井流行的谚语、俗话的引用穿插,也使得讲史艺术在文白相杂的语言风格中多了几分俚俗之趣。

二是程式化的套语。"说话"人面对的是广大听众,而话本小说变成文本形态以后,"虽已非口谈,而犹存曩体"③,所以话本叙事进程中都预设了一个"说话"的假想现场,与"听众"或"看官"进行交流。特别是故事发展的高潮或关键阶段,话本中常有"看齐王性命如何""败者是谁人""这回且看乐毅捉得袁达,袁达捉得乐毅"等悬疑句,更有"看官听说""有诗为证""只见"等交错使用的程式化插入语,以及此类插入语引导下的一向由俗语和诗句组成的对某种情境和形态的固定化的类比,使得叙述者的预言与感叹和情节与人物故事发展有着惊人的相似性,这似乎是说书人一味满足听众对熟悉、陈套的东西的习惯要求而带来的结果,也使得讲史类话本与小说话本之间的界限不那么明显。

这种程式化的职业话语模式,大大方便了说书人的叙述,使之易于操作、调控现场。而这套既有的、为受众所熟悉和认可的语言,不仅可以很快地消弭叙述者与受众之间的距离,还可以引起他们情感上和认知上的共鸣。而且这一类置于一段故事情节高潮之后的悬疑句的反复运用,既可以提高受众的兴趣,激起他们情感的多次兴奋,又可以让受众有一种虚拟的参与历史生活及历史进程的亲切感与新鲜感。因为"凡人之性,常非能以现境界而满足",总想"于其直接以触以受之外,而间接有所触有所受",而讲史类话本

---

①　参见程千帆、吴新雷:《两宋文学史》,上海古籍出版社 1991 年版,第 567 页。

②　李剑国辑校:《宋代传奇集》序,中华书局 2001 年版,第 1 页。

③　鲁迅:《中国小说史略》,人民文学出版社 1967 年版,第 95 页。

这套话语模式有利于"导人游于他境界，而变换其常触受之空气"，使其获得"新奇、陌生的审美感受"①。文言所具有的稳定性、一致性，尤其是它那优雅婉转、含蓄凝练的表现力，使其得以广泛而成功地运用于各体文学中，而文言也有自己的局限，如过于追求语言的外在美感，造成了模式化的弊端，而且过于书面化，与现实生活也有所疏离。对于小说来说，这些局限更极大地限制了它的叙事功能。而白话由于接近口语，无论在传播的方式上还是在接受的方式上，都有超越文言的地方。话本中韵散结合的方式，就为两种语言的交相融合提供了一种雅俗共存、合其所长的可能。当然，文言与白话的交融远不只是文体的兼容。实际上，无论是文言还是白话，都在很长时期互相渗透。白话语体在大量吸收文言的词汇后变得更为精警，丰富了白话的表现力；而文言受白话的影响，也在小说中形成了一种独特的浅近文言，如《三国演义》那种"文不甚深，言不甚俗"的语体，增加了它的形象生动性。

讲史类话本为其特定的内容题材所限，语言风格较小说话本具有自身的特点，即文白兼用、亦文亦俚。而历史与文学从来就存在着某种交汇点，从《左传》《战国策》可以见出，故我国古代的历史有文学化的倾向，而文学也有历史化的倾向。尤其是讲史类话本、历史演义等类作品，大多是在历史的基础上"踵其事而增华，变其本而加厉"②。讲史类话本多少要依傍史书，至少要有些历史根据，因而讲史类话本的编撰者甚或演史艺人都很可能"幼习《太平广记》，长攻历代史书"(《醉翁谈录·小说开辟》语)，而且其受众当中也不乏读书人，讲史类话本中说—听与写—读之间的关系是双向互动的，这使得讲史类话本不得不采用一种较小说话本更为典雅的语体，这主要是因为其题材来源于雅正简洁的史著，此外亦与其受众的期待有关。因为史学在中国古代所享有的崇高地位与所取得的辉煌成就，使得演史这一门具有某种意义上的雅正的优越感，这从《梦粱录》《武林旧事》等书所记载的说书艺人刘进士、张解元、许贡生、武书生、乔万卷等名号可窥一斑。这自然会影响到其语体风格，尤其是那些文人参与编撰的讲史类话本，但它又不可能不受到口头创作的影响，故既有典雅简洁的文言，又有俚俗浅显的白话，二者往往未能熔铸贯通，显得生涩突兀，不文不白。如《五代史平话》之《梁史平话》卷上：

---

① 梁启超：《论小说与群治之关系》，载夏晓虹《梁启超文选》(下)，中国广播电视出版社 1992 年版，第 3—4 页。

② (南朝梁)萧统：《文选序》，见刘跃进著，徐华校：《文选旧注辑存》，凤凰出版社 2017 年版，第 3 页。

捉了朱瑾的妻子赴军前，朱全忠的浑家张夫人请见，瑾妻下拜。夫人亦答拜，向瑾妻道："兖、郓于司空约为兄弟，今以小嫌，起兵相图，使吾姒困辱至此。使汴州一旦失守，贱妾亦如吾姒今日之受辱也。"朱全忠遂逐瑾妻，押朱瑄就军前斩了。①

这段话在《资治通鉴》卷二六一中是这样的：

全忠纳瑾之妻，引兵还，张夫人逆于封丘，全忠以得瑾妻告之。夫人请见之，瑾妻拜，夫人答拜，且泣曰："兖、郓于司空同姓，约为兄弟，以小故恨望，起兵相攻，使吾姒辱于此。他日汴州失守，吾亦如吾姒之今日乎！"全忠乃送瑾妻于佛寺为尼，斩朱瑄于汴桥。②

《梁史平话》中的这段话是文言与白话相杂而用的典型。在说话人的叙述中已用了"浑家"之类市井细民的称呼，而在转引《资治通鉴》文字中又袭用"吾姒"这类极为雅正的称呼，显示了话本编撰者未能融贯的粗忽之处，其中文言与白话之间"混合得非常生硬"，近于"一种古怪的混合文字"。核其缘由自然是"这几种讲史类话本有着双重来源，文言部分可能是直接从史书上抄来的，或许做了部分改动；白话部分也可能是抄来的，源于和口头文学有关的文学作品。《宣和遗事》中这种生硬混合的迹象尤其明显，有些多少自成篇章部分使用了典型的口头文学和白话文学的叙述型式"③。《宣和遗事》有的章节全用文言，有的段落全用白话。全用文言处多较刻板；用白话处大多描述生动，如其中叙及宋时元宵观灯、李师师等几节，如张择端《清明上河图》般对当时东京的繁华与声色之盛作了绘声绘色的描写与渲染。

而且，讲史类话本中的这种语体风格是与整个宋元时代的文化背景息息相关的。宋时雅俗文化之间的互相渗透与转化，以致元代开始就发生了一种从文言向白话转变的倾向。在这转变的初期阶段，即使在政府公文中使用的也是文白相杂的混合语，这一倾向还表现在这时期的语言学理论方面。譬如元人周德清就曾提出作文"太文则迂，不文则俗；文而不文，俗而不俗"（《中原音韵·作词十法》），才是理想境界。其《中原音韵》就是将有限地区内使用的北京话音韵系统确立为标准白话的理论著作。周德清的这一理

---

① 丁锡根点校：《宋元平话集·五代梁史平话》，上海古籍出版社1990年版，第49页。
② 司马光：《资治通鉴》（第18册）卷二六一，中华书局1956年版，第8500—8501页。
③ ［美］韩南著，尹慧珉译：《中国白话小说史》，浙江古籍出版社1989年版，第8页。

论主张对于元代的杂剧与散曲的音韵趋向规范化、白话化不无功效,对于当时的讲史类话本的语体风格的形成也有一定影响。因其仍属草创与摸索阶段,所以包括讲史类话本的语言才呈现出这样一种亦文亦白的粗糙面貌。直到元末明初罗贯中等具有一定文化修养的历史演义作者出现,才将文言与白话更好地加以融会贯通,从而形成其《三国志通俗演义》"文不甚深,言不甚俗"语体风格,其形式成为之后中国历史小说长期遵循的典范与传统。但是《三国志通俗演义》在语言上所取得的成就是与宋元讲史类话本的探索与实践分不开的。诸如《五代史平话》之类的话本虽然还存在文言与白话的生硬组合,但是它在对史著语言进行有效的改造方面不无筚路蓝缕之功。其中较为成功处是借鉴史书精雅的、予以通俗化改造后的文言驾轻就熟地叙事,且能简单而传神地勾勒人物性格与神态;同时在人物对话上又夹用白话语体,来更具体形象地描摹生活场景与细节,更好地刻画个性化的人物特征。如《五代史平话》中的《汉史平话》卷上,叙刘知远发迹前事:

> 一日,只见群马嘶鸣,李长者手携藤杖,纵步到马坊看觑。但见知远在地上睡卧,有一条黄蛇,从知远鼻孔内自出自入;旁有一人身着紫袍,撑着一柄黄凉伞,将知远盖却。李长者归向他的浑家道:"刘知远在马坊地上打睡,有这般物事在边,委是差异!况昨来所梦的事,似与这事符合。向后这厮必有大大发迹分也!"他浑家道:"既是有此等异事,休教他去养马,怎不将女孩儿三娘子招他做女婿?向后改换我家门风,也是一场好事。"①

叙述时用的是经过改造的浅近的文言,对话则全用日常活泼的口语,贴切而凸显人物各自的性格。实际上话本编撰者已向后来《三国志演义》中"文不甚深,言不甚俗"那种效果努力,而这种效果得以实现,在很大程度上是由于中国文字中的文言、白话语法基本一致,又无特殊意义的曲折音,因而在写作时可以自如地将文白穿插使用,从而取得简明清晰之效。韩南先生将汉语的这种优越性称为"弹性"。在汉语的这种"弹性"中,何种情境下使用文言,何种情形下运用白话,往往取决于场景与文白两种语言的不同功能与特性。在讲史两大流派中,文人参与的话本如《五代史平话》与《宣和遗事》等,因为从内容到语言都取鉴于史传作品,所以这些文字大都遗传了史

---

① 丁锡根点校:《宋元平话集·五代汉史平话》,上海古籍出版社 1990 年版,第 174 页。

传文学文言的正统与优雅,而其中取自当时说话艺术的口头文学的部分,则仍保留了口传文学的鄙俚与清新;但在保留较多口头文学色彩的《三国志平话》中,使用的更多的是当时的白话,这些白话出之于讲史艺人之口,使得粗豪如张飞辈更显得真实可爱,即使是刘备、诸葛亮这样有些学养的人也因这种白话的运用显得更接近市民阶层的思想与面貌。在以后的历史演义小说中,文言与白话也有各自的应用场合,对于高贵有尊严的人物的描写,以及宏伟庄严的场面,文言更能显示其优越性①。

就文学的演变历程而言,宋代是雅文学与俗文学空前融合的时期。在雅文学借鉴、吸收俗文学的同时,俗文学也以雅文学为参照系,不断地将雅文学的一些优点吸取,从而提高自身的艺术水平与文学地位。但在整体上,雅文学的强大正统地位使得这种发展是不平衡的,因而在一定程度上,讲史类话本的语言也折射出古典传统的威望和优势。且不说有意与说书传统对抗、用一种浅近文言写成的《三国演义》和《东周列国志》,就是多少根据说书脚本而写的故事和小说,因为它们收入大量的诗词和定性的描写文,也具有一种陈套的优雅。宋代说书人所用的语言已经装载着许许多多采自名家的诗、词、赋、骈文的陈语套句,以至于他们(元、明的说书人亦然)用起现成的文言套语来,远比自己创造一种能精确描写风景、人物面貌的白话散文得心应手②。然而在小说的发展过程中,白话的作用与力量在逐渐扩大,它从最初的部分功能的实现,到最后全部功能的实现,是一个渐进的过程,且因"宋元平话之叙述更照顾市井平民的欣赏口味,历史演义之叙述则更见文人的审美情趣"③,到了《儒林外史》《红楼梦》的出现,标志着白话文达到了最高峰。

其实在中国小说发展史上,很难分出泾渭分明而又齐头并进的文人文学与民间文学两大系统。自然我国古典小说可以分为文言、白话两大部类,其中文言小说当属文人文学,可采用从民间说书发展起来的所谓章回体形式的白话小说,体现出来的思想情感乃至文风爱好仍然很可能是文人趣味;即使是经过书会才人编定、文人修改或拟写而流传下来的"话本小说",实际上也已离原始说书艺术很远,很难再称为真正的民间文学。白话与文言小说二者之间形成一种奇怪的平行现象。即使两种小说使用相同的素材,甚

---

①　参见[美]韩南:《中国白话小说史》,浙江古籍出版社1989年版。

②　参见[美]夏志清著,胡益民等译,陈正发校:《中国古典小说史论》第一章"导论",江西人民出版社2001年版,第11页。

③　纪德君:《中国历史小说的艺术流变》,中国社会科学出版社2002年版,第59页。

至即使白话小说只是对文言小说的改编,这种改编也已并非只是单纯的翻译,作品改写以后完全可能变成另一种体裁,强调的方面竟出现许多不同。从这里也可以看出文言与语体两种体裁的习惯力量①。小说语言是文言还是白话,表面看只是所操语体的不同,但因为文言不是社会下层民众所能掌握运用的语体,而白话一般也不是社会上层愿意使用的书面语言,因此,中国历史上人们文言、白话的使用差异,就折射着阶级的差异和文化的差异。因此,小说史研究者一般称白话小说为通俗小说,自有其一定道理。即使在叙事方法上,文言小说与白话小说也存在明显的差异。运用白话或文言去创作,均有不同的写作定势,并产生相应的风格。而白话小说总是遵循着专业说书人叙述形式的套路程式②,这是文言小说所没有的局限,但文言小说也缺少了由此而来的俗民气息与影响。

总体上看,文学语言总是与文化心理、思维方式、所反映的生活及作品的结构等因素联系在一起的。以罗贯中的《三国志通俗演义》为例,它既然是从市井文艺中孕育发展而成的文学样式,其语言自不能过于艰深,而三国那波澜壮阔的历史生活素材,经由讲史艺人的敷演,到了罗贯中这样一个有志图王的下层文人之手,自然会对话本等民间文艺趣味及其思想倾向有所超越,故半文半白的语言模式便产生了,因为它既克服了以《五代史平话》为代表的讲史类话本中那文言与市井俚语杂糅而未加熔铸的状态,又注意淡化纯粹文言的艰涩难懂以及丝毫不经修饰的市井口语的鄙俗,"以上古隐奥之文章,为今日分明之议论"(《醉翁谈录·小说引子》)。文言的特点在于简练雅洁,蕴藉隽永,长于写意传神而短于描摹状物;白话的特点在于明白如话,流畅生动,声口毕肖,擅长描摹。两者虽有着不同的语体风格,但罗贯中摸索出了一种基本上能兼取二者优势的语言模式,从而在一定程度上达到了雅俗共赏的效果。但此前讲史类话本中的这种初步的稚拙的探索阶段也是必要且重要的。如《宣和遗事》中的梁山聚义故事的语言艺术已经比较成熟了。当然写得较为生动有趣的还是晁盖等人智取生辰纲这一段:

> 是年正是宣和二年五月,有北京留守梁师宝将十万贯金珠珍宝、奇巧匹段,差县尉马安国一行人,担奔至京师,赶六月初一日为蔡太师上寿。其马县尉一行人,行到五花营堤上田地里,见路旁垂杨掩映,修竹

---

① [美]韩南:《中国白话小说史》,浙江古籍出版社 1989 年版,第 24—25 页。

② [美]韩南:《中国白话小说史》,浙江古籍出版社 1989 年版,第 20—21 页。

萧森,未免在彼歇凉片时。撞着有八个大汉,担得一对酒桶,也来堤上歇凉靠歇了。马县尉问那汉:"你酒是卖的?"那汉道:"我酒味清香滑辣,最能解暑荐凉。官人试置些饮?"马县尉方为饥渴瘦困,买了两瓶,令一行人都吃些个。未吃酒时,万事俱休;才吃酒后,便觉眼花头晕,看见天在下,地在上,都麻倒了,不省人事。笼内金珠、宝贝、匹段等物,尽被那八个大汉劫去了,只把一对酒桶撇下了。

　　直至中夜,马县尉等醒来,不见了担仗,只见酒桶撇在那一壁厢,未免令随行人挑着酒桶,奔过南洛县,见了知县尹大谅,告说上件事因。尹知县令司吏辨认酒桶是谁人动使,便可寻觅贼踪。把酒桶辨验,见上面有"酒海花家"四字分晓。当有捉事人王平,到五花营前村,见酒旗上写着"酒海花家"四字。王平直入酒店,将那姓花名约的拿了,付吏张大年勘问因由。花约依实供吐道:"三日前日午时分,有八个大汉来我家里吃酒,道是往岳庙烧香,问我借一对酒桶,就买些个酒去烧香。"张大年问:"那八个大汉你认得姓名么?"花约道:"为头的是郓城县石碣村住,姓晁名盖,人号唤他做'铁天王'。带领得吴加亮、刘唐、秦明、阮进、阮通、阮小七、燕青等。"张大年令花约供指了文字,将召保知在,行着文字下郓城县根捉①。

　　这一段应是讲史艺人吸取民间艺术所做的创造性文字,其中有细节,有人物对话,有民间说话常用套语"未吃酒时,万事俱休;才吃酒后,便觉眼花头晕",也有像"路旁垂杨掩映,修竹萧森"这样优雅的写景文字,虽然比较简略,基本情节已粗具规模,基本上被后之《水浒传》第十六回所承袭,特别指出"这个唤做'智取生辰纲'",仅人物、地点稍有不同。今本《水浒传》只说三阮住在石碣村,参与者有公孙胜而没有上述所引的秦明、燕青等人,而且押送生辰纲的是杨志而不是马县尉。当然比起《水浒传》中那段精彩的文字,它自然显得粗糙、稚嫩。但它已为《水浒传》勾勒出了大致的轮廓,其意义不可小视。总之,"宋元的讲史类话本,实是传统的史传文学与民间口传故事结合的产物,亦文亦野,别成一家"②,在文言与白话的转变进程中具有不可忽视的探索与奠基意义。

---

① 丁锡根点校:《宋元平话集·宣和遗事》,上海古籍出版社 1990 年版,第 301—302 页。
② 莫砺锋、黄天骥主编:《中国文学史》第 3 卷,高等教育出版社 1999 年版,第 248 页。

## 第三节　宋元讲史及讲史类话本的历史地位及影响

### 一、宋元讲史对明清讲史的影响

宋元讲史的繁盛使明代讲史在一个良好的基础上得以继续发展,并有所创新,这与明中叶之后较为宽松的文化环境有关。明代中叶以后演说、编撰评话已较少受到统治阶级的限制。当时北京、开封、苏杭一带,评话非常活跃。上自官僚名士,下至普通市民的社会各阶层,都对评话有着浓厚的兴趣,这从明清人的笔记中的诸多记载可以看出。艺人除有专业的说书艺人外,还有客串的儒生,如"莫后光三伏时每寓萧寺,说《西游》《水浒》,听者尝数百人,虽炎蒸烁石,而人人忘倦,绝无挥汗者"①。在众多的说书艺人中,由明入清的柳敬亭可谓其中之佼佼者。他高超的说话艺术不仅使一般人如痴如醉,也得到了文人士大夫的高度评价,为他作传的文人就不止一家,与之诗词酬答的亦非少数。他在说《水浒》时,能"使听者悲泣喜笑";说《隋唐》时,"或如刀剑铁骑,飒然浮空;或如风号雨泣,鸟悲兽骇"②;说南明时事,能使听者皆泣下。明代说书的题材除沿袭宋元的"讲史"外,因明初《三国志通俗演义》《忠义水浒传》等小说文本的诞生,产生了一种以长篇小说为底本,在说评话的过程中又不断加以丰富创造的新形式,这是明代说书艺术对宋元讲史艺术的新发展。明代不仅仿效"说《水浒》《三国》诸书"者颇众,从著名艺人柳敬亭的说书记载来看,柳敬亭有自己的说书底本,康熙年间刊行的大巾箱本《柳下说书》,共八册,搜集了他常说的话本达一百种,这些底本应是研究说书艺术的珍贵材料,惜今已不存。从话本的存目看,明代讲史主要有《三国》《水浒》《隋唐》《说岳》《说呼》故事等,另有据"三言""二拍"等演说的短篇小说。这些在此后大都有编撰者加工成一系列的长篇小说,如说《隋唐》故事的,有《隋唐两朝志传》《唐书志传通俗演义》,至清初总汇为《隋唐演义》;说岳飞故事的,明代有《大宋中兴通俗演义》《岳武穆尽忠报国传》等,至清中叶则定型为《说岳全传》;此外说列国故事的有《东周列国志》《西汉通俗演义》;说杨家、说呼家故事的有《杨家府世代忠勇通俗演义》《说呼全传》等。

---

① (明)李延昰:《南吴旧话录》卷二十一"莫后光"条,瓜蒂庵藏明清掌故丛刊本,上海古籍出版社1985年版。

② (清)黄宗羲:《南雷文定》前集卷一○《柳敬亭传》,中华书局1985年版,第164页。

从总体上看,明代讲史无论是题材还是演说技巧方面,多有对宋元讲史艺术所积累的成功经验的继承与超越。

明代讲史中值得一提的是近年发现的明成化年间的十三种说唱词话,其中讲史类的有三种,即《新编全相说唱足本花关索传》《新刊全相唐薛仁贵跨海征辽故事》《新编说唱全相石郎驸马传》。上图下文,风格与元至治间所刊《全相平话五种》相近。《新刊全相唐薛仁贵跨海征辽故事》,不仅开端几行文字与元刊话本《薛仁贵征辽事略》完全相同,全书故事情节亦与话本十分相近,很可能是据此话本改编而成①。《新编说唱全相石郎驸马传》,所叙五代石敬瑭事,与《晋史》、话本《五代史平话》皆有出入,且故事内容有所增加,为后世章回小说《残唐五代史演义》所借鉴。其中最值得关注的是《新编全相说唱足本花关索传》,叙述关羽之子花关索一生的故事,大力敷演其武勇,及其与母亲在荆州与关羽相认等故事,大概是有关花关索故事的最完备的本子。关索在民间传说故事中十分活跃,关索故事在民间也一直非常流行。早在唐代就有关三郎的神祠②,清顾家相《五余读书廛随笔》云:

> 按宋江三十六人,有病尉迟孙立,病关索杨雄,既与尉迟并称,则古来有此猛将可知。此固北宋以前草野相传之旧闻。③

余嘉锡先生在其《宋江三十六人考实》中亦指出:"宋人以关索为名号者,凡十余人。不惟有男而且有女矣。其不可考者,尚当有之。盖凡绰号皆取之街谈巷语,此必宋时民间盛传关索之武勇,为武夫健儿所忻慕,故纷纷取以为号。"④但在元刊话本《三国志平话中》,已没有关索的故事情节,但仍留存有关索的痕迹。如《三国志平话》中叙及诸葛亮南征不威城时,突兀地冒出了"关索诈败"一句,此后却再找不到任何有关关索的消息,可见《三国志平话》已将有关关索的故事删节,却不小心留下了这么一句。至《三国志通俗演义》,虽然嘉靖本《三国演义》对关索只字不提,但万历刊本如刘氏乔山堂刊本、余氏双峰堂刊本、汤宾尹校本《三国演义》,都有花关索的故事,与词话基本相符。通行本《三国演义》没有花关索的故事,可能是因为后来"按

---

① 　胡士莹:《话本小说概论》(下),中华书局 1980 年版,第 381—386 页。
② 　参见(唐)范摅:《云溪友议》卷上"玉泉祠"条,中华书局 1985 年版。
③ 　(清)顾家相:《五余读书廛随笔》,见朱一玄,朱天吉校:《明清小说资料选编》(上),南开大学出版社 2006 年版,第 81 页。
④ 　参见余嘉锡:《宋江三十六人考实》,作家出版社 1955 年版,第 59 页。

鉴"的改编者及批评者认为其不符合历史而加以删削了。

继承宋元明讲史的清代讲史更为发达,南方称之为评话,北方则称之为评书。其特色是全国出现了不少以方言演说的评话,其中"维扬评话"的历史最为悠久,"郡中称绝技者,吴天绪《三国志》,徐广如《东汉》,王德山《水浒记》,高晋公《五美图》,浦天玉《清风闸》,房山年《玉蜻蜓》,曹天衡《善恶图》,顾进章《靖难故事》,邹必显《飞跎传》,谎陈四《扬州话》,皆独步一时"①。柳敬亭继续活跃于清初的说书界,与其齐名的还有韩圭湖、孔云霄等人。清代的评话,不仅包括讲史,也包括说公案、说灵怪等宋元小说内容。在南方评话界流行的大书有《三国》《水浒》《东西汉》《隋唐》《岳飞传》《西游记》《封神榜》《五义传》《彭公案》《施公案》等,涉及历史的朝代兴废、英雄奇传、神魔鬼怪,但少涉及才子佳人故事。北方评话界将说大书又细分为大书(如《三国》《水浒》《英烈传》等)、演义(如《封神》《西游》《聊斋》等)和小书(如《三侠五义》《济公案》《绿牡丹》等)。无论是南方的评话还是北方的评书,它们与此前的讲史的一个明显的区别在于其所据以言说的几乎全是文本形态的小说了,只不过在讲史内容和技巧上,都比小说原本更为铺张,正如清凉道人在《听雨轩笔记》中所言:"小说所以敷衍正史,而评话又所以敷衍小说。小说间或有与正史相同,而评话则皆海市蜃楼,平空架造,如《列国》《东西汉》《三国》《隋唐》《残唐》《飞龙》《金枪》《精忠》《英烈传》之类是已。"②

## 二、宋元讲史类话本的地位及影响

首先,在思想认识方面,宋元讲史类话本始终是以它的主要接受者——市井细民作为其艺术构思和审美追求的重心的,这就使它在不同程度上摆脱了正史的羁缚,力图创造一个为市井细民抒意写心的鲜活的历史世界,同时也为我们今人借助于这个"历史世界",去研究彼时市井细民的政治文化心理和艺术审美趣味等,提供了珍贵的样本③。

其次,在文学艺术方面,宋元讲史类话本在中国古代小说史上的地位与影响是极为深远的。在角色的创造方面,讲史与讲史类话本可谓史传与章回小说之间的重要一环。它首先表现在角色的地位上。在史传文学中,即便是纪传体,其人仍不过是史事的聚焦点,人物被史事淹没。而在讲史活动尤其是讲史类话本中,角色的外貌与装扮常是其重心与兴趣点所在,以致当

---

① (清)李斗撰,汪北平、涂雨公点校:《扬州画舫录》,中华书局1960年版,第257—258页。
② (清)清凉道人:《听雨轩笔记》,商务印书馆1931年版,第61页。
③ 纪德君:《中国历史小说的艺术流变》,中国社会科学出版社2002年版,第29页。

今的评书的"梁子"中仍保留有"刻脸"(即角色肖像描写)、人物条子(即角色身段描写)和"披挂赋"(即角色装扮描写)①。如《武王伐纣平话》中妲己是"面无粉饰,宛如月里嫦娥,头不梳妆,一似蓬莱仙子;肌肤似雪,遍体如银;丹青怎画,彩笔难描"(卷上)。即使在近于史传的编年体的《五代史平话》中,编撰者仍对黄巢、朱温等人形象予以描绘与雕镂。此外,讲史人物角色转换的另一表征在于注重人物的传奇性。如《五代史平话》中的几位开国君主都是早孤且家贫无赖,如《梁史平话》卷上,黄巢一出生就被父母遗弃,朱温与黄巢结交不久,其父朱诚便遭遇丧亡。他书中那些出身低微后来发迹之主人公多有类似经历,这一点虽与通俗文学自身的悦俗性与市民受众本身的好奇心理相关,却将讲史类话本中的角色由史传伦理性一变而为传奇性,在某种程度上意味着角色性质的一次飞跃。这样,讲史类话本中的角色不仅是史事的受体,同时它也随时接受叙述者的叙述,承受和集结着编撰者的才力、想象和情思。史实符号一变而成审美符号,在史传向章回小说演变过程中迈出了重要一步,为章回小说的角色创造准备了条件②。

我们在评价某种文学样式的历史地位和成就时,不能仅仅根据这类作品本身的思想意义与艺术水平(尽管这两项仍是最重要的标准),还要将他置于整个文学发展历程以及当时环境中考察,才能全面深刻地认识它的意义与地位。"总起来说,宋代话本小说代表了当时俗文学精神的精华,它的价值就在于市民本位和市民情趣,其中包含有朦胧的人文理想和反礼教倾向,这种倾向在宋代俗文学中尚不够鲜明、成熟,相当程度上还为娱乐因素所遮掩,而且处于宋代文化的边缘地位,但毕竟开启了一种方向,该方向在宋金元三个朝代之间一直不曾间断,而且一脉相承,日益壮大。从这个意义上说,宋代的俗文学精神自有其不可忽略的重要价值。"③对于宋元讲史类话本来说,它还具有另一种重要意义,即它对明清章回小说的发展与繁荣有着直接而重大的作用,从而确定了它在小说史上的不容忽视的地位:"后来的小说,十分之九是本于话本的。""后之章回小说如《三国志演义》等长篇的叙述,皆本于讲史。其中讲史之影响更大,并且从明清到现在,《二十四史》都演完了。"④

---

① 参见周守志:《谈评书的扣子》,《天津演唱》1979 年第 2 期。
② 参见罗书华:《史传与章回小说间的重要一环——讲史的角色创造》,《西南民族学院学报》2000 年第 1 期,第 71—72 页。
③ 王小舒:《中国文学精神·宋元卷》,山东教育出版社 2003 年版,第 123 页。
④ 鲁迅:《中国小说的历史的变迁》,见《中国小说史略》附录,人民文学出版社 1973 年版,第 289 页。

其中最为小说研究者乐于提及的便是《三国志平话》与《三国志通俗演义》之间的密切关系。庸愚子在《三国志通俗演义·序》中较早而又较为准确地概括了二者的重要区别:"前代尝以野史作为评话,令瞽者演说,其间言辞鄙谬,又失之于野,士君子多厌之。若东原罗贯中以平原陈寿传,考诸国史,自汉灵帝中平元年,终于晋太康元年之事,留心损益,目之曰《三国志通俗演义》。文不甚深,言不甚俗,事纪其实,亦庶几乎史。"可见《三国志通俗演义》(以下简称《演义》)与《三国志平话》(以下简称《平话》)有着语言以及内容详略等各方面的区别。特别是《演义》删除了《平话》中司马仲相断阴狱的荒诞不经的头回故事,甚为有识。但不可否认的是,它们之间仍有着不可分割的血肉联系。

一是结构方面,《平话》在整体上以编年时序连缀前代流传的三国传说、民间口头流行的三国故事,同时借鉴史传中的历史叙事,给罗贯中创作《演义》以结构的启发和借鉴,《平话》在整体框架上对《演义》有着重要影响。

二是情节内容与思想倾向方面,《平话》对《演义》亦影响深远。《平话》在艺术思维方式、结构形态、形象塑造、思想倾向等多方面为《演义》作了重要的铺垫与准备。虽然《平话》的篇幅仅是《演义》的十分之一,但它的许多重要情节,都为后者所吸收(见表 5-1)①。

**表 5-1 《三国志平话》与《三国志通俗演义》部分重要情节对比**

| 《三国志平话》(目依插图) | | 《三国志通俗演义》(嘉靖本) | |
| --- | --- | --- | --- |
| 桃园结义 | (卷上) | 祭天地桃园结义 | (卷一) |
| 张飞鞭督邮 | (卷上) | 安喜张飞鞭督邮 | (卷一) |
| 三战吕布 | (卷上) | 虎牢关三战吕布 | (卷一) |
| 王允献董卓貂蝉 | (卷上) | 司徒王允说貂蝉 | (卷二) |
| 曹操勘吉平 | (卷中) | 曹孟德三勘吉平 | (卷五) |
| 关公刺颜良 | (卷中) | 云长策马刺颜良 | (卷五) |
| 云长千里独行 | (卷中) | 关云长千里独行 | (卷六) |
| 关公斩蔡阳 | (卷中) | 云长擂鼓斩蔡阳 | (卷六) |
| 古城聚义 | (卷中) | 刘玄德古城聚义 | (卷六) |
| 先主跳檀溪 | (卷中) | 玄德跳马过檀溪 | (卷七) |
| 三顾孔明 | (卷中) | 刘玄德三顾茅庐 | (卷八) |

---

① 胡士莹:《话本小说概论》(下),中华书局 1980 年版,第 738 页。

续表

| 《三国志平话》（目依插图） | | 《三国志通俗演义》（嘉靖本） | |
| --- | --- | --- | --- |
| 赵云抱太子 | （卷中） | 长坂坡赵云救主 | （卷九） |
| 张飞据桥退卒 | （卷中） | 张翼德据水断桥 | （卷九） |
| 赤壁鏖兵 | （卷中） | 周公瑾赤壁鏖兵 | （卷十） |
| 落城庞统中箭 | （卷下） | 落凤坡箭射庞统 | （卷十三） |
| 关公单刀会 | （卷下） | 关云长单刀赴会 | （卷十四） |
| 孔明七纵七擒 | （卷下） | 诸葛亮七擒孟获 | （卷十八） |
| 孔明斩马谡 | （卷下） | 孔明挥泪斩马谡 | （卷二十） |
| 秋风五丈原 | （卷下） | 孔明秋风五丈原 | （卷廿一） |

　　从表 5-1 中可以看出《三国志通俗演义》的重要情节,在《三国志平话》中大都已经出现。不仅在故事情节方面如此,就是两书的基本思想倾向也都一脉相连。早在北宋时期说话人中的三国故事已能使小儿"闻刘玄德败,颦蹙有出涕者;闻曹操败,即喜唱快"。说明拥刘反曹倾向已深入人心。到了南宋时期,由于金元的入侵,文人学者往往将汉室视为汉族的代称,而将金元入侵者比喻为曹操。如陆游《得建业倅郑觉民书……》:"邦命中兴汉,天心大讨曹。"朱熹认为司马光的《资治通鉴》在正统问题上有乖正论,特纂辑《资治通鉴纲目》,以蜀汉为正统。《三国志平话》吸取了宋元时代民间拥刘反曹的思想倾向,以及以朱熹《通鉴纲目》为代表的以蜀汉政权为正统的思想,《三国志平话》中便以蜀汉故事为中心线索,来统率三国的兴衰史,而且主要反映的是蜀汉的兴亡史。这种倾向同样为《三国志通俗演义》所继承,并且由于《三国志通俗演义》的盛行,这种观点一直影响到今天的人民,曹操仍是奸诈的代称,刘备仍是仁义的化身。

　　当然,罗贯中的《三国志通俗演义》虽以《三国志平话》为蓝本,但对它的态度却是有扬有弃的。一方面,在《三国志平话》的基础上增加了大量有关东吴的内容,使魏、蜀、吴三家的军事力量与矛盾斗争,得到了更为充分、均衡的接近历史原貌的反映。《三国志平话》特别突出了曹操的形象描写力度,如着力渲染曹操的奸诈,同时极力描写刘备的仁德,甚至在结尾还虚构出汉帝的外孙刘渊终于兴汉灭晋,为汉室报仇的故事;《三国志通俗演义》的刘、关、张以及诸葛亮四位英雄仍是书中浓墨重彩描绘的对象,与《三国志平话》有着一脉相承的关系。但另一方面,罗贯中的注意力主要放在忠于他所知道的历史事实和摒弃明显的虚构成分上。《三国志平话》中的很多情节都不见于《三国志通俗演义》。如《三国志平话》中的"头回",即司马仲相断阴狱的故事,罗贯中就把他删略了。另如孙学究得天书,其徒张觉因行医聚徒起义的故事,刘备、张飞破黄巾情节,张飞摔杀袁襄,诸葛亮对孙权斩曹使者,庞统阴助黄忠斩张任,曹操劝汉献帝让位于其子曹丕,刘渊建立后汉等情节因系民间口传故事,离史实太远,皆为罗贯中剔除,不无识见。

至于《宣和遗事》中的"梁山泊聚义本末",应是现存最早的水浒故事,与《水浒传》中的某些情节已非常相近,像著名的"杨志卖刀""智取生辰纲""宋江受招安平方腊"等情节分别与《水浒全传》中的第十二回、第十四至十六回、后半部分的情节相近,尽管二者之间有朴拙与文饰之别,但基本轮廓已经具备,经过《水浒》编撰者的艺术加工,遂为《水浒》一书的有机组成部分。而《前汉书平话续集》与《两汉开国中兴志传》,《武王伐纣平话》与《列国志传》《封神演义》之间,都有着紧密的联系。其他如《南北宋志传》《前汉志传》《说唐后传》等,都与某讲史类话本有先后承传的关系。由于宋元讲史类话本的大量审美经验的积蕴,在量的孕育中,必定要出现新的形式的质变,而且欣赏者的心理也产生出对过去形式的不满足感,从而对小说形式产生一种反冲力,这种反冲力促使编撰者、作品、欣赏者的三维空间趋于一种新平衡与重新对应,然口头讲说艺术所培养的受众的审美欣赏趣味是一个较为恒定的稳态结构,于是小说发展到了章回体,因为章回体既保留了说话艺术与讲史类话本等体裁的优秀传统,又更能容纳丰富复杂的内容与多样的艺术形式。可以说,正是讲史类话本的艺术积累促进了其后长篇章回小说的成熟,从明中叶至清末民初形成了一个历史演义小说的创作高潮。但是,传统一方面有着可贵的精神财富,另一方面,它又是一种可怕的惰性势力。在它带来可资取鉴的历史经验的同时,也将陈腐的或处于发展中未臻成熟的意识模式遗传下来,以一种顽固的因袭力量束缚着后者的发展。宋元讲史类话本对于明清章回小说正是如此发生着作用。直至明清时的《儒林外史》《红楼梦》等优秀小说既继承也超越了"说书模式"的影响后,才达到了小说的高峰。

此外,宋元瓦舍勾栏里百戏竞技,由于商业利益关系既自严门户,又不可避免地要互相影响。宋元讲史与讲史类话本对于当时的诸宫调、元杂剧等其他艺术门类有着重要影响。元刊讲史类话本《前汉书平话续集》有吕后斩韩信的情节,与此相关的元人杂剧很多,有钟嗣成《汉高祖诈游云梦》、马致远《吕太后人彘戚夫人》、李寿卿《吕太后定计斩韩信》《吕太后祭泸水》、王仲文《吕太后操韩信》、石君宝《吕太后醢彭越》、高文秀《病樊哙打吕婆》、于伯源《吕太后饿刘友》等。虽然这些剧本大多失传,但可以肯定这些戏剧与话本有着相当密切的关系①。

元杂剧水浒戏数目,据《录鬼簿》《太和正音谱》载录,有23种(庄一拂《古典戏曲存目汇考》)。现存6种水浒杂剧的开首与结尾都极为相似,可能当时的水浒故事在流传过程中经民众的选择,已由纷乱而沉淀成固定模式:宋江上场自报家门,叙述自己上梁山的过程以及梁山事业的规模;结尾处宋江以梁山聚义、替天行道的名义断结善恶。高文秀《黑旋风双献功》第一折中宋江的典型上场词为:

> 某姓宋名江,字公明,绰号顺天呼保义。幼年曾为郓州郓城县把笔司吏,因带酒杀了阎婆惜,脚踢翻蜡烛台,沿烧了官房,致伤了人命,被官军捕盗,捉拿的某紧,我自首到官,脊杖六十,送配江州牢城营去。因打此梁山过,有我八拜交的哥哥晁盖,知某有难,领偻罗下山,将押解人打死,救某上山,就让某第二把交椅坐。哥哥晁盖,三打祝家庄身亡,众兄弟拜某为头领。某聚三十六大伙,七十二小伙,半垓来的小偻罗,威震梁山。寨名水浒,泊号梁山,纵横河港一千条,四下方圆八百里。东连大海,西接济阳,南通钜野金乡,北靠青、齐、兖、郓。有七十二道深河港,屯数百只战舰艨艟;三十六座宴楼台。声传宇宙,五千铁骑敢争先;名达天庭,聚三十六员英雄将。风高敢放连天火,月黑提刀去杀人。②

很可能其中部分语言即为宋时说书艺人口吻。其中如宋江绰号“及时雨”,曾为郓城县把笔司吏,曾迭配江州,“晁盖三打祝家庄”,梁山“方圆八百里”,宋江有“三十六大伙,七十二小伙”等,这说明元代水浒故事已基本定型。而其中话及宋江发配江州牢城营和晁盖三打祝家庄身亡的关目情节,都是《宣和遗事》没有的,说明水浒故事在元代的发展增益。另外,元杂剧中还出现《宣和遗事》未见的人名,如卷毛虎燕顺(《燕青博鱼》,《水浒传》中称为“锦毛虎”),王矮虎、一丈青(《绯衣梦》)。当时的说话当不似《宣和遗事》的叙述简约,惜无流传。总之,元杂剧水浒戏在人物、情节、主旨设置上对宋元水浒话本有继承、有变通,在这或取或舍、或隐或显间折射出各个时代的民众,尤其是那些志不得伸的文人的精神和心绪,他们都为后来的水浒故事

---

① 参见赵景深:《〈前汉书平话续集〉与〈西汉演义〉》,见《中国小说丛考》,齐鲁书社1980年版。
② (元)高文秀:《黑旋风双献功》,见傅惜华编《水浒戏曲集》,上海古籍出版社1985年版,第1—2页。

的发展奠定了基础①。

此外,与《三国志平话》内容相关的三国戏就更多了;另如诸宫调《刘知远诸宫调》与讲史类话本《五代汉史平话》中的刘知远故事,都可看出讲史艺术及讲史类话本与其他艺术体式之间互为影响、深层渗透。

总体上看,包括讲史类话本在内的宋人小说的通俗化,给后来小说造成这样一种趋势,即文人文言小说与市民通俗小说在一定程度上趋于合流,这应是宋人小说对于整个小说史的重要意义之一。当然,任何文学样式对其后文学的影响都是需要多层次观照的,对于讲史艺术或讲史类话本来说,在听或类似听的接受过程里,由于时间的连续性和不可逆性,听众只能接受那些简单的、特征非常明显的、入耳便融或一目了然的东西,而排斥细腻入微的心理分析和纷繁复杂的细节描写。一旦作品进入这种领域,他便觉得头绪太多,分辨不清。同时,读者对小说中人物性格心理的深入体认,必须伴随某种主观内省过程。他通过反省自己而理解小说中的人物,通过认识小说中的人物而进一步地认识自我。而在听或类似听的接受过程里,不仅时间的连续性和不可逆性不容许接受者进行这种内省,纯为娱乐而来的动机也使他不愿意作这种有时甚至是很痛苦的内省。他基本上把小说中的人和事看作与己无关的观赏对象,而自己则是一个看热闹的旁观者,希望眼前的一切尽可能清楚明了,不需要自己费什么脑筋,更不愿引火烧身。为了适应听者和读者的这种心理,讲述者和编撰者便尽量将故事内容特别是人物性格简单化,通过脸谱化和极度夸张以突出他们的某种性格特征,让他们带着明显的标记上下场。这就造成了古典小说的谐俗性,给其叙述模式和叙事技巧的发育成长带来了不良影响②。

总体上看,讲史及其话本作为历史演义小说的雏形,对历史演义的影响尤其深远,大体表现在以下几个方面。

一是从思想倾向上看,讲史类话本以儒家思想为主调,同时不自觉地渗入了市民阶层的思想情感,即为市井细民写心;二是讲史类话本以历代兴废争战为主要题材,同时适当吸纳民间传说、民间口头故事的题材模式,以及借鉴史书形成的结构模式都为后世演义编撰者提供了参照系。此外,讲史类话本中的"说书人"体制以及由此形成的"说书人"叙事模式亦为历史演义小说所继承。而讲史类话本所创造的那种半文半白的语体模式,经演义编

---

① 徐大军:《元杂剧与小说关系研究》,河南人民出版社 2006 年版,第 94—105 页。
② 参见廖可斌:《中国古典小说的谐俗倾向》,《浙江社会科学》1996 年第 1 期,第 88 页。

撰者承继、加工、规范,从而形成了"文不甚深,言不甚俗"的成熟的历史演义语体,这中间的过渡状态便是讲史类话本语体①。

这种语体的革新不仅仅是小说语言工具的革新,而且还是小说叙述手段和体制的革新。表面上看,它在叙述方面使小说从书面散文形态向原生讲述形态回归,似乎是一种从"叙述宛转,文辞华艳"的散文修饰状态倒退到质朴浅露的直接讲说状态的过程,实际上这正是语体革新所导致的表现手段的某种调整与改变,是小说发展进程中必经的曲折阶段,孕育着古代小说艺术的全面飞跃。首先,它扩大了小说的创作队伍与受众层面,促进了小说艺术的发展与地位的提高。其次,它创造了小说虚构叙事的基本手段——敷演。这种包括叙事内容的想象与描写语言的修饰的敷演,在《醉翁谈录》中"小说引子"与"小说开辟"这两篇体现说话艺术与话本成就的文献中一再得到凸显:"靠敷演令看官清耳","但随意据事演说"。编撰者或艺人的敷演是基于自身现实生活基础上的想象与语辞修饰,有利于小说进行面向现实的艺术创造。要能"敷演处有规模有收拾,冷淡处提掇得有家数,热闹处敷演得越久长",就需要有完整的艺术构思,足够的叙事内容,曲折的情节设计,这一切都有赖于运用接近自然形态的语言描写自然形态的生活。再次,它形成并规定了小说的基本叙述方式——全知讲述。它那上帝般的全知视角,为讲述者采用各种手段(特别是细节描写和心理描写)提供了可能,也使故事在表达上更自然灵活,通俗明白,也更有规模、容量。但它也中断了唐传奇时期已成熟起来的散文叙事艺术技巧(如限制的进程,用简单直截的线性讲述替代了复杂委曲的多维叙事)。由雅而俗的语体革新既是小说史上的质的飞跃,同时也包含着上升进程中的曲折回归,只有经历由俗入雅的再次飞跃,小说才能在更高层次上的雅俗交融中达到其艺术巅峰。但是,话本所推动的这场语体革新不愧为中国"小说史上的一大变迁"②。

---

① 参见齐裕焜:《中国历史小说通史》,江苏教育出版社 2000 年版,第74—76 页。
② 参见刘上生:《中国古代小说艺术史》,湖南师范大学出版社 1993 年版,第 60—67 页。

# 参考文献

## 一、典籍类

### [一]集部类

（明）晁瑮. 晁氏宝文堂书目[M]. 台北：成文出版社，1978.

（明）洪楩. 清平山堂话本[M]. 上海：上海古籍出版社，1992.

（明）凌濛初. 二刻拍案惊奇[M]. 北京：古典文学出版社，1957.

（明）罗贯中. 三国志通俗演义[M]. 北京：人民文学出版社，1975.

（明）宋讷. 西隐集[M]//四库全书. 上海：上海古籍出版社，2003.

（明）王骥德. 曲律[M]//中国戏曲研究院. 中国古典戏曲论著集成：第4册. 北京：中国戏剧出版社，1959.

（明）王世贞. 弇州四部稿[M]//四库全书. 上海：上海古籍出版社，2003.

（明）杨士奇，等. 历代名臣奏议[M]//四库全书. 上海：上海古籍出版社，2003.

（明）佚名. 应用碎金[M]. 内阁大库藏洪武刊本.

（明）臧晋叔. 元曲选[M]. 北京：中华书局，1961.

（南朝梁）刘勰. 文心雕龙注[M]. 范文澜，注. 北京：人民文学出版社，1958.

（宋）刘克庄. 后村先生大全集[M]//四部丛刊初编. 上海：上海书店出版社，1989.

（清）曹寅，彭定求，等. 全唐诗[M]. 上海：上海古籍出版社，1986.

（清）黄宗羲. 南雷文定[M]. 北京：中华书局，1985.

（清）唐执玉，田易，等. [雍正]畿辅通志[M]//四库全书. 上海：上海古籍出版社，2003.

（清）王昶. 金石萃编[M]. 北京：中国书店，1985.

（清）永瑢，等. 四库总目提要[M]. 北京：中华书局，1965.

（清）俞正燮. 癸巳存稿[M]//续修四库全书. 上海：上海古籍出版社，2002.

（清）章学诚.文史通义[M].上海：上海书店出版社,1988.

（宋）曾巩.元丰类稿[M].北京：商务印书馆,1937.

（宋）程公许.沧洲尘缶编[M]//四库全书.上海：上海古籍出版社,2003.

（宋）黄庭坚.山谷诗集注[M].（宋）任渊,等注.上海：上海古籍出版社,2003.

（宋）黎靖德,编.朱子语类[M].合肥：安徽教育出版社,2010.

（宋）陆游.老学庵笔记[M].北京：中华书局,1979.

（宋）梅尧臣.宛陵先生集[M].上海：上海书店出版社,1989.

（宋）苏轼.苏轼全集[M].上海：上海古籍出版社,2000.

（宋）苏辙.栾城集[M]//四部丛刊初编.上海：上海书店出版社,1989.

（宋）佚名.新编分门古今类事[M].北京：中华书局,1985.

（宋）张耒.明道杂志[M]//四库全书.上海：上海古籍出版社,2003.

（宋）赵明诚.金石录[M]//四库全书.上海：上海古籍出版社,2003.

（宋）赵汝愚.宋朝诸臣奏议[M].上海：上海古籍出版社,1999.

（宋）朱熹.三朝名臣言行录[M].四部丛刊初编本.

（宋）邹浩.道乡集[M]//四库全书.上海：上海古籍出版社,2003.

（唐）元稹.元氏长庆集[M].上海：上海古籍出版社,1994.

（唐）张祜.张承吉文集[M].上海：上海古籍出版社,2013.

（元）揭傒斯.揭文安公文粹[M]//四库全书.上海：上海古籍出版社,2003.

（元）马端临.文献通考[M].北京：中华书局,2011.

（元）夏庭芝.青楼集志[M]//中国古典戏曲论著集成.北京：中国戏剧出版社,1959.

（元）许衡.鲁斋遗书[M]//四库全书.上海：上海古籍出版社,2003.

（元）杨维桢.东维子文集[M]//四库全书.上海：上海古籍出版社,2003.

曾枣庄,刘琳.全宋文[M].成都：巴蜀书社,1988.

陈尚君.全唐文补编[M].北京：中华书局,2005.

陈思.宝刻丛编[M]//四库全书.上海：上海古籍出版社,2003.

陈翔华.元刻讲史平话集[M].北京：北京图书馆出版社,1999.

程毅中.宋元小说家话本集[M].济南：齐鲁书社,2000.

黄征,张涌泉.敦煌变文校注[M].北京：中华书局,1997.

王汝涛.全唐小说[M].济南:山东文艺出版社,1996.

唐圭璋.全宋词[M].北京:中华书局,1999.

唐长孺.吐鲁番出土文书[M].北京:文物出版社,1983.

王重民,王庆菽,向达,等.敦煌变文集[M].北京:人民文学出版社,1957.

徐沁君.新校元刊杂剧三十种[M].北京:中华书局,1980.

佚名.乐毅图齐七国春秋后集[M].上海:上海古籍出版社,1992.

佚名.梁公九谏[M].上海:上海古籍出版社,1992.

佚名.前汉书续集[M].上海:上海古籍出版社,1993.

佚名.秦并六国平话[M].上海:上海古籍出版社,1993.

佚名.三国志平话[M].上海:上海古籍出版社,1990.

佚名.五代史平话[M].上海:上海古籍出版社,1990.

佚名.武王伐纣书[M].上海:上海古籍出版社,1992.

佚名.宣和遗事[M].上海:上海古籍出版社,1990.

佚名.薛仁贵征辽事略[M].上海:上海古籍出版社,1993.

钱南扬.永乐大典戏文三种校注[M].北京:中华书局,1979.

元典章[M].陈高华,等校点.北京:中华书局,2011.

钟兆华.元刊全相平话五种校注[M].成都:巴蜀书社,1990.

**[二]史籍、笔记类**

(汉)班固.汉书[M].北京:中华书局,1983.

(东晋)袁宏.后汉纪[M].北京:中华书局,2002.

(汉)司马迁.史记[M].北京:中华书局,2014.

(后晋)刘昫.旧唐书[M].北京:中华书局,1975.

(明)郎瑛.七修类稿[M].上海:上海书店出版社,2001.

(明)彭大翼.山堂肆考[M]//四库全书.上海:上海古籍出版社,2003.

(清)董诰,等.全唐文[M].上海:上海古籍出版社,1990.

(清)浦起龙.史通通释[M].上海:上海古籍出版社,1978.

(清)毕沅.续资治通鉴[M].北京:中华书局,1957.

(清)李斗.扬州画舫录[M].北京:中华书局,1960.

(清)施国祁.金史详校[M].清广雅书局丛书本.

(清)谢旻,等监修.江西通志[M]//四库全书.上海:上海古籍出版社,2003.

(清)徐松.宋会要辑稿[M].北京:中华书局,1957.

（宋）高承.事物纪原[M]//四库全书.上海：上海古籍出版社,2003.

（宋）洪迈.容斋随笔[M].穆公,校点.上海：上海古籍出版社,2015.

（宋）洪迈.夷坚志[M].何卓,点校.北京：中华书局,1981.

（宋）江少虞.宋朝事实类苑[M].上海：上海古籍出版社,1981.

（宋）李昉,徐铉,等.太平广记[M].北京：中华书局,1961.

（宋）李纲.梁溪集[M]//四库全书.上海：上海古籍出版社,2003.

（宋）李焘.续资治通鉴长编[M].北京：中华书局,1985.

（宋）李心传.建炎以来系年要录[M].北京：中华书局,1988.

（宋）梁克家.淳熙三山志[M]//四库全书.上海：上海古籍出版社,2003.

（宋）罗烨.醉翁谈录[M].上海：上海古典文学出版社,1957.

（宋）孟元老.东京梦华录[M].上海：上海古典文学出版社,1956.

（宋）欧阳修,宋祁.新唐书[M].北京：中华书局,1975.

（宋）沈括.梦溪笔谈校证[M].胡道静,校证.上海：上海出版公司,1956.

（宋）司马光.资治通鉴[M].北京：中华书局,1956.

（宋）司马光.资治通鉴考异[M]//四部丛刊初编.上海：上海书店出版社,1989.

（宋）宋敏求.春明退朝录[M].北京：中华书局,1980.

（宋）苏轼.东坡志林[M].北京：中华书局,1981.

（宋）孙光宪.北梦琐言[M].上海：上海古籍出版社,1981.

（宋）王溥.唐会要[M].北京：中华书局,1955.

（宋）王钦若,等.册府元龟[M].影印版.北京：中华书局,1982.

（宋）徐梦莘.三朝北盟会编[M].上海：上海古籍出版社,2008.

（宋）宇文懋昭.钦定重订大金国志[M]//四库全书.上海：上海古籍出版社,2003.

（宋）袁枢.通鉴纪事本末[M].北京：中华书局,1964.

（宋）周密.癸辛杂识[M].北京：中华书局,1988.

（宋）周密.武林旧事[M].北京：中华书局,1991.

（唐）范摅.云溪友议[M].北京：中华书局,1985.

（元）陈栎.历代通略[M]//四库全书.上海：上海古籍出版社,2003.

（元）胡一桂.史纂通要[M]//四库全书.上海：上海古籍出版社,2003.

（元）陶宗仪,等.说郛三种[M].上海：上海古籍出版社,1988.

（元）脱脱,等.金史[M].北京:中华书局,1975.

（元）脱脱,等.宋史[M].北京:中华书局,1977.

陈尚君.旧五代史新辑会证[M].上海:复旦大学出版社,2005.

胡应麟.少室山房笔丛[M].上海:上海书店出版社,2001.

金盈之.新编醉翁谈录[M].沈阳:辽宁教育出版社,1998.

陶敏.全唐五代笔记[M].西安:三秦出版社,2012.

**[三]方志、谱牒类(含字书类)**

（梁）顾野王.宋本玉篇[M].北京:中国书店,1983.

（明）陈宏绪.江城名迹[M]//四库全书.上海:上海古籍出版社,2003.

（明）高儒.百川书志[M].上海:上海古籍出版社,2005.

（明）杨慎.丹铅总录[M].北京:中华书局,1985.

（宋）王尧臣,等.崇文总目[M].（清）钱东垣,等辑释.北京:中华书局,1985.

（宋）潜说友.咸淳临安志[M]//宋元方志丛刊:第 4 册.北京:中华书局,1990.

（清）段玉裁.说文解字注[M].上海:上海古籍出版社,1981.

（清）嵇曾筠,等监修.沈翼机,等编纂.浙江通志[M].四库全书.上海:上海古籍出版社,2003.

（清）穆彰阿,等.大清一统志[M].张元济,辑.四部丛刊续编.上海:上海书店出版社,1984.

（清）钱曾.也是园书目[M]//瞿凤起,编.虞山钱遵王藏书目录汇编.上海:上海古籍出版社,2005.

（魏）张揖.广雅:释诂[M]//丛书集成初编.上海:商务印书馆,1936.

中华书局编辑部.宋元方志丛刊[M].北京:中华书局,1990.

## 二、研究专著(含译著)

[俄]李福清.古典小说与传说[M].李明滨,编选.北京:中华书局,2003.

[俄]李福清.三国演义与民间文学[M].尹锡康,田大畏,译.上海:上海古籍出版社,1997.

[美]戴卫·赫尔曼.新叙事学[M].马海良,译.北京:北京大学出版社,2002.

[美]韩南.中国白话小说史[M].尹慧珉,译.杭州:浙江古籍出版

社,1989.

[美]华莱士·马丁.当代叙事学[M].唐小兵,译.北京:北京大学出版社,1990.

[美]万·梅特尔·阿米斯.小说美学[M].傅志强,译.北京:燕山出版社,1987.

[美]王靖宇.中国早期叙事文研究[M].上海:上海古籍出版社,2003.

[美]韦勒克,沃伦.文学理论[M].刘象愚,等译.北京:生活·读书·新知三联书店,1984.

[美]夏志清.中国古典小说史论[M].胡益民,石晓林,单坤琴,译.南昌:江西人民出版社,2001.

[日]加藤繁.中国经济史考证[M].吴杰,译.北京:商务印书馆,1959.

[日]青木正儿.中国文学概说[M].隋树森,译.重庆:重庆出版社,1982.

[日]清水茂.清水茂汉学论集[M].蔡毅,译.北京:中华书局,2003.

[日]斯波义信.宋代江南经济史研究[M].方健,何忠礼,译.南京:江苏人民出版社,2000.

[日]小野四平.中国近代白话短篇小说研究[M].施小炜,等译.上海:上海古籍出版社,1997.

[英]福斯特.小说面面观[M].冯涛,译.广州:花城出版社,1985.

蔡铁鹰.中国古代小说的演变与形态[M].北京:中国文史出版社,2003.

曹旭.诗品研究[M].上海:上海古籍出版社,1998.

陈大康.通俗小说的历史轨迹[M].长沙:湖南出版社,1993.

陈高华,史卫民.中国风俗通史:元代卷[M].上海:上海文艺出版社,2001.

陈桂声.话本叙录[M].珠海:珠海出版社,2001.

陈兰村.中国传记文学发展史[M].北京:语文出版社,1999.

陈美林,冯保善,李忠明.章回小说史[M].杭州:浙江古籍出版社,1998.

陈平原,夏晓虹.二十世纪中国小说理论资料[M].北京:北京大学出版社,1989.

陈平原.中国小说叙事模式的转变[M].北京:北京大学出版社,2003.

陈汝衡.陈汝衡曲艺文选[M].北京:中国曲艺出版社,1985.

陈汝衡.说书史话[M].北京:人民文学出版社,1987.

陈汝衡.说书小史[M].北京:中华书局,1936.

陈汝衡.宋代说书史[M].上海:上海文艺出版社,1979.

陈翔华.诸葛亮形象史研究[M].杭州:浙江古籍出版社,1990.

陈寅恪.金明馆丛稿二编[M].上海:上海古籍出版社,1980.

陈垣.通鉴胡注表微[M].沈阳:辽宁教育出版社,1997.

程国赋.唐五代小说的文化阐释[M].北京:人民文学出版社,2002.

程千帆,吴新雷.两宋文学史[M].上海:上海古籍出版社,1991.

程毅中.宋元话本[M].北京:中华书局,1980.

程毅中.宋元小说研究[M].南京:江苏古籍出版社,1998.

程毅中.唐代小说史[M].北京:人民文学出版社,1990.

程毅中.神怪情侠的艺术世界——中国古代小说流派漫话[M].北京:中共中央党校出版社,1994.

戴不凡.小说见闻录[M].杭州:浙江人民出版社,1980.

邓绍基.元代文学史[M].北京:人民文学出版社,1991.

丁琴海.中国史传叙事研究[M].北京:国际文化出版公司,2002.

丁锡根.宋元平话集[M].上海:上海古籍出版社,1990.

丁锡根.中国历代小说序跋集[M].北京:人民文学出版社,1996.

董乃斌.中国古典小说的文体独立[M].北京:中国社会科学出版社,1994.

杜贵晨.传统文化与古典小说[M].保定:河北大学出版社,2001.

杜继文.佛教史[M].北京:中国社会科学出版社,1991.

方彦寿.建阳刻书史[M].北京:中国社会出版社,2003.

方正耀.中国小说批评史略[M].北京:中国社会科学出版社,1990.

傅惜华.水浒戏曲集[M].上海:上海古籍出版社,1985.

高小康.市民、士人与故事:中国近古社会文化中的叙事[M].北京:人民出版社,2001.

郭伟延.元杂剧的插科打诨艺术[M].北京:中国社会科学出版社,2003.

韩锡铎,王清原.小说书坊录[M].沈阳:春风文艺出版社,1987.

韩云波.唐代小说观念与小说兴起研究[M].成都:四川民族出版社,2002.

何满子.何满子学术论文集[M].福州:福建人民出版社,2002.

胡胜.明清神魔小说研究[M].北京:中国社会科学出版社,2004.

胡适.白话文学史[M].天津:百花文艺出版社,2000.

胡士莹.话本小说概论[M].北京:中华书局,1980.

黄霖.中国小说研究史[M].杭州:浙江古籍出版社,2002.

纪德君.中国历史小说的艺术流变[M].北京:中国社会科学出版社,2002.

贾二强.唐宋民间信仰[M].福州:福建人民出版社,2002.

江帆.民间口承叙事论[M].哈尔滨:黑龙江人民出版社,2003.

江蓝生.近代汉语探源[M].北京:商务印书馆,2000.

姜锡东.宋代商人和商业资本[M].北京:中华书局,2002.

蒋瑞藻.小说考证[M].上海:上海古籍出版社,1984.

蒋绍愚,江蓝生.近代汉语研究[M].北京:商务印书馆,1999.

孔另境.中国小说史料[M].上海:上海古典文学出版社,1957.

李崇兴,黄树先,等.元语言词典[M].上海:上海教育出版社,1998.

李春棠.坊墙倒塌以后——宋代城市生活长卷[M].长沙:湖南出版社,1993.

李剑国.唐五代志怪传奇叙录[M].天津:南开大学出版社,1993.

李剑国.宋代传奇集[M].北京:中华书局,2001.

李梦生.中国禁毁小说百话[M].上海:上海古籍出版社,1994.

李啸仓.宋元伎艺杂考[M].上海:上杂出版社,1953.

李修生,赵义山.中国分体文学史:小说卷[M].上海:上海古籍出版社,2001.

李修生.全元文[M].南京:江苏古籍出版社,1998.

李宜涯.晚唐咏史诗与平话演义之关系[M].台北:台湾文史哲出版社,2002.

李长之.司马迁之人格与风格[M].北京:生活·读书·新知三联书店,1984.

梁启超.中国历史研究法[M].北京:东方出版社,1995.

廖奔.中国古代剧场史[M].郑州:中州古籍出版社,1997.

林正秋.南宋都城临安[M].杭州:西泠印社,1986.

刘黎明.宋代民间巫术研究[M].成都:巴蜀书社,2004.

刘明今.辽金元文学史案[M].上海:上海古籍出版社,2004.

刘乃和,宋衍申.《资治通鉴》丛论[M].郑州:河南人民出版社,1980.

刘上生.中国古代小说艺术史[M].长沙:湖南师范大学出版社,1993.

刘世德.中国古代小说研究——台湾香港论文选辑[M].上海:上海古籍出版社,1983.

刘世德.中国古代小说百科全书[M].北京:中国大百科全书出版社,1998.

刘跃进.文选旧注辑存[M].徐华,校.南京:凤凰出版社,2017.

龙建国.诸宫调研究[M].南昌:江西人民出版社,2003.

卢晓衡.关羽、关公和关圣[M].北京:社会科学文献出版社,2002.

鲁德才.中国古代小说艺术论[M].天津:百花文艺出版社,1988.

鲁迅.中国小说史略[M].北京:人民文学出版社,1973.

陆永峰.敦煌变文研究[M].成都:巴蜀书社,2000.

路工,谭天.古本平话小说集[M].北京:人民文学出版社,1984.

罗小东.话本小说叙事研究[M].北京:学苑出版社,2002.

罗竹风.汉语大词典[M].上海:汉语大辞典出版社,1990.

马西沙,韩秉方.中国民间宗教史[M].上海:上海人民出版社,1992.

孟昭连,宁宗一.中国小说艺术史[M].杭州:浙江古籍出版社,2003.

莫砺锋,黄天骥.中国文学史[M].北京:高等教育出版社,1999.

欧阳光.宋元诗社研究丛稿[M].广州:广东高等教育出版社,1996.

欧阳健.历史小说史[M].杭州:浙江古籍出版社,2003.

浦江清.浦江清文录[M].北京:人民文学出版社,1958.

戚世隽.明代杂剧研究[M].广州:广东高等教育出版社,2001.

齐裕焜.明代小说史[M].杭州:浙江古籍出版社,1997.

齐裕焜.中国古代小说演变史[M].兰州:敦煌文艺出版社,2002.

齐裕焜.中国历史小说通史[M].南京:江苏教育出版社,2000.

钱静方.小说丛考[M].上海:上海古典文学出版社,1957.

钱茂伟.明代史学的历程[M].北京:中国社会科学出版社,2003.

钱锺书.管锥编[M].北京:生活·读书·新知三联书店,2001.

卿希泰,唐大潮.道教史[M].北京:中国社会科学出版社,1994.

邱树森.元史辞典[M].济南:山东教育出版社,2002.

尚永亮,等.中唐元和诗歌传播接受史的文化学考察[M].武汉:武汉大学出版社,2010.

沈松勤.南宋文人与党争[M].北京:人民出版社,2005.

施章.史记新论[M].北京:北新书局,1931.

石峻,等.中国佛教思想资料选编[M].北京:中华书局,1981.

石麟.章回小说通论[M].郑州:中州古籍出版社,1994.

孙楷第.沧州集[M].北京:中华书局,2009.

孙楷第.日本东京所见小说书目[M].北京:人民文学出版社,1981.

孙楷第.俗讲、说话与白话小说[M].北京:作家出版社,1956.

孙楷第.戏曲小说书录解题[M].北京:人民文学出版社,1990.

孙楷第.中国通俗小说提要[M].太原:山西人民出版社,1985.

孙蓉蓉.谶纬与文学研究[M].北京:中华书局,2018.

孙逊.中国古代小说与宗教[M].上海:复旦大学出版社,2000.

谭帆.中国小说评点研究[M].上海:华东师范大学出版社,2001.

谭正璧,谭寻.古本稀见小说汇考[M].杭州:浙江文艺出版社,1984.

谭正璧.话本与古剧[M].上海:上海古籍出版社,1985.

万晴川.命相、占卜、谶应与中国古代小说研究[M].北京:中国文联出版社,2000.

王德威.想像中国的方法:历史·小说·叙事[M].北京:生活·读书·新知三联书店,2003.

王国维.宋元戏曲史[M].北京:东方出版社,1996.

王锦贵.司马光及其《资治通鉴》[M].郑州:大象出版社,1996.

王锦贵.中国纪传体文献研究[M].北京:北京大学出版社,1996.

王平.中国古代小说叙事研究[M].石家庄:河北人民出版社,2001.

王汝梅,张羽.中国小说理论史[M].杭州:浙江古籍出版社,2001.

王水照.王水照自选集[M].上海:上海教育出版社,2000.

王水照.宋代文学通论[M].郑州:河南大学出版社,1997.

王小舒.中国文学精神:宋元卷[M].济南:山东教育出版社,2003.

王昕.话本小说的历史与叙事[M].北京:中华书局,2002.

王阳.小说艺术形式分析:叙事学研究[M].北京:华夏出版社,2002.

王重民.敦煌遗书论文集[M].北京:中华书局,1984.

闻一多.闻一多全集[M].北京:生活·读书·新知三联书店,1982.

吴晟.瓦舍文化与宋元戏剧[M].北京:中国社会科学出版社,2001.

吴士余.中国文化与小说思维[M].上海:上海三联书店,2000.

吴小如.古典小说漫稿[M].上海:上海古籍出版社,1982.

夏晓虹.梁启超文选[M].北京:中国广播电视出版社,1992.

项楚.敦煌变文选注[M].成都:巴蜀书社,1990.

萧相恺.宋元小说史[M].杭州:浙江古籍出版社,1997.

萧欣桥,刘福元.话本小说史[M].杭州:浙江古籍出版社,2003.

徐岱.小说叙事学[M].北京:中国社会科学出版社,1992.

徐朔方.小说考信编[M].上海:上海古籍出版社,1985.

许并生.中国古代小说戏曲关系论[M].北京:文化艺术出版社,2002.

许逸民,常振国.中国历代书目丛刊[M].北京:现代出版社,1987.

严敦易.水浒传的演变[M].北京:作家出版社,1957.

杨宽.中国古代都城制度史研究[M].上海:上海古籍出版社,1993.

杨义.中国古典小说史论[M].北京:人民出版社,1998.

杨义.中国叙事学[M].北京:人民出版社,1998.

叶德辉.书林清话[M].长沙:岳麓书社,1999.

叶维泗,冒炘.三国演义创作论[M].南京:江苏人民出版社,1984.

伊恩·P.瓦特.小说的兴起:笛福、理查逊、菲尔丁研究[M].高原,董红钩,译.北京:生活·读书·新知三联书店,1992.

余嘉锡.宋江三十六人考实[M].北京:作家出版社,1955.

余嘉锡.余嘉锡文史论集[M].长沙:岳麓书社,1997.

俞樟华.史记艺术论[M].北京:华文出版社,2002.

袁宾.宋语言词典[M].上海:上海教育出版社,1997.

曾祖荫,等.中国历代小说序跋选注[M].武汉:长江文艺出版社,1982.

张兵.话本小说史话[M].沈阳:辽宁教育出版社,1992.

张兵.宋辽金元小说史[M].上海:复旦大学出版社,2001.

张其凡.两宋文化概论[M].广州:广东人民出版社,2002.

张新科.唐前史传文学研究[M].西安:西北大学出版社,2000.

张毅.宋代文学思想史[M].北京:中华书局,1995.

张寅德.叙述学研究[M].北京:中国社会科学出版社,1989.

张勇.元明小说发展研究——以人物描写为中心[M].上海:复旦大学出版社,2003.

章培恒,骆玉明.中国文学史[M].上海:复旦大学出版社,1996.

赵景深.中国小说丛考[M].济南:齐鲁书社,1980.

赵毅衡.当说者被说的时候:比较叙述学导论[M].北京:中国人民大学出版社,1998.

郑振铎.插图本中国文学史[M].北京:人民文学出版社,1982.

郑振铎.郑振铎古典文学论文集[M].上海:上海古籍出版社,1984.

郑振铎.中国俗文学史[M].北京:作家出版社,1954.

郑振铎.中国文学研究[M].北京:作家出版社,1957.

周少川.元代史学思想研究[M].北京:社会科学文献出版社,2001.

周绍良,白化文.敦煌变文论文录[M].上海:上海古籍出版社,1982.

周先慎.明清小说[M].北京:北京大学出版社,2003.

周贻白.中国戏剧史长编[M].上海:上海书店出版社,2004.

周兆新.三国演义丛考[M].北京:北京大学出版社,1995.

周兆新.三国演义考评[M].北京:北京大学出版社,1990.

朱立元.接受美学导论[M].合肥:安徽教育出版社,2005.

朱世滋.中国古代长篇小说百部赏析[M].北京:华夏出版社,1990.

朱一玄.明成化说唱词话丛刊[M].郑州:中州古籍出版社,1997.

庄锡昌,等.多维视野中的文化理论[M].杭州:浙江人民出版社,1987.

## 三、论文

[日]大塚秀高.关羽和刘渊——关羽形象的形成过程[J].闫家仁,董皓,译.保定师专学报,2001(1):24.

[日]小松谦,金文京.试论《元刊杂剧三十种》的版本性质[J].黄仕忠,译.文化遗产,2008(2):3-4.

陈翔华.小说史上又一部讲史类话本《三分事略》[J].文献,1982(12):23.

程毅中,吴新雷.关于宋代的话本小说[J].社会科学战线,1981:(3).

丁锡根.《五代史平话》成书考述[J].复旦学报,1991(5):69-71.

杜海军.《元刊杂剧三十种》的刻本性质及戏曲史意义[J].艺术百家,2010(1):112-113.

范晓林.《元刊杂剧三十种》俗字俗词俗语与版式研究[D].临汾:山西师范大学,2013.

方彦寿.《元刊杂剧三十种》的刻本性质与刊刻地点另议[J].艺术百家,2011(3):156.

傅骏.金元通鉴学之研究[D].上海:复旦大学,2007:26-27.

胡士莹.南宋"说话"四家数[J].杭州大学学报,1963(2):154.

黄永年.记元刻《新编红白蜘蛛小说》残注[5]与[3][J].中华文史论丛,1982(1):110.

纪德君.宋元以来市井间官名滥称风习探赜[J].社会科学,2002(4):

76-80.

金曲良.变文的讲唱艺术——转变考略[J].敦煌学辑刊,1989(2):93.

刘世德.谈《三分事略》:它和《三国志平话》的异同和先后[J].文学遗产,1984(4):104-105.

楼含松.讲史平话的体制与款式[J].浙江大学学报,2002(7).

楼含松.论讲史平话的语言特征[J].浙江大学学报,2002(6).

莫砺锋.论晚唐的咏史组诗[J].社会科学战线,2000(4):95.

宁希元.《五代史平话》为金人所作考[J].文献,1989(1).

潘建国.佛教俗讲、转变伎艺与宋元说话[J].上海师范大学学报,1999(4):79-86.

汪诗珮.从元刊本重探元杂剧——以版本、体制、剧场三个方面为范畴[D].台北清华大学,2006.

王晓昀.中国的传统美学与古代小说[J].南开学报,1988(5):22.

叶胥,冒炘.元杂剧中的三国戏与《三国演义》[J].文学遗产,1983(4):100-103.

张兵.南宋的"说铁骑儿"话本和《宣和遗事》[J].华东师范大学学报,1999(1):61.

张毅.关于宋人"说话"的几个问题[J].南开学报,2000(3).

章培恒.关于现存的所谓"宋话本"[J].上海大学学报,1996(1):18-19.

# 附录 1  进九谏书表

臣闻兴国之君,乐闻其过。亡国之主,乐闻其誉。闻其过则修过而日新,闻其誉[则]益骄而志满。修德日新,万邦仰化;益骄自满,九族乃离。事君之礼,有犯无隐。忠孝之臣,灭身存国,是以纪信忘身于高祖,[伍](午)胥尽节于吴王,功盖一时,名传千载。臣虽鄙野,窃有慕焉。父子君臣,其同一体,若手足无患,运动有功;手足有疮痍,痛连心髓。君父有难,不能致身于死,君父有过,不能尽命以争之,循名利,屑屑贪荣禄。惧父君之威,不能死谏,遂令家破国灭,忝为臣子,贪生何用?父有争子,不隐于不义;君有争臣,不失于天下。故献书册者为己,图名利者为家。唯有列直之臣,亡家而忧国。义勇之士,卫生以忘躯。臣今不避诛而逆鳞直谏者,非爱死而轻生,志在君安于上,人处于下。昔大禹誉九功,咎繇慕九德,箕子献九畴之策。臣今进九谏之书,特望天恩,少留意□察。

伯三三九九卷。

原题:《幽州都督张仁亶上九谏书》

## 谏 暴 乱

臣闻尧放四凶,光宅天下;周谏三叔,海表来庭。树德茂滋,除恶务本。至如诛斩逆贼,土剪由轻。灭族碎身,未堪赛责。只恐昆山火焰,玉石俱焚。禾似莠而同诛,虚似实而俱丧。如其滥罚,悔亦何徙?臣是农人,每自锄耧,草长则速煞,禾小则缓锄,志在锄草养苗。不觉[误](悟)煞禾豆。以农喻政,错失可知。陛下幸开纳谏之门,容臣等直言之路,朝正朝失,臣合言之。冒死逆鳞,死当不次。同前。

## 省 刑 罚

臣闻凤鸟冲天,必资羽翼;大厦成立,先藉栋梁。翮折则虫蚁恍情,柱折则燕雀无托。臣闻在外百姓,皆言良将忠臣流煞将尽。岂谓自剪羽翼,何以安国理家? 鱼鸟无鳞无翮,不可以游水冲天;朝廷既乏英贤,何以克隆周。陛下圣明御众,足明万方,岂在严刑? 方制海内,省刑肃物,足表皇威。欲逆先诛,弥彰主圣。故知叛臣逆子,何代无之。虽慈父严君,未能全免。只可斩其首,宁害引者皆诛? 煞人破家之声,响振天下。臣案《论语》云:"齐之以刑,民[免](面)而无耻。"季康问于孔子曰:"如煞无道,以就有道,何如?"孔子曰:"如子为政,焉用煞?"又按《尚书》云:"伊尹去[而](儿)桀亡,箕子囚而纣灭,傅说相[而](如)殷盛,姜牙用而周兴。"故知得一贤(下缺 同前。)

伯二五九八《新集文词九经钞》引九谏曰:水澄则自清,火打则炽盛,树摇而鸟散,水混则鱼惊,主泰则人安,时清则众悦。

又引九谏书曰:将欲祭飨,必先斋戒。欲用贤良,先去贪佞。若牢馔不洁,鬼神不歆。朝有佞臣,贤人不立。是知曲直不相宜,清浊偏相忌。即后数篇残文。①

---

① 据陈尚君师:《全唐文补编》卷二七张仁亶《九谏书》,中华书局 2005 年版。

# 附录 2  "话本"定义再检讨

## 罗筱玉

关于"话",释慧琳《一切经音义》卷七十云:"话,胡快反。《广雅》:话,调也。谓调戏也。《声类》:话,讹言也。"孙楷第据此推论,"凡事之属于传说不尽可信,或寓言譬况以资戏谑者,谓之话。取此流传故事敷演说唱之,则谓之说话。业此者谓之说话人"①。然直至唐代郭湜《高力士外传》才"说""话"二字连用。在此之前,据现存文献,hua ben 一词最早出现于《韩擒虎话本》,此篇初无标题,篇题为王重民等编《敦煌变文集》时据其内容所加。该文篇末有"画本既终,并无抄略"之语,有学者据此认为"画本"即"话本","画""话"系同音假借②;也有学者认为"画本"一词中的"画"在唐宋时为图画之意,当后来说唱文学摆脱变文的影响不再配图时,"画本"一词就转化为"话本"了③。二说都有一定合理性,可综合来推测"话本"一词的转换。当宋元时说话盛行,说话艺人演出时,"是讲说、歌唱和朗诵并用的"④,主要依靠艺人的手势、表情、动作甚至简单的道具,不再依赖图画来予以形象化,"画""话"有同音假借之便,"画本"一词就转化为"话本"了。然"话本"一词究应如何释义,至今仍未有较为统一的意见。现在争论的焦点多在于当今作为文学体裁之一的"话本"一词究竟有无"说话人的底本"之意。所谓"名定而实辨"(《荀子·正名》),研究话本之前有必要对话本的定义予以辨析。

据目前所掌握的材料来看,"话本"一词最早出现于南宋灌圃耐得翁《都城纪胜》和吴自牧《梦粱录》中,现据引如下:

> 凡傀儡,敷演烟粉、灵怪、故事、铁骑、公案之类。其话本或如杂剧,或如崖词,大抵多虚少实。凡影戏,乃京师人初以素纸雕镞,后用彩色装皮为之,其话本与讲史书者颇同,大抵真假相半。(《都城纪胜·瓦舍众伎》)

---

① 孙楷第:《"说话"考》,《沧州集》(上),中华书局 2009 年版,第 67 页。
② 黄征、张涌泉:《敦煌变文校注》,中华书局 1997 年版,第 96 页。
③ 参见叶昶:《宋代话本小说及其存在条件》,见《扬州大学中国文化研究所集刊》(第 1 辑),江苏古籍出版社 1998 年版。
④ 程千帆、吴新雷:《两宋文学史》,上海古籍出版社 1991 年版,第 576 页。

凡傀儡，敷演烟粉、灵怪、铁骑、公案、史书，历代君臣将相故事，话本或讲史，或作杂剧，或如崖词。（《梦粱录·百戏伎艺》）

在中国古典小说研究史上，文体意义上的"话本""拟话本"概念是由鲁迅先生首次提出的，他在 1920 年出版的《中国小说史略》中指出："说话之事，虽在说话人各运匠心，随时生发，而仍有底本以作凭依，是为'话本'。"①鲁迅先生对"话本"的定义被学术界广泛接受并使用，二十世纪的国内绝大多数的小说史、文学史乃至其他研究著作提到话本时均对此沿袭不易，其所凭依的就是上引《都城纪胜》和《梦粱录》两段文字，以此判定"话本"即为"说话人的底本"，且认为"话本"在宋代不专指说话人的底本，其他百戏伎艺如傀儡戏、影戏的演出脚本都可称为话本。

至 1965 年日本学者增田涉发表《论"话本"的定义》一文，首次对鲁迅先生提出的话本定义提出质疑，认为"话本"一词在宋明文献中除偶尔可作"故事的材料"解释外，其他只能作"故事"解，从而得出结论说："'话本'一词根本没有'说话人的底本'的意思。"②增田涉此文一经发表即引起了海内外学者对"话本"定义的重新审视和研究。先是日本和欧美的许多学者接受了增田涉的观点，如美国学者韩南在其《白话小说史》中就审慎地只用了"白话小说"这一概念，不取"话本"之名。中国大陆自 1988 年《古典文学知识》转载了增田涉该文的台湾译本的摘要后，此论点逐渐对中国大陆学术界产生影响。如刘世德先生主编的《中国古代小说百科全书》"话本"条即对之有所修正："有的学者曾认为，话本是说话人或说话艺术的底本。其实，'话本'二字就是故事的意思。迄今为止，在现存的话本中，并没有发现确凿证据可以表明它们是说话人或说话艺术的'底本'。"③1988 年 6 月在大连召开的第五次"明清小说座谈会"上，中外学者就"话本"的定义问题展开大讨论。虽争议不断，但大部分学者仍肯定"话本"一词为"说话人的底本"之意。

对于文献中"话本"一词的意义众说纷纭的最根本原因在于中国古书之不标句读，引起后人因标点的不同发生理解的歧异，导致结论岐异。增田涉文中将上引《梦粱录》文字断为："凡傀儡，敷演烟粉、灵怪、铁骑、公案、史书，

① 鲁迅：《中国小说史略》，人民文学出版社 1976 年版，第 90 页。
② ［日］增田涉著，前田一惠译：《中国古典小说研究专集》（第 3 集），台湾联经出版事业公司 1981 年版。江苏古籍出版社出版的《古典文学知识》1988 年第二期曾予以摘要转载。原文发表在《人文研究》第 16 卷第 5 期。
③ 刘世德主编：《中国古代小说百科全书》，中国大百科全书出版社 1998 年版，第 185 页。

历代君臣将相故事话本,或讲史,或作杂剧,或如崖词。"从而得出结论:"傀儡戏跟影戏一样,演出各种'故事话本'或'话本',这就如同讲史或杂剧或崖词一样,'虚多实少'。"故他认为此处的"话本"应理解为抽象的故事。增田涉对于此句的句读最为中国学者所诟病,认为"话本"如应理解为"故事","故事话本"为同义重出。如胡莲玉在其《再辨"话本"非"说话人底本"》一文中对此句提供了一种新的断句方法,认为"历代君臣故事"当为解释"史书"之语,应读为"凡傀儡,敷演烟粉、灵怪、铁骑、公案、史书(历代君臣将相故事),话本或讲史,或作杂剧,或如崖词"①。考虑到《梦粱录》一书大多沿袭《都城纪胜》,只是有些地方稍微增饰一些解释性的语言这一特性,胡文这一断句方式不失为一种较好的理解,但古书中此类句读方式似不多见。故萧欣桥《关于"话本"定义的思考》及刘兴汉《对"话本"理论的再审视——兼评增田涉〈论"话本"的定义〉》两文,在重新分析了增田涉文中的例证后,认为增田涉理解有误,鲁迅先生对"话本"的定义仍是正确的。此外张兵《话本小说史话》一书中亦明确定义"话本"为"唐、宋元时期人们对兴起于城市都会市井间的'说话'艺人演唱时所用底本的一种文体称谓"②。近年来涉及古典小说的专著如欧阳代发《话本小说史》、程毅中《宋元小说研究》、石麟《话本小说通论》、陈大康《明代小说史》等,都持与此相近的意见。可见,在中国大陆学界,仍基本同意鲁迅先生对"话本"所做的定义。

但对"话本"上述定义持质疑态度的学者亦不在少数。萧相恺《宋元小说史》一书则干脆摒弃"话本"概念而用"市人小说"取而代之。而石昌渝《中国小说源流论》在否定了"话本"为"说话人的底本"的同时,补充论证"话本"有三种含义:1.传奇小说;2.抽象语的故事;3.白话故事本子③。

其中用力最勤的当数周兆新先生,他在《"话本"释义》一文中赞同增田涉观点,并从"说书与话本的关系"这样一个新角度入手,对之作补充论证。周文认为,"说书艺人主要用口传心授的方法带徒弟,徒弟未说书之前必须听书,并且接受师傅的指点。不识字的徒弟无法做笔记,全凭脑子记忆。识字的徒弟在听书之后,把师傅所讲的内容扼要地记下来,作为秘本保存。师傅也往往把自己的秘本传给徒弟。如果我们认为说书艺人有底本,那么这种秘本就是底本。秘本的内容大致包括两部分,一是某一书目的故事梗概,二是常用的诗词赋赞或其他参考资料"。因而,"说书艺人的底本至少具备

---

① 胡莲玉:《再辨"话本"非"说话人底本"》,《南京师大学报》2003 年第 9 期,第 109 页。
② 张兵:《话本小说史话》,辽宁教育出版社 1992 年版,第 78 页。
③ 石昌渝:《中国小说源流论》,生活·读书·新知三联书店 1994 年版,第 222—224 页。

两个基本特征:从体裁上看,它是一种简明扼要的提纲;从内容上看,它必须具备可演性,能够叫座儿"。周兆新先生在分析了宋元时 43 篇话本后指出:"其中真正像底本的仅占七分之一。由此可见,笼统地把全部宋元话本都当成说书艺人底本,显然不符合事实。"最后得出结论认为现存宋元话本虽与说书本身题材相同,但并不是底本,是不同于说书人底本的体裁。它是由"书会先生或下层文人把说书内容记录下来整理出版,以便适应群众文化生活需要。这类话本并不是底本,其叙事要比底本细致得多。……底本只记录故事梗概、诗词赋赞和其他参考资料,而且诗词赋赞往往集中在一起,附在故事梗概之后,与实际讲述时二者互相穿插不同"①。在这里,"某一书目的故事梗概"与"常用的诗词赋赞或其他参考资料"具备说书艺人底本的两个基本特征之一:"简明扼要的提纲"。至于"内容上必须具备可演性,能够叫座儿"这一特征则不一定能保证,恐怕更多在于说话艺人的"各运匠心,随时生发"。

鉴古可以知今,反之鉴今亦可溯源。考察现代说书艺人使用的底本(艺人称为"册子"),可以大略推知古代说书艺人所使用底本的情形。现代说书人所使用底本大多只是记录所述故事的梗概(术语称之为"梁子"),兼常用诗词和人物肖像描写等韵语。但是由于每个艺人的文化、爱好、经历、优长等方面的不同,每人所形成的底本粗细程度也有各种差异,有的较细致,有的较粗略,因为它们都是供个人使用。多年从事扬州评话研究的陈午楼(笔名思苏)先生对于艺人脚本的调查有助于我们对这种情况的了解。他说脚本的情况可以归纳如下:

一、这些脚本都是手抄本,多数记在账簿上、纸折上,或随便一个什么小本子上,且是艺人自己记的。由于文化水平限制,因而别字、错字、漏字和不合语法、逻辑的句子极多,加上字迹潦草,难以卒读。如已故王汉台老艺人的《三国》记录稿中《东吴招亲》一段书词是(照录原稿,标点亦照抄):

> 赵将军起身到房舱在胸前将第一封锦囊取出保主人洞房花烛为何摆在胸前因为鹤紧为辱沈怕忘却,赵将军将书信取在手中,临神观看,书信上,信面上注得明白,第一封锦囊船抵码头拆看,望两遍记得,外面来人,取火,是,火取来将书信化为丙丁……

---

① 周兆新:《"话本"释义》,《国学研究》(第二卷),北京大学出版社 1994 年版,第 197—198、203—204 页。

上面引用今日艺人的记录稿,可以对证昔日艺人脚本的面貌:并非所有脚本都是提纲式的"梁子"。无论如何,古今艺人能把书词记下来,应肯定其价值。通过这一段书词我们可以理解讲史类话本《三国志平话》中别字、错字、漏字和不合语法、逻辑的语句现象。《三分事略》中还略存手写体的字迹,从而佐证了此两种讲史类话本属于艺人底本的可能性。

二、这些脚本,一种是提纲式的,记某书有多少回目,每个回目有哪些"关子",何处有插科打诨(指必须有的小插曲、小故事;至于在台上随机应变插进去的东西,则不在内)。一种是照录原书词。但由于文化限制,文字显得混乱(已如上述);由于技术限制,声音、笑貌就记不出或记出极少;由于精力、恒心不足,记得就简单化。这也可以解释《三国志平话》与《三分事略》中为何时有语意断裂之处,如"吕布大败,东走徐州,离城十里,听得前面闹人若温侯前有败军"(《三国志平话》第 43 页)。

三、有些书词简直是照话本讲,外加一些"噱头"即行,基本是照本宣讲①。这种情况自古来就有,对我国古典小说的形成有着重要的影响。艺人"梁子"与成书之间不外这两种情形:一是先有"梁子",然后加工成书;一是已经成书,艺人再编成"梁子"②。

至于为何《韩擒虎话本》《叶净能诗》等敦煌话本,所表现的故事都比较完整,不似故事梗概,似乎是记录演说时的全文(当然,在记录时也可能会有删略),应该说不是"梁子"。可能那时说话艺术刚刚兴起,还没有形成后来说话行业的习惯做法。随着说话艺术的成熟,说书艺术便形成自己的说演规律,在表演时艺人要有更多的现场发挥,逐步才出现记录故事梗概的"梁子"③。

其实,我们也可这样推测,说书艺人的底本既形态不一,话本在古代亦可能并非如今人一般被视为一种文体类型,以指代现存的宋元明通俗小说,所谓"烟粉、灵怪、铁骑、公案、史书"之类。南宋末年的罗烨《醉翁谈录》中有《小说引子》《小说开辟》,都以"小说"为题,卷一《舌耕叙引》中记录了 107 种小说名目,皆未标明为"话本"。明嘉靖间晁瑮《晁氏宝文堂书目》著录有"词话"112 种,清初钱曾《也是园书目》《述古堂书目》均著录有"词话"类,但都

① 倪钟之:《说书艺人的底本研究——兼论话本小说的形成》,《明清小说研究》2008 年第 3 期,第 211—212 页。
② 倪钟之:《说书艺人的底本研究——兼论话本小说的形成》,《明清小说研究》2008 年第 3 期,第 202 页。
③ 倪钟之:《说书艺人的底本研究——兼论话本小说的形成》,《明清小说研究》2008 年第 3 期,第 203 页。

无"话本"类。此外据《连筠簃丛书》,《永乐大典》目录卷 46 标有"评话"门计有评话达 26 卷之多,亦无"话本"一门。"评话"门之前尚有"话"一门,因原卷已缺失,不知是否与"话本"有关。可知从宋元直至明清,近似于文学类型的或称"小说",或称"词话",或称"平话(或评话)",或称"演义",却无"话本"之称,可证文体学意义上的"话本"从宋元至明清时都还未被公认。元明人将宋元间的短篇白话小说多视为"小说",如明郎瑛:"小说起宋仁宗,盖太平盛久,国家闲暇,日欲进一奇怪之事以娱之,故小说得胜头回之后,即云'话说赵宋某年'。……若夫近时苏刻几十家小说者,乃文章家之一体,诗话、传记之流也,又非如此之小说。"①明确将此类话本小说与传记、诗话类的所谓小说区别开来。另如《警世通言·崔待诏生死冤家》题下有原注:"宋人小说题作《碾玉观音》";又《警世通言·一窟鬼癞道人除怪》题下亦有原注:"宋人小说旧名《西山一窟鬼》";等等。现存元刊话本残页篇末题有"新编红白蜘蛛小说"②。相当于"说话"家数中的"小说"一类。而"讲史"一类在元代多被称为"平话",明清则多称为"评话",至于供人阅读的长篇讲史小说则称为"演义",如《三国志通俗演义》等。宋元话本被结集刊行时,也多以小说命名,如《六十家小说》《古今小说》等,只有天一阁所藏书册,其书根题字云:"《雨窗集上》,话本五篇。《欹枕集上》,话本二篇,共残存七叶。《欹枕集下》,话本五篇。"这些天一阁插架题字的款式显然是两次完成的,据马廉推测,有可能是范氏入藏的时候,随意给取上一个雅号,因为"雨窗""欹枕"与话本小说的作用有关联,说不定便是范东明先生亲自定的③。即便没有明嘉靖时代这么早,至迟亦在清乾隆期间范氏已将这些文本题之为话本了,它与今天文体意义上的话本已基本一致。

虽然事物的存在先于命名,但命名的意义也非同小可,它标志人们达到自觉认识的关键阶段。尽管词语无法十分精确地反映事物,但毕竟与现实紧密联系。而事物的名称有时也会因时间、地点的不同而发生变化,这种变化是与该事物本身的变化相脱节的。只有依靠正确的术语才能反映事实之间内在的联系,从而做到名副其实。每一个重要的术语,都有助于加深人们对历史真相的认识,但要做到这一点,就必须将语言现象与一定的时代、社

---

① (明)郎瑛:《七修类稿》卷 22,文化艺术出版社 1998 年版,第 265 页。
② 黄永年:《记元刻〈新编红白蜘蛛小说〉》,见《黄永年古籍序跋述论集》,中华书局 2007 年版,第 146 页。
③ 《四明天一阁藏书目录》有《雨窗集》二本、《欹枕集》二本的记载,此目编于嘉庆年间(1796—1820),参见马廉《影印天一阁旧藏雨窗欹枕集序》,《清平山堂话本》附录四,江苏古籍出版社 1990 年版,第 387—389 页。

会或编撰者的习惯用法联系起来进行考察①。

从最初的宋元人如灌圃耐得翁、吴自牧等人的"话本",到明清文献中出现的"话本","话本"的内涵与外延都有一个历史的发展演变过程。不同的词源和词义上的转化不会给人带来不便,一个词的价值在于它的用途,而不在于它的来源。我们先看看宋以来的话本作品中用"话本"这一词的具体情况②。

## 一、本 * 话/话本

1. 唱一**本**儿倚翠偷期**话**。(董解元《西厢记》卷 1)

2. 此**本话**,说唐时这个书生,姓张名珙字君瑞,西洛人也。(董解元《西厢记诸宫调》卷 1)

3. 张生因僧好见许,以他辞说道:"比及归去,暂时权住两三月,欲把从前诗书温阅。"若不与后,而今没这**本话**儿。(董解元《西厢记》卷 1)

4. **话本**说彻,权作散场。(《新编红白蜘蛛小说》)

5. **话本**说彻,权做散场。(《清平山堂话本·合同文字记》)

6. 按南宋供奉局,有说话人,如今说书之流。其文必通俗,其编撰者莫可考。泥马倦勤,以太上享天下之养,仁寿清暇,喜阅**话本**。命内珰日进一帙。(《古今小说序》)(按,既为"喜阅话本",则此"话本"定为成书形态,既保留了说书人的神髓,又具备新闻记者所需的文字流畅、情节完整的特点,反观《五代史平话》《宣和遗事》应是此类话本。)

6. 这**话本**是京师老郎流传。(《古今小说·史弘肇龙虎风云会》)

7. 才人把笔,编成一**本**风流**话本**。(《警世通言·白娘子永镇雷峰塔》)

8. 这段**话本**,则唤做《新罗白鹞》《定山三怪》。(《警世通言·崔衙内白鹞招妖》)

9. 如今待小子再宣一段**话本**,叫做"包龙图智赚合同文"。你道这**话本**出在那里?……所以宣这个**话本**,奉戒世人万不可为着区区财产,伤了天恩。(《初刻拍案惊奇》卷 33)

10. 这个**话本**好听,看官容小子慢慢敷演。(《初刻拍案惊奇·顾阿秀喜舍檀那物　崔俊臣巧会芙蓉屏》)

11. 而今说一个做夫妻的被拆散了,死后精灵还归一处,到底不磨灭的

---

① ［法］马克·布洛赫著,张和声,程郁译:《历史学家的技艺》,上海社会科学出版社 1992 年版,第 122—123 页。
② 在宋元明文献诸如冯梦龙"三言"、凌濛初"二拍"等中选取有代表性的例句与用法,系不完全统计。

话本。(《二刻拍案惊奇》卷6)

12.这两世相逢、古今罕有、至今留传做话本。(《古今小说》卷30)

13.聊效崔氏而逢张珙,谐百年鱼水之欢娱;岂被王魁而负桂英,做万载风流之话本。(《熊龙峰刊四种小说·孔淑芳双鱼扇坠记》)

14.那白秀英道:"今天秀英招牌上明写着这场话本,是一段风流蕴藉的格范,唤做'豫章城双渐赶苏卿'。"(70回本《水浒传》第50回)

董解元大约生活于南宋初期,《都城纪胜》和《梦粱录》均为南宋末年作品,《新编红白蜘蛛小说》为元刻残页。从上引例句可知,可能直至南宋末年才有话本这一通称。胡莲玉《再辨"话本"非"说话人之底本"》一文在总结了各家分歧之后,对其进行了重新研究,并对悬而未解的诸如"话本""话文""说话""话"等语词进行了再次分析探讨,认为宋元明话本中"话""话文""话本"多有量词修饰,如"一段""这段""这个"等,则"话本""话文"明显指故事,而非故事本子。而"话本""话文""话"前又用"本"来修饰,认为"本"可训为"篇""则"之意,不同意"本"只能指书画的计量单位,即"册"。因此"才人编成一本风流话本"的"话本"仍可释为"故事"。其文又从文体学的角度予以辨析,得出的结论仍然赞同增田涉的观点①。但是,将"本"释为"篇""则"似乎有点勉强。查"本"字,许慎《说文解字》卷六释为:"本,木下曰本。从木,一在其下。徐锴曰:一记其处也。本末朱皆同义……"②从汉到清字书不见"本"有训为"篇""则"的成例。像《朱子语录》等颇具宋元时代口语气息的著作中,"本"除了"根本"义外,大多应用作书画的计量单位。且从明清时期"话本"用例可知,明以来"话本"在文人笔下甚或艺人口中已用得越来越广泛和灵活,因而其与量词的搭配亦变化多样,似乎无须强释"本"为"篇""则"。

另一方面,词义是用来表示概念的,概念是客观事物在人头脑中反映的产物。人们对客观事物的认识有时是明晰的,有时是模糊的,特别是由感官感知的各种性质更具有一定的模糊性,容易发生通感,因而汉语词义存在一种通借现象。词义通借就是由各个感官活动之间存在的某种对应关系促成的。在唐宋以来的俗文学作品中最常见的是视觉动词跟听觉动词互相通用,比如:

不见念佛声,满街闻哭声。(王梵志诗)

---

① 胡莲玉:《再辨"话本"非"说话人底本"》,《南京师范大学学报》2003年第9期,第108页。

② (东汉)许慎:《说文解字》卷六,中华书局1963年版,第114页。

**看**君话王室,感动几销忧。(杜甫诗)

老去心情随时减,远来书信隔年**闻**。(元稹诗)

前两例"见""看"用如"闻""听",末例"闻"用如"见"。以上是韵文中的例子。散文中也时常可见:

酒为茶曰:"岂不**见**古人才子,吟诗尽道:渴来一盏,能生养命。……"

(敦煌本,茶酒论)

长者**见**说小时名字,即知是儿。(敦煌本,大目乾连冥间救母变文)①

例 10"这个话本好听,看官容小子慢慢敷演"的"听"与"看"正属词义通感,其义皆可析为"看"。布洛赫从历史学研究的角度指出:"在同一社会的一代人中流行着同样的习俗和技术,它们的力量如此强大,以至任何人都难以自觉地背离共同的习惯。"②语言亦如此。故明清文人笔下"说"话本时,实为"写"某个话本。

## 二、话文

1.后人讲史书所载废帝海陵之事,敷演出一段**话文**,以为将来之戒。(《警世通言》,卷 23)

2.若有别桩希奇故事,一样**话文**,再讲回出来。(《警世通言》卷 27)

3.你看这段**话文**,出在那个朝代? 什么地方?(《醒世恒言·灌园叟晚逢仙女》)

4.这本**话文**,乃在宋朝道君皇帝宣和年间。(《二刻拍案惊奇》卷 8)

因为至明清时期的三言二拍系列,话本为文本形态的读物已无疑,故"话"与"文"相连也就可以理解了。

## 三、话柄

1.至今吴中把此事传作风流**话柄**。(《警世通言·唐解元一笑姻缘》)

---

① 江蓝生:《近代汉语探源》,商务印书馆 2000 年版,第 306 页。
② [法]马克·布洛赫著,张和声、程郁译:《历史学家的技艺》,上海社会科学出版社 1992 年版,第 84—85 页。

2.留下一段轰轰烈烈的**话柄**。(《古今小说》卷 40)

3.今日说一个恃本事说大话的,受了好些惊恐,惹出一场**话柄**来。(《初刻拍案惊奇》卷 3)

"说话"作为宋元时期盛极一时的一门伎艺,有底本是可以肯定的,至于与现存所谓的话本距离有多远,因为无更多确凿的实物证据,其具体情况已不得而知了。宋元明文献中的"话本""话""话文""话柄"等词由于汉语本身的模糊性、多义性使得人们可以自由组合运用,从而引起了学术界关于"话本"是否为"说书人的底本"之争。这实际上与中国人的宇宙观、思维模式有关。

此外亦与汉语语义学的一些内在特点相关。与西方注重精确分析的思维方式相反,中国人历来具有和合、含容的思维习惯,以致中国古代的概念、术语都有这一特点。而且东西方的人们亦并非总是随着习俗的改变而改变其词汇的。分析首先需要以适当的语言作为工具,这种语言能简明地表述事实的概要,同时又保持必要的弹性,以便在进一步有所发现时仍能调整适应。总而言之,术语应当简明扼要。保尔·瓦莱里呼吁历史学下定义时应以明确的术语取代那些含糊不清的词语。因为人文科学不似化学有专门的符号,甚至还有专门的术语。当人们给自己的行为、信仰及社会生活的各个方面命名时,是不必等到这些东西成为科学研究对象时的。因此,人文学科的大部分词语均取自其研究论题本身。这些词语经过长期的运用,已变得面目全非了,而更多的词其含义本来就模棱两可,并不是那些经过专家严格整理的表述系统。更糟的是,这些借来的词语本身就缺乏一致性,各种史料都有一套自己的惯用语。而人文学者总是以自己的时代范畴来思考问题的,并用自己时代的语言来著书立说的。即使在用一些关键性词语时,研究者也大都受本能的支配,可能任意扩充、限定乃至歪曲了词义,却不向读者说明,甚至连他自己也未必完全清楚地知道。然而,即便我们加以定义,通常也是各有各的定义。如经济学家约翰·梅纳德·凯恩斯的几乎每本著作的卷首,他都要将一些含义很明确的词汇占为己有,赋予它们新的含义,同一个词在其不同的著作中又有不同的含义,而且有意与通常的词义相异①。布洛赫虽是就历史学提出的这一问题,其实在古代文学研究中同样存在。如鲁迅先生也是处于现代学术范畴体系中提出的"话本"定义,与宋元明清

---

① 参见[法]马克·布洛赫著,张和声,程郁译:《历史学家的技艺》,上海社会科学出版社 1992 年版,114—128 页。

人所用的"话本"含义有点方枘圆凿难以融合,也就不足为奇了。

不仅在历史学领域是如此,在古典文学领域内同样如此。因此,"话本"这个概念极有弹性,任何想要正确反映人类事务的概念莫不如此。而当现代学术定义趋向于西方的精确分析时,自然与古代概念方枘圆凿难以融合,故而有人主张取消现代文体意义上的"话本"概念。在问题得到真正解决之前,在没有一个更精确的概念产生之前,取消与否其实都是一厢情愿之论。其实争论双方都多少存在着一种以今律古的倾向,现在所用的"话本"概念更多的是指一种文学类型甚或一种文学体裁了。而在宋元明清时期,人们的文体概念是不够清晰的。所谓的"话本"的概念正如胡士莹先生在《话本小说概论》中所意识到的那样,含义很广,有时已接近于今天意义上的"话本",例一中的1、2、3、4项颇能说明这个问题;有时是较为肯定地指说话的底本,元杂剧《百花亭》第三折中"须记的京城古本,老郎流传",以及《蓝采和》中的"俺将这古本相传"皆可作为佐证,宋元时已有文字记录的说话的底本,并且当时即称为"话本"。值得注意的是施蛰存先生《说"话本"》一文,认为"底本"这个名词的内涵具有三个阶段:一是能创造故事(话)的艺人恣意记录的讲稿,以备遗忘或修改,即"底稿",重点在"底"字。二是多数艺人因不能自己创造只有利用师傅传授的讲稿作为底本,这时所谓"底本"应释为他所依据的文本,重点在"本"字。三是当小说故事被刊行后,艺人就以这些小说书作为底本。这时候所谓"底本"就是市上流行的小说书了①。施蛰存先生将"话本"作为一个动态发展的过程来理解,颇具启发意义。我们可以推测,宋元明人所称之为"话本"者也是一个动态发展的过程,且受说话伎艺、艺人水平高低的影响,各个时期的话本形态也具有不同特点,形态不一从而导致话本内涵的多义。

明代中叶以后,文人渐对话本感兴趣,在编辑修订之余,模仿说书体白话小说《初刻拍案惊奇》等,"话本"的含义及用法都非常灵活多变,故"话"可以与他字组成多种词组,如"话文""话柄"之类。其用法、含义与"话本"一样模糊的,可做多义理解。此外,"话""说话""话本"三者在有关记载中及话本作品中可以通用,如元钟嗣成《录鬼簿》"前辈已死名公才人"中"陆显之"条下注云:"有《好儿赵正》话。"而曹楝亭刊本作"《好儿赵正》□本"。二书互校,后者所缺之字很有可能即"话"字。学术界一般认为这个话本就是《古今小说》第36卷中的《宋四公大闹禁魂张》。此"话"或"话本"只能理解为"故

①　施蛰存:《说"话本"》,见《施蛰存学术文集》,上海人民出版社2012年版,第201—202页。

事本子"或"说话人的底本"。又如这例:后来做出花锦般一段说话(《醒世恒言·陈多寿生死夫妻》)。此"说话"与"话本"含义相同。但更多的时候古人所用之"话本"接近于增田涉氏所称的"抽象的故事"之义,胡士莹称之为"伎艺性的故事",因为"故事是小说的基本面,没有故事就没有小说"①。如被学界公认为宋元旧编作品中的《简帖和尚》《合同文字记》《陈巡检梅岭失妻记》《张生彩鸾灯传》《新编红白蜘蛛小说》篇末都有:"话本说彻,权做散场"之语,另如例一中的 5、6、7、8 与动词"宣""说""敷演"搭配,很明显具有名词"抽象故事"的含义。

此外,正如叶德均先生所指出的,明代的人亦称现代意义上的传奇小说为"话本"②。如:(刘一春)闻叩门声,放之入。乃金友胜,因至书坊,觅得话本,特持与生观之。见《天缘奇遇》,鄙之曰:"兽心狗行,丧尽天真,为此话本,其无后乎?"见《荔枝奇逢》及《怀春雅集》,留之,私念曰:"男情女欲,何人无之。不意今者,近出吾身,苟得遂此志,则风月谈中,又增一本传奇,可笑也。"(《刘生觅莲记》)可见古人对概念的使用并不像今日这般严格,上文中忽称"话本",忽称"传奇",也正表明了当时人对《天缘奇遇》《荔枝奇逢》与《怀春雅集》一类作品,在文言小说与通俗小说之间难以定位的困惑③。

事实上,昔时的说话与今日的上课之间具有很多相似之处。上课环节对于初上课与久上课之人是不同的,初上课者上一堂课得先从熟识教材开始,还得多方参考其他资料,确定重点后再撰写比较详细的课件,在这些环节之外,还得另撰教学大纲。上一堂课犹如说一回书,对于内容相当熟悉,且学识渊博者,上课只需最简易的几点提纲式的底稿即可讲得"如水之流"。而对于教材不是那么熟悉的上课者,则非倚重教案或课件不可。《醉翁谈录》甲集卷一《舌耕叙引》中的《小说开辟》对两宋说话人(自然包括讲史艺人)的知识、艺术修养及其高超的技艺乃至创作过程进行了较详细的叙述:

> 夫小说者,虽为末学,尤务多闻。非庸常浅识之流,有博览该通之理。幼习《太平广记》,长攻历代史书。烟粉奇传,素蕴胸次之间;风月须知,只在唇吻之上。《夷坚志》无有不览,《琇莹集》所载皆通。动哨、中哨,莫非《东山笑林》;引倬、底倬,须还《绿窗新话》。论才词,有欧、苏、黄、陈佳句;说古诗,是李、杜、韩、柳篇章。举断模按师表规模;靠敷

---

① [英]爱德华·摩根·福斯特:《小说面面观》,花城出版社 1981 年版,第 21 页。
② 叶德均:《读明代传奇文七种》,《戏曲小说丛考》,台湾文史哲出版社 1979 年版,第 539 页。
③ 陈大康:《明代小说史》,上海文艺出版社 2000 年版,第 211 页。

演令看官清耳。只凭三寸舌,褒贬是非;略口团万余言,讲论古今。说收拾寻常有百万套,谈话头动辄是数千回。说重门不掩底相思,谈闺阁难藏底密恨。辨草木山川之物美,分州军县镇之程途。讲历代年载废兴,记岁月英雄文武。有灵怪、烟粉、传奇、公案,兼朴刀、捍(杆)棒、妖术、神仙。自然使席上风生,不枉教坐间星拱。……讲论处不(通)搭、不絮烦,敷演处有规模、有收拾。冷淡处提掇得有家数,热闹处敷演得越久长。日得词,念得诗,说得话,使得砌。言无诡舛,遣高士善口赞扬;事有源流,使才人怡神嗟讶。

这段引文说明说书艺人的准备工作包括至少三个方面:一是博览《太平广记》《资治通鉴》等历代书史文传,还要多闻多识;二是以这些资料中的某些情节或现实中的实事为基础,改编、补订予以敷演口述。但是这中间似乎忽略了一个可能存在的中间环节,即书会先生或老郎这一批人可能在话本材料这一起点与口述这一终端之间的存在与作用。说书艺人师徒之间主要是口传心授,其中识字的徒弟将师傅所讲内容摘要地记下来,作为秘本保存,师徒之间也是以此种秘本相传授,这可能就是底本形式之一。但这种提纲式的宋元时的底本可能遗佚迨尽。我们今天称之为宋元话本者正如周兆新先生所言,大部分与这种提纲式的底本不符。其中如《大唐三藏取经诗话》《武王伐纣书》《七国春秋后集》《前汉书续集》《三国志平话》《薛仁贵征辽事略》等六篇周先生认为接近说书艺人底本,其原因在于这六种作品具有浓烈的民间口头创作色彩,叙事粗略,风格质朴①。其实在这里,周先生也承认了底本还有除简略的提纲式以外的完整文本形式。按"底本"之"底"的引申义有"留下来作根据的文稿、材料等"②,那么诸如《五代史平话》《宣和遗事》等平话就有可能是书会先生艺人提供的底本。鲁迅先生只是说"虽各有匠心,然皆有底本,以为凭依",也就是说这底本只是供说话人参考凭依,并非言其照本宣读,那么《五代史平话》之类未必不能成为说话艺人"凭依"的底本,因为要艺人从史书直接敷演成故事绝对不是一件轻易之事。至于鲁迅先生所言的"是为话本"是否与我们现在所通常认为的文体意义的话本内涵重叠,笔者认为那倒未必是重叠的。

① 周兆新:《"话本"释义》,《国学研究》(第二卷),北京大学出版社 1994 年版,第 202—203 页。
② 谷衍奎:《汉字源流字典》,语文出版社 2008 年版,第 693 页。

# 索 引

**C**

程式化　210,258－259,271

**D**

狄仁杰　22,65－74

**H**

话本　2,4－16,25－26,33,37,45,
　　58,60,74,109,123,221,223,
　　229,235,251,278,280,303

**L**

《梁公九谏》　11,22,25,60－64,
　　66,69－74,207

**K**

开场诗　87,121,135,143,187,
　　200,203－204,206,209,224,
　　243,260

**P**

平话　9,19,60,74－75,104,123,
　　132,140,191,203,219,229,
　　256,261,265,268

**Q**

《前汉书平话续集》　8,21,27,125,
　　207,218,222,284
《秦并六国平话》　93,96－97,102,
　　125,132－135,139,192,201,
　　214,233,244,246,259,266

**S**

全知视角　261－265

《三分事略》　3,140,143,149,151,
　　154－156,160,180,190
《三国志平话》　3,140－156,180－
　　186,197,200,250－251,264,
　　282－284,286

散场诗　143,203,209,259－260
说话家数　48,50,55－57,59

**T**

天命观　221－223,228,263

**W**

《五代史平话》　2,4－7,32,74－
　　77,87,91,97－98,104,108,
　　120,133,193,204,208,231,
　　241
《武王伐纣平话》　5,8,10,105,126－
　　129,192,200,207,213,224,
　　231,255

**X**

《宣和遗事》　2－7,109－123,192－
　　193,207,225－227,231,253,
　　260,273,284

**Z**

《资治通鉴》　5,26,75,185,202,
　　230,235－251

**图书在版编目(CIP)数据**

宋元平话文献考辨与研究/ 罗筱玉著 . —杭州：
浙江大学出版社，2019.6
ISBN 978-7-308-19115-9

Ⅰ.①宋… Ⅱ.①罗… Ⅲ.①讲史小说－话本小说－
小说研究－中国－宋元时期 Ⅳ.①I207.41

中国版本图书馆 CIP 数据核字(2019)第 078728 号

**宋元平话文献考辨与研究**

罗筱玉　著

| | |
|---|---|
| **责任编辑** | 胡　畔(llpp_lp@163.com) |
| **责任校对** | 赵　珏 |
| **封面设计** | 春天书装 |
| **出版发行** | 浙江大学出版社 |
| | （杭州市天目山路 148 号　邮政编码 310007） |
| | （网址:http：//www.zjupress.com） |
| **排　　版** | 浙江时代出版服务有限公司 |
| **印　　刷** | 浙江印刷集团有限公司 |
| **开　　本** | 710mm×1000mm　1/16 |
| **印　　张** | 20.25 |
| **字　　数** | 365 千 |
| **版 印 次** | 2019 年 6 月第 1 版　2019 年 6 月第 1 次印刷 |
| **书　　号** | ISBN 978-7-308-19115-9 |
| **定　　价** | 68.00 元 |